SUSAN ELIZABETH PHILLIPS
Vorsicht, frisch verliebt!

Buch

Isabel Favor dachte eigentlich, sie hätte alle schlimmen Fehler in ihrem Leben bereits hinter sich. Schließlich ist gerade ihr Buchhalter mit ihrem gesamten Vermögen verschwunden, ihr guter Ruf als Lebensberaterin völlig ruiniert worden und ihr Verlobter hat sie sitzen lassen. Kurz entschlossen entflieht sie dem ganzen Skandal für ein paar Wochen nach Italien. Dort allerdings begeht sie, wie sie später im klaren Licht des Tages meint, ihren größten Fehler: An einem lauen Sommerabend in Florenz lässt Isabel sich von einem attraktiven Italiener verführen und verbringt eine leidenschaftliche Nacht mit ihm. Am nächsten Morgen flüchtet sie in ein einsam gelegenes Landhaus in der Toskana und muss zu ihrem Entsetzen feststellen: Der schöne Unbekannte ist ihr Vermieter. Er ist außerdem ein ziemlich bekannter Schauspieler: Lorenzo Gage, der als der »böse Bube Hollywoods« Karriere beim Film machte, und der seine eigenen Gründe hat, sich in Italien zu verstecken. Niemals hätte er jedoch gedacht, dort auf eine toughe Geschäftsfrau zu treffen, die ihn mit ihrer kühlen Art reizt, wie noch nie etwas zuvor. Isabel hingegen hat ziemlich viele Pläne, was ihr Leben, die Liebe – und Lorenzo – angeht, und daher verführt sie ihn auf ihre eigene Art und Weise ...

Autorin

Susan Elizabeth Phillips ist eine der meistgelesenen Autorinnen der Welt. Ihre Romane erobern jedes Mal auf Anhieb die Bestsellerlisten in Deutschland, England und den USA. Die Autorin lebt mit ihrem Mann in der Nähe von Chicago.

Von Susan Elizabeth Phillips bei Blanvalet lieferbar:

Bleib nicht zum Frühstück (35029) · Küss mich, Engel (35066) · Träum weiter, Liebling (35105) · Kopfüber in die Kissen (35298) · Verliebt, verrückt, verheiratet (35339) · Wer will schon einen Traummann? (35394) · Ausgerechnet den? (35526) · Der und kein anderer (38358) · Dinner für drei (35670) · Vorsicht, frisch verliebt (0250) · Frühstück im Bett (38149) · Komm, und küss mich (38263) · Die Herzensbrecherin (36290) · Küss mich, wenn du kannst (36299) · Dieser Mann macht mich verrückt (36300) · Mitternachtsspitzen (36605) · Kein Mann für eine Nacht (36981) · Aus Versehen verliebt (36912) · Der schönste Fehler meines Lebens (36913) · Wer Ja sagt, muss sich wirklich trauen (38105) · Cottage gesucht, Held gefunden (0111)

Susan Elizabeth Phillips

Vorsicht, frisch verliebt!

Roman

Aus dem Amerikanischen
von Uta Hege

blanvalet

Die Originalausgabe erschien 2002
unter dem Titel »Breathing Room« bei William Morrow,
an Imprint of HarperCollins*Publishers*, New York.

Verlagsgruppe Random House FSC® N001967
Das FSC®-zertifizierte Papier *Holmen Book Cream* für dieses Buch
liefert Holmen Paper, Hallstavik, Schweden.

2. Auflage
Neuveröffentlichung Dezember 2015
bei Blanvalet Verlag, einem Unternehmen der
Verlagsgruppe Random House GmbH, München
Copyright © 2002 by Susan Elizabeth Phillips
Copyright © 2003 für die deutsche Ausgabe
by Blanvalet Verlag, in der Verlagsgruppe Random House, München
Umschlaggestaltung: www.buerosued.de
Umschlagmotiv: Getty Images/Picture Press/Kniel Synnatzschke;
www.buerosued.de
LH · Herstellung: LW
Satz: omnisatz GmbH, Berlin
Druck und Bindung: GGP Media GmbH, Pößneck
Printed in Germany
ISBN: 978-3-7341-0250-9

www.blanvalet.de

Für Michael Spradlin und Brian Grogan

Nur für den Fall, dass ihr beiden nicht wisst,
wie sehr ich euch schätze:
Jede Autorin sollte das Glück haben,
dass ihr beiden auf ihrer Seite steht.

1

Dr. Isabel Favor liebte Ordnung. Die Woche über trug sie maßgeschneiderte schwarze Kostüme, geschmackvolle Lederpumps und eine Perlenkette um den Hals. An den Wochenenden bevorzugte sie dezente Pullover oder Seidenblusen, stets in neutralen Farben. Ein gut geschnittener Bob und eine Reihe teurer Pflegeprodukte zähmten ihre von Natur aus leider wilden blonden Locken, und wenn diese Mühe nicht genügte, legte sie ein schmales Samtband um ihr Haar.

Sie war keine Schönheit, doch ihre hellbraunen Augen hatten genau den richtigen Abstand zueinander, und auch der Rest ihres Gesichts war ansprechend proportioniert. Ihre etwas zu vollen Lippen wurden durch blassen Lippenstift kaschiert, und die kessen Sommersprossen auf der Nase verschwanden unter einer dünnen Schicht gut deckenden Make-ups. Gesundes Essen verlieh ihr einen sanft schimmernden Teint sowie eine schlanke, gesunde Figur, nur ihre Hüften fand sie eine Spur zu breit. Abgesehen von einem leicht ausgefransten rechten Daumennagel war sie eine durch und durch ordentliche Frau. Er war deutlich kürzer als die anderen Nägel, denn als einzige Erinnerung an ihre ungeordnete Kindheit knabberte sie, wenn sie nervös war, unbewusst daran herum.

Als die Lichter im Empire State Building gegenüber ihrem Büro angingen, versteckte Isabel, um nicht wieder der Versuchung zu erliegen, den Daumen in der Faust. Auf ihrem Art-Déco-Schreibtisch lag die Morgenausgabe des beliebtesten Revolverblattes von Manhattan. Der Artikel auf der Titelseite hatte bereits seit dem Vormittag an ihr genagt, doch sie hatte den ganzen Tag zu viel zu tun gehabt, um darüber zu grübeln. Nun jedoch war die Zeit gekommen, in der sie dazu ausreichend Gelegenheit bekam.

AMERIKAS SELBSTHILFE-DIVA IST EINE GETRIEBENE, ANSPRUCHSVOLLE UND SCHWIERIGE PERSON

DIE BISHERIGE ASSISTENTIN DER BEKANNTEN AUTORIN VON SELBSTHILFE-RATGEBERN, DR. ISABEL FAVOR, SAGT, DIE ARBEIT UNTER IHRER EHEMALIGEN CHEFIN SEI DIE REINSTE HÖLLE. »SIE IST EIN TOTALER KONTROLL-FREAK«, ERKLÄRT TERI MITCHELL, DIE IHREN POSTEN LETZTE WOCHE AUFGEGEBEN HAT ...

»Sie hat ihre Arbeit nicht aufgegeben«, erklärte Isabel empört. »Ich habe sie gefeuert, nachdem ich herausgefunden habe, dass sie sich noch nicht einmal die Mühe gemacht hat, die Fanpost von mindestens zwei Monaten auch nur zu öffnen.« Ihr Daumennagel bewegte sich in Richtung ihrer Zähne. »Und ich bin ganz sicher kein Kontroll-Freak.«

»Auch wenn Sie oft so tun.« Carlota Mendoza kippte den Inhalt eines Messingpapierkorbs schwungvoll in die an ihrem Putzwagen hängende Tüte. »Außerdem sind Sie – was hat sie noch über Sie gesagt? – anspruchsvoll und getrieben. Ja, auch damit hat sie Recht.«

»Das bin ich nicht. Stauben Sie bitte auch die Deckenlampen ab, ja?«

»Sehe ich aus, als hätte ich irgendwo eine Leiter unter meinem Kittel versteckt? Und hören Sie auf, auf Ihrem Nagel rumzukauen.«

Isabel steckte den Daumen wieder in die Faust. »Ich habe gewisse Ansprüche, mehr nicht. Aber bin ich jemals unfreundlich, reizbar, neidisch, missgünstig oder gierig? Nein, das bin ich nicht.«

»In der untersten Schublade Ihres Schreibtischs liegt immer eine Tüte mit Schokoriegeln versteckt, aber mein Englisch ist nicht allzu gut, vielleicht verstehe ich das Wort Gier also einfach falsch.«

»Sehr witzig.« Auch wenn Isabel nicht daran glaubte, dass man negative Gefühle durch Essen überwinden konnte, zog sie – weil es ein schrecklicher Tag gewesen war – die Notfallschublade auf, nahm zwei Snicker-Riegel daraus hervor und warf einen davon in Richtung Carlota. Sie würde morgen früh büßen, indem sie etwas länger Gymnastik betrieb als sonst.

Carlota fing den Schokoriegel, lehnte sich gegen ihren Wagen und riss die Folie auf. »Nur aus reiner Neugier … tragen Sie jemals Jeans?«

»Jeans?« Isabel schob sich die Schokolade unter den Gaumen und genoss ein paar Sekunden den tröstlichen Geschmack. »Tja, früher habe ich Jeans getragen.« Sie verstaute den halben Schokoriegel wieder in der Schublade und stand auf. »Lassen Sie mich mal.« Sie nahm Carlota das Staubtuch aus der Hand, trat sich die Schuhe von den Füßen, raffte den Rock ihres Armani-Kostüms, kletterte aufs Sofa und wischte die Wandlampe ab.

Carlota seufzte. »Jetzt werden Sie mir bestimmt gleich wieder erzählen, wie Sie sich das Studium als Putzfrau finanziert haben, nicht wahr?«

»Und als Aushilfe im Büro, als Kellnerin und am Fließband in der Fabrik.« Isabel schob ihren Zeigefinger zwischen die Schneckenverzierungen der Lampe. »Während der gesamten Unizeit habe ich als Kellnerin oder Tellerwäscherin gejobbt – Himmel, hab ich diese Arbeit gehasst! –, und während ich meine Doktorarbeit geschrieben habe, habe ich durch Botengänge für faule, reiche Leute meinen Lebensunterhalt verdient.«

»Und jetzt sind Sie selber, wenn auch bestimmt nicht faul, so doch zumindest reich.«

Lächelnd staubte Isabel einen Bilderrahmen ab. »Genau das versuche ich Ihnen zu erklären. Mit harter Arbeit, Disziplin und Glauben können die Menschen dafür sorgen, dass ihre Träume wahr werden.«

»Wenn ich all das hören wollte, würde ich mir eine Eintrittskarte für einen Ihrer Vortragsabende kaufen.«

»Hier müssen Sie nicht mal was dafür zahlen.«

»Hab ich ein Glück. Sind Sie eventuell endlich fertig? Ich muss heute Abend nämlich auch noch durch andere Büros.«

Isabel kletterte vom Sofa, reichte Carlota das Staubtuch und ordnete die Reinigungsmittel auf dem Wagen so, dass Carlota an die Flaschen, die sie häufig brauchte, möglichst bequem herankam. »Warum haben Sie vorhin nach den Jeans gefragt?«

»Ich habe versucht, mir vorzustellen, wie das aussieht.« Carlota schob sich den Rest des Snickers in den Mund. »Sie sehen immer so chic aus, als wüssten Sie nicht mal, wo ein Klo ist, ganz zu schweigen davon, dass Sie wissen, wie man es putzt.«

»Ich habe ein Image, das ich aufrechterhalten muss. Als ich die *Vier Ecksteine eines positiven Lebens* geschrieben habe, war ich gerade achtundzwanzig. Wenn ich mich nicht konservativ gekleidet hätte, wäre ich damals garantiert nicht ernst genommen worden.«

»Und jetzt sind Sie wie alt, zweiundsechzig? Sie brauchen Jeans.«

»Ich bin vierunddreißig, das wissen Sie genau.«

»Jeans und eine hübsche rote Bluse, eine von diesen engen Dingern, in denen man Ihren perfekten Busen nicht nur ahnt. Und ein paar hochhackige Schuhe.«

»Da Sie gerade von Prostituierten sprechen, habe ich Ihnen erzählt, dass die beiden jungen Damen, die dauernd unten auf der Straße stehen, gestern wegen des neuen Arbeitsbeschaffungsprogramms vorstellig geworden sind?«

»Und spätestens nächste Woche stehen sie wieder unten auf der Straße. Ich verstehe nicht, warum Sie Ihre Zeit mit ihnen vergeuden.«

»Weil ich sie mag. Sie arbeiten echt hart.« Isabel warf sich wieder in ihren Sessel und zwang sich, sich auf etwas Positives zu konzentrieren statt auf den sie schmähenden Artikel. »Die vier Ecksteine funktionieren bei jedem, von der Hure bis zum Heiligen, das kann ich mit Tausenden von Beispielen belegen.«

Carlota schnaubte und beendete durch Einschalten des Staubsaugers das Gespräch. Isabel warf die Zeitung in den Papierkorb und lenkte den Blick auf die erleuchtete Nische in der Wand zu ihrer Rechten, in der eine prächtige Lalique-Kristallvase auf einem kleinen Sockel stand. Darin eingraviert waren vier miteinander verbundene Rechtecke, das Logo ihres Unternehmens. Jedes Rechteck stand für einen der vier Ecksteine eines positiven Lebens:

Gesunde Beziehungen

Stolz auf den Beruf　　　　　　*Verantwortungsbewusster Umgang mit dem Geld*

Spirituelle Kraft

Ihre Kritiker griffen die vier Ecksteine als allzu simplizistisch an, und mehr als einmal war ihr vorgeworfen worden, gleichermaßen selbstgefällig wie scheinheilig zu sein. Doch sie nahm nichts von dem, was sie verdiente, je als selbstverständlich, weshalb sie bestimmt nicht selbstgefällig war. Und was die angebliche Scheinheiligkeit betraf, war sie alles andere als ein Scharlatan. Sie hatte sich ihr Unternehmen und ihr

Leben auf der Grundlage dieser Prinzipien aufgebaut, und es erfüllte sie mit Freude, dass ihre Arbeit auch anderen Menschen half. Sie hatte vier Bücher geschrieben (das fünfte käme in ein paar Wochen auf den Markt), es gab von ihr mindestens ein Dutzend Kassetten, sie war als Rednerin bereits auf Monate im Voraus ausgebucht und verfügte inzwischen über ein beachtliches Vermögen. Nicht schlecht für ein unscheinbares kleines Mädchen, das in emotionalem Chaos aufgewachsen war.

Sie musterte die ordentlichen Stapel auf ihrem blank geputzten Schreibtisch. Außerdem hatte sie einen Verlobten, auch wenn sie zu der seit einem Jahr versprochenen Planung ihrer Hochzeit aus Zeitmangel nicht kam, und vor sich einen Berg Papiere, den es, ehe sie nach Hause gehen könnte, abzuarbeiten galt.

Als Carlota den Putzwagen aus dem Zimmer rollte, winkte Isabel ihr zum Abschied und griff dann nach einem dicken Umschlag vom Finanzamt. Eigentlich hätte sich Tom Reynolds, ihr Buchhalter und gleichzeitig Manager, darum kümmern sollen, doch er hatte sich gestern krank gemeldet, und sie ließ nicht gerne etwas liegen.

Was jedoch echt nicht hieß, dass sie getrieben, anspruchsvoll oder gar schwierig war.

Sie schlitzte den Umschlang mit einem mit ihrem Monogramm versehenen Brieföffner auf. Den ganzen Tag über hatten Medienvertreter bei ihr angerufen, um sie zu einer Stellungnahme zu dem Artikel zu bewegen, doch sie hatte sich geweigert, öffentlich auf diese Schmähung einzugehen. Trotzdem rief die negative Presse ein gewisses Unbehagen in ihr wach. Ihr Geschäft basierte auf dem Respekt und der Zuneigung ihrer Fans, weshalb sie sich so angestrengt bemühte, ihr Leben beispielhaft zu gestalten. Dieser Artikel täte ihrem Image sicher Abbruch. Die Frage war nur, in welchem Maß.

Sie zog das Schreiben aus dem Umschlag und begann zu lesen. Nach der Hälfte der Lektüre schossen ihre Brauen in die Höhe, und sie zog ihr Telefon zu sich heran. Sie hatte gedacht, der Tag könnte schlimmer nicht mehr werden, und nun hatte sie plötzlich noch ein Problem mit dem Finanzamt – was allerdings sicher nichts weiter als ein Missverständnis war. Eine nachträgliche Forderung in Höhe von 1,2 Millionen Dollar konnte nichts anderes als ein Missverständnis sein.

Sie füllte ihre Steuerformulare stets peinlich ehrlich aus, also war es eindeutig ein ärgerlicher Fehler des Computers. Trotzdem schaffte sie ihn besser umgehend aus der Welt. Auch wenn sie Tom nur ungern störte, wenn er krank im Bett lag, müsste er diese Sache doch sofort am nächsten Morgen klären.

»Marylin, ich bin es, Isabel. Ich muss dringend mit Tom sprechen.«

»Tom?«, fragte die Frau ihres Buchhalters mit einer Stimme, als hätte sie getrunken. Isabels eigene Eltern hatten regelmäßig derart schrecklich gelallt. »Tom ist nicht da.«

»Freut mich, dass es ihm wieder besser geht. Wann erwarten Sie ihn denn zurück? Ich fürchte, wir haben einen Notfall.«

Marylin schniefte. »Ich – ich hätte mich längst bei Ihnen melden sollen, aber ...« Sie begann zu weinen. »Aber ich – ich konnte es einfach nicht ...«

»Was ist passiert? Erzählen Sie mir, was passiert ist.«

»Es ist wegen T-Tom. Er ist – er ist –« Die Schluchzer ratterten durch ihre Kehle wie ein Presslufthammer durch Asphalt. »Er ist ... m-m-m-mit meiner Sch-sch-schwester nach S-s-s-südamerika durchgebrannt!«

Und zwar nicht nur mit der Schwester seiner Ehefrau, sondern, wie sie weniger als vierundzwanzig Stunden später genau wusste, auch mit Isabels gesamtem Geld.

Während der Gespräche mit der Polizei und der langen Reihe schmerzlicher Termine beim Finanzamt stand Michael Sheridan ihr treu zur Seite. Er war nicht nur ihr Anwalt, sondern der Mann, den sie liebte. Nie zuvor in ihrem Leben hatte sie eine größere Dankbarkeit dafür empfunden, dass es diesen Menschen gab. Doch nicht einmal seine Nähe reichte, um die Katastrophe abzuwenden, und Ende Mai, acht Wochen nach Erhalt des schicksalhaften Schreibens, sah Isabel ihre schlimmsten Befürchtungen bestätigt.

»Ich werde alles verlieren.« Sie rieb sich die Augen und warf ihre Tasche auf den antiken Stuhl im Wohnzimmer ihres in der Upper East Side gelegenen Apartments. Die warme Kirschholzvertäfelung des Raumes und die handgeknüpften Orientteppiche schimmerten im weichen Licht der Frederick-Cooper-Lampen. Sie wusste, dass irdische Besitztümer vergänglich waren, dass sie jedoch *so* vergänglich wären, hätte sie nicht gedacht.

»Ich werde die Wohnung verkaufen müssen – meine Möbel, meinen Schmuck, meine Antiquitäten.« Ebenso musste ihr Wohltätigkeitsfonds aufgelöst werden, mit dem sie so viel Gutes auf unterster Ebene hatte bewirken können. Alles wäre fort.

Damit erzählte sie ihrem Verlobten nichts, was er nicht bereits wusste. Dadurch, dass sie es aussprach, versuchte sie lediglich, es real werden zu lassen, damit sie sich daran gewöhnte. Als keine Antwort von ihm kam, bedachte sie ihn mit einem entschuldigenden Blick. »Du bist den ganzen Abend so still. Ich habe dich mit meinem Gejammer sicherlich erschöpft.«

Bisher hatte er aus dem Fenster hinunter auf den Park gesehen, nun aber wandte er sich ihr zu. »Du bist keine Frau, die jemals jammert, Isabel. Du versuchst lediglich, dich neu zu orientieren.«

»Taktvoll wie immer.« Sie verzog den Mund zu einem

reuevollen Lächeln und rückte eins der Kissen auf der Couch zurecht.

Sie und Michael lebten nicht zusammen – von so etwas hatte sie noch nie etwas gehalten –, aber manchmal hätte sie doch gerne ein gemeinsames Heim gehabt. Getrennte Wohnungen bedeuteten, dass sie einander nur selten sahen. In letzter Zeit hatten sie Glück gehabt, wenn Samstagabend ein gemeinsames Essen klappte. Und was den Sex betraf ... sie konnte sich nicht daran erinnern, wann zum letzten Mal einem von ihnen danach zumute gewesen war.

Als Isabel Michael Sheridan getroffen hatte, war ihr sofort klar gewesen, dass es eine tiefe Seelenverwandtschaft zwischen ihnen beiden gab. Sie beide kamen aus nicht funktionierenden Familien und hatten sich ihr Studium durch harte Arbeit selbst verdient. Er war intelligent und ehrgeizig und ebenso ordentlich und seiner Karriere verpflichtet wie sie selbst. Er hatte ihr bei der endgültigen Fassung ihrer Vorträge über die vier Ecksteine geholfen und hatte, als sie vor zwei Jahren ein Buch über gesunde Beziehungen geschrieben hatte, in einem Kapitel die männliche Sichtweise erklärt. Ihre Anhänger wussten alles über ihre Beziehung und fragten pausenlos, wann denn endlich der Termin für ihre Hochzeit wäre.

Außerdem empfand sie sein nettes, dezentes Äußeres als tröstlich. Er hatte ein schmales, längliches Gesicht und sorgfältig geschnittenes, mittelbraunes Haar. Er war nur einen Meter fünfundsiebzig groß, sodass er kein Unbehagen in ihr wachrief, indem er sie um Haupteslänge überragte. Er war ausgeglichen, dachte logisch und war vor allem stets beherrscht. Bei Michael waren niemals irgendwelche Stimmungstiefs oder plötzliche Ausbrüche zu erwarten. Er war ihr vertraut und durchgehend freundlich, etwas steif auf eine durchaus nicht unangenehme Art und somit für sie schlichtweg der perfekte Partner. Sie hätten bereits vor einem Jahr heiraten sollen, aber sie beide hatten zu viel zu tun gehabt und kamen auch ohne Trauschein so gut miteinander zurecht, dass in Isabels Augen kein Grund zur Eile bestand. Vor allem drohte selbst bei der organisiertesten Hochzeit ein gewisses Chaos.

»Ich habe heute die Verkaufszahlen meines neuen Buchs bekommen.« Entschlossen verbannte sie jede Bitterkeit aus ihrem Ton.

»Das war nur ein unglückliches Timing.«

»In den Talkshows reißen sie schon Witze über mich, was sich ja wirklich anbietet. Schließlich ist, während ich ein Buch über den verantwortungsbewussten Umgang mit Geld geschrieben habe, mein Manager mit einem Großteil meines Geldes durchgebrannt.« Sie streifte sich die Schuhe ab und schob sie, um nicht später darüber zu stolpern, sorgsam unter einen Stuhl. Wenn ihr Verleger die Auslieferung des Buches hätte stoppen können, hätte ihr das zumindest diese letzte öffentliche Erniedrigung erspart. Ihr vorheriges Buch war sechzehn Wochen auf der Bestsellerliste der *New York Times* gewesen, dieses Werk hingegen staubte ungelesen in den Regalen der Geschäfte vor sich hin. »Wie viele Exemplare habe ich bisher verkauft? Hundert?«

»So schlimm ist es bestimmt nicht.«

Und ob es so schlimm war. Ihr Verleger rief sie schon längst nicht mehr zurück, und der Kartenverkauf für ihre sommerliche Vortragsreihe war derart schleppend angelaufen, dass die Tournee gezwungenermaßen abgeblasen worden war. Sie verlor also nicht nur all ihren materiellen Besitz an das Finanzamt, sondern obendrein ihren über Jahre hinweg mühsam aufgebauten guten Ruf.

Sie atmete tief durch, um die in ihr aufsteigende Panik zu verdrängen, und versuchte, das Ganze positiv zu sehen. Endlich hätte sie alle Zeit der Welt für die Planung ihrer Hochzeit. Allerdings: Wenn Michael sie gerade jetzt zur Frau nahm, müsste er sie unterstützen, bis sie beruflich wieder auf eigenen Beinen stünde. Falls ihr das überhaupt jemals gelang …

Doch die vier Ecksteine verboten, dass man sich von negativen Gedanken lähmen ließ. Also spräche sie das Thema am besten sofort an. »Michael, ich weiß, dass es schon spät ist und dass du gesagt hast, du wärst müde, aber wir müssen über unsere Hochzeit reden.«

Er drehte die Lautstärke der Stereoanlage etwas höher. Er hatte im Büro jede Menge Stress, und ihre Probleme machten es nicht besser. Sie streckte die Hand nach seinem Arm aus, doch er trat einen Schritt zurück. »Nicht jetzt, Isabel.«

Sie erinnerte sich daran, dass sie nie besonders zärtlich miteinander umgegangen waren, und versuchte, nicht traurig über diese Zurückweisung zu sein, vor allem, da ihre Misere in den letzten Wochen auch für ihn eine große Belastung gewesen war. »Ich möchte dir das Leben nicht noch schwerer, sondern leichter machen«, sagte sie leise. »Du hast in den letzten Wochen nicht mehr von der Hochzeit gesprochen, aber ich weiß, dass du wegen meiner Terminschwierigkeiten sauer auf mich bist. Jetzt bin ich bankrott, und der Gedanke, auf Kosten eines anderen zu leben, selbst wenn dieser andere du bist, ist mir schier unerträglich.«

»Isabel, bitte …«

»Ich weiß, du wirst sagen, dass das doch egal ist – dass dein Geld auch mein Geld ist –, aber ich kann das nicht so sehen. Ich stehe, seit ich achtzehn bin, finanziell auf eigenen Beinen und –«

»Isabel, hör auf.«

Er wurde so gut wie niemals laut, aber da sie ihn mit ihrer Rede so überfuhr, konnte sie es ihm nicht verdenken, wenn er die Geduld verlor. Ihre Direktheit war eine ihrer Stärken und gleichzeitigen Schwächen.

Er blickte wieder aus dem Fenster. »Ich habe jemanden kennen gelernt.«

»Wirklich? Wen?« Die meisten seiner Freunde waren Anwälte wie er, wunderbare, doch etwas langweilige Menschen. Deshalb wäre es nett, wenn jemand Neues in diese Runde käme.

»Sie heißt Erin.«

»Kenne ich sie?«

»Nein. Sie ist älter als ich, fast vierzig.« Er wandte sich ihr wieder zu. »Sie ist total chaotisch – ein bisschen übergewichtig und lebt in einer irrwitzigen Wohnung. Make-up und Klamotten sind ihr völlig egal, und nichts, was sie anhat, passt jemals auch nur annähernd zusammen. Sie hat nicht einmal einen Collegeabschluss.«

»Na und? Wir sind doch keine Snobs.« Isabel trug das Weinglas, das Michael auf dem Couchtisch hatte stehen lassen, in die Küche. »Und ehrlich gesagt sind du und ich manchmal womöglich ein bisschen steif.«

Er folgte ihr und erklärte, erfüllt von einer Energie, wie Isabel sie schon seit Monaten nicht mehr an ihm hatte erleben dürfen: »Sie ist der impulsivste Mensch, den ich je getroffen habe. Sie flucht wie ein Müllkutscher und liebt die allerschlimmsten Filme. Sie erzählt mir fürchterliche Witze, sie trinkt jede Menge Bier und ... aber sie ist mit sich im Reinen. Sie« – er atmete tief durch – »sie gibt auch mir das Gefühl, mit mir im Reinen zu sein und ... es ist Tatsache, dass ich sie liebe.«

»Dann werde ich sie sicher ebenfalls lieben.« Isabel lächelte. Sie lächelte und lächelte, bis ihr Gesicht erstarrte, denn solange dieses Lächeln hielt, wäre alles gut.

»Sie ist schwanger, Isabel. Erin und ich bekommen ein Baby. Wir werden nächste Woche standesamtlich heiraten.«

Das Weinglas fiel krachend in die Spüle.

»Ich weiß, dass dies nicht gerade ein guter Zeitpunkt ist, um es dir zu sagen, aber ...«

Ihr Magen verknotete sich. Sie wollte, dass er aufhörte. Sie wollte, dass die Zeit stehen blieb und zurückwanderte, dorthin, wo nichts von alledem passiert war.

Er wirkte kreidebleich und elend. »Wir beide wissen, dass es zwischen uns beiden auf Dauer nicht funktioniert.«

Zischend entwich die Luft aus ihrer Lunge. »Das ist nicht wahr. Es war – es ist –« Sie drohte zu ersticken.

»Wir sehen uns doch fast nur geschäftlich.«

Sie atmete mühsam und legte die Finger um das goldene Armband, das sie stets trug. »Wir hatten … halt sehr viel zu tun, das ist alles.«

»Wir haben schon seit Monaten nicht mehr miteinander geschlafen!«

»Das ist … das ist nur eine Phase.« Sie hörte eine Spur von Hysterie in ihrer Stimme und kämpfte verzweifelt darum, dass sie nicht vollends die Kontrolle über sich verlor. »In unserer Beziehung ging es … niemals nur um Sex. Darüber haben wir gesprochen. Es ist – es ist nur eine Phase«, wiederholte sie.

Er trat dichter an sie heran. »Rede keinen Unsinn, Isabel! Lüg dir nicht selber derart in die Tasche. Solange unser Liebesleben nicht in deinem verdammten Terminkalender steht, ist es doch gar nicht existent.«

»Komm mir ja nicht mit meinem Kalender! Schließlich nimmst du deinen Kalender sogar mit ins Bett!«

»Zumindest ist er warm!«

Sie hatte das Gefühl, als hätte er ihr eine Ohrfeige versetzt.

Er senkte reuevoll den Kopf. »Entschuldigung. Das war nicht nötig. Und es ist auch nicht wahr. Meistens war es zwischen uns durchaus in Ordnung. Es ist nur so …« Er zuckte hilflos mit den Schultern. »Ich habe mich nach *Leidenschaft* gesehnt.«

Sie umklammerte den Tisch. »Leidenschaft? Wir sind erwachsene Menschen.« Sie musste sich beruhigen. Musste wieder Luft bekommen und sich umgehend beruhigen. »Wenn du mit unserem Liebesleben unzufrieden bist, können wir ja zu einer … Paarberatung gehen.« Sie wusste, es gäbe keine Beratung. Diese Frau trug Michaels Kind unter dem Herzen. Das von Isabel für irgendwann nach der Hochzeit geplante Kind.

»Ich will keine Beratung.« Seine Stimme wurde leise. »Nicht ich, sondern du hast damit ein Problem.«

»Das ist nicht wahr.«

»Es ist … wenn es um Sex geht, bist du wirklich schizophren. Manchmal bist du echt heiß. Andere Male hingegen hatte ich das Gefühl, als tätest du mir lediglich einen Gefallen und könntest es gar nicht erwarten, dass es vorbei ist. Wieder andere Male hat es sich sogar so angefühlt, als wärst du gar nicht vorhanden.«

»Die meisten Männer wüssten eine gewisse Abwechslung bestimmt zu schätzen.«

»Du musst dauernd alles unter Kontrolle haben. Möglicherweise hast du deshalb keinen besonderen Spaß am Sex.«

Der mitleidige Blick, mit dem er sie bedachte, war mehr, als sie ertrug. Sie sollte *ihn* bemitleiden. Er verließ sie wegen einer schlecht gekleideten, älteren Frau, die schreckliche Filme liebte, Bier trank … und in Bezug auf Sex offenbar nicht schizophren war.

Ihre Stimme wurde schrill. »Du irrst dich. Du liegst völlig falsch. Ich liebe Sex! Ich lebe dafür, mit einem Mann zu schlafen! Sex ist alles, woran ich denke!«

»Ich liebe sie, Isabel.«

»Das ist keine wahre Liebe. Es ist –«

»Verdammt, sag mir nicht, was ich empfinde. Das hast du unablässig getan. Du meinst, du wüsstest alles, aber das ist nicht wahr.«

Das war gemein. Sie wollte nur den Menschen helfen.

»Das hier kannst du nicht kontrollieren, Isabel. Ich brauche ein normales Leben. Ich brauche Erin. Und ich brauche das Baby.«

Am liebsten hätte sie sich in einer Ecke zusammengerollt und nur noch geheult. »Dann nimm sie und werde mit ihr glücklich. Ich will dich nie mehr sehen.«

»Versuch doch bitte zu verstehen. Bei ihr fühle ich mich – ich weiß nicht – sicher. Normal. Du bist mir einfach *zu viel!* Zu viel von allem! Du machst mich krank.«

»Gut. Hau ab.«

»Ich hätte gehofft, dass wir das Ganze wie zwei zivilisierte Menschen klären und dass wir Freunde bleiben können.«

»Können wir leider nicht. Verschwinde aus meiner Wohnung.«

Was er ohne ein weiteres Wort und ohne sie noch einmal anzuschauen tat.

Sie begann zu würgen. Stolperte zur Spüle, drehte das kalte Wasser auf und meinte zu ersticken. Sie wankte Richtung Fenster, kämpfte mit dem Riegel und hielt den Kopf schließlich hinaus. Es regnete, doch das war ihr egal. Sie rang keuchend nach Luft und suchte vergeblich nach einem passenden Gebet.

Stattdessen kam ihr ein Gedanke.

Gesunde Beziehungen
Stolz auf den Beruf
Verantwortungsbewusster Umgang mit Geld
Spirituelle Kraft

Die vier Ecksteine des positiven Lebens waren nacheinander eingestürzt und hatten sie unter sich begraben.

2

Lorenzo Gage verfügte über eine verderbte Attraktivität. Er hatte dichtes, samtig dunkles Haar und silberblaue Augen, die so kalt und stechend blickten wie die eines wilden Tieres. Seine schmalen schwarzen Brauen schossen pfeilgleich in die Höhe, und mit seiner hohen Stirn wirkte er aristokratisch, doch zugleich korrupt. Seine Lippen waren grausam sinnlich, und seine Wangenknochen sahen aus, als hätte er sie mit dem Messer, das er in der Hand hielt, meisterhaft geschnitzt.

Gage verdiente seinen Lebensunterhalt mit dem Töten anderer Menschen. Vorzugsweise Frauen. Wunderschöner Frauen. Er schlug sie, quälte sie, missbrauchte sie und brachte sie am Ende um. Manchmal schoss er ihnen geradewegs ins Herz. Manchmal jedoch wurden sie regelrecht zerstückelt. Augenblicklich war Letzteres der Fall.

Das rothaarige Mädchen, das in seinem Bett lag, trug nur noch seine Dessous. Seine Haut hob sich schimmernd von dem schwarzen Satintuch ab. »Du hast mich betrogen«, erklärte er mit ruhiger Stimme. »Ich mag es nicht, wenn Frauen mich betrügen.«

Ihre grünen Augen füllten sich mit Tränen des Entsetzens. Umso besser, dachte er.

Er beugte sich ein wenig vor und schob mit der Spitze seines Dolchs die Decke von ihrem Schenkel. Schreiend rollte sie sich auf die Seite, sprang vom Bett und schoss in Richtung Tür.

Er mochte es, wenn sie sich wehrten, und ließ sie deshalb die Tür erreichen, ehe er sie wieder einfing. Sie versuchte verzweifelt, sich ihm zu entwinden, doch als ihr Widerstand ihn nicht mehr reizte, schlug er ihr mit dem Handrücken mitten ins Gesicht. Der kräftige Schlag schleuderte sie zurück aufs

Bett. Sie fiel rücklings auf die Matratze und lag keuchend und mit weit gespreizten Schenkeln völlig wehrlos da. Abgesehen von einem leisen erwartungsvollen Flackern seiner Augen zeigte er nicht die geringste Regung. Dann verzog er seine Lippen zu einem brutalen Lächeln und öffnete mit einer Hand die silberne Schnalle seines Gürtels.

Gages Magen zog sich zusammen. Er konnte Grausamkeiten einfach nicht ertragen und wusste, anders als die anderen Kinogänger, was als Nächstes kam. Er hatte gehofft, die italienische Synchronisation lenke ihn genügend von dem Gemetzel auf der Leinwand ab. Doch die Überreste eines schlimmen Katers hatten sich zusammen mit einem ernsten Fall von Jetlag gegen ihn verschworen. Es war einfach ätzend, Hollywoods beliebtester Psychopath zu sein.

Früher hatte John Malkovich den Part innegehabt, doch sobald die Öffentlichkeit Ren Gage gesehen hatte, hatte sie mehr von diesem Schurken mit dem Gesicht, für das man sterben würde, begehrt. Bis heute Abend hatte er *Die Allianz des Schlachtens* weiträumig gemieden, da sein Film jedoch von der Kritik nur leicht verabscheut worden war, hatte er beschlossen, so schlimm könnte es nicht sein. Was eindeutig eine Fehleinschätzung gewesen war.

Vergewaltiger, Serienmörder, Auftragskiller. Dies waren echt keine angenehmen Jobs. Neben den zahllosen Frauen, die er missbraucht und am Schluss getötet hatte, hatte er bereits Mel Gibson gefoltert, Ben Affleck einen Wagenheber in die Kniescheibe gerammt, Pierce Brosnan eine beinahe tödliche Brustverletzung zugefügt und Denzel Washington in einem atomar betriebenen Hubschrauber gejagt. Er hatte sogar Sean Connery ermordet. Wofür er sicher in der Hölle schmoren würde. Niemand tat Sean Connery ungestraft etwas an.

Doch vor Ende des jeweiligen Films zahlten ihm die Stars seine Attacken für gewöhnlich doppelt und dreifach heim.

Ren war bereits erdrosselt worden, verbrannt, geköpft, kastriert – wobei er von Letzterem besonders betroffen gewesen war. Und jetzt wurde er, weil er Amerikas Filmschätzchen in den Selbstmord getrieben hatte, öffentlich gevierteilt. Nur – einen Augenblick – das war das wahre Leben, oder etwa nicht? Sein ureigenes, allzu reales, total beschissenes Leben.

Von dem Geschrei auf der Leinwand dröhnte ihm der Schädel. Er hob gerade rechtzeitig den Kopf, um das Blut spritzen zu sehen, als der Rotschopf endgültig ins Gras biss. *Pech gehabt, Schätzchen. Das ist eben der Preis, den man dafür zahlt, dass man sich von einem hübschen Gesicht den Kopf verdrehen lässt.*

Weder sein Schädel noch sein Magen hielten es länger aus, und so schlich er lautlos aus dem dunklen Kino. Seine Filme waren internationale Renner, und als er sich unter die Menschen mischte, die die milde Abendluft genossen, sah er sich vorsichtig um. Niemand schien ihn zu erkennen, denn Einheimische und Touristen waren ganz auf den Genuss des fröhlichen Florentiner Treibens konzentriert.

Gut. Das Letzte, was er wollte, war ein Gespräch mit irgendwelchen Fans. Also hatte er sich, obgleich er in der letzten Nacht kaum Schlaf bekommen hatte, vor Verlassen seines Zimmers extra Zeit genommen, um sein Aussehen zu verändern. Seine berühmten silberblauen Augen hatte er hinter braunen Kontaktlinsen versteckt, und seine dunklen Haare – die er für die zwei Tage zuvor in Australien beendeten Dreharbeiten zu seinem jüngsten Film hatte wachsen lassen müssen – hingen offen über seine Schultern. Außerdem hatte er sich absichtlich nicht rasiert, weil er hoffte, dass unter den Stoppeln das fein gemeißelte Kinn – ein Erbteil seiner Vorfahren, der Medici – nicht zu erkennen war. Zwar hätte er lieber abgewetzte Jeans getragen, hatte sich aber mit der eleganten Kleidung eines wohlhabenden Italieners kostümiert: schwarzes Seidenhemd, dunkle Hose, elegante Slipper, von denen einer einen Kratzer hatte, weil er in Bezug auf Kleidung ebenso nachlässig wie in Bezug auf andere Menschen war. Das Verlangen, unerkannt zu bleiben, war eine relativ neue Erfahrung. Normalerweise stand er gern im Rampenlicht. Nur halt jetzt gerade nicht.

Er sollte zurückkehren ins Hotel und bis zum nächsten Mittag schlafen, doch dazu war er zu rastlos. Wenn seine Kumpel hier gewesen wären, hätte er vermutlich irgendeinen Nachtclub aufgesucht, na ja, vielleicht auch nicht. Selbst die Kneipenszene hatte ihren Reiz verloren. Unglücklicherweise jedoch war er ein Nachtmensch und hatte bis jetzt noch nicht herausgefunden, wie sich die Zeit bis zum morgendlichen Dämmer anders als mit wilden Partys herumbringen ließ.

Aus dem Schaufenster eines Metzgers starrte ihm ein ausgestopfter Wildschweinkopf entgegen, und hastig wandte er sich ab. Die letzten Tage waren fürchterlich gewesen. Karli Swenson, seine Ex und zugleich eine der beliebtesten Jungschauspielerinnen Hollywoods, war letzte Woche in ihrem Haus am Strand von Malibu tot aufgefunden worden. Karli hatte lange Kokain genommen, also nahm er an, dass ihr Selbstmord Folge ihres Drogenmissbrauchs war, was ihn derart wütend machte, dass er immer noch keine echte Trauer um sie empfand. Eins wusste er hundertprozentig – seinetwegen hatte sie sich nicht umgebracht.

Selbst als sie noch ein Paar gewesen waren, hatte sich Karli viel mehr für das Koksen als für ihren Partner interessiert. Doch das Publikum hatte sie vergöttert, und die Revolverblätter wollten eine aufregendere Story als die von dem jungen Mädchen, das an Drogen zugrunde gegangen war. Also waren sie zu dem Schluss gekommen, dass er der Grund für ihren Selbstmord gewesen war. Hollywoods böser Bube, dessen herzloser Umgang mit Frauen die liebreizende Karli in ihr Grab getrieben hatte.

Da derartige Geschichten seine Karriere vorangetrieben hatten, konnte er den Medien dieses Vorgehen nicht verdenken. Trotzdem war es störend, plötzlich wegen einer derart unangenehmen Story im Mittelpunkt zu stehen. Deshalb hatte er beschlossen, sich etwas im Hintergrund zu halten, bis er in sechs Wochen mit den Dreharbeiten zu seinem nächsten Film begann.

Ursprünglich hatte er geplant, eine alte Freundin anzurufen, mit ihr in die Karibik zu fliegen und sein Sexualleben, das bereits seit ein paar Monaten auf Eis lag, wieder auf Vordermann zu bringen. Doch der Aufruhr wegen Karlis Tod hatte ihn dazu bewogen, größeren Abstand zu Amerika zu suchen, weshalb er stattdessen lieber nach Italien geflogen war. Es war nicht nur das Land seiner Vorfahren, sondern auch der Ort, an dem die Arbeit zu seinem nächsten Film begann. Also konnte er sich gleichzeitig schon mal an die hiesige Atmosphäre gewöhnen und in die Haut des Mannes schlüpfen, den er während der nächsten Dreharbeiten darstellen würde. Zu diesem Zweck war es auch von Vorteil, dass er ohne irgendeine publicitysüchtige Exfreundin hier war.

Verdammt. Bis der Aufruhr wegen Karlis Selbstmord in ein paar Wochen verklungen wäre, hielte er es ja wohl ein paar Wochen ohne Frau und ohne irgendwelche Kumpel aus. Der Gedanke, unerkannt herumzureisen, war noch derart neu, dass er ihn als durchaus anregend empfand.

Er hob den Kopf und merkte, dass er ins Zentrum von Florenz gelaufen war und sich inzwischen mitten auf der belebten Piazza della Signoria befand. Er konnte sich nicht daran erinnern, wann er zum letzten Mal allein gewesen war. Er schlenderte über das Kopfsteinpflaster hinüber zu Rivoire und fand einen Tisch unter der Markise. Der Ober erschien, um seine Bestellung aufzunehmen. Um seinen mächtigen Kater zu pflegen, hätte er ein Sodawasser bestellen sollen, doch er tat nur selten, was die Vernunft ihm riet, weshalb er prompt eine Flasche des besten Brunello bei dem Mann in Auftrag gab. Der Ober brauchte eine Ewigkeit, bis er mit dem Wein zurückkam, und Ren musterte ihn sauer, als er endlich wieder auftauchte. Es gab allerdings viele Gründe für seine schlechte Laune: Schlafmangel, Alkohol, die Tatsache, dass er hundemüde war, den Tod der süßen, unglücklichen Karli und das allgemeine Gefühl, dass das Rampenlicht, in dem er stand, lange noch nicht hell genug war, dass all das Geld, das er verdiente, und all der Ruhm, der ihm inzwischen zuteil geworden war, immer noch nicht reichten. Er war übersättigt, rastlos, und er wollte mehr. Mehr Ruhm. Mehr Geld. Mehr ... von etwas, das er nicht benennen konnte.

Er sagte sich, dass sein nächster Film ihm dieses Etwas gäbe. Sämtliche Schauspieler Hollywoods waren versessen auf den Part des bösen Kaspar Street, doch nur Ren war die Rolle angeboten worden. Es war die Rolle seines Lebens, die Chance, dass er endlich ganz nach oben kam.

Langsam nahm seine Anspannung ein wenig ab. *Night Kill* bedeutete monatelange harte Arbeit. Bis die Dreharbeiten begännen, würde er Italien genießen. Gut essen, gut trinken, sich entspannen und tun, was er am besten konnte. Er lehnte sich auf seinem Stuhl zurück, nippte an seinem Wein und wartete darauf, dass ihn das Leben unterhielt.

Isabel blickte auf die rosagrüne Kuppel des Duomo, die sich leuchtend vom Abendhimmel abhob, und kam zu dem Ergebnis, dass ihr das berühmteste Bauwerk von Florenz statt prachtvoll eher protzig und abstoßend erschien. Sie mochte diese Stadt nicht. Selbst abends war sie laut und voll. Auch wenn es stereotyp hieß, Italien wäre der reinste Balsam für die Seelen unglücklicher Frauen, wäre sie doch besser in New York geblieben.

Sie versuchte sich zu beruhigen. Schließlich war sie erst gestern Abend angekommen, und Florenz war nicht ihr eigentliches Ziel. Das eigentliche Ziel hatten das Schicksal und ihre Freundin Denise für sie bestimmt. Seit Jahren hatte Denise von einer Reise nach Italien geträumt. Endlich hatte sie einen zweimonatigen Urlaub bei ihrer Firma an der Wall Street eingereicht und für die Monate September und Oktober ein Haus in der Toskana gemietet, um dort mit der Arbeit an einem Buch über Investment-Strategien für allein stehende Frauen zu beginnen. *»Besser als in Italien werde ich nirgends inspiriert«,* hatte Denise Isabel über einem Endiviensalat und glasierten Birnen bei Jo Jo's, ihrem gemeinsamen Lieblingsrestaurant, erklärt. *»Ich werde tagsüber schreiben und abends fantastisch essen und hervorragende Weine dazu trinken.«*

Kurz nachdem Denise jedoch den Mietvertrag für ihr Traumhaus in der Toskana unterzeichnet hatte, hatte sie den Mann ihrer Träume kennen gelernt und erklärt, sie könne New York derzeit auf keinen Fall verlassen. Weshalb am Ende Isabel zu dem kostengünstigen Bauernhaus aufgebrochen war.

Einen besseren Zeitpunkt hätte es für sie nicht geben können. Das Leben in New York war unerträglich. Ihr Unternehmen war aufgelöst, ihr Büro geschlossen, ihre Angestellten hatten sich einen anderen Job suchen müssen. Sie hatte keinen neuen Buchvertrag, keine Termine für Vortragsreisen und nur noch sehr wenig Geld. Die Wohnung hatte sie zusammen mit fast allem anderen, was sie besaß, versteigert und von dem Erlös einen Teil ihrer Steuerschuld bezahlt. Selbst die Lalique-Vase mit dem eingravierten Firmenlogo war sie inzwischen los. Alles, was sie jetzt noch hatte, waren ihre Kleider, ein zerstörtes Leben und zwei Monate in Italien, um sich zu überlegen, was sie tun konnte.

Jemand rempelte sie an, und sie zuckte zusammen. Es waren nicht mehr ganz so viele Menschen unterwegs, und da sich die New Yorkerin in ihr nicht länger sicher fühlte, ging sie die Via dei Calzaiuoli hinunter zur Piazza della Signoria. Sie sagte sich wie ein Mantra vor, dass sie sich richtig entschieden hatte. Nur durch einen sauberen Bruch mit dem Vertrauten würde sie imstande sein, um an Neues denken zu können, das Tal der Tränen hinter sich zu lassen. Sie wäre in der Lage, wieder nach vorn zu sehen.

Sie hatte einen genauen Plan, wie sie diesen Prozess in Angriff nehmen würde. *Abgeschiedenheit. Erholung. Nachdenken. Und schließlich handeln.* Vier Schritte, genau wie die vier Ecksteine ihres bisherigen positiven Lebens.

»Kannst du nicht einmal impulsiv sein?«, hatte Michael sie irgendwann gefragt. *»Musst du immer alles planen?«*

Es war etwas über drei Monate her, seit Michael sie wegen einer anderen Frau verlassen hatte, doch selbst jetzt noch hörte sie im Geiste so häufig seine Stimme, dass sie schier verrückt wurde. Letzten Monat hatte sie ihn zufällig im Central Park gesehen. Er hatte den Arm um eine schlecht gekleidete Schwangere gehabt, und selbst aus der Entfernung von über fünfzehn Metern hatte Isabel ihr, wenn vielleicht auch etwas blödes, so doch glückliches Lachen gehört. In ihrer ganzen gemeinsamen Zeit hatten er und Isabel kein einziges Mal miteinander gealbert, und Isabel hatte den Eindruck, gar nicht mehr zu wissen, wie man so etwas tat.

Auf der Piazza della Signoria herrschte das gleiche Gedränge wie im restlichen Florenz. Touristen scharten sich um die Statuen, und neben dem Neptunsbrunnen stimmten zwei Musiker ihre Gitarren. Der düstere Palazzo Vecchio mit seinem Uhrenturm und den mittelalterlichen Bannern ragte ebenso bedrohlich aus dem abendlichen Treiben auf wie schon im vierzehnten Jahrhundert.

Die Lederpumps, die sie sich letztes Jahr dreihundert Dollar hatte kosten lassen, brachten sie allmählich um. Doch der

Gedanke an die Rückkehr ins Hotel war allzu deprimierend, und so kämpfte sie sich, als sie die beige-braune Markise des Rivoire entdeckte, eines in ihrem Touristenführer erwähnten Cafés, durch eine Gruppe deutscher Touristen und setzte sich erschöpft an einen freien Tisch.

»*Buona sera, signora* ...« Der Kellner war mindestens sechzig, doch das hielt ihn nicht davon ab, mit ihr zu flirten, als er ihre Bestellung entgegennahm. Neben einem Wein hätte sie gern auch einen Risotto bestellt, doch die Preise waren noch höher als die in dem Gericht enthaltene Zahl an Kalorien, und so beließ sie es bei dem Getränk. Wie lange war es her, seit sie sich zum letzten Mal über den Preis eines Gerichts hatte Gedanken machen müssen?

Als der Ober ging, rückte sie Salz- und Pfefferstreuer in die Mitte ihres Tischtuchs und schob den Aschenbecher an den Rand. Michael und seine Frau hatten so glücklich ausgesehen.

»*Du bist mir einfach zu viel*«, hatte er gesagt. »*Von allem zu viel.*« Weshalb also hatte sie das Gefühl, als wäre sie von allem viel zu wenig?

Sie leerte ihr Glas viel schneller, als sie es sollte, und bestellte umgehend noch einen Wein. Der Hang ihrer Eltern zu persönlichen Exzessen hatte sie in Bezug auf Alkohol sehr vorsichtig gemacht, aber sie war in der Fremde, und die Leere, die seit Monaten in ihrem Inneren herrschte, wäre beschwipst besser zu ertragen.

»*Nicht ich, sondern du hast ein Problem* ...«

Sie hatte sich geschworen, heute Abend nicht schon wieder darüber zu grübeln, doch offensichtlich verfolgte sie ihr Scheitern unendlich.

»*Du musst immer alles kontrollieren. Vielleicht hast du deshalb keinen besonderen Spaß am Sex.*«

Das war einfach unfair. Sie hatte Spaß am Sex. Sie hatte sogar erwogen, sich zum Beweis für ihre Freude an sinnlichen Vergnügungen einen Liebhaber zu nehmen, war dann jedoch vor dem Gedanken an Sex außerhalb einer festen Beziehung wieder zurückgeschreckt. Auch das war sicher eine Folge der Fehler ihrer Eltern, deren jahrelange Zeugin sie gewesen war.

Sie wischte die Lippenstiftspur von ihrem Glas. Auch beim Sex ging man am besten stets partnerschaftlich miteinander um, doch das hatte Michael wohl vergessen. Wenn er nicht zufrieden gewesen war, hätte er mit ihr darüber sprechen sollen, statt sich nach einer anderen Gespielin umzusehen.

Beseelt von ihrem Unglück, leerte sie zügig auch ihr zweites Weinglas und gab die Bestellung für ein drittes Glas auf. Eine ausschweifende Nacht würde sie bestimmt nicht zur Alkoholikerin machen.

Am Nebentisch saßen zwei Frauen, rauchten, gestikulierten mit den Händen und rollten, sicher, weil das Leben so absurd war, ständig mit den Augen. Eine Gruppe amerikanischer Studenten tat sich an Eis und Pizza gütlich, während ein älteres Paar einander gegenüber beim Aperitif in Gläsern von der Größe zweier Fingerhüte saß.

»Ich habe mich schon lange nach Leidenschaft gesehnt«, hatte Michael gesagt.

Die Bedeutung dieses Satzes war zu schmerzlich, um darüber nachzudenken. Also bewunderte sie die Statuen auf der anderen Seite der Piazza, Kopien vom *Raub der Sabinerinnen,* Cellinis *Perseus,* Michelangelos *David.* Dann fiel ihr Blick mit einem Mal auf das erstaunlichste männliche Wesen, dessen sie jemals angesichtig geworden war …

Er saß drei Tische weiter und wirkte in dem Hemd aus zerknautschter schwarzer Seide, mit dem unrasierten Kinn, den langen, glatten Haaren und den *La-Dolce-Vita-*Augen wie die Personifizierung italienischer Dekadenz. Zwei lange, schmale Finger einer ebenso schmalen Hand lagen lässig um

den Stiel eines Glases. Er wirkte reich, verwöhnt, gelangweilt und erinnerte sie an Marcello Mastroianni in seinen
besten Zeiten.

Etwas an dem Mann war ihr seltsam vertraut, obgleich sie
wusste, dass sie ihm nie zuvor begegnet war. Sein Gesicht
hätte von einem der alten Meister – Michelangelo, Botticelli, Raphael – gemalt worden sein können. Das war sicherlich
der Grund, weshalb ihr war, als hätte sie ihn irgendwo zuvor schon mal gesehen.

Noch während sie ihn sich genauer ansah, wurde ihr bewusst, dass er sie seinerseits einer gründlichen Musterung
unterzog ...

3

Ren beobachtete sie schon seit ihrer Ankunft im Café. Erst
der dritte ihr angebotene Tisch hatte ihr gefallen, und nachdem sie endlich Platz genommen hatte, hatte sie als Erstes
Salz- und Pfefferstreuer sowie den Aschenbecher nach ihren
Wünschen arrangiert. Eine penible Frau. Ihre Intelligenz
war so deutlich zu erkennen wie die teure Eleganz ihrer italienischen Schuhe, und selbst aus der Ferne verströmte sie
eine ernsthafte Zielgerichtetheit, die ebenso sexy war wie
ihre vollen Lippen.

Sie schien Anfang dreißig zu sein, war dezent geschminkt
und trug die schlichte, doch kostspielige Kleidung, wie sie
elegante, weltgewandte Europäerinnen mochten. Ihr Gesicht war weniger schön als vielmehr faszinierend. Sie war
nicht so mager, wie es in Hollywood modern war, aber ihr
Körper wirkte durchaus attraktiv – die Brüste und die Hüften waren ansprechend proportioniert, sie hatte eine gerten-
schlanke Taille, und unter ihrer schwarzen Hose zeichneten

32

sich phänomenale Beine ab. Die Strähnchen in ihren blonden Haaren waren sicher nicht natürlich, doch er würde wetten, dass sonst alles an ihr echt war. Sie hatte weder falsche Fingernägel noch künstliche Wimpern. Und wenn diese Brüste mit Silikon vergrößert worden wären, würde sie ganz sicher damit protzen, statt sie unter ihrem adretten schwarzen Pullover zu verstecken.

Er sah zu, wie sie ihr Weinglas leerte, ein weiteres bestellte und dabei unbewusst an ihrem Daumennagel kaute. Diese Geste war total unpassend bei einer derart beherrschten Frau, weshalb er sie als seltsam verführerisch empfand.

Er betrachtete auch die anderen Frauen in dem Café, immer wieder jedoch wanderte sein Blick zu ihr zurück. Er nippte nachdenklich an seinem Wein. Die Frauen liefen ihm in Scharen hinterher – niemals war er es, der den ersten Schritt tat. Doch es war ziemlich lange her, seit er zum letzten Mal mit einer Frau im Bett gewesen war, und irgendetwas an der Frau dort drüben an dem Tisch zog ihn an.

Tja, warum eigentlich nicht …

Er lehnte sich auf seinem Stuhl zurück und bedachte sie mit seinem erprobten verführerischen Blick.

Isabel spürte, dass er sie ansah. Alles an ihm war Sex. Das dritte Glas Wein hatte ihre Stimmung ein wenig gehoben, und sein unverhohlenes Interesse hob sie noch ein wenig mehr. Dies war eindeutig ein Mann, der etwas von Leidenschaft verstand.

Er rutschte unmerklich auf seinem Stuhl herum und zog eine dunkle, kantige Braue in die Höhe. Derart unverblümte Avancen war sie nicht gewohnt. Attraktive Männer wollten Ratschläge von Dr. Isabel Favor, ganz sicher keinen Sex. In der Regel schüchterte sie die Männer nämlich ein.

Sie rückte den Pfefferstreuer einen Zentimeter nach rechts. Er sah nicht aus wie ein Amerikaner, und da sie keine internationale Fangemeinde hatte, hatte er sie sicher nicht

33

erkannt. Nein, dieser Mann hatte kein Interesse an Dr. Favors Weisheiten. Er wollte schlicht und einfach Sex.

»Nicht ich, sondern du hast damit ein Problem.«

Sie hob den Kopf, er verzog den Mund zu einem Lächeln, und ihr verletztes, vom Wein betäubtes Herz machte einen Satz.

Dieser Mann hält mich nicht für schizophren, Michael. Dieser Mann hat einen Blick für leidenschaftliche Frauen, und deshalb sieht er mich mit diesem Lächeln an.

Er sah ihr in die Augen, und als er sinnlich mit dem Knöchel seinen Mundwinkel berührte, breitete sich eine angenehme Wärme in ihrem Innern aus. Fasziniert verfolgte sie, wie der Knöchel leicht in Richtung seiner Unterlippe glitt. Die Geste war so unverhohlen sexy, dass sie sie als beleidigend hätte empfinden sollen, doch sie nippte erneut an ihrem Wein und wartete gespannt sein weiteres Vorgehen ab.

Er erhob sich, griff nach seinem Glas und schlenderte auf sie zu. Die beiden Italienerinnen vom Nachbartisch unterbrachen ihr Gespräch, hoben interessiert die Köpfe, eine stellte ihre zuvor gekreuzten Beine eilig nebeneinander, und die andere rutschte unruhig auf ihrem Stuhl herum. Sie waren jung und wunderschön, doch dieser gefallene Renaissance-Engel interessierte sich tatsächlich ausschließlich für sie.

»Buonasera?« Er deutete auf den freien Platz ihr gegenüber. *»Posso farle compagnia?«*

Obgleich eine innere Stimme ihr streng befahl, den Kopf zu schütteln, merkte sie, dass sie nickte. Also glitt er, verführerisch wie ein Laken aus schwarzem Satin, geschmeidig auf den Stuhl.

Aus der Nähe betrachtet, war er nicht minder attraktiv, auch wenn die Augen ein wenig blutunterlaufen waren und sein unrasiertes Kinn anscheinend weniger ein Zeichen seines Modebewusstseins als vielmehr die Folge einiger durchzechter Nächte war. Seltsamerweise jedoch wurde seine Sinnlichkeit durch diese Unvollkommenheit noch erhöht.

Sie erklärte auf Französisch: »*Je ne parle pas l'italien, Monsieur.*«

Wow ... Ein Teil ihres Hirns erklärte barsch, sich auf der Stelle zu erheben und zu gehen. Der andere Teil jedoch flüsterte, sie hätte keine Eile. Rasch überlegte sie, ob etwas an ihr sie als Amerikanerin verriet, doch Europa war voll mit blonden Frauen, einschließlich solcher mit künstlichen Strähnen. Genau wie ihr Gegenüber war sie ganz in Schwarz gekleidet – schmal geschnittene Hose und ärmelloser Rollkragenpullover –, und ihre unbequemen Schuhe stammten aus Italien. Einziges Schmuckstück war ein schmales goldenes Armband, auf dessen Innenseite das Wort *atme* eingraviert war, um sie daran zu erinnern, sich auf ihr Innerstes zu konzentrieren, weil nur dort echte Kraft und Ruhe zu finden waren. Sie hatte nichts gegessen, und so hatte sie sich nicht dadurch verraten, dass sie wie alle Amerikaner die Gabel beim Schneiden des Fleischs von der Linken in die Rechte wandern ließ.

Weshalb ist das wichtig? Weshalb lässt du dich überhaupt auf diesen Typen ein?

Weil die ihr bekannte Welt um sie herum zusammengebrochen war. Weil Michael sie nicht liebte, weil sie zu viel Wein getrunken hatte, weil sie es leid war, ständig Angst zu haben und weil sie sich endlich wie eine Frau fühlen wollte, statt wie eine Institution, der das Versagen offiziell bescheinigt worden war.

»*Peccato.*« Er zuckte italienisch-lässig mit den Schultern. »*Non parlo francese.*«

» *Parlez-vous anglais?*«

Er schüttelte den Kopf und strich sich über die Brust. »*Mi chiamo Dante.*«

Er hieß Dante. Wie passend in dieser Stadt, die einst die Heimat des Dichters Dante Alighieri gewesen war.

Auch sie tippte sich auf die Brust. »*Je suis … Annette.*«
»*Annette. Molta bella.*« Er hob sein Glas und prostete ihr zu.

Dante … Der Name wärmte ihren Magen wie ein Löffel heißen Sirups, und plötzlich lag ein Moschusduft in der abendlichen Luft.

Er berührte ihre Hand. Sie blickte auf seine Finger, hob jedoch, statt sich der Berührung zu entziehen, erneut ihr Weinglas an den Mund.

Er begann mit ihren Fingerspitzen zu spielen und machte ihr dadurch deutlich, dass dies mehr war als ein netter, beiläufiger Flirt. Dies war eine Verführung, doch die Tatsache, dass sie sorgsam kalkuliert war, störte sie nur einen flüchtigen Moment. Sie war zu demoralisiert, um von seinem unverblümten Vorgehen abgestoßen zu sein.

Er lehnte sich auf seinem Stuhl zurück. Er schien sich in seinem Körper rundum wohl zu fühlen, und sie beneidete ihn um seine physische Arroganz.

Gemeinsam verfolgten sie, wie sich die amerikanischen Studenten lärmend miteinander unterhielten. Er bestellte ein viertes Glas Wein für sie, und sie klapperte, statt den Kopf zu schütteln, tatsächlich mit den Wimpern! *Siehst du, Michael, ich weiß durchaus, wie diese Dinge gehen. Und weißt du, warum? Weil ich wesentlich sinnlicher bin, als du jemals gedacht hast …*

Sie war froh, dass eine Unterhaltung wegen der Sprachbarriere einfach nicht möglich war. Ihr bisheriges Leben war total mit Worten angefüllt gewesen – mit Interviews, mit Videos, mit Vorträgen, mit Büchern. Sie hatte geredet, geredet und geredet. Und wohin hatte all das Reden sie letztendlich gebracht?

Einer seiner Finger glitt unter ihre Hand und strich lüstern über ihren Ballen. Savonarola, der Feind aller sinnlichen Freuden, war im fünfzehnten Jahrhundert genau hier auf dieser Piazza auf dem Scheiterhaufen verbrannt. Ginge es ihr am Schluss genauso?

Schön, jetzt stand sie in hellen Flammen, und alles schien sich in ihrem Kopf zu drehen. Trotzdem war sie noch nicht zu betrunken, um nicht zu bemerken, dass sein Lächeln nie bis zu seinen Augen kam. Er hatte so etwas schon Hunderte von Malen gemacht. Hier ging es nicht um Ehrlichkeit, sondern um puren Sex.

In diesem Moment kam ihr eine Erkenntnis. Er war ein Gigolo.

Sie sollte ihm ihre Hand entreißen, doch weshalb? Auf diese Weise wäre alles völlig klar, und sie schätzte Klarheit über alles. Mit ihrer freien Hand hob sie ihr Weinglas erneut an die Lippen. Sie war nach Italien gekommen, um ein neues Leben zu beginnen. Doch wie sollte sie das tun, ehe sie nicht das hässliche innere Tonband mit Michaels Anschuldigungen löschte, das ständig in ihrem Kopf ablief und das ihr das Gefühl gab, alt, verschrumpelt und schlichtweg mangelhaft zu sein. Hastig unterdrückte sie die aufsteigende Verzweiflung.

Vielleicht war Michael ja verantwortlich für ihre sexuellen Probleme? Hatte nicht Dante, der Gigolo, ihr in wenigen Minuten mehr über Sinnlichkeit gezeigt als Michael in vier Jahren? Womöglich konnte ein Profi ja erreichen, was einem Amateur anscheinend nicht gelang? Zumindest könnte sie darauf vertrauen, dass ein Profi die richtigen Knöpfe zu drücken verstand.

Die Tatsache, dass sie auch nur darüber nachdachte, hätte sie schockieren sollen, doch das letzte halbe Jahr hatte sie regelrecht betäubt. Als Psychologin war ihr klar, dass niemand ein neues Leben beginnen konnte, indem er die alten Probleme ignorierte. Die tauchten nämlich unweigerlich ständig wieder auf und plagten einen weiter.

Sie wusste, sie sollte eine solch wichtige Entscheidung

nicht betrunken treffen. Andererseits jedoch zöge sie, wenn sie nüchtern wäre, einen solchen Schritt nie in Erwägung, was ihr plötzlich wie der größtmögliche Fehler erschien. Was könnte sie Besseres mit dem wenigen Geld, das sie noch hatte, tun, als einen endgültigen Schlussstrich unter die Vergangenheit zu ziehen? Genau dieser Schritt hatte ihr in ihrem Plan zur Neuerfindung ihres Lebens bisher noch gefehlt.

Abgeschiedenheit. Erholung. Nachdenken und *sexuelle Gesundung* – dies waren die vier Schritte, die am Schluss zum fünften Schritt, dem *Handeln,* führen würden. Ohne dass sie dabei die vier Ecksteine des positiven Lebens völlig aus dem Blick verlor.

Er leerte genüsslich sein Glas, strich weiter über ihren Ballen und schob schließlich seinen Finger unter das goldene Armband und tastete nach ihrem Puls. Doch nun schien das Spiel ihm langweilig zu werden. Er warf eine Hand voll Scheine auf den Tisch, stand auf und streckte langsam seine Hand in ihre Richtung aus.

Dies war der Moment, in dem sie sich entscheiden musste. Sie bräuchte nur ihre Hand auf dem Tisch liegen zu lassen und den Kopf zu schütteln. Ein Dutzend anderer Frauen saßen in unmittelbarer Nähe, und er würde sich bestimmt, ohne Aufhebens zu machen, umdrehen und gehen.

»Sex kann das, was in einem Menschen zerbrochen ist, nicht heilen«, hatte Dr. Isabel Favor in ihren Vorträgen gepredigt. *»Sex ohne tiefe, anhaltende Liebe macht einen unglücklich und klein. Also lösen Sie erst Ihre Probleme. Lösen Sie erst Ihre Probleme, und denken Sie dann erst an den Sex! Denn wenn Sie nicht erst Ihre Probleme lösen – wenn Sie versuchen, Ihre Probleme hinter dem Sex zu verstecken, durch Sex die Menschen zu treffen, die Ihnen ein Unrecht angetan haben, oder mit Sex Ihre Unsicherheit zu überwinden, um sich wieder ganz zu fühlen – dann wird das, was in Ihnen zerstört ist, noch stärker schmerzen als zuvor ...«*

Aber Dr. Favor hatte elendig versagt, und die Blondine heute in diesem Café brauchte nicht mehr auf sie zu hören. Isabel erhob sich und ergriff die angebotene Hand.

Mit weichen Knien folgte sie ihm über die Piazza und durch eine Reihe enger, gewundener Straßen. Sie fragte sich, wie viel ein Gigolo für seine Dienste nähme, und hoffte, sie hätte genügend Bargeld in ihrem Portemonnaie. Wenn nicht, müsste sie halt ihre Kreditkarte noch einmal strapazieren. Sie gingen in Richtung des Flusses. Welcher der alten Meister hatte dieses Gesicht so treffend gemalt? Doch ihr Hirn war zu umnebelt, als dass sie darauf kam.

Er zeigte auf ein Wappenschild der Medici, das in die Wand eines Gebäudes eingelassen war, und wies dann zu einem winzigen Hof mit einem Brunnen, um den herum ein Meer aus weißen Blumen wogte. Touristenführer und Gigolo in einem. Die Welt hielt doch tatsächlich herrliche Überraschungen für eine Frau bereit. Und heute Abend bot sie ihr das bisher fehlende Glied in ihrem Plan zur Schaffung eines neuen Lebens.

Sie mochte es nicht, wenn ein Mann sie überragte, und er war einen guten Kopf größer. Doch bald befänden sie sich in der Horizontale, also wäre das nicht lange ein Problem. Sie unterdrückte die in ihr aufflackernde Panik. Vielleicht war er verheiratet, doch er wirkte kaum zivilisiert und absolut nicht gezähmt. Eventuell war er ein Massenmörder, doch trotz der Mafia schienen Italiens Kriminelle eher auf Diebstahl als auf das Schlachten von Menschen spezialisiert zu sein.

Er verströmte einen teuren Duft – sauber, exotisch und erregend. Möglicherweise kam dieser Duft nicht aus der Flasche, sondern direkt aus seinen Poren. Sie stellte sich vor, wie er sie gegen eins der alten Steingebäude presste, ihren Rock an ihr heraufschob und sie an Ort und Stelle nahm, nur dass es dann zu schnell gegangen wäre und dass es nicht darum ging, die Sache möglichst eilig hinter sich zu bringen. Es ging darum, endlich Michaels Stimme verstummen zu lassen und ein neues Leben zu beginnen.

Der Wein machte sie unaufmerksam, und sie geriet ins Stolpern. Oh, sie war wirklich eine weltgewandte Frau … Er fing sie geschickt auf und deutete auf den Eingang zu einem kleinen, teuren Hotel.

»Vaole venire con me in allbergo.«

Auch wenn sie die Worte nicht verstand, war die Einladung deutlich.

»Ich habe mich schon lange nach Leidenschaft gesehnt«, hatte Michael gesagt.

Tja, weißt du was, Michael Sheridan? Ich mich auch.

Sie schob sich an Dante vorbei und marschierte in das winzige Foyer. Die eleganten Samtvorhänge, die vergoldeten Stühle und der gepflegte Steinboden wirkten beruhigend. Zumindest hätte sie ihren schmutzigen Sex auf einem sauberen Laken. Und dies war bestimmt nicht der Ort, den ein Verrückter wählen würde, um eine naive, sexuell ausgehungerte Touristin zu ermorden.

Der Angestellte am Empfang reichte ihm einen Schlüssel, also schien er Stammgast in diesem Haus zu sein. Ein Edelgigolo. In dem engen Fahrstuhl berührten sich ihrer beider Schultern, und sie wusste, dass die Hitze in ihrem Magen nicht nur eine Folge des Weins und ihres Unglücks war.

Schließlich traten sie in einen schwach beleuchteten Flur, und als sie ihn von der Seite her musterte, tauchte vor ihrem geistigen Auge unvermittelt das Bild eines total in Schwarz gekleideten Mannes mit einer Maschinenpistole auf.

Wie kam sie nur auf so was? Auch wenn sie sich in seiner Nähe nicht vollkommen sicher fühlte, hatte sie auch nicht den Eindruck, als wäre sie tatsächlich in Gefahr. Wenn er sie hätte ermorden wollen, hätte er es in einer der dunklen Gassen getan, durch die sie gelaufen waren, und ganz sicher nicht in einem Fünfsternehotel mit einer Maschinenpistole.

Er führte sie zum Ende des schmalen Gangs. Seine Hand auf ihrem Arm war ein stummes Signal dafür, dass die Kontrolle über ihr Zusammensein auf ihn übergegangen war.

O Gott … was hatte sie hier bloß verloren?

»Bei gutem, bei wunderbarem Sex muss es nicht nur um unsere Körper gehen, sondern auch um unseren Geist.«

Dr. Isabel hatte Recht. Aber hier ging es nicht um wunderbaren Sex. Hier ging es um geiles, verbotenes, gefährliches Treiben in einer fremden Stadt mit einem Mann, den sie nie wieder sehen würde. Darum, den Kopf frei zu bekommen und ihre Ängste zu verjagen. Darum, sich zu vergewissern, dass sie noch eine Frau war. Darum, endlich zu gesunden, um ein neues Leben anfangen zu können.

Er öffnete die Tür und machte Licht. Seine Frauen schienen ihn sehr gut zu bezahlen. Dies war kein schlichter Raum, sondern eine elegante, wenn auch etwas unaufgeräumte Suite, in der seine Kleidung aus einem offenen Koffer quoll und ein Paar teurer Schuhe achtlos inmitten des Zimmers lag.

»Voi un po' di vino?«

Sie erkannte das Wort *»vino«* und wollte gerade annehmen, dann jedoch schüttelte sie so vehement den Kopf, dass sie beinahe das Gleichgewicht verlor.

»Va bene.« Mit einem kurzen, höflichen Nicken ging er an ihr vorbei ins Schlafzimmer hinüber. Er bewegte sich wie ein dunkles, geschmeidiges Wesen der Verdammnis. Oder vielleicht war sie selbst verdammt, weil sie nicht wieder ging, sondern ihm zur Tür des Zimmers folgte und beobachtete, wie er vor die Fenster trat.

Er beugte sich hinaus, um die Klappläden zu schließen, und die warme Brise zerzauste sein langes, seidig weiches, in silbriges Mondlicht getauchtes Haar. Ehe er die Läden schloss, winkte er sie einladend neben sich. »*Vieni a vedere. Il giardino è bellissimo di notte.*«

Ihre Füße fühlten sich an wie alkoholgetränkte Lumpen, als sie ihre Tasche auf ein kleines Tischchen legte, neben ihn trat und hinunterblickte auf ein halbes Dutzend Tische unter für die Nacht zusammengeklappten Schirmen in einem mit Blumen übersäten Hof. Hinter der Mauer hörte sie den Lärm der Straße, und sie meinte, dass ihr der Geruch des Arno in die Nase stieg.

Seine Hand glitt sanft in ihren Nacken. Er hatte den ersten Schritt getan.

Immer noch könnte sie gehen. Sie könnte ihm deutlich machen, dass alles ein großer, ein riesengroßer, ein monumentaler Fehler gewesen war. Wie viel Geld gab man einem Gigolo, der seine Arbeit nur angefangen hatte? Und, gab man auch ein Trinkgeld? Wenn sie ginge –

Doch er hielt sie einfach nur fest. Das war gar nicht so übel. Es war sehr lange her, dass sie von einem Menschen auf diese Art festgehalten worden war. Und er fühlte sich anders an als Michael. Das lag natürlich zum einen an seiner unangenehmen Größe, zum anderen jedoch an seiner durchaus angenehmen muskulösen Gestalt.

Er neigte seinen Kopf, und sie machte, weil sie zum Küssen noch nicht bereit war, hastig einen kleinen Schritt zurück. Dann jedoch sagte sie sich, dass dieses Zusammensein für sie eine Art reinigendes Fegefeuer war, und blieb reglos stehen.

Seine Lippen trafen ihren Mund in genau dem richtigen Winkel. Das sanfte Gleiten seiner Zunge war weder schüchtern noch erstickend, sondern schlicht perfekt. Es war ein wunderbarer Kuss, elegant und ohne jedes schlürfende oder schmatzende Geräusch. Makellos. Allzu makellos. Trotz ihrer Betäubtheit wusste sie, dass nichts von ihm selbst in diesem Kuss lag, dass er lediglich eine mühelose Probe seiner professionellen Erfahrenheit zum Besten gab. Das war natürlich in Ordnung. Genau das, was sie erwartet hätte, wenn Zeit genug gewesen wäre, um etwas zu erwarten.

Was *machte* sie bloß hier?

Halt die Klappe, und lass den Mann seine Arbeit tun. Denk an ihn als Sexspielzeug. Angesehene Therapeuten wendeten sogar Sexspielzeuge an – oder etwa nicht?

Auf jeden Fall ließ er sich Zeit, und das Blut in ihren Adern begann zu rauschen. Es war echt anerkennenswert, wie sanft und zärtlich er sich gab.

Seine Hand glitt unter ihren Pullover, ehe sie dazu bereit war, doch sie versuchte nicht, ihn daran zu hindern. Michael hatte Unrecht. Sie musste nicht immer alles kontrollieren. Außerdem fühlte sich Dantes Berührung gut an, also schien sie doch zu funktionieren, oder etwa nicht? Er griff nach den Häkchen ihres Büstenhalters, und sie erstarrte. *Entspann dich, und lass den Mann seine Arbeit tun. Das Ganze ist völlig normal, auch wenn er ein Fremder für dich ist.*

Er schob die Körbchen auseinander und streichelte ihr Rückgrat. Sie würde ihn gewähren lassen. Sie würde ihn mit seinen Fingern über ihre Nippel streichen lassen. Ja, genau so. Er war wirklich talentiert ... nahm sich jede Menge Zeit. Vielleicht hatten sie und Michael es im Bett zu eilig gehabt, aber was konnte man von zwei zielorientierten Workaholics auch anderes erwarten?

Dante schien es Spaß zu machen, ihre Brüste zu liebkosen, was sie als recht angenehm empfand. Michael hatten ihre Brüste ebenfalls gefallen, doch Dante war ein echter Kenner.

Er zog sie vom Fenster Richtung Bett und schob ihr den Pullover bis unter die Achseln. Zuvor hatte er ihre Brust nur fühlen können, nun aber konnte er sie auch sehen. Dies war ihr eindeutig zu intim, doch wenn sie den Pullover wieder runterzöge, würde sie dadurch zeigen, dass Michaels Behauptung richtig gewesen war. Also ließ sie es sein.

Er umfasste ihre Brüste, hob sie, knetete sie sanft, neigte seinen Kopf und sog einen der Nippel tief in seinen Mund. Ihr Körper begann seine Bodenhaftung zu verlieren.

Sie spürte, dass ihre Hose über ihre Hüften rutschte. Es lag in ihrer Natur, hilfsbereit zu sein, und so entledigte sie sich ihrer Schuhe, und er trat gerade weit genug zurück, um ihr den Pullover samt dem Büstenhalter auszuziehen. Seine Bewegungen waren geschickt und ökonomisch und bis hin zu den schmelzenden italienischen Kosewörtern, die er in ihr Ohr wisperte, war sein Vorgehen durch und durch perfekt.

Mit nichts als einem beigefarbenen Spitzenhöschen und einem Goldarmband mit einem eingravierten *atme* stand sie nun vor ihm. Ohne jede Verlegenheit zog er ebenfalls Schuhe und Strümpfe aus, knöpfte sein schwarzes Seidenhemd mit der Nonchalance des professionellen Strippers langsam und gleichzeitig lässig auf und entblößte eine herrlich muskulöse Brust. Es war nicht zu übersehen, dass er, um sein Handwerksgerät in Schuss zu halten, regelmäßig Gast im Fitness-Studio war.

Seine Daumen strichen über ihre von seinem Mund noch feuchten Nippel und zupften zärtlich daran herum. Sie begann zu schweben und dachte, je weiter sie von dannen schwebte, umso besser würde es letztendlich sein. »Bella«, stieg es wie das Schnurren eines Katers aus seiner Kehle auf.

Seine Hand glitt über die beigefarbene Spitze zwischen ihren Beinen und begann daran zu reiben, doch das fand sie übereilt. Vielleicht ginge Dante doch besser noch einmal auf die Gigolo-Schule zurück.

Allerdings hatte sie diesen Gedanken kaum beendet, als sein Finger behutsam um die Spitze herumzukreisen begann. Ihre Knie gaben nach, und sie klammerte sich Hilfe suchend an ihm fest. Weshalb dachte sie nur ununterbrochen, sie könnte die Arbeit anderer besser als die selbst? Als hätte sie diese Erfahrung in den letzten Monaten nicht oft genug gemacht, wurde ihr mal wieder gezeigt, dass sie, falls überhaupt irgendwo, so doch nicht auf allen Gebieten eine Expertin war.

Mit einer eleganten Drehung seines Handgelenks schlug er die Bettdecke zurück, zog sie auf die Matratze und lehnte sich elegant neben ihr zurück. Am besten schrieben sie beide nach dieser Nacht ein Buch. Er mit dem Titel *Sexgeheimnisse von Italiens heißestem Gigolo* und sie unter der Überschrift *Wie ich bewies, dass ich ganz Frau bin und dadurch mein Leben wieder in den Griff bekam.* Ihr Verleger könnte die beiden im Doppelpack verkaufen.

Sie zahlte für diese Begegnung, und er hatte sie berührt. Also war es Zeit, die Berührung zu erwidern, auch wenn sie Fremde füreinander waren und ihr der Gedanke, ihn tatsächlich anzufassen, anmaßend erschien.

Hör doch bitte endlich auf!

Sie begann die zögerliche Erforschung seines Körpers mit seiner Brust. Auch Michael ging regelmäßig trainieren, jedoch mit deutlich weniger Erfolg als dieses Bild von einem Mann.

Ihre Hände wanderten zu seinem Bauch, der so straff war wie der eines Athleten. Seine Hose war verschwunden – wann hatte er sie ausgezogen? – und er trug Boxershorts aus schwarzer Seide.

Gib dir einen Ruck!

Sie legte ihre Finger auf den dünnen Stoff und hörte, wie er nach Luft rang. Ob wirklich oder gespielt, konnte sie nicht sagen, eins jedoch war sicher – er hatte eine natürliche Begabung für seinen Beruf.

Sie spürte, wie er ihr das Höschen über die Beine streifte – *Hättest du es etwa anbehalten wollen?* –, sein Gewicht verlagerte und eine Reihe sanfter Küsse auf die Innenseite ihrer Schenkel regnen ließ. Eine Alarmglocke begann in ihrem

Kopf zu schrillen, und je höher er glitt, umso starrer wurde sie, bis sie schließlich seine Schultern packte und ihn von sich fortdrückte. Es gab Dinge, auf die sie sich nicht mal, um mit ihrer Vergangenheit zu brechen, einließ.

Im Dämmerlicht des Raumes erkannte sie, dass er sie fragend ansah, doch sie schüttelte den Kopf, und so zog er schulterzuckend die Schublade des Nachttischs auf.

An Kondome hatte sie bisher noch gar nicht gedacht. Offenbar hatte sie in ihrem Elend inzwischen einen Todeswunsch entwickelt. Ebenso lässig, wie er alles andere machte, streifte er das Gummi über und wollte sie gerade an seine Brust ziehen, als sie, geleitet vom Rest ihrer Vernunft, zwei Finger in die Luft hielt.

»Due?«

»Deux, s'il vous plaît.«

Mit einem Blick, der »verrückte Ausländerin« besagte, griff er nach einem zweiten Päckchen, dieses Mal jedoch waren seine Bewegungen deutlich weniger leger. Er musste richtig kämpfen, um das Latex über das Latex zu bekommen, und sie wandte sich ab, da seine Unbeholfenheit ihn menschlich machte und sie ihn nicht als Menschen sehen wollte, sondern als Mittel zu ihrer Therapie.

Seine Hand strich über ihre Hüfte, und er spreizte ihre Beine, doch die Vertraulichkeit der Geste war ihr zu viel. Eine Träne rann aus dem Winkel ihres linken Auges, und sie drehte verlegen den Kopf und presste ihre Wange in das Kissen, bevor er etwas sah. Verdammt, sie wollte keine weinseligen, selbstmitleidigen Tränen, sondern einen Orgasmus. Einen phänomenalen Orgasmus, der ihr Hirn freifegen würde, damit sie ihr Leben endlich wieder neu starten konnte.

Sie zog an seinen Schultern, und als er nicht sofort reagierte, zog sie etwas stärker, bis er schließlich schwer auf ihrem Körper lag. Sein Haar strich über ihre Wange, und sie hörte seinen rauen Atem, als er einen Finger tief in sie hineinstieß. Es fühlte sich gut an, doch er war ihr zu nahe. Ihr Magen rumorte von dem vielen Wein, und sie dachte, dass sie ihn hätte auf den Rücken legen und sich rittlings auf ihn setzen sollen, weil ihr das in ihrem momentanen Zustand sicher weniger schlecht bekam.

Er verlangsamte das Stoßen und Kreisen seines Fingers, doch sie wollte ans Ziel gelangen, packte seine Hüften, und endlich gab er nach.

Ihr war sofort klar, dass es nicht so einfach wie mit Michael werden würde. Sie rieb sich in Schlangenlinien an seinem Bauch, bis er einen Teil seiner Beherrschung verlor und sich in sie hineinschob.

Doch selbst jetzt verharrte er vollkommen reglos, und so reckte sie sich ihm entgegen, damit er sich etwas beeilte und sie dorthin brachte, wohin sie gelangen musste, ehe das nüchterne Wispern in ihrem weingetränkten Hirn zu einem lauten Brüllen würde und sie sich damit auseinander setzen müsste, dass sie alles, woran sie glaubte, durch dieses Treiben über Bord warf und dass dieses Treiben *völlig falsch und verdammungswürdig* war!

Er zog sich aus ihr zurück und bedachte sie mit einem glutäugigen Blick. Obgleich er wirklich fantastisch aussah, fand sie das irgendwie zu intim und schloss schnell die Augen. Er tastete mit seinen Händen zwischen ihrer beiden Leiber und begann ihre Liebesperle zu reiben, doch seine Geduld machte alles nur noch schlimmer. Der Wein gurgelte in ihrem Magen, und sie schubste seinen Arm zur Seite und bewegte ihre Hüften, bis er verstand und langsam, aber so tief wie möglich wieder in sie drang. Sie biss sich auf die Lippe, zählte rückwärts und wieder vorwärts, schob seine Hand erneut zur Seite und kämpfte gegen das Elend des Selbstverrats an.

Eine Ewigkeit verging, bevor er endlich zuckte. Sie ertrug

sein wohliges Erschaudern, wartete, dass er sich endlich von ihr herunterrollen würde, und sprang, als er es schließlich tat, mit einem Satz vom Bett.

»Annette?«

Ohne auf ihn zu achten, stieg sie in ihre Kleider.

»Annette? *Che problema c'è?*«

Sie wühlte kurz in ihrer Tasche, warf eine Hand voll Geldscheine aufs Bett und flüchtete, ohne sich noch einmal umzudrehen, aus dem Raum.

4

Achtzehn Stunden später hatten sich die bohrenden Kopfschmerzen noch immer nicht gelegt. Irgendwo südwestlich von Florenz kämpfte sich Isabel in einem Fiat Panda über eine unbeleuchtete, fremde Straße mit Schildern in einer Sprache, die sie nicht verstand. Ihr Strickkleid war durch den Sicherheitsgurt total verknittert, und für die Bändigung ihrer Haare hatte sie nach dem Aufstehen nicht genügend Energie gehabt. Sie hasste sich, wenn sie derart schlampig, desorganisiert und deprimiert war, und fragte sich, wie viele desaströse Fehler sich eine intelligente Frau leisten konnte, ohne dass sie darüber den Verstand verlor. Angesichts des momentanen Zustands ihres Schädels war die Zahl ihrer Fehltritte eindeutig zu hoch.

Ein Schild blitzte im Dunkeln auf, ehe es wieder verschwand. Sie trat auf die Bremse, lenkte den Wagen an den Rand der Straße und fuhr ein Stück zurück. Sie machte sich keine Gedanken, ob da womöglich jemand von hinten kommen könnte – seit ein paar Meilen war weit und breit niemand zu sehen.

Die Toskana hatte den Ruf einer wunderschönen Land-

schaft, da sie jedoch erst nach Einbruch der Dunkelheit aufgebrochen war, hatte sie davon bisher so gut wie nichts gesehen. Sie hätte früher losfahren sollen, hatte jedoch bis zum
Spätnachmittag im Bett gelegen und dann eine Weile am
Fenster ihres Hotelzimmers gesessen, hinausgestarrt und
vergeblich versucht zu beten.

Das Scheinwerferlicht des Pandas fiel auf das zuvor verpasste Schild. CASALLEONE. Sie schaltete die Innenbeleuchtung ein, spähte auf die Wegbeschreibung und merkte,
dass ihr irgendwie die Rückkehr auf die richtige Straße gelungen war. Gott schützte also selbst Idiotinnen wie sie.

Aber, lieber Gott, wo warst du gestern Abend?

Irgendwo anders, klar. Doch sie konnte weder Gott noch
all dem Wein, den die getrunken hatte, die Schuld an ihrem
Fehltritt geben. Ihre eigene Charakterschwäche hatte sie
dazu getrieben, eine derart monumentale Dummheit zu begehen. Sie hatte alles über Bord geworfen, woran sie seit frü-
hester Jugend glaubte, nur um zu entdecken, dass Dr. Favors
Meinung wie üblich richtig gewesen war. Sex brachte keine
Heilung.

Sie lenkte den Wagen zurück auf die Straße. Wie bei so
vielen anderen Menschen hatten ihre Probleme ihren Ursprung in der Kindheit, doch wie lange konnte man den Eltern die Schuld geben an eigenem Versagen? Ihre Eltern –
Collegeprofessor und -professorin – hatten eine ausgeprägte Neigung zum Chaos und zu emotionalen Ausschweifungen gehabt. Ihre Mutter: brillant, alkoholabhängig und stets
von ihrer Libido beherrscht. Ihr Vater: ebenfalls brillant,
ebenfalls ein Trinker und obendrein so streitsüchtig, dass es
mit ihm nicht auszuhalten gewesen war. Obgleich sie auf ihren jeweiligen Fachgebieten als sehr kompetent gegolten hatten, hatte keiner von ihnen beiden je eine dauerhafte Anstel-
lung erlangt. Ihre Mutter hatte ständig Affären mit irgendwelchen Studenten angefangen, und ihr Vater hatte eine Vor-

liebe für lautstarke Kräche im Kollegenkreis gehabt. Also hatte Isabel den Großteil ihrer Kindheit mit Umzügen zwischen den verschiedensten College-Städten zugebracht und dabei mit ansehen müssen, wie das Leben ihrer Eltern zunehmend außer Kontrolle geraten war.

Während sich andere Kinder danach sehnten, der Disziplin der Eltern zu entfliehen, hatte sich Isabel genau diese Disziplin stets vergeblich gewünscht. Ihre Eltern hatten sie ständig als Faustpfand in ihren Auseinandersetzungen benutzt, und so hatte sie ihnen, aus reinem Selbsterhaltungstrieb, im Alter von achtzehn endgültig den Rücken zugekehrt. Ihr Vater war vor sechs Jahren an einer Leberzirrhose gestorben, und ihre Mutter war ihm kurz darauf gefolgt. Sie hatte ihre Pflicht den beiden gegenüber bis zum Schluss erfüllt, hatte jedoch weniger ihren Tod betrauert als vielmehr die Vergeudung ihrer Leben.

Das Scheinwerferlicht des Wagens fiel auf eine schmale, gewundene, von pittoresken Steinhäusern gesäumte Straße, über die man zu einer Reihe kleiner, jetzt am Abend geschlossener Geschäfte kam. Alles an diesem Städtchen wirkte alt und gemütlich, außer dem an der Wand eines der Häuser klebenden riesigen Mel-Gibson-Filmplakats. In kleineren Buchstaben stand unter dem Titel der Name Lorenzo Gage.

Er traf sie wie ein Fausthieb. Dante hatte sie nicht an eine Figur aus einem Renaissance-Gemälde erinnert, sondern an Lorenzo Gage, den Mimen, von dem ihre Lieblingsschauspielerin vor kurzem in den Selbstmord getrieben worden war.

Ihr Magen zog sich zusammen. Wie viele Gage-Filme hatte sie gesehen? Vier? Fünf? Eindeutig zu viele, aber Michael hatte eine Vorliebe für Action-Filme gehabt, je gewalttätiger, umso lieber. Nun bräuchte sie nie wieder eines solchen Streifens wegen ins Kino zu gehen.

Sie fragte sich, ob Gage wohl irgendwelche Gewissensbisse wegen Karli Swensons Tod verspürte. Wahrscheinlich wurde sein Ruhm durch ihren Selbstmord noch gesteigert. Weshalb waren nette Frauen so oft von derartigen Schurken fasziniert? Wahrscheinlich wollten oder mussten sie glauben, sie wären die Einzigen, von denen sich ein solcher Loser in einen treuen Ehemann und Vater verwandeln ließ. Zu schade, dass es so leicht halt nicht war.

Sie hatte das Ende des Städtchens erreicht, schaltete noch einmal die Innenbeleuchtung des Panda ein und las sich den Rest der Wegbeschreibung durch: *»Fahren Sie die Straße hinter Casalleone zwei Kilometer weiter, und biegen Sie an dem rostigen Ape nach rechts ab.«*

Rostiger Ape, rostiger Affe? Spontan entstand vor ihrem geistigen Auge ein Bild von King Kong mit schlecht gefärbtem Fell. Zwei Kilometer weiter jedoch fiel das Licht der Scheinwerfer auf die Überreste nicht von einem Affen, sondern von einem am Straßenrand stehenden rostigen Ape, wie die berühmten, von Italiens Bauern heiß geliebten dreirädrigen Lieferwagen hießen, auch wenn dieses Exemplar offenbar bereits seit langem keine Räder mehr besaß.

Als sie in die schmale Straße reinfuhr, flogen von unten jede Menge Kieselsteine gegen die Karosserie. In der Wegbeschreibung wurde die Einfahrt zur Villa dei Angeli, der »Engelsvilla«, erwähnt, und sie lenkte den Panda um eine Reihe bergauf führender Kurven, ehe sie die offenen schmiedeeisernen Tore besagter Einfahrt fand. Der Kiesweg, den sie suchte, bog direkt dahinter ab. Es war eher ein schmaler Pfad, und der Panda holperte ihn erst ein Stück herunter und bog dann um eine Ecke, ehe Isabel entgeistert auf die Bremse trat.

Ein paar Sekunden lang starrte sie auf das vor ihr aufragende Gebäude. Schließlich stellte sie den Motor ihres Wagens ab, schaltete das Licht aus und ließ ermattet den Kopf gegen die Nackenstütze sinken. Verzweiflung wallte in ihr auf. Dieser halb verfallene, vernachlässigte Haufen alter Steine war das von ihr gemietete Haus. Nicht herrlich restauriert, wie von der Maklerin behauptet, sondern in einem derart elenden Zustand, dass es bestenfalls als Unterstand für eine Herde Kühe zu verwenden war.

Abgeschiedenheit. Ruhe. Besinnung. Handeln. Sexuelle Heilung war nicht länger Teil ihres Plans. Am besten, sie dächte nicht einmal mehr darüber nach.

Das Haus böte ihr Abgeschiedenheit, aber wie sollte sie Ruhe oder gar eine Atmosphäre der Besinnung finden, wenn sie eine Ruine bewohnen sollte? Doch sie brauchte unbedingt Besinnung, wenn sie einen Plan entwickeln wollte, um ihrem Leben neuen Schwung zu geben. Der Berg an Fehlern, die sie machte, wurde täglich höher. Allmählich schwand schon die Erinnerung an ihr ehemaliges Leben als praktische, kompetente – und vermögende! – Frau.

Sie rieb sich die Augen. Zumindest war klar, weshalb das Haus so preisgünstig war.

Sie fand kaum die Energie, aus dem Wagen auszusteigen und die Koffer zur Eingangstür zu schleifen. Es war so ruhig, dass sie sich selber atmen hören konnte. Sie hätte alles dafür gegeben, das Jaulen der Sirene eines Polizeiauto oder das Dröhnen eines startenden Flugzeuges zu hören, hier aber zirpten lediglich ein paar Grillen.

Die grobe Holztür war nicht abgeschlossen, und sie quietschte so bedrohlich wie in einem schlechten Film. Isabel hätte sich selbst über das Auftauchen von Fledermäusen nicht gewundert, doch alles, was sie hier begrüßte, war der Modergeruch von altem Stein.

»Selbstmitleid ist lähmend. Ebenso wie eine ausgeprägte Opfermentalität. Du bist kein Opfer, meine Gute. Du verfügst über jede Menge Kraft. Du –«

Oh, halt die Klappe!, fuhr sie sich selbst im Geiste an und tastete suchend an der Wand, bis sie den Schalter einer Bodenlampe von der Wattstärke einer Weihnachtsbaumkerze fand.

Die schwache Beleuchtung enthüllte einen kalten, nackten Fliesenboden, ein paar alte Möbel und eine steile Treppe. Wenigstens keine Kühe. Erschöpft nahm sie ihren kleinsten Koffer, schleppte sich die Steintreppe hinauf und fand – o Wunder – ein funktionierendes Bad und einen kleinen Schlafraum, der so nüchtern wirkte wie die Zelle einer Nonne. Nach ihrem Abenteuer letzte Nacht die reinste Ironie.

Ren stand auf dem Ponte alle Carraia und blickte über den Arno zur Ponte Vecchio, die aus dem vierzehnten Jahrhundert stammte, die einzige alte Brücke, die nicht während des Zweiten Weltkriegs Hitlers Luftwaffe zum Opfer gefallen war. Ren selber hatte mal versucht, die Tower Bridge in London in die Luft zu sprengen, George Clooney jedoch hatte ihn vorher erschossen, sodass nichts aus dem gemeinen Vorhaben geworden war.

Der Wind peitschte ihm eine kurze Locke in die Stirn. Er hatte sich die Haare schneiden lassen, sich rasiert und – da er heute Abend nicht die Absicht hatte, hell erleuchtete öffentliche Plätze zu besuchen – auf die braunen Kontaktlinsen verzichtet. Jetzt fühlte er sich regelrecht entblößt. Manchmal hätte er seine Haut gern gegen eine andere eingetauscht.

Die Französin gestern Abend hatte ihn erschreckt. Er irrte sich nicht gern in anderen Menschen. Obgleich er den anonymen Sex bekommen hatte, den er wollte, hatte etwas ganz eindeutig nicht gestimmt. Er schaffte es spielerisch, selbst dann in Schwierigkeiten zu geraten, wenn er garantiert nicht danach suchte.

Zwei junge Männer spazierten über die Brücke und musterten ihn so gründlich, als überlegten sie, ob sich ein Überfall wohl lohnte. Durch ihr großspuriges Auftreten wurde er an seine eigene Jugendzeit erinnert, obgleich es ihm immer eher um Selbstzerstörung als um die Schädigung anderer gegangen war. Er war ein Punk gewesen, der mit einem goldenen Löffel im Mund geboren worden war. Frühzeitig hatte er gelernt, dass einem schlechtes Benehmen die größte Aufmerksamkeit bescherte. Niemand fand größere Beachtung als der, der ständig alle Regeln übertrat.

Er tastete nach seinen Zigaretten, obwohl er seit einem halben Jahr schon nicht mehr rauchte. In der zerknüllten Packung, die er in der Tasche hatte, steckte genau noch eine einzige, die er für den Notfall bei sich hatte.

Er zündete sie an, warf das Streichholz über das Brückengeländer ins Wasser und beobachtete erneut die beiden Jungen. Es war regelrecht enttäuschend, als sie unbehagliche Blicke tauschten und, statt ihn zu überfallen, mit eingezogenen Köpfen weitergingen, als hätte möglicherweise er es auf sie abgesehen.

Er sog den Rauch der Zigarette tief in seine Lungen. Am besten sollte er die letzte Nacht umgehend vergessen. Doch das war gar nicht so einfach. Die hellbraunen Augen der Frau hatten eine hohe Intelligenz verraten, und ihre zugeknöpfte Weltgewandtheit hatte ihn erregt. Deshalb hatte er die Tatsache, dass mit ihr etwas nicht stimmte, zuerst übersehen. Am Ende hatte er das grässliche Gefühl gehabt, als greife er sie an. Er vergewaltigte Frauen auf der Leinwand, im wahren Leben hingegen war dies ein Verbrechen, das zu begehen bereits sein Vorstellungsvermögen absolut überstieg.

Er verließ die Brücke, wanderte durch eine menschenleere Straße und schleppte seine schlechte Laune weiter wie ein unliebsames Gepäckstück mit sich herum. Eigentlich hätte er allen Grund zu jubeln. Schließlich stand er unmittelbar vor der Erfüllung seines allergrößten Traums. Durch den

Howard-Jenks-Film bekäme er endlich die Chance, sich als der gute Schauspieler zu profilieren, der er tatsächlich war. Obgleich er reich genug war, um nie wieder einen Finger krumm machen zu müssen, liebte er seine Arbeit. In seinem nächsten Film wäre er ein ebenso erinnerungswürdiger Verbrecher, wie Hannibal Lecter es in *Schweigen der Lämmer* gewesen war. Die Dreharbeiten jedoch fingen erst in sechs Wochen an, und hier in der Enge von Florenz hielt er es nicht mehr aus.

Karli ... die Frau von gestern Abend ... das Gefühl, dass nichts von dem, was er bisher erreicht hatte, wirklich etwas zählte ... Gott, er hatte seine Deprimiertheit satt.

Er klemmte seine Zigarette zwischen den Lippen fest, vergrub die Hände in den Taschen seiner Hose, zog die Schultern in die Höhe und marschierte wie ein James-Dean-Abklatsch auf dem Boulevard of Broken Dreams mit finsterer Miene weiter.

Verdammt. Morgen würde er Florenz verlassen und sich an den Ort begeben, wegen dem er überhaupt hierher gekommen war.

5

Isabel wälzte sich erschöpft in ihrem Bett. Ihrem Reisewecker zufolge war es neun Uhr dreißig und somit heller Morgen, in ihrem Zimmer jedoch war es erschreckend düster. Verwirrt blickte sie hinüber zu den Fenstern und bemerkte die zugeklappten Läden.

Sie rollte sich auf den Rücken und betrachtete die Kombination aus flachen roten Ziegeln und grob behauenen Balken über ihrem Kopf. Draußen hörte sie etwas wie das entfernte Rumpeln eines Traktors. Das war alles. Kein beruhigendes Klappern von Müllwagen und kein melodiöses Krakeelen von Taxifahrern, die einander in Sprachen der dritten Welt verfluchten. Sie war in Italien und schlief in einem Zimmer, das aussah, als hätte zuletzt eine heilig gesprochene Märtyrerin darin gewohnt.

Sie legte den Kopf weit genug in den Nacken, um das Kruzifix an der stuckverzierten Wand hinter sich zu sehen. Sofort stiegen wieder die verhassten Tränen in ihren Augen auf. Tränen um den Verlust ihres bisherigen Lebens und des Mannes, von dem sie gedacht hatte, dass sie ihn liebe. Weshalb nur hatte sie nicht genug Cleverness, Arbeitseifer oder einfach Glück gehabt, um das, was sie hatte, zu behalten? Und vor allem, weshalb hatte sie ihre Seele durch das Zusammensein mit einem italienischen Gigolo beschmutzt, der aussah wie ein psychopathischer Filmstar? Sie versuchte, die Tränen mit einem Morgengebet zu bekämpfen, aber die Göttin war für das Flehen ihrer pflichtvergessenen Tochter offenbar inzwischen taub.

Die Versuchung, sich die Decke über den Kopf zu ziehen und sich nie wieder zu erheben, war derart groß, dass sie erschrocken ihre Beine über den Rand des Bettes schwang und barfuß über die kalten Fliesen aus dem spartanischen Zimmer in den schmalen Flur trat, an dessen einem Ende sich das Badezimmer fand. Wenn auch klein, war es zumindest relativ modern, also war das Haus entgegen ihrer anfänglichen Furcht vielleicht doch keine totale Ruine.

Sie badete, hüllte sich in ein Handtuch, kehrte in die dämmrige Zelle der heiligen Märtyrerin zurück und stieg dort in eine graue Hose und ein passendes ärmelloses Top. Dann ging sie hinüber zu den Fenstern, entriegelte die Läden und schob sie entschlossen zurück.

Ein wahrer Regen aus zitronengelbem Licht strömte durch das Fenster, und geblendet schloss sie kurz die Augen. Dann machte sie sie wieder auf und erblickte zum ersten

Mal seit ihrer Ankunft die sanft wogenden Hügel der Toskana.

»Oh, mein ...« Sie stützte ihre Arme auf den Steinsims und nahm das Mosaik aus rehbraunen, honiggelben und zinngrauen, hier und da von Reihen von Zypressen, die wie ausgestreckte Finger Richtung Himmel wiesen, unterbrochenen Feldern in sich auf. Nirgends gab es Zäune. Die Grenzen zwischen den abgeernteten Weizenfeldern, den Weinbergen und den kleinen Wäldern bestanden aus gewundenen Straßen, Tälern oder folgten schlicht und einfach den Regeln der Natur.

Dies war eindeutig Bethlehem. Dies war das Heilige Land der Künstler aus der Renaissance. Sie hatten die Landschaft, die sie kannten, als Hintergrund für ihre Madonnen, ihre Engel, ihre Krippen und ihre Schäferszenen ausgewählt. Das Heilige Land ... direkt vor ihrem Fenster.

Sie spähte erst in die Ferne und studierte anschließend die direkte Umgebung ihres Hauses. Zu ihrer Linken erstreckte sich ein terrassenförmig angelegter Weinberg, und unmittelbar am Rand des Gartens hatte jemand einen Hain aus knorrigen Olivenbäumen angelegt. Um mehr zu sehen, wollte sie hinausgehen, wandte sich vom Fenster ab und blieb, als sie merkte, welche Veränderung das Zimmer durch das hereinströmende Licht erfahren hatte, beinahe ehrfürchtig stehen. Jetzt waren die weiß gekalkten Wände und die dunklen Balken in ihrer Schlichtheit wunderschön, und das einfache Mobiliar verriet mehr über die alten Zeiten als jedes noch so schlaue Buch. Sie wohnte absolut nicht in einer Ruine.

Sie trat in den Flur und ging die Steintreppe hinab in die untere Etage. Das Wohnzimmer, das sie am Abend kaum eines Blickes gewürdigt hatte, hatte die rauen Wände und die gewölbte Backsteindecke des Stalles, der es früher einmal bestimmt gewesen war. Isabel meinte, sie hätte irgendwo gelesen, die Bewohner von toskanischen Bauernhäusern hätten direkt über ihren Tieren gelebt. Inzwischen hatte jemand einen kleinen, gemütlichen Raum daraus gemacht, ohne dass dadurch die authentische Rustikalität verloren gegangen war.

Steinerne Bögen, groß genug, als dass die Tiere durchgekommen wären, dienten als Fenster und als Türen. Die rustikalen dunkelblau getünchten Wände waren die echte Version dessen, wofür New Yorks beste Innendekorateure Tausende von Dollar von den Besitzern eleganter Wohnungen verlangten. Der alte Terrakottaboden war durch über ein Jahrhundert der Benutzung glatt geschmirgelt und poliert. Dunkle Holztische und eine Truhe befanden sich an einer Wand, und ein Sessel mit einem dezent geblümten Stoffbezug stand neben einer in Erdfarben bezogenen, leicht durchgesessenen Couch.

Die Läden, die gestern Abend zu gewesen waren, waren inzwischen geöffnet. Neugierig zu erfahren, welchem guten Geist sie die einladende Helligkeit verdankte, trat Isabel durch eine Bogentür in eine große, sonnendurchflutete Küche.

In der Mitte des Raums stand ein langer rechteckiger, von einigen Jahrhunderten der Nutzung vielfach verschrammter Tisch. Rote, blaue und gelbe Keramikfliesen bildeten einen schmalen Spritzschutz über der steinernen Spüle, unter der eine blauweiß karierte Plastikschürze die Wasserleitungen vor dem Auge verbarg. In offenen Regalen standen farbenfrohe Töpferwaren, Körbe und Kupferutensilien, es gab einen altmodischen Gasherd, ein paar wurmstichige Schränke, und in den Garten gelangte man durch eine zweiflügelige Tür aus flaschengrün gestrichenem Holz. Authentischer konnte die Küche eines Bauernhauses in Italien ganz bestimmt nicht sein.

Die Tür ging auf, und eine Frau von zirka Mitte sechzig kam herein. Sie hatte eine gedrungene Gestalt, teigige Wangen, schwarz gefärbte Haare und kleine blaue Augen. Eilig demonstrierte Isabel ihre profunde Kenntnis der Sprache des Landes, in dem sie sich befand.

»*Buon giorno.*«

Von der sprichwörtlichen Freundlichkeit der Bewohner der Toskana hatte diese Frau anscheinend noch nie etwas gehört. Ein Gartenhandschuh hing aus der Tasche des verwaschenen schwarzen Wollkleids, das sie zusammen mit dicken Nylonstrümpfen und schwarzen Plastiklatschen trug. Ohne auch nur ein Wort zu sagen, nahm sie eine Rolle Zwirn aus einem der Schränke und verließ schweigend wieder den Raum.

Isabel folgte ihr in den Garten und blieb dort stehen, um den Anblick der Rückfront des Hauses zu genießen. Es war einfach perfekt. Absolut perfekt. *Abgeschiedenheit. Ruhe. Besinnung. Um schließlich mit neuer Kraft zu handeln.* Einen besseren Ort konnte es dafür nicht geben.

Das helle Licht der Morgensonne tauchte die alten Steinmauern des Hauses in ein cremig weiches Beige. Weinreben klammerten sich am Mörtel links und rechts der grünen Fensterläden fest, Efeu umrankte eine Regenrinne, auf dem Dach des Hauses war ein kleiner Taubenschlag befestigt, und silbrige Flechten schimmerten auf den runden Dachpfannen aus Terrakotta.

Der Hauptteil des Bauernhauses war ein schmuckloses Rechteck, die typische *fattoria*, wie sie in ihren Reiseführern beschrieben worden war, und irgendwann hatte jemand an einem Ende einen kleinen, eingeschossigen Anbau zugefügt.

Noch nicht einmal die Nähe der sauertöpfischen Person, die gerade ein Loch in eins der Beete grub, konnte den schattigen Zauber des Gartens schmälern, und allmählich lösten sich die ersten Knoten in Isabels Innerem auf. Der Garten wurde durch eine niedrige Mauer aus den gleichen goldfarbenen Steinen wie das Haus von dem Olivenhain getrennt. Im Schatten einer Magnolie stand ein Holztisch mit einer alten Marmorplatte – der perfekte Ort für eine gemütliche Mahlzeit oder um nur die Landschaft zu genießen –, und näher am Haus stand unter einer von Glyzinen umrankten Pergola eine breite Bank, auf der sich Isabel bereits mit angezogenen Beinen sowie mit Papier und Bleistift sitzen und Pläne zum Wiederaufbau ihres Lebens schmieden sah.

Kieswege schlängelten sich zwischen den Blumen-, den Gemüse- und den Kräuterbeeten hindurch. Saftgrünes Basilikum, schneeweiße Impatiens, Tomaten und Rosen wuchsen direkt neben den Tontöpfen, aus denen sich ein Meer aus roten und pinkfarbenen Geranien ergoss. Leuchtend orangefarbene Kapuzinerkresse bildete einen herrlichen Kontrast zu den zarten blauen Blüten eines Rosmarinbusches, und eine rote Paprika hob sich leuchtend vom silbrigen Blattwerk einer Salbeipflanze ab. Nach toskanischer Sitte standen links und rechts der Küchentür zwei große, mit Zitronenbäumen bepflanzte Terrakotta-Urnen, und zwei andere Töpfe waren mit leuchtend rosa blühenden Hortensien bestückt.

Isabel blickte von den Blumen über die Bank unter der Pergola hin zu dem Tisch unter der Magnolie, in dessen Nähe sich zwei Katzen in der Sonne räkelten. Sie sog den warmen Duft der Erde und der Pflanzen in sich ein, und endlich wurde Michaels Stimme in ihrem Kopf durch die Worte eines Gebets ersetzt.

Auch wenn das düstere Gemurmel der anderen Frau den Frieden unterbrach und das Gebet wieder verflog, flackerte doch ein Hoffnungsschimmer in Isabel auf. Gott hatte ihr das Heilige Land geboten, und nur eine Närrin nähme ein solches Geschenk nicht dankbar an.

Wesentlich leichteren Herzens fuhr sie in den Ort. Endlich war etwas geschehen, was ihre Verzweiflung milderte. In einem kleinen Lebensmittelladen kaufte sie ein paar Sachen, und als sie zurückkam, spülte die Frau im schwarzen Kleid in der Küche Geschirr, das dort nicht von Isabel zurückgelassen worden war. Die Frau bedachte sie mit einem bösen Blick und verschwand dann wortlos durch die Tür. Sie war wohl die Schlange in diesem Paradies. Seufzend packte Isabel die Lebensmittel aus und räumte sie ordentlich in den kleinen Kühlschrank und in die Vorratskammer ein.

»*Signora? Permesso?*«

Sie drehte sich um und entdeckte eine hübsche Frau von etwa Ende zwanzig, die eine Sonnenbrille in die Stirn geschoben hatte und durch den Bogen zwischen Esszimmer und Küche in ihre Richtung kam. Sie war zierlich und sehr klein, und ihre klare olivfarbene Haut bildete einen ungewöhnlichen Kontrast zu ihrem blonden Haar. Sie trug eine pfirsichfarbene Bluse, einen schmalen beigefarbenen Rock und die von Italienerinnen bevorzugten mörderischen Schuhe. Die herrlich geschwungenen Absätze klapperten hörbar auf den alten Fliesen. »*Buon giorno,* Signora Favor, ich bin Giulia Chiara.«

Während Isabel zur Antwort nickte, fragte sie sich, ob in der Toskana jeder unangemeldet die Häuser anderer betrat.

»Ich bin die *agente immobiliare.*« Sie zögerte und suchte nach dem passenden englischen Begriff. »Die Immobilienmaklerin.«

»Freut mich, Ihre Bekanntschaft zu machen. Das Haus ist wunderschön.«

»Oh, aber nein … es ist kein gutes Haus.« Sie wedelte mit den Händen durch die Luft. »Ich habe letzte Woche sehr oft versucht, bei Ihnen anzurufen, Sie aber nirgendwo erreicht.«

Was daran lag, dass Isabel den Stecker ihres Telefons herausgezogen hatte. »Gibt es ein Problem?«

»*Sì.* Ein Problem.« Die junge Frau leckte sich die Lippen und schob sich eine Locke hinter das mit einem kleinen Perlenstecker geschmückte Ohr. »Es tut mir sehr Leid, aber Sie können hier nicht bleiben«, erklärte sie, wobei sie jedes ihrer Worte mit den für Italiener typischen graziösen Bewegungen der Hände unterstrich. »Es ist nicht möglich. Deshalb habe ich versucht, Sie anzurufen. Um das Problem zu erklären und Ihnen zu sagen, dass ich ein anderes Haus für Sie gefunden habe. Wenn Sie so freundlich sind, mich zu begleiten, kann ich es Ihnen sofort zeigen.«

Gestern wäre es Isabel egal gewesen, ein anderes Haus zu nehmen, inzwischen jedoch kam ihr das nicht mehr in den Sinn. Dieses schlichte Steinhaus mit dem herrlich ruhigen Garten böte die Gelegenheit zu Meditation und zur Erholung. Also gäbe sie es kampflos nicht auf. »Sagen Sie mir, was für ein Problem es gibt.«

»Es gibt …« Ihre Hand fuhr durch die Luft. »Es müssen Arbeiten durchgeführt werden. Es ist also nicht möglich, dass irgendwer hier wohnt.«

»Was für Arbeiten?«

»Viele Arbeiten. Wir müssen graben. Es gibt Probleme mit dem Abwasserkanal.«

»Wir können uns sicher arrangieren.«

»Nein, nein. *Impossibile.*«

»Signora Chiara, ich habe zwei Monate Miete für dieses Haus bezahlt, und ich habe die Absicht, diese Zeit auch hier zu wohnen.«

»Aber es würde Ihnen nicht gefallen. Und Signora Vesto wäre es sicher nicht recht, wenn Sie nicht glücklich wären.«

»Signora Vesto?«

»Anna Vesto. Sie wäre sehr unzufrieden, wenn Sie es nicht bequem hätten. Ich habe ein nettes Haus für Sie im Ort gefunden, ja? Dort wird es Ihnen sehr gefallen.«

»Ich will nicht in den Ort. Ich will hier bleiben.«

»Tut mir Leid. Das ist nicht möglich.«

»Ist das da Signora Vesto?« Isabel wies in Richtung Garten.

»Nein, das ist Marta. Signora Vesto ist oben in der Villa.« Sie winkte in Richtung der Hügelkuppe, wo die Engelsvilla lag.

»Ist Marta die Haushälterin hier?«

»Nein, nein. Hier gibt es keine Haushälterin, aber im Ort gibt es sehr gutes Personal.«

Isabel ging nicht auf diesen Köder ein. »Ist sie vielleicht die Gärtnerin?«

»Nein, Marta kümmert sich zwar um den Garten, aber sie wird nicht dafür bezahlt. Hier gibt es keinen Gärtner. Gärtner gibt es im Ort.«

»Was hat sie dann hier verloren?«

»Marta lebt hier.«

»Ich dachte, ich hätte das Haus für mich allein.«

»Nein, Sie wären hier nicht allein.« Giulia ging in Richtung Küchentür und zeigte auf den einstöckigen Anbau. »Marta lebt dort drüben. Sehr nah.«

»Aber zwischen all den Leuten im Ort wäre ich allein?«

»*Sì!*« Giulia strahlte, und ihr Lächeln war derart charmant, dass Isabel es hasste, ihr gegenüber nicht gefälliger zu sein.

»Ich glaube, ich spreche am besten mit Signora Vesto. Ist sie gerade oben in der Villa?«

Giulia wirkte erleichtert, den Ball an jemand anderen weitergeben zu können. »*Sì, sì,* das wäre das Beste. Sie wird Ihnen erklären, weshalb Sie nicht hier bleiben können, und dann komme ich zurück und bringe Sie zu dem Haus, das ich im Ort für Sie gefunden habe.«

Isabel hatte Mitleid und enthielt sich deshalb jedes weiteren Kommentars. Das, was sie zu sagen hatte, würde sie sich besser für Signora Anna Vesto aufheben.

Sie folgte dem Pfad von dem kleinen Bauernhaus bis zu einer langen, zypressenbestandenen Einfahrt, an deren Ende die Engelsvilla lag, und sobald sie sie erblickte, hatte sie das Gefühl, als hätte jemand sie mitten in den Film *Zimmer mit Aussicht* katapultiert.

Die lachsfarbenen, stuckverzierten Mauern waren ebenso

wie die diversen Flügel typisch für Herrenhäuser in der Toskana. Die Fenster im Erdgeschoss lagen hinter eleganten schwarzen schmiedeeisernen Gittern, und die Fenster in der oberen Etage waren zum Schutz vor der Hitze des Tages hinter langen Holzläden versteckt. In der Nähe des Hauses wurden die Zypressen durch streng gestutzte Buchsbaumhecken und klassische Statuen ersetzt. Prunkstück des Vorgartens war ein achteckiger Brunnen, und eine breite, balustradenbewehrte Steintreppe führte zu einer ausladenden Flügeltür aus blank poliertem Holz.

Isabel erklomm die Stufen, betätigte den Messingklopfer und schaute, während sie wartete, auf ein staubiges, schwarzes Maserati-Cabriolet, das in der Nähe des Brunnens geparkt war. Signora Vesto hatte eindeutig einen teuren Geschmack.

Niemand reagierte, und so klopfte sie noch einmal, ehe eine üppige Frau mittleren Alters mit dezent rot gefärbtem Haar und schräg stehenden Augen wie Sophia Loren freundlich lächelnd an die Tür kam. »*Si?*«

»*Buon giorno, signora.* Ich bin Isabel Favor. Ich möchte zu Signora Vesto.«

Das Lächeln der Frau verflog. »Ich bin Signora Vesto.« In ihrem schlichten, marineblauen Kleid und den vernünftigen Schuhen wirkte sie eher wie eine Hausangestellte als die Besitzerin des Maserati.

»Ich habe das Bauernhaus gemietet«, erklärte Isabel. »Aber anscheinend gibt es ein Problem.«

»Kein Problem«, kam die brüske Antwort. »Giulia hat im Ort ein Haus für Sie gefunden. Sie wird sich um alles kümmern.«

Immer noch hatte sie die Tür nur einen Spaltbreit geöffnet, da sie offensichtlich wollte, dass Isabel möglichst umgehend wieder verschwand. Hinter ihr in der Eingangshalle waren einige große, offensichtlich teure Koffer aufgetürmt.

Also war der Eigentümer der Villa entweder gerade einge-troffen – oder seine Abreise stand unmittelbar bevor.

»Ich habe einen Mietvertrag«, erklärte sie Signora Vesto freundlich, doch bestimmt. »Und ich werde bleiben.«

»Nein, *signora*, Sie müssen leider umziehen. Jemand wird heute Nachmittag zu Ihnen rüberkommen und Ihnen dabei helfen.«

»Ich bleibe.«

»Es tut mir wirklich Leid, *signora*, aber es gibt nichts, was ich für Sie tun kann.«

Isabel erkannte, dass es an der Zeit war, dass sie die Füh-rung übernahm. »Ich würde gern mit dem Besitzer spre-chen.«

»Der Besitzer ist nicht da.«

»Und was ist mit den Koffern?«

Signora Vesto schien es bei dieser Frage eindeutig unbe-haglich zu sein. »Sie müssen jetzt wirklich gehen, *signora.*«

Die vier Ecksteine waren auch für Situationen wie diese gemacht. *Seien Sie höflich, doch bestimmt.* »Ich fürchte, ich kann nicht eher gehen, bis ich mit dem Besitzer gesprochen habe.« Isabel drängelte sich entschlossen durch die Tür und bekam einen flüchtigen Eindruck von hohen Decken, einem großen, vergoldeten Kandelaber und einer ausladenden Treppe, ehe ihr die Frau den Weg abschnitt.

»*Ferma!* Sie können nicht einfach hier eindringen!«

Menschen, die versuchen, sich hinter ihrer Autorität zu verstecken, tun dies meistens aus Angst, und sie haben unser Mitgefühl verdient. Allerdings dürfen wir nicht zulassen, dass ihre Ängste auch die unseren werden.

»Tut mir Leid, wenn ich Ihnen Unannehmlichkeiten ma-che, *signora*«, sagte sie so mitfühlend wie möglich. »Aber trotzdem muss ich mit dem Besitzer sprechen.«

»Wer hat Ihnen gesagt, dass er hier ist? Niemand soll et-was davon erfahren.«

Dann war der Besitzer also ein Mann. »Ich werde kein Wort sagen.«

»Sie müssen sofort gehen.«

Aus dem hinteren Teil des Hauses hörte Isabel italienischen Rock, und so strebte sie ungerührt in Richtung eines reich mit grünen und roten Marmoreinlegearbeiten verzierten Rundbogens, durch den man aus der Eingangshalle in die angrenzenden Räumlichkeiten kam.

»*Signora!*«

Isabel hatte die Nase voll davon, dass andere über sie bestimmten – ein betrügerischer Buchhalter, ein treuloser Verlobter, ein unloyaler Verleger und dann auch noch ihre wankelmütigen Fans. Sie hatte diesen Fans zuliebe zeitweise auf Flughäfen gelebt und sich ihretwegen selbst mit einer Lungenentzündung zum Vortrag geschleppt. Sie hatte ihnen die Hände gehalten, wenn ihre Kinder Drogen genommen hatten, hatte sie in den Arm genommen, wenn sie mit Depressionen gerungen hatten, und hatte für sie gebetet, wenn sie von schlimmen Krankheiten gebeutelt worden waren. Doch sobald ein paar dunkle Wolken über ihrem eigenen Leben aufgezogen waren, hatten sie sie im Stich gelassen und waren davongelaufen wie verschreckte Hasen.

Sie stürmte durch eine schmale Galerie, in der Ahnenporträts in schweren Rahmen mit barocken Landschaften um die besten Plätze stritten, durch einen eleganten, mit braungold gestreiften Tapeten ausgeschmückten Empfangsraum, vorbei an grimmigen Fresken von Jagdszenen und noch grimmigeren Bildern von heiligen Märtyrern, hinweg über marmorne Böden und teure handgeknüpfte Teppiche, in deren Fransen sie sich mit den Absätzen ihrer Sandalen um ein Haar verfing. Eine römische Büste fiel beinahe von ihrem Sockel, als sie blind daran vorbeischoss. *Jetzt war das Maß endgültig voll!*

In einem weniger förmlichen Salon am Ende des Hauses

verharrte sie schließlich. Der Boden war im Fischgrätmuster mit warmem Kastanienparkett belegt, und die Fresken stellten statt blutiger Jagdbilder friedliche Szenen während der Erntearbeit dar. Italienische Rockmusik strömte zusammen mit den Strahlen der spätvormittäglichen Sonne durch die langen, offenen Fenster.

Am Ende des Raums gelangte man durch eine Bogentür, die um etliches pompöser war als die in ihrem Haus, in eine angrenzende Loggia, in der sich offenbar auch die Stereoanlage – Quelle des ohrenbetäubenden Lärms – befand. Ein Mann stand an der Tür, lehnte sich mit der Schulter lässig gegen den Rahmen und blickte durch eins der Fenster in den sonnenhellen Garten. Geblendet von der Helligkeit, kniff sie die Augen zusammen und entdeckte, dass er Jeans und ein zerknittertes T-Shirt mit einem Loch im Ärmel trug. Sein klassisches Profil wirkte so fein gemeißelt wie das einer der Statuen, mit denen der Salon geschmückt war. Doch etwas an seiner rebellisch nachlässigen Haltung, an der Schnapsflasche, die er an seinen Mund hielt, und an der in seiner freien Hand baumelnden Pistole verriet ihr, dass er wohl eher eine gefallene römische Gottheit war.

Sie blickte argwöhnisch auf die Pistole und räusperte sich leise. »Äh … *scusi?* Entschuldigung.«

Er wandte sich ihr zu.

Sie blinzelte wegen der Helligkeit der Sonne. Blinzelte erneut. Sagte sich, dass es bestimmt nur am Licht lag. Ganz sicher nur am Licht. Es war nahezu unmöglich. Nein, das konnte nicht sein …

6

Doch, es konnte. Der Mann, den sie als Dante kannte, stand lässig an der Tür. Dante mit dem verführerischen Blick und der dekadenten Art, sie zu berühren. Nur, dass die Haare dieses Mannes kürzer waren und seine Augen nicht braun, sondern von einem durchdringenden Silberblau.

»Verdammt«, sagte die dunkle, vertraute Stimme des italienischen Gigolos den sie am Vorabend auf der Piazza della Signoria getroffen hatte, im amerikanischen Englisch eines ihr bekannten Filmstars. Trotzdem brauchte sie einen Moment, um vollends zu begreifen, dass Lorenzo Gage, der Schauspieler, und Dante, der Gigolo, ein und derselbe waren.

»Sie …« Isabel musste schlucken. »Sie …«

Er bedachte sie mit einem mörderischen Blick. »Scheiße. Das ist wieder mal typisch, dass ich ausgerechnet jemanden wie dich aufgerissen habe.«

»Wer sind Sie?« Aber sie kannte seine Filme, sodass sie die Antwort auf die Frage bereits wusste.

»Signore Gage!« Anna Vesto platzte durch die Tür. »Diese Frau! Sie wollte einfach nicht gehen, als ich sie dazu aufgefordert habe. Sie ist – sie ist –« Die englische Sprache wurde ihrer Entrüstung nicht gerecht, weshalb sich ein italienischer Wortschwall über Isabel ergoss.

Lorenzo Gage, der schauspielernde Frauenheld, der Karli Swenson in den Selbstmord getrieben hatte, und Dante, der florentinische Gigolo, dem sie gestattet hatte, einen Winkel ihrer Seele zu beschmutzen, waren identisch! Sie sank auf einen der an der Wand stehenden Stühle und rang mühsam nach Luft.

Er knurrte seine Haushälterin auf Italienisch an, sie reagierte durch wildes Gestikulieren, er knurrte erneut, und schließlich fegte die Ärmste schnaubend aus dem Raum.

Mit langen Schritten lief er hinüber in die Loggia, stellte die Musik aus, und als er zurückkam, hing ihm eine Locke seiner rabenschwarzen Haare ungeordnet in der Stirn. Die Flasche hatte er auf einem Tisch in der Loggia zurückgelassen, die Pistole jedoch lag noch in seiner Hand.

»Schätzchen, niemand hat dich eingeladen.« Er bewegte kaum die Lippen, und seine gedehnte Stimme klang im wahren Leben weitaus bedrohlicher als auf der Leinwand. »Du hättest besser vorher angerufen, dann hättest du dir den Weg nämlich erspart.«

Sie hatte mit Lorenzo Gage geschlafen, einem Mann, der sich in einem Zeitungsinterview damit gebrüstet hatte, dass er schon »mit fünfhundert Miezen im Bett gewesen war«. Sie selbst war somit Nummer fünfhunderteins.

Ihr Magen verknotete sich, sie vergrub den Kopf zwischen den Händen und wisperte Worte, die sie nie zuvor zu einem Menschen gesagt hatte und von denen sie niemals auch nur angenommen hätte, dass sie sie je zu einem Menschen sagen würde: »Ich hasse Sie.«

»Ich verdiene meinen Lebensunterhalt damit, dass man mich hasst.«

Sie spürte, dass er näher kam, ließ die Hände sinken und starrte direkt in die Mündung der Pistole.

Sie war nicht direkt auf sie gerichtet, aber er hielt sie zumindest in Höhe seiner Hüfte. Sie sah, dass es eine antike, wahrscheinlich mehrere hundert Jahre alte Waffe war, wodurch sie ihr jedoch nicht weniger todbringend dünkte. Sie brauchte nur daran zu denken, wie er um ein Haar Julia Roberts mit einem Samurai-Schwert niedergemetzelt hätte, dass ihr ein kalter Schauder über den Rücken lief.

»Und das, obwohl ich dachte, dass die Presse nicht noch tiefer sinken kann. Was ist aus deinem *non parler anglais* geworden, Schätzchen?«

»Dasselbe wie aus Ihrem Italienisch.« Sie richtete sich auf

und konzentrierte sich auf seine Worte. »Die Presse? Sie denken, ich wäre Journalistin?«

»Um ein Interview zu kriegen, hättest du mich nur zu fragen brauchen.«

Sie sprang empört von ihrem Stuhl. »Sie denken, ich hätte all das über mich ergehen lassen, nur um ein *Interview* zu kriegen?«

»Vielleicht.« Leichter Alkoholgeruch schlug ihr entgegen, und er stellte einen seiner Füße auf den frei gewordenen Stuhl. Sie fixierte die auf seinem Schenkel liegende Pistole und versuchte zu ergründen, ob er sie bedrohte oder ob er nur vergessen hatte, dass er eine Waffe in der Hand hielt.

»Wie hast du mich gefunden, und was willst du?«

»Ich will mein Haus.« Sie trat einen Schritt zurück und war dann wütend auf sich selbst, weil sie sich derart von diesem Mistkerl aus der Fassung bringen ließ. »Holen Sie sich auf diese Weise Ihre Kicks? Indem Sie sich verkleiden und irgendwelche Frauen aufreißen, die den Eindruck machen, dass sie womöglich einsam sind?«

»Ob du es glaubst oder nicht, Fifi, Frauen kriege ich auch, ohne dass ich mich dafür extra verkleide. Außerdem war ich wesentlich mehr wert als die lumpigen fünfzig Euro, die du mir hingeworfen hast.«

»Das ist Ansichtssache. Ist die Waffe geladen?«

»Keine Ahnung.«

»Gut, legen Sie sie weg.« Sie verschränkte ihre Hände.

»Ich denk nicht dran.«

»Soll ich glauben, Sie wollen mich erschießen?«

»Glaub doch einfach, was du willst«, erklärte er und gähnte.

Sie fragte sich, wie viel er wohl getrunken hatte, und wünschte sich, ihre Knie wären nicht so weich. »Ich dulde es nicht, dass jemand in meiner Nähe eine Waffe in der Hand hält.«

»Dann hau doch ab.« Er warf sich auf den Stuhl, streckte beide Beine von sich, ließ die Schultern sinken und legte die Pistole lässig auf sein Knie. Der Eigentümer der Engelsvilla war eindeutig der Inbegriff der Dekadenz.

Keine Macht auf Erden würde sie dazu bewegen, die Villa zu verlassen, ehe sie verstand, was hier passierte. Sie verschränkte die Hände noch fester und schaffte es, sich auf den Stuhl ihm gegenüber fallen zu lassen, ohne dass sie ihm einen kräftigen Schubs gab, der ihn umwarf. Endlich wusste sie, wie es war, wenn man blanken Hass auf jemanden empfand.

Er sah sie ein paar Sekunden lang an und zeigte dann mit der Pistole auf einen wandgroßen Gobelin, auf dem ein Mann auf einem Pferderücken abgebildet war. »Mein Vorfahr, Lorenzo de' Medici.«

»Na, super.«

»Er war ein Patron von Michelangelo. Auch von Botticelli, wenn die Historiker nicht irren. Von den Renaissance-Männern war Lorenzo einer der besten. Außer …«, er strich mit dem Daumen über den Lauf der Waffe und sah sie aus zusammengekniffenen Augen drohend an, »dass er seine Generäle 1472 die Stadt Volterra dem Erdboden gleichmachen ließ. Es ist nicht gesund, wenn man die Medicis verärgert.«

Er war nichts weiter als ein egozentrischer Filmstar, der seine verschiedenen Techniken an ihr erprobte, und sie war nicht bereit, sich von ihm einschüchtern zu lassen. Oder zumindest nicht zu sehr. »Sparen Sie sich Ihre Drohungen für die Besucher Ihrer Filme.«

Das Bedrohliche in seinem Blick wurde durch einen Ausdruck größter Langeweile ersetzt. »Okay, Fifi, wenn du keine Journalistin bist, weshalb bist du dann hier?«

Sie merkte, dass sie weder jetzt noch jemals in Zukunft über den gemeinsamen Abend würde sprechen können, also spräche sie vom Haus. Schließlich war das Haus der Grund für ihr Auftauchen hier in dieser Villa.

»Ich bin hier, weil es Unstimmigkeiten wegen des von mir gemieteten Hauses gibt.« Sie versuchte, ihren Worten eine gewisse Autorität zu verleihen, was ihr, anders als sonst, eigenartig schwer fiel. »Ich habe die Miete für zwei Monate bezahlt, und deshalb werde ich dort wohnen.«

»Weshalb sollte mich das interessieren?«

»Weil das Haus Ihnen gehört.«

»Du hast dieses Haus gemietet? Das glaube ich nicht.«

»Nicht diese Villa, sondern das kleine Bauernhaus. Aber Ihre Angestellten versuchen mich von dort zu vertreiben.«

»Was für ein Bauernhaus?«

»Das Haus ein Stück den Hügel hinunter.«

Er verzog den Mund zu einem Grinsen. »Ich soll also glauben, dass die Frau, die ich *zufällig* vorgestern Abend in Florenz getroffen habe, ebenso *zufällig* ein Haus gemietet hat, das ich besitze. Denk dir bitte eine etwas bessere Story aus.«

Selbst sie fand die Geschichte schwer verdaulich, nur dass das von Touristen besuchte Zentrum von Florenz nicht gerade groß war und dass ihr auch das junge Paar, das sie in den Uffizien getroffen hatte, am selben Tag noch zwei weitere Male über den Weg gelaufen war. »Früher oder später landen sämtliche Touristen in Florenz auf der Piazza della Signoria. Wir waren halt zufällig zur selben Zeit dort.«

»Was hatten wir doch für ein Glück. Du kommst mir irgendwie bekannt vor. Das habe ich allerdings vorgestern bereits gedacht.«

»Ach ja?« Dies war ein Thema, auf das sie lieber nicht genauer einging. »Ich habe das Bauernhaus ordnungsgemäß gemietet, aber kaum war ich dort angekommen, wurde mir gesagt, ich müsse wieder raus.«

»Redest du von dem Haus, in dem der alte Paolo gelebt hat, unten beim Olivenhain?«

»Ich weiß nicht, wer der alte Paolo ist. Zurzeit scheint eine Frau namens Marta dort zu leben, die ich zwar nicht mag, aber zu dulden bereit bin.«

»Marta … Paolos Schwester«, sagte er, als beschwöre er eine entfernte Erinnerung herauf. »Ja, ich schätze, das Haus gehört zu diesem Grundstück.«

»Es ist mir egal, wer diese Frau ist. Ich habe die Miete für das Haus bezahlt, und deshalb werde ich auch bleiben.«

»Und warum sollst du rausgeworfen werden?«

»Irgendwie scheint es Probleme mit den Abwasserleitungen zu geben.«

»Es überrascht mich, dass du nach allem, was zwischen uns passiert ist, trotzdem bleiben willst. Oder du tust nur so, als ob du sauer auf mich wärst.«

Seine Worte rissen sie unsanft in die Wirklichkeit zurück. Natürlich konnte sie nicht bleiben. Die Grundzüge ihres Wesens waren durch diesen Mann verletzt, und es wäre unerträglich, ihm in den nächsten Wochen, wenn auch nur durch Zufall, über den Weg zu laufen.

Enttäuschung mischte sich unter ihre anderen schmerzlichen Emotionen. Im Garten dieses Bauernhauses hatte sich zum ersten Mal seit Monaten ein Gefühl des Friedens über sie gesenkt, und sofort wollte man ihr diesen Frieden wieder nehmen. Doch sie hatte noch einen Rest von Stolz. Wenn sie schon gehen müsste, würde sie es in einer Art und Weise tun, die ihn nicht denken lassen würde, dass er der Sieger in diesem Scharmützel war. »Sie haben das schauspielerische Talent, Mr. Gage, nicht ich.«

»Ich schätze, das bleibt abzuwarten.« Im Garten krächzte eine Krähe. »Wenn du bleibst, halte dich besser von der Villa fern.« Er strich mit dem Lauf seiner Pistole über seinen Schenkel. »Und lass mich nicht herausfinden, dass du gelogen hast. Die Folgen würden dir garantiert nicht gefallen.«

»Klingt wie ein Satz aus einem Ihrer grauenhaften Filme.«

»Freut mich zu hören, dass du offenbar ein Fan bist.«

»Ich habe die Filme nur meines Exverlobten wegen gesehen. Unglücklicherweise habe ich die Verbindung zwischen seinem schlechten Filmgeschmack und seiner Lust auf sexuelle Abenteuer erst zu spät erkannt.« Weshalb in aller Welt hatte sie diesen Satz gesagt?

Er stützte einen Ellbogen auf die Lehne seines Stuhls. »Dann war unser Techtelmechtel für dich also ein Weg, um sich an ihm zu rächen?«

Sie wollte gerade leugnen, doch im Grunde kam er mit dieser Frage der Wahrheit sehr nahe.

»Lass mich überlegen …« Endlich legte er die Pistole auf den Tisch. »Wer von uns beiden war vorletzte Nacht demnach die betrogene Partei? Du, das rachsüchtige Weibsbild, oder ich, das unschuldige Opfer deines Verlangens nach Vergeltung?«

Er schien sich tatsächlich zu amüsieren. Sie stand auf, um auf ihn herabsehen zu können, bereute jedoch umgehend diesen voreiligen Schritt, da ihre Beine noch wie Pudding waren. »Sind Sie betrunken, Mr. Gage?«

»Betrunken ist gar kein Ausdruck.«

»Es ist gerade mal ein Uhr.«

»Normalerweise hättest du mit diesem Einwand Recht, aber da ich seit vorgestern nicht geschlafen habe, zählt das hier technisch gesehen immer noch zum abendlichen Alkoholgenuss.«

»Das können Sie halten, wie Sie wollen.« Entweder musste sie sich wieder setzen oder gehen, und so marschierte sie schnurstracks in Richtung Tür.

»He, Fifi.«

Sie drehte sich um und wünschte, sie hätte es niemals getan.

»Die Sache ist die …« Er griff nach der blank polierten Marmorkugel, die auf einem steinernen Pfeiler neben ihm gelegen hatte, und strich mit dem Daumen über das glatte Material. »Wenn du nicht willst, dass meine Fans dein kleines Bauernhaus belagern, schlage ich vor, dass du die Klappe hältst und niemandem verrätst, dass ich hier bin.«

»Ob Sie es glauben oder nicht, ich habe tatsächlich Besseres zu tun, als über Sie zu tratschen.«

»Dann sorg dafür, dass es auch so bleibt.« Für den Fall, dass sie die Botschaft nicht verstanden haben sollte, tat er, als zerquetsche er die Marmorkugel mit der bloßen Faust.

»Finden Sie nicht, dass Sie mit der Schauspielerei ein bisschen übertreiben, Mr. Gage?«

Die Drohgebärde löste sich in nichts auf, und er lachte. »Hat mich gefreut, Ihre Bekanntschaft zu machen, Fifi.«

Sie schaffte es zur Tür, ohne irgendetwas umzuwerfen, konnte jedoch der Versuchung, sich noch einmal umzublicken, nicht widerstehen.

Wie er die Marmorkugel zwischen seinen Händen hin und her warf, wirkte er wie ein prachtvoller Nero, der mit der Langeweile kämpfte, während Rom in hellen Flammen stand.

Heftiges Seitenstechen zwang sie, langsamer zu laufen, ehe sie das Bauernhaus erreichte. In dem wahrscheinlich letzten Paar Kate-Spade-Sandalen, das sie sich jemals würde leisten können, sammelten sich kleine Steinchen. Sie war froh, dass sie nicht vollends vor ihm in die Knie gegangen war, doch blieb die Tatsache bestehen, dass sie ihre Koffer packen und diesem Ort umgehend den Rücken kehren musste. Wenn sie sofort mit Packen anfing, wäre sie gegen vier wieder in Florenz.

Und dann?

Das Häuschen kam in Sicht. Eingehüllt ins goldene Licht der Sonne, sah es behaglich und solide, zugleich jedoch irgendwie verwunschen aus. Es wirkte wie ein Ort, an dem die Vision von einem neuen Leben Gestalt annehmen konnte.

Isabel wandte sich ab und folgte einer Abzweigung des Wegs in Richtung Weinberg. Die saftigen, dunkelvioletten Trauben zogen die Zweige der Reben schwer herunter. Sie pflückte eine Traube und schob sie sich in den Mund, wo sie auf ihrer Zunge platzte und eine überraschende Süße hinterließ. Die Kerne waren so winzig, dass sie sie, statt sie auszuspucken, problemlos schluckte.

Sie zupfte noch ein paar Trauben von den Zweigen und ging ein Stückchen weiter. Hier hätte sie ihre Turnschuhe gebraucht. Der schwere lehmige Boden fühlte sich unter den dünnen Sandalen an wie harter Fels. Aber sie würde nicht an die Dinge denken, die ihr fehlten, sondern an das, was sie hatte – die toskanische Sonne, die ihr auf den Kopf schien, die warmen, reifen Trauben in ihrer rechten Hand – und in der Villa auf der Hügelkuppe den prächtigen Lorenzo Gage …

Sie hatte sich so billig hergegeben. Wie käme sie wohl je darüber hinweg?

Nicht, indem sie davonlief.

Endlich besann sie sich auf ihren Starrsinn. Sie hatte die Trauer satt. Und feige war sie bisher nie gewesen. Ließe sie sich also jetzt von einem abartigen Filmstar von etwas so Kostbarem vertreiben? Ihr Zusammensein war für ihn völlig bedeutungslos gewesen. Ein Blinder konnte sehen, dass er sie nicht mal sympathisch fand, also ließe er sie hundertprozentig in Ruhe. Sie brauchte diese Zeit an diesem wunderbaren Ort. Sie wusste instinktiv, hier musste sie bleiben, denn dies wäre der einzige Platz auf Erden, an dem ihr sowohl die Abgeschiedenheit als auch die Inspiration geboten würden, um herauszufinden, welche neue Richtung sie ihrem Leben am besten gab.

Ihr Entschluss stand fest. Sie hatte keine Angst vor Lorenzo Gage, und niemand würde sie zwingen, das Häuschen zu verlassen, ehe sie nicht selbst dazu bereit war.

Ren legte die Pistole aus dem siebzehnten Jahrhundert, die er unmittelbar vor Fifis Überfall in die Hand genommen hatte, um sie genauer zu betrachten, zurück in den Schrank. Immer noch hörte er das Klappern der praktischen breiten Absätze ihrer Sandalen, mit dem sie aus dem Raum gedüst war. Eigentlich war immer er der Teufel, aber wenn er sich nicht irrte, hing seit dem Erscheinen von Ms. Fifi eindeutig ein leichter Schwefelgeruch in der Luft.

Grinsend schloss er die Tür des Schranks. Die Pistole, ein wunderschönes Zeugnis der Handwerkskunst aus alten Zeiten, war nur eine von unzähligen Kostbarkeiten, die es in der Villa gab. Er hatte das Haus vor zwei Jahren geerbt, hatte es jedoch seit dem Tod seiner Tante Philomena nicht wieder besucht. Eigentlich hatte er das Anwesen verkaufen wollen, doch da er viele schöne Erinnerungen an seine drei Besuche als Kind in dieser Villa hatte, war es ihm irgendwie nicht richtig vorgekommen, sie einfach zu verkaufen, ohne sie zumindest noch ein letztes Mal zu sehen. Sowohl die Haushälterin als auch ihr Mann hatten, als er angerufen hatte, einen sehr guten Eindruck auf ihn gemacht, und so hatte er beschlossen, mit dem Verkauf zu warten.

Er holte seine Flasche Scotch, um mit dem Saufgelage fortzufahren, in dem er von Ms. Fifi unterbrochen worden war. Es hatte ihm Spaß gemacht, sich mit ihr zu streiten. Sie war derart steif, dass sie regelrecht vibrierte, doch hatte ihr Besuch seltsamerweise etwas Erholsames für ihn gehabt.

Er trat durch eine der drei Bogentüren der Loggia in den Garten, schlenderte entlang der sorgfältig gestutzten Hecken zum Pool und warf sich dort in einen Sessel. Während er die Ruhe genoss, dachte er an all die Menschen, mit denen er sich für gewöhnlich umgab: seine treu sorgenden Assistenten, seine Manager und die Leibwächter, auf denen die Bosse der Studios gelegentlich bestanden. Viele Berühmtheiten umgaben sich mit Helfern, weil sie die Gewissheit brauchten, tatsächlich berühmt zu sein. Andere, wie er selbst, taten es, um sich das Leben zu erleichtern. Seine Angestellten schützten ihn vor allzu aufdringlichen Fans. Das war durchaus nützlich, doch hatte diese Hilfe natürlich ihren Preis. Nur wenige Menschen sagten je die Wahrheit über die Person, die sie bezahlte, und inzwischen konnte er die Speichelleckerei der Leute kaum mehr ertragen.

Ms. Fifi war effektiv das Gegenteil von Speichelleckern. Deshalb hatte die Begegnung für ihn etwas seltsam Entspannendes gehabt.

Er stellte die Flasche fort, ohne auch nur den Verschluss aufzuschrauben, lehnte sich behaglich im Sessel zurück und schloss genüsslich seine Augen. Ja, er war tatsächlich durch und durch entspannt …

Isabel schnitt ein Stück von dem alten Pecorino, den sie im Ort erstanden hatte. Diese Schafskäsesorte war bei den Bewohnern der Toskana außerordentlich beliebt. Während sie ihren Geldbeutel hervorgezogen hatte, hatte die Verkäuferin ihr ein kleines Glas Honig in die Hand gedrückt und gemeint: »Probieren Sie es wie wir hier: Käse ist mit etwas Honig noch köstlicher.«

Isabel konnte sich zwar nicht vorstellen, dass diese Mischung schmeckte, aber versuchte sie nicht gerade, etwas weniger prinzipientreu zu sein? Also rückte sie den Käse zusammen mit dem Honigtöpfchen und einem Apfel auf einem Keramikteller zurecht. Alles, was sie bisher gegessen hatte, waren die paar Trauben auf dem Rückweg von der Villa, und das war drei Stunden her. Die Begegnung mit Gage hatte ihr den Appetit verdorben, aber vielleicht täte ihr ein wenig Nahrung ja gut.

In einer Schublade fand sie ein Dutzend frisch gestärkter Stoffservietten, zog eine davon hervor und legte die anderen zu einem ordentlichen Stapel aufeinander. Ihre Koffer hatte sie inzwischen ausgepackt und ihre Toilettenartikel entsprechend ihrer Vorstellung im Badezimmer arrangiert. Obgleich es erst vier Uhr war, öffnete sie die Flasche Chianti Classico, die sie ebenfalls erstanden hatte. Chianti durfte nur als *classico* bezeichnet werden, hatte sie gelernt, wenn er aus Trauben gepresst war, die in der ein paar Meilen östlich gelegenen Region Chianti geerntet worden waren.

Sie fand Weingläser im Schrank, nahm eins davon, rieb ein paar Wasserflecken ab, gab etwas von dem Wein hinein und trug alles hinaus in den Garten.

Während sie ihr Essen über den Kiesweg zu dem alten Tisch unter der Magnolie balancierte, erschnupperte sie die würzigen Düfte von Rosmarin und Basilikum. Zwei der drei Katzen aus dem Garten kamen ihr wie zur Begrüßung entgegen. Sie nahm Platz und ließ den Blick über die sanft gewölbten Hügel schweifen. Die gepflügten Felder, die am Morgen graubraun gewesen waren, nahmen in der spätnachmittäglichen Sonne eine herrliche Lavendelfarbe an, und Isabel seufzte angesichts von solcher Schönheit wohlig auf.

Morgen finge sie mit der Befolgung ihres Tagesplanes an. Sie brauchte sich ihre Notizen nicht noch einmal durchzulesen, um genau zu wissen, wie der Ablauf ihrer Tage in der Toskana vorgesehen war:

- 6.00 Uhr: Aufstehen
- Meditation, Dankbarkeit und tägliche positive Gedanken
- Yoga oder schneller Spaziergang
- Leichtes Frühstück
- Morgendliche Hausarbeit
- Arbeit an einem neuen Buch
- Mittagessen

- Besichtigungen, Schaufensterbummel oder andere schöne Aktivitäten (sei spontan)
- Korrektur des am Morgen Geschriebenen
- Abendessen
- Inspirierende Lektüre und abendliche Hausarbeit
- 22.00 Uhr: Schlafen
- NICHT VERGESSEN, RUHIG UND GLEICHMÄSSIG ZU ATMEN!

Sie würde sich keine Gedanken darüber machen, dass sie keine Ahnung hatte, was für ein Buch sie schreiben sollte. Genau dieses Problem war der Grund für ihren Aufenthalt hier in der Toskana. Sie hatte diese Reise unternommen, um endlich ihre mentale und emotionale Blockade zu überwinden.

Der Wein war voll und fruchtig, er streichelte ihre Zunge, doch als sie sich zurücklehnte, um noch mehr zu genießen, bemerkte sie eine dünne Staubschicht auf dem Tisch, sprang auf, holte einen Lappen, wischte über den Marmor und nahm erst danach wieder zufrieden Platz.

In der Ferne schlängelte sich eine Straße wie eine bleiche Rauchfahne eine der Erhebungen hinauf. Dies war ein wunderbarer Ort ... es war geradezu unglaublich, dass sie ihn gestern noch eilends wieder hatte verlassen wollen.

Auf einem der Hügel zu ihrer Rechten bemerkte sie etwas, was möglicherweise einmal Teil eines Dorfs gewesen, nun jedoch nicht viel mehr als eine halb eingestürzte Mauer und das Überbleibsel eines alten Wachturms war. Gerade wollte sie aufstehen, um ihr Opernglas zu holen, als sie sich darauf entsann, dass sie hier saß, um sich zu entspannen.

Also atmete sie nochmals tief durch, lehnte sich auf ihrem Stuhl zurück und suchte in ihrem Inneren nach Zufriedenheit und Ruhe.

Doch weder das eine noch das andere stellte sich ein.

»Signora!«

Die fröhliche Stimme gehörte einem jungen Mann, der durch den Garten auf sie zugelaufen kam. Er war Ende zwanzig oder Anfang dreißig, schlank und gut gebaut. Ein weiterer attraktiver Italiener. Ihr fielen seine leuchtend braunen Augen auf, die in einem kurzen Pferdeschwanz zusammengebundenen seidig schwarzen Haare und seine lange, elegante Nase.

»Signora Favor, ich bin Vittorio«, stellte er sich vor, als solle bereits sein Name sie erfreuen.

Lächelnd grüßte sie zurück.

»Darf ich mich kurz zu Ihnen gesellen?« Sein Akzent verriet, dass er sein leicht akzentuiertes Englisch von britischen und nicht von amerikanischen Lehrern beigebracht bekommen hatte.

»Natürlich. Möchten Sie gern ein Gläschen Wein?«

»Ah, mit dem größten Vergnügen.«

Als sie sich erheben wollte, hielt er sie jedoch zurück. »Ich war schon sehr oft hier. Ich werde alles holen. Bleiben Sie nur sitzen, und genießen Sie die Aussicht.«

In weniger als einer Minute kam er mit der Flasche und dem Glas zurück. »Ein wunderbarer Tag.« Eine Katze strich um seine Beine, als er Isabel gegenüber Platz nahm. »Aber schließlich sind hier in der Toskana alle Tage herrlich.«

»So sieht es zumindest aus.«

»Genießen Sie Ihren Besuch?«

»Sehr. Aber es ist mehr als ein Besuch. Ich werde zwei Monate bleiben.«

Anders als Giulia Chiara, Anna Vesto und die sauertöpfische Marta schien er sich über diese Neuigkeit zu freuen. »So viele Amerikaner kommen nur für einen Tag und fahren sofort weiter. Ich frage mich, wie man auf diese Weise die Toskana kennen lernen will.«

Es war schwierig, sich seinem Enthusiasmus zu verschließen, und so erwiderte sie lächelnd: »Überhaupt nicht.«

»Sie haben noch nichts von unserem Pecorino probiert.«
Er tauchte den Löffel, der auf ihrem Teller lag, in das Töpfchen mit dem Honig und träufelte etwas auf den Käse. »Jetzt
ist er so, wie wir Einheimischen ihn essen.«

Obwohl sie annahm, dass er hier war, um sie wie alle anderen aus diesem Häuschen zu vertreiben, brachte sie es
nicht übers Herz, ihn in seinem Eifer zu enttäuschen. Also
biss sie vorsichtig in den Käse und entdeckte, dass seine
herzhafte Würze und die Süße des Honigs einander hervorragend ergänzten. »Köstlich.«

»Die toskanische Küche ist die beste der Welt. Ribollita,
panzanella, Wildschweinswürste, fagioli mit Salbei, Florentiner Kutteln –«

»Ich glaube, die Kutteln lasse ich aus.«

»Lassen Sie aus?«

»Ich werde darauf verzichten.«

»Ah, ja. Möglicherweise essen wir hier mehr Teile von den
Tieren als Sie in den Staaten.«

Sie lächelte, und dann plauderten sie weiter über die einheimische Küche sowie über die Attraktionen der Umgebung. Hatte sie sich schon Pisa angesehen? Was war mit Volterra? Sie musste unbedingt ein paar Winzereien in der Region Chianti besichtigen. Und was Siena anging … die Piazza del Campo war der schönste Platz Italiens. Wusste sie,
dass jeden Sommer dort das Palio, ein berühmtes Pferderen-
nen, stattfand? Und das hoch in den Bergen liegende Städtchen San Gimignano durfte sie keinesfalls verpassen. Hatte
sie es eventuell schon gesehen?

Nein, sie hatte nicht.

»Ich werde Ihnen alles zeigen.«

»O nein.«

»Aber ich bin Touristenführer von Beruf. Ich mache Tou-
ren durch die ganze Toskana und durch Umbrien. Für
Gruppen und privat. Wanderungen, Restaurantbesuche,

Weinproben. Hat Ihnen bisher noch niemand meine Dienste angeboten?«

»Bisher waren alle zu sehr damit beschäftigt, mich von hier zu vertreiben.«

»Ah, ja. Die Abwasserleitungen. Es stimmt, Sie sind zu einer etwas ungünstigen Zeit gekommen, aber in der Umgebung gibt es viel zu sehen, und ich werde tagsüber Ausflüge mit Ihnen machen, dann bleiben Ihnen der Schmutz und Lärm erspart.«

»Ich weiß das Angebot zu schätzen, aber ich fürchte, einen Privatführer kann ich mir nicht leisten.«

»Nein, nein.« Er winkte lässig ab. »Wir werden nur fahren, wenn ich keine anderen Kunden habe, einfach als Geste der Freundschaft. Ich werde Ihnen all die Orte zeigen, die Sie nicht alleine finden. Auf diese Weise brauchen Sie sich keine Gedanken darüber zu machen, allein auf fremden Straßen unterwegs zu sein, und außerdem werde ich als Dolmetscher für Sie fungieren. Sie werden sehen, damit machen Sie ein sehr gutes Geschäft.«

Ein außerordentliches Geschäft. Ein Geschäft, das sie rein zufällig regelmäßig aus ihrem Häuschen locken würde. »So etwas kann ich unmöglich von Ihnen verlangen.«

»Es wäre mir eine Freude. Und das Benzin können Sie doch sicherlich bezahlen, oder?«

In diesem Moment erschien Marta aus ihrem Zimmer am Ende des kleinen Hauses, schnitt ein paar Basilikumblätter ab und verschwand in der Küche.

Vittorio nippte an seinem Chianti. »Morgen zum Beispiel habe ich frei. Würden Sie als Erstes vielleicht gern nach Siena fahren? Oder nach Monteriggioni? Ein wunderbares Städtchen. Dante schreibt darüber in seinem *Inferno*.«

Bei der Erwähnung dieses Namens begann ihre Haut zu prickeln. Doch Dante, den Gigolo, gab es ja gar nicht. Nur Lorenzo Gage, einen schauspielernden Playboy, der ihr

Komplize bei ihrem schändlichen Treiben gewesen war.
Nun, da sie ihn kannte, fiel es ihr nicht mehr schwer zu glauben, dass die arme Karli Swenson von ihm in den Selbstmord getrieben worden war. Isabel würde alles unternehmen, um ihm nie wieder zu begegnen.

»Eigentlich bin ich hier, um zu arbeiten, und morgen fange ich damit an.«

»Arbeiten? Das ist wirklich schade. Tja, aber wir alle müssen unsere Pflicht tun.« Er bedachte sie mit einem gutmütigen Lächeln, leerte sein Glas, zog einen Zettel aus der Tasche und schrieb eine Telefonnummer darauf. »Falls Sie irgendetwas brauchen, rufen Sie mich an.«

»Danke.«

Er grinste breit, erhob sich und ging fröhlich winkend davon. Zumindest war er willens, sie durch Charme dazu zu bringen, dass sie das Haus verließ. Oder er meinte es tatsächlich nur gut, und sie reagierte völlig grundlos misstrauisch auf den Besuch. Sie griff nach Yoganandas *Autobiografie eines Yogi,* schlug jedoch nach kurzer Zeit stattdessen ihren Reiseführer auf. Sicher wäre es früh genug, wenn sie morgen mit der Neuerfindung ihrer Karriere begann.

Allmählich wurde es dunkel, und so ging sie zurück ins Haus, wurde dort von köstlichem Essensduft begrüßt und betrat genau in dem Moment die Küche, als Marta sie verließ. Zusammen mit einer Schale aromatischer Suppe und einem Glas von Isabels Chianti, einer mit dunklen, runzligen Oliven garnierten, geschnittenen Tomate und ein paar Scheiben knusprig frischen Brots auf einem mit einer schneeweißen Leinenserviette geschmückten Tablett. Isabel seufzte. Sie sollte endlich selber kochen lernen, dachte sie betrübt.

In dieser Nacht schlief sie wie eine Tote, und als sie am nächsten Tag statt wie geplant um sechs erst gegen acht erwachte, sprang sie hastig aus dem Bett und lief ins Bad. Jetzt müsste sie die Gebete und die Meditation verkürzen, sonst käme sie vollends mit ihren Terminen in Verzug. Sie drehte den Hahn auf, um sich das Gesicht zu waschen, doch das Wasser wurde auch nach minutenlangem Warten nicht warm. Also lief sie hinunter in die Küche, doch auch dort lief lediglich kaltes Wasser. Als sie schließlich Marta suchte, um sich bei ihr über das Fehlen des heißen Wassers zu beschweren, war sie nicht zu finden.

Am Ende kramte sie die Karte heraus, die Giulia Chiara ihr am Vortag gegeben hatte, und rief bei ihr an.

»Ja, ja«, meinte Giulia, als Isabel ihr das Problem erklärte. »Es wird schwierig für Sie, dort zu wohnen, während so viele Arbeiten verrichtet werden müssen. In dem Haus im Ort brauchen Sie sich keine Gedanken darüber zu machen, dass etwas nicht funktioniert.«

»Ich bleibe hier«, sagte Isabel entschlossen. »Das habe ich gestern auch … dem Besitzer schon erklärt. Würden Sie also bitte veranlassen, dass das heiße Wasser so bald wie möglich wieder funktioniert?«

»Ich werde sehen, was ich tun kann.« Doch Giulia war deutlich anzuhören, wie ungern sie das tat.

In Casalleone gab es eine alte römische Mauer, eine Kirchenglocke, die halbstündig schlug, und jede Menge Kinder. Sie tobten auf den Spielplätzen und sprangen neben ihren Müttern in dem Dorflabyrinth aus schmalen Kopfsteinpflasterstraßen herum. Isabel zog Giulias Karte aus der Tasche und verglich die dort angegebene Adresse mit dem Schild, vor dem sie stand. Die Straßennamen wiesen zwar Ähnlichkeit auf, aber sie war hier eindeutig falsch.

Seit ihrem Telefongespräch mit Giulia Chiara war ein Tag vergangen, und nach wie vor war das Wasser kalt. Sie hatte auch bei Anna Vesto angerufen, doch die hatte so getan, als verstünde sie kein Englisch, und Marta hatte das Problem anscheinend überhaupt noch nicht bemerkt.

Eigentlich sollte Isabel jetzt schreiben, doch das Wasserthema lenkte sie zu sehr ab. Außerdem fiel ihr kein Buchthema ein. Obgleich sie für gewöhnlich sehr diszipliniert war, war sie auch heute Morgen später aufgestanden, hatte nicht meditiert, und das Einzige, was sie bisher geschrieben hatte, waren Karten an Freunde und Bekannte.

Sie näherte sich einer jungen Frau, die, ein Kleinkind an der Hand, die kleine Piazza des Örtchens überquerte. »*Scusi, signora.*« Sie zeigte ihr Giulias Karte. »Können Sie mir sagen, wo die Via San Lino ist?«

Die Frau nahm das Kind auf den Arm und hastete davon.

»Tja, Entschuldigung.« Stirnrunzelnd wandte sich Isabel an einen Mann mittleren Alters in einem mit Flicken auf den Ellbogen versehenen, etwas verschlissenen, dreiviertellangen Mantel. »*Scusi, signore.* Ich suche die Via San Lino.«

Er nahm Giulias Karte, studierte sie einen Moment, studierte dann auch Isabel, steckte die Karte in die Tasche und stürmte fluchend davon.

»Hey!«

Der nächste Mensch reagierte auf die Frage nach der Via San Lino mit einem »*non parlo inglese*«, dann jedoch bot ihr ein untersetzter junger Mann in einem gelben T-Shirt seine Hilfe an. Unglücklicherweise war die Beschreibung, die er gab, derart kompliziert, dass sie schließlich am Ende einer Sackgasse vor einer verlassenen Lagerhalle stand.

Sie beschloss, den Laden mit der freundlichen Verkäuferin zu suchen, in dem sie am Vortag gewesen war. Auf dem Weg zurück zur Piazza kam sie an einem Schuhgeschäft vorbei sowie an einer kleinen Parfümerie. Spitzenvorhänge hingen in den Fenstern der Häuser, und über ihrem Kopf waren zahllose Wäscheleinen gespannt. »Italienische Trockner«, hatte der Reiseführer die Plastikschnüre genannt. Strom war derart teuer, dass es selten elektrische Wäschetrockner gab.

Ihre Nase führte sie in eine winzige Bäckerei, in der sie bei einem unfreundlichen jungen Mädchen mit purpurroten Haaren ein Feigentörtchen erstand. Wieder auf der Straße, hob sie den Kopf und betrachtete den Himmel. Die watteweichen weißen Wolken hätte man problemlos auf blaue Flanellpyjamas drucken können. Es war ein wunderschöner Tag, und nicht mal von hundert schlecht gelaunten Italienern ließe sie ihn sich verderben.

Auf dem Weg die Anhöhe hinauf zum Lebensmittelgeschäft entdeckte sie vor einem kleinen Zeitungsladen einen Ständer mit Ansichtskarten von Weinbergen, ausgedehnten Feldern mit leuchtend gelben Sonnenblumen und verwunschenen kleinen Dörfern. Sie blieb stehen, um ein paar Karten zu erstehen, und sah, dass es auch ein Bild von Michelangelos *David*, oder zumindest von einem bedeutsamen Teil der Statue, zu kaufen gab. Sie nahm eine der Karten aus dem Ständer und unterzog sowohl die Vorder- als auch die Seitenansicht des marmornen Geschlechtsteils einer eingehenden Betrachtung. Der arme David schien nicht sonderlich gut bestückt gewesen zu sein.

»Hast du bereits vergessen, wie so etwas aussieht, mein Kind?«

Sie wirbelte herum und starrte auf die altmodische Brille eines hoch gewachsenen Priesters in einer langen schwarzen Soutane. Er hatte einen ungepflegten dunklen Schnauzbart, aber besonders hässlich machte ihn die gezackte, leuchtend rote Narbe, die die Haut über seinem Wangenknochen derart spannte, dass sie das untere Lid eines seiner silberblauen Augen ein Stück herunterzog.

Silberblaue Augen, die ihr unangenehm vertraut waren, dachte sie erbost.

7

Isabel widerstand dem Verlangen, die Karte zurück in den Ständer zu stopfen, und behielt sie stattdessen in der Hand. »Ich habe ihn nur mit etwas verglichen, was ich vor kurzem gesehen habe, und habe dabei festgestellt, dass die Statue wesentlich besser bestückt ist als das von mir begutachtete Original.« Das war natürlich glatt gelogen.

Die Gläser seiner farblosen Brille spiegelten sich in der Sonne, als er sie lächelnd ansah. »In dem hinteren Ständer gibt es auch ein paar pornografische Kalender, falls dich so etwas interessiert.«

»Tut es nicht.« Sie schob die Postkarte zurück und marschierte entschlossen weiter die Anhöhe hinauf.

Er lief neben ihr her und bewegte sich dabei in der langen Soutane, als trüge er sie jeden Tag, aber schließlich war Lorenzo Gage Kostümierungen gewohnt. »Falls du deine Sünden beichten willst, meine Tochter, bin ich ganz Ohr.«

»Suchen Sie sich gefälligst ein paar kleine Jungen, denen Sie nachstellen können.«

»Du hast heute Morgen eine wirklich spitze Zunge, Fifi. Diese Beleidigung eines Mannes Gottes kostet dich mindestens hundert Ave Maria.«

»Ich werde Sie anzeigen, Mr. Gage. Es ist in Italien verboten, sich als Priester zu verkleiden.« Sie entdeckte eine gehetzt wirkende junge Mutter, die ihre Zwillinge aus einem Laden zerrte, und winkte sie zu sich heran. »*Signora!* Dieser Mann ist gar kein Priester! Es ist der amerikanische Schauspieler Lorenzo Gage.«

Die Frau bedachte Isabel mit einem Blick, als wäre sie verrückt geworden, schnappte sich ihre Kinder und eilte davon.

»Prima. Jetzt hast du die Kinder wahrscheinlich für den Rest ihres Lebens traumatisiert.«

»Erstens bitte ich Sie, diese plump-vertrauliche Anrede einzustellen, und zweitens: Wenn es nicht verboten ist, sich als Priester zu verkleiden, sollte es das sein. Dieser Schnurrbart sieht aus wie eine auf Ihrer Lippe gestorbene Tarantel. Halten Sie die Narbe nicht auch für etwas übertrieben?«

»Solange ich mich damit frei bewegen kann, ist mir das völlig egal.«

»Wenn Sie Ihre Ruhe haben wollen, warum bleiben Sie dann nicht einfach zu Hause?«

»Weil ich als Nomade auf die Welt gekommen bin.«

Sie betrachtete ihn näher. »Als ich Sie letztes Mal gesehen habe, waren Sie bewaffnet. Haben Sie zufällig auch irgendwelche Waffen unter der Soutane?«

»Nicht, wenn man den Sprengstoff nicht mitrechnet, der an meiner Brust klebt.«

»Den Film habe ich gesehen. Grässlich. Die ganze Szene war doch nur ein Vorwand, unter dem Gewalt verherrlicht wurde und Sie gleichzeitig mit Ihren Muskeln angegeben haben.«

»Trotzdem hat er hundertfünfzig Millionen eingespielt.«

»Was meine Theorie über den Geschmack des amerikanischen Publikums wieder einmal bestätigt.«

»Menschen, die im Glashaus leben, Dr. Favor …«

Dann hatte er also herausgefunden, wer sie war.

Er rückte die Brille auf seiner perfekten Nase zurecht. »Ich interessiere mich nicht sonderlich für Selbsthilfeprogramme, aber selbst ich habe von Ihnen gehört. Ist der Doktortitel echt oder gekauft?«

»Ich bin Doktorin der Psychologie und somit durchaus qualifiziert, eine Diagnose zu erstellen. Und diese Diagnose lautet, Sie sind ganz einfach blöd. Und jetzt lassen Sie mich endlich in Ruhe.«

»Oh, jetzt werde ich allmählich sauer.« Trotzdem lief er weiter neben ihr her. »Ich habe Sie an dem Abend nicht überfallen. Deshalb entschuldige ich mich auch ganz sicher nicht für das, was zwischen uns vorgefallen ist.«

»Sie haben so getan, als wären Sie ein Gigolo!«

»Wohl nur in Ihrer Fantasie.«

»Sie haben *Italienisch* gesprochen.«

»Und Sie selbst Französisch.«

»Verschwinden Sie. Nein, eine Sekunde.« Sie wandte sich ihm zu. »Sie sind mein Vermieter, also müssen Sie auch dafür sorgen, dass endlich das heiße Wasser funktioniert.«

Er verbeugte sich vor zwei alten Frauen, die ihm Arm in Arm entgegenkamen, und segnete sie, indem er das Kreuz schlug, wofür er sicher extra tausend Jahre im Fegefeuer aufgebrummt bekam. Isabel merkte, dass sie ihm kommentarlos bei seinem Treiben zusah, was sie letztlich zur Komplizin machte. Also setzte sie sich hastig wieder in Bewegung. Er unglücklicherweise auch.

»Wieso haben Sie kein heißes Wasser?«

»Ich habe keine Ahnung. Und Ihre Angestellten tun nicht das Geringste, damit es wieder läuft.«

»Wir sind in Italien. Hier braucht alles seine Zeit.«

»Sorgen Sie dafür, dass es funktioniert«, keifte sie.

»Ich werde sehen, was ich tun kann.« Er strich über die unechte Narbe unter seinem Auge. »Dr. Isabel Favor … kaum zu glauben, dass ich ausgerechnet mit der New-Age-Wächterin amerikanischer Tugend im Bett gewesen bin.«

»Ich habe nichts übrig für New Age. Ich bin eine altmodische Moralistin, weshalb mich das, was ich mit Ihnen getrieben habe, auch derart abstößt. Aber statt darüber nachzugrübeln, werde ich es auf das von mir erlittene Trauma schieben und versuchen, mir diesen Fehltritt zu verzeihen.«

»Ihr Verlobter hat Sie sitzen lassen, und Ihre Karriere ist an ihrem Tiefpunkt angelangt. Sie dürfen sich Ihren Fehltritt also nachsehen. Aber das Finanzamt zu betrügen war wirklich alles andere als fein. Und nicht besonders klug.«

»Das war mein Buchhalter, nicht ich.«

»Man sollte meinen, dass eine Doktorin der Psychologie einen Blick für die Leute hat, die sie engagiert.«

»Das sollte man meinen. Aber wie Ihnen inzwischen aufgefallen sein dürfte, steht es mit meiner Menschenkenntnis nicht zum Besten.«

Sein Lachen klang regelrecht diabolisch. »Lassen Sie sich öfter von fremden Männern aufreißen?«

»Hauen Sie endlich ab.«

»Wissen Sie, ich verurteile Sie nicht. Mich treibt lediglich die Neugier.« Als sie aus der schattigen Straße auf die helle Piazza traten, blinzelte er.

»Ich habe mich vorher noch nie aufreißen lassen. Kein einziges Mal! Ich war halt – ich war an dem Abend total verrückt. Wenn ich mir bei Ihnen irgendeine schlimme Krankheit eingefangen habe …«

»Vor ein paar Wochen hatte ich einen ziemlich starken Schnupfen, aber sonst …«

»Reden Sie keinen Unsinn. Ich habe das reizende Interview mit Ihnen gelesen, in dem Sie selbst erklären, dass Sie bereits mit – wie haben Sie es formuliert? – ›über fünfhundert Miezen im Bett gewesen‹ sind? Selbst wenn man diese Zahl als übertrieben wertet, sind Sie als Sexualpartner eine eindeutige Gefahr.«

»Das Zitat kommt der Wahrheit nicht mal ansatzweise nahe.«

»Dann haben Sie so etwas also nicht behauptet?«

»Das wollte ich damit nicht sagen.«

Sie bedachte ihn mit einem, wie sie hoffte, vernichtenden Blick, doch da sie keine besondere Übung in derartigen Blicken hatte, war sie sich nicht sicher, ob der Versuch gelang.

Er segnete eine vorbeischleichende Katze. »Zum Zeitpunkt dieses Interviews war ich noch jung und habe versucht, etwas Publicity zu kriegen. He, mit irgendwas muss ein Kerl schließlich seinen Unterhalt bestreiten.«

Am liebsten hätte sie gefragt, mit wie vielen Frauen er tatsächlich schon geschlafen hatte, und die einzige Möglichkeit, sich dieser Frage zu enthalten, war, dass sie noch ein wenig schneller ging.

»Höchstens hundert.«

»Ich habe nicht gefragt«, antwortete sie. »Aber selbst diese Zahl ist abstoßend.«

»War nur ein Witz. Nicht mal ich bin ein derartiger Frauenheld. Ihr Guru-Typen habt echt keinerlei Humor.«

»Ich bin kein Guru-Typ. Und rein zufällig habe ich einen sehr ausgeprägten Sinn für Amüsantes. Weshalb sollte ich wohl sonst mit Ihnen reden?«

»Wenn Sie nicht danach beurteilt werden möchten, was vor ein paar Nächten zwischen uns passiert ist, sollten Sie das andersherum ebenfalls nicht tun.« Plötzlich schnappte er sich ihre Tüte und griff hinein. »Was ist das?«

»Ein Törtchen. Und zwar meins. Hey!«

Doch er biss bereits ein Stück ab. »Lecker«, erklärte er beim Kauen. »Süß und saftig. Wollen Sie noch was?«

»Nein danke. Essen Sie ruhig alles auf.«

»Pech für Sie.« Gut gelaunt schob er sich den Rest des Törtchens in den Mund. »In den Staaten schmeckt das Essen nie so gut wie hier. Ist Ihnen das auch schon aufgefallen?« Allerdings. Sie hatte endlich den Lebensmittelladen erreicht und ging ohne eine Antwort hinein.

Statt ihr in das Geschäft zu folgen, kniete er sich draußen auf die Straße und streichelte den alten Hund, der, um ihn zu begrüßen, die Treppe des Ladens heruntergehumpelt war. Die freundliche Verkäuferin, die ihr den Honig mitgegeben hatte, war nirgendwo zu sehen. An ihrer Stelle stand hinter dem Tresen ein älterer, mit einer Schlachterschürze angetaner Mann. Als Isabel ihm ihre mit Hilfe ihres Wörterbuchs erstellte Einkaufsliste reichte, starrte er sie böse an, und ihr wurde bewusst, dass der einzige ihr wohlgesonnene Mensch, den sie bisher an diesem Tag getroffen hatte, der grässliche Lorenzo alias Dante war. Ein erschreckender Gedanke.

Der grässliche Mensch lehnte derweil gemütlich an der Wand des Hauses und las eine italienische Zeitung. Als sie herauskam, rollte er das Blatt zusammen, klemmte es sich unter den Arm und streckte die Hände nach ihren Einkaufstaschen aus.

»O nein, lieber nicht. Damit verschwinden Sie, und ich habe wieder nichts.« Sie überquerte die Straße in Richtung ihres Wagens.

»Ich sollte Sie rauswerfen.«

»Und mit welcher Begründung?«

»Dass Sie – wie sagt man doch so schön? – Ja, richtig … eine echte Hexe sind.«

»Nur Ihnen gegenüber.« Sie wandte sich an einen Mann, der auf einer Bank saß und sich sonnte. »*Signore!* Dieser Mann ist gar kein echter Priester. Er ist –«

Gage schnappte sich ihre Tüten und sagte etwas auf Italienisch zu dem Mann, der daraufhin mit der Zunge schnalzte und sie böse ansah.

»Was haben Sie ihm erzählt?«

»Dass Sie entweder Pyromanin oder aber eine Taschendiebin sind. Die beiden Wörter bringe ich immer durcheinander.«

»Sie sind kein bisschen lustig.« Allerdings hätte sie sich bei jedem anderen darüber schief gelacht. »Warum verfolgen Sie mich? Sicher würden sich sogar hier Dutzende von Frauen über Ihre Gesellschaft freuen.« Ein eleganter Mann, der in der Tür des Fotoladens stand, gaffte sie mit großen Augen an.

»Ich verfolge Sie nicht. Mir ist lediglich langweilig, und

Sie sind die beste Unterhaltung, die es hier in Casalleone gibt. Für den Fall, dass es Ihnen bisher noch nicht aufgefallen ist, scheinen die Leute Sie nicht sonderlich zu mögen.«

»Ich habe es bereits bemerkt.«

»Das liegt daran, dass Sie so gemein aussehen.«

»Ich sehe nicht gemein aus. Sie blocken halt gegenüber Fremden.«

»Und doch sehen Sie ein bisschen gemein aus.«

»Ich an Ihrer Stelle würde Einsicht in die Mietunterlagen des Bauernhauses verlangen.«

»Das ist genau das, womit ich mich in meinen Ferien am liebsten abgebe.«

»Etwas geht hier vor sich, und ich denke, ich kann Ihnen auch sagen, was.«

»Jetzt fühle ich mich schon viel besser.«

»Wollen Sie es hören oder nicht?«

»Ich glaube, lieber nicht.«

»Ihr Bauernhaus ist doch angeblich von mir angemietet worden, oder?«

»Ja, ich denke schon.«

»Tja, wenn Sie Nachforschungen anstellen, werden Sie merken, dass das nicht den Tatsachen entspricht.«

»Und Sie brennen sicher darauf, mir den Grund zu verraten.«

»Weil Marta das Haus als ihr Eigentum ansieht und es mit niemandem teilen möchte.«

»Die Schwester des toten Paolo?«

Isabel nickte. »In kleinen Städtchen wie diesem halten die Menschen gegenüber Fremden zusammen. Die Leute wissen, was Marta empfindet, und versuchen sie zu schützen.«

»Ihre Verschwörungstheorie hat einen großen Fehler. Wenn Marta das Haus nicht würde vermieten wollen, wie kommt es dann, dass Sie –«

»Da ist halt irgendjemandem ein Fehler unterlaufen.«

»Also gut, ich werde Marta vor die Tür setzen. Oder bringe ich sie besser gleich um?«

»Wagen Sie ja nicht, sie hinauszuwerfen, auch wenn ich sie nicht mag. Und fangen Sie auch nicht an, Miete von ihr zu verlangen. Sie sollten vielmehr *sie* für das bezahlen, was sie aus dem Häuschen macht. Der Garten ist einfach unglaublich.« Sie runzelte die Stirn, als er sich eine ihrer Tüten schnappte und darin herumzuwühlen begann. »Was ich sagen will, ist –«

»Gibt es noch mehr Süßes in den Tüten?«

Sie riss ihm die Tüte wieder aus der Hand. »Was ich sagen will, ist, dass ich völlig unschuldig an dieser ganzen Sache bin. Ich habe das Haus ordnungsgemäß gemietet, und ich erwarte heißes Wasser.«

»Ich habe doch bereits gesagt, dass ich mich darum kümmern werde.«

»Und ich bin gewiss nicht gemein. Sie hätten sich jedem gegenüber so verhalten, der in das Haus gezogen wäre.«

»Darf ich auf diesen Punkt später noch mal zurückkommen?«

Seine Selbstgefälligkeit war äußerst störend. Sie stand in dem Ruf, unerschütterlich zu sein, doch er brachte sie immer wieder aus der Fassung. Aber so leicht gäbe sie sich nicht geschlagen, und so stellte sie fest: »Eine wirklich interessante Narbe, die Sie da auf der Wange haben.«

»Jetzt reden Sie mit Ihrer Seelenklempnerstimme, oder?«

»Ich frage mich, ob diese Narbe womöglich ein Symbol ist.«

»Und wofür?«

»Vielleicht steht sie stellvertretend für die inneren Narben, die Sie mit sich herumtragen. Narben, die von – oh, ich weiß nicht – Lüsternheit, Verderbtheit, einem ausschweifenden Leben verursacht worden sind? Oder ist diese Verunstaltung ein Zeichen Ihres schlechten Gewissens?«

Sie hatte diese Sätze nur gesagt, um sich an ihm zu rächen, doch als sein Lächeln schwand, wurde ihr bewusst, dass sie einen Nerv getroffen hatte, und sie nahm an, dass auf diesem Nerv in fetten Lettern der Name Karli Swenson geschrieben war. Gage presste die Lippen aufeinander und fixierte sie.

»Die Narbe ist lediglich eine meiner schauspielerischen Ausstattungen.«

Sie spürte, dass er sich von ihr distanzierte. Genau das hatte sie gewollt, doch der Ausdruck des Schmerzes, den sie in seinen Augen aufflackern sah, rief Gewissensbisse in ihr wach. Sie hatte zwar viele Fehler, doch absichtlich grausam war sie nie. »Ich wollte nicht –«

Er sah auf seine Uhr. »Zeit für mich, meinen Schäfchen die Beichte abzunehmen. *Ciao*, Fifi.«

Als er sich zum Gehen wandte, sagte sie sich, dass er sie bereits dutzendfach beleidigt hatte und es deshalb keinen Grund gab, ihn um Entschuldigung zu bitten für ihren einmaligen Fauxpas. Nur, dass sie ihn mit ihren Sätzen ins Mark getroffen hatte und dass sie von Natur aus eine Heilerin und keine Zerstörerin war. Trotzdem war es gegen ihre Absicht, als sie ihm hinterherrief: »Ich mache morgen einen Ausflug nach Volterra.«

Er warf einen Blick über die Schulter und zog spöttisch eine Braue in die Höhe: »Ist das eine Einladung?«

Nein! Doch ihr schlechtes Gewissen wog stärker als ihr Bedürfnis nach Distanz. »Es ist eine Form der Bestechung, damit ich mein heißes Wasser kriege.«

»Also gut, angenommen.«

»Fein.« Auch wenn sie innerlich fluchte. Hätte es keinen anderen Weg gegeben, Abbitte zu leisten für ihre unüberlegten Sätze? »Ich fahre«, erklärte sie ihm kühl. »Und ich hole Sie um zehn vor Ihrer Villa ab.«

»Morgens?«

»Ist das vielleicht ein Problem?« Für sie war es das eindeutig. Ihrem Tagesplan zufolge müsste sie um zehn Uhr schreiben.

»Sie machen Witze, oder? Da ist es ja noch nicht mal richtig hell.«

»Tut mir Leid, wenn das für Sie zu früh ist. Dann eventuell ein anderes Mal.«

»Okay, ich werde startbereit sein.« Er wandte sich erneut zum Gehen, spähte jedoch noch einmal über die Schulter zurück. »Sie werden mich aber nicht erneut dafür bezahlen, mit Ihnen zu schlafen, oder?«

»Ich werde mir die größte Mühe geben, der Versuchung zu widerstehen.«

»Braves Mädchen. Dann also bis zum Anbruch der Morgendämmerung.«

Sie stieg in ihren Wagen, schloss die Tür, starrte düster durch die Scheibe und sagte sich, dass sie als Doktorin der Psychologie in der Lage wäre, eine ziemlich akkurate Diagnose über sich selber anzustellen. Sie war eine Idiotin.

An der Theke der Bar an der Piazza bestellte sich Ren einen Espresso, trug die kleine Tasse an einen runden Marmortisch und nahm in der Absicht, endlich ungestört in der Öffentlichkeit etwas zu trinken, Platz. Nachdem er den Espresso etwas hatte abkühlen lassen, leerte er die Tasse, wie er es von seiner *nonna* kannte, mit einem einzigen Zug. Das Gebräu war stark und bitter, genau wie er es mochte.

Er wünschte, er hätte sich von der selbstgerechten Dr. Favor nicht doch am Ende um den Finger wickeln lassen. Inzwischen hatte er so häufig mit Jasagern zu tun, dass er ganz vergessen hatte, wie es war, aufpassen zu müssen. Aber wenn er die Absicht hatte, sie in Zukunft häufiger zu sehen, gewöhnte er sich besser wieder eine gewisse Vorsicht an. Von seinem Ruhm war sie garantiert nicht beeindruckt. Himmel, sie mochte nicht mal seine Filme. Und dieser moralische

Kompass, den sie ständig mit sich herumtrug, war so schwer, dass sie sich kaum noch aufrecht halten konnte. Hatte er also tatsächlich die Absicht, den nächsten Tag mit diesem Weibsbild zu verbringen?

Allerdings, er hatte. Wie sonst sollte er sie dazu kriegen, dass sie noch einmal ihre Hüllen für ihn fallen lassen würde?

Lächelnd spielte er mit seiner leeren Tasse. Der Gedanke war ihm gekommen, als er sie mit der Karte von Michelangelos David vor dem Laden hatte stehen sehen. Sie hatte konzentriert die Stirn gerunzelt und an ihrer vollen Unterlippe genagt, die sie mit langweiligem Lippenstift nur unzulänglich vor dem Kennerblick verbarg. Ihre blonden Haare waren streng zurückfrisiert gewesen, zwei freche Löckchen jedoch hatten ihre hübschen Wangenknochen vorteilhaft umspielt, und weder die teure kurze Strickjacke, die sie um die Schultern geknotet hatte, noch das bis oben zugeknöpfte beigefarbene Kleid hatte ihren bei einer Moralapostelin vergeudeten, wohlgeformten Körper ausreichend kaschiert.

Er lehnte sich auf seinem Stuhl zurück und ließ den Gedanken auf sich wirken. Etwas war grundfalsch gelaufen, als er und die gute Frau Doktor zum ersten Mal im Bett gewesen waren. Um dafür zu sorgen, dass es nicht erneut zu einem solchen Debakel käme, müsste er möglicherweise langsamer zu Werke gehen, als ihm lieb war.

Entgegen der öffentlichen Meinung hatte er nämlich ein Gewissen, das er auch rasch überprüfte. Nein. Nicht das kleinste Zwicken. Dr. Fifi war eine erwachsene Frau, und wenn er ihr nicht gefallen hätte, wäre sie ihm in Florenz nicht freiwillig gefolgt. Trotzdem, jetzt setzte sie sich gegen ihn zur Wehr. Hatte er tatsächlich Lust, genug zu investieren, damit er diese Abwehr überwand?

Ja, warum nicht? Er fand sie faszinierend. Trotz ihrer spitzen Zunge verfügte sie über einen seltsam anziehenden Anstand. Er war sich sicher, dass sie das, was sie in ihren Büchern predigte, tatsächlich glaubte. Was hieß, dass sie – anders als beim letzten Mal – vorher eine Art Beziehung zu ihm bräuchte.

Er hasste dieses Wort. Er hatte noch nie irgendwelche ehrlichen Beziehungen gehabt. Aber wenn er die Sache direkt ansteuerte und sich weit genug verstellte, ginge er der Frage nach ihrer beider Beziehung eventuell erfolgreich aus dem Weg.

Es war lange her, seit er eine Frau getroffen hatte, die ihn interessierte, ganz zu schweigen davon, dass sie ihn tatsächlich unterhielt. Letzte Nacht hatte er zum ersten Mal seit Monaten richtig gut geschlafen, und heute hatte es ihn bisher nicht nach seinem Notfall-Glimmstengel verlangt. Außerdem würde Dr. Fifi ein wenig Dekadenz gut tun. Dafür war er genau die richtige Person.

Am nächsten Morgen wurde Isabel von einem Strahl kochend heißen Wasser aus dem Hahn des Waschbeckens begrüßt. Sie genoss ein warmes Bad, wusch sich gründlich die Haare und rasierte sich die Beine, doch ihre Dankbarkeit verflog, als sie sich die Haare föhnen wollte und entdeckte, dass es nirgends Strom gab.

Sie starrte in den Spiegel. In Höhe ihrer Ohren ringelten sich bereits die ersten Löckchen. Ohne Föhn und Bürste hätte sie am Ende einen Wust von Locken, der weder mit Gel noch mit Festiger zu bändigen war. In zwanzig Minuten sähe sie ebenso wild aus wie ihre Mutter, wenn die nach einer ihrer Schäferstündchen heimgekommen war.

Die psychologischen Wurzeln von Isabels Bedürfnis nach totaler Ordnung waren nicht sehr tief vergraben. Es war eine vorhersehbare Folge des Chaos, in dem sie aufgewachsen war. Sie erwog, in der Villa anzurufen und den Ausflug zu verschieben, doch Gage würde bestimmt denken, es fehle ihr an Mut. Außerdem war sie in Bezug auf ihre Haare schließlich nicht neurotisch. Sie mochte nur nicht, wenn sie unordentlich war.

Zum Ausgleich für ihre nicht gebändigten Haare stieg sie in ein schlichtes, schwarzes Sommerkleid mit rundem Ausschnitt und hoch geschnittenen Schultern, wählte ein Paar schmal geschnittene Slipper, legte ihr goldenes *atme*-Armband an und versteckte ihre Locken unter einem breitkrempigen Hut aus naturbelassenem Stroh. Fertig. Sie wünschte, sie hätte nach dem Aufstehen meditieren können, um sich zu beruhigen, doch es war ihr zurzeit nicht möglich.

Obgleich sie den großen Filmstar hatte etwas warten lassen wollen, war sie wie gewohnt pünktlich. Sie stieg resigniert in ihren Wagen und machte sich auf den Weg. Als sie vor der Villa vorfuhr, blickte sie noch einmal in den Spiegel und hätte beim Anblick der frechen, unter der Hutkrempe hervorlugenden Locken am liebsten auf der Stelle kehrtgemacht, um etwas gegen das Durcheinander auf ihrem Kopf zu tun.

Sie bemerkte zwischen den Büschen einen Mann – anscheinend einen schlecht gekleideten Touristen –, und gegen ihren Willen wogte in ihr ein gewisses Mitgefühl mit Gage auf. Trotz seiner gestrigen Verkleidung hatten seine Fans sein Versteck anscheinend längst entdeckt.

Dieser Fan trug ein hässlich kariertes Sporthemd, schlabbrige Shorts, die ihm beinahe bis auf die Knie hingen, und weiße Socken zu dicken, mit Kreppsohlen versehenen Sandalen. Tief in seine Stirn gezogen war eine grelle Baseballkappe, an seinem Hals baumelte ein alter Fotoapparat, und die purpurrote Gürteltasche, die er um den Bauch trug, hing wie eine geschundene Niere von seiner Hüfte herab. Er entdeckte ihren Wagen und watschelte – typisch für übergewichtige, unsportliche Menschen – unbeholfen auf sie zu.

Sie überlegte, was dieser Mensch von ihr wollte, sah ihn sich genauer an und ließ stöhnend ihren Kopf auf das Lenkrad sinken, als der Kerl die Beifahrertür des Wagens aufriss und mit einem gut gelaunten »Morgen, Fifi« grinsend neben ihr Platz nahm.

8

»Ich weigere mich, mich so mit Ihnen in der Öffentlichkeit sehen zu lassen!«

Seine Knie stießen gegen das Armaturenbrett des Panda, als er es sich gemütlich machte. »Glauben Sie mir, dank dieser Verkleidung werden Sie den Tag eher genießen. Ich weiß, es fällt Ihnen schwer zu glauben, dass die Italiener nach meinen Filmen geradezu verrückt sind.«

Sie starrte auf sein abgewracktes Outfit. »Zumindest auf diese Gürteltasche müssen Sie verzichten.«

»Ich kann nicht glauben, dass ich so früh aufgestanden bin, ohne arbeiten zu müssen.« Er lehnte sich auf seinem Sitz zurück und schloss ermattet seine Augen.

»Ich meine es ernst. Die Tasche verschwindet. Mit den weißen Socken und den Sandalen komme ich zurecht, mit dem Ding aber nicht.« Sie sah ihn noch einmal von der Seite an. »Nein, mit den Socken komme ich ebenso wenig zurecht. Die beiden Sachen müssen weg.«

Er gähnte. »Okay, lassen Sie mich überlegen … wie wird sich die Story in der Zeitung lesen?« Im Tonfall eines Nachrichtensprechers fuhr er fort: »Die kürzlich in Ungnade gefallene Dr. Isabel Favor, die offenbar nicht so weise ist, wie sie die Heerscharen ihrer bisherigen Jünger glauben machen wollte, wurde zusammen mit Lorenzo Gage, Hollywoods dunklem Prinzen des ausschweifenden Lebens, in Volterra, Italien, gesichtet. Die beiden wurden beobachtet, als sie –«

»Ich liebe Ihre Tasche.« Sie legte den ersten Gang ein.

»Und was ist mit den Sandalen und den weißen Socken?«

»Sie entsprechen genau dem derzeit wieder modernen Stil der späten Fünfziger.«

»Hervorragend.« Er kniff die Augen zusammen, nestelte am Reißverschluss seiner Gürteltasche, und sie fragte sich, wie jemand von seiner Größe in einen Maserati passen konnte.

»Was haben Sie eben dort im Gebüsch gemacht?«

Er schob sich eine riesengroße schwarze Sonnenbrille auf die Nase. »Dort hinten steht eine Bank. Ich habe noch ein kurzes Nickerchen eingelegt.« Trotz seines jämmerlichen Tons wirkte er durchaus erholt. »Eine nette Frisur haben Sie heute Morgen. Woher kommen plötzlich all die Locken?«

»Sie sind Folge eines geheimnisvollen Stromausfalls, aufgrund dessen ich auf meinen Föhn verzichten musste. Danke für das heiße Wasser. Kriege ich eventuell auch den Strom zurück?«

»Sie haben keinen Strom?«

»Manchmal passieren die eigenartigsten Dinge.«

»Vielleicht ist es ein Zufall. Anna meinte, sie hätten bereits den ganzen Sommer über Probleme mit dem Wasser gehabt, weshalb sie jetzt anfangen zu graben.«

»Und weshalb ich, wie sie Ihnen sicher erklärt hat, in den Ort ziehen soll.«

»Ich glaube, sie hat etwas Ähnliches erwähnt. Setzen Sie den Hut ab, ja?«

»Ganz bestimmt nicht.«

»Er wird die Blicke der Leute auf uns ziehen. Und außerdem gefallen mir die Locken.«

»Sie ahnen nicht, wie mich das freut.«

»Sie mögen die Locken also nicht?«

»Ich mag keine Schlampigkeit.« Sie bedachte seine Garderobe mit einem viel sagenden Blick.

»Ah.«

»Was?«

»Nichts. Ich habe einfach ›ah‹ gesagt, sonst nichts.«

»Behalten Sie Ihre ›Ahs‹ lieber für sich, sonst kann ich die Landschaft nicht genießen.«

»Gern.«

Es war ein wunderbarer Tag. Hügel erstreckten sich zu beiden Seiten der Straße bis zum Horizont. Längliche Strohballen lagen zum Trocknen auf einem Feld, während auf einem anderen ein Traktor gemächlich hin und her fuhr. Sie kamen an riesengroßen Feldern mit verblühten, doch noch nicht untergepflügten Sonnenblumen vorbei. Isabel hätte sie gern in voller Blüte erlebt, doch der Anblick der erntereifen leuchtenden Weintrauben entschädigte sie reichlich.

»Meine Freunde nennen mich Ren«, sagte er. »Aber heute würde ich es zu schätzen wissen, wenn Sie Buddy zu mir sagen würden.«

»Nie im Leben.«

»Oder Ralph. Raph Smitten aus Ashtabula, Ohio. Ich finde, das klingt gut. Und wenn Sie schon unbedingt einen Hut aufsetzen müssen, werde ich Ihnen einen etwas weniger auffälligen kaufen, wenn wir in Volterra sind.«

»Nein danke.«

»Sie sind echt ganz schön verkniffen, Dr. Favor. Ist das einer der Grundsteine Ihrer Philosophie? ›Du sollst das verkniffenste Wesen auf der ganzen Erde sein‹?«

»Ich habe meine Prinzipien, aber ich bin nicht verkniffen.« Bereits dieser Satz gab ihr das Gefühl, grässlich verstaubt zu sein, aber – zumindest in der Tiefe ihres Herzens – war sie nicht verstaubt. »Was wissen Sie über meine Philosophie?«

»Bis ich gestern im Web nachgesehen habe, überhaupt nichts. Jetzt fesselt sie mich geradezu. Nach allem, was ich Ihrer Biografie entnommen habe, haben Sie sich Ihr gesamtes Imperium durch eigener Hände Arbeit aufgebaut. Wirklich anerkennenswert. Nie scheint Ihnen irgendetwas in den Schoß gefallen zu sein.«

»Oh, sogar jede Menge.« Sie dachte an all die Menschen, die sie im Verlauf der Jahre inspiriert hatten. Wann immer sie in ihrem Leben an einem Tiefpunkt angekommen war, hatte das Universum irgendeinen treu sorgenden Engel zu ihr herabgeschickt.

Ihr Fuß rutschte vom Gaspedal.

»Hey.«

»Entschuldigung.«

»Entweder Sie achten auf die Straße, oder Sie lassen mich hinter das Steuer«, knurrte er erbost. »Was Sie sowieso von Anfang an hätten machen sollen, denn schließlich bin ich der Mann.«

»Das ist mir bereits aufgefallen.« Sie umklammerte das Lenkrad etwas fester. »Ich bin sicher, dass meine Lebensgeschichte im Vergleich zu Ihrer todlangweilig ist. Habe ich nicht irgendwo gelesen, dass Ihre Mutter eine Adelige ist?«

»Eine Komtess. Das ist einer dieser bedeutungslosen italienischen Titel. Vor allem war sie ein verantwortungsloses Playgirl mit viel zu viel Geld. Inzwischen ist sie tot.«

»Der Einfluss, den die Kindheit auf uns hat, hat mich schon immer fasziniert. Darf ich Ihnen eine persönliche Frage stellen?«

»Wollen Sie wissen, wie es war, mit einer ständig bekifften Mutter aufzuwachsen, die die Reife einer Zwölfjährigen besaß? Ihr Interesse rührt mich.«

Sie hatte die Absicht gehabt, sich den ganzen Tag kühl und reserviert zu geben, statt nett mit diesem Kerl zu plaudern. Aber was könnte es schon schaden, wenn es kurzfristig zu einer ernsthaften Unterhaltung zwischen ihnen kam? »Ich frage aus rein beruflichem Interesse, also ersparen Sie sich ruhig jede Sentimentalität.«

»Lassen Sie mich überlegen, welchen Einfluss meine Mutter auf mein Leben hatte ... ich kann mich nicht daran erinnern, wann ich mich zum ersten Mal betrunken habe, aber das war sicher um die Zeit, als ich groß genug war, um an die Gläser zu gelangen, die die Gäste ihrer Partys überall im Haus verteilt hatten.« Sie hörte keine Bitterkeit in seiner Stimme, war sich aber sicher, dass er sie irgendwo in seinem Innern empfand. »Meinen ersten Joint habe ich geraucht, als ich zehn war. Danach habe ich nie mehr ganz auf die Kifferei verzichtet. Mit zwölf hatte ich bereits ein paar Dutzend Pornofilme gesehen, und ich kann Ihnen versichern, dass das einen negativen Einfluss auf die sexuellen Erwartungen eines heranwachsenden Jungen hat. Dann habe ich zahllose Internate entlang der gesamten Ostküste besucht. Wie viele, kann ich gar nicht mehr zählen. Zweimal wurde ich wegen Ladendiebstahls festgenommen, was völlig bescheuert war, denn ich verfügte sowieso über viel zu viel Kohle für einen rotznasigen Punk. Aber, hey, ich habe eben alles getan, um im Mittelpunkt zu stehen. Oh ... das erste Mal gekokst habe ich mit fünfzehn. Ah, die guten alten Zeiten.«

Hinter seinem Lachen versteckte sich ein Schmerz, den er sie freiwillig bestimmt nicht sehen lassen würde. »Und was war mit Ihrem Vater?«, ging sie deshalb betont achtlos darüber hinweg.

»Wall Street. Ein durch und durch ehrenwerter Mann. Er geht heute noch täglich ins Büro. Beim zweiten Mal hat er darauf geachtet, eine Frau zu nehmen, die seiner Position entsprach – eine blaublütige Grazie, die vernünftig genug war, mich so weit wie möglich von ihren eigenen drei Kindern fern zu halten. Einer von ihnen ist ein echt anständiger Kerl, den ich auch heute noch alle paar Monate treffe.«

»Sind in Ihrer Kindheit auch irgendwelche Engel aufgetaucht?«

»Engel?«

»Wohlmeinende Menschen?«

»Meine *nonna*, die Mutter meiner Mutter. Sie hat ab und zu bei uns gelebt. Ohne sie säße ich inzwischen sicherlich im Knast.«

Anscheinend hatte er sich, indem er ständig irgendwelche Schurken verkörperte – womöglich als Spiegel des Bildes, das er von sich hatte –, sein eigenes, wenn auch kreatives Gefängnis geschaffen. Oder auch nicht. Psychologen hatten die schlechte Angewohnheit, die Motive der Menschen zu simplifizieren.

»Und wie steht es mit Ihnen?«, fragte er sie jetzt. »Sie stehen auf eigenen Füßen, seit Sie achtzehn waren. Klingt nicht gerade einfach.«

»Es formt den Charakter.«

»Sie haben es weit gebracht.«

»Nicht weit genug. Zurzeit, beispielsweise, bin ich pleite.« In der Hoffnung, das Gespräch auf ein anderes Thema bringen zu können, setzte sie sich ebenfalls ihre Sonnenbrille auf.

»Es gibt Schlimmeres.«

»Ich schätze, Sie sprechen nicht aus eigener Erfahrung.«

»Hey, als ich achtzehn war, ging einer der Schecks über die Zinsen meines Fonds in der Post verloren. Das war ziemlich ätzend.«

Sie liebte Selbstironie, weshalb sie ihn, wenn auch gegen ihren Willen, beifällig angrinste.

Eine halbe Stunde später erreichten sie Volterra und blickten auf die drohende graue Steinburg, die sich auf der Hügelkuppe über ihnen erhob. Endlich ein sicheres Thema. »Das ist also die *fortezza*«, meinte Isabel. »Die Florentiner haben sie Ende des 15. Jahrhunderts oberhalb der aus der achten Jahrhundert vor Christus stammenden etruskischen Siedlung gebaut.«

»Oh, haben wir brav den Reiseführer studiert?«

»Sogar mehrere.« Sie kamen an einer Tankstelle und einem

adretten kleinen Häuschen mit einer Satellitenschüssel auf dem roten Ziegeldach vorbei. »Irgendwie habe ich mir die Etrusker als Keulen schwingende Höhlenmenschen vorgestellt, aber für ihre Zeit waren sie anscheinend sehr modern. Sie hatten viele Gemeinsamkeiten mit den Griechen. Sie waren Händler, Seefahrer, Handwerker und Bauern. Sie haben Kupfer geschürft und Eisenerz geschmolzen. Und ihre Frauen waren für die damalige Zeit erstaunlich emanzipiert.«

»Dem Himmel sei Dank.«

Es ging doch nichts über eine Lektion in Geschichte, um Distanz zu einem Gesprächspartner zu wahren. Weshalb nur war sie nicht schon eher darauf gekommen? »Als die Römer auftauchten, haben die Etrusker ihre Lebensweise übernommen, obgleich manche Menschen denken, dass der moderne Lebensstil in der Toskana eher die etruskischen Wurzeln widerspiegelt als die der Römer.«

»Hauptsache, man hat einen Grund zum Feiern.«

»So in etwa.« Sie folgte den Schildern zum Parkplatz, lenkte den Wagen vorbei an einem hübschen, von Bänken gesäumten Gehweg, und fand schließlich eine Lücke. »Sie lassen keine Autos in die Stadt, also müssen wir hier draußen parken.«

Er gähnte herzhaft. »Hier in Volterra gibt es ein fantastisches Museum mit ein paar Weltklasse-Kunstgegenständen der Etrusker, das Sie sicher interessiert.«

»Waren Sie schon einmal dort?«

»Vor Jahren, aber ich kann mich gut daran erinnern. Die Etrusker waren einer der Gründe, weshalb ich als Hauptfach Geschichte hatte, bevor man mich am College rausgeworfen hat.«

Sie musterte ihn argwöhnisch. »Sie wussten die Dinge, die ich Ihnen erzählt habe, bereits, oder?«

»Den Großteil, aber auf diese Weise hatte ich Gelegenheit zu einem kurzen Schläfchen. Übrigens, die etruskische Siedlung stammt aus dem neunten, nicht aus dem achten Jahrhundert vor Christus. Aber, he, was sind schon hundert Jahre?«

So viel dazu, dass sie mit ihren Kenntnissen vor ihm hatte prahlen wollen. Sie stiegen aus dem Panda, und sie bemerkte, dass eine der Ecken seiner Sonnenbrille mit Klebeband festgehalten wurde. »Hatten Sie nicht eine ähnliche Verkleidung in dem Film, in dem Sie versucht haben, Cameron Diaz zu vergewaltigen?«

»Ich glaube, ich habe versucht, sie zu ermorden.«

»Ich will sicher nicht kritisch klingen, aber geht einem all der Sadismus nach einer Weile nicht doch ein wenig nahe?«

»Danke, dass Sie sich jeder Kritik enthalten. Und durch den Sadismus bin ich berühmt geworden.«

Sie folgte ihm über den Parkplatz zum Fußweg. Wieder bewegte er sich mit dem rollenden Gang des schwergewichtigen Mannes, was zu funktionieren schien, denn niemand achtete auf ihn. Sie sagte sich, sie sollte die Klappe halten, aber alte Gewohnheiten legte man nun einmal nicht so rasch ab. »Berühmtheit ist Ihnen wohl nach wie vor sehr wichtig. Selbst wenn es Ihnen den Alltag schwer macht, ist es Ihnen wichtig, dass man Sie kennt.«

»Wenn es irgendwo einen Scheinwerfer gibt, stehe ich im Allgemeinen gern in seinem Licht. Und tun Sie nicht so, als wüssten Sie nicht, wovon ich rede.«

»Sie denken, ich hätte das Bedürfnis, im Mittelpunkt zu stehen?«

»Haben Sie das etwa nicht?«

»Nur, solange es mir hilft, meine Botschaft rüberzubringen.«

»Natürlich.«

Es war eindeutig, dass er ihr nicht glaubte. Sie fixierte ihn und wusste, sie ließe das Thema besser auf sich beruhen. »Ist das alles, worum es Ihnen in Ihrem Leben geht? Im Mittelpunkt zu stehen?«

»Ersparen Sie mir Ihre Predigt. Ich bin daran nicht interessiert.«

»Ich wollte Ihnen keine Predigt halten.«

»Fifi, Sie leben dafür, Predigten zu halten. Sie brauchen das Predigen wie die Luft zum Atmen.«

»Und das ist für Sie eine Bedrohung?« Sie lief auf dem Kopfsteinpflaster hinter ihm her.

»Alles an Ihnen ist für mich eine Bedrohung.«

»Danke.«

»Das war kein Kompliment.«

»Sie halten mich für selbstgefällig, richtig?«

»Ich habe einen gewissen Hang zur Selbstgefälligkeit an Ihnen bemerkt.«

»Nur, wenn ich mit Ihnen zusammen bin, und dann stelle ich ihn absichtlich zur Schau.« Sie sollte dieses Geplänkel nicht derart genießen.

Sie bogen in eine schmale Straße, die noch älter und malerischer wirkte als die Straßen, durch die sie bisher gelaufen waren. »Sind die vier Ecksteine des positiven Lebens Ihnen vom Herrgott eingeflüstert worden, oder haben Sie sie irgendwo auf einer Grußkarte gelesen?«

»Gott hat diese Erkenntnis in mir wachgerufen, danke, dass Sie fragen.« Sie gab den Versuch, sich herablassend zu geben, ein für alle Mal auf. »Allerdings hat er sie mir nicht eingeflüstert. Als ich ein Kind war, sind wir ständig umgezogen. Dadurch war ich ziemlich einsam, bekam jedoch zugleich Gelegenheit, die Menschen zu beobachten. Als ich älter wurde, habe ich mein Studium durch diverse Hilfsarbeiten finanziert. Ich habe gelesen und die Augen offen gehalten. Ich habe erlebt, wie Menschen erfolgreich waren und wie sie versagten – sowohl in persönlichen Beziehungen als auch in ihren Jobs. Die vier Ecksteine sind der Schluss, den ich aus diesen Betrachtungen gezogen habe.«

»Sicher wurden Sie dadurch nicht über Nacht berühmt.«

»Ich fing an, meine Beobachtungen aufzuschreiben, als ich mit dem Studium anfing.«

»Also für irgendwelche Hausarbeiten oder was?«

»Anfangs ja. Aber das war nach einer Zeit zu wenig, also fasste ich meine Gedanken für ein paar Frauenzeitschriften zusammen, und so wurden schließlich die vier Ecksteine geboren.« Sie sollte nicht so viel reden, aber es tat gut, jemandem von ihrer Arbeit zu erzählen. »Ich hatte angefangen, die Lektionen auf mein eigenes Leben anzuwenden, und mir gefiel, was daraus wurde. Mir gefielen die innere Ruhe und die Ausgeglichenheit, die ich nach einiger Zeit empfand. Also habe ich ein paar Diskussionsrunden auf dem Campus organisiert. Sie schienen den Leuten zu helfen, und die Zahl der Teilnehmer wurde zunehmend größer. Schließlich kam auch ein Verleger, und von da an lief fast alles wie von selbst.«

»Sie haben Spaß an Ihrer Arbeit, oder?«

»Ich liebe sie sogar.«

»Dann haben wir doch etwas gemeinsam.«

»Machen Ihnen Ihre fürchterlichen Rollen wirklich Spaß?«

»Sehen Sie, jetzt werden Sie schon wieder gemein.«

»Es fällt mir halt schwer, mir vorzustellen, dass jemand eine Arbeit liebt, in der Gewalt derart glorifiziert wird.«

»Sie vergessen, dass ich am Ende für gewöhnlich sterbe, wodurch meine Filme moralisch geradezu wertvoll werden. Das sollte Ihnen doch gefallen.«

Als sie auf die Piazza kamen, verloren sie sich in dem Gedränge kurzfristig aus den Augen. Isabel betrachtete die Stände, an denen von Obst und Gemüse bis hin zu farbenfrohem Spielzeug so ziemlich alles angeboten wurde. Die Luft war erfüllt vom Duft frischer Kräuter, von frischem Knoblauch und frischen Pepperoni. Kleiderverkäufer boten Seidentücher und Ledertaschen an. Jede Größe und Menge von Flaschen kalt gepressten Olivenöls mischten sich mit einem breiten Sortiment von Nudeln. Sie kam an einem Wagen vorbei, auf dem erdfarbene Seife in den Duftnoten Lavendel, Mohn und Zitrone feilgeboten wurde. Als sie kurz anhielt, um die Lavendelseife zu beschnuppern, entdeckte sie Ren, der in der Nähe eines Vogelkäfigs stand. Sie dachte an die anderen Schauspieler, die sie kannte. Sie hatte sie davon reden hören, dass sie die Charaktere, die sie spielten, in ihrem Innern suchen mussten, und fragte sich, was Ren in seinem Innern sah, wenn er auf der Leinwand einen so überzeugenden Gewaltverbrecher darstellte. Möglicherweise fanden sich in seiner Seele ja noch Reste der Gefühle, von denen er in seiner nicht allzu glücklichen Kindheit gepeinigt worden war?

Als sie sich ihm näherte, zeigte er auf die Kanarienvögel. »Ich habe nicht die Absicht, die armen Tiere abzuschlachten, falls Sie das befürchten.«

»Ich nehme an, zwei zierliche Vögel sind keine echte Herausforderung für einen Kerl wie Sie.« Sie legte die Hand auf den Riegel des kleinen Käfigs. »Jetzt bilden Sie sich bloß nichts darauf ein, aber objektiv betrachtet scheinen Sie ein fantastischer Schauspieler zu sein. Ich wette, Sie könnten auch hervorragend den Helden spielen, wenn Sie es nur wollten.«

»Sind wir also schon wieder bei unserem alten Thema?«

»Wäre es nicht nett, zur Abwechslung mal eine junge Frau zu retten, statt sie ständig zu quälen?«

»He, es geht nicht nur um Frauen. Ich quäle Menschen beiderlei Geschlechts. Und außerdem habe ich schon einmal versucht, eine junge Frau zu retten. Das hat aber nicht geklappt. Haben Sie jemals einen Film mit dem Titel *Eine Zeit im November* im Kino gesehen?«

»Nein.«

»Ebenso wenig wie das gesamte übrige Kinopublikum. Ich habe einen edlen, aber naiven Arzt gespielt, der irgendwelchen unsauberen Machenschaften an seiner Klinik auf die Schliche kommt, während er gleichzeitig verzweifelt um das Leben der jungen Heldin ringt. Der Film war ein totaler Flop.«

»Eventuell war es lediglich ein schlechtes Drehbuch.«

»Oder auch nicht.« Er sah auf sie hinunter. »Eins hat das Leben mich gelehrt, Fifi: Manche Menschen werden geboren, um die Helden zu spielen, andere hingegen sind eher für die Rolle der bösen Buben vorgesehen. Wenn man gegen sein Schicksal ankämpft, macht man sich das Leben nur unnötig schwer. Außerdem erinnern sich die Leute an den Schurken noch lange, nachdem der Held bereits vergessen ist.«

Wenn sie nicht am Vortag den Schmerz in seinem Blick hätte aufflackern sehen, hätte sie das Thema vielleicht auf sich beruhen lassen, doch lag die Ergründung der Psyche anderer Menschen tief in ihr. »Es ist ein großer Unterschied, ob man auf der Leinwand den bösen Buben spielt oder ob man wirklich einer ist.«

»Nicht sonderlich subtil. Wenn Sie wissen wollen, was an der Geschichte mit Karli dran ist, brauchen Sie mich bloß zu fragen.«

Sie hatte nicht nur an Karli gedacht, ging jedoch auf seinen Vorschlag ein. »Möglicherweise müssen Sie über das, was passiert ist, reden. Die Dunkelheit verliert einen Teil ihrer Kraft, wenn man Licht reinbringt.«

»Warten Sie einen Moment. Ich muss mich nur schnell übergeben.«

Statt beleidigt zu schweigen, senkte sie ihre Stimme und fragte leise: »Hatten Sie etwas mit ihrem Tod zu tun, Ren?«

»Sie können es nicht lassen, oder?«

»Sie haben eben selbst gesagt, ich bräuchte nur zu fragen. Und genau das tue ich.«

Sein Blick war vernichtend, doch er blieb stehen. »Wir hatten schon seit über einem Jahr kein Wort mehr miteinander gesprochen. Als wir noch zusammen waren, war es für keinen von uns auch nur annähernd so etwas wie die große Liebe. Sie hat sich nicht meinetwegen umgebracht. Sie ist gestorben, weil sie schlicht und einfach drogenabhängig war. Das gibt natürlich nicht viel her. Also haben die Medien eine Story erfunden, und da ich dafür bekannt bin, dass ich es gegenüber der Presse mit der Wahrheit nie so genau genommen habe, kann ich mich darüber kaum beschweren, oder?«

»Natürlich können Sie das.« Sie sprach ein kurzes Gebet für Karli Swenson, nur ein paar Worte, doch angesichts des schwarzen Lochs, in dem sie sich spirituell zurzeit befand, war sie dankbar, dass ihr wenigstens diese bescheidene Fürbitte gelang. »Es tut mir Leid, dass Sie deshalb so viel haben durchmachen müssen.«

Der Schutzpanzer, mit dem er sich umgab, hatte durch diese Unterhaltung nur einen schwachen Kratzer abbekommen, und so erklärte er verächtlich: »Ihr Mitleid können Sie sich sparen. Schlechte Presse ist in meinem Fall stets gut für das Geschäft.«

»Natürlich. Ich ziehe mein Mitgefühl zurück.«

»Versuchen Sie so was nicht noch einmal.« Er packte ihren Arm und dirigierte sie durch das Gedränge.

»Wenn es eins gibt, was ich gelernt habe, ist es, dass man sich jemanden, der eine so hübsche Gürteltasche trägt, besser nicht zum Feind macht.«

»Haha.«

Sie grinste. »Gucken Sie doch nur, wie die Leute uns beide anstarren. Sie können vermutlich nicht verstehen, was eine junge Frau wie ich mit einem solchen Tölpel macht.«

»Sie denken, ich bin reich und leiste mir ein niedliches kleines Häschen.«

»Ein niedliches kleines Häschen? Wirklich?« So schlecht klang das gar nicht.

»Sie brauchen deshalb gar nicht so zufrieden auszusehen. Ich habe Hunger.« Energisch zog er sie zu einer *gelateria*, hinter deren gläsernem Tresen es diverse runde Stahlbehälter mit cremiger italienischer Eiscreme gab. Ren wandte sich in gebrochenem Italienisch, vermischt mit einem künstlichen Südstaatenakzent, an den Teenager, der hinter der Theke stand.

Als Isabel leise gluckste, sah er sie giftig an. Eine Minute später jedoch standen sie beide einträchtig auf der Straße, und sie leckte vorsichtig mit der Zungenspitze erst über das Bällchen Himbeer und dann über die Kugel Mango. »Sie hätten mich ruhig fragen können, welche Sorten ich gerne hätte.«

»Warum? Sie hätten doch sowieso Vanille ausgesucht.«

Nicht Vanille, sondern Schokolade. »Das können Sie nicht wissen.«

»Sie sind eine Frau, die kein Risiko eingehen will.«

»Wie können Sie das sagen, nach allem, was passiert ist?«

»Sind wir jetzt wieder bei unserer gemeinsamen Nacht der Sünde?«

»Ich will nicht darüber reden.«

»Was ein weiterer Beweis für meine These ist. Wenn Sie nicht gern auf Nummer Sicher gingen, würden Sie keinen Gedanken mehr auf unser wenig erinnerungswürdiges Zusammensein verwenden.«

Sie wünschte sich, er hätte es anders formuliert.

»Wenn es phänomenaler Sex gewesen wäre – tja, dann würde es sich lohnen, oft daran zu denken.« Er verlangsamte sein Tempo, nahm die Sonnenbrille ab und blinzelte sie an. »Sie wissen, was ich damit meine, oder, Fifi? Phänomenalen Sex in der Art, die einen so wild macht, dass man am liebsten bis an sein Lebensende nicht mehr aus der Kiste krabbeln würde. Die Art von Sex, bei dem man vom Körper des anderen nicht genug bekommen kann, bei dem sich jede Berührung anfühlt, als streichele man Seide, bei der man so heiß wird, dass –«

»Ich habe verstanden!« Sie sagte sich, dies wäre halt Ren Gage, der Schauspieler, der mit seinem Können angab und versuchte, sie mit diesen glühenden Augen und dieser heiseren, verführerischen Stimme zu verärgern, und so atmete sie tief und langsam durch.

Ein Teenager schoss auf einem Roller an ihnen vorbei, und die Strahlen der Sonne fielen warm auf ihre nackten Schultern. Die Luft war erfüllt vom Duft von Kräutern und frisch gebackenem Brot. Er berührte sie wie zufällig am Arm, und sie genoss den köstlichen Geschmack des Eises nach exotischen und einheimischen Früchten. Alle ihre Sinne waren wunderbar belebt.

»Versuchen Sie vielleicht mich zu verführen?« Er setzte sich die Brille wieder auf die Nase.

»Wovon reden Sie?«

»Von dem, was Sie mit Ihrer Zunge machen.«

»Ich esse lediglich mein Eis.«

»Sie spielen mit Ihrer Zunge.«

»Ich spiele nicht mit –« Sie hielt inne und sah ihn mit großen Augen an. »Macht Sie das etwa an?«

»Vielleicht.«

»Und ob!« Funken der Freude stoben in ihr auf. »Es macht Sie an, mir beim Eisessen zuzusehen.«

Er wirkte tatsächlich verärgert. »Ich hatte in letzter Zeit ein bisschen wenig Sex, also macht mich momentan beinahe alles an.«

»Na klar. Wie lange ist es her, seit wir miteinander im Bett gewesen sind? Fünf Tage?«

»Dieses jämmerliche Zusammentreffen kann man ja wohl nicht zählen.«

»Warum denn bitte nicht? Sie haben Ihren Spaß bekommen.«

»Ach ja?«

Ein Teil ihrer Freude verflog. »Etwa nicht?«

»Habe ich Sie mit meinen Worten verletzt?«

Sie merkte, dass er darüber offenbar in keiner allzu großen Sorge war, und versuchte zu entscheiden, ob sie besser ehrlich war oder geschickterweise log. Nun, Ehrlichkeit wäre in diesem Augenblick wohl eindeutig verkehrt. »Ich bin am Boden zerstört«, erwiderte sie. »Und jetzt lassen Sie uns das Museum suchen, bevor ich anfange zu heulen.«

»Gemein und obendrein sarkastisch.«

Verglichen mit New Yorks glitzernden Historientempeln war das etruskische Museum Guarnacci ein wenig beeindruckender Bau. Das enge Foyer war schäbig und ein wenig düster, doch als sie mit der Besichtigung des Inhalts der gläsernen Vitrinen im Erdgeschoss begann, sah sie sich einer Großzahl faszinierender Artefakte gegenüber: Waffen, Schmuck, Töpfe, Amulette und Devotionalien aller Art; am faszinierendsten jedoch war die außergewöhnliche Sammlung von Alabasterurnen.

Sie erinnerte sich daran, in anderen Museen ein paar Urnen ausgestellt gesehen zu haben, hier jedoch kämpften Hunderte von Urnen in den altmodischen Vitrinen um ein Minimum an Platz. Viele der rechteckigen bis zu werkzeugkastengroßen Urnen, die für die Aufbewahrung der Asche Verstorbener entworfen worden waren, hatten Deckel in Gestalt nach hinten gebeugter männlicher oder auch weiblicher Figuren. In die Wände der Gefäße waren mythologische Szenen, aber auch Darstellungen von Schlachten bis hin zu festlichen Banketten eingraviert.

»Die Etrusker haben keine Schriftstücke hinterlassen«, erklärte Ren, als sie in die obere Etage stiegen, in der sich noch mehr Urnen in den altmodischen Kästen drängten. »Viel von dem, was wir über ihren Alltag wissen, stammt von diesen Reliefs.«

»Sie sind auf alle Fälle interessanter als die modernen

Grabsteine, die wir heute haben.« Vor einer großen Urne, auf deren Deckel sich ein älteres Paar nach hinten beugte, blieb Isabel stehen.

»Die *Urna degli Sposi*«, erläuterte Ren. »Eine der berühmtesten Urnen der Welt.«

Isabel blickte in die runzligen Gesichter der beiden Figuren. »Sie sehen so echt aus. Wenn sie andere Kleider hätten, könnten sie eins der Paare darstellen, die sich heute auf der Straße tummelten.« Als Entstehungsdatum wurde das Jahr 90 vor Christus genannt. »Sie sieht aus, als bete sie ihn an. Es muss eine glückliche Ehe gewesen sein.«

»Mir ist zu Ohren gekommen, dass es so etwas tatsächlich hin und wieder gibt.«

»Aber nicht für Sie?« Sie versuchte sich zu erinnern, ob sie irgendwo gelesen hatte, dass er schon einmal verheiratet gewesen war.

»Garantiert nicht für mich.«

»Haben Sie es je versucht?«

»Im Alter von zwanzig. Sie war ein Mädchen, mit dem ich aufgewachsen war. Die Ehe hielt ein Jahr und war von Anfang an eine einzige Katastrophe. Und wie steht es mit Ihnen?«

Sie schüttelte den Kopf. »Ich glaube an die Ehe, aber nicht für mich.« Ihre Trennung von Michael hatte sie gezwungen, sich dieser Wahrheit endgültig zu stellen. Nicht Zeitmangel hatte sie an der Planung ihrer Hochzeit gehindert, sondern ihr Unterbewusstsein hatte sie davor gewarnt, dass eine Ehe nicht richtig für sie wäre, selbst mit einem besseren Mann, als Michael Sheridan es war. Sie glaubte nicht, dass alle Ehen so chaotisch waren wie die ihrer Eltern, doch die Ehe war von Natur aus ein gravierender Einschnitt in das persönliche Leben, und sie wäre ohne diesen Einschnitt besser dran.

Sie schlenderten ins nächste Zimmer, und dort blieb sie so abrupt stehen, dass er von hinten mit ihr zusammenstieß.

»Was ist das?«, fragte sie, ohne sich auch nur nach ihm umzudrehen.

Er folgte ihrem Blick. »Das Prunkstück des Museums.«

In der Mitte des Raumes stand in einer einzelnen gläsernen Vitrine die außergewöhnliche Bronzestatue eines jungen Mannes. Der Akt war zirka sechzig Zentimeter hoch und nur wenige Zentimeter breit.

»Das ist eins der berühmtesten etruskischen Artefakte der Welt«, erklärte er, als sie sich der Statue langsam näherten. »Ich war achtzehn, als ich die Statue zum letzten Mal gesehen habe, aber ich kann mich an sie noch genau erinnern.«

»Sie ist wunderschön.«

»Sie heißt ›Abendschatten‹, *Ombra della Sera*. Der Grund dafür ist deutlich zu erkennen.«

»O ja.« Die längliche Form des Jungen erinnerte an den Schatten eines Menschen, der gegen Ende des Tages naturgemäß immer länger wurde. »Sie sieht aus wie ein modernes Kunstwerk.«

»Sie stammt aus dem dritten Jahrhundert.«

Gerade durch ihre Schlichtheit wirkte die Statue so modern. Der Bronzekopf mit den kurzen Haaren und dem lieblichen Gesicht hätte einer jungen Frau gehören können, doch der winzige Penis gab die Figur als die von einem Jungen preis. Er stemmte die langen, dünnen Arme in die Seiten, und die Beine wiesen in Höhe der Knie zwei kleine Verdickungen auf. Die Füße, dachte Isabel, waren im Verhältnis zum Kopf ein bisschen groß.

»Es ist ungewöhnlich, dass die Statue nackt ist«, erläuterte Ren. »Es gibt nicht einmal ein Schmuckstück, an dem man den Stand des Jungen hätte erkennen können, obgleich die soziale Stellung eines Menschen für die Etrusker angeblich sehr bedeutsam war. Wahrscheinlich ist es eine Weihegabe.«

»Sie ist wirklich außergewöhnlich.«

»Ein Bauer hat sie im neunzehnten Jahrhundert beim

Pflügen gefunden und als Schürhaken benutzt, bevor endlich jemand sie als das erkannte, was sie ist.«

»Man stelle sich ein Jahrhundert vor, in dem solche Dinge beim Pflügen gefunden werden können!«

»Überall in der Toskana sind in den Häusern etruskische und römische Artefakte in irgendwelchen Schränken versteckt. Nach ein paar Gläsern Grappa holt der Eigentümer sie, wenn man ihn darum bittet, für gewöhnlich hervor.«

»Haben Sie derartige Gegenstände auch in Ihrer Villa versteckt?«

»Soweit ich weiß, werden die Kunstgegenstände, die meine Tante gesammelt hat, alle öffentlich zur Schau gestellt. Kommen Sie morgen zum Abendessen, dann werde ich sie Ihnen zeigen.«

»Abendessen? Wie wäre es mit mittags?«

»Haben Sie etwa Angst, dass ich mich nach Einbruch der Dunkelheit in einen Vampir verwandeln könnte?«

»Sie sind dafür bekannt, dass das schon vorgekommen ist.«

Er lachte vergnügt. »Für heute habe ich genug Urnen gesehen. Kommen Sie, gehen wir was essen.«

Sie warf einen letzten Blick auf den *Ombre della Sera*. Rens profunde Kenntnisse in italienischer Geschichte empfand sie als eher störend. Ihr ursprünglicher Eindruck von ihm als lüsternem, egozentrischen, nur begrenzt intelligentem Wesen hatte ihr besser ins Konzept gepasst. Na ja, zwei von drei Treffern waren auch nicht allzu schlecht.

Eine halbe Stunde später nippten sie in einem Straßencafé an zwei Gläsern Chianti. Um die Mittagszeit Alkohol zu trinken erschien ihr als ebenso hedonistisch wie das Zusammensein mit diesem Mann. Weder durch die schauerliche Kleidung noch durch die geklebte Brille wurde seine dekadente Eleganz völlig verdeckt.

Sie zog eine ihrer Gnocchi durch die Sauce aus Olivenöl,

Knoblauch und frischem Salbei. »Während meines Aufenthalts hier in Italien nehme ich sicher mindestens fünf Kilo zu.«

»Sie haben einen tollen Körper. Machen Sie sich darüber also keine Gedanken.« Er verschlang eine weitere der von ihm bestellten Muscheln.

»Einen tollen Körper? Wohl kaum.«

»Ich habe ihn gesehen, Fifi. Ich kann mir also durchaus eine Meinung bilden.«

»Würden Sie wohl bitte aufhören, ständig die Rede auf diesen Zwischenfall zu bringen?«

»Regen Sie sich ab. Schließlich habe ich niemanden getötet.«

»Vielleicht habe ja ich einen Teil meiner Seele an dem Abend umgebracht.«

»Ersparen Sie mir ein derart blödsinniges Gewäsch.«

Sein gelangweilter Ton kratzte an ihrer Ehre. Sie legte die Gabel sorgfältig neben ihren Teller und beugte sich über den Tisch. »Was ich getan habe, widerspricht allem, woran ich glaube. Sex ist etwas Heiliges, und ich mag es nicht, eine Heuchlerin zu sein.«

»Au weia. So zu sein wie Sie ist bestimmt nicht einfach.«

»Jetzt werden Sie sicher gleich wieder etwas unglaublich Kluges von sich geben, oder?«

»Ich stelle lediglich fest, wie schwer es für einen Menschen sein muss, ständig auf dem schmalen Grat der Perfektion zu wandeln.«

»Mich haben schon größere Ignoranten als Sie herausgefordert, aber das ist mir egal. Das Leben ist kostbar, und ich bin der festen Überzeugung, dass man sich deshalb nicht einfach treiben lassen soll.«

»Tja, mit Volldampf hindurchzustürmen scheint zurzeit nicht zu funktionieren. Nach allem, was ich sehe, sind Sie entehrt, pleite und obendrein noch ohne Job.«

»Und wohin hat Ihre Lebe-immer-für-den-Moment-Philosophie Sie bisher geführt? Was haben Sie der Welt gegeben, worauf Sie auch nur ansatzweise stolz sein können?«

»Ein paar Stunden Unterhaltung. Ich finde, dass das reicht.«

»Aber was ist Ihnen *wichtig*?«

»Jetzt, im Augenblick? Essen, Wein und Sex. Dieselben Dinge wie Ihnen. Und versuchen Sie gar nicht erst zu leugnen, dass Ihnen Sex etwas bedeutet. Wenn er Ihnen nicht wichtig wäre, hätten Sie sich niemals von mir aufreißen lassen.«

»An dem Abend war ich betrunken, und das Ganze hatte nicht das Mindeste mit Sex zu tun. Ich war lediglich verwirrt.«

»Schwachsinn. So betrunken waren Sie nun auch nicht. Natürlich ging es um Sex.« Er machte eine Pause und musterte sie mit hochgezogenen Brauen. »Zwischen uns beiden geht es die ganze Zeit um Sex.«

Sie schluckte. »Zwischen uns geht es absolut nicht um Sex.«

»Was machen wir dann hier?«

»Wir haben eine, wenn auch etwas eigenartige Freundschaft, das ist alles. Zwei Amerikaner in einem fremden Land.«

»Hier geht es nicht um Freundschaft. Wir mögen einander ja noch nicht mal. Zwischen uns knistert es ganz einfach.«

»Knistert?«

»Ja, knistert.« Er zog das Wort in die Länge, bis es beinahe wie eine Liebkosung klang.

Ein leichter Schauder rann über ihren Rücken, weshalb es ihr schwer fiel, ihre Stimme empört klingen zu lassen, als sie erneut widersprach. »Bei mir knistert ganz bestimmt nichts.«

»Das habe ich bereits bemerkt.«

Tja, das war eindeutig ein Eigentor von ihr gewesen.

»Aber Sie möchten, dass es knistert.« Plötzlich wirkte er ganz wie ein Italiener. »Und ich bin durchaus bereit, Ihnen dabei zu helfen.«

»Mir kommen die Tränen.«

»Ich will damit nur sagen, dass ich es gerne noch mal probieren würde.«

»Davon bin ich überzeugt.«

»Ich möchte nicht, dass es auf meinem Arbeitszeugnis irgendwelche Minuspunkte gibt. Schließlich habe ich den Job, für den Sie mich angeheuert haben, nicht ordentlich gemacht.«

»Es reicht mir, wenn ich mein Geld zurückbekomme.«

»Das widerspricht meiner Firmenpolitik. Ich leiste bestenfalls Ersatz.« Er grinste breit. »Dann haben Sie also kein Interesse?«

»Nicht das geringste.«

»Ich dachte, Ehrlichkeit wäre einer der vier Ecksteine des von Ihnen propagierten Lebens?«

»Sie wollen, dass ich ehrlich bin? Also gut. Zugegeben, Sie sind ein Bild von einem Mann. In der Tat, geradezu umwerfend. Aber nur auf diese unwirkliche, fantastische Art des Filmstars. Und meine Träume von Filmstars habe ich bereits als Teenager begraben.«

»Und seither sind Sie sexuell frustriert?«

»Ich hoffe, Sie sind mit Essen fertig. Mir ist nämlich der Appetit vergangen.« Zornig warf sie ihre Serviette auf den Tisch.

»Und ich dachte, Sie wären zu zivilisiert, um sich jemals aufzuregen.«

»Da haben Sie sich eindeutig geirrt.«

»Alles, was ich vorschlage, ist, dass Sie Ihre Grenzen etwas weiter stecken. Ihrer Biografie zufolge sind Sie vierunddreißig. Finden Sie nicht auch, dass Sie damit etwas zu alt sind, um noch so viel Ballast mit sich herumzuschleppen?«

»Ich bin nicht sexuell frustriert.«

Die Art, in der er wissend eine Braue hochzog und mit einem Finger über seinen Mundwinkel strich, rief ein gewisses Unbehagen in ihr wach. »Um einem Mitmenschen zu helfen – was Sie zu schätzen wissen sollten –, wäre ich bereit, aktiv daran mitzuwirken, dass Sie diese Frustration endlich überwinden.«

»Warten Sie. Ich versuche mich daran zu erinnern, ob mir je ein beleidigenderes Angebot von einem Menschen unterbreitet worden ist. Nein. Ganz sicher nicht.«

Er verzog den Mund zu einem Lächeln. »Das ist nicht als Beleidigung gemeint, Fifi. Du machst mich ganz einfach an. Irgendetwas an der Mischung aus einem fantastischen Körper, einem erstklassigen Hirn und einer gewissen Gemeinheit zieht mich tatsächlich an.«

»Gleich kommen mir abermals die Tränen.«

»Als wir uns gestern in Casalleone getroffen haben, habe ich mir vorgestellt, dich noch einmal nackt und – ich hoffe, ich bin nicht zu direkt – mit weit gespreizten Beinen, bereit für mich, auf einem Bett liegen zu sehen.« Das langsame Lächeln, das sich über sein Gesicht breitete, wirkte eher jungenhaft denn böse. Er schien sich tatsächlich bestens zu amüsieren!

»Ahh …« Sie versuchte es mit Weltgewandtheit – wie Faye Dunaway in jungen Jahren –, doch konnte sie nicht leugnen, dass sie für seinen Sexappeal nicht gänzlich unempfänglich war. Dieser Mann war gebündelter Sex, selbst wenn er sich abstoßend benahm. Sie hatte es von jeher begrüßt, wenn Menschen ihre Ziele deutlich formulierten, also erschien es ihr am klügsten, wenn sie der rationalen Dr. Favor von jetzt an die Führung überließ. »Sie schlagen also vor, dass wir eine sexuelle Beziehung miteinander eingehen.«

Wieder fuhr er mit dem Daumen die Konturen seiner Lippen nach. »Was ich vorschlage, ist, dass wir in den nächsten Wochen jede Minute jeder Nacht entweder mit Vorspielen, mit Nachspielen oder einfach … Spielen verbringen.« Er dehnte das vorletzte Wort genüsslich aus. »Was ich vorschlage, ist, dass Sex das Einzige ist, worüber wir beide uns von jetzt an unterhalten. Alles, woran wir beide denken. Alles, was wir beide tun –«

»Fallen Ihnen diese Sätze spontan ein, oder stammen sie aus irgendeinem Drehbuch?«

»Sex, bis du nicht mehr gehen und ich nicht mehr aufrecht stehen kann.« Seine Stimme hatte tausend Volt. »Sex, bis wir beide schreien. Sex, bis all der Frust, den du jemals hattest, restlos vergessen ist, und das einzige Ziel in deinem Leben darin besteht, zum Höhepunkt zu kommen.«

»Dies ist offenbar mein Glückstag. Zoten bis zum Abwinken, wie schön.« Sie schob ihre Sonnenbrille etwas höher. »Danke für die Einladung, aber ich denke, ich verzichte.«

Sein Zeigefinger glitt gemächlich um den Rand seines Weinglases, und sein Lächeln machte deutlich, dass er seiner Meinung nach eindeutig als Sieger aus diesem Wortgefecht hervorgegangen war. »Ich schätze, das bleibt abzuwarten, oder?«

9

Selbst durch den harten Frühsport verbrauchte Ren im besten Fall einen Bruchteil seiner angestauten Energie. Er nahm einen Schluck aus seiner Wasserflasche und blickte auf den Haufen ausgerissener Büsche, die Anna aus dem Garten der Villa entfernt zu sehen wünschte. Eigentlich hatte sie ihren Mann Massimo, den Aufseher des Weinbergs, oder ihren Sohn Giancarlo darum bitten wollen, aber Ren brauchte etwas zu tun, und so hatte er die Arbeit freiwillig übernommen.

Es war ein heißer Tag, und kein einziges Wölkchen zeigte sich am madonnenblauen Himmel, doch selbst die anstrengende körperliche Arbeit lenkte ihn nicht von seinen Gedanken an Karli Swenson ab. Hätte er sich mehr darum bemüht, sie zu erreichen, würde sie womöglich noch leben; aber er hatte von klein auf den Weg des geringsten Widerstands gewählt. Er hatte sich weder für Frauen noch für Freundschaften noch für irgendetwas anderes als seine Schauspielerei je wirklich interessiert.

»Ich will dich nicht in der Nähe meiner Kinder haben«, hatte sein Vater ihm erklärt, als er zwölf gewesen war, und aus Rache hatte er seinem Alten die Brieftasche geklaut.

Zugegeben, in den letzten zehn Jahren hatte er sich nichts zu Schulden kommen lassen, aber alte Gewohnheiten legte man nun einmal nicht so einfach ab. Sein Herz war halt von jeher schwarz gewesen. Vielleicht fühlte er sich deshalb in Isabels Nähe so wunderbar entspannt. Sie trug ihre Güte wie einen schützenden Panzer. Sie fühlte sich wohl zurzeit verletzlich, aber sie war eisenhart, so hart, dass sie nicht einmal durch ihn zu korrumpieren war.

Erneut belud er die Schubkarre und schob sie an den Rand des Weinbergs, wo er seine Ladung in eine der leeren Metalltonnen kippte, in denen sie Gartenabfälle verbrannten. Als er ein Streichholz an die Zweige hielt, spähte er in Richtung des von ihr bewohnten Häuschens. Wo war sie? Seit ihrem Besuch in Volterra war ein Tag vergangen, und da er Anna nicht gebeten hatte, sich darum zu kümmern, hatte sie bestimmt immer noch keinen Strom. He, schließlich war er nicht durch gute Taten derart weit gekommen, und auf diese Weise bekäme er Ms. Perfekt sicher am direktesten zu sich ins Haus.

Er fragte sich, ob sie wieder ihren Strohhut tragen oder ob sie ihre verhassten Locken einfach fliegen lassen würde, wenn sie den Hügel heraufgelaufen käme, um ihm wegen des fehlenden Stroms eine erneute Strafpredigt zu halten. Blöde Frage. An Isabel Favor würde niemals etwas fliegen. Sie wäre zugeknöpft wie gewohnt, weltgewandt und kompetent, und wahrscheinlich würde sie mit irgendwelchen Gesetzestexten wedeln, denen zufolge er wegen fehlender Sorge um das Wohlergehen seiner Mieterin bis an sein Lebensende hinter Gitter wandern würde. Weshalb hatte sie sich noch nicht beschwert?

Er erwog kurzfristig, hinunter zu dem Bauernhaus zu laufen, um nach ihr zu schauen, doch das widerspräche seinem erklärten Ziel. Nein, er wollte, dass Ms. Perfekt hierher kam, zu ihm. Auch in seinen Filmen hatte er, der Schurke, die Heldin stets zu sich in sein Versteck gelockt.

In einem der Schränke fand Isabel einen kleinen, mit Metallblumen verzierten mehrarmigen Leuchter. Die weiße Lackierung war mit den Jahren abgeblättert, und die ursprünglich leuchtenden Farben wirkten wie staubiges Pastell. Sie schraubte die Birnen aus den Fassungen, ersetzte sich durch Kerzen, suchte eine dicke Kordel und hängte die Konstruktion über ihren Kopf in die Magnolie.

Als sie damit fertig war, sah sie sich auf der Suche nach einer weiteren Beschäftigung in der Küche um. Sie hatte ihre Handwäsche erledigt, die Bücher in den Regalen im Wohnzimmer sortiert und versucht, die Katzen einer gründlichen Reinigung zu unterziehen. Bisher war ihr Tagesplan ein lächerlicher Witz. Sie konnte sich nicht aufs Schreiben konzentrieren, und allein der Versuch zu meditieren wäre völlig sinnlos. Alles, was sie hörte, war die verführerische, dunkle Stimme, die sie lockte, sich in dekadenten Ausschweifungen zu ergehen.

»Sex, bis wir beide schreien ... Sex, bis all der Frust, den du jemals hattest, endlich vergessen ist ...«

Sie schnappte sich das Geschirrtuch, um die Gläser zu polieren, und erwog, nochmals bei Anna Vesto anzurufen, doch sie nahm an, dass inzwischen Ren Herr des Geschehens war. Er wollte, dass sie nach seiner Pfeife tanzte und persönlich zu ihm gelaufen kam. Doch das täte sie noch nicht einmal für Strom. Er war zwar gewieft, doch sie hatte die vier Ecksteine des positiven Lebens, dank derer sie ihm auf Dauer überlegen war.

Angenommen, sie verlöre den Verstand und gäbe dem Verlangen nach, zusammen mit ihm auf der dunklen Seite des Lebens einen Tanz zu wagen? Bereits der Gedanke war ihr unerträglich. Sie hatte einmal ihre Seele verkauft, noch mal täte sie es nicht.

Sie bemerkte, dass sich draußen etwas bewegte, trat an die offene Tür und beobachtete, wie zwei Arbeiter den Olivenhain betraten. Selten in ihrem Leben hatte sie sich derart über Abwechslung gefreut, und so ging sie hinaus, um zu sehen, was der Grund ihres Erscheinens war.

»Sind Sie wegen des Stroms gekommen?«

Der ältere der beiden Männer hatte ein Gesicht wie eine Straßenkarte und drahtiges, graues Haar. Der Jüngere war untersetzt, dunkeläugig und hatte eine olivfarbene Haut. Er legte Pickel und Schaufel auf die Erde, als er sie näher kommen sah. »Strom?« Er musterte sie wie alle männlichen Italiener. »Nein, *signora*. Wir sind wegen des Brunnens hier.«

»Ich dachte, es gäbe ein Problem mit der Abwasserleitung.«

»*Si*«, sagte der Alte. »Mein Sohn spricht nicht so gut Englisch. Ich bin Massimo Vesto. Ich kümmere mich hier um alles. Und das ist Giancarlo. Wir wollen gucken, wo wir graben können.«

Isabel blickte auf das mitgebrachte Werkzeug. Wozu brauchten sie Pickel und Schaufel, wenn sie sich nur umsehen wollten? Anscheinend sprach Massimo nicht besser Englisch als sein Sohn.

»Es wird ziemlich laut werden«, erklärte Giancarlo und grinste. »Und vor allem schmutzig.«

»Ich werde es überleben.«

Sie kehrte zurück in die Küche, und ein paar Minuten später erschien Vittorio mit wehendem schwarzem Haar.

»Signora Favor! Heute ist Ihr Glückstag.«

Bis die Nachmittagshitze Ren ins Haus trieb, war seine Stimmung eindeutig auf dem Tiefpunkt angelangt. Anna hatte Isabel in einem roten Fiat mit einem Typen namens Vittorio den Weg hinunterfahren sehen. Wer zum Teufel war Vittorio? Und weshalb fuhr Isabel durch die Gegend, während Ren ganz andere Pläne mit ihr hatte?

Er ging eine Runde schwimmen und beantwortete den Anruf seines Agenten. Jaguar wollte, dass er Werbung für sie machte, und *Beau Monde* hatte ihn für eine Titelstory vorgesehen. Wichtiger jedoch war, dass das Drehbuch für den Howard-Jenks-Film endlich abgeschickt worden war.

Ren hatte sich ausführlich mit Jenks über die Rolle des Kaspar Street unterhalten. Street war ein Serienmörder, ein düsterer, komplexer Mann, der es auf genau die Frauen abgesehen hatte, in die er sich verliebte. Ren hatte den Vertrag unterzeichnet, ohne das endgültige Drehbuch gesehen zu haben. Jenks, der seine Arbeit stets streng geheim hielt, hatte ihm nämlich noch nicht den letzten Schliff verpasst. Ren konnte sich nicht daran erinnern, je eines anderen Films wegen so aufgeregt gewesen zu sein. Allerdings nicht aufgeregt genug, um Isabel und den Kerl in dem roten Fiat zu vergessen.

Wo in aller Welt trieb sie sich herum?

»Danke, Vittorio, der Nachmittag war wirklich wunderschön.«

»War mir ein Vergnügen.« Er lächelte charmant. »Bald

werde ich Ihnen Siena zeigen, und dann werden Sie wissen, dass Sie des Himmels ansichtig geworden sind.«

Versonnen sah sie ihm hinterher, als er davonfuhr. Sie war sich nicht ganz sicher, inwieweit dieser Mann Teil der Verschwörung zu ihrer Vertreibung aus dem Bauernhäuschen war. Er hatte sich tadellos benommen, war liebenswürdig gewesen und hatte auf eine unaufdringlich schmeichelhafte Art mit ihr geflirtet. Er hatte ihr erklärt, seine heutigen Kunden hätten die gebuchte Tour storniert, und hatte darauf bestanden, dass sie mit ihm zusammen in das winzige Städtchen Monteriggioni fuhr. Während sie über die reizende kleine Piazza geschlendert waren, hatte er mit keinem Wort versucht, sie dazu zu bewegen, dass sie ihr Haus verließ. Trotzdem war es ihm gelungen, sie für ein paar Stunden von dort fortzulocken, und Isabel stellte sich die Frage, was während ihrer Abwesenheit hier vorgefallen war.

Statt also ins Haus zu gehen, lief sie den Weg hinunter zum Olivenhain, wo nichts darauf hinwies, dass gegraben worden war. Spuren vor der Holztür eines an den Hügel gebauten, kleinen, steinernen Lagerhäuschens wiesen darauf hin, dass sich jemand dort aufgehalten hatte, doch konnte sie nicht sagen, ob jemand das Haus betreten hatte. Und als sie die Tür aufzuschieben versuchte, musste sie entdecken, dass diese abgeschlossen war.

Sie hörte das Knirschen von Kies, drehte sich um und merkte, dass Marta am Rand des Gartens stand und sie argwöhnisch beobachtete. Sofort fühlte sie sich schuldig, als hätte man sie beim Herumschnüffeln ertappt. Marta starrte sie so lange düster an, bis sie schließlich aufgab und ins Haus zurückkehrte.

Abends wartete sie, bis die alte Frau in ihrem Zimmer verschwunden war, und machte sich dann auf die Suche nach dem Schlüssel zu dem Schuppen. Ohne Strom jedoch konnte sie weder in den Schubladen noch in den hinteren Ecken der Schränke etwas erkennen, weshalb sie nach kurzer Zeit die Suche auf den nächsten Vormittag verschob.

Sie ging in ihr Schlafzimmer und fragte sich, was Ren wohl gerade machte. Wahrscheinlich war eine der schönen Frauen aus dem Dorf in seinem Bett zu Gast. Die Vorstellung war deprimierend.

Sie lehnte sich aus dem Fenster, um die Läden aufzuklappen, die Marta starrsinnig jeden Abend schloss, und bemerkte das Licht, das durch die Ritzen der Fensterläden von Martas Zimmer fiel. Bei ihr schien die Stromversorgung demnach nicht ausgefallen zu sein.

Die ganze Nacht hindurch wurde sie von Gedanken an Strom, an Ren und an schöne Italienerinnen gequält, weshalb sie nicht vor neun erwachte, wodurch ihr Terminplan wie bisher an jedem Morgen völlig durcheinander kam. Sie stellte sich kurz unter die Dusche, rief entnervt oben in der Villa an und verlangte nach Ren.

»Signore Gage ist gerade nicht zu sprechen«, erklärte Anna in herablassendem Ton.

»Dann können Sie mir vielleicht sagen, was wegen des fehlenden Stroms in meinem Häuschen unternommen wird.«

»Es wird sich darum gekümmert.« Nach dieser knappen Antwort legte Signora Vesto unsanft den Hörer wieder auf.

Am liebsten wäre Isabel schnurstracks zur Villa hinaufgelaufen, um Ren zur Rechenschaft zu ziehen, doch er war ein hinterhältiger Bursche, und sie war sich sicher, dass er versuchte, sie zu manipulieren. Genau wie Jennifer Lopez, die ebenfalls am Ende arglos in die Falle gegangen war.

Also marschierte sie entschlossen in den Garten, füllte eine kleine Wanne mit Seifenwasser, fing eine der Katzen und setzte das total verdutzte Tier hinein. Sie musste sich beschäftigen, sonst würde sie verrückt.

Ren tastete in seiner Tasche nach seiner Notfall-Zigarette, doch er hatte sie bereits geraucht, was um elf Uhr morgens kein gutes Zeichen war. Er musste zugeben, dass Dr. Isabel Favor nicht leicht zu knacken war. Vielleicht hätte er ihre Ausbildung zur Psychologin in seine Berechnungen mit einbeziehen sollen. Aber, verdammt, er wollte, dass sie zu ihm kam, statt dass er wie ein verliebter Teenager an ihrer Türschwelle scharrte.

Entweder könnte er noch länger warten, was er kaum ertrüge, oder er gäbe sich für dieses Mal geschlagen. Der Gedanke war ihm unerträglich, aber was machte diese eine Niederlage langfristig schon aus? Früher oder später landete sie doch in seinem Bett.

Er beschloss, einen Spaziergang zu seinem Olivenhain zu unternehmen. Einen einfachen Spaziergang. Das war schließlich völlig normal. Wenn sie dann zufällig in ihrem Garten wäre, würde er etwas sagen wie: *Hey, Fifi, haben Sie inzwischen wieder Strom? Nein? Tja, verdammt … wissen Sie was, warum kommen Sie nicht mit mir in die Villa, und wir reden dort mit Anna?*

Doch er hatte kein Glück. Alles, was er in ihrem Garten sah, waren drei fauchende, nasse Katzen.

Eventuell würden, auch wenn er im Grunde nichts als eine zweite Zigarette wollte, ein Espresso und die Tageszeitung ihn beruhigen. Er stieg in seinen Maserati, sah vor seinem geistigen Auge das Bild von einem roten Fiat, steckte den Zündschlüssel ins Schloss und schoss die Einfahrt zur Straße hinunter.

Kaum war er dort eingebogen, als er sie entdeckte, abrupt bremste und von seinem Sitz sprang. »Was zum Teufel tun Sie da?«

Sie funkelte ihn unter dem Rand ihres Strohhuts hinweg an. Trotz ihrer Arbeitshandschuhe stellte sie die Würde einer Königin zur Schau. »Ich sammle Müll.« Sie warf eine leere

Limonadenflasche in den Plastiksack, mit dem bewaffnet sie losgezogen war.

»Weshalb in Gottes Namen machen Sie denn so was?«

»Bitte rufen Sie den Namen des Allmächtigen nicht im Ärger an. Das mag er nämlich nicht. Und Müll ist, egal in welchem Land, eine Plage für die Umwelt.«

Ihr goldenes Armband schimmerte im Licht der Sonne, als sie eine zerknüllte Zigarettenschachtel aus einem Büschel wilden Kümmel klaubte. Ihr makelloses weißes Top steckte in adretten, hellbraunen Shorts, die ihre wohlgeformten Beine vorteilhaft betonten. Alles in allem wirkte sie für eine Müllsammlerin etwas zu elegant.

Er kreuzte die Arme vor der Brust und sah sie grinsend an. »Sie können sich wirklich nicht entspannen, oder?«

»Natürlich kann ich mich entspannen. Das hier ist sogar sehr entspannend, weil man während der Arbeit die Gedanken schweifen lassen kann.«

»Die Gedanken schweifen lassen, Himmel. Sie sind derart angespannt, dass Sie regelrecht vibrieren.«

»Tja, nun, wenn einem noch nicht einmal die grundlegendsten Errungenschaften der modernen Technik zur Verfügung stehen, hat man sicher alles Recht der Welt, etwas angespannt zu sein.«

Nicht umsonst galt er als hervorragender Mime – er beehrte sie mit einem verständnislosen Blick, riss dann die Augen auf und runzelte die Stirn. »Wollen Sie etwa behaupten, Sie hätten immer noch keinen Strom? Ich kann es einfach nicht glauben. Verdammt, ich habe Anna gesagt, sie soll sich darum kümmern. Warum haben Sie mich bloß nicht wissen lassen, dass das Problem noch nicht gelöst ist?«

Sie musterte ihn forschend, biss jedoch am Ende an. »Ich dachte, Sie wüssten darüber Bescheid.«

»Na, vielen Dank. Ich schätze, das macht deutlich, was Sie von mir halten.«

Jetzt hatte er wohl etwas übertrieben, denn sie kniff argwöhnisch die Augen zusammen, als er eilig sein Handy aus der Hosentasche zerrte, die Nummer der Villa wählte und Anna Vesto auf Englisch erklärte: »Anna, ich spreche gerade mit Isabel Favor. Sie sagt, sie hätte in ihrem Haus nach wie vor keinen Strom. Sorgen Sie dafür, dass das Problem, egal zu welchem Preis, bis spätestens heute Abend gelöst ist.«

Er drückte den Aus-Knopf und lehnte sich lässig gegen seinen Wagen. »Das wäre erledigt. Lassen Sie uns einen kleinen Ausflug machen, um Ihnen die Wartezeit ein wenig zu verkürzen. Und wenn wir wieder da sind, werde ich persönlich überprüfen, ob meinen Anweisungen Folge geleistet worden ist.«

Zögernd blickte sie auf den Maserati. »Okay, aber nur, wenn Sie mich fahren lassen.«

»Vergessen Sie's. Sie sind schon letztes Mal gefahren.«

»Ich fahre aber gerne.«

»Ich auch, und das hier ist mein Wagen.«

»Sie werden bestimmt rasen.«

»Dann werde ich mich kampflos verhaften lassen. Aber steigen Sie, um Himmels willen, endlich ein.«

»Blasphemie ist nicht nur ein Sakrileg«, erklärte sie genüsslich. »Es ist ein Zeichen dafür, dass man die Muttersprache nur unzulänglich beherrscht.«

»Egal, was. Der Grund dafür, dass Sie fahren wollen, ist dagegen, dass Sie dauernd alles unter Kontrolle haben müssen.«

»Die Welt funktioniert halt besser, wenn man sie beherrscht.«

Ihr selbstzufriedenes Lächeln entlockte ihm ein Grinsen. Wahrscheinlich hatte sie sogar tatsächlich Recht. Wenn Dr. Favor die Welt beherrschen würde, wären zumindest Sauberkeit und Ordnung garantiert.

»Erst müssen Sie mir helfen, den Müll hier aufzusammeln«, erklärte sie entschieden, und er wollte gerade erwidern, das könne sie getrost vergessen, denn keine Frau auf Erden wäre eine solche Mühe wert. Doch da beugte sie sich wieder nach vorne, was ihren wohlgeformten Hintern in der eng anliegenden, kurzen Hose vorteilhaft betonte, worauf er, ohne zu wissen, wie ihm geschah, ein Stück Reifengummi und eine zerbrochene Flasche in ihre Plastiktüte warf.

Schließlich fuhr er mit ihr über eine Reihe kleiner Nebenstraßen, vorbei an malerischen kleinen Bauernhäusern nach Osten in Richtung der Täler des Chianti. In der Nähe von Radda setzte er sich eine Baseballmütze und seine schrille Sonnenbrille auf und überließ Isabel das Reden, als sie an einem kleinen Weingut hielten, um dort an einem Tisch im Schatten eines Granatapfelbaumes zwei Gläser der 99er Reserve zu kosten.

Anfänglich achtete niemand aus der kleinen Touristengruppe am Nebentisch auf sie, dann jedoch stand eine junge Frau mit Silberohrringen und einem University-of-Massachusetts-T-Shirt, wenn auch ein wenig zögernd, auf und kam langsam auf sie zu. Ren schnaubte leise, doch es stellte sich heraus, dass er mit der Mütze und der Sonnenbrille tatsächlich gut getarnt war – denn sie würdigte ihn keines Blickes und wandte sich stattdessen an den Menschen, in dessen Begleitung er hier saß.

»Entschuldigung. Sind Sie nicht Dr. Isabel Favor?«

Urplötzlich hatte er das Bedürfnis, Isabel zu schützen, doch sie nickte freundlich und unbeeindruckt.

»Ich kann einfach nicht glauben, dass Sie es wirklich sind«, meinte die junge Frau. »Entschuldigung, wenn ich Sie störe, aber ich habe einen Ihrer Vorträge an der Uni gehört und habe alle Ihre Bücher und wollte Ihnen nur sagen, dass mir Ihre Philosophie während der Chemotherapie eine große Hilfe gewesen ist.«

Jetzt erst fiel Ren auf, wie schmal und bleich die junge Frau war, und etwas in seinem Innern zog sich beinahe wehmütig zusammen, als er Isabels weichen Gesichtsausdruck sah und an die Kommentare dachte, die er von seinen eigenen Fans normalerweise zugedacht bekam. »*Hey, Kumpel, ich und meine Freunde fanden es echt megastark, wie du dem Kerl die Eingeweide rausgerissen hast.*«

»Das freut mich«, sagte Isabel.

»Tut mir Leid, dass Sie momentan all die Probleme haben.« Das Mädchen biss sich auf die Lippen. »Ich – ich heiße Jessica. Würde es Ihnen etwas ausmachen, irgendwann mal für mich zu beten?«

Isabel erhob sich und nahm sie in den Arm. »Das tue ich gerne, Jessica.«

In Rens Hals bildete sich ein Kloß. Isabel Favor war von Grund auf anständig. Und er hatte sich vorgenommen, sie zu korrumpieren …

Die Frau kehrte zurück an ihren Tisch, und Isabel setzte sich wieder und starrte in ihr Weinglas. Schockiert musste er erkennen, dass sie ein lautloses Gebet für diese Fremde sprach. Hier, vor allen Leuten. Himmel.

Er tastete nach einer Zigarette, doch dann fiel ihm ein, dass seine tägliche Ration bereits verbraucht war. Also hob er stattdessen sein Weinglas an den Mund und trank es mit einem Schluck aus.

Schließlich hob sie den Kopf und sah ihn lächelnd an. »Sie wird gesund werden.«

Ebenso gut hätte sie ihm eine Eisenstange über den Schädel schlagen können, denn in dieser Sekunde wurde ihm bewusst, dass er es nicht könnte. Er könnte keine Frau verführen, die für Fremde betete, die Müll von der Straße auflas und jedem immer nur Gutes wünschte. Was hatte er sich eingebildet? Es wäre wie die Verführung einer Nonne.

Auch wenn diese Nonne wirklich heiß war.

Er hatte genug. Er würde sie nach Hause fahren, an ihrem Häuschen absetzen und sie schlichtweg vergessen. Bis zum Ende seines Urlaubs würde er so tun, als ob es diese Frau überhaupt nicht gab.

Der Gedanke war deprimierend. Er war gern mit ihr zusammen, und zwar nicht nur, weil sie überaus attraktiv war und ihn zum Lachen brachte, sondern weil er ihren Anstand als seltsam verführerisch empfand, wie eine frisch gestrichene Wand, die nur darauf zu warten schien, dass sie ein buntes Graffiti bekam.

»Frauen wie sie haben mir geholfen, die letzten sechs Monate zu überstehen. Es war gut zu wissen, dass meine Bücher und Vorträge ihnen etwas bedeutet haben. Unglücklicherweise haben inzwischen nicht mehr allzu viele Menschen Interesse an meiner Lebensphilosophie«, erklärte sie mit einem etwas angestrengten Grinsen.

»Wahrscheinlich trauen sie sich nur nicht zuzugeben, dass ihnen das, was Sie zu sagen haben, nach wie vor gefällt. Sicher spricht Ihre Philosophie die Menschen genauso an wie zuvor, nur sind Sie momentan nicht en vogue, und die Leute haben Bedenken, durch den Besuch Ihrer Vorträge als unmodern zu gelten.«

»Ich weiß Ihr Vertrauen zu schätzen, aber ich glaube, die meisten Menschen lassen sich halt lieber von jemandem Ratschläge erteilen, dessen Leben kein einziger Scherbenhaufen ist.«

»Okay, das natürlich auch.«

Ihr Schweigen während der Rückfahrt rief die Vermutung in ihm wach, dass sie erneut irgendwelche Gebete für andere Menschen sprach. Wirklich anregend, haha. Er sollte packen und zurück in die Staaten fliegen. Aber eigentlich wollte er Italien nicht verlassen.

Vor ihrem Häuschen angekommen, riss er sich aus seinen düsteren Gedanken und sah betont beflissen nach dem

Strom. Erwartungsgemäß erstrahlten sämtliche Lichter, doch er inspizierte zusätzlich den Garten – angeblich um zu gucken, ob dort die Außenlampen funktionierten – und meinte mit einem Blick auf all die blühenden Gewächse: »Hier ist es tatsächlich wunderschön.«

»Waren Sie etwa noch nie hier unten?«

»Mein letzter Besuch ist Jahre her. Als Kind war ich ein paar Mal bei meiner Großtante in der Villa, und sie war einmal mit mir hier unten und hat mich dem alten Paolo vorgestellt. Soweit ich mich entsinne, war er ein fürchterlicher Knurrhahn.«

Plötzlich hörte er eine Reihe quiekender Juchzer, hob den Kopf und sah, dass drei Kinder – zwei kleine Mädchen und ein Junge – aus der Richtung seiner Villa direkt auf ihn zugetobt kamen.

»Daddy!«

10

Ren machte einen Schritt zurück, als sich ihm die beiden Mädchen kichernd in die Arme warfen, während wenigstens der Junge einen Meter vor ihm zum Stehen kam.

Isabel spürte, dass ein leichter Schwindel in ihr aufstieg. *Daddy?* Ren hatte nie ein Wort über Kinder verloren. Er hatte zugeben, dass er in jungen Jahren kurz verheiratet gewesen war, aber drei Kinder kamen ihr eher wie das Zeugnis einer längerfristigen Beziehung vor.

Sie entdeckte auf dem Kamm des Hügels eine Frau. Sie hatte ein Kleinkind auf dem Arm, und die leichte Brise klebte den Rock ihres schlichten Baumwollkleides an einen hochschwangeren Bauch.

»Daddy! Daddy! Hast du uns vermisst?«, kreischte das

ältere der Mädchen in amerikanischem Englisch, während das jüngere der beiden giggelnd in sich zusammensank.

Ren riss sich von den beiden los, als verströmten sie radioaktive Strahlung, und starrte Isabel mit panisch aufgerissenen Augen an. »Ich schwöre bei Gott, ich habe diese Kinder noch nie zuvor gesehen.«

Isabel nickte mit dem Kopf in Richtung des Hügels. »Vielleicht sollten Sie ihr das sagen.«

Ren folgte ihrem Blick zu der fröhlich winkenden Gestalt mit dem in der Brise wehenden, langen, dunklen Haar. »Hallo, Liebling.«

Er schirmte seinen Augen gegen das Licht der Sonne ab. »Tracy? Verdammt, Tracy, bist du das?«

»Sie haben ›verdammt‹ gesagt.« Das jüngere der beiden Mädchen, das zwischen vier und fünf zu sein schien, stieß mit dem Hintern gegen seine Beine.

»Er darf das, Blödi«, erklärte ihr der Junge.

»Ihr könnt aufhören, Kinder«, rief die Frau von der Hügelkuppe herunter. »Ich schätze, wir haben ihn genug erschreckt.«

»Er sieht wütend aus, Mami«, sagte das jüngere der Mädchen. »Sind Sie wütend, Mister?«

»Pass lieber auf«, warnte der Junge. »Er bringt nämlich Menschen um. Sogar kleine Mädchen. Er schneidet ihnen die Augäpfel heraus, nicht wahr?«

»Jeremy Briggs!«, rief die Frau, immer noch, ohne sich von der Stelle zu bewegen. »Du weißt, dass du keine solche Filme gucken sollst.«

»Der war ab dreizehn.«

»Du bist aber erst elf!«

Isabel wandte sich an Ren. »Sie haben in einem Film ab dreizehn jemandem die Augäpfel herausgeschnitten? Das finde ich außerordentlich reizend.«

Er sah sie an, als wäre sie sein nächstes Opfer.

»Was wollten Sie damit?«, fragte das kleinste Mädchen. »Haben Sie sie gegessen? Ich habe mir im Flugzeug am Popo wehgetan.«

Die beiden älteren Kinder begannen abermals zu kichern, Ren jedoch erbleichte.

»Ich habe mich damit an der Armlehne gestoßen«, fuhr sie ungerührt fort. »Wollen Sie vielleicht mal die Delfine auf meiner Unterhose sehen?«

»*Nein!*«

Doch sie hob bereits den Rock ihres karierten Kleidchens in die Höhe. »Ich habe auch Wale«, fügte sie hinzu.

»Sehr hübsch.« Allmählich begann Isabel sich zu amüsieren. Es war beeindruckend zu sehen, wie Mr. Obercool sich hilflos unter der Attacke dieser Kinder wand. »Dies ist doch sicher nicht das erste Mal, dass Sie eine Dame in Walunterwäsche sehen, Ren.«

Er bedachte sie mit einem der todbringenden Blicke, durch die er berühmt geworden war.

Die Mutter der Kinder setzte sich das Jüngste auf die andere Hüfte. »Die einzige Art, in der ich von diesem Hügel runterkomme, wäre auf dem Hintern, also kommt ihr besser rauf. Brittany, zieh sofort deine Hose wieder an. Du weißt doch, dein Körper geht niemanden etwas an.«

Inzwischen hatte der dunkelhaarige Engel sich mit der Gelassenheit einer professionellen Stripperin beinahe vollständig entkleidet. Ren blickte kurz auf das fast nackte Kind und schoss dann, als wären ihm Denzel Washington und Mel Gibson gleichzeitig auf den Fersen, den Hügel hinauf zu der Isabel unbekannten Frau. Der Junge wollte ihm gerade folgen, überlegte es sich anders und lief stattdessen zu dem vor dem Häuschen geparkten Maserati.

»Haben Sie auch Delfine auf dem Schlüpfer?«, fragte der Engel Isabel.

»Brit'ny, so etwas fragt man nicht«, tadelte die Schwester.

Lächelnd half Isabel der Kleinen wieder in die Hose. »Leider nicht. Nur ein bisschen braune Spitze.«

»Kann ich die mal sehen?«

»Ich fürchte, nein. Deine Mutter hat Recht, der Körper eines Menschen geht niemanden etwas an.« Was ein weiterer guter Grund war, ihren Körper nicht mit Ren Gage zu teilen, obgleich er während des gesamten Nachmittags nicht ein einziges Mal auf das Thema Sex zu sprechen gekommen war. Vielleicht war er zu dem Schluss gekommen, dass sich der Aufwand nicht lohnte. Vermutlich war sie ihm, genau wie zuvor Michael, einfach zu anstrengend.

Als Brittany wieder ordentlich angezogen war, nahm sie die beiden Mädchen an den Händen und führte sie, um nicht noch mehr von dem Gespräch zwischen Ren und der Fremden zu verpassen, rasch die Anhöhe hinauf. Sie bemerkte, dass Ren mit zornigem Gesicht ebenso betörend war wie mit lachendem.

»Ich habe gar nicht mitbekommen, dass du angerufen hast, um dich anzumelden, Tracy«, erklärte er sarkastisch.

Die Frau stellte sich auf Zehenspitzen und küsste ihn schmatzend auf die Wange. »Tja, ich bin auch froh, dich zu sehen.«

Ihr seidig dunkles Haar umspielte ein Schneewittchengesicht mit leicht schräg stehenden blauen Augen, die so dunkle Ringe hatten, als ob sie sie bereits seit Tagen nicht mehr geschlossen hätte. Sie trug ein zerknittertes, aber modernes leuchtend rotes Umstandskleid und teure, flache Sandalen. Ihre Zehennägel waren nicht lackiert, und die Absätze der Schuhe sahen etwas abgelaufen aus. Ihre gesamte Haltung sowie die Nachlässigkeit, mit der sie offenbar mit ihrer teuren Garderobe umging, wies sie aus als Frau aus einem guten, wohlhabenden Haus.

»Daddy!«, quietschte das Kleinkind auf ihrem Arm und streckte die Arme nach Ren aus, der erschrocken einen derart großen Satz nach hinten machte, dass er mit Isabel zusammenprallte.

»Entspann dich«, meinte Tracy. »So nennt er jeden Mann.«

»Bring ihn bitte dazu, dass er damit aufhört. Und was für eine Art von Mutter sagt zu ihren Kindern, sie sollen etwas so Perverses tun, wie auf einen Fremden zuzurennen und ihn ... so zu nennen, wie sie mich genannt haben?«

»Ich nutze eben jede Gelegenheit, um mich zu amüsieren, auch wenn mich diese kleine Show fünf Dollar pro Nase gekostet hat.«

»Das war kein bisschen lustig.«

»Mir hat es gefallen.« Sie bedachte Isabel mit einem interessierten Blick. Mit ihrem gewölbten Bauch und ihren exotischen Augen sah sie wie eine sinnliche Fruchtbarkeitsgöttin aus. Im Vergleich zu ihr fühlte sich Isabel wie eine welke alte Jungfer. Gleichzeitig jedoch spürte sie die Traurigkeit, die sich hinter dem leichten Ton der anderen Frau verbarg.

»Ich bin Tracy Briggs.« Die Fremde reichte ihr die Hand. »Sie kommen mir irgendwie bekannt vor.«

»Isabel Favor.«

»Natürlich. Jetzt erkenne ich Sie.« Sie sah neugierig zwischen den beiden Erwachsenen hin und her. »Und was machen Sie mit ihm?«

»Ich wohne in dem kleinen Bauernhaus dort unten. Ren ist mein Vermieter.«

»Ach, tatsächlich?« Ihre Miene verriet, dass sie kein Wort dieser Erklärung glaubte. »Ich habe nur eins von Ihren Büchern gelesen – *Gesunde Beziehungen in ungesunden Zeiten* –, aber es hat mir wirklich gut gefallen. Ich ...« Sie biss sich auf die Lippe. »Ich habe versucht, mir darüber klar zu werden, ob ich Harry nicht endgültig verlasse.«

»Sag sofort, dass du nicht schon wieder einem Ehemann davonläufst«, fuhr Ren sie rüde an.

»Bisher hatte ich erst zwei.« Sie wandte sich an Isabel. »Ren ist nach wie vor sauer, weil ich ihn verlassen habe. Ganz im Vertrauen – als Ehemann war er schlichtweg eine Katastrophe.«

Dann war sie also seine Exfrau. Doch welches Feuer auch immer einmal zwischen den beiden gelodert haben mochte, es war eindeutig erloschen. Isabel hatte das Gefühl, als verfolge sie das Geplänkel zwischen zwei Geschwistern und nicht zwischen zwei Menschen, deren Beziehung einmal in Leidenschaft begründet gewesen war.

»Zum Zeitpunkt unserer Hochzeit waren wir zwanzig und hoffnungslos naiv«, verteidigte sich Ren. »Was weiß jemand, der so jung ist, über die Ehe?«

»Ich wusste mehr als du.« Tracy nickte den Hügel hinunter in Richtung ihres Sohnes, der sich auf den Fahrersitz des Maserati schob. »Das dort ist Jeremy, mein Ältester. Dann kommt Steffie. Sie ist acht.« Steffie hatte einen Pagenschnitt und ein etwas ängstliches Gesicht. Sie und ihre Schwester zogen inzwischen mit den Absätzen ihrer Sandalen Kreise in den Kies. »Brittany ist fünf. Und das hier ist Connor. Er ist vor kurzem drei geworden, aber geht noch immer nicht aufs Töpfchen, nicht wahr, mein großer Junge?« Sie klopfte auf die dicke Windel ihres Jüngsten und tätschelte sich dann den geschwollenen Bauch. »Connor hätte unser Nesthäkchen bleiben sollen. Aber im Leben ist man eindeutig nicht gegen Überraschungen gefeit.«

»Dann hast du bald fünf Kinder?«, fragte Ren mit ungläubiger Stimme.

»Sieht ganz so aus.« Wieder biss sie sich auf die Lippe.

»Waren es, als wir vor kurzem miteinander telefoniert haben, nicht drei?«

»Wir haben vor zwei Monaten miteinander gesprochen, und auch da waren es vier. Aber wenn ich von ihnen rede, hörst du ja nie richtig zu.«

142

Steffie, der Achtjährigen, entfuhr ein spitzer Schrei. »Eine *Spinne!* Da ist eine Spinne!«

»Das ist keine Spinne.« Brittany hockte sich zu Steffie in den Kies.

»Jeremy! Steig sofort aus dem –«

Doch Tracys Ruf kam eindeutig zu spät. Der Maserati hatte sich, mit ihrem Sohn hinter dem Steuer, bereits in Bewegung gesetzt.

Ren begann zu rennen und schaffte es gerade noch rechtzeitig zum Fuß des Hügels, um zu sehen, wie sein teurer Sportwagen gegen die Wand des Bauernhauses krachte und sich die Kühlerhaube wie eine Ziehharmonika in sich zusammenschob.

Eins musste Isabel ihm lassen: Er fischte Jeremy zuerst heraus und prüfte, ob er verletzt war, ehe er den Schaden an dem Wagen inspizierte.

Tracy watschelte mit ihrem dicken Bauch, ein Kind auf dem Arm, zwei weitere im Schlepptau, die Anhöhe hinunter, Isabel nahm sie, damit sie nicht stürzte, fürsorglich am Arm, und gemeinsam kamen sie unbeschadet bei Ren und dem jugendlichen Missetäter an.

»*Jeremy Briggs!* Wie oft habe ich dir schon gesagt, dass du die Autos anderer Leute in Ruhe lassen sollst! Warte, bis dein Vater von dieser Sache hört.« Tracy rang nach Luft, ließ die Schultern sinken und sah die beiden anderen Erwachsenen mit tränennassen Augen an.

»Eine *Spinne!*«, heulte Steffie hinter ihnen auf dem Hügel.

Das Kleinkind bemerkte das Elend seiner Mutter und fing an zu weinen.

»*Eine Spinne! Eine Spinne!*«, heulte Steffie erneut.

Ren zuckte hilflos mit den Schultern.

»Hey, Mr. Ren!«, rief Brittany vom Kamm des Hügels. »Gucken Sie.« Sie schwenkte ihre Hose wie eine Fahne durch die Luft. »Ich habe auch Seepferdchen.«

Schluchzend warf sich Tracy ihrem Exmann an die Brust. »Verstehst du *jetzt,* weshalb wir hierher gekommen sind?«

»Das kann sie nicht machen!« Ren fuhr zu Isabel herum, als träfe die Schuld an seinem Unglück ganz alleine sie. Er stapfte durch den hinteren Salon der Villa, durch dessen offene Türen man überall tobende Kinder sah. Nur Anna wirkte glücklich. Sie lachte über die Mädchen, zerzauste Jeremy die Haare, nahm Connor auf den Arm und marschierte mit ihm in die Küche, um das Abendessen für alle zu bereiten.

»Gehen Sie rauf, und sagen Sie Tracy, dass sie wieder abreisen soll!«

»Irgendwie glaube ich nicht, dass sie auf mich hören würde.« Isabel fragte sich, wann er wohl begreifen würde, dass die Schlacht für ihn bereits verloren war. Die Typen, die er auf der Leinwand spielte, mochten in der Lage sein, eine Schwangere mitsamt ihren vier Kindern vor die Tür zu setzen, doch im wahren Leben schien Ren deutlich weichherziger zu sein. Was jedoch nicht hieß, dass er die Heerschar mit offenen Armen aufnahm.

»Wir waren lediglich ein Jahr miteinander verheiratet. Sie kann nicht einfach mit all diesen fremden Kindern hier einfallen.«

»Scheint, als hätte sie das bereits getan.«

»Sie haben gehört, wie ich versucht habe, ein Hotel für sie zu finden, aber sie hat mir einfach den Hörer aus der Hand genommen und die Verbindung getrennt.«

Isabel tätschelte Steffie begütigend die Schulter. »Ich glaube, das ist genug Insektenspray, mein Schatz. Gib jetzt besser mir die Dose, sonst kriegen wir noch alle Krebs.«

Widerstrebend gab Steffie ihr die Dose und sah sich dann ängstlich nach weiteren Krabbeltieren um.

Ren sah die Achtjährige böse an. »Es ist September. Müsstet ihr nicht alle in der Schule sein?«

»Mama unterrichtet uns zu Hause, bis wir wieder nach Connecticut zurückfliegen.«

»Eure Mutter kann doch kaum addieren.«

»Addieren kann sie ziemlich gut, nur mit dem Dividieren hat sie ihre Probleme, weshalb Jeremy und ich ihr dabei helfen.« Steffie trat vor das Sofa und lugte, bevor sie Platz nahm, vorsichtig unter die Kissen. »Könnte ich bitte das Insektenspray zurückhaben?«

Isabels Herz zog sich zusammen. Verstohlen gab sie Ren die Dose, setzte sich neben das Mädchen und nahm es zärtlich in den Arm. »Weißt du, Steffie, die Dinge, vor denen wir uns fürchten, sind nicht immer das wirkliche Problem. Wie zum Beispiel Spinnen. Die meisten Spinnen sind durchaus freundliche Insekten, aber in letzter Zeit ist in deiner Familie ziemlich viel passiert, und vielleicht ist es das, wovor du wirklich Angst hast. Wir alle haben manchmal Angst. Das ist vollkommen in Ordnung.«

Ren murmelte etwas, was eindeutig nicht in Ordnung war, Isabel jedoch sprach weiter beruhigend auf das Mädchen ein. Gleichzeitig erspähte sie Jeremy im Garten, der grimmig einen Tennisball gegen die Wand der Villa schmetterte. Es wäre nur eine Frage der Zeit, ehe die erste Fensterscheibe barst.

»Hallo, guckt mal!« Brittany kam hereingeschossen und schlug ein paar Räder in Richtung eines mit Meißner Porzellan bestückten Schranks.

»Vorsicht!« Ren stürzte los und fing sie gerade noch rechtzeitig auf.

»Sehen Sie es von der positiven Seite«, meinte Isabel. »Zumindest hat sie ihre Unterhose an.«

»Aber ansonsten ist sie splitterfasernackt!«

»Ich bin die Größte!« Die Fünfjährige sprang auf die Füße, breitete die Arme aus, und Isabel reckte anerkennend die Daumen in die Luft.

Genau in dem Moment hörte man das eindeutige Ge-

räusch von zerbrechendem Glas sowie Tracys erschöpftes:
»*Jeremy Briggs!*«
Ren hielt sich die Dose mit dem Insektenvernichtungs-
mittel an den Kopf und drückte auf den Knopf.

Es wurde ein langer Abend. Ren drohte, Isabel für alle Zeit
den Strom zu sperren, wenn sie ihn jetzt im Stich ließ, und
so blieb sie in der Villa, während Tracy auf ihrem Zimmer
hockte, Jeremy sich damit amüsierte, dass er Steffie mit
Phantomspinnen erschreckte, Brittany ihre Kleider im
Wohnzimmer versteckte und Ren sich pausenlos beschwerte. Wo er ging und stand, hinterließ er Brillen, Sweatshirts,
Schuhe. Er war es eindeutig gewohnt, dass eine Heerschar
von Lakaien Ordnung in diesem Durcheinander schuf.

Mit dem Auftauchen der Kinder hatte Annas Persönlichkeit eine erstaunliche Veränderung erfahren. Sie lachte und
versorgte alle, ja sogar Isabel, mit wunderbarem Essen. Sie
und Massimo lebten zusammen mit ihren beiden erwachsenen Söhnen und einer Schwiegertochter ungefähr anderthalb Kilometer entfernt, und da sie nach dem Abendessen
nach Hause gehen wollte, bat sie Marta bis zum nächsten
Vormittag herauf. Auch Marta war in Gegenwart der Kinder
eine völlig veränderte Person.

Connor war Annas besonderer Liebling, und er blieb stets
an ihrer Seite, außer wenn er in einer der zahlreichen Ecken
der Villa verschwand, um seine Windel zu beladen. Der
Dreijährige, so hatte Isabel feststellen dürfen, verfügte bereits über ein hervorragendes Vokabular. Sein Lieblingssatz
war: »Töpfchen ist ganz, ganz doof.«

Obgleich Ren die Mädchen alles andere als ermutigte,
buhlten sie um seine Gunst. Er gab sich die größte Mühe,
die Kinder zu ignorieren, gab jedoch am Ende Jeremys Flehen nach und zeigte ihm ein paar kämpferische Bewegungen, mit denen er auf der Leinwand berühmt geworden war.

Erst lange nach Einbruch der Dunkelheit lagen sämtliche Rangen friedlich in ihren Betten, und Isabel schlich sich, während Ren telefonierte, unauffällig aus dem Haus. In ihrem eigenen Häuschen angekommen, sank sie todmüde in ihr Bett und schlief auf der Stelle ein, wurde jedoch um eins am nächsten Morgen von einem lauten Krachen, gefolgt von einem Fluch, wieder geweckt. Blitzartig schoss sie hoch.

Im Flur des Häuschens brannte Licht, und Ren steckte den Kopf durch die Tür ihres Zimmers. »Tut mir Leid. Ich bin mit meiner Tasche gegen die Kommode gestoßen und habe dabei eine Lampe umgeworfen.«

Blinzelnd zog sie sich die Decke bis über die Schultern. »Was machen Sie hier?«

»Sie glauben doch wohl nicht ernsthaft, dass ich dort oben bleibe, oder?«, fauchte er empört.

»Tja, hier können Sie nicht einziehen.«

»Warten Sie's nur ab.« Er verschwand wieder im Flur, doch sie sprang behände aus dem Bett und lief mit flatterndem Negligé aufgebracht hinter ihm her.

Er hatte seine Tasche auf das Bett im Nebenraum geworfen, der noch ein wenig kleiner und ebenso schlicht wie ihr eigenes Zimmer war. Die geselligen Italiener hielten nichts davon, ihr Geld für die Dekoration von Räumen wie Schlafzimmern zu vergeuden, wenn es sich doch viel besser in der Küche oder in dem Garten, wo sie sich üblicherweise trafen, investieren ließ. Als sie in sein Zimmer stürzte, hielt er lange genug im Auspacken seiner Tasche inne, um den an ihren Brüsten klebenden elfenbeinfarbenen Spitzenbody ihres zarten, knöchellangen Seidennachthemds zu bewundern. »Haben Sie zufällig Delfine oder Wale darunter versteckt?«

»Das geht Sie wohl kaum was an. Ren, die Villa ist riesig, und dieses Haus ist klein. Sie können ja wohl unmöglich –«

»Bei weitem nicht groß genug. Falls Sie sich einbilden, dass ich unter demselben Dach wie eine verrückte Schwangere samt ihren vier durchgeknallten Kindern bleibe, sind Sie noch verrückter als die gesamte Brut.«

»Dann suchen Sie sich etwas anderes, wo Sie bleiben können.«

»Genau das mache ich ja gerade.« Wieder blickte er an ihrem Negligé herab, und sie wartete auf irgendeine provozierende Bemerkung, doch er überraschte sie mit der Erklärung: »Ich weiß es zu schätzen, dass Sie heute Abend so lange durchgehalten haben, auch wenn ich durchaus ohne all die Listen, die Sie angefertigt haben, zurechtgekommen wäre.«

»Sie haben damit gedroht, mir den Strom abdrehen zu lassen, wenn ich gehe.«

»Sie können mich nicht täuschen. Sie wären sowieso geblieben, denn es ist offenbar Ihr Hobby, dafür zu sorgen, dass im Leben anderer Menschen alles problemlos läuft.« Er zog einen unordentlichen Stapel T-Shirts aus der Tasche. »Das ist wahrscheinlich auch der Grund, weshalb Sie so gern mit mir zusammen sind, auch wenn Ihre Mühe in meinem Fall völlig vergeblich ist.«

»Ich bin nicht gerne mit Ihnen zusammen. Ich bin dazu gezwungen. Okay, möglicherweise gefällt es mir ein bisschen.« Es juckte ihr in den Fingern, die T-Shirts aufzuheben, die er einfach hatte auf den Boden fallen lassen, doch sie ließ es sein. »Heute Nacht können Sie hier schlafen, aber morgen ziehen Sie wieder in die Villa. Ich habe zu tun, und Sie wären mir bei meiner Arbeit nur im Weg.«

Er lehnte sich mit der Schulter gegen den Türrahmen, kreuzte lässig seine Beine, ließ seinen Blick von ihren Knöcheln bis zu ihren Brüsten wandern und fragte in herausforderndem Ton: »Ich lenke Sie also ab, ja?«

Ihre Haut begann zu prickeln. Er war wirklich die Personifizierung der Verruchtheit und lockte genau dadurch unschuldige Frauen vorsätzlich ins Verderben. »Sagen wir, ich muss mich zurzeit eher auf das Spirituelle konzentrieren.«

148

»Tun Sie das.« Er verzog den Mund zu einem unheilvollen Lächeln. »Und denken Sie am besten gar nicht erst an das, was Jennifer Lopez passiert ist, als sie in dem an mein Zimmer angrenzenden Raum geschlafen hat.«

Isabel bedachte ihn mit einem Blick, der besagte, für wie kindisch sie ihn hielt, und segelte hoheitsvoll an ihm vorbei. Als sie jedoch in den Flur trat, bemerkte sie die kleine Lampe, die direkt vor ihr auf der Kommode stand, und noch bevor sein lästerliches Lachen an ihr Ohr drang, wusste sie, dass durch ihr Negligé hindurchzusehen war.

»Eindeutig keine Delfine. Himmel, Fifi, du bist noch mal mein Tod.«

»Das ist durchaus möglich.«

Am nächsten Morgen presste Isabel Orangen für sich aus und trug das Glas hinaus zu einem der blauen Metallstühle, auf denen man so herrlich in der Sonne saß. Die Blätter der Olivenbäume glitzerten vor Tau, und ein paar dünne Nebelschwaden schwebten zu ihren Füßen durch das Tal. Sie sprach ein kurzes Dankgebet – weniger konnte sie nicht tun – und trank den ersten Schluck ihres Safts, als Ren in seiner zerzausten, maskulinen Attraktivität aus dem Haus geschlendert kam.

»Ich bin extra früh aufgestanden, um noch ein bisschen zu laufen, bevor es zu heiß ist.« Beim Gähnen entblößte er zwei Reihen strahlend weißer Zähne.

»Es ist beinahe neun.«

»Genau das habe ich damit gemeint.«

Sie stellte ihr Glas zur Seite und verfolgte, wie sich der Saum seines ärmellosen grauen T-Shirts anhob, als er sich genüsslich streckte. Sein Bauch bestand ausschließlich aus Muskeln und einer schmalen Linie dunkler Haare, die in einer kurzen, schwarzen Laufhose verschwand. Isabel sog den Anblick seiner feinen Wangenknochen, des unrasierten

Kinns, der athletisch breiten Brust und des restlichen wunderbaren Körpers begierig in sich auf.

Wobei er sie ertappte.

Er kreuzte lässig die Arme vor der Brust, und sie merkte, dass er sich erneut auf ihre Kosten amüsierte. »Soll ich mich eventuell noch umdrehen, damit Sie auch die Rückansicht betrachten können?«

Sie antwortete mit der Stimme der Psychologin. »Glauben Sie, ich möchte, dass Sie sich umdrehen?«

»Allerdings.«

»Es ist bestimmt nicht einfach, wenn man so gut aussieht. Schließlich wissen Sie nie, ob die Menschen Ihres Charakters oder bloß Ihres Aussehens wegen in Ihrer Nähe sein wollen.«

»Eindeutig nur, weil ich attraktiv bin. Ich habe nämlich nicht den mindesten Charakter.«

Ihr Berufsethos verbot, dass sie diese Bemerkung wortlos hinnahm. »Sie haben sogar einen sehr starken Charakter. Der Großteil dieses Charakters ist natürlich verdorben, aber ich bin sicher, dass es auch an Ihnen eine gute Seite gibt.«

»Vielen Dank.«

War es nicht das reinste Wunder, zu welch boshaften Kommentaren sie, nachdem sie ausgeschlafen hatte, in der Lage war? Sie imitierte sein schmieriges Lächeln. »Hätten Sie etwas dagegen, sich zur Seite zu drehen, damit ich auch Ihr Profil genießen kann?«

»Hören Sie auf mit Ihren blöden Witzen.« Er warf sich neben ihr auf einen Stuhl und leerte mit einem Zug das Glas mit dem mühsam von ihr gepressten Saft.

Sie runzelte die Stirn. »Ich dachte, Sie wollten laufen gehen.«

»Drängen Sie mich nicht. Und vor allem sagen Sie mir, dass noch keins von Tracys kleinen Monstern hier erschienen ist.«

»Noch nicht.«

»Diese Gören sind echt clever. Sie werden uns natürlich finden. Und Sie werden mich nachher rauf in die Villa begleiten, damit ich nicht allein bin, wenn ich die Sache mit Tracy kläre. Ich habe beschlossen, ihr zu sagen, Sie wären hier, um sich von einem Nervenzusammenbruch zu erholen und bräuchten deshalb dringend Ruhe. Dann werde ich die ganze Horde in den Volvo verfrachten, mit dem sie hierher gekommen sind, und sie auf meine Kosten in ein tolles Hotel umziehen lassen.«

Irgendwie konnte sich Isabel nicht vorstellen, dass es so einfach werden würde. »Wie hat sie Sie überhaupt gefunden?«

»Sie kennt meinen Agenten.«

»Sie ist eine interessante Frau. Wie lange, sagten Sie, sind Sie mit ihr verheiratet gewesen?«

»Ein elendiges Jahr. Unsere Mütter waren miteinander befreundet, weshalb wir zusammen aufgewachsen und zusammen in Schwierigkeiten geraten sind und es sogar geschafft haben, uns zur selben Zeit vom College werfen zu lassen. Da wir kein Interesse daran hatten, zu Hause den Geldhahn zugedreht zu kriegen und uns unseren Lebensunterhalt gezwungenermaßen selber zu verdienen, haben wir beschlossen, zu heiraten und sie dadurch von ihrem Ärger abzulenken.« Er stellte das leere Glas zurück auf den Tisch. »Haben Sie eine Vorstellung davon, was passiert, wenn zwei verwöhnte Blagen den so genannten Bund fürs Leben miteinander schließen?«

»Ganz sicher nichts Gutes.«

»Türen knallen, Wutanfälle, Haare raufen. Und das war noch lang nicht alles.«

Isabel lachte leise auf.

»Zwei Jahre nach unserer Scheidung hat sie wieder geheiratet. Ich sehe sie ab und zu, wenn sie in L. A. ist, und alle paar Monate rufen wir uns wechselweise an.«

»Was bei einem geschiedenen Paar eher ungewöhnlich ist.«

»Die ersten Jahre nach der Scheidung haben wir nicht ein Wort miteinander geredet, aber keiner von uns beiden hat Geschwister. Ihr Vater starb, und ihre Mutter ist total verrückt. Ich schätze, die Erinnerung an unsere gemeinsame gestörte Kindheit ist der Hauptgrund dafür, dass wir auch heute noch miteinander in Kontakt stehen.«

»Aber ihre Kinder oder ihren Mann haben Sie noch nie gesehen?«

»Die beiden ältesten Kinder habe ich einmal gesehen, als sie noch klein waren. Ihren Mann jedoch habe ich nie getroffen. Einer dieser typischen oberen Angestelltentypen. Steif wie ein Bügelbrett.« Er verlagerte sein Gewicht auf eine Seite, zog einen zerknitterten Zettel aus der Tasche seiner Shorts und entfaltete ihn. »Das hier habe ich in der Küche gefunden. Wollen Sie mir mal erklären, was das ist?«

Anscheinend hatte sie den unbewussten Wunsch, gequält zu werden, sonst hätte sie den Zettel eindeutig längst vernichtet. »Geben Sie das her!«

Natürlich hielt er das Blatt so, dass sie es nicht erreichte. »Sie brauchen mich noch dringender, als ich bisher dachte.« Er begann den von ihr am Tag nach ihrer Ankunft erstellten Terminplan zu verlesen. »Aufstehen um sechs. Warum in aller Welt wollen Sie sich so was antun?«

»Offensichtlich will ich es ja gar nicht, denn schließlich habe ich bis acht geschlafen.«

»Beten, Meditation, Dankbarkeit und tägliche positive Gedanken«, fuhr er schnaubend fort. »Was sind tägliche positive Gedanken? Nein, sagen Sie es nicht.«

»Was soll das wohl schon sein? Eine wohlwollende Form der Gedankenkontrolle. Um ein Beispiel zu nennen: ›*Egal, wie sehr mir Lorenzo Gage auf die Nerven geht, werde ich nicht vergessen, dass auch er ein Geschöpf des lieben Gottes ist.*‹ Vielleicht nicht gerade eins Seiner allerbesten Werke, aber …«

»Und was soll dieser Unsinn, dass Sie nicht vergessen wollen, ruhig und gleichmäßig zu atmen?«

»Das ist kein Unsinn. Es ist eine Erinnerung daran, sich nicht aus dem inneren Gleichgewicht bringen zu lassen.«

»Was auch immer das bedeutet.«

»Es bedeutet, allzeit Ruhe zu bewahren. Sich nicht von jedem Windstoß umwehen zu lassen.«

»Klingt ziemlich langweilig.«

»Manchmal ist Langeweile durchaus nicht zu verachten.«

»Toll.« Er trommelte mit den Fingerspitzen auf den Zettel. »›Inspirierende Lektüre‹. Wie zum Beispiel *Neue Post*?«

Sie ließ ihm seinen Spaß.

»›Sei spontan‹.« Er zog eine seiner wohlgeformten Brauen in die Höhe. »Das wird garantiert passieren. Allerdings sollten Sie nach diesem Plan längst schreiben.«

»Ich bin noch beim Planen.« Sie nestelte an einem Knopf ihrer Bluse.

Er faltete die Liste wieder zusammen und bedachte sie mit einem durchdringenden Blick. »Sie haben keinen blassen Schimmer, was Sie schreiben sollen, stimmt's?«

»Ich stehe im Begriff, mir die ersten Notizen zu einem neuen Buch zu machen.«

»Und was für ein Thema soll dieses Buch haben?«

»Wie überwinde ich eine persönliche Krise.« Es war das Erste, was ihr in den Sinn kam, und es war durchaus logisch.

»Das ist doch nicht Ihr Ernst!«

Seine ungläubige Miene rief leichten Ärger in ihr wach. »Damit kenne ich mich aus. Für den Fall, dass es Ihnen noch nicht aufgefallen ist, ich stecke selbst gerade drin.«

»Das habe ich wirklich noch nicht bemerkt.«

»Genau das ist Ihr Problem. Dass Sie vieles nicht bemerken.«

Wieder stellte er sein nervtötendes Mitgefühl zur Schau. »Seien Sie doch mal locker, Isabel. Nehmen Sie sich frei, und versuchen Sie nicht, alles zu regulieren. Entspannen Sie sich, und haben Sie zur Abwechslung einfach mal ein bisschen Spaß.«

»Und wie soll ich das machen? Oh, warten Sie, ich weiß. Indem ich mit Ihnen ins Bett hüpfe, nicht wahr?«

»So würde ich es an Ihrer Stelle machen, aber ich schätze, jeder hat seine ganz persönliche Vorstellung von Amüsement. Also suchen Sie sich halt aus, was Ihnen Spaß macht. Nein, wenn ich es mir genauer überlege, wird es sicher besser funktionieren, wenn Sie mich entscheiden lassen.«

»Vielleicht sollten Sie allmählich anfangen zu laufen.«

Stattdessen lehnte er sich bequem auf seinem Stuhl zurück. »Sie haben eine Menge durchgemacht im letzten halben Jahr. Meinen Sie nicht auch, Sie hätten eine kurze Verschnaufpause verdient?«

»Das Finanzamt hat mich finanziell vernichtet. Ich kann mir eine Verschnaufpause nicht leisten. Ich muss meine Karriere wieder in Schwung bringen, um mir meinen Lebensunterhalt verdienen zu können. Und Arbeit ist der einzige Weg, auf dem mir das gelingt.« Noch während sie dies sagte, spürte sie, wie ein Gefühl der Panik in ihr aufstieg.

»Es gibt mehr als eine Form der Arbeit.«

»Sie meinen, dass ich mich auch einfach flachlegen lassen kann.«

»Wenn Sie wollen, dürfen Sie auch das gerne tun.«

Sie seufzte leise.

Er erhob sich und spähte zum Olivenhain. »Was machen denn Massimo und Giancarlo da unten?«

»Je nach Übersetzung hat es was mit einem Brunnen oder einer neuen Abwasserleitung zu tun.«

Er gähnte. »Ich trabe also jetzt mal los, und dann reden wir beide mit Tracy. Widersprechen Sie mir nicht, wenn Sie nicht den vorzeitigen Tod einer schwangeren Frau und ihrer vier nervtötenden Kinder auf dem Gewissen haben wollen.«

»Oh, ich hatte gar nicht die Absicht, Ihnen zu widersprechen. Schließlich lasse ich mir Ihre endgültige Kapitulation nicht freiwillig entgehen.«

Stirnrunzelnd lief er los.

Eine Stunde später bezog sie ihr Bett mit einem frischen Laken, als sie hörte, wie er von seinem Lauf zurückkam und im Badezimmer verschwand. Lächelnd schlich sie zur Tür, und es dauerte nicht lange, bis ein schrilles Jaulen an ihre Ohren drang.

»Ich habe vergessen, Ihnen zu sagen«, rief sie mit zuckersüßer Stimme, »dass das heiße Wasser wieder mal nicht geht.«

Der Boden des von Tracy mit Beschlag belegten Zimmers war mit Koffern, Kleidern und Spielzeug übersät.

Ren lehnte stirnrunzelnd an der Wand, und Isabel fing an, die saubere von der Schmutzwäsche zu trennen.

»Verstehen Sie jetzt, warum ich mich habe von ihm scheiden lassen?« Trotz ihrer roten Augen und ihres müden Gesichts war Tracy, wie sie so in ihrem maulbeerfarbenen Badeanzug und einem passenden Hemdchen mitten im Zimmer stand, eine strahlende Erscheinung. Isabel fragte sich, was für ein Gefühl es war, derart schön zu sein. Tracy und Ren waren rein optisch ein regelrechtes Traumpaar.

»Er ist ein gefühlloser, kaltherziger Hurensohn. Deshalb habe ich mich von ihm getrennt.«

»Ich bin nicht gefühllos«, erklärte Ren kühl. »Aber wie ich bereits sagte, hat Isabel augenblicklich nervliche Probleme …«

»Isabel, haben Sie nervliche Probleme?«

»Nicht, wenn man eine mittelgroße Lebenskrise außer Acht lässt.« Sie warf ein T-Shirt auf den Schmutzhaufen zu ihrer Rechten und legte einen Stapel sauberer Unterwäsche sorgfältig zusammen. Die Kinder waren bei Anna und Marta in der Küche, doch genau wie Ren hatten sie die Angewohnheit, überall Spuren zu hinterlassen.

»Stören Sie die Kinder?«, wollte Tracy wissen.

»Sie sind wunderbar. Ich habe mit ihnen jede Menge Spaß.« Isabel fragte sich, ob Tracy bewusst war, dass die diversen Verhaltensauffälligkeiten der Kinder ihren Ursprung so gut wie sicher in den Spannungen zwischen ihren Eltern hatten.

»Darum geht es nicht«, mischte sich Ren in das Gespräch. »Es geht darum, dass du ohne jede Vorwarnung einfach hier aufgetaucht bist und –«

»Würdest du eventuell einmal in deinem Leben nicht nur an dich selber denken?« Tracy warf einen GameBoy auf den Stapel von Isabels sorgsam zusammengelegter Wäsche. »Ich kann ja wohl schlecht vier aktive Kinder in einem Hotelzimmer einsperren.«

»Einer Suite! Einer wunderbaren Suite.«

»Und du bist mein ältester Freund. Wenn nicht mal der älteste Freund einer Frau in Bedrängnis hilft, wer dann?«

»Vielleicht irgendwelche neuen Freunde. Deine Mutter. Was ist mit deiner Cousine Petrina?«

»Ich habe Petrina immer schon verabscheut. Hast du etwa vergessen, wie sie sich dir ständig an den Hals geworfen hat? Außerdem ist keiner von ihnen zurzeit in Europa.«

»Was ein weiterer Grund dafür ist, weshalb du nach Hause fliegen solltest. Ich bin kein Experte für schwangere Frauen, aber ich meine, mal gehört zu haben, sie bräuchten eine vertraute Umgebung.«

»Möglicherweise im achtzehnten Jahrhundert.« Tracy wedelte hilflos mit den Armen durch die Luft. »Isabel, könnten Sie mir vielleicht einen guten Therapeuten empfehlen? Zweimal habe ich Männer geheiratet, die dort, wo man das Herz vermuten würde, einen Stein haben, also brauche ich eindeutig Hilfe. Obwohl ich von Ren zumindest nicht betrogen worden bin.«

Isabel schob die gefalteten Kleidungsstücke aus der Gefahrenzone und sah Tracy fragend an. »Ihr Mann hat Sie betrogen?«

Tracys Stimme wurde zittrig. »Er gibt es nicht zu.«

»Aber Sie glauben, er hat eine Affäre.«

»Ich habe die beiden überrascht. Eine heiße kleine Schweizerin aus seinem Büro. Er … hat es gehasst, als ich wieder schwanger wurde.« Ihre Augen wurden feucht, und sie begann zu blinzeln. »Und das ist seine Rache.«

Isabel merkte, dass sie eine solide Antipathie gegenüber Mr. Harry Briggs zu empfinden begann.

Tracy legte den Kopf auf die Seite, und ihr dunkles Haar fiel wie ein Vorhang über ihre Schulter. »Sei bitte vernünftig, Ren. Ich ziehe doch nicht für ewig bei dir ein. Ich brauche nur ein paar Wochen, um einen klaren Kopf zu kriegen, bevor ich mich den Leuten zu Hause stelle.«

»Ein paar *Wochen?*«

»Die Kinder und ich werden die ganze Zeit am Swimming-Pool verbringen. Du wirst gar nicht merken, dass wir hier sind.«

»*Mammmiiiie!*« Splitternackt, abgesehen von einem Paar purpurroter Socken, kam Brittany herein – »Connor hat gebrochen!« – und lief wieder hinaus.

»Brittany Briggs, komm sofort zurück!« Tracy watschelte ihr unbeholfen hinterher. »Brittany!«

Ren schüttelte den Kopf. »Es ist schwer zu glauben, dass das dieselbe Frau ist wie die, die einen Anfall bekommen hat, wenn sie von ihrem Dienstmädchen vor zwölf Uhr mittags geweckt worden ist.«

»Sie ist wesentlich zerbrechlicher, als sie zugibt. Das ist auch der Grund, weshalb sie hierher gekommen ist. Ihnen ist doch klar, dass Sie sie nicht wegschicken können?«

»Ich muss hier raus.« Er packte Isabel am Arm, und sie konnte sich gerade noch ihren auf dem Bett liegenden Strohhut schnappen, als er sie schon durch die Tür drängelte. »Ich lade Sie im Ort auf einen Espresso und auf einen dieser pornografischen Kalender, die Sie so lieben, ein.«

»Klingt wirklich verlockend, aber ich muss anfangen, mir Notizen für mein neues Buch zu machen. Das, in dem es um die Überwindung einer persönlichen Krise gehen soll«, fügte sie boshaft hinzu.

»Vertrauen Sie mir. Jemand, der sich damit amüsiert, dass er Müll von der Straße sammelt, hat nicht die geringste Ahnung davon, wie man eine Krise überwindet.« Er marschierte die Treppe hinunter Richtung Tür. »Eines Tages werden Sie zugeben, dass das Leben zu chaotisch ist, um sich zwischen die von Ihnen entwickelten ordentlichen Ecksteine pressen zu lassen.«

»Ich weiß, wie chaotisch das Leben manchmal ist.« Sie klang beleidigt, doch sie konnte es nicht ändern. »Und ich weiß auch, dass es durch die Anwendung der Ecksteine deutlich verbessert werden kann. Und nicht nur ich habe diese Erfahrung machen dürfen, sondern auch jede Menge anderer Menschen, denen durch meine Philosophie geholfen worden ist.« Himmel, wie jämmerlich das klang.

»Ganz bestimmt. Und ich bin mir auch sicher, dass Ihre Philosophie in vielen Situationen tatsächlich funktioniert, aber sie funktioniert nicht immer, und ich glaube nicht, dass Sie ihnen momentan auch nur ansatzweise hilft.«

»Sie funktioniert nur deshalb nicht, weil ich sie nicht richtig anwende.« Sie biss sich auf die Lippe. »Außerdem habe ich bisher vermutlich ein paar kleine Punkte übersehen.«

»Würden Sie sich bitte endlich mal entspannen?«

»So wie Sie?«

»Sie sollten es zumindest probieren. Wenigstens habe ich, anders als Sie, ein Leben.«

»Sie drehen grauenhafte Filme, in denen Sie fürchterliche Sachen machen. Sie müssen sich verkleiden, um in Ruhe aus dem Haus gehen zu können. Sie haben keine Frau und keine Kinder. Das nennen Sie ein Leben?«

»Tja, wenn Sie es so sehen ...« Er überquerte den Marmorboden des Foyers.

»Vielleicht können Sie andere Leute mit Ihren blöden Bemerkungen täuschen, mich aber bestimmt nicht.«

»Das liegt nur daran, dass Sie vergessen haben, wie man lacht.« Er legte die Hand auf den Messingknauf der Tür.

»Das stimmt nicht. Zum Beispiel bringen Sie mich gerade unbändig zum Lachen. *Ha!*«

Ren öffnete die Tür und stieß auf der Schwelle mit einem Fremden zusammen.

»Du Bastard hast mir meine Frau gestohlen!«, knurrte der unbekannte Mann und holte schwungvoll zu einem gezielten Fausthieb aus.

11

Isabel hetzte zur Tür, doch der Angreifer hatte Ren nur an der Schulter getroffen, sodass dieser schon wieder aufgesprungen und seinerseits in Angriffshaltung übergangen war. Sie bedachte den Fremden mit einem ungläubigen Blick.

»Sind Sie total *wahnsinnig* geworden?«

Gerade als sich Ren auf seinen Gegner stürzen wollte, wurde Isabel die Bedeutung von dessen Worten klar. »Ren, hören Sie auf! Schlagen Sie ihn nicht.«

Doch er hatte den Kerl bereits gepackt. »Nennen Sie mir einen guten Grund.«

»Das ist Harry Briggs. Sie dürfen ihn nicht umbringen, solange Tracy es nicht sagt.«

Er lockerte seinen Griff, ließ jedoch nicht los. Auch das zornige Blitzen seiner Augen hatte sich noch nicht gelegt. »Willst du mir diesen Auftritt erklären, bevor oder nachdem ich Kleinholz aus dir mache?«

Isabel fand es durchaus anerkennenswert, wie tapfer sich Briggs angesichts dieser Drohung weiter hielt. »Du Hurensohn, wo ist sie?«

»Nirgends, wo du an sie herankommst.«

»Sie haben sie schon einmal unglücklich gemacht. Noch mal tun Sie das nicht.«

»*Dad!*«

Als Jeremy angeflitzt kam, ließ Ren hastig von dessen Vater ab. Der Junge ließ die zerbrochene Dachpfanne, die er hereingetragen hatte, einfach fallen und warf sich seinem Vater jubelnd in die Arme.

»Jeremy.« Briggs zog seinen Sohn an seine Brust, vergrub seine Hände in dessen weichem Haar und schloss einen Moment die Augen.

Ren rieb sich wortlos die geschundene Schulter.

Trotz des Angriffs wirkte Harry Briggs nicht gerade gefährlich. Er war kleiner als Ren, schlank und sportlich und hatte ein nettes, ebenmäßiges Gesicht. Während Isabel ihn musterte, stellte sie fest, dass er ein ebensolcher Ordnungsfanatiker zu sein schien wie sie selbst – nur dass seine Ordnungsliebe derzeit unter keinem guten Stern stand. Seine glatten, konservativ geschnittenen braunen Haare hatten schon länger keinen Kamm und keine Bürste mehr gesehen, er war nicht rasiert, die Augen hinter den Gläsern der drahtgerahmten Brille wirkten müde, und auch die zerknitterte khakifarbene Hose und das dunkelbraune Polohemd erschienen alles andere als frisch. Er wirkte nicht gerade wie ein Ehebrecher, aber so etwas sah man den Menschen ja nicht von vornherein an. Ebenso erschien er ihr wie der letzte Mann auf Erden, der eine Schönheit wie Tracy zur Ehefrau hatte.

Er strich über die Schultern seines Sohnes, und Isabel bemerkte seinen schlichten goldenen Ehering und seine praktische Uhr. »Hast du dich um alle gekümmert?«, fragte er seinen Sohn.

»Sicher.«

»Wir müssen miteinander reden, Kumpel, aber vorher muss ich noch zu deiner Mutter.«

»Sie ist mit den Kleinen unten am Pool.«

Harry nickte in Richtung Haustür. »Guck, ob ich auf dem Weg hierher ein paar Dellen ins Auto bekommen habe. Ein paar der Straßen waren nicht geteert und meine Geschwindigkeit leicht überhöht.«

Jeremy sah ihn unglücklich an. »Du fährst doch nicht ohne mich wieder ab?«

Harry strubbelte dem Jungen durchs Haar. »Keine Sorge, mein Sohn. Es wird alles gut.«

Als der Junge zum Auto lief, wurde Isabel bewusst, dass Harry seiner Frage ausgewichen war. Als Jeremy ihn nicht mehr hörte, wandte er sich abermals an Ren und all die Sanftmut, die er dem Jungen gegenüber bewiesen hatte, war wie ausgewischt. »Wo ist der Pool?«

Rens Ärger war offenbar verraucht, obwohl Isabel annahm, dass er problemlos jede Sekunde wieder entflammen könnte. »Vielleicht regen Sie sich besser erst mal ab.«

»Egal. Ich finde sie auch so.« Harry stapfte knurrend an ihnen vorbei.

Ren hob die zerbrochene Dachpfanne vom Boden auf, starrte sie einen Moment lang an und seufzte leise. »Wir können die beiden nicht alleine lassen.«

Isabel tätschelte ihm begütigend den Arm. »Das Leben hat nun mal so seine Tücken.«

Tracy sah Harry kommen. Automatisch machte ihr Herz einen Hüpfer, zog sich dann jedoch schmerzlich zusammen.

Sie hatte gewusst, dass er früher oder später hier erscheinen würde. Nur hatte sie nicht erwartet, dass er so schnell herausbekommen würde, wohin sie mit den Kindern vor ihm geflüchtet war.

»*Daddy!*« Die Mädchen plantschten aus dem Wasser, und auch Connor wackelte mit schwankender Windel emsig auf seinen Lieblingsmenschen zu. Schließlich konnte er nicht wissen, dass genau dieser Mensch von seiner Geburt alles andere als beglückt gewesen war.

Irgendwie gelang es Harry, alle drei Kinder gleichzeitig zu umfangen. In Bezug auf seine Kleider war er sehr penibel, nicht jedoch, wenn seine Kinder ihn umarmten, was ihm prompt ein triefendes T-Shirt bescherte. Die Mädchen bedeckten sein Gesicht mit einer Unzahl feuchter Küsse, während Connor ihm mit seinen pummligen Händchen quietschend vor Freude den Brillenbügel verbog. Tracys Herz zog sich noch mehr zusammen, als er die Küsse zurückgab und den Kindern die ungeteilte Aufmerksamkeit schenkte wie ihr selber in den Tagen, in denen er noch in sie verliebt gewesen war.

Nun tauchte Ren am Rand des Pools auf. Sie registrierte nüchtern, dass Ren während der Jahre zäher und gewitzter geworden war. Zugleich jedoch legte er einen grässlichen Zynismus an den Tag, und sie fragte sich, wie nahe ihm die Geschichte mit Karli Swenson wohl gegangen war.

Isabel trat neben ihn und wirkte in ihrer ärmellosen Bluse, der beigefarbenen Hose und dem Strohhut kühl und effizient. Ihre grenzenlose Kompetenz wäre einschüchternd gewesen, wäre sie nicht gleichzeitig so unendlich freundlich. Die Kinder waren von Anfang an von ihr begeistert gewesen, was im Allgemeinen für den Charakter eines Menschen sprach. Wie jede andere Frau, die sich in Rens Dunstkreis bewegte, war sie von ihm fasziniert. Doch anders als die anderen kämpfte sie machtvoll gegen diese Schwäche an. Tracy musste sie dafür bewundern, dass sie es überhaupt versuchte, obwohl sie keine Chance hatte gegen den verführerischen Kerl. Am Ende würde es ihr nicht gelingen, sich seinem Werben zu widersetzen, was wirklich eine Schande wäre, denn ein kurzes Abenteuer war für eine Frau wie sie nicht genug. Sie war die Art von Frau, die all die Dinge wollte, die Ren sich weigerte zu geben. Stattdessen würde er sie mit Haut und Haar verschlingen, ehe sie auch nur wüsste, wie ihr geschah.

Das Mitgefühl mit Isabel war allerdings weniger ausgeprägt als das Gefühl für ihr eigenes Desaster. Nachdem Harry nun hier war, wäre keine dauerhafte Verdrängung mehr möglich. *Wer bist du?*, hätte sie ihn liebend gern gefragt. *Wo ist der sanfte, liebevolle Mann, in den ich mich verliebt habe?*

Wie ein gestrandeter Wal hievte sie sich aus ihrem Sessel. Noch ein paar Kilos mehr, und sie wäre schwerer als ihr Mann. »Mädchen, geht mit Connor zu Signora Anna. Sie hat gesagt, dass sie Plätzchen backen will.«

Die Mädchen klammerten sich jedoch noch fester an den Vater und funkelten sie zornig an. Aus ihrer Sicht war sie die böse Hexe, die ihnen den Dad genommen hatte. Bei diesem Gedanken schnürte sich ihr die Kehle noch etwas stärker zu.

»Geht schon mal vor«, sagte er zu den Mädchen, ohne seine Frau anzusehen. »Ich komme gleich nach.«

Ihm gehorchten sie sofort, und Tracy war nicht überrascht, als sie Connor in die Mitte nahmen und in Richtung Haus davontrotteten. »Du hättest nicht kommen sollen«, sagte sie, als die Kinder außer Hörweite waren.

Endlich schaute er sie an, doch seine Augen waren kalt wie die eines Fremden. »Du hast mir ja keine Wahl gelassen.«

Dies war der Mann, mit dem sie vierzehn Jahre geteilt und von dem sie gedacht hatte, er würde sie bis an ihr Lebensende lieben. Früher hatten sie das ganze Wochenende im Bett herumgelungert, sich unterhalten, gelacht und geliebt. Sie erinnerte sich an die geteilte Freude über die Geburten von Jeremy und den beiden Mädchen, an die Familienausflüge, die Urlaube, das Gelächter und die ruhigen Zeiten. Dann war sie mit Connor schwanger geworden, und die Dinge hatten sich verändert. Harry wollte keine weiteren Kinder mehr, hatte sich dann aber im Moment der Geburt unsterblich in den Jüngsten verliebt. Anfangs war sie sich sicher gewesen, er würde auch dieses fünfte seiner Kinder schließlich lieben. Inzwischen jedoch war ihr klar, dass sie sich geirrt hatte.

»Wir haben darüber geredet, und wir waren uns einig, dass wir keine weiteren Kinder haben würden.«

»Ich bin nicht von alleine schwanger geworden, Harry.«

»Wag ja nicht, mir die Schuld daran zu geben. Ich wollte mich sterilisieren lassen, falls du dich daran erinnerst. Aber du hast einen deiner Tobsuchtsanfälle bekommen, also habe ich einen Rückzieher gemacht. Das war eindeutig ein Fehler.«

Sie legte ihre Hände über die Folge dieses Fehlers und rieb über die straff gespannte Haut. »Soll ich dir beim Packen helfen?«, fragte er mit ruhiger Stimme, »oder machst du es lieber allein?«

Er war ihr so fern wie ein fremder Planet. Selbst nach all den Monaten konnte sie sich nicht an diese Kälte gewöhnen. Sie erinnerte sich an den Tag, an dem er ihr eröffnet hatte, er solle für sein Unternehmen eine große Firmenübernahme in der Schweiz durchführen. Was nicht nur der lange verdiente berufliche Aufstieg für ihn wäre, sondern ihm obendrein die Möglichkeit geben würde, die Arbeit zu verrichten, für die er höchst qualifiziert war.

Unglücklicherweise stünde ihm ihre Schwangerschaft im Weg. Er wäre von August bis November in Europa, das Baby jedoch käme bereits Ende Oktober auf die Welt. Und da Harry Briggs immer schon ein anständiger Mann gewesen war, hatte er entschieden, die Offerte seiner Firma abzulehnen. Sie jedoch hatte sich geweigert, ihn den Märtyrer spielen zu lassen und vorgeschlagen, ihn samt den Kindern zu begleiten. Auch in der Schweiz bekamen schließlich Frauen Babies. Also wäre das Ganze völlig problemlos.

Der gemeinsame Umzug hatte sich von Anfang an als Riesenfehler herausgestellt. Sie hatte gehofft, die Zeit im Ausland brächte sie einander wieder nahe, doch das Gegenteil war eingetreten. Die Wohnung, die die Firma für sie angemietet hatte, war für die große Familie viel zu klein gewesen. Die Kinder hatten niemanden gehabt, der mit ihnen spielte, und im Verlauf der Wochen war ihr schlechtes Benehmen eskaliert. Sie hatte Wochenendausflüge geplant – EuroDisney, Schiffsfahrten auf dem Rhein, Seilbahnfahrten in die Berge –, doch am Ende war sie stets allein mit den Kindern gefahren, denn Harry hatte sich voll in die Arbeit vergraben. Er war abends beschäftigt gewesen, samstags und am Schluss auch manchmal sonntags. Trotzdem hatte sie erst vor zwei Tagen vollends die Fassung verloren, als sie ihn zusammen mit einer anderen Frau in einem Restaurant erwischt hatte.

»Soll ich dir beim Packen helfen?«, wiederholte er mit der übertrieben geduldigen Stimme, die er für gewöhnlich den Kindern vorbehielt.

»Ich habe nicht die Absicht abzufahren, Harry, also brauche ich auch nicht zu packen.«

»Doch. Du bleibst nämlich nicht hier.« Sein Gesicht war starr. Sie hörte keinen Schmerz in seiner Stimme, keine Sorge, nichts als die kalte, nüchterne Erklärung eines Mannes, der sich gehalten fühlte, auch jetzt noch seine Pflicht ihr gegenüber zu erfüllen.

»Und ob.«

Ren stand direkt hinter Harry, und er runzelte die Stirn. Sie wusste, dass er sie lieber heute als morgen wieder loswerden wollte. Falls er jetzt ein Wort darüber verlauten lassen würde, würde sie ihm das aber nie verzeihen.

Ohne sie aus den Augen zu lassen, sagte Harry zu Ren: »Es überrascht mich, dass Sie sie hier haben wollen. Abgesehen von der Tatsache, dass sie im achten Monat schwanger ist, ist sie noch ebenso verwöhnt und unvernünftig wie zu der Zeit, als sie mit Ihnen verheiratet gewesen ist.«

»Und du bist ein ach-so-beherrschter, ehebrecherischer Bastard«, fauchte sie zurück.

Ein Muskel zuckte in seiner Wange. »Also gut. Dann packe ich die Sachen der Kinder eben selbst. Es steht dir frei, so lange hier zu bleiben, wie du möchtest. Die Kinder und ich kommen durchaus auch ohne dich zurecht.«

Es rauschte in ihren Ohren, und sie atmete hörbar zischend aus. »Falls du dir auch nur für eine Minute einbilden solltest, dass du mich einfach ohne meine Kinder hier sitzen lassen kannst …«

»Genau das bilde ich mir ein.«

»Nur über meine Leiche.«

»Ich kann mir nicht vorstellen, weshalb du was dagegen haben solltest. Seit unserer Ankunft in Zürich hast du dich schließlich ohne Unterlass über sie beschwert.«

Die Ungerechtigkeit dieser Behauptung raubte ihr den Atem. »Ich hatte nie auch nur die allerkleinste Pause! Ich war Tag und Nacht mit ihnen zusammen. Genauso wie an den Wochenenden, während du mit deiner magersüchtigen Freundin im Bett herumgelungert hast.«

Er zuckte unter ihren Worten nicht einmal zusammen. »Es war deine Entscheidung mitzukommen, nicht meine.«

»Fahr doch zur Hölle.«

»Wenn es das ist, was du willst, fahre ich halt zurück nach Zürich. Die vier Kinder, die wir bereits haben, kommen selbstverständlich mit. Das neue kannst du dann behalten.«

Tracy hatte das Gefühl, als hätte er ihr eine Ohrfeige verpasst. *Das hier,* dachte sie, erfüllt von bitterster Panik, *das hier ist der finsterste Augenblick in meinem ganzen Leben.*

Sie hörte, wie Isabel nach Luft rang. Ren, ihr alter Freund, machte einen Schritt nach vorn. »Freundchen, du nimmst ganz sicher keins von diesen Kindern so einfach mit.«

Harry presste starrsinnig die Lippen aufeinander. Er wusste, dass Ren ihn, ohne auch nur Luft zu holen, niederschlagen könnte. Aber er war Harry, und so machte er sich trotz der Drohung wortlos auf den Weg zum Haus.

Ren wollte ihn daran hindern, und Tracy schrie erschrocken auf, Isabel jedoch sagte entschieden: »Hört beide auf der Stelle auf!«

Sie klang wie die Autoritätspersonen, gegen die Tracy während ihrer Kindheit Rebellion betrieben hatte. Nie zuvor jedoch hatte sie einem Menschen gegenüber dafür, dass er sich in ihr Leben mischte, eine solche Dankbarkeit verspürt.

»Ren, bitte halten Sie sich aus dieser Sache raus. Harry, kommen Sie bitte wieder her. Tracy, Sie sollten sich besser wieder setzen.«

»Wer sind Sie?«, fragte Harry feindselig.

»Isabel Favor.«

Tracy war sich nicht sicher, wie genau Isabel es schaffte, doch Ren enthielt sich tatsächlich jedes weiteren Kommentars, Harry kam zurück zum Pool, und sie selbst sank erschöpft wieder auf ihren Stuhl.

Isabel trat einen Schritt nach vorn und erklärte ruhig, aber entschieden: »Sie beide müssen aufhören, Beleidigungen auszutauschen, und anfangen, über die Dinge zu reden, die wirklich wichtig sind.«

»Ich glaube nicht, dass einer von uns Sie nach Ihrer Meinung gefragt hat«, erklärte Harry böse.

»Ich«, hörte sich Tracy sagen. »Ich frage sie danach.«

»Ich nicht«, wiederholte Harry.

»Dann werde ich im Namen Ihrer Kinder sprechen.« Tracy beneidete Isabel um ihre selbstbewusste Art. »Obgleich

167

ich keine Expertin für kindliches Verhalten bin, kann ich mit Sicherheit behaupten, dass das, was Sie beide treiben, fünf jungen Menschen auf Dauer unvorstellbaren Schaden zufügen wird.«

»Ständig lassen sich Eltern voneinander scheiden«, widersprach Harry. »Und trotzdem werden aus den Kindern anständige Menschen.«

Tracys Herz zog sich erneut zusammen. *Scheidung.* So schlimm es auch um sie beide stand, hatte bisher doch keiner das Wort ausgesprochen – bis zu dieser Minute. Aber was hatte sie erwartet? Schließlich war sie gegangen, oder etwa nicht? Trotzdem hätte sie ein solches Ergebnis nie erwartet. Sie hatte nur Harrys Aufmerksamkeit gewinnen wollen. Sie hatte den Eisblock zum Schmelzen bringen wollen, hinter dem er sich versteckte.

Harry wirkte nicht mehr ganz so gelassen wie zu Anfang, doch es war schwer zu sagen, was er gerade empfand. Er verbarg stets seine Gefühle, während sie hingegen ihre Emotionen offen auslebte.

»Menschen lassen sich scheiden«, pflichtete Isabel ihm bei. »Und manchmal ist es unvermeidlich. Aber wenn fünf Kinder involviert sind, sollten die Eltern besser alles versuchen, ob und wie sie sich vertragen können. Ich weiß, momentan wirkt es vielleicht verführerisch, alles hinzuschmeißen. Aber Sie beide haben die Chance, einfach davonzulaufen und ein neues Glück zu suchen, bereits vor langer Zeit vertan.«

»Darum geht es doch überhaupt nicht«, widersprach ihr Tracy.

Wenn überhaupt möglich, verriet Isabels Miene noch größeres Mitgefühl als vorher. »Schlagen Sie einander? Gibt es irgendeine Form der körperlichen Gewalt?«

»Selbstverständlich nicht«, schnauzte Harry.

»Nein. Harry stellt ja noch nicht mal Mausefallen auf.«

168

»Schlägt einer von Ihnen Ihre Kinder?«

»Nein!«, antworteten die beiden wie aus einem Mund.

»Dann gibt es für alles eine Lösung.«

Tracys verzog verbittert das Gesicht. »Die Probleme, die wir haben, sind zu groß, um sie zu lösen. Ehebruch. Betrug.«

»Unreife. Paranoia«, entgegnete ihr Mann. »Außerdem bedarf es eines gewissen logischen Denkvermögens, um Probleme zu lösen. Weshalb man auf Tracy schon mal nicht zählen kann.«

»Und es erfordert eine gewisse Kenntnis von menschlichen Gefühlen, die Harry seit Jahren schon nicht mehr gehabt hat.«

»Hören Sie, was Sie da sagen?« Isabels trauriges Kopfschütteln rief Scham in Tracy wach. »Sie sind beide erwachsene Menschen, und es ist offensichtlich, dass Sie Ihre Kinder lieben. Wenn es in Ihrer Ehe nicht so klappt, wie Sie es wünschen, dann müssen Sie eben dafür sorgen, dass sie funktioniert. Laufen Sie nicht blind vor Ihren Problemen davon.«

»Dazu ist es zu spät«, erwiderte Tracy.

Isabels Miene blieb mitfühlend. »Gerade jetzt können Sie es sich nicht leisten, auf Ihre Ehe zu verzichten. Sie haben eine heilige Verantwortung, und egal, wie verletzt Sie in Ihrem Stolz auch sind, müssen Sie sich weiter dieser Verantwortung stellen. Nur unreife und selbstsüchtige Eltern setzen wunderbare Kinder als Waffen in einem Machtkampf ein.«

Nie zuvor in seinem Leben war Harry der Verantwortungslosigkeit bezichtigt worden, und er sah aus, als hätte er einen riesigen Guppy-Schwarm verschluckt. Tracy hatte darin mehr Erfahrung, sodass sie dieser Vorhalt weniger heftig traf.

Isabel fuhr fort. »Es ist an der Zeit, dass Sie Ihre Energie statt aufs Streiten darauf verwenden herauszufinden, wie Sie in Zukunft zusammenleben können.«

»Abgesehen davon, dass Sie das Ganze überhaupt nichts angeht«, meinte Harry, »wüsste ich doch gern von Ihnen, was für ein Leben es für Kinder ist, bei Eltern aufzuwachsen, die sich gegenseitig nicht mehr ertragen.«

Bei diesen Worten hätte Tracy am liebsten laut aufgeschluchzt. Er wollte sie tatsächlich verlassen. Harry Briggs, der arbeitsamste, starrsinnigste und anständigste Mann, den sie je getroffen hatte, wollte sie tatsächlich verlassen.

»Sie *können* zusammenleben«, widersprach ihm Isabel entschieden. »Sie brauchen nur herauszufinden, wie.« Sie fixierte Harry. »Ich denke, Sie müssen sich als Erstes darüber klar werden, was Ihnen im Leben wirklich wichtig ist. Rufen Sie bei Ihrer Firma an, und sagen Sie, dass Sie ein paar Tage Urlaub nehmen.«

»Sparen Sie sich Ihren Atem«, giftete Tracy. »Harry hat noch nie im Büro gefehlt.«

Isabel ging kommentarlos über diesen Einwand hinweg. »Hier in der Villa gibt es jede Menge Zimmer, Mr. Briggs. Holen Sie Ihr Gepäck, und suchen Sie sich eins von diesen Zimmern aus.«

Rens Brauen schossen in die Höhe. »Hey!«

Auch auf diesen Protest ging Isabel nicht ein. »Tracy, Sie brauchen etwas Zeit für sich allein. Warum machen Sie nicht eine Spazierfahrt? Harry, Ihre Kinder haben Sie vermisst. Sie können den Nachmittag mit Ihnen verbringen.«

Harrys Augen blitzten vor Empörung. »Moment mal! Ich werde ganz bestimmt nicht –«

»O doch, Sie werden.« Auch wenn Isabel rein körperlich die Kleinste unter ihnen war – wenn man sie wütend machte, überragte sie jeden. »Sie werden es tun, weil Sie ein anständiger Mensch sind und weil Ihre Kinder Sie brauchen. Und wenn Ihnen das nicht reicht« – sie funkelte ihn böse an – »dann werden Sie es tun, weil ich es Ihnen sage.« Sie schnaubte, machte dann entschlossen kehrt und marschierte, ohne sich noch einmal umzudrehen, in Richtung ihres Häuschens. Ren, der Gefühlsausbrüche fast ebenso verabscheute wie Harry, lief ihr hastig hinterher.

Harry fluchte. Mit ihm allein zu sein, war mehr, als Tracy momentan ertrug. Also wogte sie eilends zur Villa. Isabel hatte Recht. Sie brauchte Zeit für sich allein.

In der Ferne läuteten die Glocken einer Kirche, und Tracy tat das Herz so weh, dass sie erstickt nach Luft rang. *Was passiert mit uns, Harry? Unsere Liebe hätte ewig halten sollen.*

Aber selbst die Ewigkeit war offenbar irgendwann einmal vorbei.

Ren folgte Isabel durch den Garten der Villa und die Anhöhe hinunter zum Weinberg. Die hüpfenden Locken unter ihrem Strohhut boten einen seltsamen Kontrast zu ihrem festen, ausholenden Schritt. Normalerweise fand Ren keinen Gefallen an kriegerischen Göttinnen, doch er hatte ja bereits von Anfang an keine rationale Erklärung für sein Interesse an dieser Frau gehabt.

Weshalb hatte nicht eine stinknormale Frau dieses Haus mieten können? Eine einfache, gut gelaunte Frau, die verstand, dass Sex nichts weiter war als Sex, und die niemandem dämliche Vorträge darüber hielt, was er am besten mit sich und seinem Leben anfing. Vor allem eine Frau, die nicht *betete*, während sie mit ihm zusammen war. Heute hatte er den deutlichen Eindruck gewonnen, dass sie für *ihn* gebetet hatte. Und das war eindeutig zu viel. Schließlich wollte er sie nicht für die Rettung seiner Seele, sondern ausschließlich fürs Bett.

Endlich holte er sie ein. »Wenn ich mich nicht irre, habe ich soeben die vier Ecksteine in praktischer Anwendung erlebt, oder?«

»Momentan ist jeder der beiden sehr verletzt, aber das

müssen sie überwinden. Schließlich ist persönliche Verantwortung die Grundlage jedes gut geführten Lebens.«

»Erinnern Sie mich daran, Sie nur ja nie zu verärgern. Oh, warten Sie, das habe ich bereits getan.« Er widerstand der Versuchung, ihr den blöden Hut vom Kopf zu ziehen. Frauen wie Isabel sollten niemals Hüte tragen. Sie sollten barhäuptig durch die Weltgeschichte laufen, in einer Hand ein Schwert, in der anderen ein Schild, hinter sich einen Chor aus Engeln, der lautstark »Halleluja« jubilierte. »Habe ich mir das nur eingebilden, oder haben Sie die kleinen Monster wirklich als wunderbare Kinder tituliert?«

Statt zu lächeln betrachtete sie ihn mit einem derart sorgenvollen Blick, dass er sich am liebsten eine Pappnase aufgesetzt und Konfetti durch die Luft geworfen hätte – alles, damit sie ihre Traurigkeit verlor.

»Sie denken, ich hätte mich aus der Sache heraushalten sollen, oder? Sie finden, ich war aufdringlich und diktatorisch, vielleicht sogar getrieben, anspruchsvoll und schwierig.«

»Sie nehmen mir die Worte aus dem Mund.« Doch das dachte er nicht wirklich. Sie hatte ihre Sache großartig gemacht. Aber wenn er ihr jetzt den kleinen Finger reichte, nähme sie bestimmt sofort die ganze Hand. »Hat Ihnen in all Ihren Psycho-Kursen denn niemand je gesagt, dass Sie sich nur dann in die Leben anderer Menschen mischen sollen, wenn Sie um Rat gebeten werden?«

Sie verlangsamte ihr Tempo. Offensichtlich gewann abermals der Zorn die Oberhand über ihre Zweifel. »Wann sind die Leute auf die Idee gekommen, es wäre in Ordnung, eine Ehe einfach aufzugeben? Sollten die Menschen nicht inzwischen herausgefunden haben, dass eine Ehe immer mit harter Arbeit verbunden ist? Mit Opfern und mit Pflichten? Paare brauchen –«

»Er betrügt sie –«

»Ja? Bin ich die Einzige, der aufgefallen ist, dass Tracy vielleicht nicht die zuverlässigste Zeugin dafür ist? Und nach allem, was ich heute mitbekommen habe, haben sie noch über keins ihrer Probleme je gesprochen. Hat auch nur einer der beiden das Wort Eheberatung erwähnt? Nein. Alles, was ich gesehen habe, war verletzter Stolz, der sich hinter allen möglichen Arten der Feindseligkeit gegenüber dem jeweils anderen versteckt.«

»Was – verbessern Sie mich, wenn ich mich irre – nicht unbedingt die beste Vorraussetzung für die Fortsetzung einer Ehe ist.«

»Nicht, wenn die Feindseligkeit echt ist. Ich bin mit solchen Eltern aufgewachsen, und glauben Sie mir, diese Art des Krieges vergiftet alles, womit sie in Berührung kommt, vor allem Kinder. Aber Tracy und Harry kommen an meine Eltern bei weitem nicht heran.«

Der Gedanke, dass sie in einer Atmosphäre der Feindseligkeit aufgewachsen war, gefiel ihm ganz und gar nicht. Es war eine Sache, in der Umgebung Verrückter aufzuwachsen – er hatte früh genug gelernt, die diversen Grillen der Mitglieder seiner Sippe einfach zu ignorieren –, doch sie hatte ein ehrliches Interesse an den Menschen in ihrer Umgebung, und dadurch wurde sie verletzlich.

Ihre Augen begannen zu blitzen. »Ich hasse es, wenn Menschen versuchen, sich ihren Problemen kampflos zu entziehen. Das ist emotionale Feigheit, und sie zerstört alles, was im Leben wirklich zählt. Die beiden haben einander genug geliebt, um fünf Kinder zu zeugen, aber jetzt zucken sie einfach mit den Schultern und werfen alles über Bord. Hat denn niemand mehr auch nur das geringste bisschen Rückgrat?«

»He, ich kann nichts dafür. Ich bin nur Ihr Bettgefährte, weiter nichts, vergessen?«

»Das sind Sie garantiert nicht.«

»Möglicherweise nicht jetzt gerade, aber die Zukunftsaussichten sind durchaus günstig. Nur, dass Sie vorher mit dem Beten aufhören müssen. Anders als Sie macht mich das nämlich nervös.«

Sie hob ihr Gesicht gen Himmel. »Bitte, erhabene Göttin, lass keinen Blitz auf diesen Menschen niederzischen, auch wenn er ihn eindeutig verdient hat.«

Froh, dass es ihm endlich gelungen war, sie von ihrer Trübsal abzulenken, grinste er. »Geben Sie doch endlich zu, dass Sie mich begehren. Sie begehren mich so sehr, dass Sie es kaum ertragen.«

»Nur dass Frauen, die Sie begehren, für gewöhnlich tot und begraben enden.«

»Die Starken überleben. Und jetzt knöpf deine Bluse auf.«

Ihre Kinnlade klappte herunter, und sie gaffte ihn mit tellergroßen Augen an. Es war ihm tatsächlich gelungen, dass sie die Briggs'schen Probleme zumindest vorübergehend vergaß.

»Was haben Sie gesagt?«

»Es wäre wenig klug, mit mir zu streiten. Also knöpf sie auf.«

Im Bruchteil einer Sekunde mutierte ihre verwirrte Miene zu einer berechnenden. Sie hatte ihn durchschaut, und wenn er sich nicht vorsah, ritzte sie ihm dafür sicher mit ihren sorgfältig gefeilten kurzen Nägeln die Grundregeln des Anstands in die Brust.

Schnaubend presste er die Lippen gerade drohend genug aufeinander, dass es sie faszinierte.

Sie reckte starrsinnig das Kinn.

Da er bereits herausgefunden hatte, dass sie nicht mochte, wenn er seine körperliche Überlegenheit ausspielte, baute er sich in seiner ganzen Größe nahe vor ihr auf. Dann hob er eine Hand und fuhr berechnend langsam mit dem Daumen die Konturen ihres Schlüsselbeines nach.

Ihre Nasenflügel bebten.

Verdammt, die Sache machte wirklich einen Höllenspaß. Nur … *was zum Teufel tat er?* Für gewöhnlich gab er sich im wahren Leben die allergrößte Mühe, Frauen nur ja nie zu erschrecken, gegenüber diesem Weib jedoch wandte er die denkbar aggressivste Verführungstechnik an. Und was ihn noch stärker überraschte – das Funkeln ihrer honigbraunen Augen zeigte, dass ihr dieses Vorgehen wider Erwarten offenbar gefiel.

»Ich glaube, ich habe dir etwas befohlen«, sagte er mit rauchig leiser Stimme.

»Das haben Sie getan.«

Sie war wirklich rotzfrech. Okay, sie wollte es nicht anders haben. »Es ist niemand in der Nähe. Also tust du besser, was ich sage.«

»Ich soll tatsächlich meine Bluse aufknöpfen?«

»Du solltest mich nicht zwingen, mich zu wiederholen.«

»Lassen Sie mich überlegen.« Oh, sie überlegte ganz bestimmt nicht. »Nein.«

»Ich hatte gehofft, das bliebe uns erspart.« Er strich mit seinem Finger über ihren Kragen. Ihre Empörung reichte nicht, dass sie vor ihm zurückwich. »Scheint, als müsste ich dich an das Offensichtliche erinnern.« Er steigerte die Spannung durch eine lange Pause. Gott, er hoffte, er machte sie an, denn er selbst stand bereits lichterloh in Flammen. »Scheint, als müsste ich dich daran erinnern, wie sehr du mich begehrst. Wie es sich anfühlt, wenn ich dich berühre.«

Sie flatterte mit den Lidern und öffnete den Mund. *O ja …*

Und schob sich tatsächlich einen Zentimeter näher. »Ich, äh, habe es nicht vergessen.«

Am liebsten hätte er gelächelt. *Jetzt bist du nicht mehr ganz so kess, oder, meine Süße?* »Wollen wir doch mal gucken, ob du es tatsächlich noch weißt.«

Er blickte auf ihre vollen Lippen und dachte an ihren

herrlichen Geschmack. »Stell dir vor, wie es ist, wenn die Sonne auf deine nackten Brüste scheint. Wenn ich dich betrachte. Wenn ich dich berühre.« Unter seinem Hemd brach ihm der Schweiß aus, und sein Schwanz war dick und schwer. »Ich werde die fettesten Trauben pflücken, die ich finde, sie über deinen Nippeln ausdrücken und dann den Saft Tropfen für Tropfen ablecken.«

Der Honig in ihren Augen verdickte sich zu dunklem Sirup. Er umfasste ihr Kinn, neigte seinen Kopf und bedeckte ihre Lippen mit den seinen. Die Erinnerung reichte an die Wirklichkeit bei weitem nicht heran. Sie schmeckte nach Sonne, nach dem Traubensaft aus seiner Fantasie und vor allem nach betörend selbstgerechter und zugleich glühend erregter Frau. Am liebsten hätte er sie hier an Ort und Stelle mitten zwischen den Weinreben genommen. Hätte sie auf die Erde geworfen, auf der schon seine Vorfahren gewandelt waren, und sich in sie hineingerammt wie vor Jahrhunderten die Medici in die willigen – oder auch unwilligen – Frauen ihrer Bauern. Über die Willigkeit seines Opfers jedoch machte er sich keine Gedanken, da sie vor lauter Begehren bereits regelrecht mit ihm verschmolz.

Er schob ihr den Hut vom Kopf, ließ ihn auf die Erde segeln und verwob seine Finger mit ihrem wirren Haar. Sie brachte ihn gleich um! Er löste seinen Mund weit genug von ihren Lippen, um zu wispern: »Komm, gehen wir ins Haus.«

»Nein.« Selbst in ihren eigenen Ohren klang die Antwort wie ein Seufzer. Doch sie wollte nirgends hin. Sie wollte diesen Menschen hier an Ort und Stelle küssen. Und dann wollte sie die Bluse für ihn öffnen und ihn mit ihren Brüsten machen lassen, was immer ihm gefiel.

Die Gerüche und Gefühle waren mehr, als sie ertrug. Die Hitze der toskanischen Sonne, der Duft der reifen Trauben, der reichen Erde und vor allem dieses wunderbaren Mannes.

Sie war vollkommen trunken – von ihm, von seinem Kuss, von dem erotischen verbalen Vorspiel, von der unterschwelligen Drohung, die sie nicht hätte erregen sollen – und es dennoch tat.

Seine Zunge glitt vorbei an ihren Zähnen tief in ihren Mund. Dies war die Art von Kuss, die zu intim war, als dass man sie willig jedem Menschen bot.

Seine Hände umfassten ihre Hüften und zogen sie an sein erigiertes Glied. »Knöpf die Bluse auf«, wisperte er, und sie konnte nicht länger widerstehen.

Langsam tat sie, wie ihr geheißen, teilte vorsichtig den Stoff und enthüllte ihren spitzenbesetzten hautfarbenen BH. Statt Triumph verriet sein Blick ehrliche Freude. Sie öffnete das Häkchen, schob die Körbchen auseinander und reckte ihre Brust dem Sonnenlicht entgegen.

Mit einem leisen Stöhnen hob er beide Hände, strich mit den Daumen über ihre kieselharten Brustknospen, streckte dann den Arm aus und pflückte eine Traube.

Sie verstand nicht, was er tat, bis er die Traube zwischen seinen Fingern zerquetschte, und einige glitzernd rote Tropfen über ihre entblößte Haut rannen. Sie erschauderte, versuchte, den Atem anzuhalten, doch er war noch nicht fertig.

Langsam verrieb er das sonnenheiße Fruchtfleisch, zog verführerische Kreise und strich dabei immer dichter um ihre straffe Brustwarze. Zischend atmete sie aus.

Er schob die zerdrückte Traube mitsamt den winzigen Kernen über ihren Nippel, rollte sie zwischen seinen Finger und rief durch die Reibung die süßesten Schmerzen ihres Lebens in ihr wach. Sie begann zu keuchen, und heißes Verlangen wogte in ihr auf. Seine Zunge kreiste sanft um ihre Lippen, glitt hinab zu ihrer Brust, leckte die Reste der Traube und rief eine schier unerträgliche Erregung in ihr wach.

»Gott …« Er sprach das Wort wie ein Gebet, löste sein Gesicht von ihrem Busen und blickte sie an. Saft klebte an seiner Wange, seine Lider waren schwer, und seine Lippen leicht geschwollen. »Am liebsten würde ich eine Traube tief in dich hineinschieben und sie dort verspeisen.«

Ihr Puls begann zu rasen. Ihr war schwindlig vor Sehnsucht und Verlangen. Dies war echte Leidenschaft, eine gedankenlose Orgie der Sinne. Er umfasste ihren Schritt, begann daran zu reiben, sie wölbte sich ihm entgegen und vollführte mit den Hüften einen langsamen, seit Anbeginn der Welt heiligen, rituellen Tanz. Ihr Körper klebte vom Saft, und ihre Liebesknospe war geschwollen wie eine reife Traube.

Plötzlich jedoch riss er sich von ihr los. Die Abruptheit der Bewegung brachte sie ins Schwanken, doch mit einem rauen Knurren hob er ihren Hut vom Boden auf, drückte ihn ihr in die Hand und drehte sie in Richtung Haus. »Für so etwas bin ich inzwischen eindeutig zu alt.«

Wies er sie etwa zurück?

»Signore Gage!«

Sie wandte den Kopf und sah, dass Massimo den Weg heruntergeschlendert kam. Keine Zurückweisung, sondern eine grässlich unpassende Unterbrechung. Sie hielt ihre Bluse vor der Brust zusammen und stolperte davon. Nie zuvor in ihrem Leben hatte sie so etwas erlebt, und sie wollte mehr.

Sie erreichte das Haus, stürzte hinauf ins Bad und klatschte sich dort kaltes Wasser ins Gesicht. Dann stützte sie sich mit den Händen auf dem Rand des Beckens ab und rang erstickt nach Luft. Wie hatte sie doch selbst in einem ihrer Vorträge gesagt?

Wenn wir nie die Grenzen unseres Lebens erweitern, wie können wir dann als Menschen wachsen, meine Freunde? Gott lächelt, wenn wir nach den Sternen greifen, selbst wenn es uns nicht ganz gelingt, sie zu berühren. Unsere Bereitschaft, es zumindest zu versuchen, zeigt, dass wir das Leben nicht als selbstverständlich nehmen. Dass wir auf den Putz gehauen, den Mond angeheult und die Heiligkeit dieses Geschenks, das uns zuteil geworden ist, erkannt haben …

Sie schälte sich aus ihrer zerknitterten, mit Saft befleckten Bluse. Ihr Verlangen nach Lorenzo Gage war alles andere als heilig. Andererseits konnte sie dem Bedürfnis, nach den Sternen zu greifen, einfach nicht länger widerstehen.

Nachdem sie sich gesäubert hatte, sprang sie in den Panda und fuhr hinunter in den Ort.

Auf dem Weg über den Markt auf der kleinen Piazza versuchte sie, mit Gott zu sprechen, doch fand sie nicht die rechten Worte. Für andere konnte sie inzwischen wieder beten, nicht aber für sich selbst.

Atme … Sie konzentrierte sich auf die fetten, purpurroten Auberginen, den rubinroten Radicchio und den saftig grünen Salat, auf die Körbe mit schwarzen, runzligen Oliven, die Apfel- und Birnenpyramiden, die Flechtkörbe mit Steinpilzen, an deren Stielen noch die Erde klebte, und merkte, dass sie allmählich etwas zur Ruhe kam.

Vor ihrer Ankunft in der Toskana hatte sie sich keine großen Gedanken über ihre mangelhaften Kochkünste gemacht, doch in einer Kultur, in der Essen alles für die Menschen war, hatte sie das Gefühl, als ob sie als miserable Köchin etwas Wichtiges verpasste. Vielleicht könnte sie einen Teil von ihrer Energie darauf verwenden, ein paar Kochstunden zu nehmen, wenn sie nicht gerade schrieb. Und dass sie etwas schreiben würde, daran bestand kein Zweifel. Trotz Rens spöttischen Kommentars.

Sie näherte sich den Blumenständen, entschied sich für einen bunten, rustikalen Strauß, und noch während sie bezahlte, bemerkte sie Vittorio, der zusammen mit Giulia Chiara, der wenig effizienten Immobilienmaklerin, aus einem Geschäft auf der anderen Seite der Piazza kam. Er zog Giulia an seine Brust und gab ihr einen eindeutig mehr als freundschaftlichen Kuss.

Sie waren beide jung und attraktiv, und da in Casalleone sicher jeder jeden kannte, war es nicht weiter überraschend, die beiden als Liebespaar zu sehen. Doch als Isabel in Verbindung mit ihren diversen Hausproblemen über Giulia gesprochen hatte, hatte Vittorio seine Beziehung zu der jungen Frau mit keinem Wort erwähnt.

»Danke, dass du mich einfach im Stich gelassen hast.«

Ihr Herz machte einen Satz, sie wirbelte herum und entdeckte einen hoch gewachsenen, schäbig gekleideten Arbeiter mit einer ausgefransten Augenklappe und einer zerknautschten Kappe auf dem zerzausten dunklen Haar. Sie wünschte sich, er hätte sie in Ruhe gelassen, um ihr die Gelegenheit zu geben, sich neu zu orientieren. »Ich hatte zu tun. Wie bist du hierher gekommen? Ich dachte, dein Wagen wäre in der Werkstatt.«

»Ich habe mir Annas Wagen ausgeliehen.« Er tat, als wäre ihre erotische Begegnung nicht mehr gewesen als ein bloßes Händeschütteln, was eine weitere Erinnerung an den tiefen emotionalen Graben zwischen ihnen war. Und sie hatte die Absicht, mit diesem Mann zu schlafen …

Dieses Wissen machte ihr zu schaffen, und geistesabwesend rammte sie mit einem Ellenbogen gegen einen Pfosten.

»Pass auf.«

»Genau das versuche ich ja gerade.« Sie hatte zu laut gesprochen, und mehrere Marktbesucher drehten sich verwundert zu ihr um.

Sie hatte einen Todeswunsch. Das war die einzige Erklärung. Aber was nützte es zu tun, als wäre nichts geschehen? Der Zwischenfall heute hatte ihr bewiesen, dass es nur eine Frage der Zeit sein würde, bis sie einem Verlangen nachgab, das ihr Leben sicher vollends aus den Fugen geraten ließe. Außer …

Außer sie wäre sich über das Ziel des Ganzen klar. Dieses Mal würde sie ihren Körper feiern. Einzig ihren Körper. Sie würde ihren Geist, ihr Herz und vor allem ihre Seele sorgfältig vor ihrem Sexualpartner verbergen. Nicht, dass das allzu schwierig werden würde, denn schließlich hatte Ren bisher nicht das mindeste Interesse an dem kleinsten Teil ihrer Persönlichkeit gezeigt. Was für ein gefährlicher Bursche. Er lockte die Frauen in die Falle, um sie sorgfältig in ihre Einzelteile zu zerlegen. Und sie gab ihm freiwillig in ihrem Leben Raum!

Weil sie sich immer noch unsicher fühlte, schaute sie ihn böse an. »Hast du rein zufällig stets Augenklappen und solche Sachen in der Tasche, oder klaust du sie Menschen, die sie wirklich brauchen?«

»He, sobald der Kerl am Boden lag, habe ich ihm seinen weißen Stock zurückgegeben.«

»Du bist krank.« Doch ihr Zorn verrauchte.

»Sieh dir all die tollen Lebensmittel an.« Er betrachtete die Stände. »Ich esse heute Abend ganz bestimmt mit niemandem, der Briggs heißt. Also lasse ich dich für mich kochen.«

»Das würde ich ja gerne tun, nur war ich so damit beschäftigt, mein Unternehmen aufzubauen, dass mir keine Zeit blieb, um je kochen zu lernen.« Sie sah sich um und merkte, dass Vittorio und Giulia verschwunden waren.

»Ich glaube, ich habe mich verhört. Gibt es tatsächlich was, was du nicht kannst?«

»Sogar jede Menge. Zum Beispiel habe ich nicht die geringste Ahnung davon, wie man jemandem die Augäpfel rausschneidet.«

»Okay, diese Runde geht an dich.« Er nahm ihr die Blumen aus der Hand und schnupperte versonnen an dem Strauß. »Tut mir Leid, dass wir vorhin unterbrochen worden sind. Wirklich. Massimo wollte mir berichten, wie weit die Trauben sind, und mich, obwohl er genau weiß, dass ich von diesen Dingen keinen blassen Schimmer habe, fragen, wann wir sie am besten ernten. Außerdem hat er vorgeschlagen, dieses Jahr endlich mal wieder die *vendemmia* zu feiern.«

»Was ist denn das?«

»Die Ernte. Sie fängt in ungefähr zwei Wochen an. Der genaue Zeitpunkt hängt vom Wetter ab, vom Stand des Mondes, vom Gesang der Vögel und von ein paar anderen Dingen, die ich vergessen habe. Bei der Ernte helfen regelmäßig alle mit.«

»Klingt ziemlich lustig.«

»Klingt nach Arbeit, also nach etwas, was ich lieber vermeide. Du hingegen meldest dich bestimmt freiwillig für die Organisation des Ganzen, auch wenn du von der Traubenernte nicht das Geringste verstehst.«

»Ich habe ein gewisses Talent für solche Dinge.«

Er schnaubte und wandte sich an eine alte Frau, die Auberginen anzubieten hatte. Nachdem der Kauf abgeschlossen war, suchte er weitere Gemüsesorten, reife Birnen, ein knorriges Stück Pecorino und einen knusprigen Laib toskanischen Brots an den anderen Ständen aus.

Mit dem Fleischkauf ging ein langes Gespräch mit dem Schlachter und mit dessen Frau über die Vor- und Nachteile der diversen Zubereitungsarten einher.

»Kannst du wirklich kochen, oder tust du nur so?«, fragte Isabel am Ende.

»Ich bin Italiener. Natürlich kann ich kochen.« Er führte sie vom Stand des Schlachters fort. »Und heute Abend werde ich es dir beweisen.«

»Du bist nur zur Hälfte Italiener. Der Rest ist ein reicher Filmstar, der, umgeben von lauter Bediensteten, an der Ostküste der Vereinigten Staaten aufgewachsen ist.«

»Mit einer Großmutter aus Lucca, die keine Enkeltochter hatte, an die sie die Tradition hätte weitergeben können.«

»Deine Großmutter hat dir das Kochen beigebracht?«

»Sie wollte mich beschäftigen, damit ich keins der bei ihr angestellten Mädchen schwängere.«

»Du bist nicht halb so verdorben, wie du mich glauben machen möchtest.«

Er bedachte sie mit seinem anziehendsten Lächeln. »Baby, du hast bisher nur meine gute Seite kennen gelernt.«

»Hör auf.«

»Der Kuss hat dich echt in Panik geraten lassen, oder?«

»Allerdings.«

Es störte sie, dass er darüber lachte, weshalb sie ihm Michaels Worte ins Gesicht warf. »In Bezug auf Sex bin ich eindeutig schizophren. Manchmal bin ich richtig in Stimmung, und manchmal kann ich es gar nicht schnell genug hinter mich bringen.«

»Cool.«

»Das ist nicht lustig.«

»Würdest du dich bitte entspannen? Es wird nichts zwischen uns beiden passieren, was du nicht auch willst.«

Und genau das rief diese Panik in ihr wach …

12

Ren ging nach oben, um die Augenklappe und die schmutzigen Kleider loszuwerden, und Isabel brachte Ordnung in das von ihm hinterlassene Chaos und packte die eingekauften Lebensmittel aus. Anschließend trat sie an die Tür und blickte in den Garten. Die Arbeiter waren aus dem Olivenhain abgezogen, und Marta schien ihr Lager vorübergehend in der Villa aufgeschlagen zu haben. Dies war also ein guter Zeitpunkt, um sich nach dem Schlüssel für das Lagerhäuschen umzusehen.

Sie durchsuchte die Schubladen und Schränke in der Küche, ging dann ins Wohnzimmer hinüber und entdeckte dort einen kleinen Drahtkorb mit einem halben Dutzend mit einem Stück Schnur zusammengebundener, altmodischer Schlüssel.

»Was ist los?«

Sie fuhr zusammen, als Ren sie ansprach. Inzwischen trug er eine frische Jeans und einen leichten, weizenfarbenen Pullover. Wie sie bereits bemerkt hatte, war das heiße Wasser auf wundersame Weise wieder da. »Ich hoffe, dass einer dieser Schlüssel zu dem kleinen Vorratsschuppen passt.«

Er folgte ihr durch die Küche in den Garten. »Gibt es für dein Interesse an dem Schuppen einen bestimmten Grund?«

Ein paar Krähen krächzten protestierend, als sie zum Olivenhain marschierten. »Ich dachte, sie alle würden versuchen, mich von hier zu vertreiben, damit Marta das Haus für sich allein hat, aber so einfach ist es halt nicht.«

»Zumindest nicht in deiner Fantasie.«

Sie hatten den kleinen Wald erreicht, Isabel begann nach Spuren für Grabungen zu suchen, und es dauerte nicht lange, bis sie merkte, dass der Boden in der Nähe des Schuppens deutlich mehr Fußspuren aufwies als noch am Vortag.

Auch Ren blickte auf die Spuren. »Ich erinnere mich daran, dass ich mich mal als Kind hier umgesehen habe. Mir gefiel die Art, in der der Schuppen in den Hügel hineingebaut ist. Ich glaube, er wurde als Lagerraum für Wein und Olivenöl benutzt.«

Sie probierte einen Schlüssel nach dem anderen – bis endlich einer passte. Kräftig drückte sie gegen die schwere Holztür. Als diese sich nicht rührte, schob Ren Isabel behutsam zur Seite und brach mit gewaltigem Schwung die Tür auf. Sie betraten den dämmrig feuchten Raum, und Isabel entdeckte alte Fässer, Kisten voller leerer Flaschen, ein paar alte Möbel und – als sich ihre Augen an die Dunkelheit gewöhnten – Kratzspuren im Boden.

Ren bemerkte sie auch, schlängelte sich an einem kaputten Tisch vorbei und ging dort in die Hocke. »Jemand hat die Kisten hier verrückt. Geh doch bitte zurück zum Haus und guck, ob du nicht eine Taschenlampe findest. Ich möchte mir das hier gern etwas genauer ansehen.«

»Hier.« Sie hielt ihm eine kleine Taschenlampe hin.

»Hast du eigentlich eine Ahnung, wie störend so was ist?«

»Ich werde versuchen, es mir zu merken.«

Er beleuchtete die Wände und studierte eingehend die Stellen, an denen der natürliche Fels durch Steine und Mörtel ausgebessert worden war. »Hier, sieh dir das an.«

Sie trat einen Schritt näher und bemerkte Kratzer an den Steinen, als hätte irgendwer versucht, sie gewaltsam aus dem Fels zu lösen. »Aber hallo … und, hältst du das Ganze immer noch für eine Ausgeburt meiner überbordenden Fantasie?«

Er strich mit den Fingerspitzen über die frischen Spuren. »Vielleicht könntest du mir endlich sagen, was du vermutest.«

Sie sah sich in dem dunklen Schuppen um. »Hast du nicht versucht, jemanden an einem Ort wie diesem umzubringen?«

»Brad Pitt. Leider hat stattdessen er mir die Lichter ausgeblasen. Aber wenn wir beide uns anlegen würden, Fifi, würde ich gewinnen, also mach besser den Mund auf.«

Sie schob eine Spinnwebe zur Seite und ging zur gegenüberliegenden Wand. »Massimo und Giancarlo graben angeblich im Olivenhain ein Loch für einen Brunnen, aber das hier ist eindeutig nicht der Hain.«

»Und vor allem ist es ein seltsamer Ort für einen Brunnen.«

Sie untersuchten die Hütte aufmerksam, konnten jedoch abgesehen von den Kratzern nichts Verdächtiges entdecken. Also folgte sie ihm zurück ins helle Licht der Sonne, wo er die Taschenlampe löschte und sie ihr zurückgab. »Ich werde ein Wörtchen mit Anna reden müssen.«

»Ich bin sicher, dass sie selbst dir kein Sterbenswörtchen verrät.«

»Das hier ist mein Grundstück, und wenn hier etwas vor sich geht, will ich, dass man mich darüber informiert.«

»Ich glaube nicht, dass du durch eine direkte Konfrontation besonders viel aus ihr herauskriegst.«

»Hast du eine bessere Idee? Blöde Frage. Natürlich hast du die.«

Sie hatte die Situation bereits sorgfältig durchdacht. »Eventuell wäre es sinnvoller, so zu tun, als hätten wir gar nichts bemerkt. Dann verfolgen wir aus einem Versteck, was passiert, wenn Massimo und Giancarlo das nächste Mal erscheinen.«

»Du meinst, wir sollen spionieren. Das widerspricht doch garantiert jedem der Ecksteine für ein edles Leben, der dir jemals eingefallen ist.«

»Nicht unbedingt. Der Eckstein, der persönliche Beziehungen betrifft, verlangt die aggressive Verfolgung eigener Ziele. Und der Eckstein, in dem es um die Verantwortlichkeit im Beruf geht, fordert zur Überwindung des Schubladendenkens auf. Außerdem werden wir beide von den Menschen hier tolldreist belogen, was dem Eckstein der spirituellen Disziplin entgegensteht, der völlige Ehrlichkeit verlangt.«

»Wobei Spionage eine wunderbare Art ist, um Ehrlichkeit zu praktizieren.«

»Das war schon immer eins der größten Probleme meiner Philosophie. Sie lässt einem nicht viel Spielraum.«

Er lachte amüsiert auf. »Du machst das alles viel zu kompliziert. Ich rede schlicht mit Anna.«

»Versuch es, aber ich wette, dass dich das nicht weiterbringen wird.«

»Ach ja? Tja, mein liebes Fräulein Neunmalklug, eins hast du offenbar vergessen.«

»Und das wäre?«

»Dass ich meine Methoden habe, um die Leute zum Sprechen zu bringen.«

»Na, dann mal los.«

Unglücklicherweise biss er selbst mit seinen ureigenen Methoden bei Anna Vesto auf Granit, sodass er am Abend ebenso schlau ins Bauernhaus zurückkam, wie er am Nachmittag von dort losgezogen war.

»Habe ich dir doch gesagt«, erklärte sie, um ihn für den Nachmittag zu strafen, an dem sie verträumt im Obstgarten herumgelungert hatte statt über dem Entwurf zu ihrem Buch über die Überwindung einer persönlichen Krise.

Er jedoch überhörte beflissentlich ihre Häme. »Sie meinte, es hätte leichte Erdrutsche gegeben, und die Männer könnten erst anfangen zu graben, wenn sie sicher sind, dass der Hügel stabil genug für eine Grabung ist.«

»Seltsam, dass sie dazu in den Schuppen gehen mussten – schließlich liegt er eindeutig am stabilsten Teil des ganzen Abhangs.«

»Das dachte ich auch.«

Sie standen in der Küche, und Ren fing mit den Vorbereitungen für das Abendessen an. Er war mit seinem gesamten Chaos bei ihr eingezogen, und sie hatte nichts getan, um ihn daran zu hindern.

Sie nippte an dem Wein, den er ihr servierte, lehnte sich gegen die Wand und beobachtete, wie er das gekaufte Hühnchen aus dem Kühlschrank nahm und ein gefährlich aussehendes Messer an einem Stahlstück aus einer der Schubladen scharf schliff. »Als ich Anna gegenüber erwähnt habe, dass die Hütte meiner Meinung nach nicht der logischste Ort für die Prüfung der Hangstabilität ist, hat sie nur mit den Schultern gezuckt und erwidert, italienische Arbeiter wüssten wesentlich mehr über Erdrutsche und Grabungen als ein wertloser amerikanischer Filmstar.«

»Nur hat sie es sicher etwas höflicher formuliert.«

»Nicht viel. Und dann kam die fünfjährige Exhibitionistin angerannt und hat mir verführerische Blicke zugeworfen. Ich schwöre dir, ohne persönlichen Leibwächter, das heißt ohne dich, kehre ich ganz sicher nicht noch einmal in dieses Irrenhaus zurück.«

»Brittany versucht lediglich, Aufmerksamkeit zu erregen. Wenn alle ihr negatives Verhalten ignorieren und die positiven Dinge loben würden, würde sie mit dem Theater aufhören.«

»Du hast gut reden. Du wirst ja auch nicht von ihr auf Schritt und Tritt verfolgt.«

»Dir fliegen die Frauenherzen eben zu.« Lächelnd nippte sie erneut an ihrem Wein. »Und was machen Tracy und Harry?«

»Tracy war nicht da, und Harry hat mich ignoriert.« Er schob den Teller mit den Birnen an die Seite. »Okay, ich werde dir sagen, wie wir ergründen werden, was hier Geheimnisvolles passiert. Wir werden allen erzählen, dass wir einen Tagesausflug nach Siena unternehmen. Dann packen wir den Wagen, fahren die Straße runter, und wenn wir außer Sicht sind, kehren wir wieder um und suchen uns eine Stelle, von der aus der Olivenhain gut einzusehen ist.«

»Interessant. Auch wenn der Plan ursprünglich von *mir* stammt.«

»Das heißt, nicht *wir*, sondern *ich* werde es so machen.« Er säbelte die Brust des Hühnchens in der Mitte durch. »Du bleibst brav im Wagen und fährst weiter nach Siena.«

»Okay.«

Er zog eine seiner Leinwandhelden-Brauen in die Höhe. »In den Filmen ist das die Stelle, an der die emanzipierte Frau dem Machohelden deutlich macht, dass er verrückt ist, falls er denkt, dass er sich ohne sie auf diese gefährliche Mission begeben kann.«

»Was der Grund ist, weshalb es dir, dem bösen Buben, stets gelingt, diese tollkühnen Frauen zu entführen.«

»Ich glaube nicht, dass du dir allzu große Gedanken da-

188

rüber zu machen brauchst, dass dich Giancarlo und Massimo entführen. Also sag die Wahrheit. Du willst dich nicht kompromittieren, indem du spionierst, weshalb du mich die Drecksarbeit alleine machen lässt.«

»Gute Theorie, nur leider falsch. Vor die Wahl gestellt, ob ich lieber den ganzen Tag in der Sonne schmoren oder durch die schattigen Gassen von Siena schlendern will, kannst du dir doch wohl denken, wie ich mich entscheide.« Außerdem wäre ein Spaziergang durch die Straßen Sienas weniger gefährlich als die stundenlange traute Zweisamkeit mit Ren. Obwohl sie sich inzwischen längst dafür entschieden hatte, eine Affäre mit ihm zu beginnen, wollte sie sich doch noch eine Chance geben, wieder zu Verstand zu kommen und die Notbremse zu ziehen.

»Du bist die erstaunlichste Frau, der ich in meinem ganzen Leben je begegnet bin.«

Sie nahm eine Olive aus der Schale auf dem Tisch. »Weshalb willst du mich so dringend nach Siena schicken?«

Mit der Kante des Messers schob er einen Hühnerschenkel auf die Seite. »Muss ich dir das wirklich erst erklären? Nach ungefähr fünf Minuten in unserem Versteck würdest du anfangen, die Gräser abzustauben und die Blätter zu ordentlichen Stapeln aufzutürmen. Und dann würdest du anfangen, auch an mir herumzuzupfen, und dann müsste ich dich erschießen.«

»Ich kann mich durchaus entspannen. Wenn ich mich konzentriere.«

Er lachte. »Hast du die Absicht, rumzustehen und mich zu unterhalten, oder willst du lernen, wie man kocht?«

Gegen ihren Willen grinste sie. »Ich habe in der Tat bereits darüber nachgedacht, Kochstunden zu nehmen.«

»Warum extra Stunden nehmen, wenn ich hier bin?« Er wusch sich die Hände. »Fang schon mal an, das Gemüse klein zu schneiden, und dann schnippel die Pepperoni.«

Sie blickte auf das von ihm zerteilte Huhn. »Ich bin mir nicht sicher, dass ich etwas tun will, wozu man ein Messer braucht.«

Er lachte, doch als er ihr ins Gesicht sah, schlug seine Belustigung in beinahe schmerzliches Verlangen nach dieser Frau um. Er neigte seinen Kopf und gab ihr einen tiefen, sehnsüchtigen Kuss.

Sie schmeckte Wein auf seinen Lippen und etwas, was unverkennbar Ren war – Kraft, Gewitztheit und eine leichte Spur von Bosheit. Möglicherweise bildete sie sich Letzteres auch nur ein.

Er ließ sich Zeit, als er sich von ihr löste. »Bist du bereit, dich mit mir übers Kochen zu unterhalten, oder hast du die Absicht, mich weiter abzulenken?«

Sie schnappte sich eilig das kleine spiralgebundene Notizbuch, das sie auf den Tisch gelegt hatte. »Fang an.«

»Was in aller Welt ist das?«

»Ein Notizbuch.«

»Himmel, leg es wieder weg.«

»Du willst mich doch im Kochen unterrichten, oder? Zuerst muss ich die Grundprinzipien verstehen.«

»Oh, ich wette, dass du das musst. Okay, hier ist das oberste Prinzip: Nur die, die arbeiten, bekommen zu essen. Die, die sich Notizen machen, hingegen darben. Und jetzt leg das Ding zur Seite, und fang an, das Gemüse klein zu schneiden.«

»Bitte sprich nicht von ›schneiden‹, wenn wir beide allein sind.« Sie öffnete eine Schranktür. »Ich brauche eine Schürze.«

Seufzend griff er nach einem Geschirrtuch und schlang es ihr behände um die Taille. Als er fertig war, ließ er seine Hände auf ihren Hüften liegen und befahl ihr heiser: »Und jetzt zieh deine Schuhe aus.«

»Warum?«

»Willst du kochen lernen oder nicht?«

»Ja, aber ich verstehe nicht – okay.« Wenn sie protestierte, würde er nur wieder sagen, sie wäre furchtbar steif. Also stieg sie aus ihren Sandalen und stellte sie ordentlich unter den Tisch. Als er darüber grinste, fragte sie sich, was ihn daran amüsierte, wenn sie dafür sorgte, dass niemand aus Versehen über ihr Schuhwerk fiel.

»Und jetzt mach den obersten Knopf von deiner Bluse auf.«

»O nein. Wir werden nicht –«

»Ruhe.« Statt noch etwas zu sagen, streckte er die Hand aus und öffnete den Knopf persönlich. Der Stoff ihrer Bluse fiel gerade weit genug zur Seite, als dass man die Schwellung ihrer Brust erahnte, und er erklärte lächelnd: »Jetzt siehst du aus wie eine Frau, für die zu kochen Spaß macht.«

Sie erwog, die Bluse wieder zuzuknöpfen, doch war es irgendwie berauschend, ein Weinglas in der Hand, mit zerzausten Haaren, barfuß, aufgeknöpfter Bluse sowie umgeben von köstlichem Gemüse und einem noch köstlicherem Mann in einer duftenden toskanischen *cucina* zu stehen. Und so machte sie sich stattdessen fröhlich an die Arbeit.

Während sie das Gemüse wusch und klein schnitt, spürte sie die abgetretenen, kühlen Fliesen unter ihren Füßen sowie die milde abendliche Brise, die durch das offene Fenster über ihre Brust strich. Vielleicht war es gar nicht so verkehrt, ab und zu ein wenig schlampig auszusehen, denn sie liebte die Art, in der er sie immer wieder ansah. Ihres Körpers und nicht ihres Hirns wegen geschätzt zu werden, war seltsam befriedigend für sie.

Sie vertauschten versehentlich die Gläser, und als er gerade mal nicht hinsah, drehte sie sein Glas diskret herum, um von der Stelle zu trinken, die von seinen Lippen befeuchtet worden war. Es war ein kleiner, herrlich mädchenhafter Spaß.

Draußen tauchte der Abend die Hügel in ein lavendelfarbenes Licht. »Hast du schon einen Vertrag für einen neuen Film?«

Er nickte. »Unter der Regie von Howard Jenks. Die Dreharbeiten beginnen in Rom, und dann geht es weiter erst nach New Orleans und schließlich nach L. A.«

Sie überlegte, wann die Arbeit wohl anfing, doch missfiel ihr der Gedanke, eine unsichtbare Uhr über ihrem Kopf hängen zu haben, und so verschluckte sie die Frage. »Sogar ich habe schon mal was von Howard Jenks gehört. Ich nehme an, dies wird keiner der normalen Action-Filme, wie du sie bisher immer gedreht hast.«

»Stimmt. Das ist die Rolle, auf die ich schon seit Jahren warte.«

»Erzähl mir mehr.«

»Es wird dir nicht gefallen.«

»Wahrscheinlich nicht, aber ich will es trotzdem hören.«

»Dieses Mal spiele ich keinen normalen Psychopathen.« Er beschrieb die Rolle des kranken Kaspar Street, und sie begann zu frösteln. Trotzdem konnte sie seine Aufregung verstehen. Dies war eine der komplexen Rollen, um die sich die Schauspieler zu Hunderten bewarben. »Aber das endgültige Drehbuch hast du noch nicht gesehen?«

»Es müsste jeden Tag kommen. Es ist noch untertrieben, wenn ich sage, dass ich es kaum erwarten kann zu sehen, was Jenks aus Street gemacht hat.«

Er schob das Hühnchen in den Ofen und verteilte das Gemüse in einer separaten Pfanne. »So schrecklich Street auch ist, ist er ein beinahe trauriger Charakter. Er liebt die Frauen, die er umbringt, wirklich.«

Dies entsprach nicht unbedingt ihrer Vorstellung von einem traurigen Charakter, doch sie enthielt sich – fast – eines Kommentars. »Ich denke, es ist nicht gut für dich, dass du immer so grauenhafte Menschen spielst.«

»Das hast du, glaube ich, schon mal gesagt. Und jetzt schneide die Tomaten für die Bruschetta in möglichst kleine Würfel.« Er sprach das Wort mit dem harten *k* der Italiener statt mit dem weichen *sh* der meisten Amerikaner aus.

»Also gut, aber falls du jemals darüber reden möchtest –«

»Jetzt schnippel endlich los!«

Während sie die Tomaten teilte, schnitt er dünne Scheiben Brots vom Vortag, träufelte großzügig Olivenöl darauf, rieb sie mit einer Knoblauchzehe ein und zeigte ihr, wie man sie über der offenen Flamme des Herdes röstete, ohne sich dabei zu verbrennen. Sobald sie goldbraun getoastet waren, gab er Stücke reifer Oliven und frischen Basilikum an die von ihr gewürfelten Tomaten und häufte diese Mischung mit einem kleinen Löffel auf die von ihr auf einem großen Teller arrangierten Scheiben knusprig braunen Brots.

Während der Rest des Abendessens im Ofen vor sich hin briet, trugen sie alles samt dem Tonkrug mit den von ihr gekauften Blumen hinaus in den Garten. Der Kies bohrte sich in ihre nackten Füße, doch sie machte sich nicht die Mühe, ihre Sandalen von ihrem Platz unter dem Küchentisch zu holen, sondern setzte sich zufrieden an den Tisch.

Sofort kamen die Katzen, um zu prüfen, ob es etwas Interessantes für sie gab, und Isabel lehnte sich mit einem Seufzer auf ihrem Stuhl zurück. Die letzten Strahlen Sonnenlicht fielen auf die Hügel und tauchten sowohl den Olivenhain als auch den Weinberg in ein purpurrotes Licht. Sie dachte an den *Abendschatten,* die etruskische Statue aus dem Museum in Volterra, und versuchte, sich den Jungen vorzustellen, wie er in geschmeidiger Nacktheit über die Felder gelaufen war.

Ren streckte die Beine aus, biss in eins der Brote und verkündete mit vollem Mund: »Gott, wie ich Italien liebe.«

Sie schloss die Augen und sagte leise Amen.

Die abendliche Brise trug den Duft des Essens aus der

Küche zu ihnen herüber. Hühnchen, Fenchel, Zwiebeln, Knoblauch sowie das Zweiglein Rosmarin, das von Ren zum Abschluss auf das Gemüse geworfen worden war.

»Zu Hause in den Staaten weiß ich das Essen nicht zu schätzen«, fuhr er versonnen fort. »In Italien hingegen gibt es nichts Wichtigeres als eine ordentliche Mahlzeit.«

Isabel wusste, was er meinte. Zu Hause war ihr Leben zu verplant gewesen, als dass sie Zeit gefunden hätte für ein anständiges Mahl. Nach dem Aufstehen um fünf hatte sie ihre Yogaübungen gemacht, um spätestens sechs Uhr dreißig war sie im Büro und schrieb ein paar Manuskriptseiten, bevor ihre Angestellten kamen. Dann hatten Konferenzen, Interviews, Telefongespräche, Vorlesungen, Flughäfen, fremde Hotelzimmer ihre Arbeitstage geprägt, bevor sie um ein Uhr morgens bei dem Versuch, noch ein paar Seiten einzugeben, über ihrem Laptop eingeschlafen war. Selbst die Sonntage hatten sich am Schluss in nichts mehr von den Wochentagen unterschieden. Vielleicht hatte ja der göttliche Faulpelz am siebten Tag Zeit zum Ausruhen gehabt, aber er hatte auch nicht dieselbe Arbeitsbelastung wie Dr. Isabel Favor.

Der Wein verteilte sich geschmeidig über ihrer Zunge. Sie versuchte mit aller Macht, das Leben aus einer Position der Stärke anzugehen, doch all die Mühe hatte eindeutig ihren Preis. »Es ist leicht, die schlichten Freuden zu vergessen.«

»Aber du hast immer dein Bestes gegeben.« Sie hörte etwas wie Mitgefühl in seiner Stimme.

»Hey, schließlich bin ich die Chefin einer ganzen Welt.« Trotz ihrer zugeschnürten Kehle sagte sie die Worte in möglichst leichtem Ton.

»*Permesso?*«

Sie drehte sich um und sah, dass Vittorio durch den Garten auf sie zugeschlendert kam. Mit seinem zu einem Pferdeschwanz zusammengebundenen schwarzen Haar und seiner eleganten etruskischen Nase wirkte er wie ein Dichter aus der Renaissance. Und direkt hinter ihm kam – Giulia Chiara.

»*Buona sera,* Isabel.« Zur Begrüßung breitete er beide Arme aus.

Automatisch verzog sie den Mund zu einem Lächeln, schloss diskret den obersten Knopf ihrer Bluse und erhob sich, um sich auf die Wange küssen zu lassen. Obgleich sie Vittorio misstraute, hatte er etwas an sich, weshalb sie sich über seine Gesellschaft freute. Trotzdem hatte sie gewisse Zweifel, ob er aus reinem Zufall in Giulias Gesellschaft heute Abend hier erschien. Sicher hatte er Isabel auf dem Markt bemerkt und wollte jetzt den Schaden begrenzen.

Ren guckte nicht gerade freundlich, aber Vittorio schien es nicht zu merken. »Signore Gage, ich bin Vittorio Chiara. Und das hier ist Giulia, meine wunderschöne Frau.«

Er hatte nie ein Wort über seinen Familienstand verloren, ja, er hatte Isabel nie auch nur seinen Nachnamen gesagt. Die meisten Männer, die die Existenz von Ehefrauen unterschlugen, taten dies in ehebrecherischer Absicht. Vittorios Art zu Flirten jedoch war völlig harmlos, also war der Grund für seine Diskretion sicher ein anderer gewesen.

Giulia trug einen pflaumenblauen Minirock und ein gestreiftes Top. Ihre hellbraunen Haare ließen ihre Ohren frei, und kleine goldene Reifen baumelten von ihren Ohrläppchen herab. Ren verzog das Gesicht zu einem Lächeln, weshalb Isabel der jungen Frau noch böser war als wegen der zahllosen Anrufe in der Immobilienagentur, auf die nie eine Reaktion erfolgt war.

»Angenehm«, sagte Ren und wandte sich dann wieder an Giulias Mann. »Wie ich sehe, hat es sich herumgesprochen, dass ich hier bin.«

»Nicht allzu sehr. Anna ist wirklich sehr diskret, aber sie brauchte Hilfe, um alles für Ihre Ankunft vorzubereiten.

Wir gehören zur Familie – sie ist die Schwester meiner Mutter –, also weiß sie, dass ich äußerst vertrauenswürdig bin. Und Giulia natürlich auch.« Er bedachte seine Frau mit einem liebevollen Lächeln. »Sie ist die beste *agente immobiliare* in der Gegend. Hausbesitzer von hier bis Siena vertrauen ihr die Vermietung ihrer Anwesen an.«

Giulias Lächeln wirkte angespannt, als sie Isabel erklärte: »Wie ich höre, haben Sie versucht, mich zu erreichen. Ich war unterwegs und habe Ihre Nachrichten erst heute Nachmittag erhalten.«

Was Isabel ihr nicht eine Sekunde glaubte.

Dann legte Giulia den Kopf beinahe neckisch auf die Seite. »Ich hoffe, Anna hat sich während meiner Abwesenheit um alles gekümmert.«

Isabel murmelte eine unverständliche Antwort, während sich Ren urplötzlich auf die Regeln der Gastfreundschaft besann. »Möchten Sie sich vielleicht setzen?«

»Sind Sie sicher, dass wir nicht stören?« Doch noch während er dies fragte, führte Vittorio seine Frau bereits zu einem Stuhl.

»Nicht im Geringsten. Warten Sie, ich hole noch zwei Gläser.« Ren ging in die Küche und kam nach kurzer Zeit mit den Gläsern für die Gäste, dem Pecorino und ein paar frischen Scheiben Bruschetta zurück an den Tisch.

Es dauerte nicht lange, und sie lachten zusammen über Vittorios Erlebnisse als Fremdenführer sowie über Giulias Geschichten über die wohlhabenden Ausländer, die die Villen in der Gegend mieteten. Sie war zurückhaltender als ihr Mann, doch mindestens genauso unterhaltsam, und Isabels bisherige Abneigung wich einem ehrlichen Vergnügen an der Gesellschaft dieser netten jungen Frau.

Es gefiel ihr, dass keiner der beiden Ren Fragen über seine Arbeit stellte und dass auch sie nicht gedrängt wurde, mehr über ihre eigene Arbeit preiszugeben, als sie wollte. Nach mehrmaliger Prüfung des Huhns lud Ren ihre Gäste zum Abendessen ein, und sie nahmen dankend an.

Während er die Steinpilze kurz in einer Pfanne schwenkte, holte Giulia das Brot, und Vittorio öffnete eine Flasche Wasser, wie man sie in Italien in Begleitung zu dem Wein zu einem guten Essen trank. Es wurde langsam dunkel, und so stellte Isabel ein paar dicke Kerzen auf den Tisch, bat Vittorio, auf einen Stuhl zu klettern und die Kerzen in dem über ihren Köpfen hängenden Leuchter anzuzünden. Hell erstrahlten nun die Flammen zwischen den Blättern der Magnolie.

Ren hatte mit seiner Behauptung, ein exzellenter Koch zu sein, eindeutig nicht übertrieben. Das Hühnchen war perfekt – saftig und zugleich pikant –, und das geröstete Gemüse hatte dank des frischen Rosmarins und Majorans ein dezent würziges Aroma, das einem, noch ehe man die Gabel in den Mund schob, das Wasser im Mund zusammenlaufen ließ. Während sie aßen, bewegte sich der Leuchter leicht in der sanften Brise, und die Flammen warfen flackernde Schatten auf den Tisch. Grillen zirpten, der Rotwein floss in Strömen, und die Geschichten wurden immer lustiger. Die Atmosphäre war wunderbar entspannt, herrlich fröhlich, also schlichtweg italienisch. »Einfach göttlich«, erklärte Isabel mit einem Seufzer, als sie in den letzten Steinpilz biss.

»Unsere *funghi* sind die besten der Welt«, erklärte Giulia. »Sie müssen mich mal auf die Pilzsuche begleiten, Isabel. Ich kenne viele geheime Stellen, an denen es prachtvolle *porcini* gibt.«

Isabel fragte sich, ob die Einladung eventuell nur ein Trick war, um sie von dem Häuschen fortzulocken, doch im Grunde war es ihr in dieser wunderbaren Stimmung völlig egal.

Vittorio schnalzte spielerisch mit einem Finger unter Giulias Kinn. »Hier in der Toskana hat jeder irgendwelche geheimen Stellen, an denen er *porcini* findet. Aber es stimmt. Giulias *nonna* war eine der berühmtesten *fungarola* – so heißen die Pilzsucherinnen bei uns – der gesamten Gegend, und sie hat alles, was sie wusste, ihrer Enkeltochter beigebracht.«

»Wir werden alle zusammen Pilze suchen gehen, ja?«, meinte Giulia begeistert. »Ganz früh am Morgen. Am besten nach einer Nacht mit leichtem Regen. Wir werden unsere alten Stiefel anziehen, unsere Körbe nehmen und die besten Steinpilze finden, die es in der Toskana gibt.«

Ren holte eine hohe, schlanke Flasche goldenen Vinsanto, den einheimischen Dessertwein, zusammen mit dem Teller Birnen und einer Ecke Käse. Eine der Kerzen in dem im Baum hängenden Leuchter ging leise zischend aus, und irgendwo in der Nähe rief eine Eule. Sie saßen inzwischen seit über zwei Stunden gemeinsam am Tisch, aber dies war die Toskana, und niemand hatte es eilig, die Mahlzeit zu beenden. Isabel nippte an dem Vinsanto und seufzte wohlig auf. »Das Essen war zu köstlich, als dass ich es in Worte fassen könnte.«

»Ren kocht eindeutig besser als Vittorio«, zog Giulia ihren Mann auf.

»Und auch besser als du«, erwiderte dieser und zwinkerte sie fröhlich an.

»Aber nicht so gut wie Vittorios *mamma.*«

»Ah, die Küche meiner *mamma.*« Vittorio küsste seine Fingerspitzen.

»Es ist das reinste Wunder, dass Vittorio keiner von diesen *mammoni* ist.« Auf Isabels verwirrte Miene hin versuchte Giulia zu erklären: »Ein ... wie heißt es doch bei Ihnen?«

Ren lächelte versonnen. »Muttersöhnchen.«

Vittorio lachte. »Alle italienischen Männer sind Muttersöhnchen.«

»Das stimmt«, pflichtete Giulia ihm unumwunden bei. »Es ist hier Tradition, dass die Männer bis zu ihrer Hochzeit bei den Eltern leben. Ihre Mütter kochen für sie, machen für sie die Wäsche, kaufen für sie ein, behandeln sie wie Prinzen. Und dann wollen die Männer gar nicht mehr dort ausziehen, weil sie wissen, dass die jüngeren Frauen sie nicht so verwöhnen wie ihre *mammas*.«

»Ah, aber dafür tut ihr andere Dinge.« Vittorio berührte ihre nackte Schulter.

Isabels eigene Schulter begann bei dem Anblick zu prickeln, und Ren schenkte ihr ein Lächeln, das ihr Blut in Wallung geraten ließ. Sie kannte dieses Lächeln von der Leinwand. Für gewöhnlich brachte er arglose junge Frauen mit diesem Lächeln um. Tja … sicher nicht die schlimmste Art zu sterben.

Giulia lehnte sich gegen ihren Mann. »Trotzdem heiraten immer weniger italienische Männer. Das ist auch der Grund, weshalb wir in Italien eine so niedrige Geburtenrate haben, eine der niedrigsten der Welt.«

»Ist das wahr?«, fragte Isabel erstaunt.

Ren nickte. »Wenn sich der Trend nicht wieder ändert, könnte sich die italienische Bevölkerung in Zukunft alle vierzig Jahre halbieren.«

»Aber dies ist ein katholisches Land. Bedeutet das nicht automatisch viele Kinder?«

»Die meisten Italiener gehen nicht mal mehr zur Messe«, erwiderte Vittorio. »Meine amerikanischen Gäste sind immer schockiert, wenn sie erfahren, wie gering der Prozentsatz praktizierender Katholiken in Italien ist.«

Die Scheinwerfer eines Wagens, der den Weg herunterkam, unterbrachen das Gespräch. Isabel sah auf ihre Uhr. Es war bereits nach elf, für Gäste also etwas spät. Ren erhob sich von seinem Platz. »Ich gehe mal gucken, wer uns da beehren will.«

Ein paar Minuten später kam er in Begleitung von Tracy Briggs, die Isabel mit einem müden Winken grüßte, in den Garten zurück. »Hallo.«

»Setz dich, bevor du zusammenbrichst«, forderte Ren sie knurrend auf. »Ich hole dir etwas zu essen.«

Während Ren im Haus war, stellte Isabel die Anwesenden einander vor.

Abermals trug Tracy ein teures, aber zerknittertes Kleid und dieselben ausgetretenen Sandalen wie am Vortag und sah trotzdem fantastisch aus.

»Wie war der Ausflug?«, wollte Isabel von ihr wissen.

»Herrlich. Endlich einmal ohne Kinder.«

Einen Teller mit etwas übrig gebliebenem Essen in den Händen, kam Ren zurück an den Tisch, knallte ihn seiner Exfrau wenig freundlich hin und füllte ihr ein Glas mit Wasser. »Iss und fahr dann wieder zurück.«

Vittorio wirkte schockiert.

»Wir waren mal verheiratet«, erklärte Tracy, während die letzte Kerze aus dem Leuchter zischend erlosch. »Ren hat die alten Feindseligkeiten noch nicht zur Gänze überwunden.«

»Lassen Sie sich Zeit«, meinte Isabel zu ihr. »Ren ist halt ein unsensibler Klotz.« Doch nicht so unsensibel, um nicht dafür zu sorgen, dass die gute Tracy noch jede Menge köstlicher Dinge vorgesetzt bekam.

Tracy blickte sehnsüchtig zum Haus. »Hier unten ist es so herrlich friedlich. So wunderbar erwachsen.«

»Vergiss es«, fauchte Ren. »Ich bin bereits hier eingezogen, und für dich haben wir ganz sicher keinen Platz.«

»Du bist nicht *eingezogen*«, widersprach ihm Isabel, obgleich sie wusste, dass das definitiv der Fall war.

»Regt euch ab«, bat Tracy. »So sehr ich es genossen habe, ein paar Stunden ohne sie alle zu sein, habe ich sie doch nach kurzer Zeit wahnsinnig vermisst.«

»Dann lass dich nicht länger von uns aufhalten.«

»Inzwischen liegen sie alle friedlich in ihren Betten. Es besteht also kein Grund zur Eile.«

Außer, um endlich anzufangen, Frieden zu schließen mit Ihrem Mann, dachte Isabel, enthielt sich jedoch eines Kommentars.

»Erzählen Sie mir, wo Sie heute waren«, bat Vittorio Tracy, und das Gespräch wandte sich den Sehenswürdigkeiten der Umgebung zu.

Einzig Giulia blieb stumm, und Isabel erkannte, dass sie seit Tracys Erscheinen in sich zurückgezogen, ja beinahe feindselig gewesen war. Da sich Tracy ihr gegenüber sehr nett verhalten hatte, konnte Isabel den Grund für Giulias Verhalten nicht verstehen.

»Ich bin müde, Vittorio«, fiel sie ihrem Mann abrupt ins Wort. »Wir müssen nach Hause.«

Isabel und Ren begleiteten die beiden bis zu ihrem Wagen und bis sie dort angekommen waren, hatte Giulia ihre gute Laune so weit wieder, um sie für die nächste Woche zu sich zum Essen einzuladen. »Und außerdem werden wir bald *funghi* suchen gehen, ja?«

Isabel hatte den Abend derart genossen, dass sie tatsächlich vergessen hatte, dass die beiden zu den Kräften gehörten, die versuchten, sie aus ihrem Haus zu treiben, aber sie sagte zu.

Als das Paar davonfuhr, machte sich auch Tracy, an einer Brotkruste knabbernd, wieder auf den Weg. »Zeit für mich zurückzufahren.«

»Wenn Sie wollen, werde ich die Kinder morgen eine Zeit lang nehmen«, schlug Isabel ihr vor. »Auf diese Weise hätten Sie und Harry Zeit für ein Gespräch.«

»Du hast keine Zeit«, widersprach Ren. »Wir haben bereits andere Pläne. Und außerdem hält Isabel nicht allzu viel davon, ihre Nase in die Dinge anderer zu stecken, oder, Isabel?«

»Ganz im Gegenteil, das ist eins der ganz großen Ziele meines Lebens.«

Tracy bedachte sie mit einem müden Lächeln. »Harry wird morgen Mittag bereits auf halbem Weg in Richtung Schweiz sein. Eine Banalität wie ein Gespräch mit seiner Frau hält ihn nämlich ganz bestimmt nicht von der Arbeit ab.«

»Vielleicht unterschätzen Sie ihn ja.«

»Vielleicht aber auch nicht.« Tracy umarmte erst Isabel und dann auch ihren Exmann, der tröstend ihre Schulter drückte und ihr hinter das Steuer ihres Wagens half. »Ich werde Anna und Marta ein Riesentrinkgeld dafür geben, dass sie heute die Kinder übernommen haben«, sagte sie zum Abschied. »Danke für das Essen.«

»Nichts zu danken. Und tu nichts Dümmeres als sonst.«

»Nie im Leben.«

Als Tracy abfuhr, schlug Isabels Magen einen Salto. Sie war noch nicht bereit dazu, mit Ren allein zu sein, nicht, solange sie nicht vollends mit der Tatsache zurechtkam, dass sie sich beinahe entschieden hatte, eine weitere seiner zahllosen Eroberungen zu sein.

»Du wirst schon wieder kribbelig«, erklärte er, als sie auf die Küche zumarschierte.

»Ich will nur aufräumen, mehr nicht.«

»Ich werde Marta dafür bezahlen, dass sie es morgen macht. Himmel, sei doch nicht so nervös. Keine Angst, ich falle dich schon nicht ohne Vorwarnung von hinten an.«

»Denkst du, ich hätte Angst?« Sie schnappte sich ein Geschirrtuch. »Tja, lass mich dir versichern, dass das nicht der Fall ist, Mr. Unwiderstehlich, denn ob unsere Beziehung sich weiterentwickelt oder nicht, entscheidest nicht du, sondern alleine ich.«

»Und ich bekomme nicht mal ein Mitspracherecht dabei?«

»Ich weiß, wie du abstimmen würdest.«

Sein Lächeln sandte verführerische Signale aus. »Und ich

kann mir ebenfalls denken, wie du dich entscheidest. Obwohl …« Sein Lächeln schwand. »Wir beide müssen uns darüber klar sein, was genau wir voneinander wollen.«

Er wollte sie warnen, als wäre sie so naiv zu denken, er plane eine langfristige Beziehung. »Spar dir deinen Atem. Das Einzige, was ich vielleicht – und die Betonung liegt auf diesem Vielleicht, denn ich habe mich noch nicht entschieden –, was ich also vielleicht von dir möchte, ist dein außergewöhnlicher Körper, weshalb du es mich wissen lassen solltest, falls es dir das Herz bricht, wenn du anschließend von mir fallen gelassen wirst.«

»Gott, du bist mir eine Marke.«

Sie hob den Kopf und sah ihn an. »Das bist du ganz bestimmt nicht, Gott. Ich hoffe, du verzeihst Ren diese respektlose Bemerkung.«

»Das war kein Gebet.«

»Das erklärst du besser dem Wesen, das du eben angesprochen hast.«

Er musste doch wissen, dass es ihn nicht viel Mühe kosten würde, sie vergessen zu lassen, dass sie noch nicht so hundertprozentig bereit war. Einer seiner geübten Küsse wäre schon genug. Sie konnte sehen, dass er überlegte, ob er sie bedrängen sollte, und hätte nicht sagen können, ob sie Erleichterung oder Enttäuschung darüber empfand, dass er schließlich einfach in seinem Schlafzimmer verschwand.

Tracy zog sich am Treppengeländer in die obere Etage. Sie fühlte sich wie eine trächtige Kuh, aber so war es ihr ab dem siebten Monat jedes Mal gegangen – wie eine gesunde, fette Elsie mit runden, schwarzen Augen, einer feucht glänzenden Nase und einer Gänseblümchenkette um den voluminösen Hals. Sie liebte ihre Schwangerschaften, selbst wenn sie ständig über der Toilettenschüssel hing, geschwollene Knöchel hatte und die Erinnerung an den Anblick ihrer eigenen Füße täglich mehr verblasste. Bis jetzt hatte sie sich nie Gedanken über ihre schweren, tropfenden Brüste oder die leuchtend roten Schwangerschaftsstreifen auf ihrem Bauch gemacht, denn Harry hatte stets behauptet, sie wären wunderschön. Er hatte oft gesagt, während einer Schwangerschaft verströme sie den Duft von reinem, verführerischem Sex. Nur dass er sie inzwischen eindeutig nicht mehr als verführerisch empfand.

Sie schleppte sich den langen Korridor hinab in Richtung ihres Zimmers. Der schwere Stuck, die mit Fresken verzierten Decken und die Lampen aus Murano-Glas waren nicht ihr Stil, aber sie passten zur dunklen Eleganz ihres ersten Mannes. Angesichts der Tatsache, dass sie ihn schlichtweg überfallen hatte, hielt er sich besser als erwartet, was wieder mal bewies, dass das Verhalten der Menschen, selbst derer, die man am besten kannte, nie genau vorherzusehen war.

Sie öffnete die Tür des Zimmers und blickte auf das durch das Flurlicht beschienene breite Bett. Mitten auf der Matratze lag Harry leise schnarchend auf dem Rücken.

Dann war er also noch hier. Sie war sich nicht sicher gewesen, ob er tatsächlich bliebe. Sie gestattete sich eine kurze Minute der Hoffnung, die jedoch sofort wieder verflog. Nur sein Pflichtbewusstsein hatte ihn daran gehindert, sofort wieder zu fahren. Sicher bräche er gleich morgen noch vor dem Frühstück auf.

Rein äußerlich war Harry im Vergleich zu Ren eine eher unauffällige Erscheinung. Sein Gesicht war etwas zu lang, das Kinn etwas zu stark, das braune Haar wurde allmählich etwas schütter, und auch die Falten in den Augenwinkeln hatte er an dem Abend der langweiligen Cocktailparty vor zwölf Jahren, auf der sie ihm absichtlich – versehentlich – ein Glas Wein in den Schoß gegossen hatte, eindeutig noch nicht gehabt.

Als sie ihn zum ersten Mal gesehen hatte, hatte sie entschieden, dass sie ihn haben wollte. Doch er hatte es ihr nicht leicht gemacht. Wie er später erläutert hatte, waren Männer wie er das Interesse so schöner Frauen nicht gewöhnt. Aber sie hatte gewusst, was oder besser, wen sie wollte, und zwar Harry Briggs. Seine Beständigkeit und ruhige Intelligenz waren der perfekte Gegenpart zu ihrem wilden, zügellosen Leben.

Jetzt lag Connor quer über seiner Brust und hielt mit einem seiner Fäustchen den Kragen seines Unterhemds umklammert, während sich Brittany, die Reste ihrer ramponierten Schmusedecke über seinen Arm drapiert, dicht an ihn gekuschelt hatte. Steffie lag zusammengerollt zu einer der Insektenabwehr dienenden festen Kugel in Höhe seiner Beine. Nur Jeremy fehlte, doch hatte es ihn sicher alle Willenskraft gekostet, auf seinem Zimmer zu bleiben, statt hier mit seinem Vater und den »Kleinen« vereint zu liegen.

Zwölf Jahre lang hatte Harry mit seiner Ruhe ihr inneres Feuer ausgeglichen und einen Gegenpol geschaffen zu all der Dramatik und den emotionalen Exzessen, die so charakteristisch für sie waren. Trotz ihrer gegenseitigen Liebe hatten sie es oft nicht leicht miteinander gehabt. Ihre Unordnung trieb ihn beinahe in den Wahnsinn, und sie hasste es, wie er sich zurückzog, wenn sie versuchte, ihn dazu zu bewegen, seine Gefühle auszudrücken. Insgeheim hatte sie sich stets davor gefürchtet, dass er sie eines Tages einer Frau, die ihm ähnlicher wäre, wegen verließ.

Connor rutschte ein Stückchen weiter an seinem Vater herauf, und instinktiv zog Harry ihn eng an seine Brust. Wie viele Nächte hatten sie zusammen mit den Kindern in ihrem Bett gelegen? Sie schickte keins von ihnen jemals fort. Sie fand es einfach nicht logisch, dass die Eltern nachts Trost beieinander finden durften, während man die Kleinsten und Verletzlichsten alleine schlafen ließ. Nach Brittanys Geburt hatte sie die riesige Matratze auf den Fußboden gelegt, damit keins der Babys nachts aus ihrem Bett fiel und sich womöglich dabei verletzte.

Ihre Freunde hatten ungläubig gefragt: *»Wie könnt ihr dann jemals ungestört miteinander schlafen?«* Doch die Türen ihres Hauses hatten solide Schlösser, und sie und Harry hatten immer einen Weg gefunden, ihre körperliche Liebe nicht zu kurz kommen zu lassen. Immer, das hieß, bis zu dieser letzten Schwangerschaft, seit deren Beginn er ihrer eindeutig überdrüssig war.

Er rührte sich und öffnete die Augen. Einen Moment lang blinzelte er verschlafen, dann jedoch nahm er sie wahr, und für den Bruchteil einer Sekunde meinte sie, ein Aufflackern der alten Zuneigung in seinem Blick zu sehen. Dann jedoch wurde seine Miene reglos und sein Blick leer.

Wortlos wandte sie sich ab und begab sich auf die Suche nach einem freien Bett.

In ihrem kleinen Steinhaus am Rand von Casalleone zog Vittorio Chiara seine Frau eng an seine Seite. Giulia vergrub beim Schlafen gern die Finger in seinen Haaren, und auch jetzt hielt sie ein paar der langen Strähnen zärtlich fest. Doch sie schlief nicht. Seine Brust war nass von ihren stummen Tränen, und das Wissen um ihr Unglück brach ihm beinahe das Herz.

»Isabel wird ab November nicht mehr da sein«, wisperte er tröstend. »Und bis dahin werden wir weiter unser Bestes geben.«

»Was, wenn sie nicht wieder abreist? Nach allem, was wir wissen, wäre es durchaus möglich, dass er ihr das Bauernhaus verkauft.«

»Du darfst nicht so schwarz sehen, *cara*.«

»Du hast Recht, aber …«

Er streichelte tröstend ihre Schultern. Vor ein paar Jahren hätte er sie, um sie aufzumuntern, kurzerhand geliebt, doch die Lust daran war ihnen beiden längst vergangen. »Wir warten schon seit Monaten«, flüsterte er leise. »Und bis November ist es nicht mehr lange.«

»Sie sind wirklich nette Leute.«

Sie klang derart traurig, dass er es nicht ertrug, und Worte, um sie aufzuheitern, fielen ihm kaum mehr ein. »Mittwochabend bin ich mit der Gruppe Amerikaner in Cortona. Kannst du mich dort treffen?«

Einen Moment lang gab sie keine Antwort, dann jedoch nickte sie zögernd. »Ich werde dort sein«, meinte sie, doch ihr Ton verriet das gleiche Elend, wie er es in seinem tiefsten Inneren empfand.

»Wart's ab, dieses Mal wird es ganz sicher klappen.«

Ihr warmer Atem traf auf seine nackte Haut. »Ach, würde sie doch nur verschwinden.«

Etwas hatte Isabel geweckt. Sie wälzte sich auf der Matratze und wollte gerade weiterschlafen, als sie es noch einmal hörte – ein leises Klicken an einem ihrer Fenster. Sie drehte sich auf die Seite und spitzte angestrengt die Ohren.

Erst hörte sie nichts, dann jedoch kam das Geräusch noch einmal: das Klirren kleiner Steine gegen Glas. Sie stand auf und schlich über die kalten Fliesen. Der Garten wurde einzig durch das fahle Licht des Halbmondes erhellt. Dann jedoch wurde sie seiner gewahr.

Ein Geist.

Er bewegte sich durch den Olivenhain, eine durchscheinende, nebelhafte Gestalt. Sie dachte daran, Ren zu wecken, doch sich auch nur in die Nähe seines Bettes zu begeben, erschien ihr keine allzu gute Idee. Besser, sie wartete bis zum nächsten Morgen.

Der Geist verschwand hinter einen Baum und kam dann wieder hervor. Isabel winkte, schloss das Fenster und ging zurück ins Bett.

13

Tracy genoss den ungewohnten Luxus aufzuwachen, ohne dass ein fünfjähriges Mädchen ihr giggelnd in der Nase bohrte oder dass sie, weil Connors Windel wieder einmal nicht alles gehalten hatte, in einer Pfütze lag. Wenn er nicht bald aufs Töpfchen ginge, zöge sie ihm eine Gummihose an.

Sie hörte Jeremys Pfeifen und einen schrillen Schrei. Er ärgerte vermutlich wie üblich Steffie, Brittany rannte wahrscheinlich splitternackt durchs Haus, und Connor bekäme Durchfall, wenn er zu viel Obst zum Frühstück äße. Doch statt die Beine aus dem Bett zu schwingen, vergrub sie den Kopf tief in den Kissen. Es war noch früh. Was, wenn Harry noch nicht abgefahren war? Der Gedanke, ihn davonfahren zu sehen, schnürte ihr die Kehle ab.

Sie schloss die Augen und versuchte sich zum erneuten Einschlafen zu zwingen. Doch das Baby boxte auf ihre Blase, und so hievte sie sich aus dem Bett und schleppte sich ins Bad.

Sobald sie auf der Toilettenbrille Platz genommen hatte, flog die Tür auf, und Steffie schoss herein.

»Ich hasse Jeremy. Sorg dafür, dass er mich nicht mehr ärgert.«

Auch Brittany tanzte an – tatsächlich einmal angezogen, aber ihren Mund zur Abwechselung mit Tracys teurem Lippenstift verschmiert. »Mami! Guck mal!«

»Arm!«, verlangte Conner, der ebenfalls hereingewatschelt kam.

Schließlich tauchte Harry auf, blieb im Türrahmen stehen und musterte die Szene. Er hatte es noch nicht geschafft zu duschen und trug eins von seinen Schlaf-T-Shirts über seiner Jeans. Nur Harry Briggs konnte T-Shirts besitzen, die speziell zum Schlafen waren, alte T-Shirts, die seiner Meinung nach zu abgetragen waren, um sie tagsüber zu tragen, jedoch noch viel zu gut, als dass man sie aussortierte. Selbst in seinem Schlaf-T-Shirt sah er besser aus als sie, während sie, das Nachthemd bis zur Hüfte hochgezogen, auf der Toilette saß.

»Könnte ich wohl bitte eine Minute allein sein?«

»Ich hasse Jeremy. Er hat mich –«

»Ich werde mit ihm reden. Und jetzt geht. Und zwar alle.«

Harry gab die Tür frei. »Geht, Kinder. Anna hat gesagt, das Frühstück wäre gleich fertig. Mädchen, nehmt bitte euren kleinen Bruder mit.«

Wenn auch widerstrebend, zogen die Kinder von dannen, und sie war allein mit Harry, dem letzten Menschen auf Erden, dessen Nähe ihr in dieser Situation willkommen war.

»Alle heißt, auch du. Warum stehst du hier noch rum?«

Er sah sie durch seine Brillengläser an. »Weil meine Familie hier ist.«

»Als würde dich das interessieren.« Morgens war ihre Stimmung nie die beste, und heute war sie besonders schlecht gelaunt. »Raus. Ich muss pinkeln.«

»Mach nur.« Er setzte sich abwartend auf den Rand der Wanne.

Früher oder später wurden schwangere Frauen auch noch des letzten Restes ihrer Würde beraubt. Dies war der Moment, in dem es während dieser Schwangerschaft geschah. Als sie fertig war, hielt er ihr ein sorgsam gefaltetes Stück Toilettenpapier hin. Sie zerknüllte es, um zu beweisen, dass nicht alles im Leben so ordentlich sein konnte, wie er es sich wünschte, wischte sich ab, drückte den Knopf der Spülung, rappelte sich mühsam hoch und drehte, um sich die Hände zu waschen, immer noch, ohne ihn eines Blickes zu würdigen, das warme Wasser auf.

»Ich schlage vor, dass wir miteinander reden, während die Kinder beim Frühstück sitzen. Spätestens um zwölf würde ich nämlich gerne fahren.«

»Warum willst du so lange warten? Fahr doch einfach gleich.« Sie drückte etwas Zahnpasta auf ihre Bürste.

»Wie ich gestern bereits erklärte, fahre ich nicht ohne die Kinder.«

Er konnte nicht arbeiten und sich gleichzeitig um die Kinder kümmern, das wussten sie beide, was also wollte er mit diesem Satz bezwecken? Ebenso musste er wissen, dass sie sich nicht einmal von einer ganzen Armee hoch qualifizierter Anwälte ihrer Kinder berauben lassen würde. Er versuchte also anscheinend, sie dazu zu bringen, dass sie ebenfalls die Koffer packte und mit zurück nach Zürich kam.

»Okay, nimm sie mit. Ich brauche sowieso ein bisschen Urlaub.« Sie begann sich die Zähne zu putzen, als wäre ihr die drohende Trennung von den Kindern vollkommen egal.

Im Spiegel sah sie ihn blinzeln. Das hatte er offensichtlich nicht erwartet. Außerdem bemerkte sie, dass er nicht die Zeit gefunden hatte, sich zu rasieren. Sie liebte den Geruch seiner Haut am Morgen und sehnte sich danach, ihr Gesicht in seiner Halskuhle zu vergraben.

»Also gut«, erwiderte er langsam.

In einem Anfall von Sadomasochismus legte sie die Zahnbürste auf die Seite und umfasste schützend ihren Bauch. »Außer dem hier. Darin waren wir uns ja einig. Sobald dieses Kind geboren ist, gehört es ausschließlich mir.«

Zum ersten Mal seit seiner Ankunft stotterte er verlegen. »Ich – das hätte ich nicht sagen sollen.«

»Entschuldigung nicht angenommen.« Sie spuckte ins Waschbecken und begann zu gurgeln. »Ich glaube, ich nehme meinen Mädchennamen wieder an – für mich und für das Baby.«

»Du hasst deinen Mädchennamen doch.«

»Du hast Recht. Vastermeen ist ein fürchterlicher Name.« Er folgte ihr ins Schlafzimmer und gab ihr dadurch die Chance, ihm einen ebensolchen Tiefschlag zu versetzen wie er am Vortag ihr. »Ich werde mich wieder Gage nennen. Tracy Gage hat mir gut gefallen.« Sie rückte einen Koffer an die Seite. »Ich hoffe, das Baby wird ein Junge, dann nenne ich ihn Jake. Jake Gage. Besser kann ein Kind es wohl kaum haben.«

»Den Teufel wirst du tun.«

Endlich war es ihr gelungen, die Mauer der Gleichgültigkeit zu brechen, doch die Tatsache, dass sie ihn zu diesem Zweck verletzte, befriedigte sie nicht. Nein, am liebsten hätte sie geweint. »Weshalb sollte dich das interessieren? Falls du dich daran erinnerst, ist dies das Baby, das du niemals wolltest.«

»Dass ich über diese Schwangerschaft nicht glücklich bin, heißt nicht, dass ich das Kind nicht akzeptiere.«

»Soll ich dir dafür vielleicht dankbar sein?«

»Ich werde mich nicht für meine Empfindungen entschuldigen. Verdammt, Tracy, du wirfst mir ständig vor, keine Gefühle zu zeigen, aber die einzigen Gefühle, die du wirklich von mir willst, sind die, die dir gefallen.« Sie dachte, dass er nun endlich eventuell seine Beherrschung verlieren würde, doch sofort setzte er wieder seinen reglos-kühlen Ton ein, der sie zur Raserei trieb. »Ich wollte Connor auch nicht, aber jetzt kann ich mir ein Leben ohne ihn nicht mehr vorstellen. Also wird es mir logischerweise mit dem neuen Baby genauso gehen.«

»Dem Himmel sei Dank für die Logik.« Sie schnappte sich ihren Badeanzug von einem auf dem Boden aufgetürmten Haufen Kleider.

»Hör auf, dich so kindisch zu benehmen. Der wahre Grund dafür, dass du so sauer auf mich bist, ist, dass ich dir nicht genug Aufmerksamkeit gewidmet habe, und Aufmerksamkeit brauchst du wie andere die Luft zum Atmen.«

»Fahr doch zur Hölle.«

»Du wusstest schon vor dem Abflug aus Connecticut,

dass ich die meiste Zeit in der Schweiz würde arbeiten müssen.«

»Nur hast du vergessen zu erwähnen, dass du außerdem noch ein Verhältnis anfangen würdest.«

»Ich habe kein Verhältnis.«

Der übermäßig geduldige Ton, in dem er sprach, brachte sie auf die Barrikaden. »Hast du das der Mieze in dem Restaurant ebenfalls gesagt?«

»Tracy …«

»Ich habe euch zusammen gesehen! Ihr beiden habt hinten in einer Nische gesessen. Sie hat dich geküsst!«

Er besaß tatsächlich die Dreistigkeit, zynisch die Brauen hochzuziehen. »Warum hast du mich dann nicht gerettet, statt mich ihr auszuliefern? Du weißt genau, dass ich mich in peinlichen Situationen nicht gut behaupten kann.«

»O ja … du hast absolut hilflos ausgesehen.« Sie schnappte sich ihre Sandalen vom Boden.

»Reg dich ab, Tracy. Deine Dramatik ist einfach absurd. Sie ist die neue Vizepräsidenten von Worldbridge, und sie hat das Problem, dass sie beim Essen regelmäßig zu viel trinkt.«

»Hast du ein Glück.«

»Hör auf, dich wie ein verwöhntes Kleinkind zu benehmen. Du weißt, dass ich der letzte Mann auf Erden wäre, der jemals seine Frau betrügen würde. Aber nur, weil du dich vernachlässigt gefühlt hast, musstest du, als sich mir eine betrunkene Frau an den Hals geworfen hat, gleich eine griechische Tragödie inszenieren.«

»Ja, genau. Ich bin einfach beleidigt.« Irgendwie war es ihr leichter gefallen, sich als die betrogene Ehefrau zu sehen, als sich eingestehen zu müssen, dass er sie emotional im Stich ließ. »Die Wahrheit ist die, Harry. Du hast dich bereits Monate, bevor wir in die Schweiz gereist sind, von mir abgewandt. Die Wahrheit ist die, Harry … du hast genug von unserer Ehe, du hast genug von mir.«

Sie wünschte sich, dass er ihr widerspräche, doch das tat er nicht. »Du bist diejenige, die mich verlassen hat. Ich lasse nicht zu, dass du den Spieß einfach umdrehst. Wohin bist du noch dazu gelaufen? Ausgerechnet zu deinem feierfreudigen Ex.«

Tracys Beziehung zu Ren war die einzige Unsicherheit, die Harry in seiner Beziehung zu ihr empfand. Seit zwölf Jahren war er jeder Begegnung mit ihm ausgewichen und hatte selbst, wenn sie lediglich nur am Telefon mit Ren gesprochen hatte, frostig reagiert. Was völlig untypisch für ihn war.

»Ich bin zu Ren gelaufen, weil ich wusste, dass ich mich auf ihn verlassen kann.«

»Ach ja? Er wirkte nicht gerade glücklich darüber, dich zu sehen.«

»Du hast doch keine Ahnung, was Ren Gage empfindet.«

Da hatte sie Recht, also wechselte er rasch das Thema. »Du bist diejenige, die darauf bestanden hat, dass ich den Job in Zürich annehme. Und du hast auch darauf bestanden, mich samt den Kindern zu begleiten.«

»Weil ich wusste, wie viel dir dieser Job bedeutet, und weil ich mir nicht vorwerfen lassen wollte, ich würde deine Karriere sabotieren, nur weil ich mal wieder schwanger bin.«

»Wann habe ich dir jemals irgendetwas vorgeworfen?«

Nie. Seit Beginn ihrer Ehe, als sie noch hatte lernen müssen, wie man einen Menschen liebte, hätte er ihr eine ganze Reihe von Vorhaltungen machen können, doch das hatte er niemals getan. Bis sie mit Connor schwanger geworden war, hatte er stets eine Engelsgeduld mit ihr gehabt. Und genau diese Geduld wünschte sie sich verzweifelt zurück. Geduld, Sicherheit und vor allem die Liebe, die ihr bisher so bedingungslos erschienen war.

»Stimmt«, erklärte sie verbittert. »Ich bin diejenige, die ständig irgendwelche Beschwerden von sich gibt. Du bist perfekt, weshalb es eine Schande ist, dass du eine derart mangelhafte Frau hast.« Sie warf sich ihren Badeanzug über die Schulter, schnappte sich ihr Hemdchen und flüchtete ins Bad. Als sie wieder herauskam, war er nicht mehr da, doch als sie Richtung Küche ging, um nach den Kindern zu sehen, hörte sie, wie er im Garten Jeremy etwas zurief. Die beiden spielten Ball.

Eine kurze Minute gönnte sie sich die Illusion, als wäre alles völlig normal.

»Du hast was gesehen?«

»Einen Geist.« Isabel blickte auf Rens schweißdurchtränktes, dunkelblaues T-Shirt, das seinen Augen einen besonders bedrohlichen Silberton verlieh. Sie starrte ihn ein paar Sekunden zu lange an, ehe sie anfing, die Teller fortzuräumen, die Marta, nachdem sie aus der Villa zurückgekommen war, gespült hatte. »Eindeutig einen Geist. Wie kannst du nur bei dieser Hitze laufen?«

»Ich bin zu spät aufgestanden, um noch laufen zu können, solange es kühl war. Was für einen Geist?«

»Die Art, die Kieselsteine an mein Fenster wirft und, eingehüllt in ein weißes Laken, im Olivenhain herumläuft. Ich habe ihm gewunken.«

Er war alles andere als belustigt. »Das Ganze dauert jetzt echt lang genug.«

»Das finde ich auch.«

»Bevor ich zum Joggen bin, habe ich bei Anna angerufen und gesagt, du und ich würden einen Tagesausflug nach Siena unternehmen. Inzwischen weiß sicher das gesamte Dorf, dass die Luft hier rein sein wird.« Er schnappte sich das Glas frisch gepressten Saft, das sie dummerweise auf dem Tisch hatte stehen lassen, leerte es in einem Zug und ging zur Treppe. »Ich brauche zehn Minuten, um zu duschen, und dann können wir los.«

214

Zwanzig Minuten später war er in Jeans, einem schwarzen T-Shirt und einer Baseballkappe zurück und musterte die kurze graue Hose, die Turnschuhe und das anthrazitfarbene T-Shirt, das sie sich von ihm geliehen hatte, argwöhnisch. »Du siehst nicht gerade aus, als hättest du dich für die Stadt zurechtgemacht.«

»Tarnung.« Sie schnappte sich ihre Sonnenbrille und marschierte zum Wagen. »Ich habe beschlossen, dich auf deinen Pirschgang zu begleiten.«

»Ich will dich aber nicht dabeihaben.«

»Trotzdem komme ich mit. Ohne mich schläfst du sicher ein oder übersiehst etwas Wichtiges.« Sie öffnete die Fahrertür. »Oder du beginnst dich zu langweilen und fängst an, einem Grashüpfer die Beine auszureißen, Schmetterlinge zu verbrennen oder – was hast du noch mal in der *Straße der Totengräber* gemacht?«

»Ich habe keine Ahnung.« Er schob sie zur Seite und nahm selbst hinter dem Lenkrad Platz. »Dieses Vehikel ist eine Schande.«

»Nicht jeder kann sich einen Maserati leisten.« Sie ging widerspruchslos hinüber auf die andere Seite und stieg ein. Der Zwischenfall mit dem angeblichen Geist ließ auf einen gewissen Grad der Verzweiflung bei ihren Widersachern schließen. Sie musste der Sache endlich auf den Grund gehen, auch wenn das bedeutete, dass sie an einem Ort mit Ren allein war, an dem seine ihr die Sinne raubenden Küsse weder durch Weinbauern noch durch Kinder noch durch Hausangestellte unterbrochen werden konnten.

Sie beide wären total allein. Bereits der Gedanke daran brachte ihr Blut in Wallung. Sie war bereit – mehr als bereit –, doch erst müssten sie ein ernstes Gespräch darüber führen. Ungeachtet dessen, was ihr Körper sagte, wusste ihr Gehirn, dass sie Grenzen ziehen musste. »Ich habe ein paar Sachen für ein Picknick mitgebracht. Sie sind im Kofferraum.«

Er grunzte angewidert. »Höchstens kleine Mädchen packen einen Picknickkorb zum Spionieren.«

»Was hätte ich stattdessen mitbringen sollen?«

»Keine Ahnung. Essen, wie es zum Spionieren passt. Billige Doughnuts, eine Thermoskanne heißen Kaffee und eine leere Flasche, falls man mal Pipi machen muss.«

»Ich Dummerchen.«

»Und zwar sollte die Flasche möglichst *groß* sein.«

»Ich werde versuchen zu vergessen, dass ich Psychologin bin.«

Als sie die Einfahrt hinunterfuhren, hob Ren die Hand, um Massimo zu winken, fuhr dann jedoch statt Richtung Siena hinauf zur Villa. »Ich muss sehen, ob das Drehbuch von Jenks eingetroffen ist. Außerdem kann ich bei der Gelegenheit noch einmal deutlich machen, dass wir bis heute Abend unterwegs sind.«

Lächelnd verfolgte sie, wie er im Haus verschwand. In den paar Tagen mit Ren Gage hatte sie mehr gelacht als in den gesamten drei Jahren mit Michael. Die Wunden durch die gelöste Verlobung waren zwar noch nicht ganz verheilt, doch inzwischen war der Schmerz ein anderer. Es war nicht mehr der Schmerz eines gebrochenen Herzens, sondern die Trauer darüber, so viel Zeit mit etwas vergeudet zu haben, das von Anfang an nicht richtig gewesen war.

Ihre Beziehung zu Michael erinnerte sie an ein stehendes Gewässer. Nie hatte es irgendwelche Wellenbewegungen oder verborgene Untiefen gegeben, nie irgendwelche Felsen, die einen gezwungen hätten, die Richtung zu ändern oder eine neue Route einzuschlagen. Sie hatten nie gestritten, hatten nie eine Herausforderung füreinander dargestellt. Es hatte keine Aufregung gegeben und – Michael hatte Recht – auch keine echte Lust.

Mit Ren zusammen könnte sie echte Leidenschaft erleben … es wäre wie eine Fahrt über ein aufgewühltes, mit spitzen Felsen übersätes Meer. Doch dass es diese Felsen gab, hieß nicht, dass sie auf einen von ihnen auflaufen und hilflos untergehen müsste.

Gehetzt kam er zurück zum Wagen. »Die kleine Nudistin hat meine Rasiercreme gefunden und sich damit einen Bikini aufgemalt.«

»Ein wirklich einfallsreiches Kind. War das Drehbuch da?«

»Nein, verdammt. Außerdem habe ich schätzungsweise einen gebrochenen Zeh. Jeremy hat meine Hanteln gefunden, eine davon auf der Treppe liegen lassen, und ich bin mit voller Wucht dagegengerannt. Ich kann wirklich nicht verstehen, wie Tracy es mit dieser Horde aushält.«

»Ich denke, dass es anders ist, wenn es die eigenen Kinder sind.« Sie versuchte sich Ren als Vater vorzustellen und sah eine Reihe kleiner Dämonen, die ihre Babysitter fesselten, Stinkbomben durch die Wohnung warfen und alte Leute ärgerten. Kein allzu angenehmes Bild.

Sie musterte ihn. »Vergiss nicht, dass du selbst als Kind angeblich auch nicht gerade ein Musterknabe gewesen bist.«

»Stimmt. Der Seelenklempner, zu dem mein Vater mich, als ich elf war, geschickt hat, meinte, die einzige Art, die Aufmerksamkeit meiner Eltern auf mich zu lenken, wäre offensichtlich absolut schlechtes Benehmen. Also habe ich bereits in jungen Jahren mein schlechtes Benehmen perfektioniert, um möglichst auf Dauer im Rampenlicht zu stehen.«

»Und mit derselben Philosophie hast du auch deine Karriere gestartet.«

»He, schließlich hatte es bereits für mich als Kind hervorragend funktioniert. An den bösen Buben erinnert man sich immer.«

Dies war nicht der rechte Augenblick, um ihre Beziehung anzusprechen, doch vielleicht wäre es ein passender Moment, um ihm einen kleinen Stein in den Weg zu legen –

nicht, um ihn kentern zu lassen, sondern einfach, damit er ein gewisses Bewusstsein für sein Verhaltensmuster bekam. »Du weißt doch, dass wir als Kinder häufig ein Fehlverhalten entwickeln, weil das in unseren Augen überlebenswichtig ist?«

»Äh – wie?«

»Ein Teil des Reifungsprozesses besteht darin, dieses Fehlverhalten zu überwinden. Natürlich scheint das Bedürfnis, im Mittelpunkt zu stehen, bei den meisten großen Schauspielern sehr ausgeprägt zu sein, sodass in deinem Fall die Fehlfunktion höchst praktisch ist.«

»Du hältst mich also für einen großen Schauspieler?«

»Ich denke, du hast Potenzial, aber du kannst nicht wirklich groß werden, solange du nur ähnliche Rollen spielst.«

»Das ist totaler Schwachsinn. Jede meiner Rollen hat ganz eigene Nuancen, also erzähl mir nicht, sie wären alle gleich. Schauspieler haben von jeher schon gern die Schurken gespielt. Es gibt ihnen die Gelegenheit, völlig aus sich herauszugehen.«

»Ich spreche nicht von Schauspielern im Allgemeinen. Ich spreche von dir und von der Tatsache, dass du nicht bereit bist, irgendwelche anderen Rollen zu übernehmen. Warum nicht?«

»Das habe ich dir längst erklärt. Außerdem ist es noch viel zu früh am Morgen für eine solche Diskussion.«

»Weil du mit einer verzerrten Selbstsicht aufgewachsen bist. Du wurdest als Kind emotional missbraucht und solltest dir darüber klar sein, aus welchen Gründen du ständig die Rollen der bösen Buben wählst.« Noch ein letztes kleines Steinchen, das sie ihm in den Weg warf, dann ließe sie ihn in Ruhe. »Tust du es, weil du gerne die Sadisten spielst oder weil du dich irgendwo tief in deinem Innern als zu unwürdig erachtest, den Helden abzugeben?«

Krachend schlug seine Faust aufs Lenkrad. »Gott ist

mein Zeuge. Dies ist garantiert das letzte Mal in meinem Leben, dass ich was mit einer verdammten Psychotante anfange.«

»Bisher hast du noch gar nichts mit mir angefangen. Und außerdem fährst du zu schnell«, erklärte sie ihm lächelnd.

»Halt die Klappe.«

Sie machte sich im Geist eine Notiz, ihm eine Liste der von ihr für gesunde Beziehungen erstellten Regeln für einen fairen Kampf zu geben, auf der ein gebrülltes »Halt die Klappe« eindeutig nicht vorgesehen war.

Inzwischen hatten sie den Ort erreicht, und als sie an der Piazza vorbeifuhren, merkte sie, dass ihnen zahlreiche Menschen hinterhersahen. »Ich verstehe es nicht. Trotz all deiner Verkleidungen müssen doch inzwischen die meisten Leute wissen, wer du bist. Bisher bist du aber noch von niemandem um ein Autogramm gebeten worden. Findest du das nicht komisch?«

»Ich habe Anna gesagt, ich würde ein paar neue Geräte für den Spielplatz der Grundschule kaufen, wenn ich dafür von allen in Ruhe gelassen werde.«

»Angesichts der Tatsache, dass du üblicherweise das Rampenlicht regelrecht suchst, muss es doch seltsam für dich sein, dich auf einmal zu verstecken.«

»Bist du heute Morgen mit dem Vorsatz wach geworden, mich zu nerven, oder ist das normal?«

»Du fährst schon wieder zu schnell.«

Er seufzte.

Sie ließen Casalleone schweigend hinter sich und bogen nach ein paar Kilometern von der Hauptstraße in einen schmalen Weg, wo er sich dazu herabließ, wieder mit ihr zu sprechen. »Dieser Weg führt zu der verlassenen Burg auf dem Hügel oberhalb des Hauses. Von dort aus müssten wir eigentlich so ziemlich alles beobachten können.«

Der Weg wurde zunehmend holpriger und mündete

schließlich in einen kleinen Pfad, wo Ren den Wagen parkte. Sie begannen den Aufstieg zwischen den Bäumen, und er nahm ihr die Tüten mit den Lebensmitteln ab. »Wenigstens hast du keinen dieser mädchenhaften Picknickkörbe gepackt.«

»Ein bisschen kenne ich mich mit verdeckten Operationen aus.«

Worauf er statt einer Antwort nur schnaubte.

Als sie die Lichtung auf dem Gipfel der Anhöhe erreichten, entdeckte er ein neben der Ruine aufgestelltes, leicht ramponiertes Schild, das die Geschichte der alten Burg in wenigen Sätzen beschrieb. Isabel begann die Ruine zu erforschen und entdeckte, dass sie einmal eine aus mehreren Gebäuden bestehende regelrechte Festung gewesen war. Wilder Wein umrankte die halb verfallenen Mauern und die Reste des alten Wachturms, Bäume wuchsen zwischen den Fragmenten alter Bogentüren, und wilde Blumen reckten zwischen den Grundsteinen einer Scheune oder einer Stallung ihre Köpfe in die Luft.

Ren gab die Lektüre des Schildes auf und gesellte sich zu ihr, als sie ihren Blick über die Felder, Wiesen und Wälder der Umgebung wandern ließ. »Bevor die Burg gebaut wurde, hat sich hier eine etruskische Begräbnisstätte befunden«, erklärte er.

»Eine Ruine auf einer Ruine.« Selbst mit bloßem Auge konnte sie das kleine Bauernhaus tief unter sich erkennen, doch sowohl der Garten als auch der Olivenhain waren menschenleer. »Bisher scheint nichts zu passieren.«

Er blickte durch das mitgebrachte Fernglas. »Wir sind noch nicht lange genug weg. Das hier ist Italien. Sie brauchen Zeit, um alles zu organisieren.«

Ein Vogel flog aus seinem Nest in der hinter ihnen befindlichen Mauer. Ihre Nähe schien das Tier zu stören, und so trat Isabel einen Schritt zur Seite. Ihre Füße zertraten dabei ein paar Zweige wilder Pfefferminze, und der süße Duft stieg ihr angenehm in die Nase.

Sie bemerkte eine überdachte Nische in einem Teil der Mauer, trat ein wenig näher und sah, dass es offenbar die Apsis einer alten Kapelle war. Die Reste der Kuppel wiesen noch leichte Spuren der alten Farbe auf – ein rötliches Braun, das eventuell einmal karminrot gewesen war, sowie staubige Schatten von Ocker und Blau. »Hier ist es so friedlich. Ich frage mich, warum die Burg verlassen worden ist.«

»Auf dem Schild steht etwas von einer Seuche im fünfzehnten Jahrhundert und von übertriebenen Steuerforderungen der Bischöfe aus der Umgebung. Womöglich haben aber auch die Geister der hier begrabenen Etrusker sie vertrieben.«

Wieder hatte seine Stimme einen gereizten Klang. Sie wandte ihm den Rücken zu und blickte unter die Kuppel der einstigen Kapelle. Normalerweise riefen Kirchen ein Gefühl des Friedens in ihr wach, doch jetzt war Ren einfach zu nahe.

Plötzlich roch sie Rauch, drehte sich um und sah, dass er an einer Zigarette zog.

»Was tust du da?«

»Ich rauche. Allerdings nur eine am Tag.«

»Könntest du die absolvieren, wenn ich nicht dabei bin?«

Ohne auf sie zu reagieren, inhalierte er einen tiefen Zug, wanderte zu einem der Portale und lehnte sich grüblerisch gegen den halb verfallenen Stein. Vielleicht hätte sie ihn doch nicht dazu zwingen sollen, sich an seine Kindheit zu erinnern.

»Du irrst dich«, erklärte er ihr plötzlich. »Ich bin durchaus in der Lage, mein echtes Leben von meinem Leben auf der Leinwand zu trennen.«

»Ich habe nie behauptet, dass du das nicht bist.« Sie setzte sich auf ein Stück Mauer und betrachtete sein perfekt proportioniertes, fein gemeißeltes Profil. »Ich habe nur gesagt, dass das Selbstbild, das du als Kind von dir entwickelt hast, als du Dinge gesehen und getan hast, denen kein Kind ausgesetzt sein sollte, möglicherweise nicht zu dem Mann passt, der du inzwischen bist.«

»Liest du eigentlich nie Zeitung?«

Endlich verstand sie, was ihm wirklich auf der Seele lag. »Du kannst nicht aufhören, über das zu grübeln, was mit Karli passiert ist, stimmt's?«

Wieder zog er an seiner Zigarette.

»Warum hältst du nicht eine Pressekonferenz ab und sagst dort die Wahrheit?« Sie pflückte einen Stängel wilder Minze und zerdrückte ihn zwischen den Fingern.

»Selbst dann würden die Leute weiter glauben, was sie glauben wollen.«

»Du hast sie ehrlich gern gehabt, nicht wahr?«

»Ja. Sie war ein süßes Mädchen … und, Gott, so talentiert. Es war schwer, mit ansehen zu müssen, wie sie all dieses Talent vergeudet hat.«

Sie schlang sich die Arme um die Knie. »Wie lange wart ihr beiden zusammen?«

»Es dauerte nicht lange, bis ich herausfand, wie groß ihr Drogenproblem war. Dann hatte ich ein paar Vorstellungen, wie ich sie davon befreien könnte, und verbrachte ein paar weitere Monate mit dem vergeblichen Versuch, ihr irgendwie zu helfen.« Er schnipste die Asche seiner Zigarette ab und nahm abermals einen tiefen Zug. »Ich habe zig Termine mit Ärzten und Therapeuten für sie gebucht und sogar versucht, sie dazu zu überreden, eine Entziehungskur zu machen. Doch es hat nicht funktioniert, und so bin ich schließlich gegangen.«

»Verstehe.«

Er sah sie stirnrunzelnd an. »Was?«

»Nichts.« Sie hob die Pfefferminze an ihre Nase und wünschte, sie könnte die Menschen einfach sie selbst sein lassen, ohne sich ständig in ihre vermeintlichen oder auch tatsächlichen Probleme einzumischen. Vor allem, da ihr immer klarer wurde, dass der Mensch, der die größte Hilfe bräuchte, womöglich sie selber war.

»Was soll das heißen, du verstehst? Sag mir, was du denkst. Das dürfte dir doch nicht schwer fallen.«

»Was denkst du, dass ich denke?«

Rauchkringel stiegen aus seiner Nase. »Ich schätze, du wirst es mir sagen.«

»Ich bin nicht deine Therapeutin, Ren.«

»Ich werde dir nachher einen Scheck ausstellen. Sag mir, was du denkst.«

»Was ich denke, ist nicht wichtig. Das Einzige, was zählt, ist, was du selber denkst.«

»Klingt, als würdest du mich verurteilen.« Er musterte sie feindselig. »Klingt, als würdest du denken, dass ich sie hätte retten können, und das gefällt mir nicht.«

»Denkst du tatsächlich, dass ich dich verurteile?«

Er warf seine Zigarette auf den Boden. »Verdammt, es war nicht meine Schuld, dass sie sich das Leben genommen hat! Ich habe alles in meiner Macht Stehende getan.«

»Hast du das?«

»Du denkst, ich hätte bei ihr bleiben sollen?« Er trat die Zigarette aus. »Hätte ich ihr vielleicht die Nadel reichen sollen, wenn sie sich einen Schuss verpassen wollte? Ich habe dir doch schon erzählt, dass ich selbst als Junge Probleme mit Drogen hatte. Ich ertrage es nicht, auch nur in der Nähe von diesem Zeug zu sein.«

Sie erinnerte sich an die scherzhafte Bemerkung mit dem Kokain, doch jetzt war es ihm Ernst.

»Ich bin seit über zehn Jahren clean, aber nach wie vor macht es mir eine Heidenangst, nur daran zu denken, dass ich damals um ein Haar mein Leben einfach weggeworfen hätte. Seither halte ich mich von diesen Dingen so weit wie möglich fern.« Er schüttelte den Kopf. »Was mit ihr passiert ist, war eine gottverdammte Vergeudung.«

Ihr Herz zog sich vor Mitgefühl zusammen. »Wenn du bei ihr geblieben wärst, wäre es dir eventuell gelungen, sie zu retten.«

Er sah sie wütend an. »Das ist totaler Schwachsinn. Niemand hätte sie retten können.«

»Bist du dir da sicher?«

»Denkst du, ich war der Einzige, der es versucht hat? Ihre Familie war da. Jede Menge Freunde. Aber alles, was sie interessiert hat, war der nächste Schuss.«

»Vielleicht gab es etwas, was du hättest tun oder sagen können?«

»Verdammt, sie war ein Junkie! Von einem bestimmten Punkt an hätte sie sich nur noch selber helfen können.«

»Aber das hat sie nicht getan, oder?«

Er scharrte mit der Fußspitze durch den Staub, und Isabel stand auf.

»Du konntest es nicht für sie tun, Ren, aber du hättest es gewollt. Und seit ihrem Tod quälst du dich mit der Überlegung, was du hättest sagen oder tun können, um zu verhindern, dass es so weit kam.«

Er vergrub die Hände in den Hosentaschen und blickte in die Ferne. »Es gab nichts, was ich hätte sagen oder tun können.«

»Bist du dir da völlig sicher?«

Sein abgrundtiefer Seufzer kam aus seinem tiefsten Inneren. »Ja, ich bin mir völlig sicher.«

Sie trat neben ihn und strich ihm tröstend über den Rücken. »Das musst du dir immer wieder sagen.«

Als er ihr ins Gesicht sah, entspannte sich seine Miene. »Jetzt muss ich dir wohl echt einen Scheck ausstellen, oder?«

»Betrachte es als Gegenleistung für den Kochunterricht von gestern Abend.«

Er lächelte leicht. »Nur bete nicht für mich, okay? Das würde ich nicht ertragen.«

»Meinst du nicht, dass du ein paar Gebete verdient hast?«

»Nicht, solange ich versuche, mir den Menschen, der die Gebete spricht, ohne Kleider vorzustellen.«

Etwas Heißes schien zwischen ihnen beiden aufzulodern. Er hob seine rechte Hand und strich ihr zärtlich eine Locke hinter das rechte Ohr. »Das ist mal wieder typisch. Seit Monaten lege ich ein geradezu vorbildliches Verhalten an den Tag, und dann, wenn ich endlich wieder dazu bereit bin, auf den Putz zu hauen, strande ich zusammen mit einer Nonne auf einer einsamen Insel.«

»Siehst du mich tatsächlich als Nonne?«

Er spielte mit ihrem Ohrläppchen herum. »Ich versuche es, aber es funktioniert nicht.«

»Gut.«

»Himmel, Isabel, du sendest mehr widersprüchliche Signale aus als ein gestörtes Funkgerät.« Frustriert ließ er die Hand sinken.

Sie leckte sich die Lippen. »Das liegt daran, dass ich … in einem inneren Zwiespalt stecke.«

»Kein bisschen. Du willst es ebenso wie ich, aber du weißt noch nicht, wie du ein Verhältnis mit mir in deinem momentanen Lebensplan unterbringen sollst. Das ist der Grund, weshalb du dich so zierst. Dabei sähe ich es viel lieber, wenn ich mich mit dir schmücken könnte, und zwar am liebsten mit deiner ganzen splitternackten Pracht.«

Ihr Mund wurde trocken.

»Du machst mich verrückt!«, rief er zornig aus.

»Meinst du, andersherum wäre es nicht genauso?«

»Das ist das erste Positive, was ich heute höre. Weshalb also stehen wir noch länger blöd herum?«

Er streckte die Hand aus, doch sie hüpfte hastig einen Satz zurück. »Ich – ich muss mich erst orientieren. *Wir* müssen uns erst orientieren. Erst müssen wir uns zusammensetzen und über die ganze Sache reden.«

»Das ist exakt das, was ich nicht will.« Jetzt war er derjenige, der einen Schritt zurücktrat. »Verdammt, ich habe nicht die Absicht, mich noch einmal unterbrechen zu lassen. Doch sobald ich dich berühre, taucht garantiert da unten jemand bei deinem Häuschen auf. Wie wäre es also, wenn du das Picknick auspacken würdest, denn ich brauche dringend etwas, was mich von meinem Elend ablenkt.«

»Ich dachte, mein Picknick wäre zu mädchenhaft für dich.«

»Hunger hat die feminine Seite in mir geweckt, während die sexuelle Frustration meine Killerinstinkte wachruft. Also sag bloß nicht, dass du den Wein vergessen hast.«

»Wir sind hier, um zu spionieren, und nicht, um eine Coctailparty zu feiern. Geh und guck durch dein Fernglas, während ich das Essen auspacke.«

Wortlos bezog er Posten, und sie breitete ihre Einkäufe auf einem schattigen Teil der niedrigen Mauer aus, von wo aus man das Bauernhaus auch während des Essens hervorragend sah. Es gab frisch gebackene Focaccia mit waffeldünnen Scheiben Schinken, einen Salat aus sonnenreifen Tomaten, frischem Basilikum und Farro, einem gerstenähnlichen Getreide, das in der toskanischen Küche häufig Verwendung fand, eine Flasche Mineralwasser und die restlichen Birnen vom Vortag.

Ihnen beiden schien bewusst zu sein, dass sie das verbale Vorspiel nicht länger ertrügen, und so sprachen sie während des Essens über das Kochen, über Bücher – über alles außer Sex. Ren war intelligent, unterhaltsam und über viele Themen besser informiert als sie.

Gerade hatte sie die Hand nach einer Birne ausgestreckt, als er durch sein Fernglas spähte und erklärte: »Sieht aus, als finge die Party dort unten endlich an.«

Sie fand ihr eigenes Fernglas und verfolgte, wie sich der Garten und auch der Olivenhain allmählich füllte. Massimo und Giancarlo erschienen zusammen mit Giancarlos Bruder Bernardo, dem *poliziotto* oder Polizisten von Casalleone. Anna bezog gemeinsam mit Marta und mehreren anderen Frauen mittleren Alters Posten auf der Mauer und begann, die Aktivitäten der nacheinander eintreffenden jüngeren Menschen zu koordinieren. Isabel erkannte die hübsche, junge rothaarige Frau, bei der sie am Vortag die Blumen erstanden hatte, den gut aussehenden jungen Mann aus dem Fotogeschäft und auch den Schlachter.

»Guck mal, wer da noch auftaucht.«

Sie schwenkte ihr Opernglas in die von Ren gewiesene Richtung und sah, dass Vittorio zusammen mit Giulia den Garten betrat und sich zu einer Gruppe gesellte, die angefangen hatte, die Mauer Stein für Stein in ihre Einzelteile zu zerlegen. »Ich sollte nicht enttäuscht von ihnen sein«, erklärte Isabel, »aber ich bin es trotzdem.«

»Ja, ich auch.«

Marta verscheuchte einen der jüngeren Männer aus der Nähe ihrer Rosen.

»Ich frage mich, wonach sie suchen? Und warum mussten sie mit der Suche warten, bis ich eingezogen war?«

»Möglicherweise wussten sie vor deinem Einzug nicht, dass das, was sie suchen, verloren gegangen war.« Er legte sein Fernglas auf die Seite und fing an, ihren Müll in den Tüten zu verstauen. »Ich glaube, es ist an der Zeit, die Sache direkter anzugehen.«

»Es ist dir nicht erlaubt, irgendetwas mit einer spitzen Klinge oder einem Abzug zu verwenden.«

»Nur, wenn mir gar nichts anderes mehr übrig bleibt.«

Auf dem Weg zurück zu ihrem Wagen hielt er sie, damit sie nicht ins Stolpern käme, fürsorglich am Arm. Dann warfen sie eilig alles auf den Rücksitz, er legte den Gang ein und trat das Gaspedal des Panda bis auf den Boden durch. »Wir schleichen uns von hinten an«, erklärte er, als er einen Bogen um Casalleone fuhr. »In Italien besitzt jeder ein Handy, und ich will nicht, dass sie zu früh erfahren, dass wir im Anmarsch sind.«

Nicht weit von der Villa entfernt, parkten sie den Wagen in einer kleinen Straße und schlichen sich durch den Wald. Ehe sie den Olivenhain betraten und zum Haus starteten, zupfte er ihr noch rasch ein paar Blätter aus dem Haar.

Anna entdeckte sie als Erste. Sie stellte die Wasserkrüge, mit denen sie aus dem Haus gekommen war, erschrocken auf die Erde. Jemand drehte das Radio ab, aus dem laute Popmusik sie bei der Arbeit unterhalten hatte. Allmählich verstummten die Gespräche, und die Menge wandte sich ihnen zu. Bernardo stand in seiner Polizistenuniform neben seinem Bruder, und Giulia trat neben ihren Mann und tastete nach seiner Hand.

Ren blieb am Rand des Gartens stehen und sah sich langsam um. Nie zuvor in seinem Leben hatte er derart gefährlich gewirkt. Keiner sagte einen Ton.

Isabel hielt sich im Hintergrund, um die Wirkung seines Auftritts nicht zu schmälern.

Bedrohlich ließ er seine Augen von einem Gesicht zum nächsten wandern und spielte dabei den gnadenlosen Rächer so gut, dass alle den Atem anhielten. Als die Stille unerträglich wurde, fing er endlich an zu sprechen.

Isabel hätte klar sein müssen, dass das Gespräch nicht auf Englisch geführt werden würde. Doch vor lauter Frustration darüber, dass sie nichts kapierte, hätte sie am liebsten laut geschrien.

Als er schließlich fertig war, antworteten alle durcheinander. Sie wirkten wie eine Armee hyperaktiver Dirigenten, winkten Richtung Himmel, Richtung Erde, tippten sich an die Köpfe, schlugen sich vor die Brust. Sie riefen, zuckten mit den Schultern, rollten mit den Augen. Isabel hasste es, dass sie kein Wort verstand.

»Englisch«, zischte sie Ren zu, doch der war viel zu sehr damit beschäftigt, Anna anzufahren. Die Haushälterin hatte sich direkt vor ihm aufgebaut und gebärdete sich mit der Dramatik einer Diva, die eine tragische Arie zum Besten gab.

Mit einer ausholenden Handbewegung schnitt er ihr das Wort ab, wandte sich mit ein paar letzten kurzen Sätzen an die Menge, und dann löste sich die Versammlung unter leisem Murmeln auf.

»Was haben sie gesagt?«, fragte Isabel gespannt.

»Noch mehr Unsinn über den Bau von einem Brunnen.«

»Finde ihre Schwachstelle.«

»Die habe ich bereits gefunden.« Er hob den Arm. »Giulia, Vittorio, Sie beide bleiben noch hier.«

14

Vittorio und Giulia sahen einander unbehaglich an, kamen jedoch widerwillig zurück. Anna und Marta verschwanden aus dem Garten, und so blieben die vier allein zurück. Ren bedachte das Paar mit einem todbringenden Blick.

»Ich will wissen, was auf meinem Anwesen passiert. Und beleidigen Sie ja nicht meine Intelligenz, indem Sie mir weitere Ammenmärchen über Probleme mit dem Abwasser erzählen.«

Vittorio wirkte derart verlegen, dass Isabel beinahe so etwas wie Mitleid mit dem Mann empfand. »Das alles ist sehr kompliziert«, setzte er widerstrebend an.

»Dann formulieren Sie es so einfach, dass wir es verstehen«, antwortete Ren.

Vittorio und Giulia sahen einander an. »Wir müssen es ihnen sagen, Vittorio«, erklärte sie schließlich und reckte entschlossen das Kinn.

»Nein«, widersprach er ihr. »Geh du schon mal zum Wagen.«

»Geh doch selber!« Giulia wedelte unwillig mit den Händen durch die Luft. »Du und deine Freunde haben es eindeutig nicht geschafft. Jetzt bin ich dran.«

»Giulia …« Seine Tonfall klang warnend, doch sie schnaubte nur.

»Die Sache – sie geht zurück bis zu Paolo Baglio, Martas Bruder«, fing sie an.

»Hör auf!« Vittorio hatte den panischen Gesichtsausdruck des Mannes, der direkt auf eine Katastrophe zuhielt, ohne zu wissen, wie er sie verhindern könnte.

Giulia schüttelte den Kopf und sah Ren gerade ins Gesicht. »Er war – er war der hiesige … Vertreter der … Familie.«

»Der Mafia.« Ren setzte sich bequem auf die Mauer. Das Thema organisierte Kriminalität schien ihn keineswegs zu stören. Vittorio dagegen wandte sich ab, als peinigten ihn die Worte seiner Frau zutiefst.

Giulia schien zu überlegen, wie viel sie den beiden Fremden anvertrauen könnte. »Paolo war … er war verantwortlich dafür, dass den hiesigen Geschäftsleuten kein Unglück widerfuhr. Sie wissen, was ich damit meine? Dass nicht nachts die Fenster eines Ladens eingeworfen wurden oder der Lieferwagen des Blumengeschäfts einfach verschwand.«

»Schutzgeld«, sagte Ren.

»Wie auch immer Sie es nennen wollen.« Sie rang ihre kleinen, zarten, mit ihrem Ehering sowie einer Reihe schmalerer Ringe geschmückten Hände. »Dies hier ist ein kleines, unbedeutendes Dorf, aber wir alle wussten, wie diese Dinge laufen. Also haben die Geschäftsleute Paolo immer am Ersten jeden Monats ordnungsgemäß bezahlt, und nie wurden irgendwelche Fenster eingeworfen, der Blumenhändler konnte ungestört seine Waren ausliefern, und auch sonst gab es nie irgendein Problem.« Sie drehte ihren Ehering an ihrem Finger. »Dann bekam Paolo einen Herzinfarkt und starb.«

Sie biss sich auf die Lippe. »Erst war alles in Ordnung – abgesehen von Marta, der ihr Bruder schrecklich fehlte. Aber kurz vor Ihrer Ankunft, Isabel, kamen ein paar Männer in den Ort. Keine netten Männer. Männer aus *Neapel*.« Sie verzog das Gesicht, als ob sie in eine Zitrone gebissen hätte. »Sie – sie gingen zu unserem Bürgermeister und … es war einfach schrecklich. Aber als sie mit ihm fertig waren, war uns allen klar, dass Paolo sehr dumm gewesen war. Er hatte sie bezüglich der Höhe der von ihm eingesammelten Gelder belogen und Millionen Lire vor ihnen versteckt.« Sie atmete tief durch. »Sie gaben uns einen Monat Zeit, um das Geld zu finden und es ihnen zu geben. Andernfalls …«

Sie führte den Satz nicht zu Ende, und Vittorio baute sich schützend neben ihr auf. Nun, da Giulia angefangen hatte, war er offenbar bereit, die Erzählung zu beenden. »Marta ist sich sicher, dass Paolo das Geld irgendwo in der Nähe des Hauses versteckt hat. Wir wissen, dass er es nicht ausgegeben hat, und Marta kann sich noch daran erinnern, dass er sich vor seinem Tod häufig an der Mauer zu schaffen gemacht hat.«

»Unsere Zeit wird langsam knapp«, übernahm wieder Giulia den Faden. »Wir wollten Sie nicht belügen, aber was blieb uns anderes übrig? Es wäre gefährlich für Sie, wenn Sie in diese Sache mit hineingezogen würden, und wir wollten Sie nur schützen. Verstehen Sie jetzt, Isabel, weshalb wir wollten, dass Sie in die Stadt ziehen? Wir machen uns große Sorgen, dass die Männer ungeduldig werden und zurückkommen. Und wenn Sie ihnen irgendwie in die Quere kämen …« Sie machte eine kurze halsabschneidende Handbewegung.

»Es ist sehr schlimm, dass diese Sache überhaupt passiert ist«, meinte nun Vittorio. »Wir müssen das Geld finden, was heißt, dass wir die Mauer so schnell wie möglich auseinander nehmen müssen.«

»*Si*. Diese Männer sind wirklich sehr gefährlich.«

»Interessant.« Ren stand gemächlich auf. »Ich brauche etwas Zeit, um darüber nachzudenken.«

»Bitte denken Sie nicht zu lange nach«, bat Vittorio. »Und, Isabel, das mit dem Geist letzte Nacht tut mir echt Leid. Das war Giancarlo. Wenn ich etwas davon gewusst hätte, hätte ich ihn davon abgehalten. Sie kommen doch trotzdem nächste Woche zu uns zum Essen, oder?«

»Und zum Pilzesuchen, ja?«, bat auch Giulia. »Wenn es das nächste Mal nachts geregnet hat.«

»Natürlich«, antwortete Isabel.

Nachdem das Paar gegangen war, setzte sich Isabel seufzend auf die Mauer. Ein paar Minuten sog sie den Frieden des Gartens in sich auf, doch dann fixierte sie Ren. »Glaubst du den beiden?«

»Kein einziges Wort.«

»Ich auch nicht.« Sie schob sich den Daumennagel in den Mund, zog ihn jedoch, ehe sie daran knabbern konnte, wieder heraus. »Eins aber glaube ich ganz sicher: Hier ist irgendwas versteckt.«

»Überall in der Toskana sind irgendwelche alten Kunstgegenstände vergraben.« Er klopfte auf die Tasche seiner Jeans, doch seine tägliche Zigarette hatte er längst geraucht. »Selbst wenn ein solches Stück auf einem Privatgrundstück gefunden wird, ist es Eigentum des Staates. Vielleicht haben die braven Bürger von Casalleone ja von einer Sache Wind bekommen, die so wertvoll ist, dass sie sie für sich behalten wollen.«

»Du glaubst, der ganze Ort hat sich verschworen? Bernardo ist ein Polizist. Es erscheint mir ziemlich unwahrscheinlich, dass er bei so was mitmacht.«

»Korrupte Bullen gibt es seit ewigen Zeiten. Hast du eine bessere Idee?« Er schaute zu den Hügeln.

»Müsste wirklich ein ganz besonderes Kunstwerk sein.« Ein Blatt landete neben ihr auf der Mauer, und sie wischte es fort. »Trotzdem, fürchte ich, bleibt uns zurzeit keine andere Wahl, als so zu tun, als ob wir ihnen glauben.«

»Das denke ich auch. Allerdings will ich dabei sein, wenn sie die Mauer auseinander nehmen.«

»Ich auch.« Eine der Katzen strich um ihre Beine, und sie streichelte das samtig weiche Fell.

»Ich muss noch den Wagen holen, und dann muss ich kurz rauf in die Villa. Gott steh mir bei.«

»Gut. Ich muss nämlich, arbeiten, und dabei lenkst du mich nur ab.«

»Etwa an dem Krisen-Buch?«

»Ja. Und spar dir deinen Kommentar.«

»Selbstverständlich. Dann lenke ich dich also ab?«

Sie presste sich den Daumennagel in die Faust. »Ich meine es ernst, Ren. Mach dir am besten gar nicht erst die Mühe zu versuchen, mich rumzukriegen, denn die Sache zwischen uns beiden wird nicht eher weitergehen, als bis wir miteinander geredet haben.«

Er seufzte. »Wir könnten heute Abend in San Gimignano essen. Und dabei werden wir reden.«

»Danke.«

Er grinste spitzbübisch. »Aber sobald wir mit dem Reden fertig sind, werde ich dich überall berühren, wo ich will. Und zieh ja etwas Verführerisches an! Möglichst tief ausgeschnitten. Und auf Unterwäsche verzichtest du am besten ganz.«

»Ich hatte schon immer eine Vorliebe für pubertierende Jünglinge wie dich. Sonst noch irgendwelche Wünsche?«

»Nein, ich glaube, ich habe an alles gedacht.« Pfeifend trollte er sich und wirkte dabei eher wie ein umwerfender Sonnyboy als wie Hollywoods beliebtester Psychopath.

Sie nahm ein Bad, schnappte sich einen Stapel Manuskriptpapier und machte sich ein paar Notizen für ihr Buch. Doch ihr Hirn versagte binnen kurzem den Dienst. Seufzend legte sie den Stift beiseite und lief stattdessen hinauf zur Villa, um sich zu erkundigen, wie es Tracy Briggs inzwischen ging.

»Bescheiden.« Rens Exfrau lag mit geschlossenen Augen auf einer Liege neben dem Pool. »Harry und die Kinder hassen mich, und selbst das Baby tut alles, mir das Leben so schwer wie möglich zu machen.«

Isabel hatte die Kinder mit eisverschmierten Gesichtern aus Harrys Wagen klettern sehen. »Wenn Harry Sie hassen würde, wäre er doch bestimmt schon wieder fort.«

Tracy klappte die Rückenlehne ihrer Liege hoch und schob sich ihre Sonnenbrille auf die Nase. »Er ist nur deshalb noch nicht weg, weil er den Kindern gegenüber ein schlechtes Gewissen hat. Spätestens morgen wird er das Weite gesucht haben.«

»Haben Sie beide inzwischen wenigstens versucht, miteinander zu reden?«

»Ich habe geredet, und er hat mich herablassend behandelt.«

»Warum versuchen Sie es nicht noch einmal? Heute Abend, wenn die Kinder schlafen. Schenken Sie ihm ein Glas Wein ein, und bitten Sie ihn, drei Dinge aufzulisten, mit denen Sie ihn glücklich machen könnten.«

»Ganz einfach. Ich müsste meinen IQ um mindestens zwanzig Prozentpunkte erhöhen, endlich ordentlich werden statt immer nur schwanger und meine Persönlichkeit von Grund auf ändern.«

Isabel gluckste amüsiert. »Manchmal ist es richtiggehend

erholsam, sich ein bisschen in Selbstmitleid zu aalen, finden Sie nicht auch?«

Tracy sah sie mit zusammengekniffenen Augen über den Rand von ihrer Sonnenbrille an. »Sie sind eine wirklich seltsame Seelenklempnerin.«

»Ich weiß. Aber denken Sie darüber nach. Stellen Sie Ihrem Mann die Frage, und zwar in möglichst neutralem Ton. Ohne jeden Sarkasmus.«

»Ohne jeden Sarkasmus? Das kriege ich nicht hin. Und jetzt erzählen Sie mir von sich und Ren.«

Isabel lehnte sich in ihrem Stuhl zurück. »Lieber nicht.«

»Sieht aus, als könnten Sie austeilen, aber nicht einstecken. Schön zu sehen, dass ich nicht die einzig kaputte Frau hier an diesem Pool bin.«

»Ganz sicher nicht. Aber was soll ich sagen außer dem, was sicher offensichtlich ist – nämlich, dass ich den Verstand verloren habe.«

»Er hat schon jede Menge Frauen um den Verstand gebracht.«

»Jemandem wie ihm bin ich nicht gewachsen.«

»Sie sind niemand, der sich so leicht für dumm verkaufen lässt, Sie wissen genau, worauf Sie sich bei ihm einlassen. Dadurch sind Sie seinen bisherigen Frauen gegenüber eindeutig im Vorteil.«

»Da haben Sie wahrscheinlich Recht.«

»Mamiiii!« Connor kam um die Ecke gewackelt, und seine dick gepolsterten blauen Shorts schwankten gefährlich hin und her.

»He, mein Großer!« Tracy erhob sich, fing ihren Jüngsten zärtlich auf und bedeckte seine eisverschmierten Wangen mit liebevollen Küssen. Über ihre Schulter bedachte er Isabel mit einem breiten Grinsen, zeigte dabei zwei Reihen winziger blitzend weißer Zähne, und Isabels Herz zog sich sehnsüchtig zusammen.

Tracys Leben mochte zurzeit auf dem Kopf stehen, doch dass es auch seine positiven Seiten hatte, war nicht zu übersehen.

Ren schnappte sich den FedEx-Umschlag, auf den er so sehnsüchtig gewartet hatte, von dem Tischchen im Foyer, zog sich hastig in sein Schlafzimmer zurück, verriegelte die Tür und warf sich in den Sessel direkt neben dem Fenster. Als er auf das mitternachtsblaue Deckblatt mit dem Aufdruck *Night Kill* blickte, empfand er eine freudige Erregung, wie er sie seit Jahren nicht mehr gespürt hatte. Endlich war das Drehbuch fertig gestellt.

Aus ihren Gesprächen wusste er, dass Howard die Absicht hatte, das Publikum unbarmherzig mit der grundlegenden Frage des Films zu konfrontieren: War Kaspar Street lediglich ein Psychopath oder – noch erschreckender – das unvermeidliche Produkt einer Gesellschaft, die Gewalt als gegeben hinnahm? Selbst die heilige Isabel müsste mit dieser Message zufrieden sein. Lächelnd dachte er daran zurück, wie sie vor weniger als einer Stunde mit sonnenhellen Haaren vor ihm gestanden und ihn begehrlich angesehen hatte. Er liebte ihren sauberen, würzigen Geruch und diese umwerfende Mischung aus Sex und menschlicher Güte. Doch jetzt durfte er nicht an sie denken, nicht in einem Augenblick, in dem sein gesamtes bisheriges Karrierestreben seine Erfüllung fand. Er lehnte sich zurück und begann zu lesen.

Zwei Stunden später rann ihm kalter Schweiß über den Rücken. Dies war die beste Arbeit, die Jenks jemals geleistet hatte. Streets düsterer, subtil nuancierter Charakter würde ihm alles abverlangen. Kein Wunder, dass sämtliche Schauspieler Hollywoods darauf erpicht gewesen waren, ihn zu spielen.

Allerdings hatte Howard seit ihrem Gespräch eine eklatante Änderung in seinem Drehbuch vorgenommen, ohne

Ren etwas davon zu sagen. Mit einem brillanten Handstreich hatte er das Thema des Films intensiviert und einen existenziellen Alptraum daraus gemacht. Statt die Frauen zu töten, die er liebte, verging sich Kaspar Street an Kindern.

Ren lehnte sich zurück und schloss die Augen. Die Änderung war genial, aber …

Kein Aber. Dies war die Rolle, durch die er es endlich bis ganz an die Spitze schaffen würde.

Er schnappte sich ein Blatt Papier, um sich ein paar Notizen zu dem Charakter zu machen. Dies war stets der allererste Schritt, und er unternahm ihn sofort nach der ersten Lektüre eines Drehbuchs, wenn die Eindrücke noch frisch waren. Er würde seine ersten Empfindungen notieren, Ideen zu seiner Kostümierung, zu seinen Bewegungen, alles, was ihm einfiel und was ihm am Ende helfen würde, den Charakter aufzubauen, bis er authentisch war.

Er spielte mit der Hülle seines Füllers. Normalerweise explodierte er geradezu vor Ideen. Die von Jenks vorgenommene Änderung jedoch hatte ihn aus dem Gleichgewicht gebracht und mental blockiert. Er brauchte Zeit, um sich an den neuen Charakter zu gewöhnen. Am besten, er versuchte es morgen noch einmal.

Als er mehrere Stunden später zum Bauernhaus zurückfuhr, beschloss er, Isabel nichts von der Änderung zu sagen. Weshalb sollte er sie unnötig aus der Fassung bringen? Gerade heute Abend. Einem Abend, an dem die lange Warterei ein Ende haben würde und er endlich bekäme, was in seinen Träumen längst regelmäßig geschah.

Isabel ignorierte natürlich Rens Vorschlag, sich aufreizend zu kleiden. Sie stieg in ihr konservativstes schwarzes Kleid und verhüllte ihre nackten Schultern mit einem fransenbesetzten, mit winzigen goldenen Sternen übersäten schwarzen Tuch.

Gerade als sie den Katzen etwas zu fressen gab, vernahm sie hinter sich eine Bewegung. Mit pochendem Herzen drehte sie sich um und entdeckte in der Tür einen verschreckten Intellektuellen. Mit seinen zerzausten Haaren, der drahtgestellbewehrten Brille, dem sauberen, leicht zerknitterten Hemd, der abgetragenen, khakibraunen Hose und dem über eine Schulter gehängten Rucksack sah er aus wie Rens poetisch angehauchter kleiner Bruder.

Sie lächelte verschmitzt. »Ich hatte mich schon gefragt, mit wem ich heute Abend ausgehen würde.«

Er musterte ihre dezente Kleidung und erklärte seufzend: »Ich wusste, dass ich auf einen Minirock nicht hoffen dürfte.«

Draußen sah sie hinter ihrem Panda seinen silberfarbenen Alfa-Romeo. »Woher hast du denn den?«

»Die Reparatur des Maserati wird noch eine Weile dauern, also habe ich mir als Notbehelf den hier gekauft.«

»Für gewöhnlich kaufen Leute als Notbehelf so etwas wie Schokoriegel und nicht gleich ganze Autos.«

»Nur Leute wie du.«

San Gimignano lag auf einem Hügel, und die vier Wachtürme des Städtchens hoben sich dramatisch vom sonnenroten Abendhimmel ab. Isabel versuchte sich vorzustellen, was die Pilger auf dem Weg von Nordeuropa Richtung Rom beim ersten Anblick der Festung empfunden haben mochten. Nach den Gefahren, denen sie auf offener Straße ausgeliefert gewesen waren, hatte die Stadt mit ihrer dicken Mauer bestimmt wie ein Hafen der Stärke und Sicherheit auf sie gewirkt.

Rens Gedanken hatten offenbar eine ähnliche Richtung genommen, denn er sagte: »Eigentlich müssten wir den Rest des Weges laufen.«

»Ich glaube nicht, dass die Absätze meiner Schuhe für Pilgerreisen entworfen worden sind. Aber es ist wirklich wunderschön.«

»Die am besten erhaltene mittelalterliche Stadt der gesamten Toskana. Für den Fall, dass du keine Zeit gefunden hast, in deinen Touristenführern zu lesen, kann ich dir sagen, dass das eigentlich nur einem glücklichen Zufall zu verdanken ist.«

»Was willst du damit sagen?«

»San Gimignano war eine bedeutende Stadt, bis der schwarze Tod einen Großteil der Bevölkerung dahingerafft hat.«

»Genau wie oben auf der Burg.«

»Ohne Antibiotika eindeutig eine schwere Zeit. San Gimignano verlor seine Bedeutung als Zwischenstation für die Pilger und begann langsam, aber sicher zu verarmen. Glücklicherweise hatten die wenigen Bewohner des Städtchens, die von der Pest verschont geblieben waren, nicht genügend Geld, um irgendwelche Erneuerungen vorzunehmen, weshalb noch so viele der alten Wachtürme überhaupt stehen. Teile des Films *Tee mit Mussolini* wurden hier gedreht.« Ein Reisebus kam ihnen entgegen. »Das hier ist der moderne schwarze Tod«, erklärte Ren. »Horden von Touristen. Aber die Stadt ist so klein, dass die wenigsten von ihnen auch dort übernachten. Anna meinte, ab dem späten Nachmittag wäre man dort fast allein.«

»Dann hast du also noch einmal mit ihr geredet?«

»Ich habe ihr erlaubt, die Mauer morgen abreißen zu lassen, aber nur, wenn ich dabei bin, um die Arbeiten zu überwachen.«

»Ich wette, das hat ihr nicht gefallen.«

»Meinst du, das würde mich interessieren? Ich habe Jeremy, solange ich nicht da bin, als Wachposten abkommandiert.«

Ren stellte den Wagen auf dem Parkplatz außerhalb der

Mauern ab und schlang sich erneut den Rucksack um eine seiner Schultern. Auch wenn die Verkleidung des furchtsamen Intellektuellen nicht so viel von ihm versteckte wie seine anderen Kostüme, blieb er auf dem Weg durch die engen Gassen doch vor den Avancen neugieriger Fans verschont.

Er erzählte ihr, was er über die Fresken in der romanischen Kirche aus dem zwölften Jahrhundert wusste, zeigte sich, als sie sich begeistert in den kleinen Läden umsah, bemerkenswert geduldig, führte sie die schmalen, hügeligen Straßen hinauf zur Rocca, der jahrhundertealten Festung, erklomm dort einen Turm, blickte über die im letzten Licht der Sonne glühenden Felder und Hügel in Richtung der Weinberge und meinte: »Dort unten wachsen die Trauben für den hiesigen Weißwein, den Vernaccia. Was meinst du? Sollen wir ein Gläschen davon zum Abendessen und zu der Unterhaltung trinken, auf die du so erpicht bist?«

Unter seinem Lächeln begann ihre Haut zu prickeln. Beinahe hätte sie gesagt, er solle den Wein und das Gespräch vergessen und sich stattdessen einfach auf sie stürzen. Doch sie war zu verletzt, um weitere Schwierigkeiten zu ertragen, weshalb sie bei der Erstellung der Regeln für ihre bevorstehende Affäre am besten die größte Vorsicht walten ließ.

Der kleine Speiseraum im Hotel Cisterna bot weiß gekalkte Wände, Tischdecken aus pfirsichfarbenem Leinen und eine phänomenale Aussicht, wie es sie in der Toskana so häufig gratis gab. Von ihrem in einer Ecke zwischen zwei Fenstern stehenden Tisch aus sahen sie die geschwungenen, roten Dächer von San Gimignano sowie die erleuchteten Fenster der Bauernhäuser der Umgebung.

Er hob sein Glas zu einem Toast. »Auf das bevorstehende Gespräch. Möge diese Unterhaltung gnädig kurz und unermesslich ergiebig für uns sein.«

Während sie an dem frischen Vernaccia nippte, sagte sie sich, dass auf Frauen, die sich nicht auf ihre eigene Kraft besannen, herumgetrampelt wurde. Also erklärte sie entschieden: »Wir werden eine Affäre miteinander haben.«

»Gott sei Dank.«

»Aber nach meinen Bedingungen.«

»Das ist eine echte Überraschung.«

»Musst du immer auf alles mit Sarkasmus reagieren? Wenn ja, lass mich dir sagen, dass das alles andere als attraktiv ist.«

»Du bist kein bisschen weniger sarkastisch.«

»Was der Grund ist, weshalb ich sicher weiß, wie wenig anziehend das ist.«

»Sprich einfach weiter, ja? Ich weiß, dass du es kaum erwarten kannst, mir darzulegen, was für Bedingungen du stellst. Wobei ich hoffe, dass *legen* das Schlüsselwort in diesem Satz ist, oder ist das schon wieder zu sarkastisch?«

»Folgendes muss uns beiden klar sein.« Sie ignorierte das amüsierte Blitzen seiner Augen. Es war ihr egal. Zu viele Frauen verloren eines Geliebten wegen den Verstand, doch ginge es nach ihr, gehörte sie nie wieder dazu. »Als Erstes … darfst du mich nicht kritisieren.«

»Weshalb zum Teufel sollte ich das tun?«

»Weil ich im Gegensatz zu dir keine sexuelle Triathletin bin und weil ich dich bedrohe. Was dir nicht gefällt.«

»Okay. Keine Kritik. Aber du bedrohst mich *nicht*.«

»Zweitens … bei etwas Perversem mache ich nicht mit. Ich möchte ganz normalen Sex.«

Durch die Gläser seiner Intellektuellenbrille hindurch musterte er sie mit zusammengekniffenen Augen. »Wie definierst du ›ganz normalen Sex‹?«

»Genau wie man ihn im Allgemeinen definiert.«

»Verstanden. Keine Gruppen. Kein Spielzeug. Keine Bernhardiner. Enttäuschend, aber damit kann ich leben.«

»Vergiss es! Ach, vergiss es!« Sie warf ihre Serviette auf den Tisch. »Ich bin dir eindeutig nicht gewachsen, und ich weiß nicht, wie ich nur für einen Minute auf den Gedanken kommen konnte, wir könnten diese Sache durchziehen.«

»Tut mir Leid. Ich war einfach etwas gelangweilt.« Er beugte sich über den Tisch und legte die Serviette zurück in ihren Schoß. »Willst du nur die Missionarsstellung, oder bist du lieber oben?«

Sie hätte sich denken müssen, dass er das Gespräch ins Lächerliche zöge. Tja, Pech. Männer hatten Dutzende von Arten, sich die Illusion zu wahren, sie wären den Frauen überlegen. Sie ginge am besten achtlos darüber hinweg. »Das können wir spontan entscheiden.«

»Können wir unsere Kleider ausziehen?«

»Dass du dich ausziehst, ist sogar nicht nur gestattet, sondern ausdrücklich erwünscht.«

Er grinste breit. »Wenn du dich nicht ausziehen willst, ist mir das durchaus recht. Mit hübschen schwarzen Netzstrümpfen und einem netten Hüftgürtel bleibt dein Sinn für Anstand doch sicherlich gewahrt.«

»Du bist ein echter Schatz.« Sie strich mit dem Finger über den Rand ihres Glases. »Auch wenn das offensichtlich ist, werde ich noch einmal wiederholen, dass es bei dieser ganzen Affäre ausschließlich um unser beider Körper geht. Gefühle spielen keine Rolle.«

»Wenn du es sagst.«

Jetzt wurde es schwierig, aber sie sprach die Worte trotzdem aus: »Eins noch … Oralsex gibt es mit mir nicht.«

»Und warum nicht?«

»Es ist nicht mein Ding. Ich finde ihn etwas zu … derb.«

»Damit schränkst du meine Möglichkeiten natürlich erheblich ein.«

»Geh auf meine Bedingungen ein, oder lass das Ganze bleiben.«

Oh, er ginge darauf ein, dachte Ren, während er verfolgte, wie sie ihre vollen Lippen starrsinnig aufeinander presste und ihn kampflustig ansah. Er hatte sowohl auf der Leinwand als auch im wahren Leben mit den schönsten Frauen der Welt geschlafen, doch keins der hübschen Gesichter war so lebendig gewesen wie das von Isabel. Ihr Gesicht verriet Intelligenz, Humor, Entschlossenheit und ein Mitgefühl mit der gesamten Menschheit, neben dem jede andere Empfindung in den Schatten trat. Trotzdem war alles, woran er in dieser Minute denken konnte, das Verlangen, sie in die Arme zu ziehen und ins nächste Bett zu schleppen. Nur, dass Dr. Fifi unglücklicherweise nicht zu der Art Frau gehörte, die sich so etwas gefallen lassen würde, solange es nicht in ihrem Terminkalender stand. Es hätte ihn nicht überrascht, wenn sie irgendeine Art Vertrag aus der Tasche gezogen und von ihm hätte unterschreiben lassen, ehe es zu irgendwelchen Körperübungen zwischen ihnen beiden kam.

Nun, zumindest das leichte Flattern ihrer Halsschlagader war ein ermutigendes Zeichen. Sie war nicht halb so kühl, wie sie ihn glauben machen wollte. »Ich bin ein bisschen irritiert«, sagte er deshalb.

»Weshalb solltest du irritiert sein? Schließlich bekommst du genau das, was du willst.«

Er wusste, er arbeitete ohne Netz und doppelten Boden, doch ließe er sich ganz bestimmt nicht sämtliche Regeln von diesem Weib diktieren. »Nur dass du ständig irgendeine neue rote Flagge hisst.«

»Du bist es nur nicht gewohnt, dass Frauen offen über ihre Wünsche sprechen. Mir ist klar, dass das für dich eventuell etwas bedrohlich ist.«

Wer hätte gedacht, dass ein derart funktionstüchtiges Hirn so verführerisch sein konnte? »Vor allem kratzt es an meinem Ego.«

»Was, metaphysisch gesehen, sicher gut ist.«

»Körperlich gesprochen aber nicht. Ich will glauben, dass ich schlichtweg unwiderstehlich für dich bin.«

»Du *bist* unwiderstehlich.«

»Könntest du bei diesem Satz vielleicht etwas mehr Enthusiasmus in deine Stimme legen?«

»Das ist bei mir ein wunder Punkt.«

»Dass ich unwiderstehlich bin?«

»Ja.«

Er lächelte. So gefiel es ihm schon besser.

Der Ober kam mit der Vorspeise aus Schinken, Salami, Oliven und goldenen Happen gerösteten Gemüses. Ren wählte einen der Bissen, streckte die Hand über dem Tisch aus und hielt ihn ihr an die Lippen. »Okay, nur, um alles noch mal zusammenzufassen: keine Kritik, keinen Oralsex und nichts Perverses. Das hast du doch gesagt, oder?«

Er hatte gehofft, sie durch diese Sätze wenigstens ein bisschen aus dem Gleichgewicht zu bringen, doch sie zuckte mit keiner Wimper. »Das habe ich gesagt.«

Er schob ihr den Bissen in den Mund. »Ich schätze, nach Peitschen oder Schlägen auf den Hintern brauche ich gar nicht erst zu fragen.«

Sie betupfte sich den Mundwinkel mit der Serviette. Eine solche blöde Bemerkung würdigte sie nicht mal einer Antwort.

»Oder nach Handschellen«, fuhr er mit hoffnungsloser Stimme fort.

»Handschellen?« Die Serviette hing reglos in der Luft.

Zeigte sie da einen Funken von Interesse? Sie wirkte nervös, doch er war nicht dumm genug, sie merken zu lassen, dass es ihm aufgefallen war. »Vergiss es. Das war respektlos, und ich bitte um Verzeihung.«

»E-entschuldigung angenommen.«

Er hörte ihr leichtes Stottern und musste ein Grinsen unterdrücken. Offenbar fand Ms. Kontrollfreak den Gedanken an Handschellen tatsächlich interessant. Obgleich er sich denken konnte, wer von ihnen beiden am Ende gefesselt wäre, war dies schon mal ein guter Anfang. Er wollte nur hoffen, dass sie den Schlüssel nicht verlöre, wenn es zu einem solchen Spielchen kam.

Ren nutzte jeden Vorwand, um sie während der Mahlzeit zu berühren. Er strich unter dem Tisch gegen ihre Beine, streichelte ihr Knie, spielte mit ihren Fingern, schob ihr regelmäßig zarte Bissen von dem Vorspeisenteller in den Mund und strich mit einer Bewegung, die er sicher aus einem seiner Filme hatte, mit dem Daumen über ihre volle Unterlippe. Wie berechnend konnte ein Mann eigentlich sein? Doch er hatte damit tatsächlich Erfolg.

Zwei Stunden später schob er seine leere Cappuccino-Tasse von sich. Das Essen war hervorragend gewesen, aber sie konnte sich an nichts genau erinnern. »Bist du fertig?«, fragte er.

Fix und fertig, ja.

Als sie nickte, verließen sie das Restaurant, gingen zurück zur schiefen Treppe, stiegen sie jedoch nicht hinunter, sondern kletterten noch höher hinauf.

»Wohin gehen wir?«

»Ich dachte, dass du dir die Piazza gern von oben betrachten würdest.«

Sie hatte für heute genug schöne Aussichten gehabt. Sie wollte zurück in ihr kleines Häuschen. Oder vielleicht machte er es lieber im Wagen. Nie zuvor hatte sie sich in einem Wagen lieben lassen, aber eine neue Erfahrung wäre bestimmt nicht verkehrt. »Ich glaube, dass ich darauf verzichte. Wir machen uns jetzt besser auf den Weg zurück zum Auto.«

»Nicht so schnell. Ich bin sicher, du wirst es nicht bereuen.« Die Hand auf ihrem Ellbogen, bog er in einen Gang und zog einen schweren Zimmerschlüssel aus der Tasche.

»Wann hast du denn den bekommen?«

»Du hast dir doch nicht eingebildet, ich würde dir die Chance geben, es dir noch mal zu überlegen, oder?«

Es war ein winzig kleiner Raum mit vergoldetem Stuck, einem Engelsfresko unter der Decke und einem breiten, unter einer schlichten weißen Decke verborgenen Bett. »Das einzige Zimmer, das sie noch hatten, aber ich denke, dass es reicht.« Er stellte seinen Rucksack auf die Erde.

»Sehr nett.« Entschlossen, ihm nicht die Führung zu überlassen, stieg sie aus ihren Sandalen, hängte ihr Tuch über einen gradlehnigen Stuhl, stellte ihre Tasche ab, zog ein Kondom daraus hervor und legte es auf den Nachtisch.

Natürlich fing er an zu lachen. »Du bist nicht gerade optimistisch.« Er nahm die Brille von der Nase und warf sie achtlos auf einen kleinen Tisch.

»Ich habe noch mehr von diesen Dingern dabei.«

»Klar.« Er verriegelte die Tür. »Ich übrigens auch.«

Sie sagte sich, dass es heute Abend weder um Liebe noch um etwas Dauerhaftes ging. Es ging ausschließlich um Sex, was bei jemandem wie Lorenzo Gage absolut normal war. Und momentan war er ihr ganz privates Spielzeug.

Sie versuchte zu entscheiden, wo sie am besten anfing. Sollte sie ihn ausziehen? Auswickeln wie ein Geschenk? Oder wollte sie ihn küssen?

Er legte den Schlüssel auf den Tisch und runzelte die Stirn. »Machst du mal wieder eine Liste?«

»Warum fragst du?«

»Weil du wieder diesen Blick hast.«

»Das macht dich nervös, nicht wahr?« Sie tapste über den Teppich, schlang ihm die Arme um die Schultern, zog seinen Kopf so weit zu sich herab, dass sie seinen wunderbaren Mund erreichte, und nagte sanft an seiner Unterlippe, nur um ihm zu zeigen, dass sie kein kleines Kätzchen, sondern ein ausgewachsenes Tigerweibchen war.

Sie schmiegte sich fester an ihn und gab ihm einen feuchten, offenmundigen Kuss, wobei sie dafür sorgte, dass ihre eigene Zunge aktiv die Oberhand behielt.

Was ihn offenbar nicht störte.

Sie schlang ein Bein um seine Waden, und er umfasste ihren Hintern und hob sie etwas an – was geradezu perfekt war, weil sie dadurch größer als er wurde, und – oh – sie liebte diese überlegene Position. Sie verstärkte ihren Kuss und schob einen Fuß zwischen seine Beine.

Was ihm eindeutig gefiel, denn sofort versuchte er, die Führung zu übernehmen und schob sie rückwärts Richtung Bett. »Erst ausziehen«, murmelte sie an seinem Mund.

»Ausziehen?«

»Mmm ... und zwar möglichst langsam.«

Er setzte sie auf den Rand des Bettes, blickte lüstern und verführerisch auf sie herab und fragte, fast ohne seine feinen Lippen zu bewegen: »Bist du sicher, dass du Frau genug bist, um damit zurechtzukommen?«

»Ziemlich.«

»Ich hoffe, dass du deine Selbstbeherrschung nicht doch ein wenig überschätzt.«

»Gib dein Bestes.«

Auch wenn er sie völlig reglos musterte, wusste sie, dass er sich amüsierte. Er würde auch gleich nicht mit seinen Muskeln spielen oder nähme irgendwelche blöden Kalenderposen ein. Nein, der Mann hier war durch und durch das Original.

Langsam ... lässig ... knöpfte er sein Hemd auf. Ließ sich Zeit, tastete jeden einzelnen der Knöpfe mit einer unmerklichen Drehung seiner Finger aus dem Loch. Schließlich fielen die beiden Hälften des Hemdes auseinander, und sie wisperte heiser: »Exzellent. Ich liebe es, einen ganz eigenen, privaten Filmstar zu haben.«

Das Hemd glitt auf den Boden, und er legte eine Hand auf den Gürtel seiner Hose. Doch statt ihn zu öffnen, sah er sie mit hochgezogenen Brauen an. »Erst müsstest du mich ein wenig inspirieren.«

Sie griff unter ihr Kleid, zog sich das Unterhöschen aus und warf es zur Seite.

»Exzellent«, erklärte er. »Ich liebe es, meinen eigenen sexy Guru zu haben.«

Als er den Gürtel, die Schuhe und die Socken ausgezogen hatte und den Reißverschluss seiner Hose das erste kurze Stück herabzog, musste sie mühsam schlucken. Dies war eindeutig eine mehr als gelungene Performance.

Sie wartete darauf, dass er den Reißverschluss bis ganz nach unten zöge, doch er schüttelte den Kopf. »Nicht ohne einen zusätzlichen Anreiz.«

Sie zog den Reißverschluss ihres Kleides wesentlich tiefer als er den seiner Hose, der Stoff glitt sanft von ihrer Schulter, und darüber hinaus legte sie ihre Ohrringe ab.

»Jämmerlich.« Er stieg aus seiner Hose und stand mit nichts als einer Boxershorts aus dunkelblauer Seide vor dem Bett. 85 Kilo straffer Haut und harter Muskeln, mit denen sie tun und lassen konnte, was auch immer ihr gefiel. »Bevor du mehr zu sehen kriegst, müsstest du mich noch ein bisschen weiter inspirieren.«

Wieder versuchte er die Kontrolle über das Spiel zu übernehmen, aber wo bliebe dann der Spaß? Sie winkte ihn mit dem Finger zu sich heran und war, obgleich ihr diese dominante Geste bisher völlig fremd gewesen war, nicht im Geringsten überrascht, als er tatsächlich kam.

Sie lehnte sich rücklings gegen die Kissen, streckte begehrlich die Arme nach ihm aus, und er schob ihr den Rock weit genug über die Schenkel, dass ihre Haut sich erhitzte, noch ehe er sich über ihren Körper schob, sich auf die Unterarme stützte, um sie nicht zu berühren, und ihr gerade ins Gesicht sah.

Wie gerne wäre sie der Einladung zu einem Kuss gefolgt. Doch der Gedanke, Macht auszuüben über dieses schwarzhaarige Tier, war derart betörend, dass sie sich unter ihm fortschob und ihm einen Schubs versetzte, der ihn sich auf den Rücken rollen ließ. »Das wird ja immer schöner«, meinte er durchaus zufrieden.

»Das will ich doch wohl hoffen.«

Als sie sich über ihn beugte, blitzte der Schalk in seinen Augen. »Und, zufrieden?«

Sie sah ihn grinsend an. »Ziemlich.«

Ein netterer, empfindsamerer Mann hätte ihr einfach weiter die Führung überlassen, doch er war nicht nett, und so nagte er an ihrer Schulter, biss gerade so fest zu, dass sie es spürte, und begann an der Stelle zu saugen. »Du solltest nicht mit dem Feuer spielen, wenn du nicht bereit bist zu spüren, wie es brennt.«

»Du machst mir Angst.« Sie schwang eins ihrer Beine über seine Hüfte. »Und wenn ich Angst bekomme, reagiere ich leicht über.« Sie zog die Knie an und setzte sich auf seine dunkelblauen Shorts.

Er atmete hörbar ein, und sie rutschte boshaft auf ihm herum. »Soll ich ein bisschen langsamer machen? Schließlich möchte ich dich nicht erschrecken.«

»Ömm … nein. Bleib am besten, wo du bist.« Er schob seine Hände unter ihren Rock und umfasste ihren Po.

Nie hätte sie sich träumen lassen, wie wunderbar es war, gleichermaßen geistig wie körperlich derart erregt zu sein. Vor lauter Freude war ihr schwindlig, und am liebsten hätte sie schallend gelacht.

»Willst du bis morgen früh so sitzen?«, fragte er sie. »Oder fängst du irgendwann mal an dich zu … bewegen.«

»Ich denke gerade nach.«

»Worüber?«

»Ob ich bereit bin, mich von dir erregen zu lassen.«

»Du brauchst noch mehr *Erregung?*«

»O ja …«

»Das war's!« Er schob sie von sich herunter und warf sie

auf den Rücken. »Es ist einfach idiotisch zu erwarten, dass eine Frau die Arbeit eines Mannes übernimmt.«

Ihr Rock flog bis zu ihrer Hüfte, und er spreizte entschieden ihre Schenkel. »Tut mir Leid, Süße, aber es lässt sich nicht vermeiden.« Ehe sie etwas entgegnen konnte, schob er sich an ihr herunter und vergrub seine Lippen zwischen ihren Beinen.

In ihrem Hirn schienen Raketen zu krachen, und sie japste auf.

»Warte«, murmelte er an ihrem feuchten Fleisch. »Ehe du auch nur weißt, wie dir geschieht, ist es auch schon vorbei.«

Sie versuchte ihre Beine zusammenzuklemmen, doch dort war sein Kopf, und eigentlich war es auch ein allzu herrliches Gefühl.

Seine Zunge kreiste, seine Lippen spielten, und sie hatte das Gefühl zu schweben. Er hätte sie foppen können, doch er blieb bei der Sache – und so flog sie davon – zu einem Firmament voll sprühender Sternschnuppen.

Als sie wieder zu sich kam, waren seine Shorts verschwunden, er rollte sich auf ihren Bauch und schob sich vorsichtig in sie hinein. Seine Miene wurde zärtlich, und er strich ihr eine Strähne ihrer Haare aus der Stirn. »Es war einfach erforderlich.«

Zu ihrer Überraschung konnte sie tatsächlich sprechen. »Ich habe dir gesagt, dass ich das nicht will.«

»Dann musst du mich bestrafen.«

Oh, wie gerne hätte sie gelacht, doch er lag mit seinen gesamten 85 Kilo auf ihr, und sie war schwach und heiß und eindeutig bereit für mehr.

»Heute trage ich nur eins.« Er nickte zu der Kondomhülle neben dem Bett. »Du musst also das Beste hoffen.«

»Mach dich ruhig lustig über mich.« Sie kreuzte die Arme vor dem Körper und zog sich in dem Bewusstsein, dass er in ihr gebettet war, das Kleid über den Kopf.

Er küsste ihre Finger. Jetzt trug sie nur noch einen schwarzen, spitzenbesetzten BH und das goldene *atme*-Armband um den Arm. Langsam fing sie an sich zu bewegen. Sie genoss ihre Macht und fühlte sich vom Kopf bis zu den Sohlen durch und durch wie ein Vollweib, dem die Befriedigung selbst eines Mannes wie Lorenzo Gage geradezu spielerisch gelang.

Seine Hände blieben nicht lange tatenlos. Bereits nach wenigen Sekunden streiften sie ihr auch den Büstenhalter ab, betasteten begierig ihren Busen, ihren Hintern, streichelten die Stelle, an der ihrer beider Leiber aufeinander lagen, und zogen schließlich ihren Kopf herab an seinen Mund. Seine Hüfte reckte sich ihr entgegen, sie wollte, dass es für ihn ebenso wunderbar wie für sie selber wäre, und so ging sie, selbst als ihre Münder endlich miteinander verschmolzen, gnadenlos über das brennende Verlangen ihres Körpers nach Erlösung hinweg.

Schweiß glänzte auf seiner Haut. Seine Muskeln bebten. Sie wurde langsamer ... und langsamer ... sie starb, er starb, sie beide starben ... und obgleich er sie hätte zwingen können, sich der Hitze endlich zu ergeben, hielt er sich zurück. Es kostete sie beide ... doch sie verlangsamte das Kreisen ihrer Hüften immer weiter.

Bis sie sich fast gar nicht mehr bewegte.

Nur die allerkleinste Reibung ... die geringste Kontraktion ...

bis selbst diese ...

mehr war ...

als sie beide ertrugen.

15

Die Glocken von San Gimignano läuteten leise im morgendlichen Regen. In dem Zimmer war es kalt geworden, und im Schutz der alten Türme und der Geister alter Pilger hüllte sich Isabel fester in die warme Decke des breiten Bettes ein.

Die vergangene Nacht war eine Pilgerreise für sie selbst gewesen. Sie lächelte in ihr Kissen und rollte sich behaglich auf den Rücken. Sie hatte alles unter Kontrolle gehabt, hatte die Kontrolle vollständig verloren, war gedankenvoll gewesen, aber auch gedankenlos und hatte jeden dieser Zustände genossen. Ren war ein unermüdlicher Liebhaber gewesen – das hatte sie nicht überrascht. Als überraschend hatte sie ihre eigene Unermüdlichkeit empfunden.

Nun war sie alleine in dem kleinen Raum. Gähnend schwang sie die Beine über den Rand des Bettes und ging hinüber in das angrenzende Bad. Sein Rucksack lag geöffnet neben ihrem schwarzen Fransentuch mitten auf dem Boden. Auf dem Rand des Beckens fand sie eine Zahnbürste und eine Tube Zahnpasta mit aufgeschraubtem Deckel. Er hatte ihr Zusammensein sorgfältig geplant – das wusste sie zu schätzen.

Nach einem kurzen Bad hüllte sie sich in eins der großen Badetücher des Hotels und blickte in den Rucksack, um zu gucken, ob sich dort vielleicht ein Kamm oder eine Bürste fände, hielt stattdessen jedoch plötzlich einen Tanga aus leuchtend roter, spitzenbesetzter Seide in der Hand.

Er blickte durch die Tür und grinste breit. »Ein kleines Zeichen meiner Zuneigung. Sobald du das Ding anziehst, bin ich bereit, mein Frühstück mit dir zu teilen.«

»Es ist noch nicht mal neun. Du musst schrecklich früh aufgestanden sein.«

»Morgenstund' hat Gold im Mund. Außerdem habe ich heute noch jede Menge vor.« Sein Lächeln verriet, was genau er damit meinte.

»Ich würde mich erst mal gerne anziehen.«

»Weshalb solltest du das tun?«

Nie zuvor hatte Ren etwas so Reizvolles gesehen wie Dr. Fifi mit vom Bad noch feuchten, wild zerzausten Locken, glühenden Wangen und einer glänzenden, mit Sommersprossen übersäten Nase. Doch ihr wohlgerundeter Körper und der leuchtend rote Tanga, den sie von ihren Fingern baumeln ließ, verrieten, dass sie alles andere als die naive Unschuld war, als die sie ihren Mitmenschen so oft erschien.

Die letzte Nacht war total verrückt gewesen. Mal hatte sie die Domina gemimt, mal kraftlos und gefügig in seinem Arm gelegen, während er mit ihr machte, was immer ihm gefiel. Nie zuvor in seinem Leben hatte er sich derart amüsiert, und er konnte es kaum erwarten, dass es zu einer Fortsetzung dieses Vergnügens kam. »Komm her.«

»O nein. Ich habe Hunger. Was hast du mir mitgebracht?«

»Nichts. Lass das Handtuch fallen.«

Sie schwenkte verführerisch den Tanga. »Ich rieche Kaffee.«

»Das bildest du dir ein.«

»Ich glaube nicht. Schenk schon einmal ein. Ich bin sofort bei dir.«

Lächelnd schloss er die Tür und zog die weiße Papiertüte mit dem Kaffee und den frisch gekauften Brötchen hinter seinem Rücken hervor. Der Empfangschef hatte ihn erkannt und gezwungen, eine Reihe Autogramme für seine Verwandten zu unterschreiben, aber er war derart gut gelaunt gewesen, dass es ihm egal gewesen war.

Die Tür des Bads ging auf, und beinahe hätte er den Kaffee über der Bettdecke verschüttet. Mit nichts als ihrem schwarzen Fransentuch und dem roten Tanga, den er am

Vortag aus einem Impuls heraus für sie erstanden hatte, lehnte sie im Türrahmen und sah ihn lächelnd an.

»Und, habe ich deine Vorstellung getroffen?«

»Übertroffen wäre das passendere Wort.«

Lächelnd zog sie das Tuch von ihren Schultern.

Und bis sie ihren Kaffee endlich tranken, war er kalt.

»Ich liebe San Gimignano«, sagte sie, als sie durch den Regen zurück in Richtung ihres Häuschens fuhren. »Ich hätte ewig dort bleiben können.«

Er verbarg sein Lächeln und schaltete die Scheibenwischer eine Stufe herauf. »Aber du wirst mich nicht noch mal dafür bezahlen, oder?«

»He, falls irgendjemand dafür bezahlen müsste, dann ja wohl eindeutig du, denn ich war wirklich gut. Gib es zu.«

Sie sah so selbstzufrieden aus, dass ihm gar nicht in den Sinn kam, ihr zu widersprechen. »Du warst sogar Weltklasse.«

»Das finde ich auch.«

Lachend wollte er sie küssen, doch als er die Hände vom Lenkrad löste, hielt sie ihm dafür eine Strafpredigt.

Lässig kreuzte sie die Beine und ließ eine ihrer Sandalen baumeln. »Wenn du mir eine Note geben müsstest, welche wäre das?«

»Eine Note?«

»Eine Bewertung.«

»Ich soll dich be*werten*?« Gerade als er gedacht hatte, sie könne ihn kaum mehr überraschen, hatte sie es wieder mal geschafft.

»Ja.«

»Kommt dir das nicht ein bisschen entwürdigend vor?«

»Nicht, wenn ich dich darum bitte.«

Er war kein Narr, und er erkannte eine Falle, wenn er eine sah. »Warum willst du, dass ich dich bewerte?«

»Nicht, weil ich in Konkurrenz zu irgendwelchen anderen Frauen treten möchte – mach dir da nichts vor. Ich hätte einfach gern, dass mir eine Autorität auf diesem Gebiet erklärt, auf welchem Level ich mich kompetenzmäßig befinde. Wie weit ich inzwischen gekommen bin. Und was ich noch alles verbessern muss.«

»Was das ›Kommen‹ angeht …«

»Beantworte mir meine Frage.«

»Okay.« Er lehnte sich entspannt zurück. »Du erwartest Ehrlichkeit. Du warst nicht die Nummer eins. Bist du damit zufrieden?«

»Weiter.«

Er lenkte den Wagen um eine scharfe Kurve. »Nummer eins war eine hochrangige französische Kurtisane.«

»Ah, eine Französin.«

»Nummer zwei hatte ihre Ausbildung in einem mittelöstlichen Harem absolviert, und du kannst wohl kaum erwarten, mit so jemandem Schritt halten zu können, oder?«

»Ich schätze, nein. Obwohl ich glaube –«

»Was die Nummer drei betrifft, da wird es etwas schwierig. Entweder der bisexuelle Schlangenmensch aus dem Cirque du Soleil oder die rothaarigen Zwillinge mit dem interessanten Fetisch. Nummer vier –«

»Kürz ruhig ein bisschen ab.«

»Fünfundachtzig.«

»Mach nur so weiter. Amüsier dich.«

»Das tue ich auf jeden Fall.«

Sie grinste ihn von der Seite an und lehnte sich behaglich in den Sitz. »Ich habe die Frage sowieso nicht ernst gemeint. Ich habe viel zu großes Selbstvertrauen, um mich dafür zu interessieren, wie du mich bewertest. Ich wollte dich nur ein bisschen zappeln sehen.«

»Ich scheine nicht der Einzige zu sein, der zappelt. Vielleicht bist du ja doch nicht ganz so sicher, wie du tust.«

»Das liegt nur an dem Tanga.« Sie zupfte durch den Stoff des Kleides an dem winzigen Stoffstreifen herum. »Eindeutig ein Kleidungsstück für verzweifelte Frauen.«

»Mir hat es gefallen.«

»Das habe ich bemerkt. Aber dir ist klar, dass du jetzt wieder in die Villa ziehen musst?«

Ohne Vorankündigung hatte sie ihm mit diesem Satz bereits den zweiten Schlag verpasst. »Was willst du damit sagen?«

»Ich bin bereit, eine Affäre mit dir zu haben, nicht aber, mit dir zu leben.«

»Gestern haben wir doch auch zusammengelebt.«

»Das war vor der letzten Nacht.«

»Ich stolpere garantiert nicht um fünf Uhr morgens todmüde zurück in meine Villa.« Er trat stärker aufs Gaspedal als nötig. »Und wenn du denkst, dass wir nicht wieder miteinander schlafen, dann hast du offenbar ein sehr kurzes Gedächtnis.«

»Ich habe nicht gesagt, dass du nicht ab und zu auch in meinem Häuschen übernachten, sondern nur, dass du nicht auf Dauer weiter dort wohnen bleiben kannst.«

»Ein minimaler Unterschied.«

»Aber ein wichtiger.« Isabel war sich sicher, dass auch er den Unterschied verstand. Sie berührte ihr Armband. Sie könnte ihr inneres Gleichgewicht nicht behalten, wenn sie nicht jede Menge Zeit alleine hätte, um sich zu beruhigen. »Zwischen uns beiden geht es ausschließlich um Sex.« Er wandte den Blick lange genug von der Straße, um sie giftig anzustarren, doch sie ging achtlos darüber hinweg. »Wenn wir zusammenleben würden, würde die ganze Sache dadurch nur unnötig verkompliziert.«

»Ich sehe nicht, was daran so kompliziert ist.«

»Wenn zwei Menschen zusammenleben, gehen sie dadurch eine emotionale Verbindung miteinander ein –«

»Einen Augenbl–«

»Oh, du brauchst gar nicht so entsetzt zu gucken. Wobei dein Blick die Richtigkeit meiner Behauptung beweist. Wir haben eine kurzfristige körperliche Beziehung ohne jede emotionale Komponente. Alles, was du von mir bekommst, ist mein Körper. Das sollte dich doch freuen.«

Seine Miene verdüsterte sich noch mehr, was sie, da sie ihm eine seiner Meinung nach perfekte Beziehung beschrieben haben müsste, beim besten Willen nicht verstand. Bestimmt war er nur deshalb sauer, weil sie die Bedingungen diktierte und nicht er. Vorhersehbares geschlechtsspezifisches Verhalten. Doch bei diesem Mann war nichts vollkommen sicher, und so fuhr sie eilig fort: »Nur, um klar zu machen, dass wir uns in diesem Punkt verstehen … solange wir Sex miteinander haben, sind wir beide treu.«

»Würdest du bitte endlich aufhören, ständig vom ›Sex haben‹ zu reden? Aus deinem Mund klingt das, als hätten wir die Grippe. Und es ist nicht nötig, dass du mir einen Vortrag über Treue hältst.«

»Ich halte keinen Vortrag.«

Er antwortete mit einem verächtlichen Schnauben.

»Also gut«, gestand sie ein. »Vielleicht habe ich einen Vortrag gehalten. Los. Jetzt bist du dran.«

»Ich darf tatsächlich auch was sagen?«

»Natürlich. Ich bin sicher, dass du ebenfalls ein paar Bedingungen stellen willst.«

»Und ob.«

Sie sah, wie er versuchte, sich ein paar Bedingungen aus den Fingern zu saugen, hielt sich jedoch höflicherweise mit Vorschlägen zurück.

»Okay«, sagte er schließlich. »Ich werde meine Sachen zurück in die Villa bringen, sobald wir angekommen sind. Aber wenn wir ›Sex haben‹, kehre ich anschließend nicht dorthin zurück.«

»In Ordnung.«

»Und wenn wir *keinen* ›Sex haben‹ und ich gezwungen bin, die Nacht mit all den halslosen Ungeheuern, die du mir aufgehalst hast, in der Villa zu verbringen, dann erwarte ja nicht, dass ich am nächsten Tag gut gelaunt bei dir erscheine. Wenn ich mich also mit dir streiten will, dann werde ich das tun.«

»Fein.« Sie stellte ihre Füße ordentlich nebeneinander. »Aber du darfst nicht ›halt die Klappe‹ zu mir sagen.«

»Halt die Klappe.«

»Eins noch.«

»Nichts mehr …«

»Letzte Nacht hast du eine Grenze überschritten. Und dass mir bei der Ziehung dieser Grenze ein Fehler unterlaufen ist, heißt nicht, dass ich sie auch in Zukunft überschritten sehen will.«

Er kniff die Augen zusammen. »Sag mir, welche Grenze ich überschritten haben soll.«

»Das weißt du ganz genau.«

»Los, sag es. War es in dem Augenblick, in dem du deine Knie um meinen Ha–«

»Genau.«

»Baby, die Ziehung dieser Grenze war aus deiner Sicht ganz eindeutig ein Fehler«, erklärte er ihr lachend. »Und zwar ein großer Fehler. Das bringt mich auf den Gedanken –«

»Ich weiß noch nicht. Ich denke noch darüber nach.«

»Woher willst du überhaupt wissen, was ich dich fragen wollte?«

»Ich bin eine äußerst scharfsichtige Frau. Du bist ein Mann, und du hättest nichts dagegen, den mir von dir erwiesenen Gefallen erwidert zu bekommen.«

»Selbst wenn, bin ich durchaus damit zufrieden, wie die Dinge bisher laufen.«

»Schön zu wissen.«

»Und du sollst dich nicht unter Druck gesetzt fühlen.«

»Danke. Das werde ich auch nicht.«

»Der einzige Grund, weshalb ich überhaupt die Sprache darauf bringe, ist, um dich zu beruhigen. Ich wollte dich nur wissen lassen, dass du, falls du jemals eine gewisse … Abenteuerlust empfinden solltest, in mir einen perfekten Gentleman zum Partner hast.«

»Wie könntest du jemals etwas anderes sein?«

»Es ist doch einfach schön zu merken, wie gut du mich verstehst.«

Der Regen hielt sie bis zum frühen Nachmittag hindurch in der Villa gefangen. Harry stapfte mit seinem Handy durch sämtliche Zimmer des Hauses und mied nur die Räume, in denen sich Tracy zufällig befand. Tracy ihrerseits spielte mit Barbie-Puppen, bis sie den magersüchtigen Zicken am liebsten die Köpfe abgerissen hätte, und versuchte, Jeremy mit Kartenspielen zu unterhalten, die ihn nicht interessierten. Die Kinder stritten miteinander, Connor zupfte an seinem Ohr, und ihre Knöchel waren geschwollen, was hieß, dass sie von jetzt an salzlos essen müsste. Und was hatte das Leben ohne Salz überhaupt noch für einen Sinn? Bereits der Gedanke daran weckte in ihr das unstillbare Verlangen nach einer Riesentüte Chips.

Schließlich gelang es ihr, Connor für einen Mittagsschlaf ins Bett zu verfrachten, der Regen hörte auf, und die anderen Kinder rannten zum Spielen in den Garten. Am liebsten hätte sie vor lauter Dankbarkeit geweint, nur dass es sie fertig machte, mit ansehen zu müssen, dass Harry immer noch telefonierte. Sie dachte an Isabels Vorschlag – an die Frage, die sie ihm stellen sollte – nach den drei Dingen, die sie tun könnte, damit er glücklich war. Aber wie stand es mit den Dingen, die er tun könnte, damit auch sie wieder mit ihm glücklich wäre? In diesem Augenblick hasste sie Isabel Favor beinahe so wie ihren Mann.

Dummerweise lief er genau in dem Moment an ihr vorbei, als sie über die Tasche seines Laptops stolperte, die Connor durch die Gegend geschleift hatte, sodass sie sich danach bückte und sie ihm rüde an den Kopf schmiss. Er sagte keinen Ton, aber Harry hatte immer schon eine erstaunliche Gelassenheit besessen. Sie war diejenige, die brüllte. Er führte sein Gespräch zu Ende und bedachte sie mit demselben missbilligenden Blick wie eines der Kinder, wenn es sich schlecht benahm. »Ich bin sicher, du hattest einen Grund, um mit der Tasche nach mir zu werfen.«

»Es tut mir nur Leid, dass es kein Stuhl war. Es hat den ganzen Morgen Bindfäden geregnet, und du hast mir nicht einmal mit den Kindern geholfen.«

»Ich hatte eine wichtige Konferenzschaltung. Das hatte ich dir doch gesagt. Ich habe sämtliche Besprechungen und zwei Präsentationen abgesagt oder verlegt, aber um das hier kam ich halt nicht herum.«

Sie wusste, dass sich das Projekt, dessentwegen er in Zürich war, in einem kritischen Stadium befand. Und er war bereits länger hier bei ihr, als sie sich je hätte erträumen können. Außerdem hatte er seit seiner Ankunft mehr Zeit mit den Kindern zugebracht als sie, doch um Fairness walten lassen zu können, war sie zu verletzt. »Ich wünschte, ich könnte es mir leisten zu telefonieren, wann immer ich es will.« Seit wann war sie eine solche Xanthippe?

Seit ihr Mann sie nicht mehr liebte.

»Beruhig dich, ja? Könntest du eventuell einmal in deinem Leben wenigstens so tun, als wärst du ein halbwegs vernünftiger Mensch?«

Er hielt sie auf Distanz … hielt sie ewig auf Distanz. Tat, als wären ihre Gefühle vollkommen egal, nur, um sich nicht mit ihnen zu befassen. »Wozu, Harry? Weshalb sollte ich so tun? Ich bin wieder einmal schwanger, du hältst es nicht mehr mit mir aus, ja, du magst mich nicht mal mehr. Gott, ich bin dich so leid.«

»Hör auf mit dieser Melodramatik. Ich werde mich bestimmt daran gewöhnen, noch ein Kind zu haben. Du bauschst die Dinge nur deshalb unnötig auf, weil du dich langweilst und nichts anderes hast, um dich zu unterhalten.«

Er demütigte sie, und sie hielt seine kühle Distanziertheit und das Wissen, wie wenig ihrer beider Liebe ihm noch bedeutete, nicht mehr aus.

»Deine Schwangerschaft ist schuld an deiner Überreaktion«, fuhr er mit ruhiger Stimme fort. »Es liegt an den Hormonen, dass du dich völlig irrational gebärdest.«

»Vor einem Jahr war ich noch nicht schwanger. War ich irrational, als wir nach Newport fuhren und du die ganze Zeit am Telefon herumgehangen hast?«

»Das war ein Notfall.«

»Es gibt immer irgendeinen Notfall!«

»Was soll ich tun? Sag es mir, Tracy. Was kann ich tun, um dich glücklich zu machen?«

»Sei einfach nur mal da!«

Seine Miene verriet keinerlei Emotion. »Bitte, versuch du endlich mal, dich zu beherrschen.«

»Soll ich so ein Roboter werden, wie du inzwischen einer bist? Nein danke.«

Er schüttelte den Kopf. »Das alles ist reine Zeitverschwendung. Was habe ich hier überhaupt verloren? Ich vergeude ja doch nur meine Zeit.«

»Dann hau doch ab! Du willst doch sowieso die ganze Zeit verschwinden. Hau ab, damit du dich nicht länger mit einem fetten, hysterischen Weibsbild wie mir abgeben musst.«

»Vielleicht sollte ich tatsächlich fahren.«

»Verschwinde!«

»Jetzt reicht's! Sobald ich mich von den Kindern verabschiedet habe, bin ich endgültig weg.« Er trat gegen die Tasche seines Laptops und stapfte aus dem Raum.

Tracy warf sich in einen Sessel und fing an zu weinen. Sie hatte es tatsächlich geschafft. Sie hatte ihn endgültig verscheucht.

»Sag es mir, Tracy. Was kann ich tun, um dich glücklich zu machen?«

Einen Moment lang argwöhnte Tracy, ob Isabel wohl auch mit ihm gesprochen hatte. Aber, nein, dann hätte seine Stimme bei der Frage keinen derart zynischen Unterton gehabt. Trotzdem wünschte sie sich, sie hätte ihm eine ehrliche Antwort darauf gegeben.

Lieb mich, Harry. Lieb mich wieder so wie früher.

Harry fand seinen ältesten Sohn und seine jüngste Tochter vor der Villa. Als er Brittany von einer der Statuen pflückte, auf die sie geklettert war, um Jeremy zu zeigen, dass sie den Mut dazu besaß, wurde ihm bewusst, dass ihm unter seinem Hemd der kalte Schweiß ausgebrochen war. Doch er durfte die Kinder nicht sehen lassen, welche Verzweiflung er empfand, und so zwang er sich zu einem Lächeln, als er fragte: »Wo ist Steffie?«

»Keine Ahnung«, antwortete sein Sohn.

»Setzt euch, Kinder. Ich muss mit euch reden.«

»Du fährst wieder weg, nicht wahr?« Jeremy, der dieselben strahlend blauen Augen wie seine Mutter hatte, bedachte ihn mit einem vorwurfsvollen Blick. »Du fährst zurück nach Zürich, und du und Mama lasst euch scheiden.«

»Wir lassen uns nicht scheiden.« Allerdings wäre das der logische nächste Schritt, und Harrys Brust zog sich bei dem Gedanken derart schmerzlich zusammen, dass er nur noch mit größter Mühe Luft bekam. »Ich muss zurück zu meiner Arbeit, das ist alles.«

Jeremy schaute ihn an, als hätte er für alle Zeit die Sonne ausgelöscht.

»Das ist wirklich keine große Sache.« Harry nahm die beiden Kinder in den Arm und zog sie auf eine der Bänke, wo er all die richtigen Dinge sagte, außer, wann und wo sie einander wiedersehen würden. Er konnte nichts mehr planen, konnte kaum noch denken. Er hatte schon seit Monaten nicht mehr gut geschlafen. In den letzten beiden Nächten, zusammen mit seinen Kindern, hatte er die Augen endlich wieder einmal schließen können. Doch es war nicht der tiefe, friedvolle Schlaf, wenn Tracy an ihn geschmiegt ihre Arme über seine Brust gelegt hatte und er selbst in seinen Träumen eingehüllt war in den süßen, exotischen Geruch ihres wilden, schwarzen Haars.

»Wartet's ab, ehe ihr euch verseht, bin ich schon wieder da.«

»Wann?« Jeremy kam ganz nach seiner Mutter. Er hatte eine raue Schale, darunter jedoch war er ein höchst emotionales, sehr sensibles Kind. Was für Folgen hätte die Trennung der Eltern wohl für ihn?

»Ich rufe euch täglich an«, gab Harry die beste Antwort, die er geben konnte.

Brittany steckte den Daumen in den Mund und streifte sich die Schuhe von den Füßen. »Ich will nicht, dass du gehst.«

Gott sei Dank hielt Connor noch sein Schläfchen. Harry hätte es nicht ertragen, die kurzen, dicken Ärmchen vertrauensvoll um seinen Hals geschlungen und das Gesicht mit klebrigen Küssen zugepflastert zu bekommen. All die bedingungslose Liebe eines Sohnes zu erleben, den er nicht gewollt hatte. Wie konnte er erwarten, dass Tracy ihm verzieh, wenn er sich selbst nicht verzeihen konnte? Vor allem, nachdem durch die erneute Schwangerschaft die alte Wunde wieder aufgerissen worden war.

Er wusste, er würde dieses Baby lieben, wäre es erst einmal da. Verdammt, Tracy kannte ihn gut genug, um das ebenfalls zu wissen. Aber er hasste es, dass offensichtlich nur weitere Kinder ihr Erfüllung bringen konnten. Niemals er allein.

Er musste noch Steffie finden, doch hatte er Angst davor, ihr zu beichten, dass er wieder fuhr. Sie war eine Grüblerin und Kämpferin, genau wie er. Während die anderen Kinder um seine Aufmerksamkeit buhlten, hielt sie sich bewusst zurück, als wäre sie nicht sicher, dass sie für ihn denselben Stellenwert besaß wie ihre Geschwister. Manchmal brach ihm der Anblick ihrer gerunzelten Stirn schier das Herz. Er wünschte, er wüsste, wie er sie etwas härter machen könnte.

Jeremy fing an, gegen die Bank zu treten, und Brittany zupfte nervös an ihrem Kleid. Er wusste einfach nicht, was er für sie tun könnte in dieser Situation. »Sucht ihr mal eben eure Schwester? Ich bin in ein paar Minuten wieder da.«

Mit einem beruhigenden Lächeln wandte er sich ab und marschierte in Richtung des kleinen Bauernhauses, wo er hoffte, Tracys Exmann zu finden. Er hätte sich längst mit diesem Mistkerl auseinander setzen sollen, doch der verdammte Hurensohn wich ihm seit seiner Ankunft systematisch aus.

Ren stand neben der Haustür und beobachtete, wie Harry Briggs entschlossen auf ihn zukam. Der Regen hatte die Luft ein wenig abgekühlt, und Ren hatte eine Joggingrunde drehen wollen, doch das musste offenbar etwas warten.

Für Typen wie Briggs, Typen mit viel Hirn und möglichst wenig Emotionen, hatte er von klein auf eine heimliche Bewunderung empfunden. Männer, die es nicht nötig hatten, die dunkelsten Winkel ihrer Seele nach Gefühlen und Erinnerungen zu durchforsten, um ein Publikum davon zu überzeugen, dass sie fähig wären zu morden. Oder sich an Kindern zu vergehen.

Ren schob den Gedanken beiseite. Er müsste einfach eine andere Sichtweise entwickeln. Heute Abend würde er sich sein Notizbuch schnappen und mit der Arbeit beginnen.

Er wartete neben Isabels Panda auf seinen unliebsamen Gast. Harry trug ein Nadelstreifenhemd, eine sorgsam gebügelte Hose und blank polierte Slipper, doch auf seiner Brille war ein Fleck, der aussah wie der Abdruck eines winzig kleinen Daumens. Nur, um ihn zu ärgern, lehnte sich Ren betont lässig gegen das Gefährt. Der treulose Bastard hatte Tracy unglücklich gemacht und somit nichts Besseres verdient.

»Ich fahre zurück nach Zürich«, erklärte Briggs ungerührt. »Aber bevor ich abreise, will ich Sie noch davor warnen, irgendwas zu tun, was Tracy aufregen könnte. Sie ist im Moment äußerst verletzlich.«

»Ich glaube kaum, dass sie mich für Aufregungen braucht. Das schaffen Sie problemlos alleine.«

Briggs' Halsschlagader schwoll deutlich sichtbar an. »Ich meine es ernst, Gage. Wenn Sie versuchen, sie in irgendeiner Weise zu manipulieren, werden Sie es bereuen.«

»Sie langweilen mich, Briggs. Wenn Ihnen Ihre Frau so wichtig wäre, hätten Sie wohl kaum etwas mit einer anderen angefangen, oder?«

Harrys Miene drückte nicht das geringste Schuldbewusstsein aus, was für einen aufrechten Typen wie ihn eher ungewöhnlich schien. Ren erinnerte sich daran, dass Isabel gewisse Zweifel an Tracys Geschichte hegte, und dachte, am besten ginge er der Sache persönlich auf den Grund. »Seltsam, nicht wahr, dass sie in ihrem Unglück ausgerechnet zu mir gekommen ist. Und wissen Sie, was ebenso seltsam ist? Auch wenn ich womöglich ein schlechter Ehemann für sie gewesen bin, habe ich mich bis zum Ende unserer Ehe nie für andere Frauen interessiert.« Oder zumindest nur am Rande.

Harry wollte etwas erwidern, doch seine Antwort war vergessen, als Jeremy vom Kamm des Hügels brüllte: »Dad, wir haben überall gesucht, aber keiner von uns kann Steffie finden.«

Harrys Kopf schoss in die Höhe. »Wart ihr auch am Pool?«

»Mama ist gerade dort. Sie sagt, du sollst so schnell wie möglich kommen!«

Briggs fing an zu rennen.

Und Ren hetzte ihm hinterher.

16

Steffie lag weder auf dem Grund des Pools noch versteckte sie sich irgendwo im Garten. Sie verteilten sich, um sämtliche Zimmer der Villa einschließlich des Speichers und des Weinkellers zu durchsuchen, doch sie fanden nirgends auch nur eine Spur von ihr. Harry stand aschfahl daneben, als Ren schließlich den Polizisten des Dorfes, Bernardo, informierte.

»Ich nehme den Wagen und suche entlang der Straße«, sagte Harry, nachdem Ren das Gespräch beendet hatte.

»Und ich durchsuche den Olivenhain und den Weinberg«, erwiderte Ren. »Isabel, vielleicht hat sich Steffie irgendwo in deinem Haus versteckt. Warum guckst du nicht mal dort? Tracy, du musst hier bleiben, für den Fall, dass sie zurückkommt.«

Tracy griff nach Harrys Hand. »Finde sie. Bitte.«

Einen Augenblick lang sahen sie einander schweigend an, ehe er fest erklärte: »Wir werden sie finden.«

Isabel hatte die Augen geschlossen, und zum ersten Mal war Ren tatsächlich froh über ihren direkten Draht zum lieben Gott. Steffie erschien ihm zu vernünftig, um kopflos davonzulaufen. Aber wenn sie nicht davongelaufen war, dann musste sie Opfer irgendeines Unfalls geworden sein. Oder aber ... Er schob die hässlichen Gedanken fort. Das Drehbuch zu *Night Kill* ging ihm wirklich zu nahe.

»Es wird alles gut werden«, wisperte Isabel Tracy aufmunternd zu. »Ich weiß es.« Mit einem beruhigenden Lächeln machte sie sich auf den Weg.

Ren seinerseits marschierte durch den nassen Garten zum Weinberg. Mit jedem seiner Schritte nahm die Starre seiner Nackenmuskeln zu. Dieses verdammte Drehbuch ... Er sagte sich, sie wären hier nicht in der Stadt, in der Schurken in dunklen Gassen und verlassenen Gebäuden auf kleine Mädchen lauerten. Sie waren auf dem Land.

Aber Kaspar Street hatte eins von seinen Opfern auf dem Land gefunden, ein siebenjähriges Mädchen, das auf seinem Fahrrad über einen unbefestigten Weg geradelt war.

Himmel, das ist doch nur ein Film!

Er musste sich auf die Wirklichkeit konzentrierten statt auf seine Fantasie, und so teilte er im Geist den Weinberg in verschiedene Sektionen ein. Es war gerade mal drei Uhr, doch derart bewölkt, dass man im diffusen Licht nur mit Mühe etwas erkannte. Der Schlamm zerrte an seinen Schuhen, als er die ersten beiden Rebstockreihen durchlief. Tracy hatte gesagt, Steffie hätte eine kurze rote Hose angehabt. Also suchte er nach einem bunten Fleck. Wo auch immer sie steckte, hoffte er, dass es dort keine Spinnen gäbe.

Street hätte Spinnen verwendet.

Seine Kehle wurde eng. Er musste den Gedanken an Street endlich verdrängen. *Komm schon. Steffie. Wo bist du?*

Tracy gab Bernardo, als er auf Rens Anruf hin in der Villa erschien, ein Foto von Steffie, das sie stets in ihrer Brieftasche mit sich trug, und bat Anna, für sie zu übersetzen, damit es keine Missverständnisse gab. Ab und zu unterbrach sie das Gespräch, um Brittany zu trösten oder Connor auf den Arm zu nehmen, doch nichts konnte ihr Entsetzen mildern. Ihr kostbares kleines Mädchen ...

Isabel durchsuchte das gesamte Haus, doch nirgends hatte sich ein Kind versteckt. Sie suchte auch im Garten, spähte unter die Glyzine, die die Pergola umrankte, und schließlich nahm sie eine Taschenlampe und ging zu dem kleinen Wäldchen, das sich entlang der Straße zwischen der Villa und dem Bauernhaus erstreckte. Während sie lief, war jeder ihrer Schritte ein inbrünstiges Gebet.

Harry fuhr im Schneckentempo über die Straße und blickte aus dem linken Seitenfenster, während Jeremy auf der Beifahrerseite hinaussah. Der Himmel war so düster, dass man von Minute zu Minute schlechter sah.

»Glaubst du, dass sie tot ist, Dad?«

»Nein!« Er schluckte. »Nein, Jeremy. Sie hat einfach einen Spaziergang unternommen und sich dabei verlaufen.«

»Steffie geht nicht gern spazieren. Dazu hat sie zu große Angst vor Spinnen.«

Etwas, was Harry versucht hatte zu vergessen.

Erste Regentropfen schlugen auf die Scheiben. »Es ist alles in Ordnung«, wiederholte er. »Sie hat sich nur verlaufen, das ist alles.«

Inzwischen regnete es derart heftig, dass Ren die Tür des Lagerhauses gar nicht wahrgenommen hätte, wäre nicht gerade, als er daran vorübertrottete, ein Blitz über den Himmel gezuckt und hätte sie für den Bruchteil einer Sekunde in gleißende Helligkeit getaucht. Zwei Tage zuvor hatten sie die Tür sorgfältig hinter sich verschlossen, nun jedoch stand sie einen kleinen Spaltbreit auf.

Er wischte sich den Regen aus den Augen. Es war unwahrscheinlich, dass ein Kind, das Angst vor Spinnen hatte, freiwillig ein solches Haus betrat. Er erinnerte sich daran, wie schwer sich die Tür hatte öffnen lassen. Steffie wäre demnach gar nicht stark genug gewesen, um sich selber Zugang zu verschaffen. Aber möglicherweise hatte jemand anderes die Tür geöffnet und sie hineingetragen …

Kaspar Street saß ihm eindeutig im Nacken. Er trat an die Tür, und als er daran zerrte, merkte er, dass sie viel leichter als erwartet aufzuschieben war. Sicher hatte der Regen einen Teil der Erde, die sie hatte klemmen lassen, mit sich fortgespült.

Vorsichtig schob er die Tür ein Stückchen weiter auf. Im Inneren des Schuppens war es trocken und stockfinster, trotz der geöffneten Tür. Er tastete sich an einem Stapel Holzkisten vorbei und wünschte sich, er hätte eine Taschenlampe.

»Steffie?«

Kein Geräusch außer dem Trommeln des Regens auf dem Dach. Er stieß sich das Schienbein an einer der Kisten, sie polterte auf den Boden, und beinahe hätte er deshalb den anderen Laut überhört.

War da nicht ein leises Schniefen?

Vielleicht hatte er es sich nur eingebildet. »Steffie?«

Keine Antwort.

Er blieb reglos stehen. Die Sekunden zogen sich endlos in die Länge, bis er es endlich noch einmal hörte – ein gedämpftes Schluchzen aus dem hinteren Ende des Raums.

Vor Erleichterung zitterten ihm die Knie. Er setzte sich in Bewegung, verharrte dann jedoch wieder. Er hatte keine Ahnung, in welchem Zustand er sie finden würde. Womöglich erschreckte er das arme Mädchen noch mehr. Gott, das wollte er ganz sicher nicht.

»Du willst doch die Kleine nicht erschrecken. Oder zumindest nicht eher, als bis es für sie zu spät ist, um noch vor dir zu fliehen.«

Sein Magen verknotete sich. Er hatte das Drehbuch erst einmal gelesen, aber er hatte ein sehr gutes Gedächtnis, und allzu viele Zeilen hatten sich ihm bereits genauestens eingeprägt.

»Steffie?«, fragte er mit sanfter Stimme. »Es wird alles gut.«

Er hörte ein leises Rascheln, aber keine Antwort. »Es ist alles gut«, wiederholte er. »Du kannst ruhig mit mir reden.«

Ein leises Flüstern erreichte seine Ohren. »Bist du ein Monster?«

Er kniff die Augen zu. *Noch nicht, meine Süße, aber lass mir einen Monat Zeit.* »Nein, mein Schatz«, entgegnete er leise. »Ich bin's, Ren.«

Er wartete.

»B-bitte gehen Sie wieder weg.«

Trotz ihres Entsetzens vergaß sie nicht ihre gute Erziehung. *»Höfliche kleine Mädchen sind die leichtesten Opfer«*, sagte Street in dem Drehbuch. *»Ihr Bedürfnis zu gefallen ist größer, als ihr Instinkt zu überleben.«*

Er war nass vom Regen, und trotzdem fing er an zu schwitzen. Weshalb hatte ausgerechnet *er* die Kleine finden müssen? Weshalb nicht ihr Vater oder Isabel? Er bewegte sich so leise wie möglich. »Alle suchen dich, Schätzchen. Deine Eltern sind außer sich vor Sorge.«

Er hörte, dass sich etwas in der Dunkelheit bewegte. Sicher war sie zu verängstigt, um ihn näher an sich heranlassen zu wollen. Aber was hatte ihr einen solchen Schrecken eingejagt?

Er hasste das Gefühl, sie zu verfolgen. Und er hasste es noch mehr, dass er dieses Gefühl automatisch auf den brodelnden Müllhaufen in seinem Inneren warf, aus dem er sein Können als Schauspieler bezog – dem Ort, den er besuchte, um ein Bild zu bekommen von der Hässlichkeit der Menschheit. Jeder Schauspieler hatte einen solchen Vorrat an Gefühlen, nur dass seiner bestimmt grässlicher als die der meisten anderen war.

Einzig die schiere Verzweiflung hatte sie in diesen Schuppen treiben können. Außer, sie hätte keine andere Möglichkeit gehabt ... »Bist du verletzt?«, fragte er mit ruhiger Stimme. »Hat dir jemand was getan?«

Sie bekam einen leichten Schluckauf. »Hier drinnen gibt es viele ... Spinnen.«

Statt sie in die Enge zu treiben und dadurch noch mehr aufzuregen, tastete er sich zurück zur Tür, damit sie sich nicht heimlich an ihm vorbei hinausschlich. »Bist du ... bist du ganz allein hierher gekommen?«

»D-die Tür stand auf, und ich habe mich durch den Spalt hindurchgequetscht.«

»Ganz allein?«

»Ich hatte Angst vor dem Donner. Aber ich wusste nicht, dass es hier drin so ... furchtbar dunkel ist.«

Immer noch verdüsterte Streets Schatten seine Erleichterung darüber, dass das Mädchen offenbar wohlbehalten war. »Bist du sicher, dass du nicht mit irgendjemandem hierher gekommen bist?«

»Nein. Ich war ganz allein.«

Er entspannte sich ein wenig. »Die Tür ist wirklich schwer. Wie hast du sie zubekommen?«

»Ich habe ganz doll mit beiden Händen daran gezogen.«

Er atmete tief durch. »Du musst ganz schön stark sein, wenn du das geschafft hast. Lass mich mal deine Muskeln fühlen.«

Ständig kamen Menschen auf die Welt, die davon lebten, dass ihnen geschmeichelt wurde, doch sie gehörte eindeutig nicht dazu. »Nein danke.«

»Warum nicht?«

»Weil ... Sie keine Kinder mögen.«

Erwischt. Er müsste eindeutig an seiner Beziehung zu

Kindern arbeiten, bevor die Dreharbeiten begonnen. Eins der Dinge, die Street zu einem solchen Ungeheuer machte, war sein problemloser Zugang zur kindlichen Welt. Sie spürten seine Bosheit erst, wenn es kein Zurück mehr für sie gab.

Er zwang seine Gedanken in die Wirklichkeit zurück. »He, ich liebe Kinder. Früher war ich selber mal ein Kind. Allerdings war ich kein Kind wie du. Ich hatte ständig jede Menge Ärger.«

»Ich glaube, ich werde jetzt auch Ärger bekommen.«

Und ob. »Nee, sie werden so froh darüber sein, dich zurückzuhaben, dass es sicher nicht den geringsten Ärger für dich gibt.«

Immer noch bewegte sie sich nicht vom Fleck, doch seine Augen hatten sich weit genug an das Dämmerlicht gewöhnt, sodass er eine undeutliche Gestalt neben einem umgekippten Stuhl auf dem Boden kauern sah. Einmal noch, nur, damit er völlig sicher war. »Sag es mir noch einmal, Schätzchen. Bist du auch wirklich nicht verletzt? Oder hat dir jemand was getan?«

»Nein.« Er bemerkte eine sachte Bewegung. »Die Spinnen in Italien sind sehr groß.«

»Ja, aber ich kann sie für dich töten. Ich bin gut im Spinnentöten.«

Darauf schwieg sie.

Während Steffie anscheinend überlegte, ob sie ihm vertrauen konnte, gingen Tracy und Harry durch die Hölle. Es wurde allerhöchste Zeit, dass er die Kleine aus dem Schuppen heraus zurück ans Tageslicht beförderte. »Steffie, deine Mama und dein Papa machen sich die allergrößten Sorgen. Ich muss dich zu ihnen zurückbringen.«

»Nein danke. K-könnten Sie bitte wieder gehen?«

»Das kann ich nicht machen.« Nun schob er sich behutsam auf sie zu. »Ich will dich nicht erschrecken, aber ich muss dich jetzt holen.«

Einzige Antwort war ein leises Schniefen.

»Ich wette, du hast Hunger.«

»Sie m-machen alles kaputt.« Sie fing an zu weinen. Nicht dramatisch. Nur ein paar leise Schluchzer, doch sie zerrissen ihm das Herz.

Um ihr etwas Zeit zu geben, blieb er noch mal stehen. »Was mache ich kaputt?«

»A-alles.«

»Was alles? Gib mir doch zumindest einen Tipp.« Er schob sich seitlich zwischen zwei Kisten hindurch.

»Sie würden es nicht verstehen.«

Inzwischen war er beinah nah genug, um sie zu berühren, stattdessen jedoch ging er anderthalb Meter vor ihr in die Hocke, um sie nicht durch seine Größe noch weiter zu erschrecken. »Warum nicht?«

»E-einfach so.«

Er war nicht in der Lage, das Mädchen zu erreichen. Er hatte keinen blassen Schimmer davon, wie man mit Kindern umging, und er hatte keine Ahnung, wie man sich gegenüber verschreckten kleinen Mädchen am günstigsten verhielt. »Ich habe eine Idee. Du kennst doch Dr. Isabel. Die hast du doch gerne, oder? Ich meine, wesentlich lieber als mich.«

Zu spät wurde ihm klar, dass dies nicht unbedingt die beste Frage an ein übertrieben höfliches kleines Mädchen wie Steffie war. »Schon gut. Ich bin ganz sicher nicht beleidigt, wenn du ja sagst. Ich mag Dr. Isabel nämlich ebenfalls sehr gern.«

»Sie ist sehr nett.«

»Ich dachte … sie ist die Art von Mensch, die alles Mögliche versteht. Warum bringe ich dich nicht einfach zu ihr, damit du ihr erzählen kannst, was dich so bedrückt?«

»Würden Sie sie auch holen?«

Tracy hatte eindeutig eine kluge Tochter. Wenn er Isabel holen ginge, wäre die Kleine abermals allein.

273

Er lehnte sich gegen eins der Fässer. »Das kann ich nicht machen, Schätzchen. Ich muss hier bei dir bleiben. Aber ich verspreche dir, dass ich dich zu ihr bringen werde.«

»M-muss mein Daddy etwas davon erfahren?«

»Ja.«

»Nein danke.«

Was zum Teufel ging hier vor sich? Trotzdem fragte er in möglichst beiläufigem Ton: »Hast du Angst vor deinem Dad?«

»Vor meinem Daddy?«

Sie klang ehrlich überrascht, und er atmete auf. »Mir erscheint er wie ein ziemlich netter Mensch.«

»Ja.« Das Wort enthielt das Elend der ganzen Welt. »Aber er geht weg.«

»Ich glaube, er muss bloß zurück zu seiner Arbeit. Erwachsene müssen nämlich arbeiten, sonst verdienen sie kein Geld.«

»Nein.« Ihre Stimme brach sich in einem leisen Schluchzen. »Er geht für immer und immer und immer.«

»Wer hat dir das erzählt?«

»Ich habe ihn gehört. Die beiden haben gestritten, und sie lieben sich nicht mehr, und deshalb geht er weg.«

Darum also ging es. Steffie hatte Tracys und Harrys Streit mit angehört. Was sollte er jetzt machen? Hatte er nicht irgendwo gelesen, dass man Kinder ihre Gefühle ausdrücken lassen sollte. »So ein Mist.«

»Ich will nicht, dass er geht.«

»Ich habe deinen Papa gerade erst kennen gelernt, also kenne ich ihn nicht wirklich, aber eins kann ich dir sagen: Nie im Leben würde er für immer und immer von euch weggehen.«

»Er wird gar nicht gehen, wenn ich verschwunden bin. Dann muss er bleiben und mit den anderen nach mir suchen.«

Bingo.

Sie hatte wirklich Mumm, das musste er ihr lassen. Sie war willens, sich ihrer größten Angst zu stellen, um den Vater nicht zu verlieren. Allerdings wurden ihre Eltern vor lauter Sorge um die Kleine vermutlich inzwischen total verrückt.

Auch wenn er nicht gerade stolz auf seine Schliche war, blieb ihm keine andere Wahl. »Rühr dich nicht von der Stelle. Da drüben sitzt eine riesengroße, giftige Spinne!«

Sie warf sich ihm kreischend in die Arme, und das Nächste, was er wusste, war, dass sie zitternd, mit feuchten Kleidern und eiskalten nackten Beinen, eng an seiner Brust lag. Er zog sie auf seinen Schoß und wiegte sie tröstend hin und her. »Sie ist wieder weg. Ich glaube, es war gar keine Spinne. Ich glaube, es war nur eine Staubkugel.«

Kleine Mädchen rochen nicht wie große Mädchen, stellte er verwundert fest. Sie roch, durchaus nicht unangenehm, verschwitzt, und ihr Haar verströmte den Duft von Kaugummi-Shampoo. Um sie etwas aufzuwärmen, rieb er ihr die Arme. »Ich habe dich hereingelegt«, gab er unumwunden zu. »Da war nicht wirklich eine Spinne, aber deine Mama und dein Papa sind außer sich vor Sorge, und sie müssen erfahren, dass dir nichts passiert ist.«

Sie versuchte sich ihm zu entwinden, doch er rieb weiter beruhigend ihre Arme und überlegte, wie Isabel mit dieser Situation wohl umgegangen wäre. Was auch immer sie gesagt hätte, hätte natürlich ganz genau gepasst – einfühlsam, verständnisvoll, rundherum perfekt.

Verdammt.

»Dein Plan hätte sowieso nicht funktioniert. Schließlich hättest du dich nicht ewig hier verstecken können, oder? Früher oder später hättest du was essen müssen, und dann wärst du wieder dort gelandet, wo du angefangen hast.«

»Darüber habe ich mir auch schon Gedanken gemacht.«

Sie entspannte sich ein wenig, und er lächelte auf sie herunter. »Was du brauchst, ist ein neuer Plan. Einer, bei dem nichts schief laufen kann. Am besten fängst du damit an, dass du deiner Mama und deinem Papa sagst, was dich so fertig gemacht hat.«

»Dadurch würde ich vielleicht ihre Gefühle verletzen.«

»Na und? Sie haben auch deine Gefühle verletzt, oder etwa nicht? Ich gebe dir einen guten Rat: Wenn du durchs Leben gehst und dabei versuchst, niemanden jemals zu verletzen, bist du ein Schwächling, und Schwächlinge hat noch nie jemand gemocht.« Beinahe meinte er zu sehen, wie Isabel diese Erklärung mit einem Stirnrunzeln quittierte, aber sie war nicht hier, und er gab sich die allergrößte Mühe. Trotzdem fügte er vorsichtshalber einschränkend hinzu: »Ich will damit nicht sagen, dass du den Menschen absichtlich wehtun sollst. Ich versuche nur dir deutlich zu machen, dass du um die Dinge, die dir wichtig sind, tatsächlich kämpfen musst, und dass es nicht dein Problem ist, wenn du dabei die Gefühle eines anderen verletzt.« Nicht viel besser, aber ehrlich.

»Eventuell werden sie dann böse.«

»Ich wollte es vorhin nicht sagen, aber ich gehe davon aus, dass deine Eltern sowieso böse auf dich werden. Nicht sofort. Anfangs werden sie so glücklich darüber sein, dass du wieder da bist, dass sie dich gar nicht mehr aus ihren Armen lassen werden. Aber wenn die erste Erleichterung verfliegt, solltest du möglichst clever vorgehen.«

»Was wollen Sie damit sagen?«

»Ich will damit sagen, dass du alles daransetzen solltest, um den größten Ärger zu vermeiden.«

»Und wie soll ich das machen?«

»Wenn sie aufhören, dich abzuknutschen, und anfangen, dir Vorwürfe zu machen, weil du weggelaufen bist, fangen die Probleme für dich an. Dann müsstest du ihnen Schuldgefühle machen, weil sie miteinander gestritten haben, und vor allem – das ist wirklich wichtig – müsstest du anfangen zu weinen und möglichst elend gucken. Meinst du, dass du das schaffst?«

»Ich bin mir nicht ganz sicher.«

Beinahe hätte er gelächelt. »Lass uns zur Tür gehen. Dort ist es heller, und ich kann dir zeigen, wie du es am besten machst. Okay?«

»Okay.«

Er zog sie in seine Arme und trug sie Richtung Tür. Die Spitzen ihrer Sandalen schlugen schmerzhaft gegen seine Schienbeine, denn eigentlich war sie zu groß, um noch getragen zu werden. Doch in dem Verlangen nach tröstlicher Nähe schlang sie ihm beide Arme um den Hals. Als sie die Tür erreichten, ging er wieder in die Hocke und setzte sie auf seinen Schoß. Es hatte aufgehört zu regnen, und es war hell genug, dass er ihr schmutziges, tränenfeuchtes Gesicht mit den ernsten, ausdrucksvollen Augen sah. Ihrem Blick zufolge schien er für sie so etwas wie der Weihnachtsmann zu sein. Wenn sie nur wüsste …

»Okay, es geht darum zu verhindern, dass du bis an dein Lebensende Stubenarrest oder sonst so etwas bekommst, richtig?«

Sie nickte stumm.

»Wenn sie sich beruhigt haben, werden sie beschließen, dass sie dich bestrafen müssen, damit du so was nie, nie wieder tust.« Er setzte seinen gefährlichsten Gesichtsausdruck ein. »Und damit wir uns verstehen, falls du tatsächlich jemals wieder einen solchen Blödsinn machst, werde ich nicht halb so leicht zu manipulieren sein wie deine Eltern. Also versprichst du mir besser auf der Stelle, dass du dir in Zukunft eine bessere Lösung für deine Probleme einfallen lassen wirst.«

Sie nickte erneut. »Versprochen.«

»Gut.« Er schob ihr eine Strähne ihrer Haare aus der Stirn.

»Wenn deine Eltern anfangen, darüber zu reden, dass dein Treiben Folgen haben muss, dass sie also erwägen, dich dafür zu bestrafen, musst du ihnen erzählen, weshalb du fortgelaufen bist. Und vergiss ja nicht zu erwähnen, wie unglücklich du warst, als sie gestritten haben. Denn das ist das As, das du ihnen gegenüber im Ärmel hast. Natürlich wird es dich wieder traurig machen, darüber zu sprechen, aber das ist gut, denn dann kannst du möglichst elend gucken. Kapiert?«

»Muss ich dabei auch weinen?«

»Würde ganz bestimmt nicht schaden. Zeig mir, wie du es machen wirst. Guck mich möglichst traurig an.«

Als sie zu ihm aufsah, bestand ihr Gesicht einzig aus großen, unglücklichen Augen. Ein wirklich erbarmungswürdiger Anblick, nur war dies anscheinend erst der Anfang, und fast hätte er gelacht, als sie die Stirn in Falten legte, die zitternden Lippen aufeinander presste und dramatisch schniefte.

»Nur nicht übertreiben.«

»Was wollen Sie damit sagen?«

»Es muss echt wirken. Denk einfach an was Trauriges, wie zum Beispiel, dass du für den Rest deines Lebens ohne deine Spielsachen in deinem Zimmer hocken musst, und leg dieses Gefühl in deinen Blick.«

»Oder daran, dass mein Daddy für immer von uns fortgeht?«

»Das funktioniert bestimmt auch.«

Sie dachte kurz darüber nach, und nach wenigen Sekunden zog sie tatsächlich ein glaubhaft elendes Gesicht.

»Hervorragend.« Er musste den Schauspielunterricht beenden, ehe sie allzu großen Gefallen an der Sache fand. »Und jetzt wiederholst du, wie du es machen musst.«

Sie fuhr sich mit einem ihrer dünnen Ärmchen über die Nase. »Wenn sie anfangen, böse auf mich zu werden, muss ich ihnen sagen, dass ich sie streiten gehört habe und dass es mich traurig macht, wenn Papa uns verlässt, selbst wenn ich ihre Gefühle dabei verletze. Außerdem könnte ich ein bisschen weinen, wenn ich diese Dinge sage. Ich denke einfach an etwas wirklich Trauriges, wie zum Beispiel, dass mein Daddy geht, und verziehe unglücklich das Gesicht.«

»Genau. Gib mir die Fünf.«

Sie schlugen mit den Händen aneinander, und als Steffie grinste, war es, als ginge die Sonne plötzlich auf.

Während er sie an der Hand durch das regennasse Gras zurück zur Villa führte, fiel ihm sein Versprechen ein, und er verzog beinahe schmerzlich das Gesicht. »Du musst nicht mehr mit Dr. Isabel reden, oder?« Das Letzte, was er wollte war, dass Dr. Nightingale all seine harte Arbeit mit ihrem Gerede von ehrlicher Reue zunichte machen würde. Dann wäre sein wunderbarer Plan nämlich Schall und Rauch.

»Ich glaube, ich bin wieder okay. Aber –« Sie umfasste seine Hand ein wenig fester. »Würden Sie … könnten Sie vielleicht dabeibleiben, wenn ich mit ihnen rede?«

»Ich glaube, das ist keine so gute Idee.«

»Ich glaube doch. Wenn Sie in der Nähe wären, könnten Sie – Sie wissen schon – ebenfalls elend gucken.«

»Zu viele Köche verderben den Brei.«

»Was?«

»Glaub mir, ich würde deinen großen Auftritt nur vermasseln. Aber ich verspreche, dass ich nach dir sehen werde. Und falls sie beschließen, dich in einen Kerker zu werfen oder sowas, schmuggele ich ein paar Schokoriegel zu dir rein.«

»Das würden sie nicht tun.«

Ihr leicht tadelnder Blick erinnerte ihn unweigerlich an Isabel, weshalb er lächelnd meinte: »Genau. Wovor hast du also Angst?«

Briggs war gerade zurückgekommen, um zu fragen, ob es irgendwelche Neuigkeiten gab, sodass sie alle vor dem Haus versammelt waren, als Ren mit dem Mädchen an der Hand den Weg zu ihnen heraufkam. Sobald sie Steffie entdeckten, rannten die Eltern los. Gemeinsam erreichten sie sie, gingen mitten auf dem Kiesweg in die Knie und hätten die arme Kleine in ihrer Erleichterung mit ihrer Umarmung beinahe erdrückt.

»Steffie! Mein Gott, Steffie!«

Sie küssten sie, untersuchten, ob sie auch wirklich nicht verletzt war, und dann sprang Tracy auf und warf sich ihrem Exmann dankbar um den Hals. Selbst Briggs hätte ihn vor lauter Freude beinahe umarmt, was ihm nur deshalb nicht gelang, weil Ren hastig einen seiner Schuhe zuzubinden begann. Isabel bedachte ihn mit einem derart stolzen Blick, dass er sich zornig fragte, ob sie vielleicht erwartet hatte, er brächte die Kleine statt sicher zurück nach Hause eigenhändig um.

Gleichzeitig wurde ihm bewusst, dass er irgendwann während der Geschichte mit Steffie aufgehört hatte, an Kaspar Street zu denken.

Isabels merkwürdiges Verhalten hinderte ihn allerdings nicht daran, sich danach zu sehnen, erneut mit ihr zu schlafen, obgleich das erst ein paar Stunden her war – und ihm die Bedingungen, die sie ihm während der Rückfahrt am Vormittag diktiert hatte, keineswegs gefielen. Nicht, dass er eine ernsthafte gefühlsmäßige Bindung zu ihr wollte – das ganz sicher nicht –, aber musste sie die Sache so kaltblütig angehen? Dann war da noch das Thema Kaspar Street. Es hatte ihr schon nicht gefallen, dass er junge Frauen abmurkste. Was würde sie also erst sagen, wenn sie herausfand, dass es jetzt nicht mehr um Frauen ging, sondern um kleine Mädchen?

Endlich schaffte er es, sie von der Villa fortzulocken, indem er ihr erklärte, dass er bis auf die Haut durchnässt war, dass er wie ein Schneider fror und Hunger hatte wie ein Wolf. Das weckte, wie von ihm erhofft, ihre weiblichen Ins-

280

tinkte, und innerhalb einer Stunde hielt er sie tatsächlich abermals in den Armen.

»Seid ihr böse auf mich?«, flüsterte Steffie mit erstickter Stimme.

Harry hatte einen Kloß im Hals von der Größe Rhode Islands. Da er deshalb nicht sprechen konnte, strich er ihr die Haare aus der Stirn und schüttelte den Kopf. Sie hatte gebadet, trug ihr blaues Lieblingsnachthemd und lag mit ihrem ältesten Teddy zusammengerollt im Bett. Er erinnerte sich daran, wie sie als kleines Mädchen mit ausgestreckten Ärmchen auf ihn zugewackelt war. Unter der dicken Decke wirkte sie so klein und so unendlich kostbar.

»Wir sind dir bestimmt nicht böse«, erklärte Tracy, die auf der anderen Seite des Bettes stand. »Aber wir haben uns noch nicht ganz von dem Schrecken erholt.«

»Ren hat gesagt, dass er mich, wenn ihr mich in einen Kerker werft, heimlich mit Schokoriegeln versorgt.«

»Was für ein mutiger und verrückter Kerl.« Tracy strich die Decke glatt. Ihr Make-up hatte sich bereits vor einer halben Ewigkeit verflüchtigt, aber trotz der dunklen Ringe, die sie um die Augen hatte, hatte Harry in seinem ganzen Leben keine andere auch nur halb so schöne Frau gesehen.

»Tut mir Leid, dass ich euch einen solchen Schreck eingejagt habt.«

Tracy musterte sie nun streng. »Das hast du vorhin schon gesagt. Aber trotzdem hast du morgen Vormittag Zimmerarrest.«

Tracy war aus härterem Holz geschnitzt als Harry. Er hätte die Bestrafung am liebsten vergessen. Aber schließlich war Steffie auch nicht ihrer Mutter, sondern seinetwegen fortgelaufen. Er war niedergeschlagen und desorientiert. Zugleich jedoch empfand er einen gewissen Zorn. Weshalb war plötzlich er allein an allem schuld?

»Den ganzen Morgen?« Steffie wirkte so klein und elend, dass er beinahe spontan die von Tracy ausgesprochene Strafe aufgehoben und ihr stattdessen einen Besuch im Eiscafé versprochen hätte.

»Den ganzen Morgen«, erklärte seine Frau in strengem Ton.

Steffie konzentrierte sich, und plötzlich fing ihre Unterlippe an zu zittern. »Ich weiß, ich hätte nicht weglaufen sollen. Aber ich war so traurig, als du und Papa miteinander gestritten habt.«

Harrys Magen verknotete sich, und Tracy runzelte die Stirn. »Halb elf.«

Steffies Lippe hörte auf zu beben, und sie stieß einen ihrer ach-so-erwachsenen Seufzer aus, über die ihr Vater für gewöhnlich stets lachte. »Ich schätze, es hätte noch schlimmer kommen können.«

Tracy wickelte sich eine Haarsträhne ihrer Tochter um den Finger. »Allerdings, das hätte es. Der einzige Grund, weshalb wir dich nicht in einen feuchten, dunklen Kerker sperren, wie von Ren befürchtet, sind deine Allergien.«

»Und meine Angst vor Spinnen.«

»Ja, auch die.« Tracys Stimme klang belegt, und Harry wusste, dass sie dasselbe dachte wie er. Ihre Eltern vereint zu wissen war für Steffie derart wichtig, dass sie bereit war, sich der Erfüllung dieses Wunsches wegen ihrer größten Angst zu stellen. Seine Tochter war mutiger als er.

Tracy beugte sich zu ihr hinab, um sie zu küssen, und umklammerte dabei ihres Bauches wegen haltsuchend das Kopfbrett. Lange verharrte sie in dieser Stellung, hielt die Augen geschlossen und schmiegte ihr Gesicht an Steffies Wange. »Ich liebe dich so sehr. Versprich mir, dass du nie wieder etwas Derartiges tust.«

»Versprochen.«

Endlich fand auch Harry seine Stimme wieder. »Und versprich mir, dass du, wenn du das nächste Mal unglücklich bist, mit uns darüber sprichst.«

»Selbst wenn es eure Gefühle verletzt, richtig?«

»Ja, selbst dann.«

Sie schob sich ihren Bären dicht unter das Kinn. »Fährst du … immer noch morgen weg?«

Er wusste nicht, was er darauf sagen sollte, und so schüttelte er schweigend den Kopf.

Tracy ging, um nach Connor und Brittany zu sehen, die sich, bis sie nachts erwachten und zu ihrem Vater schlichen, ein Zimmer teilten, und Jeremy spielte noch unten am Computer.

Harry und Tracy waren seit ihrem Streit am Nachmittag nicht mehr allein gewesen, und auch jetzt wollte er in seiner Verwirrung nicht mit ihr allein sein. Doch oft konnte man nicht immer, wie man wollte …

Sie kam in den Flur zurück, schloss leise hinter sich die Tür und presste ihren Rücken fest gegen die Wand – etwas, was sie gewohnheitsmäßig gegen Ende ihrer Schwangerschaften machte, damit der Druck ein wenig nachließ. Während sie mit den anderen Kindern schwanger gewesen war, hatte er sie fürsorglich massiert, nicht jedoch bei diesem.

Die Last seines schlechten Gewissens nahm unentwegt zu.

Sie legte eine Hand auf ihren Bauch. Anstelle des kessen, allzu selbstbewussten, reichen Mädchens, das sein Leben vor zwölf Jahren so völlig umgekrempelt hatte, war sie inzwischen eine reife, schöne, wenn auch gequält blickende Frau. »Was sollen wir jetzt machen?«, flüsterte sie leise.

Was willst du jetzt machen?, hätte er sie am liebsten verbessert. Sie war diejenige, die ihn verlassen hatte. Sie war diejenige, die pausenlos unzufrieden war. Er nahm seine Brille von der Nase und rieb sich die Augen. »Ich weiß es nicht.«

»Wir können nicht mehr miteinander reden.«

»Doch.«

»Nein, wir tauschen nur noch Beleidigungen aus.«

So sah er es nicht. Sie war diejenige mit der spitzen Zunge und dem hitzigen Gemüt. Er selbst versuchte lediglich, sich vor ihren Angriffen zu schützen. »Ich habe dich noch nie beleidigt.« Er setzte seine Brille wieder auf.

»Natürlich nicht.«

Sie sagte es in völlig ruhigem Ton, doch der Knoten in seinem Inneren zog sich noch stärker zusammen. »Ich denke, das, was heute Nachmittag passiert ist, sollte uns die Augen dafür öffnen, dass mit Beleidigungen niemandem gedient ist.«

Trotz seiner guten Absicht hatte seine Stimme einen vorwurfsvollen Klang, und er machte sich auf eine scharfe Erwiderung gefasst, doch sie schloss lediglich die Augen und lehnte den Kopf gegen die Wand. »Ja, das denke ich auch.«

Am liebsten hätte er sie in den Arm genommen und gebeten, endlich wieder die alte Tracy zu sein, doch sie hatte sich entschieden, und keines seiner bisherigen Worte hatte sie dazu bewogen, es sich noch mal zu überlegen. Wenn er sie nicht dazu brachte, dass sie ihn verstand, hätten sie nicht den Hauch einer Chance. »Das, was heute passiert ist, belegt die Richtigkeit dessen, was ich seit meiner Ankunft hier wiederholt gesagt habe. Wir müssen uns am Riemen reißen. Ich denke, das ist uns beiden klar. Es ist allerhöchste Zeit, dass wir uns am Riemen reißen und tun, was wir tun müssen.«

»Und das wäre?«

Sie schien es ehrlich nicht zu wissen. Wie konnte sie so blind sein? Er versuchte, seinen Ärger darüber zu verbergen. »Wir müssen endlich anfangen, uns wie Erwachsene zu benehmen.«

»Du tust das doch. Ich bin diejenige, die damit offensichtlich Schwierigkeiten hat.«

Es stimmte – es war genau das, was er ihr schon seit Wochen hatte deutlich machen wollen –, doch ihre unglückliche Miene zerriss ihm regelrecht das Herz. Er suchte nach den richtigen Worten, doch zu viele Gefühle standen ihm im Weg. Tracy lebte ihre Gefühle aus, wann immer sie es für nötig hielt, Harry jedoch nicht. Er hatte nie die Vorteile, sondern stets nur die Nachteile allzu großer Emotionalität gesehen.

Erneut schloss sie kurz die Augen und bat mit leiser Stimme: »Sag mir etwas, was ich tun kann, damit du glücklich wirst.«

»Sei endlich einmal realistisch! Ehen machen nun mal Veränderungen durch. Wir selber haben uns verändert. Wir werden älter, und das Leben fordert seinen Preis. Es kann nicht so bleiben wie am Anfang, also solltest du das auch gar nicht erst erwarten. Sei zufrieden mit den Dingen, die wir haben.«

»Ist es das, worauf es am Ende hinausläuft? Dass man sich mit den Dingen arrangiert?«

All das gefühlsmäßige Wirrwarr, das er zurzeit empfand, konzentrierte sich in seinem Magen. »Wir müssen realistisch sein. Eine Ehe kann nicht nur aus Mondschein, Rosen und Kerzenlicht bestehen. Das bedeutet aber nicht, dass man sich leidlich mit allem arrangiert.«

»Für mich schon.« Mit fliegenden Haaren stieß sie sich von der Wand ab. »Für mich hieße das, sich damit abzufinden, dass unser gemeinsames Glück vorbei ist. Und dazu bin ich nicht bereit. Ich gebe diese Ehe bestimmt nicht kampflos auf. Ich werde darum kämpfen, selbst wenn von uns beiden nur ich genügend Mut besitze, um so etwas zu tun.«

Ihre Stimme wurde schrill. Unmöglich konnten sie schon wieder in Hörweite ihrer Tochter Steffie miteinander streiten. »Hier können wir nicht reden.« Er zog sie am Arm mit sich den Korridor hinunter. »Ich verstehe dich einfach nicht. Während der ganzen Jahre unserer Ehe habe ich dich nie wirklich verstanden.«

»Das liegt daran, dass du statt eines Hirns einen Computer unter deiner Schädeldecke hast«, fauchte sie ihn an, als er sie um die Ecke in den nächsten Flügel zog. »Ich habe keine Angst davor zu kämpfen. Und wenn nötig, werde ich es tun, bis wir beide bluten.«

»Du versuchst doch nur, eins von deinen Dramen zu inszenieren.« Es entsetzte ihn, wie wütend seine Stimme klang, doch er konnte sich nicht beruhigen. Er öffnete die nächstbeste Tür, zerrte sie ins Zimmer und schaltete das Licht an. Mit dem einladend breiten Bett schien es Rens Schlafzimmer zu sein.

»Unsere Kinder werden nicht bei Eltern leben, die eine Geisterehe führen!«, kreischte sie.

»Hör auf!« Er sagte sich, er wäre wütend. Wütend, nicht verzweifelt, denn Wut war etwas, was er kontrollieren konnte, etwas, womit er irgendwie zurechtkam. »Wenn du nicht aufhörst …« Ein Monster saugte an seinen Nerven. Er atmete tief durch. »Du musst endlich aufhören. Du musst aufhören, bevor du alles ruinierst.«

»Wie kann ich alles –«

In seinem Schädel explodierte eine Bombe. »Indem du Dinge sagst, die keiner von uns jemals zurücknehmen kann!«

»Wie zum Beispiel, dass du mich nicht mehr liebst?« Tränen des Zorns sammelten sich in ihren Augen. »Dass ich fett bin und dass es schon beim zweiten Kind nichts Besonderes mehr für dich war, eine Schwangere zu vögeln? Dass ich das Geld zum Fenster rauswerfe, deine Autoschlüssel verlege und du jeden Morgen wach wirst und dir wünschst, du hättest jemand Ordentlichen, Disziplinierten wie Isabel zur Frau genommen? Sind das die Dinge, die ich nicht sagen soll?«

Typisch Tracy, dass sie derart vom Thema abwich. Am liebsten hätte er sie geschüttelt. »Wir können unsere Probleme niemals lösen, wenn du nicht mal logisch nachdenkst.«

»Logischer kann ich nicht sein.«

Er hörte dieselbe Verzweiflung in ihrer Stimme, wie er sie selbst empfand. Wo aber war ihre Verzweiflung, wenn sie so blöde Dinge von sich gab?

Sie hatte noch nie ein Taschentuch bei sich gehabt, und so wischte sie sich mit dem Handrücken die Nase ab. »Heute hast du mich gefragt, was du tun kannst, um mich glücklich zu machen. Statt wirklich zu sagen, was ich will, habe ich dich angeschrien. Weißt du, was ich sagen wollte?«

Er wusste es, doch er wollte es nicht hören. Er wollte nicht, dass sie ihm sagte, was für ein Langeweiler er doch war, dass seine Haare schütter wurden und dass er nicht mal annähernd der Mann war, den sie verdient zu haben meinte. Er wollte nicht, dass sie ihm sagte, er hätte seinen Zweck durch die Zeugung einer ganzen Kinderschar erfüllt, und jetzt wünschte sie sich, sie hätte einen anderen genommen, einen, der ähnlich war wie sie.

Silbrige Tränen rollten über ihre Wangen. »Ich wünsche mir, dass du mich liebst. Das wollte ich sagen. Ich wünsche mir, dass du mich wieder so liebst wie früher. Als wäre ich etwas Besonderes und nicht ein Kreuz, das du zu tragen hast. Als wären die Unterschiede zwischen uns beiden etwas Gutes und keine elendige Qual. Ich möchte, dass es wieder so wird wie damals, als du mich angesehen hast, als könntest du nicht glauben, dass ich dir gehöre. Als wäre ich das wunderbarste Geschöpft der ganzen weiten Welt. Ich weiß, dass ich nicht mehr so aussehe wie damals. Ich weiß, dass ich überall Schwangerschaftsstreifen habe. Ich weiß, wie sehr dir meine Brüste gefallen haben, die mir jetzt bis auf die Knie hängen, und ich hasse es. Ich hasse es, dass du mich nicht mehr liebst. Und ich hasse es, dass du mich dazu bringst, deine Liebe zu erflehen!«

Es war einfach unlogisch. Vollkommen absurd. Das alles war derart idiotisch, dass er nicht wusste, was er sagen sollte, damit sie ihn verstand. Wie in aller Welt ... er öffnete den

Mund, doch da er nicht wusste, wie er beginnen sollte, klappte er ihn wieder zu. Es war bereits zu spät. Sie war bereits geflohen.

Er stand da wie betäubt und versuchte zu verstehen, was eben passiert war. Sie bedeutete ihm alles. Wie konnte sie auch nur eine Sekunde glauben, er liebe sie nicht mehr? Für ihn war sie der Mittelpunkt der Welt, der Atem seines Lebens. Es lag eindeutig nicht an ihm … sie war diejenige, die ihn nicht genügend liebte.

Er ließ sich auf den Boden sinken und vergrub den Kopf zwischen den Händen. Sie dachte, dass er sie nicht liebte? Am liebsten hätte er vor lauter Frustration geheult.

Eine Tür ging quietschend auf, und seine Nackenhaare kringelten sich vor Entsetzen. Das Geräusch war nicht aus Richtung Korridor gekommen, sondern vom anderen Ende des Raums.

Er hob den Kopf. Es gab noch eine Tür zum angrenzenden Bad …

Sein Magen machte einen Purzelbaum, als die Tür tatsächlich aufging und ein Mann das Schlafzimmer betrat. Groß, gut aussehend mit dichtem dunklem Haar.

Ren Gage schüttelte den Kopf und betrachtete Harry voller Mitleid. »Mann, Sie sind echt kaputt.«

Als wüsste er das nicht längst schon selbst.

17

»Porcini!«

Ein nasser Zweig schnellte Isabel schmerzhaft ins Gesicht, als sie hinter Giulia durch das Gebüsch kroch. Ihre Turnschuhe wären nach dem morgendlichen Ausflug in den noch regennassen Wald gewiss unbrauchbar. Sie folgte Giulia zu einem umgestürzten Baum und hockte sich neben sie vor einen Kreis aus samtig braunen Steinpilzen, unter deren ausladenden Dächern selbst eine mittelgroße Elfe Schutz gefunden hätte.

»Mmm ... das Gold der Toskana.« Giulia griff nach ihrem Taschenmesser, schnitt den Pilz ordentlich über dem Boden ab und legte ihn behutsam in ihren Korb. Plastiktüten wurden von den *fungaroli* nie verwendet, hatte Isabel erfahren. Sie benutzten stets Körbe und sicherten dadurch, dass durch die schmalen Ritzen Sporen und Wurzelstückchen auf den Boden fielen, die nächstjährige Ernte. »Ich wünschte, Vittorio hätte uns begleiten können. Er beschwert sich zwar, wenn ich ihn früh wecke, aber die Pilzsuche liebt er.«

Isabel wünschte sich, auch Ren wäre dabei. Wenn sie ihn gestern Abend, nachdem sie sich geliebt hatten, nicht dazu aufgefordert hätte, tatsächlich in der Villa statt bei ihr zu übernachten, hätte sie ihn heute Morgen aus dem Bett geschubst und mitgeschleppt, dachte sie reuig. Obwohl sie seit kaum mehr als vierundzwanzig Stunden ein Verhältnis miteinander hatten, hatte sie letzte Nacht im Schlaf die Hände nach ihm ausgestreckt und war davon erwacht, dass sie allein gewesen war. Er wirkte auf sie wie eine Droge. Und zwar von der gefährlicheren Art. Wie mit Heroin vermischtes Kokain. Ganz sicher bräuchte sie ein Zwölf-Schritte-Programm zu Entwöhnung, wenn ihre Affäre vorbei war.

Sie schob die Finger unter den Ärmel ihres Pullovers und nestelte an ihrem Armband. *Atme. Atme und bleibe innerlich gelassen.* Wie oft bekäme sie in ihrem Leben wohl die Chance, in den Wäldern der Toskana Pilze suchen zu dürfen? Trotz der Feuchtigkeit, trotz des Getrenntseins von ihrem Geliebten und trotz der leichten Rückenschmerzen vom beständigen In-die-Hocke-Gehen hatte sie ihren Spaß. Es war ein heller, klarer Morgen, Steffie war in Sicherheit, und sie selbst hatte ein Verhältnis mit einem wunderbaren Mann.

»Riechen Sie. Ist dieser Duft nicht schlichtweg unbeschreiblich?«

Isabel sog den stechenden, erdigen Geruch der Pilze in ihre Lungen ein und dachte dabei an Sex. Aber inzwischen dachte sie selten an etwas anderes als Sex. Sie freute sich bereits auf die Rückkehr in ihr Haus und auf das Wiedersehen mit Ren. Die Leute aus dem Ort würden gegen zehn erscheinen, um die Reste der Mauer einzureißen, und er wäre dabei.

Sie erinnerte sich daran, wie schlecht gelaunt er kurz vor seiner Rückkehr in die Villa gewesen war. Anfangs hatte sie gedacht, es läge einzig daran, dass sie ihn hinauswarf, doch darauf hatte er mit einem eher gutmütigen Brummen reagiert. Also hatte sie gefragt, was mit ihm los sei, doch er hatte lediglich erwidert, er wäre hundemüde.

Doch das konnte nicht alles gewesen sein. Vielleicht hatte ihn die Geschichte um Steffies Verschwinden stärker mitgenommen, als er zugegeben hatte? Eins jedoch war sicher: Ren war ein Meister der Verstellung. Und wenn er nicht wollte, dass jemand erfuhr, was in seinem Innern vorging, fände man es gar nicht oder nur sehr schwer heraus.

Den Blick auf den Boden gerichtet, setzten sie sich wieder in Bewegung und lüpften dabei mit den von Giulia mitgebrachten Stöcken das Buschwerk in der Nähe von Baumwurzeln und umgestürzten, halb verrotteten Stämmen. Der Regen hatte die ausgedörrte Landschaft revitalisiert, und die Luft war schwer vom Duft von Rosmarin, wildem Salbei und Lavendel. Isabel fand eine Gruppe Steinpilze unter einem Haufen alter Blätter und gab sie in den Korb.

»Sie sind wirklich gut«, sagte Giulia so leise, wie sie seit Beginn der Suche mit ihr sprach. Steinpilze oder *porcini* waren kostbar, und die Suche danach war eine geheime Operation. Ihr Korb hatte sogar einen Deckel, damit niemand, den sie zufällig träfen, ihren Schatz entdeckte, obgleich bereits ihr Aufzug ihre Mission jedem verriet. Zum vierten Mal in vier Minuten gähnte Giulia herzhaft.

»Ist es für Sie vielleicht noch etwas früh?«, fragte Isabel mitfühlend.

»Ich musste Vittorio gestern Abend in Montepulciano und vorgestern Abend in Pienza treffen, und beide Male war ich erst sehr spät zurück.«

»Treffen Sie ihn regelmäßig, wenn er mit Kunden unterwegs ist?«

Giulia stocherte in dem Unkraut, das bereits von ihr durchforstet worden war. »Manchmal. An bestimmten Abenden.«

Was auch immer das hieß.

Da es beinahe zehn war, kehrten sie zu Isabels Bauernhaus zurück und wechselten sich beim Tragen des schweren Korbes ab. Auch die Dorfbewohner tauchten nacheinander auf, und Ren stand bereits im Garten und inspizierte die Mauer etwas genauer. An ihm wirkten selbst die staubbedeckten Stiefel, die abgewetzten Jeans und das verwaschene T-Shirt richtiggehend elegant. Als er sie entdeckte, vertrieb sein warmes Lächeln die letzte morgendliche Kälte, und als er den Korb in ihrer Hand musterte, nickte er zufrieden. »Warum stelle ich eure Beute nicht an einer sicheren Stelle ab?«

»O nein, das tust du nicht.«

Doch ihre Widerrede kam zu spät. Er hatte Giulia den Korb bereits entwendet und trug ihn gut gelaunt ins Haus.

»Schnell.« Sie packte Giulia am Arm und zog sie mit sich in die Küche. »Gib den Korb sofort zurück. Dir ist nicht zu trauen.«

»Du verletzt meine Gefühle.« Sein Blick war so unschuldig wie der eines achtjährigen messdienenden Knaben. »Und das, obwohl ich gerade den Vorschlag machen wollte, heute Abend für uns vier zu kochen. Nichts, was mit viel Aufwand verbunden wäre. Als Vorspeise ein paar geschwenkte Steinpilze auf gerösteten Crostini. Dann vielleicht *spaghetti al porcino* – in einer leichten Sauce, total einfach. Ich schwenke die Pilze in Olivenöl und Knoblauch und gebe am Schluss noch etwas frische Petersilie hinzu. Die größeren *porcini* könnten wir grillen und mit einem Arugula-Salat verspeisen. Wenn euch mein Vorschlag jedoch irgendwie anmaßend erscheint …«

»Keineswegs!« Giulia hüpfte wie ein kleines Mädchen in der Küche auf und ab. »Vittorio ist heute Abend zu Hause. Ich weiß, dass die Reihe an uns ist, Sie beide zu bekochen. Aber Sie kochen einfach besser, und deshalb nehme ich die Einladung auch im Namen meines Mannes jetzt schon dankbar an.«

»Gut. Wir erwarten Sie um acht.« Die *porcini* verschwanden in der Vorratskammer, und zufrieden kehrte Giulia zurück in den Garten, um ein paar Freunde zu begrüßen.

Ren warf einen Blick auf seine Uhr, zog gebieterisch eine seiner Brauen in die Höhe und wies arrogant mit dem Daumen Richtung Decke. »Du. Nach oben. Jetzt. Und zwar möglichst dalli-dalli.«

Er war nicht der Einzige, der wusste, wie man sich am besten amüsierte. Sie gähnte ausgiebig. »O nein, ich glaube nicht.«

»Scheint, als müsste ich Gewalt anwenden.«

»Ich wusste, dass dies ein schöner Tag wird.«

Lachend zog er sie ins Wohnzimmer, presste sie dort gegen die Wand und küsste sie, bis sie erstickt nach Luft rang. Viel zu schnell jedoch rief Giulia aus der Küche, und sie rissen sich, wenn auch äußerst widerwillig, voneinander los.

Bei der Arbeit rangen die Leute immer wieder die Hände und erklärten in dramatischem Tonfall, was für eine unendliche Erleichterung es wäre, das von Paolo versteckte Geld zu finden und nicht länger in Todesangst zu leben.

Noch während Isabel sich fragte, ob es möglich wäre, dass ein ganzer Ort einen Oscar für die schauspielerischen Leistungen seiner Bewohner gewann, kam Tracy zusammen mit Marta und Connor in das Bauernhaus. Harry tauchte eine halbe Stunde später mit den anderen Kindern auf. Er wirkte deprimiert und übermüdet, und Isabel war überrascht, als Ren zu ihm hinüberging und sich nahezu freundlich mit ihm unterhielt.

Steffie blieb die ganze Zeit an der Seite ihres Vaters. Nur einmal ging sie kurz zu Ren, der, obgleich er sich ständig über die Kinder beschwerte, augenscheinlich Gefallen an der Gesellschaft fand. Möglicherweise hatte der Zwischenfall vom Vortag ja seine Sichtweise verändert. Er ging sogar in die Hocke, um mit Brittany zu sprechen, obwohl sie wieder mal krähend ihr T-Shirt auszog und auf den Boden warf.

Als Jeremy bemerkte, wie viel Beachtung seine Schwestern fanden, fing er an, sich so gut er konnte, danebenzubenehmen. Seinen Eltern fiel das in ihrem eigenen Unglück jedoch überhaupt nicht auf. Ren gratulierte ihm zu seinen Muskeln und ließ ihn Steine durch die Gegend schleppen, sodass auch er schließlich beschäftigt war.

Isabel kam zu dem Schluss, dass ihr die Arbeit in der Küche eher zusagte als das Hämmern und Schleppen schwerer Steine. Sie half Brote zu streichen und füllte immer wieder die Wasserkrüge nach. Marta schalt sie dafür, dass sie das Brot zu dünn schnitt, doch sie lächelte dabei. Genau wie sie fanden sich auch die anderen Menschen, die Isabel bisher wenig freundlich gesonnen gewesen waren, einer nach dem anderen bei ihr ein, um Abbitte zu leisten dafür, dass sie sie bisher so schroff behandelt hatten. Giancarlo entschuldigte sich für seinen Auftritt als Gespenst, und Bernardo, der an diesem Morgen nicht im Dienst war, stellte sie seiner Frau vor, einer traurig dreinblickenden Frau namens Fabiola.

Gegen eins erschien ein attraktiver Italiener mit dicht gelocktem Haar, und Giulia machte ihn mit Isabel bekannt. »Das hier ist Vittorios Bruder Andrea. Er ist unser hervorragender Doktor. Heute Nachmittag hat er seine Praxis geschlossen, um uns bei der Suche zu helfen.«

»*Piacere, signora.* Freut mich, Ihre Bekanntschaft zu machen.« Er zertrat seine Zigarette auf der Erde. »Ich weiß, dass das besonders für einen Arzt eine sehr schlechte Angewohnheit ist.«

Andrea hatte eine kleine Narbe auf der Wange und wirkte auch sonst durch und durch wie ein Schwerenöter. Während sie sich miteinander unterhielten, merkte Isabel, dass Ren von der Mauer aus in ihre Richtung blickte, und hätte sich gern eingeredet, dass er eifersüchtig war. Höchst unwahrscheinlich, doch eine hübsche Fantasie.

Tracy kam zu ihnen herüber, Isabel stellte sie Andrea vor, und sie fragte ihn, ob es in der Gegend einen guten Gynäkologen gab.

»Hier in Casalleone bringe ich die Babys auf die Welt.«

»Da haben ihre Mütter aber Glück.« Tracy schien tatsächlich mit dem Mann zu flirten, doch Isabel nahm an, dass der Grund dafür alleine der war, dass Harry nah genug stand, um den Satz zu hören.

Mitte des Nachmittags war die Mauer endlich eingerissen, und die ausgelassene Stimmung ließ allmählich nach. Sie hatten nichts Aufregenderes gefunden als ein paar tote Mäuse und die Überreste eines alten Gefäßes aus gebranntem Ton. Giulia stand alleine mit gesenktem Haupt auf dem Kamm des Hügels. Bernardo sah aus, als tröste er seine unglückliche Frau. Eine Frau namens Tereza – ebenfalls offenbar eine geborene Vesto – hakte sich bei Anna ein, und Andrea Chiara sprach mit einem der jüngeren Männer, der eine Zigarette rauchte und trübsinnig mit der Spitze seines Stiefels in der Erde scharrte.

In dem Augenblick erschien Vittorio, bemerkte die allgemeine Niedergeschlagenheit, marschierte geradewegs zu seiner Frau, führte sie unter die Pergola und zog sie eng an seine Brust.

Ren gesellte sich zu Isabel auf einen der mit Kies bestreuten Wege. »Ich habe das Gefühl, als wäre ich auf eine Beerdigung geraten.«

»Hier geht es um mehr als um irgendein verloren gegangenes Kunstwerk.«

»Ich wüsste wirklich gern, worum.«

Giulia löste sich aus den Armen ihres Mannes und kam mit tränennassen Augen auf sie zu. »Würden Sie uns heute Abend wohl entschuldigen? Ich fühle mich nicht so besonders. Auf diese Weise bleiben mehr Steinpilze für Sie.«

Isabel erinnerte sich an Giulias anfängliche Freude über die Einladung zu dem gemeinsamen Mahl. »Es tut mir wirklich Leid. Kann ich irgendetwas für Sie tun?«

»Können Sie ein Wunder bewirken?«

»Nein, aber ich kann um eines beten.«

Giulia verzog den Mund zu einem schwachen Lächeln. »Dann beten Sie möglichst viel.«

»Es wäre sicher leichter, wenn sie wüsste, wofür genau sie beten soll«, mischte sich Ren in das Gespräch.

Vittorio stand immer noch unter der Pergola, und Giulia wandte sich ihm zu und sah ihn flehend an. Er jedoch schüttelte den Kopf.

Isabel merkte, dass Giulia mit seiner Reaktion nicht einverstanden war, und kam zu dem Schluss, dass es an der Zeit war, den Druck ein wenig zu erhöhen. »Wir können Ihnen nicht helfen, wenn Sie uns gegenüber nicht endlich ehrlich sind.«

Giulia rieb sich verlegen die Hände. »Ich glaube, Sie können uns sowieso nicht helfen.«

»Stecken Sie in irgendwelchen Schwierigkeiten?«

Sie wedelte frustriert mit den Armen durch die Luft. »Sehen Sie ein Kind an meinem Rockzipfel? Ja, ich bin in Schwierigkeiten.«

Vittorio hatte sie gehört und hetzte auf sie zu. »Es reicht, Giulia.«

Ren schien Isabels Gedanken zu lesen, die ihr signalisierten, dass nur unter Anwendung des Mottos *Teile und siege* weiterzukommen war, und so stellte er sich, während Isabel den Arm um Giulia legte, deren Gatten in den Weg. »Warum reden wir nicht mal in aller Ruhe miteinander?«

Isabel führte Giulia rasch um das Haus zu ihrem Wagen. »Lassen Sie uns eine kleine Spazierfahrt machen, ja?«

Ohne zu protestieren stieg Giulia in den Panda, Isabel lenkte das Fahrzeug aus der Einfahrt und wartete dann ein paar Minuten, ehe sie sagte: »Ich vermute, Sie haben einen guten Grund dafür, dass Sie uns nicht die Wahrheit sagen.«

Giulia rieb sich müde ihre Augen. »Woher wissen Sie, dass ich nicht die Wahrheit sage?«

»Weil Ihre Geschichte allzu sehr nach einem der Drehbücher zu Rens Filmen klang. Außerdem glaube ich nicht, dass nicht gefundenes, gestohlenes Geld Sie derart traurig machen würde.«

»Sie sind eine echt kluge Frau.« Giulia fuhr sich mit allen zehn Fingern durch die Haare und strich sie sich hinter die Ohren. »Niemand erscheint anderen gerne wie ein Narr.«

»Und davor haben Sie Angst? Dass die Wahrheit Sie wie eine Närrin aussehen lassen könnte? Oder liegt es nur daran, dass Vittorio Ihnen verboten hat, mit uns zu reden?«

»Sie denken, ich halte den Mund, weil Vittorio es will?« Sie lachte müde auf. »Nein. Es liegt nicht an ihm.«

»Woran liegt es dann? Es ist offensichtlich, dass Sie Hilfe brauchen. Vielleicht könnten Ren und ich ja eine andere Perspektive bieten.«

»Vielleicht aber auch nicht.« Sie kreuzte ihre Beine. »Sie sind wirklich sehr nett zu mir gewesen.«

»Wozu sonst sind Freunde da?«

»Bisher waren Sie mir eine deutlich bessere Freundin als ich Ihnen.«

Während sie an einem kleinen Bauernhaus vorüberfuhren, in dessen Garten eine Frau Blumen abschnitt, spürte Isabel, wie Giulia mit sich rang.

»Es steht mir nicht zu, die Geschichte zu erzählen«, erklärte Giulia schließlich. »Es ist die Geschichte der ganzen Gemeinde, und wenn ich sie verrate, werden alle wütend auf mich sein.« Sie nahm sich ein Taschentuch aus der von Isabel bereitgestellten Packung und putzte sich die Nase. »Aber das ist mir egal. Ich werde sie Ihnen erzählen. Und wenn Sie uns deshalb für Narren halten ... tja, dann kann ich Ihnen das nicht verdenken.«

Isabel wartete ab. Giulia atmete tief durch und erklärte endlich mit einem resignierten Seufzer: »Wir suchen den *Ombra della Mattina.*«

Es dauerte einen Moment, bis sich Isabel an die Weihestatue des etruskischen Jungen aus dem Museum Guarnacci in Volterra, den *Ombra della Sera*, erinnerte. Sie ging etwas vom Gas und ließ den Panda von einem Laster überholen. »Was heißt das? *Ombra della Mattina?*«

»*Morgenschatten.*«

»Die Statue in Volterra wird *Abendschatten* genannt. Das ist kein Zufall, oder?«

»*Ombra della Mattina* ist das Gegenstück dazu. Eine weibliche Figur. Vor dreißig Jahren hat der Priester unseres Dorfes sie gefunden, als er Rosenbüsche am Tor des Friedhofs pflanzte.«

Genau wie Ren vermutet hatte. »Und die Leute aus dem Ort wollen sie nicht an die Regierung abtreten.«

»Denken Sie bitte nicht, dass es sich bei uns um habgierige Menschen handelt, die versuchen, ein Kunstwerk zu verstecken. Wenn es nur so einfach wäre ...«

»Aber es ist ein wertvolles Stück.«

»Ja, aber nicht in der Art wertvoll, wie Sie denken.«

»Das verstehe ich nicht.«

Giulia zupfte an ihrem kleinen Perlenohrring. Sie wirkte unglücklich und erschöpft. »*Ombra della Mattina* verfügt über besondere Kräfte. Das ist der Grund, weshalb wir gegenüber Fremden nicht darüber sprechen.«

»Was für Kräfte sind das?«

»Wenn Sie nicht aus Casalleone stammen, können Sie das nicht verstehen. Selbst wir, die wir hier geboren sind, haben anfangs nicht daran geglaubt.« Sie zuckte mit den Schultern. »Wir haben darüber gelacht, wenn unsere Eltern uns Geschichten von der Statue erzählten, aber inzwischen ist uns das Lachen gründlich vergangen.« Endlich drehte sie den Kopf und sah Isabel an. »Vor drei Jahren ist *Ombra della Mattina* verschwunden, und seither hat keine Frau im Umkreis von dreißig Kilometern mehr ein Kind bekommen.«

»Seit drei Jahren ist keine Frau hier mehr schwanger geworden?«

»Nur diejenigen Frauen, die in der Lage waren, ihre Kinder weit weg von Casalleone zu empfangen.«

»Und Sie glauben wirklich, dass das Verschwinden der Statue daran schuld ist?«

»Vittorio und ich haben beide die Universität besucht. Glauben wir tatsächlich vom Verstand her, dass so etwas möglich ist? Nein. Aber die Tatsache bleibt bestehen, dass in den letzten sechsunddreißig Monaten Paare aus Casalleone nur dann Kinder bekommen konnten, wenn es ihnen gelang, sie an einem anderen Ort zu zeugen, und das ist oft strapaziös.«

Endlich begann es Isabel zu dämmern. »Das ist der Grund, weshalb Sie Vittorio ständig in anderen Städten treffen. Sie versuchen, ein Kind miteinander zu bekommen.«

Giulia rang die Hände. »Und unsere Freunde Cristina und

Enrico, die ein zweites Kind möchten, müssen ihre Tochter Abend für Abend bei der *nonna* lassen, um ihre Nächte weiter weg zu verbringen. Und Sauro und Tea Grifasi fahren allabendlich aufs Land, lieben sich in ihrem Wagen und kehren dann wieder heim. Sauro hat letzte Woche sogar seinen Job verloren, weil er das Klingeln seines Weckers pausenlos überhört hat. Und Anna ist traurig, weil Bernardo und Fabiola kein Kind bekommen und sie zur Oma machen können.«

»Die Apothekerin aus Casalleone ist schwanger. Ich habe sie gesehen.«

»Sie hat sich auch sechs Monate bei ihrer zänkischen Schwester in Livorno einquartiert. Ihr Mann hat sie jeden Abend dort besucht. Inzwischen lassen sie sich scheiden.«

»Aber was hat das alles mit dem Bauernhaus und dem alten Paolo zu tun?«

Wieder rieb Giulia sich die Augen. »Paolo hat die Statue geklaut.«

»Offenbar stand Paolo in dem Ruf, Kinder nicht zu mögen«, erklärte Isabel, als sie abends mit Ren in ihrer Küche stand, wo sie vorsichtig mit feuchten Tüchern die Erde von den Pilzen rieben. »Er hasste den Lärm, den sie verursachten, und beschwerte sich unentwegt darüber, dass viele Kinder bedeuteten, viel Geld für ihre Schulen auszugeben.«

»Ein wahrhaft reizender Mensch. Dann hat er also beschlossen, die Geburtenrate zu senken, indem er die Statue klaut. Und welchen Teil deines Verstandes hast du verloren, als du angefangen hast, diese Geschichte tatsächlich zu glauben?«

»Giulia hat die Wahrheit gesagt.«

»Das bezweifle ich nicht. Was ich nur nicht ganz verstehe, ist, dass selbst du anscheinend an die angeblichen Kräfte der Statue glaubst.«

»Gottes Wege sind unergründlich.« Wie üblich veranstaltete Ren ein totales Chaos in der Küche, und so räumte sie entschlossen ein paar Gegenstände von der Arbeitsplatte zurück in den Schrank.

»Erspar mir derartiges Gesülze.«

»Seit die Statue gestohlen wurde, hat in Casalleone keine Frau mehr ein Kind empfangen können.«

»Trotzdem fühle ich mich nicht gehalten, deshalb meine Kondome wegzuwerfen. Hegt die Akademikerin in dir an dieser Story nicht wenigstens einen klitzekleinen Zweifel?«

»Nicht den geringsten.« Sie trug einen Stapel schmutziger Teller hinüber an die Spüle. »Sie bestätigt nur meine Erfahrung. Das Hirn ist ein mächtiges Instrument.«

»Willst du damit etwa sagen, dass eine Art Massenhysterie den Ort befallen hat? Dass die Frauen deshalb nicht schwanger werden, weil sie denken, dass sie es nicht können?«

»So etwas soll schon vorgekommen sein.«

»Da fand ich ja selbst die Geschichte von der Mafia noch besser.«

»Nur, weil es darin um Gewalt ging.«

Lächelnd küsste er sie auf die Nase, dann auf den Mund und auf die Brust, und es dauerte ein paar Minuten, bis sie sich wieder voneinander lösten. »Koch«, sagte sie mit schwacher Stimme. »Ich warte schon den ganzen Tag auf diese Pilze.«

Stöhnend griff er nach dem Messer. »Zugegeben, du hast aus Giulia wesentlich mehr herausbekommen als ich aus ihrem Mann. Aber die Statue ist vor drei Jahren verschwunden. Weshalb also haben sie alle so lange gewartet, bis sie beschlossen haben, diesen Garten hier umzugraben?«

»Der hiesige Priester hatte die Statue im Gemeindeamt verwahrt …«

»Ist es nicht schön, dass an manchen Orten Heidentum und Christentum selbst heute noch friedlich nebeneinander existieren?«

»Alle wussten, dass sie dort war«, fuhr sie, während sie eine Schüssel spülte, mit ungerührter Stimme fort. »Aber die Behörden wollten keinen Aufstand, und deshalb haben sie, statt die Sache zu melden, beide Augen zugedrückt. Paolo hatte im Verlauf der Jahre in unregelmäßigen Abständen kleinere Arbeiten für die Kirche ausgeführt, aber niemand hat ihn mit dem Verschwinden der Statue in Verbindung gebracht, bis er ein paar Monate später starb. Erst da fiel den Leuten wieder ein, dass er keine Kinder mochte.«

Ren rollte mit den Augen. »Das ist wirklich verdächtig.«

»Marta hat ihn stets verteidigt. Sie meinte, er hätte Kinder nicht gehasst, sondern wäre lediglich wegen seiner Arthritis etwas *imbronciato*. Was heißt *imbronciato*?«

»Knurrig.«

»Sie meinte, dass er seiner Tochter immer ein guter Vater gewesen wäre. Vor Jahren ist er sogar extra nach Amerika geflogen, um seine neugeborene Enkelin zu sehen. Also haben die Leute einen Rückzieher gemacht, und andere Gerüchte kamen auf. Ich schätze, dass sich die ganze Sache ziemlich unschön weiterentwickelt hat.«

»Gab es irgendwelche Gewalt?«

»Keine Ahnung.« Sie wischte einen Teil des Tisches. »Am Tag vor meiner Ankunft hat Anna Giancarlo hierher in den Garten geschickt, um ein bisschen aufzuräumen. Und rate mal, was er in einem Loch in der Mauer entdeckte, als er versehentlich ein paar der Steine losschlug?«

»Ich kann kaum erwarten, dass du es mir erzählst.«

»Den Marmorsockel, auf dem die Statue immer gestanden hatte. Den Sockel, der zusammen mit der Statue aus dem Gemeindebüro verschwunden war.«

»Tja, das erklärt zumindest das plötzliche Interesse an der Mauer.«

Sie trocknete sich die Hände an einem Geschirrtuch ab. »Der ganze Ort stand Kopf. Sie schmiedeten Pläne, um die

Mauer einzureißen, nur dass plötzlich eine lästige Fremde ihnen durch ihr Erscheinen einen Strich durch die Rechnung zu machen schien.«

»Du.«

»Genau.«

»Alles wäre weitaus einfacher gewesen, wenn sie von Anfang an ehrlich gewesen wären.«

»Wir sind Fremde, und sie hatten keinen Grund, mir oder vor allem dir zu trauen.«

»Na, vielen Dank.«

»Was hätte es ihnen genützt, die Statue zu finden, wenn wir die Sache nicht für uns behalten hätten? Es ist eine Sache, wenn die hiesigen Politiker sich blind stellen dafür, dass eine unbezahlbare etruskische Figur im Gemeindeamt herumsteht, aber die übergeordneten Behörden hätten sicher einen Riesenaufstand deshalb gemacht. Alle hatten Angst, dass die Statue am Ende in einem Glaskasten in Volterra neben dem *Ombra della Sera* landen würde.«

»Wo sie auch stehen sollte.« Er klopfte mit der Breitseite seines Messers eine Knoblauchzehe weich.

»Während du gejoggt bist, habe ich ein bisschen herumgeschnüffelt, und rate mal, was mir dabei in die Hände gefallen ist.« Sie holte den vergilbten Umschlag, den sie im Bücherregal im Wohnzimmer gefunden hatte, und legte den Inhalt vor ihm auf den Tisch. Fotos von Paolos Enkeltochter, alle sorgfältig auf der Rückseite beschriftet.

Ren wischte sich die Hände ab, und sie zeigte auf das Farbfoto von einem älteren Mann, der, ein Baby auf den Armen, auf der Veranda eines kleinen, weiß getünchten Häuschens stand. »Das ist das älteste Foto. Das ist Paolo. Es muss aufgenommen worden sein, als er kurz nach der Geburt der Enkeltochter drüben in Boston war. Sie heißt Josie, kurz für Josephina.«

Ein paar der Bilder zeigten Josie im Ferienlager oder im

Urlaub mit den Eltern im Grand Canyon. Auf einigen der Fotos sah man sie allein. Isabel nahm die letzten beiden Bilder in die Hand. »Das ist Josie auf ihrer Hochzeit vor sechs Jahren.« Sie hatte dunkle Locken und ein breites Lächeln. »Und das hier ist sie zusammen mit ihrem Mann kurz vor Paolos Tod.« Sie drehte das Bild um und zeigte ihm das auf der Rückseite vermerkte Datum.

»Sieht nicht gerade wie die Fotosammlung eines Kinderhassers aus«, gestand Ren, wenn auch etwas widerstrebend, ein. »Dann hat Paolo die Statue ja vielleicht gar nicht geklaut.«

»Er war derjenige, der die Mauer gebaut hat.«

»Was nicht unbedingt ein hieb- und stichfester Beweis ist. Aber wenn die Statue nicht in der Mauer gesteckt hat, frage ich mich, wo sie ist.«

»Nicht hier im Haus«, antwortete Isabel. »Anna und Marta haben es von oben bis unten durchsucht. Es wurde bereits überlegt, auch den Garten umzupflügen, aber Marta meint, sie hätte es bemerkt, wenn Paolo die Statue dort vergraben hätte, und lässt ein Umgraben nicht zu. Es gibt jede Menge Stellen in der Nähe der Mauer, im Olivenhain oder sogar im Weinberg, wo er die Figur vergraben haben könnte, weshalb ich Giulia vorgeschlagen habe, ein paar Metalldetektoren zu besorgen und die möglichen Verstecke damit abzugehen.«

»Spielzeug. Allmählich finde ich Gefallen an der Sache.«

»Gut.« Sie löste das Geschirrtuch, das sie sich um den Bauch gebunden hatte. »Aber jetzt haben wir genug geredet. Stell endlich den Ofen an, und zieh dich aus.«

Er rang nach Luft und ließ das Messer fallen. »Um ein Haar hätte ich mir den Finger abgeschnitten.«

»Solange es beim Finger bleibt.« Grinsend begann sie ihre Bluse aufzuknöpfen. »Wer sagt, dass ich nicht spontan sein kann?«

»Ich ganz sicher nicht. Okay, allmählich kriege ich auch wieder Luft.« Er verfolgte, wie sich der Stoff ihrer Bluse teilte. »Wie viel Uhr ist es?«

»Fast acht.«

»Verdammt. Dann kriegen wir jeden Augenblick Gesellschaft.« Er streckte die Arme nach ihr aus, und sie wich stirnrunzelnd zurück.

»Ich dachte, Giulia und Vittorio hätten abgesagt.«

»Ich habe stattdessen Harry eingeladen.«

»Du magst Harry doch gar nicht.« Sie trat noch einen Schritt zurück und knöpfte ihre Bluse wieder zu.

Er seufzte. »Wie kommst du denn auf die Idee? Harry ist ein toller Bursche. Hättest du etwas dagegen, wenigstens die obersten beiden Knöpfe für mich aufzulassen? Tracy kommt übrigens auch.«

»Es überrascht mich, dass sie die Einladung angenommen hat. Heute hat sie ihn den ganzen Tag lang noch nicht mal angesehen.«

»Ich habe ihr nicht erzählt, dass ich auch Harry eingeladen habe.«

»Dann wird das sicher ein erquickender Abend.«

»Es war unvermeidbar. Heute Morgen haben sie erneut gestritten, und seitdem geht sie ihm systematisch aus dem Weg. Er ist deswegen ziemlich fertig.«

»Und das hat er dir alles freiwillig erzählt?«

»He, manchmal reden selbst Kerle miteinander. Auch wir haben Gefühle.«

Sie zog eine Braue in die Höhe.

»Okay, eventuell ist er halt ein bisschen verzweifelt, und ich bin der Einzige in der Umgebung, mit dem er reden kann. Der Typ hat von Frauen nicht die geringste Ahnung, und wenn ich ihm nicht helfe, bleiben die beiden bis ans Ende ihrer Tage hier.«

»Trotzdem hat dieser ahnungslose Mensch es immerhin

geschafft, elf Jahre verheiratet zu bleiben und fünf Kinder zu zeugen, während du –«

»Während ich eine Idee habe, die dir bestimmt gefällt. Eine Idee, die übrigens nichts mit den kämpferischen Briggs' zu tun hat, außer dass wir uns die Sippe endlich vom Hals schaffen müssen, um sie in die Tat umsetzen zu können.«

»Was für eine Idee?« Sie bückte sich nach ein paar Pilzstielen, die er auf den Boden hatte fallen lassen.

»Ein kleines, sinnliches Kostümdrama. Aber dazu brauchen wir die Villa, was heißt, dass die gesamte Sippschaft mitsamt ihren Babysittern endlich von dort verschwinden muss.«

»Ein Kostümdrama?« Die Stängel fielen zurück auf den Boden.

»Ein *sinnliches* Kostümdrama. Ich denke an den späten Abend. Kerzenlicht. Mit ein bisschen Glück vielleicht sogar ein Gewitter.« Er nahm ihr Glas und rollte den Stiel zwischen seinen Fingern. »Der skrupellose Prinz Lorenzo hat ein Auge auf eine dralle Bäuerin aus dem Dorf geworfen. Zwar steht sie nicht mehr in der Blüte ihrer Jugend –«

»He!«

»Aber das erhöht noch ihren Reiz.«

»Das will ich wohl meinen.«

»Die Bäuerin ist bekannt für ihren Fleiß und ihre Tugend, also wehrt sie seine Avancen, obgleich er der bestaussehende Kerl der ganzen Gegend, nein, ganz Italiens, ist, immer wieder ab.«

»Nur von Italien? Tja, aber man sollte stets auf die tugendhaften Frauen setzen. Der Kerl hat keine Chance.«

»Habe ich erwähnt, dass Prinz Lorenzo obendrein der cleverste Typ der ganzen Gegend ist?«

»Oh, nun, dadurch wird das Ganze stark verkompliziert.«

»Also droht er damit, das ganze Dorf niederzubrennen, wenn sie ihn nicht erhört.«

»Dieser Schuft. Natürlich begeht sie lieber Selbstmord.«

»Was er keine Sekunde glaubt, denn brave katholische Frauen bringen sich nicht um.«

»Da hast du möglicherweise Recht.«

Er beschrieb einen Bogen mit dem Messer. »Das Stück beginnt an dem Abend, an dem sie in der menschenleeren, von Kerzenlicht erhellten Villa des Prinzen erscheint. Derselben Villa wie der, wie sie rein zufällig oben auf diesem Hügel zu finden ist.«

»Erstaunlich.«

»Sie erscheint in dem Kleid, das er ihr am Nachmittag geschickt hat.«

»Ich sehe es direkt vor mir. Schlicht und blütenweiß.«

»Leuchtend rot und nuttig.«

»Wodurch ihre Tugend noch betont wird.«

»Er verliert keine Zeit mit irgendwelchem unnötigen Geplänkel. Er zerrt sie nach oben –«

»Nimmt sie in die Arme und trägt sie die breite Marmortreppe hinauf.«

»Auch wenn sie nicht gerade ein Federgewicht ist – aber glücklicherweise tut er was für seine Muskeln. Und sobald er sie in seinem Schlafzimmer hat, zwingt er sie, sich langsam auszuziehen … während er ihr dabei zusieht.«

»Natürlich ist er selber nackt, denn in der Villa ist es heiß.«

»Und in dem Schlafzimmer noch heißer. Habe ich dir erzählt, wie gut er aussieht?«

»Ich glaube, du hattest etwas in der Richtung erwähnt.«

»Und dann kommt der Moment, in dem sie gezwungen ist, sich ihm hinzugeben.«

»Ich glaube, dieser Teil gefällt mir nicht.«

»Das liegt nur daran, dass du immer alles unter Kontrolle haben willst.«

»Wie zufällig auch sie.«

Er nickte. »Gerade als er sie gewaltsam nehmen will, was sieht sie aus dem Augenwinkel? Ein Paar Handschellen.«

»Gab es die denn schon im achtzehnten Jahrhundert?«

»Die altmodische Version. Und zwar genau in ihrer Reichweite.«

»Wie praktisch.«

»Während sein glasiger Blick auf etwas gänzlich anderem ruht« – Rens Augen wanderten zu ihren Brüsten –, »streckt sie die Hand aus, schnappt sich die Handschellen und legt sie ihm –«

»Ich habe geklopft, aber es hat niemand darauf reagiert.«

Sie machten sich voneinander los und sahen, dass Harry mit Leichenbittermiene in der Tür stand. »Die Handschellennummer haben wir auch öfter gemacht«, erklärte er düster. »Sie war wirklich klasse.«

»Ah.« Isabel räusperte sich leise.

»Sie hätten ruhig klopfen können«, knurrte Ren erbost.

»Habe ich getan.«

Isabel schnappte sich eine noch verschlossene Flasche Wein. »Warum machen Sie die nicht schon mal auf? Ich hole Ihnen ein Glas.«

Kaum hatte er sich eingeschenkt, als Tracy eintrat und mit spitzer Stimme fragte: »Was macht er hier?«

Ren küsste sie flüchtig auf die Wange. »Isabel hat ihn eingeladen. Ich habe ihr gesagt, dass sie das lieber lassen sollte, aber sie weiß ja alles besser.«

Früher hätte sich Isabel vehement verteidigt, aber hier war sie umgeben von Verrückten, es hätte ihr also nicht das Mindeste genützt.

»Eine andere Möglichkeit gibt es ja auch offensichtlich nicht«, meinte Harry. »Ich habe den ganzen Tag versucht, mit dir zu reden, aber du läufst ständig davon.«

»Weil mich bereits dein Anblick krank macht.«

Er zuckte zusammen, hielt sich jedoch mit einer scharfen

Erwiderung zurück. »Komm mit nach draußen, Tracy. Nur eine Minute. Es gibt ein paar Dinge, die ich dir sagen muss, und zwar allein.«

Tracy wandte ihm den Rücken zu, umfasste die Taille ihres Exmanns und schmiegte ihr Gesicht an seinen Arm. »Ich hätte mich niemals von dir scheiden lassen sollen. Gott, was für ein wunderbarer Liebhaber du warst. Wirklich der Allerbeste.«

Ren blickte hinüber zu Harry. »Sind Sie sich echt sicher, dass Sie mit ihr verheiratet bleiben wollen? Zurzeit habe ich den Eindruck, dass Sie es wesentlich besser treffen könnten.«

»Ich bin mir völlig sicher«, antwortete Harry. »Ich bin nämlich immer noch total in sie verliebt.«

Tracy hob den Kopf wie ein kleines Tier, das eine unangenehme Witterung aufnahm. »Ja, genau.«

Harry ließ die Schultern hängen und wandte sich an Isabel. Mit den schwarz umringten Augen sah er aus wie jemand, der nichts mehr zu verlieren hatte, weil schon alles fort war. »Ich hatte gehofft, meine Frau und ich könnten dieses Gespräch unter vier Augen führen. Aber das ist anscheinend unmöglich. Und da Tracy mir nicht zuhört, sage ich das, was ich zu sagen habe, einfach Ihnen, falls Sie das nicht stört.«

Tracy spitzte bereits die Ohren, und so nickte Isabel ergeben. »Wenn es unbedingt sein muss.«

»Ich habe mich in dem Moment in sie verliebt, als sie mir ihren Drink in den Schoß geschüttet hat. Ich dachte, es wäre ein Versehen, und ich weiß nach wie vor nicht, ob ich ihr tatsächlich glauben soll, dass es das nicht war. Auf der Party waren jede Menge gut aussehender Typen, die sie umschwirrten wie die Fliegen, aber mir war gar nicht erst der Gedanke gekommen, es auch nur zu versuchen. Und zwar nicht nur wegen ihrer Schönheit – und sie war, weiß Gott, die schönste Frau, die ich je gesehen hatte –, sondern wegen … wegen der

Ausstrahlung, die sie besaß. Wegen dieser ungeheuren Energie. Ich konnte meinen Blick nicht von ihr lösen, aber gleichzeitig wollte ich nicht, dass sie bemerkt, dass ich sie so angaffe. Dann schüttete sie ihren Drink in meinen Schoß, und mir fiel nichts Schlaues ein, was ich hätte sagen können.«

»›Tut mir Leid‹, hat er gesagt«, erklärte Tracy heiser. »Ich lasse mein Glas fallen, und der Idiot sagt allen Ernstes ›Tut mir Leid‹. Ich hätte mir damals bereits denken müssen, dass was nicht mit ihm stimmt.«

Immer noch sprach er nicht zu ihr, sondern zu Isabel. »Mir fiel also schlichtweg nichts ein. Ich hatte das Gefühl, als hätte mir jemand eine Dosis Novocain verpasst. Sie trug ein tief ausgeschnittenes, silberfarbenes Kleid und hatte die Haare aufgetürmt, nur dass die nicht oben bleiben wollten und ihr ständig ein paar ihrer Locken in den Nacken fielen. Etwas so Schönes wie sie hatte ich nie zuvor gesehen.« Er starrte in sein Glas. »Aber so schön sie auch an jenem Abend war ...« Seine Stimme klang belegt. »So schön sie damals war ...« Er schluckte. »Entschuldigung, ich kann das einfach nicht.« Er stellte sein Glas zur Seite und verschwand im Garten.

Trotz ihrer unglücklichen Miene zuckte Tracy mit den Schultern, als wäre ihr das Verhalten ihres Mannes egal. »Seht ihr, was ich mit ihm auszuhalten habe? Wenn ich denke, dass er endlich mal den Mund aufmacht, klappt er ihn auch schon wieder zu. Ebenso gut könnte ich mit einem Computer verheiratet sein.«

»Hör auf, dich zu benehmen wie ein Arschloch«, fuhr Ren sie an. »Kein Typ hat Lust, seine Seele vor dem Exmann seiner Gattin auszubreiten. Er hat den ganzen Tag versucht, mit dir zu reden.«

»Na super. Andersrum versuche ich das schon seit Jahren.«

Isabel blickte in die Richtung, in die Harry verschwunden war. »Er scheint Probleme damit zu haben, über seine Empfindungen zu sprechen.«

»Ich habe eine Neuigkeit für euch«, antwortete Ren. »Kein Mann kann so mir nichts, dir nichts über Gefühle reden. Daran solltet ihr euch mal langsam gewöhnen.«

»Du kannst darüber reden«, widersprach ihm Tracy. »Du sprichst über das, was du empfindest, Harry hingegen leidet unter chronischer emotionaler Verstopfung.«

»Ich bin Schauspieler, weshalb der Großteil der Dinge, die ich sage, totaler Schwachsinn ist. Harry liebt dich. Nur ein Narr kapiert das nicht.«

»Dann bin ich eine Närrin, denn ich kaufe ihm seine angebliche Liebe nicht länger ab.«

»Sie sind ihm gegenüber nicht gerecht«, meinte Isabel. »Ich weiß, das liegt daran, dass Sie verletzt sind, aber trotzdem ist es falsch. Geben Sie ihm die Chance, Ihnen ohne Publikum zu sagen, was er denkt und fühlt.« Isabel wies zur Tür. »Und hören Sie mit dem Verstand zu, wenn er redet, denn Ihr Herz ist momentan zu verwundet, um zuverlässig zu sein.«

»Es hat keinen Sinn! Verstehen Sie das denn nicht? Glauben Sie, ich hätte es nicht schon unzählige Male versucht?«

»Dann versuchen Sie es noch mal.« Isabel schob sie sanft Richtung Garten.

Tracy schnaubte störrisch, ging aber trotzdem hinaus.

»Ich habe schon jetzt die größte Lust, die beiden zu erwürgen«, erklärte Ren gastfreundlich. »Und dabei haben wir noch nicht mal mit der Vorspeise begonnen.«

Harry stand, die Hände in den Hosentaschen, unter der Pergola. Im Drahtgestell seiner Brille spiegelten sich die letzten Sonnenstrahlen. Während Tracy ihn betrachtete, verspürte sie dasselbe vertraute Gefühl des Schwindels wie das, von dem sie bereits vor zwölf Jahren, als sie den Inhalt ihres Glases in seinen Schoß geschüttet hatte, erfasst worden war.

»Isabel hat mich gezwungen, zu dir rauszukommen.« Sie

hörte die Feindseligkeit in ihrer Stimme, aber sie hatte ihn schon einmal angebettelt, sie zu lieben. Das täte sie garantiert nie wieder.

Er zog eine Hand aus der Tasche und stützte sich, ohne sie anzublicken, beinahe hilfesuchend an der Holz-Pergola ab. »Was du bei unserem letzten Streit gesagt hast ... das war der totale Schwachsinn. Dass du fett bist und Schwangerschaftsstreifen hast, obwohl du ganz genau wissen musst, dass du von Tag zu Tag schöner wirst. Und dass ich dich nicht liebe, obwohl ich dir schon tausendmal gesagt habe, was ich für dich empfinde.«

Worte, die er mechanisch von sich gegeben hatte. »*Ich liebe dich, Tracy.*« Ohne jedes Gefühl. Und nie: »*Ich liebe dich, weil ...*«, sondern ständig nur: »*Ich liebe dich, Tracy. Vergiss nicht, neue Zahnpasta zu kaufen, wenn du in der Drogerie bist.*«

»Hören und glauben sind zwei verschiedene Dinge.«

Langsam wandte er sich ihr zu. »Meine Liebe zu dir stand von Anfang an nie zur Diskussion. Es ging stets nur um das, was du für mich empfindest.«

»Ich für dich? Ich habe mich dir an den Hals geworfen! Wenn es nach dir gegangen wäre, wäre nie etwas aus uns geworden. Ich habe dich gefunden, habe meine Netze ausgeworfen und dich an Land gezogen.«

»*So ein toller Hecht war ich absolut nicht!*«

Harry brüllte nie – und als er es jetzt tat, blieb ihr vor Überraschung der Mund offen stehen.

Er drückte sich von der Pergola ab. »Du wolltest Kinder, dabei habe ich mir mich nie als Vater vorgestellt. Verstehst du es denn nicht? Für dich ging es nie allein um uns. Es ging einzig um deinen Wunsch nach Kindern. Darum, dass ich der Vater war, den du für sie wolltest. Irgendwo in meinem Unterbewusstsein wusste ich, dass es dir nie um mich persönlich ging, nur wollte ich es mir nie wirklich eingestehen. Als es nur Jeremy und Steffie gab, war es noch verhältnismäßig einfach mir zu sagen, es ginge auch um uns. Selbst als Brittany kam, konnte ich mir noch einreden, dass du mich um meinetwillen willst. Vielleicht hätte ich mich auch weiter blind stellen können, aber dann wurdest du mit Connor schwanger und liefst mit diesem selbstzufriedenen Lächeln durch die Gegend. Ewig ging es nur um Schwangerschaften und die daraus resultierenden Kinder. Ich habe versucht, mich damit zu arrangieren, weiter so zu tun, als wäre ich die Liebe deines Lebens und nicht nur deine beste Spermaquelle, aber es wurde zunehmend schwerer. Jeden Morgen habe ich dich angeschaut und mir gewünscht, dass du mich so liebst wie ich dich. Aber ich hatte meine Schuldigkeit getan, und du hast mich überhaupt nicht mehr gesehen. Und du hast Recht. Ich habe angefangen, mich vor dir zu verschließen. Anders hätte ich nämlich nicht weiterleben können. Aber als du dieses Mal schwanger wurdest und vor lauter Freude am liebsten Purzelbäume geschlagen hättest, habe ich es nicht länger ertragen. Ich wollte, aber es war unmöglich.« Seine Stimme brach. »Ich konnte … und kann einfach nicht mehr.«

Tracy versuchte zu verstehen, was er sagte, aber so viele widerstreitende Gefühle rangen in ihrem Innern miteinander, dass sie nicht mehr wusste, wo ihr auch nur der Kopf stand. Erleichterung. Wut, weil er so beschränkt war. Und Freude. O ja, Freude, denn ihre Situation schien doch nicht völlig hoffnungslos zu sein. Wo sollte sie beginnen? Am besten mit einem Satz, der möglichst unverfänglich war. »Und was ist mit der Zahncreme?«

Er starrte sie an, als hätte sie eine plötzlich zweite deutlich sichtbare Schwangerschaft direkt hinter der Stirn. »Zahncreme?«

»Damit, dass ich oft nicht daran denke, neue mitzubringen. Und damit, dass es dich verrückt macht, wenn ich meine Schlüssel irgendwo verlege. Du hast mir gesagt, wenn ich noch einmal unser Konto überziehe, nimmst du mir das Scheckbuch ab. Und erinnerst du dich noch an die Beule in der Stoßstange deines Wagens, von der du dachtest, du selbst hättest sie dir eingehandelt, als du Jeremy zum Baseballspiel gefahren hast? In Wirklichkeit war ich es. Connor hatte in meinem Wagen gebrochen und ich hatte keine Zeit, ihn zu säubern, also habe ich dein Auto genommen, und es, als ich Brittany auf dem Parkplatz vor dem Supermarkt ausgeschimpft habe, mit meinem Einkaufswagen gerammt. Was ist damit, Harry?«

Er blinzelte. »Wenn du eine ordentliche Einkaufsliste schreiben würdest, würdest du die Zahncreme nicht vergessen.«

Typisch Harry, er schien mal wieder überhaupt nichts zu begreifen. »Ich werde niemals Einkaufslisten schreiben, aufhören, meine Schlüssel zu verlieren oder irgendeins der anderen Dinge lassen, die du von vornherein an mir gehasst hast.«

»Ich weiß. Ebenso weiß ich, dass es Tausende von Männern geben würde, die glücklich darüber wären, für dich Zahncreme kaufen oder sich von dir mit deinem Einkaufswagen eine Beule in den Wagen rammen lassen zu dürfen.«

Eventuell verstand er doch.

Isabel hatte ihr gesagt, sie sollte mit dem Kopf statt mit dem Herzen denken, doch das war, wenn es um Harry ging, entsetzlich schwer. »Ich wusste, dass du ein toller Vater wärest, und vielleicht habe ich mich unter anderem auch deshalb so unsterblich in dich verliebt. Aber ich hätte dich auch dann weiter geliebt, wenn du mir kein einziges Baby hättest machen können. Du hast all das, was mir fehlt. Ich will nicht deshalb so viele Kinder, weil du mir nicht genügst. Ich will sie, weil meine Liebe zu dir so unendlich groß ist, dass ich sie auch an andere Menschen weitergeben muss.«

Leichte Hoffnung flackerte in seinen Augen, aber immer noch sah er sie traurig an.

Endlich wurde ihr das Ausmaß seiner Unsicherheit bewusst. Sie hatte ihn immer als den intelligentesten Menschen auf Erden angesehen, und so fiel es ihr nicht leicht, sich an die Vorstellung zu gewöhnen, dass sie in Bezug auf ihre Beziehung womöglich die Klügere von ihnen beiden war. »Es ist wahr, Harry. Jedes einzelne Wort.«

»Ein bisschen schwer zu glauben.« Er schien sich an ihrem Gesicht nicht satt sehen zu können, obgleich er jede Pore kannte. »Guck uns doch nur mal an. Ich bin die Art Mann, die einem ein Dutzend Mal über den Weg läuft, ohne dass man sie auch nur bemerkt. Du hingegen … die Männer schlagen sich die Stirn an Laternenmasten ein, wenn sie dich nur sehen.«

»Nie in meinem ganzen Leben habe ich einen anderen Mann getroffen, der einen derartigen Eindruck auf mich gemacht hätte.« Sie vergaß, mit ihrem Kopf zu denken, und strich ihm zärtlich über die Wange. »Ich liebe es, wie du aussiehst. Ich könnte dich stundenlang nur ansehen. Ich war einmal die Frau des attraktivsten Mannes des ganzen Universums, und wir haben einander nur unglücklich gemacht. Und du hast Recht – ich hätte jeden anderen auf dieser Party haben können, aber keiner von ihnen hat mich auch nur ansatzweise interessiert. Und als ich mein Getränk über dich verschüttet habe, habe ich dich ganz bestimmt nicht als potenziellen Vater angesehen.«

Sie merkte, dass seine Traurigkeit langsam verflog, aber sie war noch nicht fertig. »Eines Tages werde ich alt sein, und wenn du jemals meine Großmutter gesehen hättest, wäre dir bewusst, dass ich mit achtzig vermutlich spukhässlich bin. Wirst du deshalb aufhören, mich zu lieben? Ist das Aussehen eines Menschen dir so wichtig? Denn wenn ja, stecken wir in mindestens so großen Schwierigkeiten, wie ich dachte …«

»Natürlich nicht. Ich … nie im Leben …«

»Und du sagst, ich würde totalen Schwachsinn reden. Ich

habe gedacht, du wärst ein nüchterner, klar denkender Mensch. Aber selbst an meinen schlechten Tagen bin ich anscheinend noch vernünftiger als du. Gott, Harry, im Vergleich zu mir bist du emotional der reinste Schrotthaufen.«

Das entlockte ihm ein Lächeln, und er wirkte dabei derart glücklich, dass sie merkte, dass sie endlich zu ihm durchgedrungen war. Am liebsten hätte sie ihm seine Ängste durch sanfte Küsse genommen, doch dazu hatte sie zu viele eigene Ängste, und die Probleme, die sie hatten, waren zu groß, um sie durch Küsse zu beheben. Sie hatte keine Lust, bis zum Ende ihrer Ehe gegen seine Ängste anzureden, und außerdem gefiel ihr nicht, wie wichtig ihr Aussehen offensichtlich für ihn war. Das Gesicht, das er so liebte, hatte bereits die ersten kleinen Falten. Wie würde er sich fühlen, wenn auch ihr Körper optisch den Bach hinunterging?

»Nach all den Jahren Ehe sollte man tatsächlich meinen, dass wir einander kennen«, brachte er schließlich hervor.

»So kann ich nicht mehr weiterleben. Das, was zwischen uns zerbrochen ist, müssen wir für alle Zeiten kitten.«

»Ich weiß nicht, wie das gehen soll.«

»Mit einer guten Paarberatung. Und je eher wir eine kriegen, umso besser.« Sie stellte sich auf Zehenspitzen, küsste ihn entschieden auf die Lippen und marschierte zum Haus. »Isabel? Könnten Sie wohl mal kommen?«

18

Isabel und Ren lagen nackt auf der dicken Decke und wärmten sich gegenseitig vor der kühlen Nachtluft. Sie blickte auf die züngelnden Kerzen in dem in der Magnolie hängenden Leuchter, und er strich mit seinen Lippen sanft über ihr Haar. »Bin ich dir zu schwer?«

»Mmm ... noch nicht.« Seltsam, aber es störte sie nicht im Geringsten, unter ihm zu liegen. Und noch seltsamer, dass sie ausgerechnet im Zusammensein mit einem derart gefährlichen Mann ein solches Gefühl der Sicherheit empfand.

»Nur fürs Protokoll – die Abneigung, die du bisher gegen eine bestimmte sexuelle Praxis hattest ... ich glaube, die hast du endgültig überwunden.«

Sie lächelte fein. »Ich habe lediglich versucht, nicht unhöflich zu sein.«

»Edel sei der Mensch, hilfreich und gut?«

»Ich bemühe mich stets, nach dieser Philosophie zu leben.«

Er prustete leise.

Sie glitt mit den Fingern über seinen Rücken, und er drehte ihr Handgelenk herum und presste die Lippen zärtlich auf das Armband, das sie immer trug. »Das Ding legst du nie ab.«

»Es soll mich an etwas erinnern.« Gähnend strich sie mit dem Zeigefinger über sein rechtes Ohr. »Es hat eine Gravur: ›atme‹.«

»Ich weiß noch, sie soll dich daran erinnern, Gelassenheit und Ruhe zu bewahren. Klingt nach wie vor ziemlich langweilig für mich.«

»Unsere Leben sind so hektisch, dass man darüber leicht seine Ausgeglichenheit verliert. Wenn ich das Armband berühre, werde ich automatisch ruhig.«

»Ich hätte heute Abend wesentlich mehr als ein Armband gebraucht, um Ruhe zu bewahren. Und damit meine ich nicht nur die letzte Stunde hier auf dieser Decke.«

Sie lächelte. »Die gegrillten Pilze waren durchaus noch genießbar.«

»Es hätte nicht viel gefehlt, und ich hätte das gesamte Essen in den Müll kippen können.«

Er rollte sich von ihr herunter, und sie stützte sich auf einem Ellenbogen ab und zog mit den Fingern die harten Konturen seines Oberkörpers nach. »Deine *spaghetti al porcino* waren so ziemlich das Beste, was ich je gegessen habe.«

»Eine Stunde früher wären sie noch besser gewesen. Die beiden haben monatelang miteinander gestritten. Ich kann wirklich nicht verstehen, weshalb sie ausgerechnet heute Abend zu dem Schluss gekommen sind, zu einer Eheberaterin zu gehen.«

»Es war so etwas wie ein Notfall. Eigentlich bin ich gar keine Eheberaterin.«

»Das glaube ich sofort. Du hast sie bei den Leben ihrer Kinder schwören lassen, nicht miteinander zu schlafen.«

»Das hättest du gar nicht mitbekommen sollen.«

»Es wäre ziemlich schwer gewesen, das zu überhören. Schließlich wart ihr direkt nebenan, und vor allem Tracy hat manchmal ein ziemlich durchdringendes Organ.«

»Wir alle waren furchtbar hungrig und hatten Angst, dass du womöglich abhaust und unser Essen mitnimmst. Der Austausch körperlicher Zärtlichkeiten fällt den beiden leicht. Es ist das Reden, womit sie Probleme haben. Deshalb müssen sie sich jetzt darauf konzentrieren. Während des Essens haben sie richtig glücklich ausgesehen, findest du nicht auch?«

»So glücklich wie zwei Menschen aussehen können, die wissen, dass sie eine Zeit lang nicht zu Potte kommen werden. Und hast du keine Angst, dass durch die Listen, die sie in deinem Auftrag schreiben sollen, alte Wunden wieder aufgerissen werden?«

»Warten wir es ab. Eins konnte ich dir bisher nicht erzählen – ich glaube, dass du dich darüber freust …« Teils um ihn zu manipulieren, teils, weil sie direkt vor ihrem Mund lag und allzu köstlich aussah, nagte sie an seiner Schulter. »Wir werden eine Weile zusammenleben.«

Er hob seinen Kopf und musterte sie argwöhnisch. »Ehe ich mit meinem Freudentanz beginne, höre ich mir lieber noch den Rest der Geschichte an.«

Der Leuchter über ihren Köpfen schwankte in der spätabendlichen Brise, und Isabel fuhr mit der Fingerspitze das über seine Brust wandernde Schattenmuster nach. »Ich ziehe morgen früh für ein paar Tage zu dir in die Villa.«

»Ich habe eine bessere Idee. Ich ziehe hierher zu dir.«

»Eigentlich …«

»Nein!« Er setzte sich so hastig auf, dass sie fast von der Decke purzelte. »Sag mir, dass du die beiden Neurotiker nicht hierher eingeladen hast.«

»Nur für ein paar Tage. Sie müssen mal für sich sein.«

»*Ich* muss mal für mich, *wir* müssen mal für uns sein.« Er fiel zurück auf die Decke. »Dafür bringe ich dich um. Wirklich. Dieses Mal werde ich es tatsächlich tun. Hast du eine Vorstellung davon, auf wie viele Arten ich einem Menschen das Leben nehmen kann?«

»Ich bin sicher, es sind zahlreiche.« Sie fuhr mit der Hand hinab auf seinen Bauch. »Aber ich hoffe, dass du eine produktivere Form der Beschäftigung finden wirst.«

»Ich bin vielleicht billig, aber bestimmt nicht leicht zu manipulieren.« Ihm stockte der Atem.

»Klingt aber, als ob du es wärest.« Ihre Finger glitten tiefer, bis hinab in eine besonders empfindliche Region.

Er stöhnte leise auf. »Okay, ich bin billig *und* leicht zu manipulieren. Aber lass es uns diesmal auf einem Bett probieren, ja?« Sie presste ihre Lippen sanft auf seinen Bauch, und er umfasste, nochmals stöhnend, zärtlich ihren Kopf. »Wir brauchen eindeutig ein Bett.«

Sie schnupperte an seinem Nabel. »Da gebe ich dir Recht.«

»Du weißt, dass du mich umbringst, oder?«

»Und dabei habe ich meine bösartige Ader bisher so gut vor dir versteckt.«

Den nächsten Tag verbrachte Ren in dem vergeblichen Bemühen, Harry und Tracy davon abzuhalten, in das kleine Bauernhaus zu ziehen. Seine einzige Genugtuung bestand in der letzten strengen Predigt, die Isabel den beiden vor ihrem Umzug hielt.

»Vergessen Sie nicht«, sagte sie, gerade als er den Raum seiner Villa betrat, der bisher *sein* Büro gewesen war. »Kein Sex. Sie beide haben jede Menge Arbeit. Ich habe Ihnen das Häuschen einzig angeboten, um Ihnen Gelegenheit zu geben, jeden Abend ungestört miteinander zu reden.«

Ren verdrückte sich unauffällig zurück in den Flur, wobei ihm nicht verborgen blieb, wie Tracy ihren Mann voller Verlangen ansah. »Sie haben sicher Recht«, hörte er sie sagen. »Aber Sie haben keine Ahnung, wie schwer das für mich ist. Glauben Sie nicht –«

»Nein, ich glaube nicht«, antwortete Isabel. »Sie beide haben Ihre Probleme allzu lange durch den Sex kaschiert. Wenn man erst mal in Fahrt gekommen ist, denkt man, man könnte sich das Reden sparen. Aber das ist falsch.«

Ren zuckte zusammen. »*Wenn man erst mal in Fahrt gekommen ist.*« Musste sie es derart drastisch formulieren? Es war keine zwei Wochen her, dass sie von Sex als etwas Heiligem gesprochen hatte, inzwischen jedoch hatte sie eine erstaunliche Lockerheit entwickelt. Nicht, dass ihn das wirklich störte. Er liebte die Spontaneität, mit der sie reagierte. Er liebte es, wie sie ihn, wie sie ihr Zusammensein genoss. Gleichzeitig jedoch rief etwas an ihrem Verhalten ein gewisses Unbehagen in ihm wach.

Er benahm sich unvernünftig, das war ihm bewusst. Möglicherweise hatte er ein schlechtes Gewissen. Es machte ihm zu schaffen, dass er ihr die Veränderung im Drehbuch zu *Night Kill* noch nicht erzählt hatte, und es machte ihm noch mehr zu schaffen, dass ihn deshalb ernsthafte Gewissensbisse plagten. Isabel hatte weder mit seiner Arbeit noch langfristig mit ihm etwas zu tun. Sie selbst hatte die Regeln ihrer Affäre aufgestellt und hatte damit wie in allen Dingen völlig Recht. Zwischen ihnen beiden ging es ausschließlich um Sex.

Im Grunde nutzten sie einander lediglich schamlos aus. Er, weil sie ihm Gesellschaft und Unterhaltung bot. Weil sie ihm im Umgang mit Tracy und bei der Verarbeitung seiner Schuldgefühle wegen Karlis Selbstmord half. Und weil sie phänomenalen Sex bot, was selbst in ihren Augen keine Sünde mehr zu sein schien.

Verdammt, er wollte ihr nicht wehtun. Schließlich lasteten bereits mehr Sünden auf seiner Seele, als sie nur erahnen konnte – Drogen, Frauen, die oberflächlich von ihm behandelt worden waren, all der Unrat seiner frühen Jahre, den er auf Schritt und Tritt hinter sich herzog wie eine Spur aus giftig grünem Schleim. Manchmal, wenn sie ihn mit ihren unschuldigen Augen ansah, hätte er sie am liebsten daran erinnert, dass er keine Ahnung hatte, wie man den Helden spielte. Doch er sagte keinen Ton, denn er war ein selbstsüchtiger Bastard, der nicht wollte, dass sie verschwand. Noch nicht. Nicht, solange er nicht alles bekommen hatte, was er brauchte, und bereit war, sie gehen zu lassen.

Eines war gewiss: Sobald sie von seinem neuen Drehbuch und Kaspar Streets perversem Verlangen nach kleinen Mädchen erführe, würde sie sämtliche Ecksteine eines anständigen Lebens auf ihn niederprasseln lassen, sich umdrehen und für ihn Vergangenheit sein.

Nach dem Abendessen erklärte Tracy ihren Kindern, sie und Harry wären rechtzeitig zum Frühstück wieder in der Villa, und falls ihnen bis dahin etwas fehlte, wäre Marta für sie da.

Ren verbrachte den Rest des Abends schmollend. Er wollte mit Isabel an einem Ort allein sein, der nicht von einem halben Dutzend Leute belagert wurde. Sie jedoch hatte sich entschuldigt, sich in ein stilles Zimmer zurückgezogen und machte dort Notizen zu ihrem neuen Buch.

Also marschierte er in sein Büro, versuchte sich vergeblich an einer Charakterstudie von Street, hob ein paar Gewichte, spielte eine Zeit lang mit Jeremys GameBoy und unternahm am Ende einen ausgedehnten Spaziergang, durch den sich seine sexuelle Frustration jedoch auch nicht mildern ließ. Schließlich gab er auf und ging ins Bett, wo er zornig in sein Kissen boxte und die Eltern Briggs verfluchte, die gemütlich in dem kleinen Häuschen saßen, das von Rechts wegen Isabel und ihm vorbehalten war.

Schließlich schlief er ein, doch es dauerte nicht lange, und es schmiegte sich etwas Warmes, Weiches an ihn. Wurde auch allerhöchste Zeit! Es war einfach herrlich, Isabels nackte Haut zu spüren, wenn sie neben ihm schlief. Lächelnd zog er sie in seine Arme – doch irgendetwas war verkehrt. Er riss entsetzt die Augen auf und fuhr mit einem gurgelnden Aufschrei in die Höhe.

Brittany verzog beleidigt das Gesicht. »Du hast geschrien. Warum schreist du?« Splitternackt lag sie auf seiner Decke.

»Du kannst hier nicht schlafen!«, stieß er krächzend aus.

»Ich habe ein Geräusch gehört. Ich habe Angst.«

Er seinerseits war nun völlig panisch. Er wollte aus dem Bett springen, als er sich darauf besann, dass nicht nur die Kleine nackt war. Hastig schlang er die Decke um die Hüften.

»Zappel nicht so rum! Ich bin müde.«

»Wo ist dein Nachthemd? Ach, egal.« Er wickelte sie wie eine Mumie in das Laken und nahm sie auf den Arm.

»Du erdrückst mich. Wo gehen wir hin?«

»Wir besuchen die gute Fee.« Er stolperte über die Decke, in die er sich selber eingewickelt hatte, und ließ Brittany dabei beinahe fallen. »Scheiße.«

»Du hast –«

»Ich weiß, was ich gesagt habe. Und wenn du es wiederholst, fällt dir die Zunge raus.« Irgendwie gelang es ihm, sie, ohne die Decke zu verlieren, durch die Tür zu manövrieren, den Korridor hinunter, zurück in Tracys altes Zimmer. Allerdings machte er dabei einen solchen Lärm, dass Isabel erwachte.

»Was …?«

»Sie hat Angst, sie ist nackt, und sie gehört jetzt dir.« Er stellte Brittany unsanft vor ihr ab.

»Was ist denn los?« Steffie streckte den Kopf neben Isabel hervor. »Brit'ny?«

»Ich will zu meinem Daddy!«, jammerte die Kleine.

»Schon gut, mein Schätzchen.« Isabel wirkte wunderbar warm und schlaftrunken. Nie zuvor in seinem Leben hatte er eine Frau wie sie getroffen, eine Frau, die sich ihrer Attraktivität so wenig bewusst war. Auch viele Männer schienen ihre Sinnlichkeit nicht sofort zu erkennen. Vittorios Bruder, der schmierige Dr. Andrea, hatte sie jedoch ohne jeden Zweifel auf den ersten Blick entdeckt. Unter dem Vorwand, Isabel berichten zu wollen, dass sie Metalldetektoren aufgetrieben hatten, war er heute in der Villa aufgetaucht, Ren jedoch hatte gewusst, dass er in Wahrheit ihretwegen extra hergekommen war. *Arschloch.*

Ihr über eine Schulter herabgerutschtes Nachthemd enthüllte die Schwellung einer ihrer Brüste, die genau in diesem Moment in seinen Händen hätte liegen sollen, sie jedoch nickte grinsend zu der um seinen Leib geschlungenen Decke und erklärte: »Hübscher Rock.«

Er straffte würdevoll die Schultern. »Über diese Sache reden wir am besten morgen früh.«

Er kehrte zurück in sein Zimmer und sagte sich, dass er auf der Suche nach Ruhe und Entspannung hierher gekommen war. Stattdessen schmiss er ungewollt eine regelrechte Party und fügte seiner Seele durch seine schmählichen Gedanken einen weiteren schwarzen Fleck hinzu.

Mitten in der Nacht kam es tatsächlich noch schlimmer. Er öffnete vorsichtig ein Auge, denn in seinem Mund steckte ein Fuß.

Ein winziger Zehennagel grub sich in seine Lippe. Er versuchte sich zu bewegen. Prompt traf ihn der zweite Fuß am Kinn. Dann bemerkte er eine feuchte Stelle in Höhe seiner Hüfte. Gab es Schöneres im Leben?

Windelbübchen schmiegte sich zärtlich an ihn. So viel dazu, dass Marta die Sorge um die Kinder übernahm. Ren wog die verschiedenen Möglichkeiten gegeneinander ab. Wenn er den Kleinen weckte, gäbe es Geschrei, etwas, wonach ihm – er blickte auf den Wecker – um vier Uhr morgens wahrhaftig nicht der Sinn stand. Resigniert schob er sich in trockenere Gefilde und schlief nach einer Weile wieder ein.

Eine Stunde später piekste ihm jemand mit einem Finger in die Brust. »Ich will zu meinem *Daddy!*«

Das Licht, das durch seine halb geschlossenen Lider an seine Augen drang, sagte ihm, dass zumindest die Dämmerung inzwischen angebrochen war. Wo zum Teufel steckte Marta? »Geh wieder schlafen«, murmelte er.

»Ich will zu meiner *Mami. Jetzt!*«

Ren fügte sich stöhnend in sein Schicksal, öffnete die Augen, und plötzlich wurde ihm bewusst, weshalb Eltern diese Strapazen auf sich nahmen. Windelbübchen sah aus wie ein kleiner Engel. Seine dunklen Locken ringelten sich wirr um seinen Kopf, und auf seinen runden Wangen lag ein zart rosiger Hauch. Die kurze Inspektion der Matratze zeigte keine nassen Flecken. Was hieß …

Ren sprang eilig aus dem Bett, stieg in eine kurze Hose und schnappte sich den Jungen. Connor heulte auf, doch er schleppte ihn wie einen Sack Kartoffeln in das angrenzende Bad.

»*Will zu Jer'my!*«

»Jetzt ist Schluss mit lustig.« Rasch zog er ihm die Windel

aus, hielt die Luft an, riss die Fensterläden auf und schleuderte das Päckchen in hohem Bogen in den Garten. »Schwing deinen Po auf die Toilette, und mach es dir bequem.«

Connor schob die Unterlippe vor, runzelte die Stirn und sah dadurch genauso aus wie seine Mutter, als diese noch Rens Frau gewesen war. »Töpfchen ist ganz, ganz doof.«

»Erzähl das jemandem, der sich dafür interessiert.«

Connor verzog unglücklich das Gesicht. »Ich will zu meiner Mami!«

Ren klappte den Deckel der Toilette hoch. »Mach dein Geschäft, dann können wir über alles miteinander reden.«

Connor sah ihn böse an.

Rens Miene war eiskalt.

Connor schob sich rückwärts Richtung Badewanne und kletterte hinein.

Ren kreuzte die Arme und lehnte sich gegen die Tür.

Connor spielte mit dem Wasserhahn.

Ren kratzte sich die Brust.

Connor schnappte sich die Seife.

Ren prüfte seine Nägel. »Guck dir ruhig alles in Ruhe an, ich habe nämlich jede Menge Zeit.«

Connor blickte eine Minute auf die Seife, legte sie zurück und wollte gerade Pipi in die Wanne machen, als Ren ihn sich schnappte und vor die Toilette stellte. »So haben wir nicht gewettet. Du machst schön brav hier rein.«

Connor hob den Kopf und fixierte ihn.

»Du hast mich gehört. Bist du ein Mann oder ein Mädchen?«

Connor dachte gründlich darüber nach. Er schob sich den Finger in die Nase, inspizierte seinen Nabel und – pinkelte zum Schluss in die Toilette.

Ren grinste. »Super, Kumpel.«

Connor erwiderte sein Grinsen, rannte Richtung Tür und blieb plötzlich wie angewurzelt stehen. »Puh!«

»Au, Mann … bist du dir ganz sicher?«

»Puh!«

»Weißt du, darauf könnte ich gut verzichten.« Ren klappte den Toilettensitz wieder herunter, nahm den kleinen Quälgeist auf den Arm und setzte ihn entschieden auf den Topf.

»Puh!«

Natürlich …

Als der Kleine fertig war, hielt Ren ihn eine Zeit lang unter den Wasserhahn der Wanne, trocknete ihn ab und trug ihn ins Schlafzimmer zurück. Er fand eine große Sicherheitsnadel und seine kleinste Badehose – die, wie er sich entsann, von Isabel durchaus bewundert worden war –, verankerte alles so gut wie möglich an dem Jungen und musterte ihn scharf. »Die Hose gehört mir, und wenn du sie nass machst, wirst du es bereuen. Hast du mich verstanden?«

Connor steckte den Daumen in den Mund, inspizierte die fremde Garderobe, gluckste zufrieden …

… und die Hose blieb tatsächlich trocken.

Im Verlauf der nächsten Tage entwickelte sich eine gewisse Routine. Harry und Tracy erschienen zum Frühstück und kümmerten sich anschließend um ihre Kinder. Ren und Isabel verbrachten einen Teil des Vormittags in ihrem kleinen Häuschen, halfen den anderen bei der mühsamen Arbeit mit den Detektoren, und dann verschwand Isabel mit ihrem Notizbuch, und Ren traf sich mit Massimo im Weinberg.

Massimo hatte zeit seines Lebens Trauben angebaut und brauchte sicher keine Aufsicht, doch Ren empfand es als befriedigend, durch die schattigen Rebenreihen zu schlendern und den harten Lehmboden, auf dem schon seine Vorfahren gewandelt waren, unter seinen Schuhsohlen zu spüren. Außerdem musste er Abstand zu Isabel gewinnen. Er war viel zu gern mit ihr zusammen, das war bestimmt nicht gut.

Massimo gab ihm eine Traube. »Kleben Ihre Finger aneinander, wenn Sie sie zerdrücken?«

»Noch nicht.«

»Dann hat sie noch nicht genug Zucker. Vielleicht noch zwei Wochen, dann können wir mit der *vendemmia* beginnen.«

Wenn Ren am späten Nachmittag in die Villa zurückkam, wurde er dort stets von Jeremy erwartet. Der Junge sagte keinen Ton, doch Ren fand nach kurzer Zeit heraus, dass er sich weiter im Kampfsport üben wollte. Der Junge war clever und beweglich, und Ren hatte nichts dagegen, ihm ein paar Bewegungen zu zeigen. Harry und Tracy saßen um die Zeit für gewöhnlich bei ihrer täglichen Beratung mit Isabel. Wenn die Sitzung früh genug vorbei war, nahm auch Harry gerne an dem Training teil, und Ren verfolgte mit Vergnügen, wie Jeremy die Rolle des Lehrers für seinen Vater übernahm.

Manchmal fragte er sich, was wohl aus ihm selbst geworden wäre mit einem Dad wie Harry Briggs. Nicht einmal seine Triumphe auf der Leinwand hatte sein Vater je gebilligt. Schauspieler, besonders welche mit Erfolg, standen zu sehr im Rampenlicht und waren zu vulgär – und das von einem Mann, der mit einem ständig bekifften Playgirl wie Rens Mutter verheiratet gewesen war.

Glücklicherweise interessierte Ren sich schon seit Jahren nicht mehr für die Meinung seines Vaters. Was hätte ihm die Anerkennung eines Mannes, den er niemals hatte respektieren können, überhaupt genützt?

Anna lag ihm ständig mit ihrer Bitte um eine *festa* nach Beendigung der Traubenlese in den Ohren. »Als ich ein kleines Mädchen war, haben wir das immer so gehalten. Alle, die bei der *vendemmia* mitgeholfen haben, kamen am Sonntag nach der Lese hierher in die Villa. Es gab jede Menge Essen und Gelächter. Ihre Tante Philomena fand, es wäre ein zu großer Aufwand, und damit nahm die Tradition ein Ende.

Aber jetzt, wo Sie hier leben, können wir doch ruhig wieder damit beginnen, oder?«

»Ich lebe nur vorübergehend hier.« Er war seit beinahe drei Wochen in Italien. Nächste Woche müsste er für ein paar Tage zu Jenks nach Rom, und ein paar Wochen später fingen die Dreharbeiten an. Bisher hatte er Isabel gegenüber noch nichts davon erwähnt – weder von dem Treffen in Rom noch davon, wie lange er noch in der Villa bleiben würde –, und sie hatte ihn auch nicht danach gefragt. Aber weshalb hätte sie das auch gesollt? Schließlich wussten sie beide, dass ihre Beziehung zeitlich begrenzt war.

Vielleicht lüde er sie ein, ihn zu begleiten. Wenn er vertraute Dinge mit ihren Augen sähe, gäbe ihm das eine völlig neue Perspektive. Nur dass er sie nicht einladen konnte. Keine Verkleidung der Welt hielte die scharfäugigen Paparazzi davon ab, sie beide zu entdecken. Und wenn man sie mit ihm zusammen sähe, wäre ihr bereits angeknackster Ruf des braven Mädchens endgültig ruiniert. Außerdem war klar, dass sie ihm, fände sie erst heraus, worum es in dem Film tatsächlich ging, sofort den Laufpass geben würde.

Diese Überlegung rief ein Gefühl des Zorns in seinem Innern wach. Sie würde nie verstehen, welche Bedeutung diese Rolle für ihn hatte. Ebenso wie sie nicht verstehen wollte, dass er nicht aus irgendeinem verzerrten Selbstbild heraus ständig die Schurken spielte. Er konnte sich mit strahlenden Helden nicht identifizieren, aber das hatte mit seiner verkorksten Kindheit nicht das Mindeste zu tun. Oder zumindest nicht sehr viel. Und seit wann durfte jemand, der betrügerische Buchhalter einstellte und mit einem Arschloch verlobt gewesen war, sich ein Urteil über jemand anderen erlauben?

Es war ein Wunder, dass ihre Affäre nicht längst wieder verpufft war, auch wenn es ihm schwer fiel, sich in Bezug auf Isabel überhaupt irgendetwas vorzustellen, das irgendwann verpuffte. Nein, diese Affäre ginge sicher mit einem großen Knall zu Ende. Der Gedanke war derart deprimierend, dass er einen Moment brauchte, ehe er bemerkte, dass Anna noch immer mit ihm sprach.

»… aber das ist jetzt Ihr Zuhause – das Zuhause Ihrer Familie –, und Sie werden immer wiederkommen. Also werden wir zum Beginn einer neuen Tradition eine *festa* feiern, ja?«

Er konnte sich zwar nicht vorstellen, je noch mal zurückzukommen, nicht, wenn Isabel nicht hier war, doch er erklärte Anna, die Planung der Feier überließe er völlig ihr.

»Sie sind doch wohl keiner dieser Menschen, die denken, schwangere Frauen bräuchten keinen Sex, oder?« Tracy bedachte Isabel mit einem vorwurfsvollen Blick. »Denn wenn das so ist, gucken Sie sich diesen Mann einmal genauer an, und sagen Sie mir, wie irgendeine Frau, egal, ob schwanger oder nicht, ihm widerstehen können soll.«

Harry schaffte es, gleichzeitig verlegen und glücklich auszusehen. »Ich weiß nicht … Aber wirklich, Isabel, es ist einfach nicht länger nötig. Es ist *ganz sicher* nicht mehr nötig. Wir hatten mehr als genug Zeit, um miteinander zu reden, und die Listen, die wir erstellen sollten, haben uns tatsächlich sehr geholfen. Mir war gar nicht bewusst … ich wusste einfach nicht …« Ein Lächeln brachte sein Gesicht zum Schmelzen. »Ich hätte mir nie träumen lassen, auf wie viele Arten diese Frau mich liebt.«

»Und ich hatte keine Ahnung, wie viel er an mir bewundert. Ausgerechnet an *mir*!« Ein wohliger Schauder rann durch Tracys Körper. »Ich dachte, ich wüsste alles über Harry, aber bisher habe ich anscheinend nur an der Oberfläche dieses Mannes gekratzt.«

»Geben Sie sich noch etwas Zeit«, riet Isabel ihr trotzdem.

»Was für eine Art von Eheberaterin sind Sie?«, wollte Tracy von ihr wissen.

»Gar keine. Ich improvisiere. Das habe ich Ihnen von Anfang an gesagt. Sie waren diejenigen, die darauf bestanden
haben, dass ich Sie berate, erinnern Sie sich noch?«

Tracy seufzte. »Wir wollen einfach verhindern, dass unsere Beziehung noch mal derart den Bach hinuntergeht.«

»Dann lassen Sie uns über die heutigen Listen sprechen.
Hat jeder von Ihnen zwanzig Eigenschaften gefunden, die
der jeweils andere hat und die er selber gerne hätte?«

»Einundzwanzig«, meinte Tracy. »Ich habe seinen Penis
noch dazugerechnet.«

Harry lachte, sie sanken einander selig in die Arme, und
Isabel dachte schmerzlich, dass die Ehe den Menschen, die
das Chaos überlebten, doch sehr vieles bot.

»Beeil dich! Sie sind weg.«

Isabel ließ vor Schreck ihren Kugelschreiber auf den Boden fallen, als Ren in den hinteren Salon der Villa geschos-
sen kam, in dem sie an einem wunderschönen Schreibtisch
aus dem achtzehnten Jahrhundert über einem Brief an eine
New Yorker Freundin saß. Da die Briggs'sche Sippe zum
Abendessen nach Casalleone aufgebrochen war, brauchte sie
ihn nicht zu fragen, von wem er gerade sprach.

Sie bückte sich nach ihrem Stift, doch er zog sie, ehe sie
ihn fassen konnte, eilends von ihrem Stuhl. In letzter Zeit
war er entsetzlich launisch – mal benahm er sich, als wollte
er sie am liebsten eigenhändig erwürgen, dann wieder blitzten in seinen Augen – so wie jetzt – Leidenschaft und Schalk.
Je länger sie ihn kannte, umso stärker wurde ihr bewusst,
wie heftig der Mann, der zu sein er glaubte, mit dem Mann,
der nicht länger die Rolle des Schurken spielen wollte, rang.

Er nickte mit dem Kopf in Richtung Tür. »Los. Ich schätze, wir haben ungefähr zwei Stunden, bis sie wieder hier
sind.«

»Denkst du an irgendeinen bestimmten Ort?«

»Das Bauernhaus. Hier sind zu viele Leute.«

Sie rannten die Anhöhe hinunter, durch die Tür, die Treppe hinauf, und oben angekommen, schubste sie ihn zu dem kleineren der beiden Zimmer. »Saubere Laken.«

»Als würde das lange so bleiben.«

Während er die Tür abschloss, die Fensterläden zuzog und den Knopf einer Lampe drückte, deren schwache Birne diffuse Schatten in den Raum warf, entkleidete sie sich bereits.

Er warf den Inhalt seiner Taschen auf den Nachttisch, stieg aus seinen Klamotten, schlängelte sich zu ihr auf das schmale Bett, vergrub den Kopf an ihrem Nacken und streifte ihr selbst das schmale Armband ab. »Ich möchte, dass du völlig nackt bist.« Beim Klang seiner heiseren, besitzergreifenden Stimme wurden ihre Nippel hart, und sie schloss wohlig ihre Augen. »Abgesehen von …«

Er streckte einen seiner Arme zum Nachttisch aus, und Sekunden später spürte sie an einem ihrer Handgelenke den Druck kalten Metalls.

Quietschend riss sie die Augen wieder auf. »Was machst du da?«

»Ich übernehme das Kommando.« Mit diesen Worten schob er ihre beiden Arme hoch über ihren Kopf.

»Hör sofort damit auf!«

»Ich glaube nicht.« Er schob die Kette zwischen den Stäben des Kopfteiles hindurch und legte die zweite Schelle um ihre bisher freie Hand.

»Du hast mich ans Bett gefesselt!«

»Ich bin so verdorben, dass es mich selbst manchmal erschreckt.«

Sie versuchte zu ergründen, wie böse sie ihm war, kam jedoch zu keinem vernünftigen Ergebnis. »Das sind echte Handschellen.«

»Ich habe sie mir extra schicken lassen.« Er wanderte mit

seinen Lippen über die Innenseite ihres Arms, und noch während sie sich in ihren Fesseln wand, begann ihre Haut wunderbar zu prickeln.

»Weißt du nicht, dass es gewisse Regeln für den Umgang mit Gefangenen gibt?« Sie keuchte, als seine Lippen eine ihrer Brustwarzen erreichten, sie tief in seinen Mund nahm und begierig daran saugte. »Eine Art … Protokoll!«

»Ich habe noch nie besonders auf das Protokoll geachtet.« Er fuhr fort, ihren wehrlosen Nippel zu verwöhnen, doch ehe sie ihm deutlich gemacht hätte, wie man sich bei diesem Spiel ordnungsgemäß benahm, gäbe sie dem wohligen Verlangen tief in ihrem Inneren nicht nach. »Man soll nie richtige Handschellen benutzen, sondern immer nur etwas, was leicht geöffnet werden kann.« Mühsam unterdrückte sie ein Stöhnen. »Zumindest sollten sie gepolstert sein. Und deine Partnerin muss *zustimmen* – habe ich das nicht schon einmal in einem anderen Zusammenhang erwähnt?«

»Ich glaube nicht.« Er setzte sich auf seine Fersen, schob ihre Knie auseinander und sah auf sie herab.

Sie leckte sich die Lippen. »Tja, dann erwähne ich es jetzt.«

Seine Finger spielten sanft mit ihren blonden Locken. »Ich habe es ordnungsgemäß vernommen.«

Sie biss sich auf die Lippen, als er seinen Daumen vorsichtig in sie hineinschob. »Ich habe mich … *ah* … im Rahmen meiner Doktorarbeit mit diesen Dingen beschäftigt.«

»Verstehe.« Die Bewegung seines Daumens war so zärtlich wie die Liebkosung mit einer warmen, nassen Feder, und das erotische Timbre seiner Stimme brachte ihre Nervenenden zum Flattern.

»Außerdem braucht man ein … Codewort für den Fall … *ahhh* … dass der andere zu weit geht.«

»Kein Problem. Ich habe sogar ein paar Ideen für ein solches Codewort.« Allzu schnell beendete er die Liebkosung, schob sich an ihr herauf und flüsterte ihr ein paar Vorschläge ins Ohr.

»Es sollen keine sexuellen Wörter sein.« Sie rieb ihr Knie an seinem Schenkel.

»Wo bleibt denn dann der Spaß?« Er umfasste ihre Brüste, und sie umklammerte die Stäbe über ihrem Kopf.

»Eher so etwas wie ›Spargel‹ oder ›Vergaser‹. Ich meine es ernst, Ren …« Ehe sie es unterdrücken konnte, drang ein leises Stöhnen über ihre Lippen. »Wenn ich … ›Spargel‹ sage, heißt das, dass du … *ahh* … zu weit gegangen bist und aufhören musst.«

»Wenn du ›Spargel‹ sagst, werde ich sowieso aufhören wollen, denn etwas, was einen schneller abturnt, fällt mir gewiss nicht ein.« Er löste sich von ihrer Brust. »Könntest du nicht etwas wie ›Sexbolzen‹ sagen? Wie ›Hengst‹ oder wie …«, wieder senkte er seine Stimme auf ein Flüstern.

»Das ist eindeutig sexuell.« Sie rieb sich leicht an seinem knüppelharten Schwanz und spannte sich, als er ihr flüsternd einen neuen Vorschlag machte, in ihren Fesseln an. »In *höchstem Maße* sexuell.«

»Wie wäre es dann damit?« Sein Flüstern wurde zu einem dunklen Schnurren.

»Das ist regelrecht obszön.«

»Super. Nehmen wir doch das.«

Ihre Hüften reckten sich ihm entgegen. »Ich bleibe bei ›Spargel‹.«

Er setzte sich zurück auf seine Fersen – so weit von ihr entfernt, dass sie ihn nicht berührte – und wartete ab.

Trotz des teuflischen Blitzens seiner Augen dauerte es etwas, ehe sie verstand. Wann würde sie wohl endlich lernen, ihren Mund zu halten? Sie bemühte sich um einen Rest von Würde, was in ihrer Position nicht gerade leicht war, und erklärte: »Oder wir verzichten einfach auf ein Wort.«

»Bist du dir da sicher?«

War er nicht ein furchtbar selbstgefälliger Kerl? »Ganz sicher.«

»Wirklich? Für den Fall, dass du es bisher noch nicht bemerkt hast, sollte ich dir vielleicht sagen, dass du splitternackt ans Bett gefesselt bist und kurz davor stehst, Opfer einer Vergewaltigung zu werden.«

»Au weia.« Sie zog ihr Knie ein wenig höher.

Er strich mit dem Daumen über ihre weichen Locken und ergötzte sich an ihrem Anblick. Sie spürte sein Verlangen, so lodernd wie das ihre, und hörte hinter dem Spott in seiner Stimme einen dunkel-liebevollen Ton. »Weißt du, ich verdiene meinen Lebensunterhalt nicht nur durch den Missbrauch junger, unschuldiger Frauen, sondern auch dadurch, dass ich jeden bedrohe, der für die Wahrheit, für das Recht und für die amerikanische Lebensweise steht.«

Um ihm zu zeigen, dass sie ihm nicht völlig wehrlos ausgeliefert war, schob sie ihre Beine etwas weiter auseinander und schwor sich, sich fürchterlich an ihm zu rächen. Wenn sie sich nicht verschätzte, setzte er sich gegen eine Revanche bestimmt nicht allzu vehement zur Wehr.

»Ich verstehe, was du mir dadurch deutlich machen willst.« Seine Finger glitten mühelos in sie hinein. »Und jetzt halt endlich still, damit ich mich nach Herzenslust an dir vergehen kann.«

Was er auch tatsächlich tat. Und zwar mit größter Akribie. Erst mit seinen Fingern und dann mit seinem harten Penis, den er so tief in sie hineinstieß, bis sie sich selber um Erlösung flehen hörte, obgleich sie sich als seine Sklavin so geliebt und sicher fühlte wie niemals zuvor.

»Noch nicht, meine Liebe.« Er gab ihr einen leidenschaftlichen Kuss und drehte sie so, dass er sie bis in ihr Innerstes ausfüllte. »Nicht, solange ich nicht ebenfalls bereit bin.«

Was er allerdings schon war. Seine Muskeln spannten sich, als wäre er derjenige in Fesseln. Diese intensive Form des

Liebesspiels kostete ihn wohl mehr als die ihm unterworfene Frau. Er versenkte sich mit aller Kraft noch ein Stückchen weiter in ihren lockend heißen Schoß. Sie schlang ihm die Beine um die Hüften. Sie bewegten sich im selben Rhythmus, sprengten die Fesseln, die sie beide an die Erde banden, schrien gleichzeitig auf …

… und am Schluss war er nicht weniger Gefangener als sie.

Während er döste, glitt sie aus dem Bett, hob die Handschellen zusammen mit dem Schlüssel leise vom Boden auf und sah auf ihn herab. Seine dichten Wimpern hoben sich wie dunkle Halbmonde von seinen Wangenknochen ab, und Strähnen dunkler Haare lagen wirr in seiner Stirn. Mit seiner exotisch olivfarbenen Haut hob er sich wie ein prachtvolles Gemälde vom Weiß des Lakens ab.

Sie schlich sich ins Bad und versteckte Handschellen und Schlüssel unter einem Handtuch. Sie hätte hassen müssen, was er mit ihr getrieben hatte, doch hatte es ihr tatsächlich gefallen. Was war aus der Frau geworden, die immer alles unter Kontrolle hatte haben müssen? Statt sich wütend gegen ihn zu wehren, hatte sie ihm alles gegeben, wozu sie fähig war.

Einschließlich ihrer Liebe.

Sie umklammerte den Rand des Beckens. Sie hatte sich tatsächlich in den Mann verliebt. Sie starrte in den Spiegel, wandte sich jedoch nach wenigen Sekunden angewidert ab. Wer sah schon jemand derart Blödem gerne ins Gesicht? Sie kannten einander kaum drei Wochen, und trotzdem hatte sie – hinsichtlich romantischer Beziehungen der Inbegriff der Vorsicht – sich Hals über Kopf in diesen fast Fremden verliebt.

Sie spritzte sich kaltes Wasser ins Gesicht und versuchte, die Anziehungskraft zwischen Männern und Frauen vom biologischen Standpunkt aus zu sehen. Bereits in grauer Vorzeit hatte die gegenseitige Zuneigung der Menschen den Fortbestand der jeweils Stärksten ihrer Spezies gesichert. Einen Teil dieses Instinkts hatten die meisten Menschen – und offenbar auch sie – sich bis in die Gegenwart bewahrt.

Doch was war mit ihrem Überleben als moderne Frau? Als Frau, die all ihr bisheriges Bestreben auf eine gesunde Beziehung ausgerichtet hatte, als Frau, die sich geschworen hatte, dem stürmischen Beziehungsmuster ihrer Eltern bestimmt nicht zu folgen? Ihre Affäre mit Ren hatte die sexuelle Befreiung für sie bedeuten sollen, und nicht, dass ihr Herz alle Fesseln abwarf.

Sie starrte düster auf die Seifenschale. Sie brauchte einen Plan.

Ja, sicher. Als hätten ihre Pläne ihr je etwas genutzt.

Am besten, sie dächte einfach nicht mehr darüber nach. Am besten, sie leugnete, was sie empfand. Leugnen war nicht immer schlecht. Vielleicht lösten sich ihre Gefühle, wenn sie sie ignorierte, schlicht in Wohlgefallen auf.

Vielleicht aber auch nicht …

19

»Möchtest du Schokoladenkuchen oder Kirschtorte?«

Isabel blieb am Rand des Gartens stehen und beobachtete, wie Brittany Ren einen kleinen Tontopf hinhielt.

Er konzentrierte sich ganz auf die Sammlung von Blättern und von Zweigen. »Ich glaube, ich nehme die Kirschtorte. Und, wenn es nicht zu viel Mühe macht, vielleicht ein Gläschen Scotch.«

»Das dürfen Sie nicht sagen«, tadelte ihn Steffie. »Sie müssen sagen, Tee.«

»Oder eine Limo«, mischte sich Brittany in das Gespräch. »Limo ginge auch.«

»Nein, Brit'ny. Es gibt nur Tee und Kaffee.«

»Tee wäre wunderbar.« Ren nahm dem Mädchen eine imaginäre Tasse mitsamt Untertasse ab und war dabei so authentisch, dass Isabel das Porzellan beinahe sah.

Die Konzentration, mit der er mit den Mädchen spielte, war seltsam intensiv. Mit den Jungen war es anders. Wenn er Connor durch die Luft warf oder zusammen mit Jeremy unter der Motorhaube des frisch reparierten Maserati steckte, tat er das eher lässig. Ebenso seltsam war seine augenscheinliche Bereitschaft, jedes Spiel zu spielen, zu dem die Mädchen ihn zwangen, selbst wenn es dabei, wie jetzt, um ein imaginäres Kaffeekränzchen ging. Darauf wollte sie ihn einmal ansprechen.

Momentan war sie jedoch auf dem Weg zu ihrem Haus, um zu sehen, ob die Suche mit den Metalldetektoren inzwischen irgendwelche Erfolge gezeitigt hatte. Giulia, die einen Schmutzfleck auf der Wange und graue Ringe unter den Augen hatte, entdeckte sie und hob die Hand zu einem müden Winken. Im Hintergrund durchsuchten drei Männer und eine der Frauen methodisch den Boden des Olivenhaines ab. Andere standen mit Schaufeln bereit, um zu graben, wann immer einer der Detektoren piepte, was viel zu oft geschah.

Giulia reichte ihre Schaufel Giancarlo und kam zu Isabel, die sofort nach Neuigkeiten fragte.

»Jede Menge Münzen, Nägel und ein Teil eines alten Rades«, erklärte ihr die junge Frau. »Vor zirka einer Stunde haben wir etwas Größeres gefunden, aber es war nur ein Teil von einem alten Ofen.«

»Sie sehen erschöpft aus.«

Giulia fuhr sich mit dem Handrücken über die Wange und verteilte dadurch den dort klebenden Dreck. »Bin ich auch. Und meine Geschäfte leiden, weil ich die ganze Zeit hier draußen bin statt in meinem Büro. Vittorio lässt sich durch unsere Suche nicht an seiner Arbeit hindern. Er holt seine Kundschaft auf die Minute pünktlich ab, ich hingegen ...«

»Ich weiß, dass Sie frustriert sind, Giulia, aber versuchen Sie, es nicht an Vittorio auszulassen.«

Die junge Italienerin bedachte Isabel mit einem schwachen Lächeln. »Das habe ich mir selbst schon x-mal gesagt. Vittorio, er macht meinetwegen so viel durch.«

Sie traten in den Schatten eines Baumes. »Ich habe immer wieder an Josie, Paolos Enkeltochter, denken müssen«, meinte Isabel. »Marta hat ihr von der Statue erzählt, aber anscheinend spricht Josie nur gebrochen Italienisch, wer weiß also, wie viel sie von der Sache wirklich verstanden hat. Ich habe überlegt, ob ich sie selbst anrufe, um rauszukriegen, was sie weiß. Aber eventuell sollten Sie das lieber tun. Sie wissen mehr über ihre Familie als ich.«

»Ja, das ist eine gute Idee.« Giulia sah auf ihre Uhr und überlegte, wie spät es jetzt bei Josie war. »Ich muss zurück in mein Büro. Von dort aus werde ich dann mit ihr telefonieren.«

Nachdem Giulia weg war, drehte Isabel ein paar Runden mit einem der Detektoren, gab ihn schließlich weiter an Bernardos Frau Fabiola, kehrte zurück in die Villa, holte ihr Notizbuch und nahm auf einem der Stühle im Rosengarten Platz.

Sie liebte die Abgeschiedenheit des Gartens. Er lag auf einer schmalen Terrasse unterhalb der ausgedehnten Rasenfläche, wurde jedoch von einer Reihe Obstbäume vor Blicken vom restlichen Anwesen aus geschützt. Ein Pferd graste auf einem Feld am Rand des Waldes, und die spätnachmittägliche Sonne tauchte die Ruine der alten Burg hoch oben auf dem Hügel in ein weiches, goldenes Licht. Es war warm, eher wie Anfang August als Ende September, und die Luft war schwer vom Duft der Rosen.

Isabel blickte auf ihr Notizbuch, schlug es jedoch nicht auf. Das, was sie bisher aufgeschrieben hatte, wirkte wie eine Wiederholung der Gedanken aus ihren bereits veröffentlichten Werken. Allmählich bekam sie das ungute Gefühl, dass sie nicht mehr hundertprozentig wusste, wie man eine persönliche Krise am besten überwand.

»Da bist du ja.« Ren kam lässig auf sie zugeschlendert. In dem blau-weiß gestreiften Rugbyhemd und der kurzen Hose wirkte er sportlich und leger. Er stützte seine Hände auf der Lehne ihres Metallstuhls ab, gab ihr einen sanften Kuss und umfasste zärtlich ihre Brüste. »Wie wäre es mit einem Quickie? Hier, an Ort und Stelle.«

»Ein wirklich verführerischer Gedanke. Leider habe ich die Handschellen gerade nicht dabei.«

Er ließ von ihren Brüsten ab und warf sich schmollend auf den zweiten, freien Stuhl. »Am besten treiben wir es heute Abend so wie alle anderen im Auto.«

»Sehr gern.« Sie hielt ihr Gesicht in die Sonne. »Das heißt, unter der Voraussetzung, dass dein hiesiger weiblicher Fanclub dich nicht findet.«

»Ich schwöre dir, diese Mädchen haben so etwas wie ein inneres Radar.«

»Du zeigst ihnen gegenüber eine wirklich erstaunliche Geduld. Es überrascht mich, dass du so viel Zeit mit ihnen verbringst.«

Er fixierte sie. »Was willst du damit sagen?«

»Nur das, was ich gesagt habe.«

»Ich will nicht darüber reden.«

Sie zog erstaunt die Brauen in die Höhe. Er war ebenso geschickt darin, Menschen auf Distanz zu halten, wie darin, sie zu betören. Doch sie verstand nicht, weshalb er sie gerade jetzt derart zurückwies. »Aber hallo, da hat anscheinend jemand echt gute Laune.«

»Tut mir Leid.« Er streckte seine Beine aus, doch die Pose

wirkte weniger gelassen als vielmehr kalkuliert, fast, als müsse er sich zwingen zu entspannen. »Hat Tracy dir erzählt, dass sie und Harry ein Haus im Ort gemietet haben?«

Sie nickte. »Die Wohnung in Zürich hat ihre Probleme noch vergrößert. Sie ist für eine so große Familie zu klein, und so haben sie beschlossen, dass es besser ist, wenn sie mit den Kindern hier bleibt, wo alle sich heimisch fühlen, und dass Harry immer an den Wochenenden kommt.«

»Bin ich der Einzige, den es beunruhigt, dass meine momentane Geliebte die Eheberaterin für meine Exfrau spielt?«

»Es ist nicht so, als ginge es dabei allzu vertraulich zwischen uns beiden zu. Irgendjemand scheint dir sowieso ständig zu verraten, worum es in unseren Gesprächen geht.«

»Obgleich ich darauf nicht sonderlich erpicht bin.« Er griff nach ihrer Hand und spielte geistesabwesend mit ihren Fingern. »Warum machst du dir diese Mühe? Was springt für dich dabei heraus?«

»Solche Dingen gehören einfach zu meinem Job.«

»Du machst gerade Urlaub.«

»Ich habe keinen Job, von dem man richtig Urlaub machen kann.«

»Es gibt keinen Job, von dem man keinen Urlaub machen kann.«

»Meine Arbeit kann man nicht nach der Stechuhr machen.«

Er runzelte die Stirn. »Wie kannst du dir sicher sein, dass du den beiden hilfst? Ist es nicht ein bisschen arrogant, sich einzubilden, dass man immer weiß, was das Beste für andere Leute ist?«

»Hältst du mich für arrogant?«

Er blickte auf ein in der Brise schwankendes Büschel Ziergras. »Nein. Du bist streberisch und überheblich. Aber, nein, nicht arrogant.«

»Trotzdem hast du Recht. Es zeugt von einer gewissen Arroganz zu denken, man wüsste, was das Beste für andere Menschen ist.«

»Und trotzdem weichst du nicht von deinem Standpunkt ab.«

»Manchmal konzentrieren wir uns auf die Defizite anderer Menschen, damit wir uns nicht mit unseren eigenen Schwächen auseinander setzen müssen.« Sie merkte, dass ihr Daumennagel in Richtung ihrer Zähne zuckte, und versteckte ihn hastig in der Faust.

»Denkst du, dass du selber das so machst?«

Früher hatte sie das nicht gedacht, inzwischen jedoch war sie sich nicht mehr ganz so sicher. »Ich schätze, dass ich, um genau das herauszufinden, hierher gekommen bin.«

»Und, welche Erkenntnisse hast du bisher gewonnen?«

»Nicht allzu viele.«

Er tätschelte ihr begütigend das Bein. »Falls du Hilfe bei der Suche nach deinen Fehlern brauchst, sag mir einfach Bescheid. Ich denke an Dinge wie deinen Ordnungsfimmel und die Art, in der du versuchst, alles zu manipulieren, damit du niemals die Kontrolle über irgendwas verlierst.«

»Dein Angebot ist wirklich rührend, aber das ist etwas, womit ich mich selber auseinander setzen muss.«

»Falls es dir ein Trost ist, lass mich dir sagen, dass du in meinen Augen ein verdammt anständiger Mensch bist.«

»Danke, aber deine Ansprüche in dieser Hinsicht sind deutlich geringer als die meinen.«

Er lachte, doch dann drückte er ihr die Hand und bedachte sie mit einem beinahe mitleidigen Blick. »Arme Dr. Fifi. Ein Guru zu sein ist manchmal ganz schön ätzend, oder?«

»Nicht ganz so ätzend, wie ein ahnungsloser Guru zu sein.«

»Du bist nicht ahnungslos. Du bist einfach dabei, dich zu entwickeln.« Er strich mit einem Daumen über ihre Wange.

Sie wollte nicht, dass er derart gefühlvoll mit ihr umging. Seit Tagen versuchte sie sich davon zu überzeugen, dass sie nicht wirklich in diesen Mann verliebt war, dass ihr Unterbewusstsein das Gefühl nur erfunden hatte, damit sie keine Schuldgefühle wegen ihres rein sexuellen Verhältnisses bekam. Doch das war nicht wahr. Sie liebte diesen Menschen, und diese Situation erklärte ihr, warum. Wie konnte jemand, der so völlig anders war als sie, sie derart gut verstehen? Im Zusammensein mit Ren hatte sie das Gefühl, endlich vollständig zu sein. Er brauchte jemanden, der ihn daran erinnerte, dass er ein anständiger Mensch war, und sie brauchte jemanden, der sie davon abhielt, allzu selbstgerecht zu sein. Doch sie wusste, er sah ihre Beziehung völlig anders.

»*Ren!*« Zwei kleine Mädchen kamen den Weg hinabgerannt.

Er warf den Kopf zurück und stöhnte. »Wie gesagt, die beiden haben ein inneres Radar.«

»Wir haben dich schon überall gesucht«, erklärte Steffie. »Wir haben ein Haus gebaut und möchten, dass du mit uns spielst.«

»Dann mache ich mich wohl mal wieder an die Arbeit.« Er drückte Isabel die Hand und stand auf. »Und mach du dir keine Gedanken.«

Als wäre ihr das jemals möglich … Sie sah ihm hinterher. Ein Teil von ihr wollte die Liebe zu diesem Mann verdrängen, ein anderer Teil jedoch klammerte sich geradezu verzweifelt an dieses innige Gefühl. Also rettete sie sich in Selbstmitleid.

Super, Gott. Weshalb konntest du mir nicht einfach jemanden wie Harry Briggs als Seelenverwandten schicken? Aber nein. Du musstest ja jemanden nehmen, der sich seinen Lebensunterhalt verdient, indem er junge, unschuldige Frauen meuchelt. Wirklich klasse.

Sie legte ihr Notizbuch zur Seite. Sie war zu abgelenkt, um

irgendwas Vernünftiges zu schreiben, also ginge sie besser zurück zu ihrem Haus und nähme eine Schaufel in die Hand. Vielleicht verlöre sie durch die körperliche Arbeit ja zumindest einen Teil ihrer negativen Energie.

Als sie das Haus erreichte, entdeckte sie dort Andrea Chiara. Er und Vittorio waren aus demselben Schwerenöter-Holz geschnitzt, nur war Dr. Andrea eindeutig weniger harmlos. Der unreife Teil ihres Charakters wünschte sich, Ren wäre in der Nähe, um zu sehen, wie er zur Begrüßung ihre Hand an seinen Mund hob.

»Nun, da eine weitere schöne Frau gekommen ist, um uns zu inspirieren«, erklärte er mit seidig weicher Stimme, »geht uns die Arbeit sicher noch schneller von der Hand.«

Sie blickte in Richtung Villa, aber natürlich war Ren nirgendwo zu sehen.

Gegen Ende ihrer Schicht kam Tracy mit vor Aufregung blitzenden Augen zu ihr hinunter in den Garten. »Ich habe gerade bei Giulia angerufen. In drei Tagen können wir in unser neues Haus.«

»Das freut mich.«

»Die langen Trennungen von Harry werden sicher schwer sein, aber wir werden jeden Abend miteinander telefonieren, und wenn er will, kann er achtzehn Stunden am Tag arbeiten, ohne das Gefühl zu haben, schnell heimkommen zu müssen, damit ich nicht wieder sauer auf ihn werde. Und das Allerbeste ist, dass wir ihn, wenn er an den Wochenenden kommt, ganz für uns alleine haben, weil er dann nicht mal sein Handy einschalten will.«

»Ich denke, das ist ein wirklich guter Plan.«

»Wenn der Geburtstermin kommt, bringt er sich seine Arbeit einfach mit. Und die Kinder sind völlig aus dem Häuschen, weil sie nicht zurückmüssen nach Zürich. Sie lernen viel schneller Italienisch als ich und hängen wie die Kletten an Anna und an Marta. Sie werden ja auch noch einen Monat hier sein und Ren noch fast drei Wochen. Ich bin sicher, dass wir hier alle viel glücklicher sein werden als bisher in der Schweiz.«

Drei Wochen. Davon hatte er ihr nichts erzählt. Sie hätte danach fragen können, doch hatte sie gehofft, er würde von sich aus etwas sagen, statt so zu tun, als gäbe es für sie beide keine Zukunft – auch wenn es sie nicht gab. Ren war offensichtlich nicht der Frauenheld, als den die Medien ihn beschrieben, aber anscheinend wurden die verschiedenen Phasen seines Lebens durch die jeweiligen Beziehungen markiert. In ein paar Jahren wäre sie für ihn nichts weiter als seine toskanische Affäre. Es gefiel ihr ganz und gar nicht, wie verletzlich sie sich dadurch machte, doch hatte sie selbst noch immer nicht herausgefunden, wie es mit ihrem eigenen Leben nach dieser Italienzeit weitergehen sollte.

Tracy hatte aufgehört zu reden und sah sie lächelnd an. »Sie sind der einzige Mensch, den ich je getroffen habe, der bei körperlicher Arbeit vollkommen sauber bleiben kann.«

»Das ist das Ergebnis jahrelanger Übung.«

Tracy winkte in Richtung des Olivenhains, wo Andrea am Ende seiner Schicht mit einem der anderen eine Zigarette rauchte. »Ich habe für nächste Woche einen Termin bei Dr. Feuchte-Träume ausgemacht. Anna meinte, trotz seines Rufs als Playboy wäre er ein wunderbarer Arzt. Und weshalb soll ich nicht ein bisschen Spaß haben, wenn ich schon diese blöde Untersuchung über mich ergehen lassen muss.«

»Apropos Spaß. Ich habe eine gute Neuigkeit für Sie. Ich denke, dass das Sexverbot inzwischen aufgehoben werden kann.«

Tracy rieb sich nachdenklich den Bauch. »Okay.«

Isabel hatte eine andere Reaktion erwartet. »Haben Sie damit irgendein Problem?«

»Nicht wirklich.« Sie kratzte sich unter ihrem Stricktop.

»Aber … würde es Ihnen was ausmachen, Harry noch nichts davon zu sagen?«

»In Ihrer Ehe geht es um offene Kommunikation, vergessen?«

»Ich weiß, aber – oh, Isabel. Ich liebe unsere Gespräche. Gestern Abend haben wir uns über Wale unterhalten – ohne damit meine derzeitige Figur zu meinen. Wir haben überlegt, wie viele Walarten wir kennen. Dann ging es um die Kinofilme, die uns als Kinder die größte Angst gemacht haben. Er hat mich von diesem Streit erzählen lassen, den ich während meiner Zeit am College mit meiner Zimmergenossin hatte, und der mich nach wie vor unheimlich wütend macht. Und wir haben darüber geredet, dass ich dachte, sein Lieblingseis wäre Schokolade, und dabei ist es Pecannuss. Wir haben sämtliche Geschenke aufgelistet, die wir einander je gemacht haben, und uns ehrlich gesagt, ob sie uns gefallen haben oder nicht. Obwohl ich die ganze Zeit mit zusammengedrückten Knien durch die Gegend laufe, weil ich so gierig auf ihn bin, dass ich es kaum ertrage, will ich die Unterhaltungen nicht aufgeben. Es geht ihm tatsächlich nicht nur um mein Aussehen. Er liebt mich rundum, und zwar genau so, wie ich bin.«

Wieder verspürte Isabel in der Umgebung ihres Herzens einen leichten Stich. Trotz des emotionalen Durcheinanders, das in ihrer Beziehung herrschte, war das, was diese beiden Menschen teilten, unermesslich kostbar. »Ich hebe das Verbot auf«, wiederholte sie. »Und ob Sie es Harry mitteilen oder nicht, machen Sie am besten selbst mit Ihrem Gewissen aus.«

»Super«, meinte Tracy trübsinnig und trottete davon.

Tracy wechselte ein paar Worte mit Dr. Andrea, kehrte zurück in die Villa, übte mit den Mädchen Lesen und versuchte Jeremy eine Geschichtsstunde zu geben, doch konnte sie sich nicht richtig konzentrieren. Was würde sie tun, nun, da das Sexverbot von Isabel aufgehoben worden war?

Selbst am Abend, als sie und Harry Händchen haltend in Richtung des Bauernhauses liefen, dachte sie noch darüber nach. Sie war ein verwöhntes, reiches Mädchen und hasste jedes moralische Dilemma. Doch ihre Ehe würde nicht funktionieren, wenn sie nicht den Mut fand, sich ihm irgendwann zu stellen.

Als sie das Haus durch die Küchentür betraten, kam sie zu dem Schluss, dies wäre ein guter Augenblick, um ein paar der neuen Fähigkeiten zu testen, die Isabel ihnen vermittelt hatte, und so nahm sie sein Gesicht in ihre Hände und musterte ihn liebevoll.

»Harry, es gibt da etwas, was ich dir sagen sollte, aber noch nicht sagen will. Ich habe gute Gründe, weshalb ich es nicht möchte, und hätte gern deine Erlaubnis, dir die Information noch eine Zeit lang vorzuenthalten.«

Sie wusste, er bräuchte etwas Zeit, um darüber nachzudenken, und genoss, während sie wartete, den Anblick seines geliebten, vertrauten Gesichts.

»Geht es dabei um Leben oder Tod?«, fragte er schließlich.

Jetzt war sie diejenige, die Zeit brauchte zum Überlegen. »Fast, aber nicht ganz.«

»Ist es etwas, was ich wissen möchte?«

»O ja.«

»Aber du willst es mir nicht sagen.«

»Nein. Noch nicht. Aber bald. Sehr bald.«

Er zog eine seiner Brauen in die Höhe. »Weil …?«

»Weil ich dich so sehr liebe. Weil ich es liebe, mich mit dir zu unterhalten. Unsere Gespräche sind mir wichtig, und wenn du diese Sache weißt, die ich dir noch nicht erzählen möchte, werden wir womöglich nicht mehr so viel miteinander reden, und ich werde anfangen, wieder zu denken, dass du mich nur meines Aussehens wegen liebst.«

Seine Augen begannen zu leuchten. »Isabel hat das Sexverbot aufgehoben!«

Sie ließ die Hände sinken und stapfte zornig durch den Raum. »Ich hasse offene Kommunikation.«

Lächelnd holte er sie ein, zog sie in seine Arme und küsste sie – während zwischen ihnen das Baby strampelte – zärtlich auf die Stirn. »He, du bist nicht die Einzige, die sich gerne unterhält. Und inzwischen weißt du, dass ich dich auch dann noch lieben würde, wenn du so hässlich wärst wie mein Onkel Walter. Lass uns eine Abmachung treffen: Für jede Minute, die wir nackt verbringen, verbringen wir drei Minuten im Gespräch. Was, so wie ich mich momentan fühle, eine endlos lange Unterhaltung garantiert.«

Sie lächelte nachdenklich. Bereits der Duft seiner Haut brachte ihr Blut in Wallung. Was aber wäre, wenn sie wieder in ihr altes Verhaltensmuster zurückfielen? Sie hatten eine brutale Lektion darin erteilt bekommen, wie schwer eine funktionierende Beziehung am Leben zu erhalten war. Doch eventuell war es tatsächlich an der Zeit, darauf zu vertrauen, dass der feste neue Stoff, aus dem ihre Ehe gewoben war, auch hielt.

»Erst musst du mit mir schmusen«, erklärte sie. »Und zwar vollkommen angezogen. Und es ist verboten, die Hände unterhalb der Gürtellinie zu bewegen.«

»Abgemacht. Und wer als Erstes einknickt, muss dem anderen eine Ganzkörpermassage angedeihen lassen.«

»Okay.« Eine gute Idee. Schließlich liebte sie es, ihn überall zu massieren.

Er packte sie und zog sie auf die Couch vor dem Kamin, doch kaum hatte sie sich an seine Schulter angeschmiegt, als sie auch schon stöhnte. »Ich muss aufs Klo. Ich muss pausenlos aufs Klo. Falls ich je noch einmal davon spreche, schwanger werden zu wollen, setz mich allein auf dem Gipfel irgendeines Berges aus.«

Lachend zog er sie hoch. »Ich werde dich begleiten.«

Als Harry seiner Frau nach oben folgte, fragte er sich, ob er je etwas getan hatte, um jemanden wie Tracy zu verdienen. Ihr Temperament hob sich von seiner Ruhe ab wie Quecksilber von normalem Metall. Er folgte ihr ins Bad und nahm, ohne dass sie dagegen protestierte, auf dem Rand der Wanne Platz. Bis zu Isabel und ihren Listen hatte Tracy nicht gewusst, dass er regelmäßig deshalb unter irgendeinem Vorwand zur selben Zeit wie sie ins Bad ging, weil er die Intimität, die alltägliche Vertrautheit dieses Zusammenseins genoss. Tracy hatte sich vor Lachen beinahe verschluckt, als er versucht hatte, ihr diese Empfindung zu erklären, doch er wusste, dass sie ihn verstand.

»Lieblingsgemüse?«, fragte sie. Sie hatte nicht vergessen, wie sehr er sie begehrte, und wollte dafür Sorge tragen, dass er ihre Angst vor einem Ende ihrer herrlichen Gespräche keine Sekunde vergaß. »Sag nichts. Ich weiß es. Erbsen.«

»Grüne Bohnen«, antwortete er. »Nicht allzu lange gekocht, noch ein bisschen knackig.« Er streckte eine Hand aus und umfasste ihre Wade. Inzwischen war ihm klar, dass er darüber reden musste, was er fühlte, statt davon auszugehen, dass seine Liebste automatisch alles wüsste, was ihn betraf.

»Weißt du, ich liebe die Gespräche auch.« Ehrlichkeit zwang ihn jedoch hinzuzufügen: »Aber jetzt interessiere ich mich sehr viel mehr für Sex. Gott, Tracy, es ist schon so lange her. Weißt du, was du bei mir bewirkst? Einfach, indem du mit mir zusammen bist?«

»Ja, denn du hast es mir gesagt.« Sie lächelten einander an, und eine Minute später machten sie sich auf den Weg zum Schlafzimmer und des dort wartenden Bettes. Vor der Tür schenkte sie ihm ein kokettes Lächeln: »Und was ist, wenn ich schwanger werde?«

»Dann werde ich dich heiraten. Und zwar so oft du willst.«

Er küsste sie eine ganze Weile, ehe sie sich von ihm löste und erklärte: »Ich schwöre, dieses Baby ist das letzte. Ich lasse mich sterilisieren.«

»Wenn du weiter Babys haben willst, soll mir das recht sein. Ein paar können wir uns bestimmt noch leisten.«

»Fünf werden reichen. Ich habe von klein auf schon fünf Kinder haben wollen.« Sie nagte an seiner Lippe. »Oh, Harry, ich bin so froh, dass du nicht sauer wegen dieses Babys bist.«

»Es ging nie um das Baby. Das ist dir doch inzwischen klar.« Er berührte ihr Gesicht. »Ich hasse es, so unsicher zu sein.«

»Ich dachte, ich hätte dich vertrieben.«

Er strich mit seinem Daumen über ihren Kiefer. Ihre Lippen waren vom Küssen geschwollen und seine sicher auch. »Wir gehen kein Risiko mehr ein, okay? Ab jetzt gehen wir alle sechs Monate zu Eheberatung, ob wir sie brauchen oder nicht. Und ich denke immer noch, dass wir Isabel wissen lassen sollten, dass wir mit niemandem außer ihr zusammenarbeiten möchten.«

»Wenn wir zweimal im Jahr bei ihr vor der Tür stehen, wird sie das schon merken.«

Sie hatten das Schlafzimmer erreicht und begannen ernsthaft mit dem Schmusen. Zu Anfang hatten sie die Münder fest geschlossen, doch hielt ihre Zurückhaltung nicht allzu lange an. Als ihre Lippen ermüdeten, nutzte er die Gunst der Situation und schob seine Zunge tief in ihre honigsüße Mundhöhle. Doch bald genügte das nicht mehr.

Seine Hände wurden gierig, und er umfasste ihre Brust. »Das ist noch weit von der Gürtellinie entfernt«, murmelte er.

»Das ist durchaus okay.«

Er schob ihr das Top über den Kopf, und als er den Haken ihres Büstenhalters löste, sah sie ihm selig ins Gesicht.

Wie er inzwischen wusste, konnte sie sich einfach nicht an ihm satt sehen.

Ihre Brüste fielen aus den Körbchen, und mit trockenem Mund blickte er auf die geschwollenen Nippel. Er wusste, sie waren empfindlich, und er wusste, dass sie trotzdem mochte, wenn er sie berührte. Es hatte sie schockiert, dass ihr schwangerer Busen ganz oben auf der Liste der Dinge gestanden hatte, die ihn heiß machten. Ihm war nie der Gedanke gekommen, es extra zu erwähnen. Er hatte angenommen, die Tatsache, dass er kaum die Hände von ihnen lassen konnte, wäre aussagekräftig genug.

Aus ihrer Kehle drang ein Schnurren, als er eine ihrer Knospen in den Mund nahm und zärtlich daran sog. Energisch schob sie ihre Hände zwischen seine Beine. »Huch. Jetzt habe ich verloren.«

Nun war es auch um seine Beherrschung endgültig geschehen, und ihrer beider Kleidung flog achtlos durch den Raum. Sie schubste ihn rücklings auf das Bett, und ihre Haare wogten wie eine rabenschwarze Wolke um eine ihrer Schultern, als sie sich über ihn schob und sich so platzierte, dass er endlich Zugang zu ihrem heiß ersehnten Innersten bekam. Behutsam spielten seine Finger in der nassen, nach Moschus duftenden Vertiefung, um schließlich langsam seinen Schwanz in sie hineinzuführen.

Die Erinnerung an das, was sie beinahe verloren hätten, verstärkte die Begierde. Er berührte jede Stelle ihres Körpers, sie liebkoste ihn an jedem Punkt, den sie erreichen konnte. Sie sahen einander in die Augen und ergötzten sich an dem, was der Blick des jeweils anderen verriet.

»Ich werde dich ewig lieben«, wisperte er heiser.

»Ich dich ganz bestimmt noch länger«, hauchte sie zurück.

Dann fanden ihre Leiber einen perfekten Rhythmus, es wurde ihnen unmöglich zu sprechen, und gemeinsam stürzten sie in ein warmes, weiches, herrlich dunkles Loch.

20

Der zweihundert Jahre alte Eichentisch im Esszimmer der Villa bog sich unter der Last der Speisen. Reich verzierte, ovale Platten boten den Umsitzenden Lammkeule, mit Knoblauch und Salbei gestopftes Perlhuhn, mit einem aromatischen Gemisch aus Pinienkernen, Oliven, Anchovis und Rosinen gefüllte, goldbraun frittierte Blätter frischen Eskariols, in einer großen Schüssel türmten sich mit Pancetta abgeschmeckte grüne Bohnen, und aus einem Korb, der mit alten, mit dem Familienwappen bestickten Leinentüchern ausgelegt war, stieg der Duft knusprig frischen toskanischen Brots.

Trotz der Eleganz des mit hohen Bogentüren und religiösen Fresken reich verzierten Raumes war die Atmosphäre fröhlich und gelöst. Die Briggs'schen Kinder schossen winzige Fleischravioli über ihre Teller und stopften sich Berge selbst gemachter Pizza in die Münder, Ren bat um eine zweite Portion der köstlichen Kastanienpasta, und Isabel gönnte sich eine zweite Scheibe der außen kross gebackenen, innen jedoch butterweichen, dampfenden Polenta. Es gab Stücke cremigen Pecorinos, mit Schokolade überzogene Feigen, leuchtend roten Wein von ihrem eigenen Weinberg sowie einen fruchtigen weißen Cinque Terre.

Als halber Italiener war Ren ein Mensch, der Feste liebte. Er hatte den bevorstehenden Auszug der Familie Briggs zum Anlass genommen, um eine Reihe von Gästen in sein Haus zu bitten, und so saßen auch Vittorio und Giulia zusammen mit verschiedenen Mitgliedern von Annas und Massimos Familie gut gelaunt am Tisch. Dr. Andrea Chiara fehlte, obgleich Isabel vorgeschlagen hatte, dass auch er eine Einladung zu dem Essen bekam.

Massimo sprach von der *vendemmia*, der Traubenernte, die in zwei Tagen beginnen würde, und Anna und Marta sprangen auf und holten weitere Köstlichkeiten an den Tisch. Niemand verlor ein Wort über die Statue, denn die Durchsuchung des Olivenhains mit den Detektoren hatte nicht das Mindeste gebracht.

»Sie sind immer so nett zu ihr«, sagte Giulia so leise zu Isabel, dass Tracy, die am anderen Ende des Tisches saß, sie sicher nicht verstand. »Wenn sie Vittorios Exfrau wäre, würde ich sie hassen.«

»Nicht, wenn Vittorio sich so verzweifelt darum bemüht hätte, sie loszuwerden, wie Ren es seit ihrer Ankunft getan hat«, antwortete Isabel.

»Trotzdem …« Giulia winkte ab. »Ah, ich weiß, ich kann Sie nicht täuschen. Es liegt an meiner Eifersucht, dass ich sie nicht mag. Manche Frauen werden bereits schwanger, wenn sie einen Mann bloß ansehen. Sogar Paolos Enkeltochter Josie hat es wieder mal geschafft.«

»Ich war bei den Kindern, als Sie mit Ren über das Telefongespräch geredet haben. Was hat sie gesagt?«

Giulia pickte an einer Brotkruste herum. »Dass sie ihr zweites Kind erwartet.« Sie bedachte Isabel mit einem unglücklichen Lächeln. »Manchmal denke ich, dass außer mir die ganze Welt problemlos schwanger wird. Dann tue ich mir schrecklich Leid, und das ist ganz bestimmt nicht gut.«

»Aber von der Statue hat sie nichts gewusst?«

»Sehr wenig. Es fiel Josie nicht besonders leicht, nach dem Tod der Mutter mit Paolo in Kontakt zu bleiben, denn ihr Italienisch ist wirklich sehr spärlich. Aber trotzdem haben sie einander weiter ab und zu geschrieben, und er hat ihr immer mal wieder irgendwelche Geschenke nach Amerika geschickt.«

»Geschenke? Glauben Sie –«

»Es war keine Statue dabei. Ich hab sie danach gefragt, vor allem, nachdem sie mir erzählt hat, es hätte lange nicht mit einer Schwangerschaft geklappt.«

»Vielleicht wäre es trotzdem gut, eine Liste von allen Geschenken, die er ihr gemacht hat, zu bekommen. Möglicherweise findet sich dort wenigstens ein Hinweis. Eine in einem Buch versteckte Karte, ein Schlüssel – irgendwas.«

»Daran habe ich nicht gedacht. Am besten rufe ich sie heute Abend noch einmal an.«

»Töpfchen!«, kreischte Connor von seinem Hochsitz am Ende des Tisches genau in dem Moment, in dem ein Apfelkuchen auf der Bildfläche erschien.

Harry und Tracy sprangen auf.

»Der da!«, kreischte er und wies auf sein großes Vorbild.

Ren verzog elend das Gesicht. »Gönn mir doch mal eine Pause. Geh mit deinem Papa.«

»Ich will aber dich!«

Tracy flatterte wie eine verschreckte Henne mit den Armen. »Streite nicht mit ihm. Sonst gibt es einen U-N-F-A-L-L!«

»Das würde er nicht wagen.« Ren bedachte den Kleinen mit einem todbringenden Blick.

Connor steckte den Daumen in den Mund, und seufzend fügte sich der Frauenmörder in sein Schicksal.

»Es hat eine Weile gedauert, bis er es kapiert hat, aber dann hat er innerhalb von einem Tag gelernt, aufs Töpfchen zu gehen«, prahlte Tracy vor Fabiola, als Ren Connor hinüber ins Badezimmer schleppte. »Ich schätze, nach vier Kindern weiß man einfach, wie man es am besten anstellt.«

Von draußen hörte man Ren schnauben.

Die Stunden vergingen wie im Flug, und zum krönenden Abschluss der wunderbaren Mahlzeit gab es mit Haselnüssen gefüllte Cantucci zusammen mit einem Grappa, der einem in der Kehle brannte, und einem lieblichen Vinsanto. Die Brise, die durch die offenen Flügeltüren wehte, war inzwischen merklich kühler als zu Beginn des Abends, doch Isabel hatte ihren Pullover, als sie am Morgen wieder umgezogen war, in ihrem kleinen Bauernhaus vergessen, und so stand sie auf und tippte Ren, der sich mit Vittorio über die italienische Politik unterhielt, sachte auf die Schulter. »Ich gehe nur schnell rauf und hole mir einen von deinen Pullovern.«

Er nickte geistesabwesend und wandte sich wieder dem Gespräch zu.

Rens Schlafzimmer in der Villa hatte dunkle, schwere Möbel, darunter einen handgeschnitzten Schrank, vergoldete Spiegel und ein Bett mit vier dicken Pfosten. Gestern Nachmittag, als die Familie Briggs einen Ausflug unternommen hatte, hatten sie und Ren eine gestohlene Stunde zwischen genau diesen Pfosten verbracht. Erschaudernd dachte sie darüber nach, ob sie vielleicht allmählich sexbesessen war. Doch sie wusste, eher war sie besessen von Lorenzo Gage.

Sie trat vor die Kommode, entdeckte jedoch aus dem Augenwinkel etwas auf dem Bett, ging hinüber und sah sich den Gegenstand genauer an.

Ren hatte bereits einiges an Wein getrunken, und so ließ er den Grappa aus. Er wollte nämlich nüchtern bleiben, bis er endlich mit Isabel allein war. Er hatte das Gefühl, als ticke über seinem Kopf eine riesengroße Uhr und zähle die ihm noch vergönnte, viel zu kurze Zeit mit dieser wunderbaren Frau. In weniger als einer Woche müsste er nach Rom, und bereits wenig später bräche er die Zelte hier in der Toskana endgültig ab. Er sah sich suchend nach ihr um, erinnerte sich daran, dass sie sich einen Pullover hatte von ihm borgen wollen …

… sprang von seinem Stuhl und rannte zur Treppe.

Isabel erkannte seine Schritte bereits draußen im Flur. Für einen Mann von seiner Größe hatte er eine erstaunlich gemessene, leichtfüßig-elegante Art zu gehen. Jetzt kam er, die

Hände in den Hosentaschen, lässig durch die Tür. »Und, hast du einen Pullover gefunden?«

»Noch nicht.«

»Auf dem Schreibtisch liegt ein grauer.« Er schlenderte über den Teppich. »Es ist der kleinste, den ich habe.«

Sein Drehbuch in den Händen, saß sie auf dem Rand des Bettes. »Wann hast du das bekommen?«

»Vielleicht hättest du lieber doch den blauen Pullover. Das da? Vor ein paar Tagen. Der blaue Pullover ist sauber, den grauen hatte ich schon ein paar Mal an.«

»Du hast mir nichts davon gesagt.«

»Wovon?« Er wühlte in der Schublade herum.

»Davon, dass das Drehbuch inzwischen da ist.«

»Für den Fall, dass du es nicht bemerkt hast – in den letzten Tagen ging hier alles etwas durcheinander.«

»So durcheinander nun auch nicht.«

Er zuckte mit den Schultern, zog einen Pullover aus der Schublade und suchte sofort nach dem nächsten.

Sie strich mit dem Daumen über den Titel seines Drehbuchs. »Warum hast du nichts davon erzählt?«

»Ich hatte zu viel anderes im Kopf.«

»Wir reden ständig miteinander. Trotzdem hast du das Drehbuch mit keinem Wort erwähnt.«

»Ich schätze, dass ich halt nicht daran gedacht habe.«

»Das fällt mir schwer zu glauben, denn ich weiß, wie wichtig es dir ist.«

Ähnlich einer angriffsbereiten Schlange straffte er, wenn auch beinahe unmerklich, seinen Körper. »Ich komme mir vor wie bei einem Verhör.«

»Du hast mir erzählt, wie gespannt du auf dieses Drehbuch bist. Es erscheint mir also lediglich seltsam, dass du kein Sterbenswörtchen verloren hast, dass es hier ist.«

»Mir erscheint das völlig normal. Meine Arbeit geht außer mir niemanden etwas an.«

»Verstehe.« Eben noch hatte sie sich voller Freude an ihr letztes Zusammensein mit ihm erinnert, jetzt fühlte sie sich traurig und ein bisschen billig. Sie war die Frau, mit der er schlief – weder seine Freundin noch seine richtige Geliebte, denn richtige Geliebte teilten mehr als ihre Körper.

Er konnte ihr nicht länger in die Augen sehen. »Du magst meine Filme sowieso nicht. Weshalb also solltest du dich plötzlich dafür interessieren?«

»Weil du dich dafür interessierst. Weil wir uns darüber unterhalten haben. Weil ich auch mit dir über meine Arbeit rede. Such dir einen dieser Gründe aus.« Sie warf das Drehbuch auf den Boden und stand auf.

»Du bauschst die ganze Sache auf. Ich – Jenks hat ein paar Dinge verändert, das ist alles. Ich lese mich immer noch ein. Du hast Recht. Ich hätte etwas sagen sollen. Aber ich schätze, ich wollte mich nicht schon wieder mit dir darüber streiten. Ehrlich, Isabel, allmählich bin ich es leid, mich ständig für das verteidigen zu müssen, womit ich meinen Lebensunterhalt verdiene.«

Erst war er erbost gewesen, dann schuldbewusst, und nun griff er sie an. Klassisch. Am liebsten hätte sie ihn angeschrien, aber so führte man keine gesunde Beziehung – und sie brauchte eine gesunde Beziehung zu gerade diesem Menschen in einem Maß, das ihr die Luft nahm.

»Also gut. Das ist okay.« Sie fingerte nach ihrem Armband und atmete tief durch. »Ich muss aufhören, deine Arbeit zu kritisieren. Aber ich möchte nicht davon ausgeschlossen sein.«

Er schob die Schublade mit einem seiner Knie unsanft zu. »Himmel, so wie du es formulierst, klingt es, als hätten wir – ach, Scheiße.«

»Eine Beziehung?« Ihre Hände schwitzten. »War es das, was du gemeint hast? Dass es so klingt, als hätten wir eine Beziehung?«

»Nein. Schließlich haben wir eine Beziehung. Und zwar eine wirklich gute. Darüber bin ich froh. Aber …«

»Es geht nur um Sex, richtig?«

»He! Du warst diejenige, die die Regeln aufgestellt hat, also halt mir das nicht vor.«

»Denkst du, dass ich das tue?«

»Ich denke, dass du mich behandelst, als wäre ich einer deiner gottverdammten Patienten.«

Es ging nicht mehr. Sie konnte nicht mehr nüchtern und gelassen reagieren. Die Prinzipien, an die sie aus tiefstem Herzen glaubte, hatten ihre Geltung verloren. Er hatte Recht. Doch die Regeln, die sie gerade brach, hatte sie in einem gänzlich anderen Leben aufgestellt.

Sie kreuzte die Arme vor der Brust. »Entschuldige. Offenbar habe ich eine Grenze überschritten.«

»Du erwartest zu viel von mir. Ich bin nicht so heilig wie du und habe auch niemals so getan, also reg dich bitte ab.«

»Natürlich.« Sie wandte sich zum Gehen, doch ehe sie die Tür erreichte, rief er hinter ihr her.

»Isabel –«

Eine Heilige hätte sich umgedreht, um das Problem zu klären, sie jedoch war keine Heilige, und so ließ sie ihn wortlos stehen.

Ren stand an der Tür und blickte auf die vom Mondlicht schwach erhellten Marmorstatuen im Garten. Abgesehen von Dexter Gordons schluchzendem Saxophonspiel hinter sich war es in der Villa totenstill. Harry und Tracy hatten Isabel ihr Häuschen wieder überlassen und schliefen noch einmal in der Villa, doch sie lagen bereits seit einer halben Ewigkeit im Bett. Ren rieb sich die Augen. Dr. Isabel Favor, die so innig daran glaubte, dass man über alles reden konnte, hatte ihm schlicht den Rücken zugekehrt. Nicht, dass er es ihr verdenken konnte. Er hatte sich ekelhaft verhalten.

Seine Amazone hatte allzu viele weiche Stellen, die er der Reihe nach verletzte. Aber entweder verletzte er, oder man verletzte ihn, richtig? Und er wollte sie nicht noch einmal in seiner Psyche stochern lassen, in all dem Selbsthass, den er, seit er denken konnte, mit sich herumtrug. Sie hatte die Regeln für ihre Beziehung aufgestellt. »*Es geht ausschließlich um Sex*«, hatte sie gesagt. »*Eine kurzfristige körperliche Beziehung.*«

Er zündete sich eine Zigarette an. Weshalb musste sie ein solcher Moralapostel sein? Sie wäre außer sich, wenn sie erführe, dass er einen Kinderschänder spielen würde. Nicht nur das, sie würde denken, dass er einzig in Vorbereitung dieser Rolle den beiden Briggs'schen Mädchen so viel Zeit gewidmet hatte. Dann bräche die Hölle los, und er verlöre auch noch den wenigen Respekt, den sie ihm bisher zollte. Irgendwie hatte sich das in seinem Leben bisher stets so entwickelt …

Er zog an seiner Zigarette. Dies war die Strafe dafür, dass er sich mit einer rechtschaffenen Frau eingelassen hatte. Mit ihrer unglaublichen Güte hatte sie ihn für sich eingenommen, und dafür würde er jetzt zahlen. Das Essen schmeckte nicht, wenn sie nicht zusammen waren, und die Musik klang lange nicht so süß. Er sollte sich längst langweilen mit diesem selbstgerechten Weib. Stattdessen war ihm langweilig, wenn sie nicht da war.

Eine einfache Entschuldigung würde bereits genügen, damit sie ihm verzieh. *Tut mir Leid, dass ich dich nicht in meine Arbeit einbezogen habe.* Ihr käme bestimmt nicht der Gedanke, ihm weitere Vorhaltungen zu machen, und anders als er wusste sie gar nicht, wie man schmollte. Sie hatte eine Entschuldigung verdient, aber wie ginge es dann weiter? Himmel, sie stand im Begriff, sich ernsthaft in ihn zu verlieben. Er hatte es sich nicht selber eingestehen wollen, doch sie konnte ihre Gefühle nicht verbergen. Er sah es in ihren Augen, hörte es in ihrer Stimme. Die klügste Frau, der er jemals begegnet war, verliebte sich in einen Mann, der bei jeder Berührung unsichtbare Schmutzflecke auf ihrem Körper hinterließ. Und das Schlimmste – das, was er sich nicht verzeihen konnte – war, wie gut ihm die Liebe dieses ach-so-rechtschaffenen Frauenzimmers tat.

Der Gedanke rief neuen Zorn in seinem Innern wach. In vielerlei Hinsicht kannte sie ihn besser als jeder andere Mensch, weshalb also hatte sie sich nicht vor ihm geschützt? Sie hatte einen Mann mit einer sauberen Vergangenheit verdient. Einen Pfadfinder, einen Präsidenten des Studentenrats, jemanden, der in seinen Frühjahrsferien Häuser für die Obdachlosen baute, statt sie durch Faulenzen zu vergeuden.

Nach einem letzten Zug warf er seinen Zigarettenstummel auf die Loggia. Säure brannte beinahe ein Loch in seinen Magen. Jeder Schurke, der diesen Namen verdiente, würde die Situation zu seinen Gunsten nutzen. Würde sich nehmen, was er bekommen konnte, und ließe sie dann ohne Gewissensbisse fallen. Schurken hatten es leicht. Was aber täte in einem solchen Fall der Held?

Der Held würde sich zurückziehen, ehe die Heldin noch weiteren Schaden nehmen könnte. Der Held würde die Sache möglichst sauber beenden, und zwar so, dass die Heldin Erleichterung empfände, weil sie so leicht davongekommen war.

»Ich habe Musik gehört.«

Er fuhr herum und sah, dass Steffie über den Marmorboden auf ihn zugetrottet kam. Dies war ihre letzte Nacht in seinem Haus. Wenn die Kinder fort wären, hätte er endlich seine Ruhe, auch wenn er ihnen angeboten hatte, täglich an den Swimming-Pool zu kommen.

Sie trug ein verwaschenes gelbes, mit Comicfiguren bedrucktes Nachthemd. Ihre dunklen Haare standen wirr um ihren Kopf, und sie hatte vom Schlafen eine Druckstelle in der Wange. Während sie auf ihn zukam, wusste er, er müsste sich auf sämtliche jemals gelernten Schauspieltechniken verlassen, um Street spielen zu können, denn egal, wie sehr er sich darum bemühte, würde er niemals verstehen, wie jemand es schaffte, sich an einem kleinen Mädchen zu vergehen. »Weshalb bist du denn auf?«

Sie zog ihr Nachthemd in die Höhe, und er entdeckte einen schmalen Kratzer an ihrer linken Wade. »Brit'ny hat mich im Schlaf getreten und dabei mit ihrem Zehennagel gekratzt.«

Er brauchte einen Drink. Er wollte nicht, dass irgendwelche kleinen Mädchen mit verstrubbelten Locken mitten in der Nacht Trost suchend in sein Zimmer kamen. Tagsüber war es anders. Da hatte er Distanz. Nicht aber des Nachts, wenn er sich fühlte, als wäre er schon tausend Jahre alt. »Du wirst es überleben. Geh wieder ins Bett.«

»Du bist schlecht gelaunt.«

»Geh zu deinen Eltern.«

Sie runzelte die Stirn. »Die haben *abgeschlossen*!«

Unweigerlich musste er lächeln. »Tja, manchmal ist das Leben wirklich hart.«

»Was, wenn ich eine Spinne sehe?«, fragte sie empört. »Wer bringt die dann um?«

»Du selbst.«

»Niemals.«

»Weißt du, was ich als Kind mit Spinnen gemacht habe?«

»Du bist ganz fest draufgetreten.«

»Nein. Ich habe sie vorsichtig hochgehoben und aus dem Haus getragen.«

Ihre Augen wurden groß wie Untertassen. »Warum denn *das*?«

»Weil ich Spinnen mag. Ich hatte sogar mal eine Tarantel.« Die natürlich gestorben war, weil er vergessen hatte, sich um sie zu kümmern, aber das würde er dem Kind bestimmt nicht verraten. »Die meisten Spinnen sind ziemlich nette Tiere.«

»Sie sind unheimlich.« Steffie ging in die Hocke und kratzte an dem mit blauem Glitzerlack verzierten Nagel ihres großen Zehs. Ihre Verletzlichkeit erfüllte ihn mit Sorge. Genau wie Isabel müsste sie viel härter werden, um im Leben zu bestehen.

»Es ist allmählich an der Zeit, dass du mit diesem Unsinn aufhörst. Deine Angst vor Spinnen ist einfach nicht mehr interessant. Du bist ein kluges Mädchen, und du bist ganz sicher stark genug, um mit deiner Angst zurechtzukommen, ohne dass du wie ein Baby mitten in der Nacht zu Mami und Daddy laufen musst.«

Sie belohnte ihn mit diesem herablassenden Blick, den sie von ihrer Mutter übernommen hatte. »Dr. Isabel sagt, wir müssen über unsere Gefühle reden.«

»Tja, wir alle wissen inzwischen, dass du dich vor Spinnen fürchtest, und sind dein Gejammer leid. Außerdem versteckst du hinter deiner Furcht vor Spinnen sowieso eine völlig andere Angst.«

»Das hat sie auch gesagt. Sie meinte, eigentlich hätte ich Angst, dass Mom und Dad sich nicht mehr lieben.«

»Darüber brauchst du dir überhaupt keine Gedanken mehr zu machen.«

»Du meinst also, dass ich mich nicht länger vor Spinnen fürchten soll?« Ihr Blick war vorwurfsvoll und skeptisch, Ren jedoch meinte, darin auch eine Spur von Hoffnung zu entdecken.

»Du brauchst sie ja nicht unbedingt zu mögen, aber hör endlich auf, sie derart wichtig zu nehmen. Besser, man stellt sich seiner Angst, als dass man pausenlos vor ihr davonläuft.«

Heuchler. Wann hatte er sich selbst jemals der jahrzehntealten Leere in seinem Inneren gestellt?

360

Sie kratzte sich an der Hüfte. »Weißt du, dass wir hier zur Schule gehen müssen?«

»Ich habe es gehört.« Anscheinend hatte Jeremy eine Rebellion der Kinder gegen den Unterricht der Mutter angezettelt, worauf Harry die Kinder bis zu ihrer Rückkehr in die Staaten, Ende November, in der Schule in Casalleone angemeldet hatte. Auf Harrys Frage hatte Ren erklärt, dass sie bereits genügend Italienisch sprächen, um einiges zu verstehen, und dass es sicher eine wertvolle Erfahrung für sie wäre.

»Wirst du Dr. Isabel heiraten?«

»Nein!«

»Warum nicht? Du hast sie doch gern.«

»Weil Dr. Isabel zu nett für mich ist, darum.«

»Ich finde dich auch nett.«

»Das liegt nur daran, dass du ein viel zu weiches Herz hast.«

Gähnend schob sie ihre Hand in seine Pranke. »Bringst du mich wieder ins Bett?«

Er blinzelte auf sie herab und drückte sie kurz an sich. »Okay, aber nur, weil ich gerade Langeweile habe.«

Am nächsten Morgen versammelten sich alle vor der Villa, um den Briggs nachzuwinken, auch wenn sie nicht weit fuhren. Ren steckte Jeremy ein paar CDs zu, von denen er wusste, dass sie ihm gefielen, akzeptierte einen klebrigfeuchten Kuss von Connor, applaudierte, als Brittany ein letztes Rad schlug und gab Steffie nochmals den guten Rat, nicht länger feige zu sein. Isabel sprach mit jedem außer ihm. Nach ihrem Weltbild war die Tatsache, dass er nicht mit ihr über das Drehbuch gesprochen hatte, ein mittelschwerer Verrat.

Als der Wagen die Einfahrt hinunter verschwand, winkte sie Anna freundlich zu und machte sich auf den Weg zurück zu ihrem Haus. Marta zöge zu den Briggs, um Tracy bei der

Versorgung der Kinder behilflich zu sein, und so wäre Isabel zum ersten Mal seit Tagen völlig allein. Während Ren ihr hinterhersah, wie sie den Weg hinunterstapfte, lag das Brötchen, das er zum Frühstück gegessen hatte, bleischwer in seinem Magen. Am besten, er wartete nicht länger. »Warte«, rief er. »Ich habe was für dich.«

Sie blieb stehen, und er musterte den ordentlich um ihre Hüfte gebundenen schwarzen Pullover und ihr sorgfältig frisiertes Haar. Alles an ihr war wohl geordnet, außer dem, was sie für ihn empfand. Hatte sie denn nicht begriffen, dass sie der Lockung des Verbotenen erlag? Damit war sie allerdings nicht allein.

Er nahm das Drehbuch, das er zwischen den Stäben der Balustrade zurückgelassen hatte, trug es zu ihr hinüber und hielt es ihr hin. »Hier, nimm.«

Sie sagte keinen Ton. Blickte nur wortlos auf das schwarz gebundene Buch.

»Los. Lies es.«

Anders als er enthielt sie sich einer sarkastischen Bemerkung.

Sie nickte, klemmte sich das Werk unter den Arm und entfernte sich wortlos. Bestimmt hatte er das Richtige getan, sagte er sich. Aber sie würde ihm tatsächlich fehlen. Alles würde ihm fehlen … außer der nagenden Gewissheit, dass er sie in irgendeiner Weise korrumpierte.

Den Rest des Morgens verbrachte er, um nicht eine Zigarette nach der anderen zu rauchen, bei Massimo im Weinberg. Während er dem Winzer lauschte, versuchte er nicht daran zu denken, welche Szene Isabel gerade las oder wie sie darauf reagierte. Stattdessen verfolgte er schweigend, wie der Alte skeptisch Richtung Himmel blickte und über all die Katastrophen lamentierte, mit denen vor Beginn der Lese am folgenden Tag gerechnet werden müsste – ein plötzlicher Sturm oder ein früher Frost würde genügen, und schon wären die herrlich reifen Früchte Pfropfen dunkel tropfenden Schleims.

Als er Massimos Pessimismus nicht länger aushielt, ging er zurück zur Villa, doch ohne die Kinder war sie deprimierend leer. Also beschloss er, ein paar Runden im Swimming-Pool zu drehen, als Giulia auf der Suche nach Isabel erschien.

»Sie ist unten im Bauernhaus«, erklärte er ihr.

»Würden Sie ihr das hier bitte geben? Sie wollte, dass ich noch mal mit Paolos Enkeltochter spreche und sie nach den Geschenken frage, die er ihr geschickt hat. Ich habe gestern Abend mit Josie telefoniert, und das hier ist alles, woran sie sich erinnert.«

Ren nahm das Blatt, das sie ihm hinhielt, und studierte die Liste eingehend. Sie bestand ausschließlich aus praktischen Dingen für das Haus und für den Garten: Tontöpfe, ein Kaminbesteck, eine Nachttischlampe, ein Schlüsselbrett, Tüten mit getrockneten *porcini*, Flaschen mit Olivenöl und Wein. Er zeigte mit dem Finger auf den Zettel: »Diese Lampe … womöglich der Sockel …«

»Ist aus Alabaster – und außerdem zu klein. Ich habe extra danach gefragt.«

»Na ja, der Versuch schadete ja nicht.« Er faltete das Blatt und steckte es in seine Tasche. Obgleich er nicht an die Macht der Statue glaubte, hätte er beim Auffinden des Stückes gern geholfen. Irgendwie hatte er das Gefühl, dass er, weil er das Anwesen besaß, auf dem das Ding eventuell versteckt sein könnte, eine Lösung hätte finden sollen für das traurige Dilemma, in dem sich der Ort aufgrund von Paolos Missetat befand.

Nachdem Giulia gegangen war, sprang er endlich in den Pool. Das Wasser war kühl, aber nicht kalt genug, um ihn, wie erhofft, ein wenig zu betäuben. Als er müde wurde, drehte er sich auf den Rücken, und das war der Moment, in dem er Isabel entdeckte.

Sie saß mit übereinander geschlagenen, seitwärts gestellten Beinen, das Gesicht im Schatten ihres Strohhuts, das Drehbuch auf den Knien, auf einem der Stühle. Er tauchte hastig unter und in dem feigen Verlangen, das Unvermeidbare zumindest noch hinauszuzögern, so weit entfernt wie möglich wieder auf. Schließlich jedoch stieg er aus dem Wasser und schnappte sich sein Handtuch.

Sie musterte ihn reglos. Normalerweise hätte ihr Bemühen, nicht auf seinen Schritt zu starren, ihn sicher amüsiert, nur dass ihm heute absolut nicht der Sinn nach Lachen stand.

»Wirklich ein phänomenales Drehbuch«, stellte sie nun mit ruhiger Stimme fest.

Sie schien ihn in Sicherheit wiegen zu wollen vor der tödlichen Attacke. Ganz der weltverdrossene Filmstar, lümmelte er sich neben ihr auf einen Stuhl, legte den Kopf betont gelangweilt in den Nacken und schloss – wegen der Helligkeit der Sonne – seine Augen. »Ja.«

»Es ist klar, weshalb du es mir nicht zeigen wolltest.«

Eine säuerliche Antwort brächte das Gespräch am schnellsten zu einem wenig wünschenswerten Abschluss. »An einer neuen Predigt habe ich wahrlich kein Interesse.«

»Ich will dir keine Predigt halten. Das hier ist kein Film, den ich unbedingt würde sehen wollen, doch mir ist bewusst, dass ich damit die Ausnahme sein werde. Die Kritiker und auch die Zuschauer werden ihn lieben.«

Er klappte ein Auge wieder auf. Statt ihn direkt anzugreifen, schlich sie sich verstohlen von hinten an ihn an.

»Ich verstehe deine Aufregung wegen dieses Films«, fuhr sie gelassen fort. »Diese Rolle wird dich an deine Grenzen bringen. Aber du bist an einem Punkt deiner Karriere angelangt, an dem du genau das brauchst.«

Er hielt es nicht mehr aus und sprang von seinem Stuhl. »Er ist ein Kinderschänder!«

Sie blinzelte. »Ich weiß, dass es anders geplant war, aber für dich als Schauspieler wird es die ultimative Herausforderung sein.« Sie besaß auch noch die Dreistigkeit, bei diesem Satz zu lächeln. »Du bist ungeheuer talentiert, Ren, und du hast seit Beginn deiner Karriere auf genau so etwas gewartet.«

Er schob einen Stuhl zur Seite und marschierte am Rand des Beckens auf und ab. In diesem Moment empfand er fast so was wie Hass. Sie war so gnadenlos vernünftig, unerbittlich fair, und jetzt war er gezwungen, ihr deutlich zu machen, dass sie noch lange nicht das ganze hässliche Bild von ihm als Menschen sah. »Offenbar ist dir entgangen, dass ich mich die ganze Zeit mit Tracys Mädchen abgegeben habe, um sie für meine Rolle zu studieren.«

»Doch, das habe ich mir schon gedacht.«

Er fuhr zu ihr herum. »Brittany und Steffie! Diese wunderbaren kleinen Mädchen. Verstehst du es denn nicht? Ich habe versucht, mich in Street hineinzuversetzen und sie mit seinen Augen zu sehen.«

Ihr Gesicht lag halb im Schatten, und so hatte er den Ausdruck ihrer Augen sicher falsch interpretiert. Dann jedoch drehte sie den Kopf, und ihm wurde klar, dass ihr Blick tatsächlich echtes Mitgefühl mit ihm verriet. »Ich kann mir vorstellen, wie schwer das für dich war.«

Jetzt war es endgültig zu viel. Es schien ihr nicht zu reichen, ihm die Haut vom Leib zu reißen. Sie musste auch noch an seinen Knochen nagen. »Gott verdammt!« Er hasste ihr Mitgefühl und ihre Güte. Er hasste alles, wodurch sie sich von ihm unterschied. Er musste dringend fort, nur konnte er sich nicht bewegen. Das Nächste, was er wusste, war, dass sie ihre Arme fest um seinen Leib schlang.

»Armer Ren.« Sie schmiegte ihr Gesicht an seine Schulter. »Egal, wie sarkastisch du dich gibst, betest du diese beiden kleinen Mädchen an. Die Vorbereitung auf die Rolle muss schrecklich für dich sein.«

Am liebsten hätte er sie fortgestoßen, doch war sie der

reinste Balsam für seine ungezählten Wunden, und so zog er sie stattdessen eng an seine Brust. »Du bist verdammt vertrauensselig.«

»Und du bist durch und durch vertrauenswürdig.«

»Ich habe die beiden benutzt.«

»Du machst lediglich deine Arbeit möglichst gründlich. Natürlich musst du Verständnis für Kinder haben, um die Rolle spielen zu können. Aber du hast die beiden Mädchen keine Sekunde auch nur ansatzweise bedroht.«

»Gott, das weiß ich, aber …« Sie würde nicht einfach gehen. Irgendwo in seinem Hinterkopf war ihm bewusst, dass er den Ablösungsprozess wieder von vorn beginnen musste. Doch nicht heute, nicht in diesem Moment.

Es widersprach jeglicher Logik, aber er wollte mit ihr darüber sprechen. Er trat ein paar Schritte zurück, denn nur mit genügend Abstand würde er sie nicht korrumpieren. »Das Drehbuch … es ist viel besser als Jenks' ursprüngliches Konzept. Es gibt Szenen, in denen das Publikum, obwohl Street ein Monster ist, auf seiner Seite stehen wird.«

»Genau das macht den Film ja so brillant und grauenhaft zugleich.«

»Es zeigt, wie verführerisch das Böse sein kann. Jeder, der den Film sieht, wird in sich selbst hineinhorchen. Jenks ist einfach genial. Das weiß ich. Nur …« Plötzlich war sein Mund wie ausgetrocknet.

»Ich verstehe.«

»Langsam, aber sicher werde ich zu einem gottverdammten Weichei.«

»Fluch nicht. Und du warst immer schon ein Weichei. Aber du bist ein derart guter Schauspieler, dass das bisher niemandem aufgefallen ist.«

Isabel hatte gehofft, ihm mit diesen Sätzen ein Lächeln zu entlocken, doch das Chaos, das in seinem Inneren tobte, ließ dafür keinen Raum. Dieses Chaos war auch die Erklärung dafür, dass er in den letzten Tagen so reizbar gewesen war. So gern er die Rolle spielen wollte, stieß sie ihn gleichermaßen ab.

»Es ist Streets Film«, sagte er. »Nathan, der Held, ist im Vergleich zu ihm total farblos.«

»Du hast es bisher geschafft, dich von den Rollen, die du gespielt hast, innerlich zu distanzieren. Auch diesmal wirst du damit kein Problem haben.«

Sie hatte ihn mit diesen Worten trösten wollen, doch er wirkte noch gequälter als zuvor.

»Ich kann dich nicht verstehen. Du solltest diese Rolle hassen. Bist du nicht diejenige, die meint, dass man nur schöne Dinge auf der Welt verbreiten soll?«

»So möchte ich mein eigenes Leben leben. Aber in der Kunst ist niemals etwas einfach, oder? Künstler müssen die Welt interpretieren, wie sie sie sehen, und ihre Sicht der Dinge kann nicht ununterbrochen schön sein.«

»Hältst du diesen Film für Kunst?«

»Ja. Und das tust du auch, sonst würdest du dich gar nicht erst damit befassen.«

»Es ist nur so ... ich wünschte mir ... verdammt, ich wünschte, mein Agent hätte sie gezwungen, meinen Namen über dem Titel zu erwähnen.«

Er konnte sie nicht täuschen und ihr Herz zog sich vor lauter Mitgefühl zusammen. Die Tatsache, dass er so offensichtlich mit sich kämpfte, hieß eventuell, dass er es allmählich leid war, immer der Bösewicht zu sein. Vielleicht wäre er nach diesem Film bereit, endlich einmal die Rolle des Helden zu übernehmen. Es war allerhöchste Zeit, dass er seine allzu begrenzte Sicht sowohl von sich als Schauspieler als auch von sich als Mensch endlich überwand.

In dieser Minute jedoch enthielt sein Blick nichts außer Zynismus. »Dann erteilst du mir also die Absolution für die Sünde, die ich bald begehen werde?«

»Diesen Film zu drehen ist ganz sicher keine Sünde. Und ich bin wohl kaum in der Position, jemandem die Absolution zu erteilen.«

»Ein besserer Mensch als du steht mir dafür leider nicht zur Verfügung.«

»O Ren.« Sie ging zu ihm hinüber und strich ihm eine seiner dunklen Locken aus der Stirn. »Wann wirst du endlich anfangen, dich als der zu sehen, der du tatsächlich bist, statt als der, für den du dich schon viel zu lange hältst?«

»Du lässt niemals locker, oder?«

Sie sagte sich, sie wäre seine Geliebte und nicht seine Therapeutin, und es wäre nicht ihr Job, ihn psychisch auf Vordermann zu bringen, vor allem, da ihr offensichtlich nicht einmal der erste Schritt zur Selbstheilung gelang. Ehe sie jedoch wieder einen Abstand zwischen sie beide bringen konnte, packte er sie so hart am Arm, dass es fast wehtat. »Los, lass uns gehen.«

Seine Miene verriet so etwas wie Verzweiflung, als er mit ihr im Schlepptau zu ihrem Haus und dort ins Schlafzimmer marschierte. Sie wusste, dass etwas nicht stimmte, doch sprang seine Erregung auf sie über. Sie entledigte sich in derselben fieberhaften Eile wie auch er der Kleidung, fiel mit ihm auf die Matratze und presste sich dicht an ihn.

Sie wollte, dass er ihr die Angst vor dem drohend nahen Ende ihres Glückes nahm. Er umfasste von hinten ihre Knie, spreizte ihre Beine, und es dauerte nicht lange, bis sie – ähnlich einem über die Sonne rasenden Schatten – bebend, doch nicht glücklich ihren Höhepunkt erreichte.

Ren schlang sich ein Handtuch um die Hüfte und ging hinunter in die Küche. Er hatte die verschiedensten Reaktionen von ihr nach der Lektüre des Drehbuches erwartet. Von ihrer Akzeptanz – und vor allem der Ermutigung – jedoch war er total überrascht. Er hätte sich gewünscht, dass ihr

Verhalten auch nur einmal seinen Erwartungen entspräche, doch genau, weil es das nicht tat, bekam er einfach nicht genug von dieser Frau.

Allmählich empfand er eine gewisse … das Wort ›Panik‹ kam ihm in den Sinn, das er jedoch sofort wieder verdrängte. Er war niemals panisch, nicht mal am Ende eines Films, wenn er erwartungsgemäß eines grauenhaften Todes starb. Er war einfach … beunruhigt, das war alles.

Er hörte, dass sie oben Wasser in die Badewanne laufen ließ, und konnte nur hoffen, dass sie die unsichtbaren Flecken, die er auf ihrem Körper hinterlassen hatte, durch hartes Schrubben wieder wegbekam.

Auf der Suche nach einer Zigarette klopfte er an seine Seite, doch das Handtuch hatte keine Taschen, und so ging er Richtung Spüle, um sich ein Glas Wasser einzuschenken. Dabei entdeckte er einen auf der Arbeitsplatte deponierten Stapel Briefe und daneben einen wattierten Umschlag mit der Adresse ihres New Yorker Verlags. Er warf einen Blick auf das zuoberst abgelegte Schreiben.

Liebe Dr. Favor,
ich habe noch nie zuvor an einen berühmten Menschen geschrieben, aber ich habe Ihren Vortrag in Knoxville gehört, und er hat meine Einstellung gegenüber dem Leben vollkommen verändert. Im Alter von sieben begann ich zu erblinden …

Er las den Brief zu Ende und griff sich den nächsten.

Liebe Isabel,
ich hoffe, Sie haben nichts dagegen, dass ich Sie beim Vornamen nenne, aber ich habe das Gefühl, als wären Sie meine Freundin, und ich habe im Geiste schon vor langem diesen Brief an Sie verfasst. Als ich in der Zeitung

von all den Schwierigkeiten las, die Sie momentan haben, kam ich zu dem Schluss, dass ich Ihnen endlich wirklich schreiben müsste. Als mein Mann mich und unsere beiden Kinder vor vier Jahren verließ, bekam ich solche Depressionen, dass ich mich nur noch im Bett verkroch. Dann brachte mir meine beste Freundin eine Hörkassette von einem Ihrer Vorträge, die sie in der Bücherei gefunden hatte. Er handelte vom Glauben an sich selbst, und er hat mein Leben vollkommen verändert. Inzwischen habe ich nachträglich meinen Schulabschluss gemacht und studiere ...

Ren rieb sich den Bauch, doch das flaue Gefühl rührte nicht daher, dass er einen leeren Magen hatte.

Liebe Mrs. Favor,
ich bin sechzehn Jahre alt und habe vor ein paar Monaten versucht, Selbstmord zu begehen, weil ich denke, dass ich schwul bin. Jemand hat dieses Buch, das Sie geschrieben haben, auf einem Tisch bei Starbucks liegen lassen, und ich habe es mitgenommen und gelesen. Ich denke, dass Sie mir vielleicht das Leben gerettet haben.

Schwitzend setzte er sich an den Tisch.

Liebe Isabel Favor,
könnten Sie mir ein unterschriebenes Foto von sich schicken? Es würde mir sehr viel bedeuten. Als ich meine Arbeit verloren habe ...

Dr. Favor,
meine Frau und ich verdanken den Fortbestand unserer Ehe alleine Ihnen. Wir hatten ernste Geldsorgen und ...

Liebe Miss Favor,
ich habe noch nie an irgendwelche Berühmtheiten geschrieben, aber ohne Sie ...

All die Briefe waren nach dem ruhmlosen Ende von Isabels Karriere geschrieben worden, doch das war den Verfassern und Verfasserinnen offensichtlich egal. Sie interessierte einzig das, was sie ihr verdankten.

»Ziemlich jämmerlich, nicht wahr?« Isabel stand in der Tür und band den Gürtel ihres Morgenrocks zusammen.

Er brachte nur mühsam einen Ton heraus. »Warum sagst du das?«

»Zwölf Briefe in zwei Monaten.« Sie vergrub die Hände in den Taschen und verzog resigniert das Gesicht. »Auf dem Höhepunkt meiner Karriere kamen die Dinger täglich kistenweise bei mir an.«

Er ließ die Briefe auf den Boden fallen und sprang erbost von seinem Stuhl. »Dann geht es bei der Rettung von Seelen also um die Quantität und nicht um die Qualität?«

Sie bedachte ihn mit einem eigenartigen Blick. »Ich wollte damit nur sagen, dass ich mal so viel hatte und alles zerstört habe.«

»Du hast ganz sicher nichts zerstört! Lies doch nur diese Briefe. Lies diese verdammten Briefe, und hör auf, dich in deinem elenden Selbstmitleid zu suhlen.«

Er benahm sich wie ein Schwein, und jede andere Frau hätte ihm dafür die Augen ausgekratzt. Nicht aber Isabel. Nicht diese verdammte Heilige. Sie zuckte nicht mal. Sie blickte nur traurig – und traf ihn dabei mitten ins Herz.

»Vielleicht hast du Recht«, antwortete sie leise, wandte sich ein wenig ab, und er wollte sie gerade um Verzeihung bitten, als sie die Augen schloss. O nein, das war zu viel. Er wusste, wie man mit Frauen umging, die weinten oder tobten, was aber tat man mit einer Frau, die mit dem lieben Gott

371

sprach? Auch wenn es seinem Wesen widersprach, war es an der Zeit, zu denken wie ein Held. »Ich muss zurück zur Villa. Wir sehen uns dann morgen früh bei der *vendemmia*.«

Sie schaute ihn nicht an und gab auch keine Antwort, doch wer könnte ihr dieses Verhalten wohl verdenken? Weshalb sollte sie mit dem Teufel sprechen, wenn ihre Partnerwahl bereits auf Gott gefallen war?

21

Am nächsten Morgen war nur Massimo vor Ren im Weinberg, und das nicht, weil Ren so viel früher als alle anderen Helfer aufgestanden, sondern weil er gar nicht erst ins Bett gegangen war. Er hatte die Nacht damit verbracht, Musik zu hören und an Isabel zu denken.

Als hätten seine Gedanken sie heraufbeschworen, tauchte sie plötzlich wie ein erdverbundener Engel aus dem frühen Morgennebel auf. Sie trug eine neue Jeans, der man noch ansah, wo sie an den Knien zusammengelegt gewesen war. Das über ihrem T-Shirt zugeknöpfte Flanellhemd gehörte genau wie die Baseballkappe ihm. Trotzdem war ihre Erscheinung wie üblich tadellos. Er dachte an die Fanpost, die sie hierher nachgeschickt bekommen hatte, und hatte das Gefühl, als brenne sich in seine Brust ein tiefes Loch.

Eine Wagentür wurde zugeschlagen, und dank Giancarlos Ankunft blieb Ren mehr als ein kurzer Gruß an sie erspart.

Allmählich tauchten auch die anderen Helfer nacheinander auf, Massimo fing an Befehle zu erteilen, und die *vendemmia* begann.

Die Traubenlese war tatsächlich ein schmutziges Geschäft. Als Isabel die schweren Rispen in den *paniere*, also in den

Korb warf, rann der Saft ihr langsam, aber sicher in die Ärmel, und ihre Schere wurde mit der Zeit so klebrig, als hätte jemand sie an ihren Händen festgeleimt. Außerdem trug sie bereits nach kurzer Zeit ein breites, gepolstertes Pflaster um den Finger, denn das Gerät erwischte nicht nur die harten Stängel, sondern oft genug ihr Fleisch.

Ren und Giancarlo gingen durch die Reihen, sammelten die vollen Körbe ein, kippten den Inhalt in die auf dem kleinen Anhänger des Traktors aufgereihten Plastikzuber und luden diese vor dem alten Steinhaus am Fuß des Weinbergs ab, wo eine andere Gruppe anfing, die Trauben zu zerdrücken und den Most zum Gären in große Fässer schüttete.

Es war ein bewölkter, kühler Tag, Ren jedoch hatte ein dünnes T-Shirt mit dem Logo eines seiner Filme an, tauchte gerade neben Isabel auf und bückte sich nach dem von ihr gefüllten Korb. »Du weißt, dass du nicht helfen musst.«

In der nächsten Reihe hielt sich eine der Frauen zwei Traubenbüschel vor die Brüste und schwenkte sie zum fröhlichen Gelächter der anderen gespielt verführerisch herum. Isabel schlug nach einer um ihren Kopf schwirrenden Biene. »Wie oft bekomme ich wohl die Gelegenheit, mich an einer Weinlese in der Toskana zu beteiligen?«

»Ich kann dir versichern, dass die Romantik dieses Vorhabens nicht allzu lange anhält.«

Damit hatte er sicher Recht, dachte sie, als er sich den Schweiß von der Stirn wischte und wieder verschwand.

Sie starrte blind auf die Biene, die einen kurzen Zwischenstopp auf ihrem Handrücken einlegte. Statt zu ihr in das Bauernhaus zu kommen, hatte er sie gestern Abend aus der Villa angerufen, um mitzuteilen, er hätte noch zu tun. Eigentlich hätte sie ebenfalls arbeiten müssen, stattdessen jedoch hatte sie vor dem Kamin gesessen und gegrübelt. Die Schatten von Rens Vergangenheit hingen wie Spinnweben um seine Seele und machten die Hoffnung auf eine gemeinsame Zukunft für sie beide zunichte. Vielleicht war sie ihm aber auch einfach nur zu viel.

Sie war dankbar, als eine der jüngeren Frauen kam, um ihr zu helfen, und konzentrierte sich ganz auf die aufgrund ihrer beider begrenzten Kenntnisse der jeweils anderen Sprache, etwas mühsame Unterhaltung.

Bis zum Abend war die Hälfte der Trauben gelesen, und ohne auch nur ein Wort mit Ren zu wechseln, der mit ein paar der Männer ein Glas Wein trank, machte sie sich auf den Weg zurück zu ihrem Haus. Tracys Einladung zum Essen lehnte sie dankend ab. Sie war derart erschöpft, dass sie nur noch ein Brot aß und sich in ihr Bett sinken ließ.

Als viel zu früh der nächste Morgen anbrach, rollte sie sich mit schmerzenden Gliedern auf die andere Seite und überlegte, ob sie liegen bleiben sollte, doch die Verbundenheit während der Lese und das Gefühl, endlich einmal wieder etwas Sinnvolles geleistet zu haben, hatten sie mit einem Gefühl der Zufriedenheit erfüllt, und so stand sie, wenn auch mühsam, so doch entschlossen auf.

Heute ging die Arbeit eindeutig schneller. Vittorio war mit von der Partie und unterhielt sich angeregt mit ihr über seine Erlebnisse mit anderen Touristen, Tracy kam mit Connor, um ihr vom ersten Schultag der anderen Kinder sowie von Harrys Anruf am Ende seines ersten Tags allein in Zürich zu berichten, und Fabiola erzählte ihr in ihrem begrenzten Englisch, wie sehr sie sich um eine Schwangerschaft bemühte. Lediglich Ren hatte bisher kaum ein Wort mit ihr gewechselt, und sie fragte sich, ob er deshalb als Einziger kaum eine Pause machte, weil der Weinberg ihm gehörte, oder weil ihm dadurch ein Gespräch mit ihr erspart blieb.

Als am späten Nachmittag nur noch wenige Reihen übrig waren, ging sie hinüber an den Wassertisch, um ihren Becher neu zu füllen, als sie plötzlich lautes Lachen hörte und verblüfft den Kopf hob. Aus Richtung der Villa kamen drei Männer und zwei Frauen zum Weinberg spaziert.

Ren stellte den von ihm geleerten Bottich auf die Erde und ging winkend auf die Fünfergruppe zu. »Wurde auch allmählich Zeit, dass ihr erscheint.«

Zwei der drei Männer gehörten zur Kategorie Adonis, und sie beide sprachen mit unüberhörbar amerikanischem Akzent.

»Wenn der General in sein Horn bläst, kommt die Kavallerie natürlich prompt zu seiner Rettung.«

»Wo ist das Bier?«

Ein teuer aussehender Rotschopf mit einer kostspieligen hochgeschobenen Sonnenbrille bedachte Ren mit einer Kusshand. »Hey, Baby. Du hast uns gefehlt.«

»Freut mich, dass ihr kommen konntet.« Er küsste erst sie und dann die zweite Frau – einen Pamela-Anderson-Verschnitt – zärtlich auf die Wangen.

»Ich sterbe, wenn ich nicht sofort eine Cola light bekomme«, erklärte sie ihm fröhlich. »Dein herzloser Agent hat sich geweigert, unterwegs eine Pause zu machen, damit ich mir irgendwo eine besorgen kann.«

Der vierte Mann war klein und dünn und um die Mitte vierzig. Seine Sonnenbrille baumelte an einer Schnur um seinen Hals, er presste ein Handy an sein Ohr und machte Ren durch Pantomime deutlich, dass der Anrufer ein Trottel und er in einer Sekunde fertig sein würde.

Die rothaarige Schönheit lachte kehlig und strich mit ihrem Zeigefinger über Rens entblößte Brust. »Oh, lieber Himmel, Schätzchen, sieh dich bloß mal an. Ist das echter Dreck?«

Isabel rang empört nach Luft. Was bildete das Weib sich ein? Die Brust gehörte Ren! Isabel blickte auf die tief sitzende, kurze Hose, die mörderischen Schuhe, die endlosen Beine und den nackten Bauchnabel der Konkurrenz. Weshalb hatte Ren ihr nichts davon gesagt, dass er diese Leute eingeladen hatte?

Sie stand gerade weit genug entfernt, dass er sie problemlos hätte ignorieren können, doch er rief sie heran. »Isabel, ich möchte dich mit ein paar Freunden von mir bekannt machen.«

Tracy hatte sie damit aufgezogen, dass sie stets so ordentlich aussah, doch in dieser Minute fühlte sie sich wie eine regelrechte Schlampe. Während sie auf die Fremden zuging, wünschte sie, dass sie die Zeit anhalten könnte, um ein Bad zu nehmen, sich das Haar zu föhnen, sich zu schminken, elegante Kleider anzuziehen und – ganz die Frau von Welt – einen Martini in den Händen, lässig auf diese Leute zuzugehen. »Sie müssen entschuldigen, wenn ich Ihnen nicht die Hand gebe. Ich bin im Moment ein wenig derangiert.«

»Das hier sind Freunde von mir aus L. A. Tad Keating und Ben Gearhart. Und der Schwachkopf mit dem Handy ist mein Agent, Larry Green.« Dann zeigte er auf den Rotschopf – »Savannah Sims« – und schließlich auf den Pamela-Anderson-Verschnitt – »und Pamela.«

Isabel blinzelte verwirrt.

»Ich sehe nur so aus«, erklärte Pamela fröhlich. »Aber wir sind nicht miteinander verwandt.«

»Isabel Favor«, stellte Ren sie jetzt den anderen vor. »Sie wohnt dort drüben in dem kleinen Haus.«

»O mein Gott!«, kreischte Pamela begeistert. »Unser Buchclub hat letztes Jahr zwei von Ihren Büchern rausgebracht!«

Isabels Abneigung wurde durch die Tatsache, dass jemand mit ihrem Aussehen auch noch klug genug war, um zu einem Buchclub zu gehören, tatsächlich noch verstärkt, doch sie sagte höflich: »Das freut mich zu hören.«

»Sie sind Schriftstellerin?«, fragte Savannah mit kehliger Stimme. »Das ist wirklich süß.«

Okay, dieses Weib durfte sie reuelos hassen.

»Ich weiß nicht, wie ihr das seht«, erklärte Ren, »aber ich hätte Lust, mal wieder eine richtige Party zu machen. Isabel, warum kommst du nicht, vorausgesetzt, du bist nicht zu müde, einfach nach dem Duschen rüber?«

Sie hasste es, wenn jemand, der älter war als einundzwanzig, vom ›Party machen‹ sprach. Und noch schlimmer war es, dass er ihr das Gefühl gab, eine totale Außenseiterin zu sein. »Ich bin kein bisschen müde. In der Tat kann ich es kaum erwarten, dass ich endlich mal wieder die Sau rauslassen kann.«

Ren wandte sich eilig von ihr ab.

Als sie in ihr Haus zurückkam, nahm sie ein ausgiebiges Bad und legte sich ins Bett, um ein kurzes Nickerchen zu machen. Sie schlief jedoch fest ein, und als sie erwachte, war es bereits kurz nach neun. Sie schüttelte den Kopf, um richtig wach zu werden, und schleppte sich vor ihren Schrank. Da sie in Sachen Erotik mit den anderen beiden Frauen sowieso nicht konkurrieren konnte, beschloss sie, es am besten gar nicht erst zu versuchen. Sie wählte ein schlichtes schwarzes Kleid, kämmte ihre Haare, streifte ihr Armband über, schnappte sich ihr mit Sternen bedrucktes Tuch und machte sich leicht nervös auf den Weg.

Da sie sich fühlte wie ein Gast, drückte sie, statt wie normalerweise einfach hineinzugehen, die Klingel und wurde, als Anna an die Tür kam, von dem aus dem hinteren Teil des Hauses über sie hereinbrechenden Lärm regelrecht betäubt. »Gut, dass Sie hier sind, Isabel«, erklärte die Hausdame und schüttelte missbilligend den Kopf. »Diese Leute ...« Sie machte ein Geräusch, das klang, als entweiche Luft aus einem Reifen.

Isabel schenkte ihr ein mitfühlendes Lächeln, folgte der Musik und trat schließlich durch die Bogentür des hinteren Salons.

Pamela saß mit hoch geschobenem Rock rittlings auf Rens mit dem Gesicht nach unten auf dem Teppich liegenden Agenten und massierte ihm den Rücken. Das Licht war gedämpft und die Musik so laut, dass niemand auch nur sein eigenes Wort verstand. Überall waren Essensreste verstreut und ein schwarzer Büstenhalter hing über der Marmorstatue der Venus. Tad, der Adonis, knutschte mit der drallen jungen Angestellten der Parfümerie von Casalleone, und Ben, der zweite Schönling, hielt einen halb abgenagten Hühnerschenkel wie ein Mikrofon vor seinen Mund und sang betrunken zu der ohrenbetäubenden Musik.

Ren tanzte mit Savannah und nahm Isabels Erscheinen – vielleicht, weil die Brüste des Rotschopfs an seinem Oberkörper klebten und sie beide Arme fest um seinen Hals schlang – überhaupt nicht wahr. Er hielt einen Kristallschwenker mit tödlich aussehendem Inhalt lässig zwischen den Fingern der Hand, mit der er Savannah um die Taille fasste, während er die andere Hand an ihrer knochigen Hüfte hinuntergleiten ließ.

Tja …

»Hey, Mädel!« Pamela winkte von ihrem Platz auf Larrys Rücken. »Du könntest mir mit Larry helfen. Willst du vielleicht seine Füße?«

»Nein, lieber nicht.«

Als sie sprach, drehte sich Ren zusammen mit Savannah lässig nach ihr um. In der maßgeschneiderten schwarzen Hose und dem etwas zu tief aufgeknöpften Hemd aus weißer Seide wirkte er auf elegante Art zerzaust. Betont langsam machte er sich von Savannah los. »Falls du Hunger hast, findest du da drüben auf dem Tisch noch was zu essen.«

»Danke.«

Eine Strähne seiner Haare fiel ihm in die Stirn, als er zur Bar ging, sein inzwischen leeres Glas aus einer der Flaschen nochmals füllte, einen großen Schluck nahm und sich lässig zu ihr herumdrehte. »Ich hätte nicht gedacht, dass du noch kommst.« Der Rauch seiner Zigarette wehte wie ein besudelter Heiligenschein um seinen dunklen Schopf.

Sie schlängelte sich aus ihrem Tuch und hängte es ordentlich über die Lehne eines Stuhls. »Nie im Leben würde ich die Gelegenheit verpassen, mal wieder auf die Pauke hauen zu können. Sag bloß nicht, dass das Flaschendrehen schon vorbei ist.«

Rauch stieg aus seinen diabolischen Nasenflügeln auf, als er sie stur fixierte. Savannah, das hochmütige Langbein, bedachte Isabels schlichtes schwarzes Kleid mit einem amüsiert herablassenden Blick, Pamela jedoch sprang lachend von dem enttäuschten Larry und erklärte: »Isabel, Sie sind wirklich lustig. Hey, haben Sie auf dem College jemals das Trinkspiel gespielt, bei dem man jedes Mal, wenn Sting ›Roxanne‹ singt, einen heben muss?«

»Ich glaube, das habe ich verpasst.«

»Wahrscheinlich haben Sie fleißig studiert, während ich mich in den Kneipen rumgetrieben habe. Eigentlich wollte ich Tierärztin werden, weil ich Tiere liebe, aber das Studium war alles andere als einfach, und am Ende habe ich es geschmissen.«

»Mathe ist auch ehrlich ätzend«, erklärte die Königin der Hexen mit gedehnter Stimme.

»Nein, es war die organische Chemie, mit der ich Probleme hatte«, kam die gutmütige Antwort.

Adonis Ben tauschte sein Hühnerschenkel-Mikro gegen eine Luftgitarre aus. »Komm her und lieb mich, Pammy, denn ich bin ein Tier.«

Pamela kicherte ausgelassen. »Isabel, dann übernehmen Sie Larry, ja?«

Savannah schlängelte sich wie eine Python um den angetrunkenen Ren. »Lass uns wieder tanzen.«

Er steckte sich seine Zigarette lässig zwischen die Lippen,

wandte sich schulterzuckend von Isabel ab, verschränkte seine Hände in Savannahs Rücken und wiegte sich mit ihr zu einem verführerischen Blues.

Larry hob den Kopf und bot Isabel an: »Ich zahle Ihnen hundert Kröten, wenn Sie an der Stelle weitermachen, an der Pam aufgehört hat.«

»Ich denke, wir sollten uns erst ein bisschen unterhalten, um festzustellen, ob wir zueinander passen.«

Ren schnaubte, und Larry richtete sich stöhnend auf. »Dieser verdammte Jetlag. Die anderen haben im Flugzeug geschlafen.« Er reichte ihr die Hand. »Ich bin Larry Green, Rens Agent. Als wir einander vorgestellt wurden, habe ich gerade am Telefon gehangen. Ich habe keins von Ihren Büchern gelesen, aber Pam hat mich über Ihre Karriere informiert. Wer kümmert sich um Sie?«

»Bis vor kurzem Ren.«

Larry lachte, und sie merkte, dass seine Augen klug und durchaus freundlich waren. Aus dem Lautsprecher kam ein noch langsameres Stück, und Ren schob seine Hände an Savannahs Rücken noch ein wenig tiefer.

Larry nickte in Richtung Bar. »Möchten Sie vielleicht was trinken?«

»Ein Wein wäre nicht schlecht.« Sie setzte sich aufs Sofa. Ihre letzte Mahlzeit lag acht Stunden zurück, und sie müsste statt zu trinken dringend etwas essen, doch sie hatte keinen Appetit.

Als nächstes Lied kam eine rhythmische Ballade, und Savannah rieb sich verführerisch an Ren. Larry reichte Isabel ihr Glas und setzte sich zu ihr auf die Couch. »Wie ich gehört habe, ist Ihre Karriere steil den Bach hinuntergegangen.«

»Inzwischen ist sie eindeutig an ihrem Tiefpunkt angelangt.«

»Und was wollen Sie dagegen unternehmen?«

»Das ist die große Frage.«

»Wenn Sie meine Klientin wären, würde ich Ihnen raten, sich neu zu erfinden. Schneller kriegt man seine Energie auf keinem anderen Weg zurück. Sie sollten einen völlig neuen Menschen aus sich machen.«

»Ein guter Rat, aber unglücklicherweise scheine ich nicht gerade ein Chamäleon zu sein.«

Er lächelte, und während sie versuchte, nicht auf Ren und Savannah zu achten, begannen sie ein ernsthaftes Gespräch. Sie fragte Larry nach seiner Arbeit als Agent, und er fragte sie über das Leben als Buchautorin aus.

Ren hörte auf zu tanzen und zeigte Savannah ein paar der im Raum verteilten Antiquitäten, darunter auch die Pistole, mit der er Isabel bei ihrem ersten Besuch in der Villa erschreckt hatte. Zu ihrer Erleichterung legte er die Waffe schließlich wieder fort. Doch als er auf sie zukam und mit seinem Glas auf Larry zeigte, merkte sie, dass er inzwischen nicht mehr ganz deutlich sprach. »W-warum zum T-teufel hast du kein Gras dabei?«

»Ich habe eine irrationale Angst vor den Gefängnissen in anderen Ländern. Und seit wann …?«

»Nächstes Mal bringst du gefälligst etwas mit.« Er schenkte sich nach – wobei es ihm egal war, dass die Hälfte der Flüssigkeit außerhalb des Glases landete –, nahm einen großen Schluck, legte erneut die Hände um Savannahs Hüfte, und wieder begannen die beiden mit einem langsamen, verführerischen Tanz. Isabel kam zu dem Ergebnis, dass es gut war, dass sie nichts gegessen hatte, denn spätestens in dieser Minute hätte sie sicherlich gekotzt.

»Möchten Sie tanzen?«, fragte Larry, sicher eher aus Mitgefühl als aus dem Wunsch heraus, sich von dem bequemen Sofa zu erheben, und sie schüttelte den Kopf.

Eine von Rens Händen glitt auf Savannahs Hintern, das Weibsbild legte seinen Kopf zurück, öffnete den Mund, und sofort schob er seine Zunge bis hinab in ihren Hals.

Jetzt hatte Isabel genug. Sie erhob sich von der Couch, griff nach ihrem Tuch und sagte mit lauter Stimme: »Ren, kommst du bitte mal kurz mit mir nach draußen?«

Peinliche Stille senkte sich über den Raum, und Ren löste sich unwillig von Savannahs Lippen. »Sei doch keine solche Spielverderberin«, erklärte er gedehnt.

»Wie dir sicher bekannt ist, bin ich in mancher Hinsicht schon immer eine Spielverderberin gewesen. Aber keine Angst, es wird nicht lange dauern.«

Er griff unsicher nach seinem Drink, nahm mit dem Ausdruck größter Langeweile einen mächtigen Schluck und stellte das Glas mit einem lauten Knall auf einen Tisch. »Also gut, bringen wir es hinter uns.« Er ging schwankend Richtung Loggia und steckte sich unterwegs die nächste Zigarette an.

Die sie ihm, sobald sie beide draußen standen, entschieden aus der Hand riss.

»Hey!«

Sie trat die Kippe aus. »Bring dich zu einem anderen Zeitpunkt um.«

Er funkelte sie wütend an. »Ich bringe mich um, wann ich will.«

»Du ahnst gar nicht, wie verärgert ich momentan bin.«

»Du bist *verärgert*?«

»Hast du etwa erwartet, dass ich mich über deinen blöden Auftritt freue?« Sie hüllte sich fester in ihr Tuch. »Du bist tatsächlich schuld daran, dass ich Kopfschmerzen bekomme. Und was das Essen angeht … nie im Leben hätte ich auch nur einen Bissen runtergekriegt.«

»Ich bin viel zu betrunken, als dass mich das interessieren würde.«

»Du bist garantiert nicht betrunken. Deine Drinks bestanden hauptsächlich aus Eis, und jedes Mal, wenn du dir eingeschenkt hast, ging die Hälfte daneben. Wenn du mich verlassen willst, dann sag es mir bitte ins Gesicht.«

Er presste die Lippen aufeinander, und unvermittelt stand er kerzengerade und sagte laut und deutlich: »Also gut. Ich will dich verlassen.«

Sie knirschte mit den Zähnen. »Du hast doch keine Ahnung, was du wirklich willst.«

»Wer sagt das?«

»Ich. Und zurzeit scheine ich die Einzige zu sein, der zumindest ansatzweise klar ist, was wir füreinander empfinden.«

»Hast du da drinnen die Augen aufgehabt?« Er wies zur Tür. »Das ist mein wahres Leben. Die Zeit hier in Italien ist nichts als *Urlaub*. Kapierst du das denn nicht?«

»Das ist hundertprozentig nicht dein wahres Leben. Möglicherweise ist es das mal gewesen, aber das ist jetzt vorbei. Und zwar schon seit einer ganzen Weile. Das da drinnen ist das, was ich für dein wahres Leben halten soll.«

»Ich lebe in L. A.! Die Frauen stecken mir heimlich ihre Slips zu, wenn ich dort in irgendwelchen Clubs bin. Ich habe zu viel Geld, bin oberflächlich und vor allem egoistisch. Ich würde meine verdammte *Großmutter* verkaufen, wenn ich dafür eine Titelstory in *Vanity Fair* bekommen könnte.«

»Außerdem hast du ein loses Mundwerk. Aber niemand ist perfekt. Ich bin dafür manchmal etwas förmlich.«

»*Förmlich?*« Er sah aus, als würde er gleich platzen, und schob sich mit malmenden Unterkiefer drohend an sie heran. »Hör zu, Isabel. Du denkst, du wüsstest alles. Tja, sieh es doch mal so. Angenommen, das, was du sagst, ist wirklich wahr. Angenommen, ich hätte die anderen hierher eingeladen – hätte mir all diese Mühe gemacht –, nur um dir zu zeigen, dass die Sache zwischen uns vorbei ist. Kapierst du es denn nicht? Dadurch würde sich nichts ändern. Es bliebe die Tatsache bestehen, dass ich versuche, dich loszuwerden.«

»Offensichtlich.« Sie konnte das Zittern ihrer Stimme nicht völlig unterdrücken. »Aber die Frage ist doch, weshalb du dir deshalb extra all die Mühe machst. Weshalb sagst du nicht einfach: ›*Hasta la vista*, Baby. Es war schön, aber das war's.‹ Weißt du, was ich denke? Ich denke, dass du Angst hast. Die habe ich auch. Meinst du etwa, dass diese Beziehung für mich das reine Honigschlecken ist?«

»Woher zum Teufel soll ich wissen, was du denkst? Ich kenne dich doch kaum. Aber eines ist mir klar: Wenn man eine Heilige und einen Sünder zusammenbringt, kriegt man dadurch nichts als Ärger.«

»Eine Heilige?« Das war ja wohl der Gipfel. »Denkst du wirklich, ich wäre eine Heilige?«

»Im Vergleich zu mir ganz sicher. Du bist eine Frau, die ständig alles unter Kontrolle haben muss. Du magst es ja noch nicht mal, wenn deine Haare zerzaust sind. Und jetzt guck dir mich an. Ich bin das personifizierte Chaos! Alles an meinem Leben ist total verrückt. Und genau so will ich es auch haben.«

»So schlimm bist du gar nicht.«

»Tja, zumindest ist es mit mir ganz bestimmt alles andere als einfach.«

Sie schlang sich die Arme um die Brust. »Wir haben einander gern. Du kannst versuchen, es zu leugnen, aber wir haben einander wirklich gern.« Sie brauchte sich ihrer Gefühle nicht zu schämen, doch ehe sie weitersprechen konnte, holte sie tief Luft. »Ich empfinde sogar noch etwas anderes für dich. Ich habe mich in dich verliebt. Und darüber bin ich wirklich nicht glücklich.«

Er zuckte nicht mal mit der Wimper. »Also bitte, Isabel, du bist clever genug, um zu wissen, was zwischen uns vorgeht. Das, was du für mich empfindest, ist nicht wirklich Liebe. Du hast einfach ein Helfersyndrom und hast dir vorgenommen, mich zu retten. Das ist alles.«

»Ach ja? Und was genau soll ich an dir retten? Du bist talentiert und kompetent. Du bist einer der intelligentesten

Männer, denen ich je begegnet bin. Trotz der kleinen Schmierenkomödie, die du mir gerade vorspielst, nimmst du keine Drogen und warst in meiner Gegenwart auch noch nie betrunken. Auf deine eigene, seltsame Art kannst du wunderbar mit Kindern umgehen. Du hast eine feste Arbeit und wirst von deinen Kollegen und Kolleginnen geschätzt und respektiert. Selbst deine Exfrau hat dich gern. Abgesehen von einer Schwäche für Nikotin und einem losen Mundwerk, weiß ich echt nicht, was an dir so schlimm ist.«

»Nein, das weißt du nicht. Du bist für die Fehler anderer Menschen derart blind, dass es das reinste Wunder ist, dass man dich überhaupt noch frei rumlaufen lässt.«

»Tatsache ist, dass du Angst hast vor dem, was zwischen uns passiert, aber statt zu versuchen, dich damit zu arrangieren, beschließt du, dich zu benehmen wie ein Narr. Sobald du wieder reingehst, solltest du dir die Zähne putzen und möglichst gründlich gurgeln, damit du dich durch diese andere Frau nicht mit irgendetwas ansteckst. Und außerdem musst du sie um Verzeihung bitten dafür, wie du mit ihr umgesprungen bist. Sie ist eine sehr unglückliche Person, und es war nicht richtig, dass du sie derart benutzt hast.«

Er schloss die Augen und antwortete flüsternd: »Mein Gott, Isabel …« Der Mond schob sich hinter eine Wolke und warf einen kantigen Schatten auf sein gepeinigtes Gesicht. »Das, was sich eben dort drinnen abgespielt hat: So übertrieben war es gar nicht.«

Sie widerstand dem Verlangen, ihn zärtlich zu berühren. Sie konnte dieses Problem nicht für ihn lösen. Entweder er schaffte es alleine oder gar nicht. »Tut mir Leid. Ich weiß, wie schwer dir dieses Leben fällt.«

Er machte ein kaum hörbares Geräusch und zog sie hart an seine Brust, doch ehe sie die Hitze seines Körpers spürte, ließ er sie wieder los.

»Ich muss morgen nach Rom.«

»Nach Rom?«

»Howard Jenks guckt sich dort noch einmal die Drehorte an.« Auf der Suche nach Zigaretten betastete er seine Hüfte. »Oliver Craig – der Brite, der den Nathan spielt – kommt auch, und Jenks will, dass wir gemeinsam lesen. Wir haben Kostümproben und ein paar Make-up-Tests. Ich habe versprochen, ein paar Interviews zu geben. Rechtzeitig zum Fest bin ich wieder zurück.«

Das Fest wäre in einer Woche. »Ich bin sicher, dass Anna das zu schätzen wissen wird.«

»Dort drinnen«, er nickte mit dem Kopf zum Haus, »das hattest du ganz sicher nicht verdient. Ich ... es ist nur so, du musstest es einfach verstehen. Tut mir Leid.«

Das tat es ihr auch. Und zwar mehr, als er sich vorstellen konnte. So viel war gewiss.

22

Tracys Augen füllten sich mit hormonbedingten Tränen. »Habe ich mich überhaupt schon bei Ihnen bedankt, weil Sie mir Harry zurückgegeben haben?«

»Schon mehrmals.«

»Ohne Sie ...«

»Hätten Sie beide Ihre Probleme auf anderem Weg gelöst. Ich habe den Prozess lediglich etwas beschleunigt.«

Tracy rieb sich über die Augen. »Ich weiß nicht. Bevor Sie kamen, hatten wir beide miteinander nicht viel Glück. Connor, schieß den Ball nicht in die Blumen.«

Connor schaute von dem Fußball auf, den er durch den kleinen Garten hinter dem Briggs'schen Haus in Casalleone kickte, und sah die beiden Frauen grinsend an. Eine Seite des Gartens fiel in Richtung einer Häuserreihe in der tiefer gelegenen Nachbarstraße ab, und die andere endete an einem Teil der alten römischen Mauer, von der der Ort früher umgeben gewesen war.

»Ren ist heute nach Rom gefahren«, sagte Isabel, und die Leere in ihrem Inneren meldete sich bei diesen Worten qualvoll. »Er will mich loswerden.«

Tracy legte die verwaschene, pinkfarbene Kinderjeansjacke, die sie gerade stopfte, vor sich auf den Tisch. »Erzählen Sie mir, was passiert ist.«

Isabel berichtete ihr von der Party. »Danach habe ich ihn nicht noch mal gesehen. Anna hat gesagt, er und Larry wären gegen Mittag aufgebrochen.«

»Und was ist mit diesen Parasiten aus L. A.?«

»Sie wollen nach Venedig. Pamela ist nett.«

»Wenn Sie es sagen.« Tracy strich sich nachdenklich über den Bauch. »Er hat die Angewohnheit, es sich immer möglichst leicht zu machen. Deshalb hat er mich damals auch zur Frau genommen. Der einzige Ort, an dem er emotionales Chaos duldet, ist die Leinwand.«

»Ein größeres emotionales Chaos als im Zusammensein mit mir kann es garantiert nicht geben.« Sie bemühte sich vergeblich um ein Lächeln.

»Das stimmt nicht.«

»Das sagen Sie nur, um nett zu sein. Er denkt, dass ich ihn verurteile, was ich auch tatsächlich tue, aber ausschließlich wegen seiner Arbeit. Ich habe versucht, es nicht zu zeigen, weil ich weiß, dass es nicht fair ist, vor allem, da ich selbst so viele Defizite habe. Der einzige Grund, weshalb ich überhaupt ein Wort darüber verliere, ist der, dass ich ihn so sehr mag. In den meisten Beziehungen steht er auf meiner privaten Werteskala so weit oben, dass es mich geradezu schockiert.«

»Sind Sie sicher, dass Ihre Urteilskraft nicht durch die Lust getrübt ist?«

»Sie kennen ihn so lange, dass Sie nicht merken, in was für einen erstaunlichen Menschen er sich verwandelt hat.«

»Scheiße.« Tracy sackte auf ihrem Stuhl in sich zusammen. »Sie sind tatsächlich in ihn verliebt.«

»Ich dachte, das wäre allgemein bekannt.« Zumindest Ren müsste es wissen, denn schließlich hatte sie es ihm am letzten Abend in aller Deutlichkeit gesagt.

»Ich wusste, dass er Ihnen gefällt. Welcher Frau würde er wohl nicht gefallen? Und die Blicke, die er Ihnen zuwirft, sprechen eine eindeutige Sprache. Aber Sie haben eine so gute Menschenkenntnis, und ich dachte, Sie verstünden, dass eine Beziehung mit Ren auf dem animalischen Level bleiben muss. Das Einzige, was er jemals ernst genommen hat, ist nämlich seine Arbeit.«

Isabel verspürte das erbärmliche Bedürfnis, ihn in Schutz zu nehmen vor seiner ehemaligen Frau. »Er nimmt sehr viele Dinge ernst.«

»Nennen Sie mir eins.«

»Essen.«

»Da haben Sie's«, erklärte Tracy ihr gedehnt.

»Ich meine, alles, was mit Essen zu tun hat. Er kocht gern und ordnet die Speisen gern hübsch an, um sie mit anderen zu teilen. Essen bedeutet für ihn so etwas wie Gemeinschaft, und Sie wissen besser als jeder andere, wie wenig Gemeinschaft er als Kind erfahren hat. Er liebt Italien. Und auch wenn er es nicht zugibt, betet er Ihre Kinder an. Er interessiert sich für Geschichte und weiß viel über Kunst und Musik. Und auch mit mir ist es ihm Ernst.« Sie atmete tief ein, und ihre Stimme verlor den bisher überzeugten Klang. »Nur eben nicht so ernst, wie es mir mit ihm ist. Er hat diese blödsinnige Vorstellung, ich wäre eine Heilige und er selbst wäre hoffnungslos verrucht.«

»Ren lebt in einer anderen Welt, und vielleicht ist er deshalb tatsächlich inzwischen verrucht. Die Frauen werfen sich ihm reihenweise an den Hals, und die Leute aus den Studios betteln ihn praktisch an, dass er ihr Geld nimmt. Die Menschen können ihm nicht schnell genug zu Gefallen sein, und das gibt ihm eine falsche Vorstellung von seinem Platz in dieser Welt«

Isabel wollte erwidern, dass sie Rens Einschätzung von seinem Platz in dieser Welt, wenn auch eventuell als etwas zu zynisch, so doch als durchaus klarsichtig empfand, aber Tracy hatte ihre Rede noch nicht beendet.

»Er tut Frauen nicht gern und sicher nicht absichtlich weh, aber irgendwie schafft er am Ende immer genau das. Bitte, Isabel ... gehen Sie ihm nicht wie alle anderen auf den Leim.«

Bestimmt ein guter Rat, doch kam er eindeutig zu spät.

Isabel versuchte, sich so weit wie möglich abzulenken, doch pausenlos starrte sie reglos aus dem Fenster oder spülte ein und denselben Teller fünfmal nacheinander. Als sie merkte, dass sie ihr Häuschen nicht verlassen wollte, weil er ja eventuell anrufen könnte, schnappte sie sich wütend den Kalender und verplante jede Minute der Tage bis zum Fest.

Sie besuchte Tracy, spielte mit den Kindern und verbrachte Stunden oben in der Villa, wo sie Anna Vesto bei den Vorbereitungen für das Erntedankfest half und sich von ihr mit Erzählungen über die Geschichte des Anwesens und die Menschen in Casalleone unterhalten ließ. Allmählich hatte sie Anna richtig gern.

Drei Tage vergingen – ohne ein Wort von Ren. Orientierungslos und liebeskrank, war sie der Verzweiflung nahe. Nicht nur, dass sie ihrem Leben keine neue Richtung hatte geben können, fiele ihr die Fortführung des alten Lebens nach allem, was passiert war, noch schwerer als zuvor.

Vittorio und Giulia fuhren mit ihr nach Siena, aber trotz der Schönheit dieser berühmten alten Stadt war der Ausflug kein Erfolg. Wann immer sie an einem Kind vorübergingen, wurde Giulias Trauer beinahe mit Händen greifbar. Obgleich sie versuchte, sich nichts anmerken zu lassen, hatte das vergebliche Bemühen, die Statue zu finden, sie vollends unglücklich gemacht. Vittorio gab sich die größte Mühe, die Frauen zu unterhalten, doch sah man auch ihm die wochenlange Anspannung inzwischen deutlich an.

Am nächsten Tag nahm sie den kleinen Connor. Tracy hatte einen Arzttermin, und Marta ging hinüber in die Villa, um Anna beim Kochen behilflich zu sein, und so war sie mit dem Kleinen ganz allein. Zusammen mit ihm spazierte sie durch den Olivenhain und konzentrierte sich statt auf den Schmerz in ihrem Herzen auf sein fröhliches Geplapper. Dann spielten sie mit den Katzen, und als es schließlich kühler wurde, nahm sie ihn mit ins Haus und ließ ihn mit den extra für ihn gekauften neuen Stiften in der Küche malen.

»Das hier ist ein Hund!« Stolz hielt Connor ihr das Gekritzel hin.

»Perfekt.«

»Noch Papier!«

Lächelnd gab sie ihm ein leeres Notizbuch. Connor, musste sie entdecken, ging sehr großzügig mit den Papierreserven um. Was für ein wunderbares Kind. Sie hatte sich nie groß Gedanken über eigene Nachkommen gemacht, hatte sie stets als Bestandteil einer fernen, nicht genauer definierten Zukunft angesehen. Wie nachlässig sie mit einem so wichtigen Thema umgegangen war. Bei diesem Gedanken stiegen Tränen hinter ihren Augen auf, doch sie blinzelte sie fort.

Gerade als der Kleine quengelig wurde, erschien Tracy, nahm ihn auf den Arm und pustete ihm in den Nacken, was er fröhlich glucksend quittierte. Dann setzte sie sich, um noch eine Tasse Tee zu trinken, mit ihm zusammen auf die Couch. »Dr. Andrea ist eindeutig eine Zierde von einem Mann. Ich kann mich noch nicht entscheiden, ob mir die

Untersuchung durch einen so attraktiven Arzt angenehm ist oder nicht. Er hat nach Ihnen gefragt.«

»Er ist ein notorischer Schwerenöter.«

»Stimmt. Hat Ren inzwischen angerufen?«

Isabel starrte in den kalten Kamin und schüttelte den Kopf. »Das tut mir Leid.«

Neben ihrem Schmerz empfand sie plötzlich Ärger. »Ich bin ihm einfach zu viel. Alles an mir ist ihm zu viel. Tja, Pech. Ich wünschte, er käme vor meiner Abreise überhaupt nicht noch mal hierher zurück.«

Tracy runzelte besorgt die Stirn. »Ich glaube nicht, dass Sie ihm zu viel sind. Er ist schlichtweg ein blöder Esel.«

»Pferd!«, verbesserte Connor, der inzwischen wieder in der Küche hockte, und hielt eine weitere Zeichnung in die Höhe.

Tracy bewunderte das Bild, suchte nun Connors Habseligkeiten zusammen und nahm Isabel zum Abschied tröstend in den Arm. »Er ist derjenige, der bei dieser Geschichte verliert. Eine bessere Frau als Sie kann er niemals finden. Lassen Sie ihn also ja nicht merken, wie unglücklich Sie seinetwegen sind.«

Ganz bestimmt nicht, dachte Isabel erbost.

Nachdem Tracy weg war, schnappte sie sich ihre Jacke und stapfte aus dem Haus. Sie wollte sich beruhigen, musste dann jedoch erkennen, dass der Zorn viel angenehmer war als der bisherige Schmerz. Zweimal in vier Monaten war sie wie eine heiße Kartoffel fallen gelassen worden. Sie war es leid, unendlich leid. Zugegeben, die Trennung von Michael hatte sich als Segen herausgestellt, Ren aber war ein Feigling völlig anderer Art. Gott hielt ein kostbares Geschenk für sie beide bereit, doch nur sie hatte den Mumm, tatsächlich danach zu greifen. Was also machte es aus, dass sie von allem zu viel war? Das war er schließlich auch. Genau das würde sie ihm, wenn sie ihn wieder sähe, sagen.

Sie hielt in ihren Gedanken inne. Sie würde ihm überhaupt nichts sagen. Sie hatte ihn einmal herausgefordert, sich seinen Empfindungen zu stellen, noch mal täte sie es nicht. Doch nicht aus verletztem Stolz. Wenn er nicht von alleine zu ihr kommen könnte, wollte sie ihn nicht.

Da der Wind aus Norden wehte, entfachte sie, als sie zurück ins Haus kam, unglücklich und durchgefroren ein Feuer im Kamin, ging, als es endlich brannte, hinüber in die Küche, und machte sich, auch wenn sie keinen Durst verspürte, einen frischen Tee. Während sie wartete, dass das Wasser kochte, räumte sie die von Connor auf dem Tisch verteilten, halb leeren Zettel auf. Er hatte auf jede Seite immer nur eine Figur gemalt, und als ihm die Blätter ausgegangen waren, auch noch die Rückseiten der Briefe voll gekritzelt, an denen sie bisher achtlos vorbeigelaufen war.

Sie goss das heiße Wasser auf den Tee und trug dann die Tasse zusammen mit den Briefen ins Wohnzimmer zurück. Früher hatte sie ihre Fanpost stets mit großer Gründlichkeit gelesen, diesen Stapel jedoch hätte sie am liebsten in den Kamin geworfen und verbrannt. Wozu sollte sie die Briefe lesen? Mit ihrer Karriere war es trotz der sicher ganz netten Schreiben endgültig vorbei.

Sie erinnerte sich an Rens erboste Reaktion auf die Bemerkung, wie klein die Menge Briefe war. »*Dann geht es bei der Rettung von Seelen also um die Quantität und nicht um die Qualität?*«, hatte er sie angefahren. Sie hatte den winzigen Stapel als weiteres Zeichen ihres Niedergangs gewertet, er jedoch hatte etwas völlig anderes darin gesehen.

Sie lehnte sich müde auf der Couch zurück und schloss die Augen. Die Briefe lagen warm in ihrer Hand, als wären sie lebendig, und schließlich begann sie sie zu lesen. Ihr Tee wurde kalt, ohne dass sie daran dachte. Das Feuer knisterte gemütlich im Kamin, und sie schmiegte sich tiefer ins Sofa und fing langsam an zu beten. Einen nach dem anderen hielt sie die Briefe in der Hand, betete für die Menschen, von denen sie geschrieben worden waren …

… und schließlich für sich selbst.

Dunkelheit senkte sich über das Häuschen, das Feuer brannte tiefer, und sie flehte voller Inbrunst: *Bitte, weise mir den Weg.*

Als sie jedoch die Augen wieder aufschlug, war alles, was sie sah, die Reihe kolossaler Fehler, die ihr unterlaufen war.

Sie hatte mit den vier Ecksteinen des positiven Lebens gegen ihre eigene Unsicherheit gekämpft. Irgendwo in ihrem Innern sehnte sich nach wie vor das kleine Mädchen, das der Gnade unsteter Eltern ausgeliefert war, so verzweifelt nach Stabilität, dass ihm einzig ein System von strengen Regeln ein Gefühl von Sicherheit verlieh.

Tu dies und das und jenes, dann wird alles gut. Deine Adresse wird sich nicht mit jedem Monat ändern. Deine Eltern werden sich nicht so betrinken, dass sie vergessen, dich zu ernähren. Niemand wird hasserfüllte Worte schreien oder mitten in der Nacht davonlaufen und dich alleine lassen. Du wirst nicht krank werden. Du wirst nicht alt werden. Du wirst niemals sterben.

Die vier Ecksteine hatten ihr die Illusion von Sicherheit vermittelt. Wann immer etwas passiert war, was nicht in diesen Rahmen passte, hatte sie einen weiteren Stein in ihr Gedankengebäude integriert. Letztlich jedoch war das Ganze derart unhandlich geworden, dass es über ihr zusammengebrochen war. In dem Versuch, das Unkontrollierbare zu kontrollieren, hatte sie das Leben einer Verzweifelten geführt.

Sie erhob sich von der Couch und blickte in den dunklen Garten. Die vier Ecksteine des positiven Lebens verbanden Psychologie, Pragmatismus und spirituelle Weisheit. Sie hatte zu viele Dankesreden gehört, um nicht zu wissen, wie nützlich sie tatsächlich für viele Menschen waren. Doch sie hatte glauben wollen, dass ihre Ideen mehr waren als das. Für sie waren sie eine Art von Talisman gewesen, der sie vor sämtlichen Gefahren hatte schützen sollen, denen man sich stellen musste, wenn man lebte. Wenn man die Regeln befolgte, war man ewig sicher. Das hatte sie geglaubt.

Doch das Leben verlief nicht ausschließlich nach irgendwelchen Regeln, und alles Organisieren, Umorganisieren, Zielsetzen, Berechnen und Vermitteln brachte das Universum nicht in Form. Selbst tausend Ecksteine des positiven Lebens, egal wie gut durchdacht, brächten die Welt nicht in die richtige Façon.

Dies war der Moment, in dem sie sie vernahm. Eine leise Stimme tief in ihrem Innern. Sie schloss die Augen und spitzte angestrengt die Ohren, ohne dass sie die Worte tatsächlich verstand. Frustriert blieb sie mit geschlossenen Augen stehen und lehnte die Wange an das kühle Glas des Fensters, doch es war vergebens. Die Stimme war wieder verstummt.

Trotz der Wärme in dem kleinen Zimmer klapperte sie plötzlich mit den Zähnen. Sie fühlte sich einsam und verloren, empfand jedoch zugleich einen beinahe grenzenlosen Zorn. Sie hatte alles richtig gemacht. Das hieß, wenn sie ihre Liebe zu einem elendigen Feigling außer Acht ließ. Sie hatte alles zu richtig gemacht. Sie war derart damit befasst gewesen, ihr Leben sorgfältig zu ordnen, dass sie vergessen hatte, es zu leben. Bis sie hierher gekommen war. Tja, und nun, da sie das Leben lebte, war es Chaos.

Wieder flüsterte die Stimme tief in ihrem Innern, sie verstand jedoch über dem wilden Klopfen ihres Herzens kein einziges Wort.

»Ren?«

Er riss sich aus seinen Gedanken. »Ja. In Ordnung. Wie Sie meinen.«

»Sind Sie sich sicher?« Howard Jenks versenkte seinen massigen Körper tiefer in dem Sessel. Es war ihm deutlich anzusehen, dass er inzwischen Zweifel an seiner Wahl des Hauptdarstellers hegte. Und Ren konnte es ihm nicht verdenken. Immer wieder schweiften seine Gedanken von der Unterhaltung ab. Eine Minute war er ganz Ohr, in der nächsten jedoch war er im Geiste an einem völlig anderen Ort.

Außerdem wusste er, dass er entsetzlich aussah. Nur ein meisterhafter Stilist hätte die dunklen Ringe unter seinen blutunterlaufenen Augen übertünchen können. Aber wie sah ein Mensch aus, der seit Tagen kaum geschlafen hatte? *Verdammt, Isabel, lass mir endlich meine Ruhe.*

Larry saß Ren gegenüber in Jenks' Suite in Roms Grand Hotel St. Regis und runzelte besorgt die Stirn. »Bist du dir tatsächlich klar darüber? Ich dachte, du hättest beschlossen, dass du kein Double für die Szene auf der Golde Gate Bridge willst.«

»Will ich auch nicht«, antwortete Ren, als hätte er nicht gerade erst das Gegenteil behauptet. »Das würde die Dinge nur verkomplizieren, und ich habe mit Höhen kein Problem.« Eigentlich hatte er es dabei bewenden lassen wollen, doch die nächsten Worte sprudelten einfach so heraus: »Außerdem, wie schwer kann es schon sein, ein sechsjähriges Mädchen einzufangen?«

Unbehagliche Stille senkte sich über den Raum. Oliver Craig, der den Nathan spielen würde, zog eine Braue in die Höhe.

Craig hatte das Aussehen eines braven kleinen Jungen, schauspielerisch jedoch war er ein echter Profi. Er hatte an der Royal Academy studiert, ein Engagement am Old Victorian Theater gehabt, und dort hatte Jenks ihn in einer billigen Liebeskomödie entdeckt.

»Wie Ihnen sicherlich bewusst ist, geht es bei den Stunts

auf der Brücke um mehr als die Jagd auf kleine Mädchen«, kam Jenks' steifer Kommentar.

Craig kam Ren zu Hilfe. »Ren und ich haben uns gestern Abend über das erstaunliche Gleichgewicht zwischen den Actionszenen und den ruhigeren Momenten unterhalten. Wirklich phänomenal.«

Auch Larry mischte sich rasch wieder in die Unterhaltung ein. Er erklärte, wie froh Ren darüber wäre, endlich eine Rolle spielen zu können, die seinem erstaunlichen Talent Rechnung tragen würde, wie brillant Ren und Oliver zusammenarbeiten würden – all das bekannte Blablabla. Ren entschuldigte sich, ging hinüber in das angrenzende Bad, beugte sich über das Waschbecken und spritzte sich kaltes Wasser ins Gesicht. Er musste sich zusammenreißen. Gestern Abend hatte Jenks Larry beiseite genommen und gefragt, ob Ren irgendwelche Drogen nehmen würde.

Er nahm sich ein Handtuch. Dies war der große Durchbruch seiner Karriere, und nur, weil er sich nicht konzentrieren konnte, vertat er diese Chance. Er sehnte sich so schmerzlich danach, wenigstens Isabels Stimme zu hören, dass er bereits ein Dutzend Mal zum Hörer seines Telefons gegriffen hatte. Aber was sollte er ihr sagen? Dass er sie so dringend brauchte, dass er nicht mehr schlafen konnte? Dass sein Verlangen nach ihr ein beständiger Schmerz in seinem Innern war? Hätte er nicht sein Kommen zum Erntedankfest zugesagt, hätte er sich eventuell leichter aus der Affäre ziehen können. Die erneute Begegnung mit dieser wunderbaren Frau bräche ihm jedoch sicher endgültig das – offensichtlich doch vorhandene – Herz.

Gestern hatte ein amerikanischer Reporter ihn unverblümt gefragt, ob an dem Gerücht tatsächlich etwas dran war: »Es heißt, dass zwischen Ihnen und Isabel Favor momentan etwas läuft.«

Savannah mit ihrer großen Klappe war offenbar nicht untätig gewesen. Ren hatte alles geleugnet und getan, als wisse er kaum, wer besagte Dame war. Ihr angeschlagener Ruf wäre durch ein Bekanntwerden ihres Verhältnisses mit einem Kerl wie ihm endgültig ruiniert.

Er sagte sich dasselbe, was er sich seit Tagen sagte. Irgendwann musste ihre Affäre entweder ein Ende nehmen, oder sie müssten sie vertiefen, doch bei zwei Menschen, die derart verschieden waren, wäre eine Vertiefung der Beziehung völlig absurd. Er hätte von Anfang an die Finger von ihr lassen sollen, doch hatte sie ihn halt derart angezogen, dass er schwach geworden war.

Und nun, da es an der Zeit war, sich von ihr zu trennen, wünschte er sich insgeheim, dass sie auch dann gut von ihm dächte, wenn er sie verließ. Vielleicht war das der Grund, weshalb er so verzweifelt überlegte, wie er ihr noch eine letzte schöne Erinnerung vermitteln könnte vor ihrem endgültigen Lebewohl.

Ohne sie benutzt zu haben, drückte er die Spülung der Toilette und ging wieder hinaus. Das Gespräch verstummte, als er im Wohnzimmer erschien, sodass er sicher wusste, um welches Thema es während seiner Abwesenheit gegangen war. Oliver war nicht mehr da, was ebenfalls nicht unbedingt ein gutes Zeichen war.

Jenks schob sich seine Brille auf die Haare. »Setzen Sie sich, Ren.«

Statt zu tun, wie ihm geheißen – und dadurch zu beweisen, dass ihm der Ernst der Situation durchaus bewusst war –, ging Ren hinüber an die Bar, nahm sich eine Flasche Pellegrino und nahm erst, nachdem er einen großen Schluck getrunken hatte, widerwillig Platz. Sein Agent warf ihm einen warnenden Blick zu.

»Larry und ich haben uns unterhalten«, setzte Jenks mit ruhiger Stimme an. »Er hat mir versichert, Sie hätten sich diesem Projekt hundertprozentig verschrieben, aber ich habe da so meine Zweifel. Falls es ein Problem gibt, möchte ich, dass Sie es sagen, damit wir versuchen können, es zu lösen.«

»Was für ein Problem?« Kleine Schweißperlen bildeten sich auf seiner Stirn. Er wusste, er müsste etwas sagen, um Jenks zu beruhigen, suchte nach den richtigen Worten und brachte genau das Gegenteil heraus: »Ich will, dass ein Kinderpsychologe am Set ist, sobald die Kinder da sind. Und zwar der beste, den Sie kriegen können, haben Sie verstanden? Ich will verdammt sein, wenn ich für die Alpträume von kleinen Mädchen verantwortlich bin.«

Nur, dass seine Arbeit genau darin bestand, dass er den Menschen Alpträume bescherte. Er fragte sich, wie Isabel, seit sie ihn kannte, schlief.

In die tiefen Furchen in Jenks' Stirn hätte man sicher Weizen säen können. Ehe er jedoch etwas erwidern konnte, klingelte das Telefon, und Larry ging eilig an den Apparat. »Ja?« Er blickte auf Ren. »Er ist gerade in einer Besprechung.«

Ren riss ihm den Hörer aus der Hand. »Gage.«

Jenks und Larry tauschten skeptische Blicke miteinander aus. Ren lauschte, warf den Hörer zurück auf die Gabel und wandte sich mit einem hastigen »Ich muss weg« zum Gehen.

Isabels Zorn wollte sich nicht mehr legen. Er gärte in ihr, während sie in der Küche der Villa Gemüse schnippelte und Servierplatten aus dem großen Schrank zog. Auch am späten Nachmittag, als sie Giulia auf ein Glas Wein im Ort traf, war er noch nicht verraucht. Auf dem Rückweg fuhr sie bei den Briggs vorbei, um die Kinder zu besuchen, doch selbst während sie den Gesprächen lauschte, brodelte es tief in ihrem Innern weiter.

Schließlich stieg sie in ihren Wagen und machte sich auf den endgültigen Heimweg, als ihr Blick auf einen Farbfleck im Schaufenster der kleinen Boutique des Städtchens fiel.

Ein flammend rotorangefarbenes Kleid, das so heiß brannte wie die Wut, die sie auf Ren empfand. Es war anders als alles, was sie je getragen hatte, doch ihr Panda schien das nicht zu wissen. Im Parkverbot direkt vor dem Laden blieb er stehen, und zehn Minuten später stand sie mit einem Kleidungsstück, das sie sich nicht leisten konnte und ganz sicher niemals trüge, wieder vor der Tür.

Am Abend stand sie wütend in der Küche, brutzelte die pikanten Würste, die sie im Ort erstanden hatte, hackte schnaubend Zwiebeln, Knoblauch und scharfe Pepperoni aus dem Garten, warf alles in die Pfanne, kippte die feurig scharfe Sauce – da sie vergessen hatte, Nudelwasser aufzusetzen – über eine dicke Scheibe Brot vom Vortag, trug den Teller hinaus in den Garten, setzte sich dort auf die Mauer, spülte das Essen mit zwei Gläsern Chianti hinunter und wusch danach zu lauter italienischer Rockmusik aus dem kleinen Radio grimmig das Geschirr. Ein Teller zerbrach, und sie warf ihn so vehement in den Eimer, dass er klirrend in weitere Einzelteile zerbarst.

Plötzlich klingelte das Telefon.

»Signora Isabel, hier ist Anna. Ich weiß, Sie haben gesagt, Sie würden morgen früh kommen, um mit mir die Tische draußen aufzubauen, aber das ist nicht mehr nötig. Signore Ren macht diese Arbeit selbst.«

»Dann ist er also wieder da?« Der Bleistift, den sie in der Hand hielt, brach in der Mitte durch. »Wann ist er zurückgekommen?«

»Heute Nachmittag. Sie haben noch nicht mit ihm gesprochen?«

»Nein.« Sie schob sich ihren Daumennagel in den Mund und biss energisch an ihm herum.

Anna sprach von den letzten Vorbereitungen für die *festa*, von den Mädchen, die sie als Aushilfskräfte angeheuert hatte, davon, dass Isabel nichts anderes als sich amüsieren sollte auf dem wunderbaren Fest, doch Isabel bekam vor lauter Zorn kaum einen Ton heraus.

Später am Abend schnappte sie sich ihre Notizen für das Buch über die Überwindung einer persönlichen Krise und schmiss sie ins brennende Kaminfeuer. Als ihre gesammelte Weisheit nur noch ein kleines Aschehäuflein war, schluckte sie zwei Schlaftabletten und legte sich ins Bett.

Am nächsten Morgen schlüpfte sie in ihre Kleider und fuhr in die Stadt. Normalerweise war sie, wenn sie Schlaftabletten eingenommen hatte, immer etwas groggy, der nach wie vor in ihr schwelende Zorn jedoch verlieh ihr einen ungeahnten Schwung. In der Bar an der Piazza trank sie eine Tasse pechschwarzen Espresso und unternahm anschließend einen Spaziergang durch den Ort. Allerdings wagte sie nicht, in die Schaufenster zu blicken, denn möglicherweise sprengte ihr Zorn dabei das Glas. Mehrere Leute sprachen sie auf die verschwundene Statue oder auf das Erntedankfest an. Sie jedoch vergrub die Fingernägel in den Ballen ihrer Hände und fertigte die Menschen so schnell wie möglich ab.

Erst kurz vor dem Beginn der Feier kehrte sie in ihr Bauernhaus zurück, marschierte ins Bad und stellte sich, in dem Bemühen, das Prickeln ihrer Haut zu mildern, unter die kalte Dusche. Anschließend begann sie sich zu schminken und trug dabei sowohl den dunklen Eyeliner als auch das leicht gebräunte Rouge wesentlich stärker als gewöhnlich auf. Grundierung, Lidschatten und Mascara – alles hatte einen völlig eigenen Willen. Entschlossen nahm sie auch etwas von dem blutroten Lipgloss, den Tracy bei ihr vergessen hatte. Am Ende ihrer Schminkorgie glänzten ihre Lippen wie die eines Vampirs.

Das neu gekaufte Kleid hing an der Tür des Schranks. Der grade geschnittene Stoff glich einer schlanken feuerroten Säule. Nie zuvor in ihrem Leben hatte sie leuchtende Farben angezogen, nun jedoch zupfte sie das Kleid vom Bügel, stieg hinein und erst, nachdem sie den Reißverschluss heraufgezogen hatte, fiel ihr auf, dass sie unter dem Gewand völlig nackt war, und stieg nachträglich in einen Slip.

Dann betrachtete sie sich im Spiegel. Die in dem Stoff versteckten, winzig kleinen Bernsteinperlen schienen regelrecht zu glühen. Das geschlitzte Oberteil ließ eine Schulter frei, und der gezackte, schräge Saum züngelte gleich lodernd heißen Flammen von der Mitte ihres linken Oberschenkels bis zu ihrer rechten Wade. Das Kleid passte weder zu der Feier noch zu ihr, doch sie würde es anbehalten.

Eigentlich hätte sie noch mit goldenen Perlen besetzte Pumps mit gefährlich hohen Pfennigabsätzen gebraucht, doch derartiges Schuhwerk hatte sie noch nie besessen. Also schob sie ihre Füße in ihre eher praktischen bronzefarbenen Sandalen. *Zumindest konnte man damit ein Herz in tausend Stücke treten.*

Wieder sah sie in den Spiegel. Ihre scharlachroten Lippen bissen sich mit dem Rot des Kleides, und auch die Sandalen waren eindeutig verkehrt, doch das war ihr egal. Sie hatte vergessen, sich die Haare nach dem Duschen zu föhnen, und mit ihren ungezügelten blonden Locken sah sie aus wie ihre Mutter in ihrer wildesten Zeit. Sie dachte an all die Männer, an all das Geschrei, an all die Exzesse, die bestimmend für das Leben dieser Frau gewesen waren, statt jedoch ein Haarband anzulegen, griff sie nach ihrer Nagelschere, starrte sie ein paar Sekunden reglos an, hob dann die Hand an ihre Haare und schnippelte zornig an den Locken herum.

Kurze, abgesäbelte Strähnen rollten sich um ihre Finger. Das Klappern der Schere wurde immer schneller, und am Ende rahmte statt des bisher glatten Bobs ein Durcheinander wilder Büschel ihren schmalen Kopf. Schließlich streifte sie noch ihr Armband ab, warf es achtlos hinter sich aufs Bett und stapfte aus den Raum.

Als sie den Weg hinaufmarschierte, stoben die kleinen Kiesel von der Wucht ihrer Schritte davon. Die Engelsvilla kam in Sicht. Sie entdeckte einen schwarzhaarigen Mann, der sich in einen staubbedeckten schwarzen Maserati schwang, und ihr Herzschlag setzte aus. Dann jedoch nahm er seinen normalen Rhythmus wieder auf, denn es war nur Giancarlo, der den Wagen an den Rand der Einfahrt fuhr, um Raum zu schaffen für die Autos der in Scharen eintreffenden Gäste.

Der Tag war viel zu kühl für ein derart dünnes Kleid, doch selbst als die Sonne hinter einer dichten Wolkenwand verschwand, glühte ihre Haut noch. Isabel stürmte durch den Garten um die Villa zu den Grüppchen der Menschen, die bereits versammelt waren. Einige von ihnen standen plaudernd unter dem weit gespannten Zeltdach, andere hatten es sich auf der Loggia bequem gemacht. Jeremy und ein paar der älteren Jungen spielten zwischen den Statuen Fußball, und die Kleinen durchkreuzten ständig ihre Wege.

Sie hatte ihre Handtasche vergessen. Sie hatte kein Geld, keine Taschentücher, keinen Lippenstift und keine Pfefferminzbonbons dabei. Sie hatte keine Tampons, keine Autoschlüssel und auch nicht das Taschen-Schraubenschlüsselset – hatte keinen der Gegenstände bei sich, die sie für gewöhnlich zum Schutz vor der chaotischen Wirklichkeit des Lebens stets mit sich herumtrug. Und was das Allerschlimmste war –, sie hatte kein Gewehr.

Die Menge begann sich zu teilen, als sie auf der Bildfläche erschien.

Ren spürte, dass etwas passiert war, noch ehe er sie sah. Tracy riss die Augen auf, Giulia entfuhr ein leiser Quietscher, und Vittorio hob den Kopf und murmelte einen gängigen italienischen Satz, doch als Ren sah, worauf das Augenmerk der anderen gerichtet war, verlor sein Hirn die Fähigkeit zu übersetzen, geschweige denn zu denken.

Isabel sah wie ein Racheengel aus.

Er starrte auf das lodernde Feuer ihres Kleides, auf die Glut in ihren Augen, spürte die zornige Energie, die sie versprühte, und musste heftig schlucken. Nichts an ihr war mehr ordentlich und neutral – fort waren die tröstlichen gedeckten Töne, von denen ihre Welt bisher bestimmt gewesen war. Und ihre Haare ... für eine derart nachlässige Wildheit ihrer Locken hätten die Frisöre in Beverly Hills sicher Hunderte von Dollars von ihren prominenten Kundinnen kassiert.

Ihr Lippenstift hatte die falsche Farbe, und auch die Schuhe passten nicht, doch die Zielgerichtetheit, die sie signalisierte, rief größten Argwohn in ihm wach. Er hatte nicht umsonst ein Jahr täglich bei *Schatten der Leidenschaft* mitgespielt. Er hatte die Drehbücher studiert und wusste ganz genau, was in dieser Minute geschah.

Isabels böse Zwillingsschwester war gekommen. Und sie wollte seinen Kopf.

23

Isabel und Ren – der im Gegensatz zu ihr ganz in Schwarz gekleidet war – starrten einander unverwandt an. Aus den Lautsprechern, die Giancarlo auf der Loggia angeschlossen hatte, drang mitreißende Musik, und die Serviertische am Rand des Zeltes bogen sich bereits unter den Platten mit verführerischen Antipasti, den Tabletts mit würzigem Käse und den Schalen voller frischer Früchte. Unter dem Zeltdach hinter Ren waren die Esstische mit hellblauen Leinendecken und pinkfarbenen Geranien in beigefarbenen Terrakottatöpfen fröhlich gedeckt. Doch die heiteren Farben besänftigten sie nicht.

Immer noch sah Isabel in seine silbergrauen Augen und schien dabei vor Zorn regelrecht zu knistern. Sie hatte das Bett mit diesem Mann geteilt, doch sie hatte keine Ahnung, was er dachte oder fühlte, und inzwischen war es ihr auch egal. Bei aller körperlichen Stärke war er emotional ein Feigling. Er hatte sie tausendfach belogen – mit seinem verführerischen Essen, seinem gewinnenden Lachen, seinen leidenschaftlichen Küssen und seinem feurigen, liebevollen Sex. Ob mit Absicht oder nicht, hatte er doch mit jedem dieser Dinge, wenn nicht Liebe, so doch etwas Wichtiges versprochen, letztlich jedoch einen furchtsamen Rückzieher gemacht.

Andrea Chiara kam durch den Garten auf sie zu, und sie wandte sich von Ren mit seinen schwarzen Kleidern und seinem schwarzen Herzen ab und ging dem Arzt entgegen.

Am liebsten hätte Ren seine Faust in einen Tisch gerammt, als er sah, wie Isabel diesen schmierigen Bruder Vittorios begrüßte. Er hörte, wie sie seinen Namen sagte, wobei ihre Stimme so kehlig klang wie die eines Starlets aus den Fünfzigern. Chiara bedachte sie mit einem öligen Blick und küsste ihre Hand. *Arschloch …*

»Isabel, *cara*.«

»Cara.« *Meine Güte.* Ren verfolgte, wie der Schleimer ihren Arm nahm, sie von einer Gruppe zur nächsten führte und dabei so tat, als hätte er den Hauptgewinn gezogen. Meinte sie wirklich, sie könnte Ren mit seinen eigenen Waffen schlagen? Sie hatte kein größeres Interesse an Andrea Chiara als er an Savannah. Weshalb also schaute sie nicht wenigstens in seine Richtung, um zu sehen, ob ihr Gift auch seine Wirkung tat?

Die Tatsache, dass er sich wünschte, sie sähe zu ihm herüber, nur damit er mit einem Gähnen sein Desinteresse zeigen könnte, war der endgültige Beweis für seinen elenden Charakter. Schließlich wollte er die Sache beenden – oder etwa nicht? Also sollte er Erleichterung über ihren Flirt mit einem anderen empfinden, auch wenn es ihr damit bestimmt nicht ernst war. Stattdessen hätte er den Hurensohn am liebsten eigenhändig erwürgt.

Tracy tauchte vor ihm auf und zog ihn weit genug in eine Ecke, um ihn zusammenzufalten, ohne dass einer der anderen Gäste etwas davon mitbekam. »Na, wie fühlt es sich an, wenn man es mit gleicher Münze zurückgezahlt bekommt? Die Frau ist das Beste, was dir je passiert ist. Und das wirfst du einfach fort.«

»Tja, ich bin garantiert nicht das Beste, was ihr jemals passiert ist. Das weißt du ganz genau. Und jetzt lass mich in Ruhe.«

Kaum jedoch war er sie losgeworden, als Harry angeschlendert kam. »Sind Sie sicher, dass Sie wissen, was Sie tun?«

»Genauer als jeder andere.«

Er vermisste ihre Leidenschaft, ihre Freundlichkeit, ihre grenzenlose Gewissheit. Er vermisste die Art, in der sie ihn beinahe hätte glauben gemacht, er wäre ein besserer Mensch, als er dachte. Er blickte in Richtung ihrer verführerischen, zerzausten Doppelgängerin und sehnte sich, auch wenn er sich die allergrößte Mühe gab, sie in die Wüste zu schicken – zurück nach seiner ordentlichen, geduldigen, ach-so-adretten Frau.

Als Chiara eine Hand auf ihre Schulter legte, schluckte Ren die Eifersucht mühsam herunter. Er hatte heute Nachmittag eine Mission, eine Mission, die ihn, wie er hoffte, mit bittersüßer Genugtuung erfüllen würde. Er wollte, dass sie wusste, dass das in ihn investierte Gefühl nicht total vergeudet gewesen war. Heimlich hatte er gehofft, sich sogar ein Lächeln von ihr zu verdienen. Doch das war inzwischen höchst unwahrscheinlich.

Ursprünglich hatte er mit seiner großen Neuigkeit bis

nach dem Essen warten wollen, doch dazu fehlte ihm jetzt die Geduld. Nein, er müsste es jetzt tun, auf der Stelle. Er winkte Giancarlo, dass er die Musik abstellte.

»Freunde, dürfte ich wohl kurz um eure Aufmerksamkeit bitten?«

Nacheinander hörten die Leute auf zu sprechen und wandten sich ihm zu: Giulia und Vittorio, Tracy und Harry, Anna und Massimo, alle, die bei der Weinlese geholfen hatten, sahen ihn schweigend an. Die Erwachsenen brachten selbst die Kinder zum Verstummen, und schließlich trat Ren ins Sonnenlicht außerhalb des Zelts.

»Wie ihr alle wisst, werde ich Casalleone bald wieder verlassen. Aber ich hätte nicht gehen können, ohne zuvor etwas zu finden, was euch zeigt, wie wertvoll eure Freundschaft für mich geworden ist.« Dann fuhr er, damit Isabel, die neben Andrea ein wenig abseits stand, auch jedes Wort verstand, auf Englisch fort. Isabel hörte ihm zu, doch ihr versengender Zorn, den sie ihm weiterhin entgegenschleuderte, drohte ihn zu verschlingen.

Er zog den Kasten hervor, der unter einem der Serviertische versteckt gewesen war, und stellte ihn vor sich. »Ich hoffe, ich habe das richtige Geschenk gefunden.« Er hatte die Absicht gehabt, die Spannung durch eine lange Rede ins Unerträgliche zu steigern, doch das brachte er nicht übers Herz, und so klappte er den Deckel wortlos auf.

Alle drängten neugierig näher, als er vorsichtig das Verpackungsmaterial zur Seite schob, die Hände in den Kasten tauchte, den *Morgenschatten* daraus hervorzog und für alle sichtbar hoch über seinen Kopf hielt.

Ein paar Sekunden herrschte ungläubige Stille, dann jedoch entfuhr Anna ein gedämpfter Schrei. »Ist sie echt? Haben Sie wirklich unsere Statue gefunden?«

»Sie ist echt«, antwortete er.

Giulia atmete zischend ein und warf sich Vittorio in den

Arme, Bernardo stemmte Fabiola juchzend in die Luft, Massimo hob die Hände Richtung Himmel, und Marta fing vor lauter Freude an zu weinen. Dann drängten sich alle um Ren und nahmen ihm dadurch den Blick auf den Menschen, dessen Reaktion ihm am wichtigsten war.

Immer noch hielt er *Ombra della Mattina* für alle sichtbar hoch. Dass er nicht an die magischen Kräfte dieser Statue glaubte, war völlig egal. Die Menschen im Ort glaubten an die Macht, und das war das Einzige, was zählte.

Wie *Ombra della Sera* war auch diese Statue ungefähr sechzig Zentimeter hoch und nur wenige Zentimeter breit. Sie hatte das gleiche liebreizende Gesicht wie die Figur des Jungen, doch das Haar war etwas länger, und zwei winzige Brüste wiesen sie als Abbild eines Mädchens aus.

Inzwischen schwirrten Fragen nach dem Fundort der Statue durch die Luft.

»*Dove l'ha trovata?*«

»*Com'è successo?*«

»*Dove era?*«

Um die Menge zum Schweigen zu bringen, stieß Vittorio einen lauten Pfiff aus. Ren stellte die Statue vor sich auf den Tisch, und Tracy rückte ein paar Zentimeter zur Seite, sodass er Isabel endlich sah. Sie hatte die Finger an die Lippen gepresst und blickte stirnrunzelnd nicht auf ihn, sondern auf die Figur.

»Erzählen Sie es uns«, wurde er von Vittorio gebeten. »Erzählen Sie uns, wie Sie die Statue gefunden haben.«

Ren begann mit Giulias Telefonanruf bei Josie, in dessen Verlauf Paolos Enkeltochter um eine Liste der von ihm geschickten Geschenke gebeten worden war. »Erst fand ich die Liste nicht weiter interessant, dann jedoch fiel mir auf, dass sie ein Kaminbesteck von ihm bekommen hatte.«

Vittorio atmete hörbar ein. Als Touristenführer hatte er schneller als die anderen verstanden. »*Ombra della Sera*«, sagte er deshalb. »Ich hätte nie gedacht …« Er drehte sich zu den anderen Dorfbewohnern um. »Der Bauer, der im neunzehnten Jahrhundert die männliche Statue ausgebuddelt hat, hat sie als Schürhaken benutzt, bis jemand ihren Wert entdeckte. Paolo kannte diese Geschichte. Ich habe mal gehört, wie er sie jemandem erzählt hat.«

Ren hatte die Liste mehrere Male eingehend studiert, bis ihm die Historie der anderen Statue wieder eingefallen war. »Ich habe Josie angerufen und sie gebeten, mir das Kaminbesteck zu beschreiben. Sie meinte, es wäre sehr alt und sähe äußerst ungewöhnlich aus. Eine Schaufel, eine Zange und ein Schürhaken, der geformt sei wie der Körper einer Frau.«

»Unsere Statue«, flüsterte Giulia mit ehrfürchtiger Stimme. »*Ombra della Mattina.*«

»Paolo wusste, dass Josie Kinder haben wollte, und als es mit einer Schwangerschaft einfach nicht klappte, hat er die Statue aus der Kirche gestohlen und zusammen mit den anderen Gegenständen nach Amerika geschickt. Er hat ihr erzählt, es wäre ein wertvolles antikes Besteck, und wenn sie es immer in der Nähe des Kamins aufbewahren würde, brächte es ihr Glück.«

»Was es auch getan hat«, meinte Anna und er nickte.

»Drei Monate nachdem sie die Statue bekommen hatte, wurde sie zum ersten Mal schwanger.« Ein Zufall, aber das würde natürlich niemand glauben.

»Weshalb hat sich Paolo die Mühe gemacht, so zu tun, als wäre die Statue Teil eines Bestecks?«, wollte Tracy wissen. »Weshalb hat er sie ihr nicht einfach als Einzelteil geschickt?«

»Weil er Angst hatte, sie würde Marta gegenüber etwas davon erwähnen, und weil seine Schwester von dem Diebstahl nichts erfahren sollte.«

Marta rang unglücklich ihre Schürze und begann allen zu erzählen, wie sehr ihre Nichte ein Baby hatte haben wollen und dass ihr Unglück Paolo fast das Herz gebrochen hätte.

Obgleich ihr Bruder tot war, verteidigte sie ihn und erklärte, er hätte die Statue, nachdem Josie schwanger geworden war, von ihr zurückverlangen wollen, wäre jedoch zuvor gestorben.

Alle Anwesenden waren momentan äußerst großmütig gestimmt, und so nickten sie voller Verständnis.

Giulia nahm die Statue und drückte sie an ihre Brust. »Es ist erst eine gute Woche her, seit sie mir die Liste gegeben hat. Wie haben Sie die Statue so schnell von ihr bekommen?«

»Ich habe einen Freund gebeten, bei ihr vorbeizufahren und die Figur persönlich abzuholen. Dann hat er sie mir vor zwei Tagen in mein Hotel nach Rom geschickt.« Glücklicherweise wusste dieser Freund, wie man den Zoll am geschicktesten umging.

»Und sie hatte nichts dagegen, uns die Statue zurückzugeben?«

»Sie hat inzwischen zwei Kinder und weiß, wie wichtig der *Morgenschatten* für uns ist.«

Vittorio packte Ren und küsste ihn auf beide Wangen. »Ich weiß, dass ich für alle hier in Casalleone spreche, wenn ich sage, dass wir Ihnen nie genug für das, was Sie getan haben, werden danken können.«

Dann wurde er von allen – von Männern und von Frauen, von Alten und von Jungen – in den Arm genommen und geküsst. Von allen außer von Isabel.

Die Statue wanderte von Hand zu Hand. Giulia und Vittorio strahlten, Tracy quietschte fröhlich, als Harry versuchte, sie dichter an die Figur heranzuziehen, und Anna und Massimo sahen ihre Söhne voller Stolz und einander voller Liebe an.

Ren fühlte sich zu elend, um die allgemeine Freude zu genießen. Ständig versuchte er ein Zeichen zu entdecken, ob Isabel verstand, dass sie zumindest in dieser einen Hinsicht nicht von ihm im Stich gelassen worden war. Doch sie schien nicht zu begreifen. Obwohl sie sich lächelnd mit den anderen unterhielt, schien ihr Zorn ihn weiter auf Abstand zu halten.

Steffie schmiegte sich an seine Seite. »Du siehst traurig aus.«

»Wer, ich? Ich bin noch nie glücklicher gewesen. Guck dich doch nur mal um. Ich bin ein echter Held.« Er wischte mit dem Daumen einen Schokoladenfleck von ihrer Wange.

»Ich glaube, dass Dr. Isabel sauer auf dich ist. Mama sagt …« Sie runzelte die Stirn. »Egal. Mama ist einfach gereizt. Daddy hat gesagt, sie müsste Geduld mit dir haben.«

»Hier, nimm ein *grissini*.« Um sie am Weitersprechen zu hindern, schob er ihr entschieden eine der dünnen Brotstangen in den Mund.

Anna und die älteren Frauen scheuchten die Leute an die Tische, und während die Statue von einer Familie an die nächste weitergegeben wurde, sprachen die Gäste jede Menge Toasts aus, und zwar ausnahmslos auf ihn.

Die Brust wurde ihm ungewöhnlich eng. Er würde diese Menschen tatsächlich vermissen. Er hatte es nicht vorgehabt und trotzdem Wurzeln geschlagen an diesem wunderbaren Ort. Was die reine Ironie war, denn die Rückkehr wäre ihm für lange, lange Zeit verwehrt. Selbst wenn er wartete, bis er ein Greis war, würde er sich noch an Isabel erinnern, wie sie mit leuchtenden Augen durch den Garten lief.

Sie hatte sich so weit wie möglich von ihm entfernt ans andere Tischende gesetzt. Andrea und Giancarlo, die neben ihr Platz genommen hatte, konnten den Blick nicht von ihr lösen. Sie war wie ein Film, der zu schnell ablief. Ihre Locken wippten, wenn sie sprach, fröhlich um ihren Kopf. Ihre Augen blitzten. Sie verströmte eine völlig neue Energie, doch schien er der Einzige zu sein, der merkte, wie zornig sie bei all der aufgesetzten guten Laune war.

Die allgemeine Aufregung hatte den Appetit der Menschen angeregt, und bereits nach wenigen Minuten waren die

Suppenteller leer. Der Wind frischte auf, und einige der Frauen griffen nach ihren Pullovern, nicht aber Isabel. Ihre nackten Arme glühten.

Als Hauptgang gab es Linguini mit einer roten Muschelsauce zusammen mit einem cremigen Risotto, und alle langten herzhaft zu. Er liebte es, umgeben von Freunden, über gutem Essen mit einem guten Wein an einem großen Tisch zu sitzen. Nie zuvor jedoch hatte er sich derart unglücklich gefühlt. Giulia und Vittorio küssten sich verstohlen, und Tracys Gesichtsausdruck verriet, dass Harry sie unter der Tischdecke befummelte. Ren wollte mit Isabel haargenau das tun.

Wolken zogen auf, und der Wind rüttelte an den Bäumen. Isabel hielt es nicht an ihrem Platz, doch immer, wenn sie aufsprang, um eine der Platten um den Tisch zu tragen, hatte Ren die ernsthafte Befürchtung, das Porzellan zerbräche ihr in der Hand. Wie ein Magnet zog sie die Blicke aller auf sich. Sie verschüttete den Wein, wenn sie die Gläser füllte, und warf den Butterteller versehentlich auf die Erde, doch sie war nicht betrunken. Ihr eigenes Glas war noch beinahe voll.

Die Sonne ging allmählich unter, und die Wolken wurden dunkler, Casalleone aber hatte seine Statue zurück, und so wurde die Stimmung zunehmend ausgelassener. Giancarlo schaltete die Stereoanlage wieder an, und einige der Paare fingen an zu tanzen. Isabel beugte sich zu Andrea hinüber und hing derart an seinen Lippen, als wäre jedes Wort, das aus seinem Mund perlte, ein Tropfen allerfeinsten Honigs.

Ren ließ seine Knöchel knacken.

Als die Flaschen mit dem Grappa und dem Vinsanto an die Reihe kamen, erhob sich Andrea von seinem Platz und bat Isabel so laut, dass Ren ihn trotz der Musik deutlich verstehen konnte: »Lassen Sie uns tanzen.«

Das Zeltdach flatterte im Wind, als Isabel aufstand, Andrea ihre Hand gab und mit aufreizend züngelndem Rocksaum mit ihm zusammen zur Loggia ging. Ihre Locken flogen, als sie den Kopf zurückwarf, und Andrea zündete sich mit einem beifälligen Blick auf ihre Brüste eine Zigarette an, die sie ihm tatsächlich einfach aus dem Mund nahm und zwischen ihre eigenen Lippen steckte.

Ren sprang so hastig auf, dass sein Stuhl nach hinten überkippte, und baute sich, noch ehe sie den ersten Lungenzug röchelnd ausgehustet hatte, drohend vor ihr auf. »Was zum Teufel meinst du, was du da tust?«

Sie nahm den Mund voll Rauch und pustete ihn ihm zornig ins Gesicht. »Ich mache eine Party.«

Er bedachte Andrea mit dem Blick, mit dem er ihn schon seit Beginn des Nachmittags hatte bedenken wollen, und erklärte: »Sie bekommen sie in ein paar Minuten zurück.«

Sie setzte sich nicht zur Wehr, doch als er sie mit sich durch den Garten zerrte, verbrannte ihm die Hitze ihrer Haut regelrecht die Finger. Ohne auf die amüsierten Blicke der anderen zu achten, zog er sie hinter die letzte Statue, packte sie mit beiden Händen und drehte sie zu sich herum. »Hast du den Verstand verloren?«

»Fick dich, du elender Verlierer.« Wieder blies sie ihm eine dichte Rauchwolke mitten ins Gesicht.

Am liebsten hätte er ihr den Mund mit Seife ausgewaschen, nur war er leider dafür verantwortlich, dass sie sich derart grauenhaft benahm. Statt jedoch all ihren Ärger fortzuküssen, straffte er selbstgerecht die Schultern und erklärte mit herablassender Stimme: »Ich hatte gehofft, wir könnten darüber reden, aber du bist offenbar nicht in der Stimmung, um auch nur halbwegs rational zu denken.«

»Da hast du Recht. Und jetzt geh mir aus dem Weg.«

Nie zuvor in seinem Leben hatte er sich für irgendwas gerechtfertigt, nun aber blieb ihm keine andere Wahl. »Isabel, es hätte niemals funktioniert. Wir sind einfach zu verschieden.«

»Die Heilige und der Sünder, richtig?«

»Du erwartest zu viel, das ist alles. Du scheinst immer

wieder zu vergessen, dass ich der Typ bin, dem das Wort ›asozial‹ in seiner wahren Bedeutung quer über die Stirn geschrieben steht.« Er ballte die Fäuste. »Als ich in Rom war, hat mir dort ein Reporter aufgelauert. Er hatte ein Gerücht über uns beide gehört, aber ich habe alles geleugnet.«

»Soll ich dir dafür eine Medaille verleihen?«

»Wenn die Presse Wind davon bekommt, dass wir ein Verhältnis miteinander hatten, wirst du auch noch den letzten Rest deiner Glaubwürdigkeit verlieren. Ist dir das denn nicht klar? Das Ganze ist viel zu kompliziert.«

»Mir ist nur klar, dass du mich krank machst. Mir ist klar, dass ich dir etwas Wichtiges gegeben habe und dass du es nicht wolltest. Und mir ist klar, dass ich dich nie mehr wiedersehen will.« Sie warf die Zigarette vor ihm auf die Erde und stapfte, eingehüllt in die züngelnden Flammen ihres Kleides, zornbebend davon.

Ein paar Minuten stand er nur da und versuchte innerlich halbwegs ins Gleichgewicht zu kommen. Er musste mit jemand Vernünftigem reden – er brauchte einen Rat –, doch ein Blick in Richtung Loggia genügte, um zu sehen, dass sich die klügste Ratgeberin, die er kannte, gerade einem italienischen Doktor an den Hals warf.

Der Wind schnitt durch sein dünnes Hemd, und das Gefühl des Verlusts zwang ihn beinahe in die Knie. In dieser Sekunde verstand er. Er liebte diese Frau von ganzem Herzen, und sich von ihr zu trennen wäre der größte Fehler seines Lebens.

Was machte es schon aus, dass sie für ihn zu gut war? Sie war das stärkste Wesen, das er kannte, zäh genug, um sogar den Teufel persönlich zu zähmen. Wenn sie es sich vornähme, brächte sie auch ihn letztendlich in Form. Verdammt, nein, er hatte sie nicht verdient, aber das hieß lediglich, dass er alles in seiner Macht Stehende unternehmen müsste, damit sie das niemals begriff.

Nur, dass Isabel die Menschen durchschaute. Sie war kein emotional bedürftiges Weibchen, das von seinem guten Aussehen geblendet worden war. Was, wenn die Dinge, die sie über ihn sagte, wirklich stimmten? Was, wenn sie Recht hatte und er aus der Gewöhnung an das alte Selbstbild den Mann nicht erkannte, der er inzwischen war?

Der Gedanke rief ein Gefühl des Schwindels in ihm wach. Die Freiheit, die eine neue Selbstsicht ihm verleihen würde, eröffnete zu viele Perspektiven, um jetzt darüber nachdenken zu können. Erst musste er versuchen, noch einmal mit ihr zu reden, ihr zu sagen, was er für sie empfand. Allerdings hatte er das ungute Gefühl, dass er es von ihr bestimmt nicht leicht gemacht bekäme.

Bis heute hätte er geschworen, dass sie eine unbegrenzte Fähigkeit zur Vergebung hatte, inzwischen jedoch war er sich da nicht mehr sicher. Er spähte zu der Stelle, an der sie tanzte. Die Veränderung, die mit ihr vorgegangen war, beschränkte sich eindeutig nicht auf die abgesäbelten Haare, das flammend rote Kleid oder den glühend heißen Zorn. Etwas an ihr …

Sein Blick fiel auf ihr nacktes Handgelenk, und die Panik, die er so dringend hatte unterdrücken wollen, traf ihn wie ein Hammer. Sie hatte ihr Armband abgelegt. Er musste schlucken, als er plötzlich die Ursache ihrer Veränderung begriff.

Isabel hatte vergessen zu atmen.

Isabel meinte zu ersticken. Sie ballte die Fäuste, machte sich von Andrea los und schlängelte sich zwischen den Tanzenden hindurch an den Rand der Loggia. Die Kinder rannten juchzend durch die Gegend, und überall sah sie glückliche Gesichter, doch statt sie zu beruhigen, entfachte dieses Glück ihren Ärger nur noch mehr.

Andrea kam ihr nach, um zu sehen, was los war, doch sie wandte sich ab und lief hinunter in den Garten. Ein Fensterladen hatte sich aus der Verankerung gelöst und schlug klappernd gegen die Wand.

Inzwischen richtete sich ihr Zorn nicht länger gegen Ren, sondern gegen sich selbst. Ihr grellfarbenes Kleid verätzte ihr die Haut. Am liebsten hätte sie es sich vom Leib gerissen, hätte sich die Haare wieder wachsen lassen und sich das Make-up aus dem Gesicht gewischt. Sie wünschte sich ihre Gelassenheit zurück, ihre Beherrschtheit, ihre Gewissheit, dass es im Leben eine feste Ordnung gab – wünschte sich all das, was ihr drei Abende zuvor bei der Lektüre der Briefe ihrer Fans und während der Gebete am Kamin abhanden gekommen war.

Das Zeltdach flatterte wie ein Segel in dem aufkommenden Sturm. Die Kinder – Jungen gegen Mädchen – rannten ausgelassen kreischend zu nahe an den Pfosten und an dem Tisch, auf dem die Statue stand, vorbei. Sie starrte auf die einsame weibliche Figur, die die Macht über das Leben in sich barg.

UMARME …

Anders als während ihrer Gebete an dem Abend vor dem Kamin hörte sie dieses Mal in ihrem Innern kein unverständliches Geflüster, sondern einen lauten Schrei.

UMARME …

Sie starrte auf die Statue. Sie wollte nicht umarmen. Sie wollte zerstören. Ihr altes Leben und ihr altes Ich. Aber sie hatte zu große Angst vor dem, was auf der anderen Seite dieser Mauer lag.

Ren kam mit besorgter Miene durch den Garten auf sie zu. Die tobenden Jungen johlten, und die Mädchen quietschten. Isabel ging über den Weg auf den *Morgenschatten* zu.

UMARME …

Das war noch nicht alles. Die Stimme hatte ihr noch mehr zu sagen. Das wusste sie genau.

UMARME DAS …

Anna schrie auf und befahl den Kindern streng, sich von den Pfosten fern zu halten. Doch ihre Warnung kam zu spät. Der Anführer der Horde stolperte und rumpelte gegen einen Pfahl.

UMARME DAS ...

»Isabel, pass auf!«, rief Ren.

Das Zelt geriet ins Schwanken.

»Isabel!«

Die Stimme in ihrem Inneren begann zu brüllen, und Freude wogte in ihr auf.

UMARME DAS CHAOS!

Als das Zelt zusammenbrach, riss sie die Statue vom Tisch und begann zu rennen.

24

Isabels geordnete Welt war aufgebrochen, und sie stürzte sich mitten hinein. Die Stimme schnappte nach ihren Fersen und dröhnte in ihrem Kopf.

Umarme das Chaos!

Die kostbare Statue fest umklammernd, stürzte sie ums Haus. Am liebsten wäre sie geflogen, doch sie hatte weder Flügel noch ein Flugzeug, ja, nicht mal ihren Panda. Alles, was sie hatte, war ...

Rens Maserati.

Sie rannte auf den Wagen zu. Das Dach war offen, und in der Aufregung des Tages hatte Giancarlo tatsächlich die Schlüssel stecken lassen. Schlitternd kam sie neben dem Fahrzeug zum Stehen, küsste die Figur, warf sie auf den Beifahrersitz, raffte ihren Rock und kletterte über die Tür.

Sie drehte den Schlüssel im Zündschloss herum, und der kraftvolle Motor erwachte dröhnend zum Leben.

»Isabel!«

Der Maserati wurde von drei Seiten durch andere Fahrzeuge blockiert. Unbeeindruckt riss sie das Lenkrad herum, trat aufs Gas und schoss über den Rasen.

»Isabel!«

In einem seiner Filme hätte sich Ren auf einen Balkon geschwungen und sich dann, während sie darunter vorbeijagte, in den Wagen plumpsen lassen. Doch dies war das wahre Leben, und alle Macht lag derzeit bei dieser wahnsinnig gewordenen Frau.

Quer über den Rasen preschte sie zwischen Buschreihen hindurch in Richtung Straße. Äste peitschten die frisch lackierten Seiten, und Erde spritzte durch die Luft. Als sie zwischen den Zypressen zur Einfahrt raste, riss ein Ast den linken Außenspiegel ab, und als sie den Weg erreichte, spritzten unter den Reifen Hunderte von kleinen Kieselsteinen auf. Sie legte den nächsten Gang ein, bog schlingernd auf die Straße und ließ nun alle hinter sich.

UMARME DAS CHAOS. Der Wind zerrte an ihren Haaren, sie blickte auf die Statue und begann zu lachen.

In der ersten Kurve rammte sie ein Holzschild, in der nächsten einen Hühnerstall, der zum Glück schon seit geraumer Zeit nicht mehr benutzt wurde. Die dunklen Wolken wirbelten über den Himmel. Sie erinnerte sich an den Weg zu der alten Ruine, von der aus sie und Ren das Treiben in ihrem Garten beobachtet hatten, bretterte jedoch an der gesuchten Abzweigung vorbei und musste deshalb in einem Weinberg wenden. Schließlich jedoch fand sie die nicht geteerte Straße und ratterte gnadenlos über die tiefen Schlaglöcher hinweg. Eine Zeit lang holperte der Maserati jaulend die steile Anhöhe hinauf, kurz vor dem Gipfel drehten die Räder durch, und er blieb stecken. Sie schaltete den Motor aus, schnappte sich die Statue und sprang von ihrem Sitz.

Der kalte Wind peitschte die Bäume, und beinahe wäre sie

mit ihren Sandalen auf den Steinen ausgerutscht, doch sie hielt den *Morgenschatten* fest umklammert und kletterte unverdrossen los.

Am Ende des Weges kam sie auf die Lichtung. Der Sturm blies ihr mit geballter Kraft entgegen, und sie geriet ins Stolpern, fing sich jedoch gerade noch rechtzeitig. Vor ihr hob sich die Ruine düster von dem dunklen Gewitterhimmel ab. Die schwarzen Wolken hingen so tief über ihrem Kopf, dass sie beinahe meinte, sie könne die Finger darin vergraben.

Sie stemmte sich gegen den Wind und kämpfte sich durch halb verfallene Bogentüren, vorbei an umgestürzten Türmen bis an das äußerste Ende des Plateaus. In einer Hand die Statue, mit der anderen Halt suchend den Fels umklammernd, kletterte sie auf die Mauer und richtete sich dort trotz des tosenden Sturmes zu ihrer ganzen Größe auf.

Ein Gefühl der Ekstase wogte in ihr auf. Der Wind zerrte an ihrem Kleid, die Wolken brauten sich über ihrem Kopf zu einer düsteren Gewitterwand zusammen. Die Welt lag ihr zu Füßen. Endlich verstand sie, was ihr bisher entgangen war. Sie hatte nie in zu kleinen Maßstäben gedacht. Nein. Sie hatte stets das ganze Bild erfassen wollen und dabei alles aus dem Blick verloren, worum es in ihrem Leben wirklich gehen sollte. Endlich wusste sie, was ihre wahre Bestimmung war.

Sie wandte das Gesicht gen Himmel und ergab sich den Geheimnissen des Lebens. Der Unordnung, dem Aufruhr, der herrlichen Verwirrung. Sie stemmte die Füße in die Erde, hob die Statue hoch über ihren Kopf und bot sich den Gottheiten des Chaos an.

Das allgemeine Durcheinander nach dem Zusammenbruch des Zelts hatte Ren behindert, und so hatte sich Isabel bereits auf den Fahrersitz des Sportwagens geschwungen, als er endlich vor der Villa angekommen war. Bernardo war ihm dicht gefolgt, aber weil er nicht im Dienst war, fuhr er statt des Polizeiwagens der Stadt seinen alten Renault. Sie hatten sich hineingeworfen, hatten die Verfolgung der Autodiebin aufgenommen, und es hatte nicht lange gedauert, bis Ren klar gewesen war, wohin sie unterwegs war. Der Maserati jedoch war natürlich deutlich schneller als der klapprige Renault. Bis sie endlich den Fuß der Anhöhe erreichten, perlte ihm der kalte Angstschweiß von der Stirn.

Es gelang ihm, Bernardo dazu zu bewegen, bei den Fahrzeugen zu bleiben, während er selbst Isabel verfolgte. Allein hetzte er den schmalen Weg zur Burgruine hinauf.

Seine Nackenhaare sträubten sich, als er sie aus der Ferne erblickte. Sie stand oben auf der halb verfallenen Mauer und hob sich leuchtend von dem Meer aus drohend dunklen Wolken ab. Der Wind zerrte an ihrem Körper, und der gezackte Saum des Kleides züngelte dabei wie ein orangefarbenes Feuer. Sie hatte das Gesicht und beide Arme dem Himmel entgegengestreckt und hielt die Statue dabei fest in einer Hand.

In der Ferne zuckte ein greller Blitz über den Himmel, doch es wirkte, als sandten ihre Fingerspitzen die Feuerpfeile aus. Es schien, als sei sie ein weiblicher Moses und nahm von Gott den zweiten Satz Gebote in Empfang.

Er konnte sich an keins der Argumente mehr erinnern, mit denen er sich von ihr hatte trennen wollen. Sie war ein Geschenk – ein Geschenk, das anzunehmen er beinahe zu feige gewesen war. Nun, da er sie sah, wie sie sich furchtlos den Naturgewalten stellte, raubte ihm ihre Kraft den Atem. Sie aus seinem Leben zu verbannen hieße, seine Seele aufzugeben. Sie bedeutete ihm alles – Freundin, Geliebte, Leidenschaft, Gewissen. Sie war die Antwort auf sämtliche Gebete, die er aus Dummheit nie gesprochen hatte. Und wenn er nicht so perfekt für sie war, wie er es gerne wäre, müsste sie sich halt noch größere Mühe geben, ihn zu bessern.

Er sah, wie ein erneuter Blitz aus ihren Fingerspitzen schoss. Die ersten Regentropfen prasselten auf ihn nieder, und der Wind schnitt eisig durch sein Hemd. Er fing an zu rennen. Über die alten Steine. Über die Gräber seiner Ahnen. Durch die Zeit, bis er ein Teil des Sturms in ihrem Innern war.

Er kletterte neben sie auf die Mauer. Über dem Heulen des Windes hatte sie ihn nicht kommen hören können, doch nur sterbliche Wesen wurden je von irgendetwas überrascht, und so fuhr sie nicht zusammen, als sie merkte, dass sie nicht mehr allein war. Sie senkte lediglich die Arme und wandte sich ihm zu.

Er sehnte sich danach, sie zu berühren, die wild um ihren Kopf tanzenden Locken glatt zu streichen, sie an seine Brust zu ziehen, zu küssen und zu lieben. Doch etwas hatte sich für alle Zeiten geändert, und der Gedanke, dass das, was sich verändert hatte, vielleicht ihre Liebe zu ihm wäre, machte ihn schreckensstarr.

Ein weiterer Blitz zischte über den Himmel. Ihre Sicherheit war ihr anscheinend völlig egal, ihm hingegen nicht, und so nahm er die Figur aus ihren steifen Fingern und wollte sie gerade auf den Boden werfen, wo sie den Blitz nicht würde weiterleiten können, als sich mit einem Mal die Kraft der Statue vibrierend auf ihn übertrug. Isabel war nicht die Einzige, die etwas geloben konnte, das wurde ihm klar. Es war an der Zeit, dass auch er etwas versprach, selbst wenn es jedem seiner männlichen Instinkte widersprach.

Genau wie zuvor Isabel hob er entschlossen seinen Kopf und reckte die Statue gen Himmel. Zuerst gehörte sie Gott – das war ihm bewusst. Dann gehörte sie sich selbst – auch daran gab es keinen Zweifel. Und erst als drittes gehörte sie ihm. Dies war die Natur der Frau, die er von ganzem Herzen liebte. Und so sollte es für ewig sein.

Er ließ die Statue sinken und blickte in ihr regloses Gesicht. Was sollte er jetzt tun? Er hatte weit reichende Erfahrung mit normal sterblichen Frauen, Göttinnen hingegen fielen in eine gänzlich andere Kategorie, und diese Göttin hatte er erzürnt.

Ihr Kleid peitschte die Beine seiner Hose, und die Regentropfen trommelten wie zornige kleine Geschosse auf ihn nieder. Verzweiflung wogte in ihm auf. Sie zu berühren wäre das größte Risiko, das er in seinem ganzen Leben jemals eingegangen war, doch keine Macht der Erde hielte ihn davon ab. Wenn er jetzt nichts unternähme, hätte er sie für alle Zeit verloren.

Ehe ihn der Mut verlassen konnte, zog er sie hart an seine Brust. Entgegen seiner Befürchtung löste sie sich nicht in einem Häuflein Asche auf, sondern bedeckte seinen Mund mit einem strafend heißen Kuss. Frieden und Liebe, wurde ihm bewusst, gehörten zu ihrer zahmen Schwester. Diese Göttin wollte ihn erobern, weshalb sie ihre spitzen Zähne schmerzhaft in seine Unterlippe grub. Nie zuvor hatte er sich dem Tod so nahe und zugleich so lebendig gefühlt. Eingehüllt in das Tosen des Windes und des Regens, brauchte er seine ganze Kraft, um sie von der Mauer herunterzuziehen, ohne dass sie beide in den Abgrund stürzten.

Er drückte sie gegen die kalte, klamme Wand, doch anders als erwartet, setzte sie sich nicht gegen ihn zur Wehr, sondern zerrte an seinen Kleidern. Sie hatte ihn unter allen Sterblichen als ihren Diener ausgewählt.

Er schob ihr den Rock bis zur Hüfte und riss an ihrem Höschen. Die wenigen Gehirnzellen, die noch in der Lage waren zu denken, fragten, welches Schicksal wohl denjenigen ereilte, der versuchte, eine Göttin zu gewinnen. Doch er hatte keine Wahl. Nicht einmal die Gefahr zu sterben schreckte ihn noch ab.

Trotz der Steine, die ihm in die Arme und ihr in die Rückseite der Beine schnitten, spreizte sie die Schenkel, und er legte seine Finger auf ihr nasses, heißes Fleisch. Er drückte ihre Beine noch etwas weiter auseinander und stieß tief in sie hinein.

Sie hob ihr Gesicht in den Regen, ließ sich von ihm auf Hals und Schulter küssen, schlang ihm die Beine um die Hüften und sog seine ganze Kraft begierig in sich auf.

Sie benutzte ihn genauso, wie er sie benutzte. Sie rangen miteinander und katapultierten sich gemeinsam in ungeahnte Höhen. Der Sturm peitschte ihre beiden Leiber, und die Geister der Ahnen, die sich früher zwischen diesen Mauern gepaart hatten, feuerten sie immer weiter an. *Ich liebe dich*, rief er, behielt die Worte jedoch in seinem Kopf, denn sie waren zu klein für die Ungeheuerlichkeit dessen, was er für sie empfand.

Sie umklammerte ihn fester und flüsterte an seinem Ohr: »Chaos.«

Er wartete bis zu dem Moment, bevor sie beide sich verloren, bis zu dem Bruchteil einer Sekunde, der sie von der Ewigkeit trennte, ehe er die Statue umfasste und, während ein erneuter greller Blitz den Himmel zerteilte, gleichzeitig mit seiner Göttin im wütenden Toben des Sturms versank.

Sie sagte kein Wort. Sie lösten sich von der Mauer, traten in den Schutz der Bäume, zupften an ihrer Kleidung und gingen dann, ohne einander zu berühren, durch die Ruine zurück zum Weg.

»Es hat aufgehört zu regnen«, sagte er schließlich heiser. Immer noch hielt er die Statue in der Hand.

»Ich habe zu weiträumig gedacht«, erklärte sie ihm als Antwort.

»Ach ja?« Er hatte keine Ahnung, was sie damit meinte, und musste, ehe er weitersprechen konnte, mühsam schlucken. Wenn er die Sache jetzt nicht richtig machte, gäbe es vielleicht keinen nochmaligen Versuch. »Ich liebe dich. Das weißt du, oder?«

Sie antwortete nicht – sah ihn nicht mal an. Es war zu wenig und zu spät. Genau das hatte er befürchtet.

Begleitet von den dicken Tropfen des Regenwassers aus den Bäumen, gingen sie den Pfad hinunter zu Bernardo, der neben Rens Maserati stand. Er hatte ihn aus dem Schlamm gezogen, und als er sie entdeckte, kam er ihnen unglücklich, aber entschlossen entgegen. »Signora Favor, ich bedauere, Ihnen mitteilen zu müssen, dass ich Sie verhaften muss.«

»Das ist bestimmt nicht nötig«, antwortete an ihrer Stelle Ren.

»Sie hat fremdes Eigentum beschädigt.«

»Kaum der Rede wert«, erwiderte Ren. »Ich werde mich darum kümmern.«

»Aber wie wollen Sie das denjenigen gegenüber vertreten, die sie durch ihre rücksichtslose Fahrweise gefährdet hat?«

»Wir sind in Italien. Hier gibt es keine rücksichtsvollen Fahrer.«

Doch Bernardo kannte seine Pflicht. »Ich habe die Gesetze nicht gemacht. Wenn Sie bitte mitkommen würden, Signora.«

In einem seiner Filme hätte sie sich zitternd an Ren festgeklammert und wäre in Tränen ausgebrochen. Sie jedoch war Isabel. Dies war das wahre Leben, und so nickte sie nur. »Natürlich.«

»Isabel –«

Ohne ihn auch nur noch einmal anzuschauen, setzte sich Isabel auf den Rücksitz von Bernardos Renault, und so blieb er, als der *policiere* losfuhr, allein am Fuß der Anhöhe zurück.

Er inspizierte den Maserati. Der Seitenspiegel war verschwunden, die Stoßstange verbeult, und auf einer Seite hatte die frische schwarze Lackierung einen tiefen Kratzer, doch abgesehen von dem Wissen, dass er sie zu diesem gefährlichen und rücksichtslosen Tun getrieben hatte, war ihm alles völlig egal.

Er stopfte die Hände in die Taschen seiner Hose. Wahrscheinlich hätte er Bernardo keinen Computer für die Polizeiwache versprechen sollen dafür, dass er Isabel festnahm. Aber wie anders hätte er dafür sorgen sollen, dass sie nicht verschwand, bevor er die Gelegenheit zu einem klärenden Gespräch mit ihr bekam? Beklommen schob er sich hinter das Steuer seines Wagens.

Das einzige Licht in ihrer Zelle stammte von einer flackernden Neonröhre in einem Drahtkorb. Es war bereits nach neun. Kurz nach ihrer Ankunft auf der Wache hatte Harry ihr ein paar von Tracy zusammengesuchte trockene Kleidungsstücke gebracht, seither jedoch hatte Isabel keinen Menschen mehr gesehen. Als sie jetzt Schritte näher kommen hörte und die Tür rasselnd aufging, drehte sie den Kopf.

Ren kam herein und füllte mit seiner Präsenz sofort die kleine Zelle aus. Sie versuchte gar nicht erst, seine Miene zu ergründen. Er war Schauspieler und konnte somit jedes gewünschte Gefühl problemlos simulieren.

Die Tür wurde hinter ihm geschlossen und der Schlüssel von außen im Schloss herumgedreht. »Ich habe mir wirklich Sorgen um dich gemacht«, begann er das Gespräch.

Er wirkte nicht besorgt, sondern, wenn auch vielleicht etwas angespannt, so doch ungewohnt kampfbereit. Sie schob das Blatt Papier, das sie Bernardo hatte abringen können, von ihren Knien auf die Pritsche. »Das war sicher auch der Grund, weshalb du über drei Stunden gebraucht hast, um endlich hier aufzutauchen.«

»Ich musste ein paar Telefongespräche führen.«

»Tja, das ist natürlich ein Grund …«

Er trat näher und sah sie unbehaglich an. »Dieser Wahnsinn oben auf der Ruine … ich war ein bisschen grob. Ist mit dir alles in Ordnung?«

»Ich bin ziemlich zäh. Habe ich dir eventuell wehgetan?«

Er presste die Lippen aufeinander – ob zu einem Lächeln oder zu einer Grimasse, konnte sie nicht sagen –, steckte eine Hand in seine Hosentasche und zog sie sofort wieder heraus. »Was hast du damit gemeint, als du gesagt hast, du hättest bisher zu weiträumig gedacht?«

Inzwischen kannte sie ihren Platz auf dieser Welt, und es gab keinen Grund, es ihm nicht zu erklären. »Mein Leben. Ich habe den Leuten immer geraten, weiträumig zu denken, aber jetzt ist mir bewusst geworden, dass man manchmal auch zu weiträumig denken kann.« Sie drückte sich an den Rand der Pritsche.

»Ich verstehe immer noch nicht, was du damit meinst.«

»Ich habe so weiträumig gedacht, dass ich den Blick dafür verloren habe, wie ich mir mein Leben wünsche.«

»In deinem Leben geht es darum, den Menschen zu helfen«, entgegnete er leidenschaftlich. »Das hast du nie auch nur eine Sekunde vergessen.«

»Es geht dabei um den Rahmen.« Sie ballte die Fäuste. »Ich brauche keine großen Säle mehr zu füllen. Ich brauche keine Wohnung direkt am Central Park und auch keinen Schrank voller Designerklamotten. Am Ende hat mich das alles fast erstickt. Meine Karriere, mein Besitz – all das hat mir die Zeit gestohlen und mich meiner Visionen beraubt.«

»Jetzt hast du sie wieder.« Dies war eine Feststellung und keine Frage. Er verstand, dass eine bedeutsame Veränderung in ihrem Innern vorgegangen war.

»Ich habe sie wieder.« Tracy und Harry zu helfen hatte sie mit größerer Befriedigung erfüllt als ihr letzter Vortrag in der bis auf den letzten Platz besetzten Carnegie Hall. Sie wollte kein Guru für die Massen mehr sein. »Ich werde eine kleine psychologische Praxis eröffnen, und zwar irgendwo in einer sozial benachteiligten Gegend. Ich werde möglichst einfach leben, und wenn die Leute mich bezahlen können, werde ich mich freuen, und wenn nicht, ist es auch egal.«

Er kniff die Augen zusammen und funkelte sie an. »Ich fürchte, ich habe eine Neuigkeit für dich, die diese simplen Pläne über den Haufen werfen wird.«

Sie hatte sich auf das Chaos eingelassen, und so musterte sie ihn lediglich abwartend, statt ihm sofort zu widersprechen.

Er trat dicht genug an sie heran, um massiv über ihr aufragen zu können, was sie jedoch inzwischen eher interessant als bedrohlich fand. »Durch den Diebstahl des *Morgenschattens* ist es dir gelungen, den gesamten Ort gegen dich aufzubringen.«

»Ich habe die Statue nicht gestohlen, sondern lediglich geborgt.«

»Das konnte niemand wissen, und jetzt wollen die Leute aus Casalleone dich für die nächsten zehn Jahre hinter Gittern sitzen sehen.«

»Zehn Jahre?«

»Vielleicht etwas kürzer, möglicherweise auch etwas länger. Ich habe daran gedacht, mich mit der amerikanischen Botschaft in Verbindung zu setzen, aber das erschien mir doch etwas zu riskant.«

»Du hättest erwähnen können, wie viel Geld das Finanzamt allein in diesem Jahr bereits von mir bekommen hat.«

»Ich glaube, es wäre keine allzu gute Idee, die Sprache auf deine kriminelle Vergangenheit zu bringen.« Er lehnte sich mit einer Schulter an die mit Graffitis verzierte Wand und wirkte deutlich gelassener als bei seiner Ankunft. »Wenn du italienische Staatsbürgerin wärst, hätte man dich wahrscheinlich gar nicht erst verhaftet. Dadurch, dass du Ausländerin bist, wird natürlich alles noch deutlich verkompliziert.«

»Klingt, als bräuchte ich tatsächlich einen Anwalt.«

»Hier in Italien macht ein Anwalt immer alles nur noch schlimmer.«

»Dann soll ich also einfach weiter im Gefängnis sitzen bleiben?«

»Nicht, wenn wir meinen Plan befolgen. Er ist ein bisschen drastisch, aber ich habe allen Grund zu der Annahme, dass ich dich mit seiner Hilfe ziemlich schnell aus diesem Loch befreien kann.«

»Und trotzdem habe ich seltsam wenig Interesse daran, mir anzuhören, was für ein Plan das ist.«

»Ich habe die doppelte Staatsbürgerschaft. Dir ist bekannt, dass meine Mutter aus Italien stammt, aber ich weiß nicht, ob ich dir erzählt habe, dass ich hier in Italien geboren bin.«

»Nein, das hast du nicht.«

»Sie war zu dem Zeitpunkt gerade in Rom auf einer Party. Ich bin also Italiener, und ich fürchte, das bedeutet, dass wir heiraten müssen.«

Dieser Satz brachte sie senkrecht von ihrer Pritsche. »Was willst du damit sagen?«

»Ich habe mit den Beamten hier im Ort gesprochen, und auf die ihnen eigene Art haben sie mich wissen lassen, dass sie dich als Frau eines Einwohners der Stadt nicht im Gefängnis behalten würden. Und da du sowieso ein Kind erwartest ...«

»Ich erwarte kein Kind.«

Er zog die Brauen in die Höhe. »Anscheinend hast du vergessen, was wir vor ein paar Stunden getan haben und wo sich in dem Moment die Statue befand.«

»Du glaubst doch gar nicht an die Macht der Statue.«

»Seit wann?« Er wedelte mit seinen Händen durch die Luft. »Ich kann mir in etwa vorstellen, was für einen Satansbraten wir dort oben gezeugt haben. Wenn ich denke, was für ein Sturm in der Minute getobt hat ...« Er tat, als würde er erschaudern. »Hast du eine Vorstellung, was man dazu brauchen wird, um eine solche Göre zu erziehen? Jede Menge Geduld – die du glücklicherweise hast –, Zähigkeit – du bist, weiß Gott, ein äußerst zäher Mensch – und Klugheit. Tja, deine Klugheit wurde bereits mehr als genug gelobt. Alles in allem bist du der Herausforderung also sicherlich gewachsen.«

Sie starrte ihn jetzt sprachlos an.

»Und denk nicht, dass ich nicht die Absicht habe, meinen Beitrag zu der Erziehung zu leisten. Ich bin verdammt gut darin, Kindern beizubringen, die Toilette zu benutzen.«

Das passierte, wenn man das Chaos in seinem Leben willkommen hieß. Dennoch weigerte sie sich, auch nur zu blinzeln. »Soll ich etwa vergessen, dass du feige weggelaufen bist, als du dachtest, ich würde dir zu viel?«

»Ich würde es zu schätzen wissen, wenn du das tatsächlich tätest.« Sein Blick wirkte nun beinahe flehend. »Wir beide wissen, dass ich immer noch an mir arbeiten muss. Und ich habe ein fantastisches Geschenk für dich, das dir das Vergessen leichter machen soll.«

»Du hast ein Geschenk für mich gekauft?«

»Nicht wirklich gekauft. Es geht eher um einen der Anrufe, die ich getätigt habe, nachdem du in den Knast gewandert warst. Und zwar habe ich mit Howard Jenks telefoniert.«

Ihr Magen zog sich zusammen. »Erzähl mir bloß nicht, dass du in dem Film nicht mitspielst.«

»Oh, und ob ich darin mitspiele. Aber Oliver Craig und ich haben getauscht.«

»Das verstehe ich nicht.«

»Ich spiele den Nathan.«

»Nathan ist der Held.«

»Genau.«

»Er ist ein total angepasster Spießer.«

»Sagen wir lieber, er weicht den Herausforderungen des Lebens als Mann so gut wie möglich aus.«

Sie sank zurück auf die Pritsche, versuchte Ren als trott0eligen, gutmütigen Bücherwurm Nathan vor sich zu sehen, und schüttelte den Kopf. »Du wirst perfekt sein.«

»Das denke ich auch«, erklärte er zufrieden. »Glücklicherweise ist Jenks ein Mann mit Visionen, und er hat die Sache sofort verstanden. Craig hat vor lauter Begeisterung über den Tausch Luftsprünge gemacht. Warte, bis du ihn siehst. Ich habe dir ja schon erzählt, dass er aussieht wie ein braver kleiner Junge. Bereits der Gedanke, dass er Street spielt, jagt mir einen eisigen Schauder über den Rücken.«

Sie hob den Kopf und sah ihn an. »Hast du das meinetwegen getan?«

Er kämpfte mit der Antwort und erwiderte schließlich leicht verlegen: »Hauptsächlich habe ich es für mich selbst getan. Ich höre gewiss nicht damit auf, die bösen Buben zu spielen. Bilde dir das ja nicht ein. Aber mit Street kam ich einfach nicht zurecht. Außerdem muss ich mein Repertoire unbedingt erweitern. Ich bin nicht nur ein schlechter Mensch. Es ist an der Zeit, dass ich das endlich akzeptiere. Und du, meine Liebe, bist nicht ausschließlich gut. Falls du das nicht glaubst, denk daran, wer von uns beiden zurzeit in einer Gefängniszelle hockt.«

»Der Aufenthalt hier gibt mir die Chance, mir Gedanken über ein neues Buch zu machen.«

»Was ist aus dem alten Buch geworden? Dem über das persönliche Krisenmanagement?«

»Ich bin zu dem Schluss gekommen, dass nicht jede Krise gemanagt werden kann.« Sie sah sich in der Zelle um. »So sehr wir auch stets auf Sicherheit bedacht sind, können wir uns nicht vor allem schützen. Wenn wir das Leben wirklich leben wollen, müssen wir auch das mit dem Leben einhergehende Chaos akzeptieren.«

»Wobei die Hochzeit mit mir bestimmt ein guter Anfang wäre.«

»Nur dass das Chaos seine eigene Art hat, uns zu finden. Wir brauchen es nicht extra zu suchen.«

»Trotzdem …«

»Eine Ehe zwischen uns beiden wäre unvorstellbar schwierig«, fuhr sie nüchtern fort. »Bereits die Logistik wäre ein riesiges Problem. Jeder von uns hat eine eigene Karriere. Und wo würden wir leben?«

»Ich bin überzeugt, dass du auf all diese Fragen innerhalb kürzester Zeit die passenden Antworten finden wirst. Du kannst ja schon mal anfangen, Listen zu erstellen. Du weißt doch wohl noch, wie das geht? Und während du dabei bist, werde ich mich um die wirklich wichtigen Dinge kümmern.«

»Als da wären?«

»Zum Beispiel der Entwurf unserer neuen Küche. Alles wird technisch auf dem allerneuesten Stand sein. Außerdem will ich auf einer Seite eine niedrigere Arbeitsplatte haben, damit auch unsere Kinder kochen können, obgleich wir den kleinen Racker, mit dem du momentan schwanger bist, besser von Messern fern halten. Dann brauchen wir einen großen Esstisch mit –«

»Ich bin nicht schwanger.«

»Ich bin mir sicher, dass du schwanger bist. Männliche Intuition.«

»Weshalb hast du es dir so plötzlich anders überlegt? Was hat diesen Sinneswandel bewirkt?«

»Du.« Ohne sie zu berühren, setzte er sich neben sie auf die Pritsche und sah ihr in die Augen. »Weißt du, du machst mir eine Heidenangst. Als du in mein Leben gestürmt bist, hast du alles auf den Kopf gestellt. Du hast mein gesamtes bisheriges Selbstbild aus dem Gleichgewicht gebracht und mir eine völlig neue Sichtweise vermittelt. Ich weiß, wer ich früher gewesen bin, aber endlich bin ich auch bereit, mir zu überlegen, wer ich jetzt bin. Zynismus kann einen ermüden, Isabel, und im Zusammensein mit dir habe ich mich … davon erholt.«

Die Federn der Pritsche quietschen, als er unvermittelt aufsprang und voller Leidenschaft erklärte: »Und wag ja nicht, mir zu sagen, du hättest aufgehört, meine Liebe zu erwidern, denn du bist nach wie vor ein besserer Mensch als ich, und ich verlasse mich darauf, dass du mit meinem Herzen fürsorglicher umgehst, als ich mit dem deinen umgesprungen bin.«

»Verstehe.«

Er tigerte in der kleinen Zelle auf und ab. »Ich weiß, dass eine Ehe mit mir sicher chaotisch werden wird. Zwei verschiedene Karrieren. Kinder. Reisetermine, die nicht miteinander zu vereinbaren sind. Du wirst dich der Presse stellen müssen, der ich in den letzten Wochen nach Kräften aus dem Weg gegangen bin. Paparazzi werden sich im Gebüsch verstecken, um Fotos von dir machen zu können, und alle sechs Monate wird es irgendwelche Storys geben, denen zufolge ich dich schlage oder du auf irgendwelchen Drogen bist. Ich werde häufig zu Dreharbeiten unterwegs sein, und dort werden sich mir unverdrossen weiter Frauen an den Hals werfen. Jedes Mal, wenn ich eine Liebesszene mit einer schönen Kollegin drehen werde, wirst du mir all die Gründe nennen, weshalb dich das nicht stört. Und dann werde ich merken, dass du die Ärmel meines Lieblingshemdes abgeschnitten hast.« Er baute sich geradezu drohend vor ihr auf und piekste ihr mit seinem Zeigenfinger in die Brust. »Aber die Frau, die heute Nachmittag auf der Mauer der alten Burg gestanden hat, ist stark genug, um es mit einer ganzen Armee anderer Frauen aufzunehmen. Und jetzt will ich von dir hören, dass diese Frau nicht von mir auf dem Berg zurückgelassen worden ist.«

Sie rang die Hände. »Also gut. Warum auch nicht?«

»Warum auch nicht?«

»Genau, warum auch nicht.«

Er ließ die Arme sinken. »Das ist alles? Ich schütte dir mein Herz aus. Ich liebe dich so sehr, dass es mir tatsächlich

Tränen in die Augen treibt. Und alles, was ich von dir höre, ist ein ›Warum auch nicht?‹«

»Was hast du denn erwartet? Soll ich vor lauter Dankbarkeit, dass du endlich zu Vernunft gekommen bist, vor dir auf die Knie sinken oder was?«

»Ich finde, das wäre eine durchaus angemessene Reaktion.«

Das Chaos wäre unerträglich ohne ein Mindestmaß an Stolz, und so musterte sie ihn lediglich kühl.

In seinen Augen braute sich ein Sturm zusammen. »Wann meinst du, dass du dazu bereit bist? Vor mir auf die Knie zu sinken, meine ich.«

Sie ließ sich mit der Antwort Zeit. Er hatte ihre Verhaftung inszeniert. Das hatte sie geahnt. Und die idiotische Geschichte, dass sie ihn heiraten müsste, um wieder auf freien Fuß gesetzt zu werden, kaufte ihm nicht mal die einfältigste Idiotin ab. Doch die Anwendung schmutziger Tricks gehörten nun einmal zum Wesen von Ren Gage, und wie sehr sollte er sich ihretwegen ändern?

Am besten überhaupt nicht, denn entgegen dem äußeren Anschein war er ein grundanständiger Mensch. Er verstand sie wie nie jemand zuvor, manchmal sogar besser als sie selbst. Und könnte sie jemals einen besseren Führer finden durch die Welt des Chaos? Dann war da noch die unleugbare Tatsache, dass ihr Herz vor lauter Liebe zu ihm überzufließen drohte, auch wenn der Anblick seiner derzeit sorgenvollen Miene ein diebisches Vergnügen in ihr wachrief. Wie gegensätzlich sie doch war. Und wie herrlich, dass sie nicht mehr mit ihren inneren Widersprüchen streiten musste.

Trotzdem würde sie ihm die Verhaftung heimzahlen. Also beschloss sie, die Sache noch etwas spannender zu gestalten. »Ich sollte dir mal all die Gründe nennen, aus denen ich dich ganz bestimmt nicht liebe.«

Er wurde kreidebleich, und ihr Herz machte einen vergnügten Satz. Was für ein schlechter Mensch sie doch inzwischen war …

»Ich liebe dich nicht, weil du fantastisch aussiehst, obwohl ich natürlich recht dankbar dafür bin.« Seine sichtbare Erleichterung brachte sie beinahe zum Schmelzen, doch wo bliebe der Spaß, wenn sie so schnell Ordnung in ihre Beziehung brächte? »Ich liebe dich nicht, weil du reich bist, denn ich war selbst schon einmal reich, und der Umgang mit dem Reichtum ist schwerer, als man denkt. Nein, dein Geld ist ein eindeutiger Nachteil. Ich liebe dich auch nicht, weil ich erstaunlichen Sex von dir geboten kriege. Das liegt ja nur daran, dass du zu viel Übung in diesen Dingen hast. Also kann ich darüber nicht froh sein. Dann ist da noch die Tatsache, dass du dein Geld als Schauspieler verdienst. Du täuschst dich, wenn du denkst, dass ich mit den Liebesszenen, von denen du gesprochen hast, rational umgehen werde, jede einzelne davon wird mich in den Wahnsinn treiben. Dafür werde ich dich logischerweise zahlen lassen.«

Oh, er fing doch tatsächlich an zu lächeln. Sie suchte nach etwas, was grausam genug wäre, um ihm dieses Lächeln aus dem Gesicht zu wischen. Doch inzwischen sammelten sich in ihren Augen heiße Tränen, und so gab sie seufzend auf. »Vor allem liebe ich dich, weil du ein durch und durch anständiger Mensch bist und weil du mir das Gefühl gibst, dass ich die ganze Welt erobern kann.«

»Ich weiß, dass du das kannst«, bestätigte er heiser. »Und ich verspreche dir, dass ich dir tosenden Beifall zollen werde, wenn du es schließlich tust.«

Sie sahen einander in die Augen, wollten diesen seligen Moment jedoch noch etwas in die Länge ziehen und hielten weiter sichere Distanz. »Glaubst du, dass du mich jetzt aus dem Gefängnis holen kannst?«, fragte sie und versteckte ein Lächeln, als er von einem Bein aufs andere trat und sie unbehaglich ansah.

»Weißt du, die Sache ist die, ich habe ein bisschen länger als beabsichtigt für die Telefongespräche gebraucht, sodass ich heute Abend keinen der zuständigen Beamten mehr erreiche. Ich fürchte, dass du bis morgen früh im Kittchen bleiben musst.«

»Falsch. Dass *wir* bis morgen früh im Kittchen bleiben müssen.«

»Das ist natürlich eine Möglichkeit. Die andere ist eine Spur aufregender.« Immer noch berührten sie einander nicht, traten jedoch jeweils einen kleinen Schritt auf den anderen zu. Er senkte seine Stimme auf ein Flüstern und klopfte gegen seine rechte Körperseite. »Ich habe eine kleine Pistole reingeschmuggelt. Ich gebe zu, es ist gewagt, aber wir könnten uns einfach den Weg freischießen.«

Lächelnd breitete sie beide Arme aus. »Mein Held.«

Das Spiel hatte lange genug gedauert, und sie konnten der gegenseitigen Anziehungskraft nicht länger widerstehen. Schließlich mussten sie einander noch sehr vieles geloben.

»Du weißt, dass du wie die Luft zum Atmen für mich bist, oder?«, wisperte er an ihren Lippen. »Du weißt doch, wie sehr ich dich liebe?«

Sie legte eine Hand auf seine Brust und spürte seinen Herzschlag.

»Schauspieler sind liebebedürftige Wesen«, fuhr er leise fort. »Sag mir, wie lange du meine Liebe erwidern wirst.«

»Das ist leicht. Bis in alle Ewigkeit.«

In seinem Blick lagen Dankbarkeit und Freude. »Ich schätze, das wird reichen.«

Endlich küssten sie sich zärtlich, er vergrub die Finger in ihrem fröhlich zerzausten Haar, und sie öffnete in dem Verlangen, seinen nackten Körper zu berühren, die Knöpfe seines Hemds. Sie rückten kurz voneinander ab, sahen sich in die Augen und erkannten, dass es keine Grenzen mehr zwischen ihnen beiden gab.

Sie schmiegte sich fest an seine Brust. »Ich glaube, das ist die Stelle, an der die Musik einsetzt und der Nachspann anfängt.«

Lächelnd legte er eine Hand an ihre Wange. »Du irrst dich, mein Schatz. Der Film fängt gerade erst an.«

Epilog

Bereits seit ein paar Monaten hatte die verruchte *principessa* ein Auge auf ihren armen, aber tugendhaften Stallburschen geworfen, doch hatte sie bis zu dieser stürmischen Februarnacht gewartet, ehe er von ihr in ihr Schlafgemach in der Engelsvilla befohlen worden war.

Sie trug ein skandalöses, schulterloses, scharlachrotes Kleid, dessen tiefer Ausschnitt die kleine Tätowierung auf der Schwellung ihres Busens sichtbar werden ließ. Wild zerzauste, blonde Locken rahmten ihr gleichmäßiges Gesicht. An ihren Ohren baumelten große, goldene Reifen, und unter dem Saum des Kleides blitzten leuchtend pflaumenfarben lackierte Fußnägel hervor.

Seinem Stand gemäß betrat er schlicht gekleidet, in einer lohfarbenen Arbeitshose und einem weißen Hemd mit langen, weiten Ärmeln, den hochherrschaftlichen Raum. »Mylady?«

Das dunkle Timbre seiner Stimme brachte sie in Wallung, doch als *principessa* würde sie einem Untergebenen nicht die geringste Schwäche zeigen, und so fragte sie in herablassendem Ton: »Hast du vorher ein Bad genommen? Ich mag es nicht, wenn es in meinem Schlafzimmer nach Pferd riecht.«

»Jawohl, Mylady.«

»Sehr gut. Dann lass mich dich jetzt ansehen.«

Während er reglos in der Mitte des Raums stand, ging sie um ihn herum und klopfte sich, während sie die Symmetrie seines muskulösen Körpers eingehend betrachtete, mit ihrem Zeigefinger gegen das Kinn. Trotz seines bescheidenen

Ranges hielt er die Schultern stolz gestrafft, was sie noch stärker erregte, sodass sie schließlich vorsichtig seine Brust berührte und dann ihre Finger in seinem festen Hinterteil vergrub. »Zieh dich aus.«

»Ich bin ein tugendhafter Mann, Mylady.«

»Du bist nichts weiter als ein Bauer, und ich bin eine *principessa*. Wenn du dich mir nicht fügst, werde ich dein Dorf niederbrennen lassen.«

»Ihr würdet das Dorf niederbrennen lassen, nur um Euer verruchtes Verlangen zu befriedigen?«

»Und zwar ohne mit der Wimper zu zucken.«

»Tja, dann muss ich mich wohl opfern.«

»Allerdings.«

»Andererseits …« Ohne Vorwarnung fand sich die verruchte *principessa*, die scharlachroten Röcke bis über die Hüfte hoch geschoben, rücklings auf dem Bett.

»*He!*«

Seine Hose schwebte zu Boden. »Anders als Ihr denkt, Mylady, bin ich nicht wirklich Euer armer, doch tugendhafter Stallbursche, sondern Euer lange verschollener Gemahl, der zurückgekehrt ist und seinen Anspruch auf Euch geltend macht.«

»Verdammt.«

»Manchmal macht sich Bosheit halt nicht bezahlt.« Er schob sich zwischen ihre Beine, doch nicht in sie hinein. Als sie ihren Arm hob, glitt ein breites goldenes Armband, in das das Wort CHAOS eingraviert war, zusammen mit seinem Gegenstück, das sie daran erinnern sollte, nicht das Atmen zu vergessen, an ihrem Ellbogen herab. Die beiden Hälften ihres Lebens schlossen einander nicht mehr aus.

»Bitte seid sanft«, bettelte sie mit dünner Stimme.

»Damit Ihr Euch anschließend beschwert? Nein, ganz sicher nicht.«

Endlich hörten sie auf zu sprechen, taten das, was sie am

allerbesten konnten – liebten einander mit Leidenschaft und raunenden, süßen Worten, die sie an einen geheimen Ort entführten, an dem es außer ihnen keinen Menschen gab – und schmiegten sich danach zärtlich aneinander. In dem warmen, breiten Bett waren sie vor den winterlichen Stürmen, die an den Läden des alten Hauses rüttelten, sicher und geschützt.

Sie legte ihren Fuß auf seine Wade. »Eines Tages müssen wir anfangen, uns wie Erwachsene zu benehmen.«

»Dazu sind wir zu unreif. Vor allem du.«

Sie lächelte versonnen, und nach ein paar Minuten der Stille drang sein leises Wispern an ihr Ohr: »Hast du eine Ahnung davon, wie sehr ich dich liebe?«

»O ja.« Mit einem Gefühl absoluter Gewissheit presste sie ihren Mund auf seine Lippen und sank dann zurück in ihr Kissen.

Er liebkoste sie mit einer Ehrfurcht, als könnte er immer noch nicht glauben, dass sie tatsächlich seine Frau war. »Du tust es schon wieder, oder?«

Sie hörte die milde Belustigung in seiner Stimme, fuhr aber trotzdem mit dem stummen Beten fort. Ihre Gebete waren für sie so wichtig wie die Luft zum Atmen. Es gab so vieles, wofür sie Dankbarkeit empfand.

Schließlich lenkte sie den Blick auf den Kaminsims, auf dem der goldene Oscar stand, der Ren für seine Rolle in *Night Kill* verliehen worden war. Er hatte erst angefangen, seine Grenzen zu erforschen, und wenn sie sich nicht irrte, stünde eines Tages ein zweiter Oscar dort.

Auch sie hatte ihre Grenzen noch nicht erreicht. *Wie führe ich ein nichtperfektes Leben* war sofort ein Bestseller geworden – so viel dazu, dass sie sich hatte bescheiden wollen –, und *Die nichtperfekte Ehe* käme in ein paar Monaten heraus. Ihr Verleger wollte so bald wie möglich *Die Erziehung des nichtperfekten Kindes* von ihr sehen, doch das Buch war bisher lediglich in der Vorbereitungsphase und wäre bestimmt erst in ein paar Jahren fertig.

In ihrer kleinen Praxis hatte sie ausschließlich Klienten, die ihr speziell empfohlen worden waren. Genau, wie sie sich vorgenommen hatte, trug sie dafür Sorge, dass ihr täglich Zeit zum Nachdenken, zum Meditieren und zur Unterhaltung blieb. Die Ehe mit Lorenzo Gage war chaotisch, doch absolut erfüllend. Erfüllender als alles andere, was es je in ihrem Leben gegeben hatte.

Er rollte sich aus dem Bett und fluchte, als er auf ein Plastikspielzeug trat. Morgen waren sie zur Taufe von Giulias und Vittorios Jungen eingeladen, der nur vierzehn Monate nach seiner Schwester geboren worden war. Eine Einladung, die als Grund für eine Reise in die Toskana hochwillkommen war. Im Sommer hatten sie einen Monat zusammen mit Harry, Tracy und den Kindern – einschließlich ihrer jüngsten Tochter Annabelle, die am Tag nach Rens und Isabels Hochzeit auf die Welt gekommen war – in der Villa verbracht. So sehr sie ihr Heim in Kalifornien auch liebten – ihre Wurzeln waren hier.

Ren sammelte die Kleider ein, die sie eben ausgezogen hatten, und verstaute sie in der Truhe, die eine ganze Reihe interessanter Kostüme sowie einige teuflische Spielzeuge enthielt.

Danke, Gott, dafür, dass du mich mit einer Schauspielerin gesegnet hast.

Er nahm ihr Nachthemd aus dem Schrank und drückte es ihr mit wehleidiger Miene in die Hand. »So sehr ich es hasse, dir dieses Ding zu geben …«

Sie zog es sich über den Kopf, während er selbst in eine graue Seidenpyjamahose stieg. Dann ging er zur Tür und schloss sie mit einem abgrundtiefen Seufzer auf.

»Hast du das Drehbuch gelesen?«, fragte er, als er zu ihr unter die warme Decke schlüpfte.

»Ja.«

»Du weißt, dass ich die Rolle nicht übernehmen werde, oder?«

»Ich weiß, dass du sie übernehmen wirst.«

»Himmel, Isabel …«

»Du kannst sie unmöglich ablehnen.«

»Aber ausgerechnet *Jesus*?«

»Ich gebe zu, dass es nicht einfach werden wird. Er hatte nie eine Liebschaft und predigte Gewaltverzicht. Aber die Liebe zu Kindern hast du mit ihm gemein.«

»Vor allem die zu unseren.«

Sie grinste breit. »Die Zwillinge sind wirklich echte Satansbraten. Du hattest mit deiner damaligen Einschätzung eindeutig Recht.«

»Aber sie gehen brav auf die Toilette. Ich habe also meinen Teil der Abmachung erfüllt.«

»Das hast du zugegebenermaßen hervorragend gemacht …«

Mit einem liebevollen Kuss brachte er sie zum Verstummen. Sie hielten einander eng umschlungen und flüsterten sich, während der Wind heulend in den Kamin fuhr und an den Fensterläden rüttelte, sanfte Koseworte zu.

Gerade als sie die Augen schließen wollten, öffnete sich knarrend die Tür, und zwei Paar kleine Füße tapsten auf der Flucht vor schrecklichen Monstern, die die Dunkelheit bevölkerten, über den Teppich an ihr Bett. Ren streckte wortlos den Arm aus, hob die beiden Eindringlinge nacheinander hoch und platzierte sie zwischen sich und ihre Mutter. Geborgen und glücklich kuschelten sie sich eng aneinander. Und während der nächsten Stunden herrschte vollkommener Frieden in dem Haus, das bereits von Beginn an zu Recht den Namen Engelsvilla trug.

Danksagungen

Ich danke Alessandro Pini und Elena Sardelli dafür, dass sie mir die Schönheit der Toskana gezeigt haben. Bill, einen besseren Begleiter als dich hätte ich während der unvergesslichen Spaziergänge nicht haben können, obgleich du deine (prachtvollen) Schultern in die winzigen italienischen Duschkabinen zwängen musstest. Besonders dankbar bin ich dafür, dass Maria Brummel genau zum rechten Zeitpunkt, um mir bei den Italienischübersetzungen zu helfen, in mein Leben trat. (Danke, Andy, dass du so vernünftig warst, eine so wunderbare junge Frau zu heiraten.) Auch Michèle Johnson und Cristina Negri Dank für eure unschätzbare Hilfe, die genau in dem Moment kam, in dem ich sie am meisten brauchte.

Wieder einmal haben auch meine Kolleginnen mir mit ihrem Wissen und ihrem Verständnis geholfen, vor allem Jennifer Crusie, Jennifer Greene, Cathie Linz, Lindsay Longford und Suzette Vann. Jill Barnett, Kristin Hannah, Jayne Ann Krentz und Meryl Sawyer: Ich kann mir nicht vorstellen, diese Arbeit ohne die Freundschaft und die Anrufe, die uns verbinden, zu bewältigen. Barbara Jepson, ein größeres Geschenk als dich habe ich mir nie gemacht. Ohne die zahlreichen Dinge, die du so effizient und gut gelaunt für mich erledigst, hätte ich zum Schreiben einfach keine Zeit.

Danke, Zach Phillips, dafür, dass du deine Weisheit in Bezug auf Metaphysik und menschliche Verhaltensmuster mit mir geteilt hast. Lydia, du bist nicht nur die beste Schwester, sondern auch die beste Zuhörerin der Welt. Denk immer an

Paris! Steven Axelrod, ich bin dir ewig dafür dankbar, dass du uns mit ruhiger Hand auf dem richtigen Kurs hältst. Ty und Dana, es hat mir im letzten Jahr sehr viel Freude bereitet, dass ihr euer Glück mit mir geteilt habt. An die »Seppies« auf dem Nachrichtenbrett meiner Website – ihr seid die besten Cheerleader der Welt. Cissy Hartley und Sara Reyes haben bei der Erstellung und Wartung meiner Website Unglaubliches geleistet. Und all den Leserinnen, die mir so wunderbare Briefe und ermutigende E-Mails schicken, gilt ebenfalls mein Dank. Die Lektüre dieser Schreiben ist eine wunderbare Art, den Tag zu beginnen.

Unbedingt danken muss ich auch den talentierten und enthusiastischen Menschen bei William Morrow und Avon Books, die mir gegenüber häufig so viel mehr als ihre Pflicht tun. Carrie Feron, meine begnadete Herausgeberin und Mentorin, ist zugleich eine wunderbare Freundin. Außerdem bin ich all den Menschen dankbar, die meine Bücher vermarkten und verkaufen, die die wunderschönen Umschläge gestalten und mich beständig ermutigen. Zu ihnen gehören Richard Acquan, Nancy Anderson, Leesa Belt, George Bick, Shannon Ceci, Geoff Colquitt, Ralph D'Arienzo, Karen Davey, Darlene DeLillo, Gail DuBov, Tom Egner, Seth Fleischman, Josh Frank, Jane Friedman, Lisa Gallagher, Cathy Hemming, Angela Leigh, Kim Lewis, Brian McSharry, Judy Madonia, Michael Morrison, Gena Pearson, Jan Parrish, Chadd Reese, Rhonda Rose, Pete Soper, Debbie Stier, Andrea Sventora, Bruce Unck und Donna Waitkus. Ihr seid die Allerbesten!

»Super geschrieben, sexy und witzig – ein absoluter Lesespaß!«
Publishers Weekly

448 Seiten. ISBN 978-3-442-38358-0

Gracie Snow hat eine undankbare Aufgabe vor sich: Sie soll den widerspenstigen und äußerst attraktiven Footballspieler Bobby Tom Denton dazu bringen, seinen Filmvertrag zu erfüllen. Bobby Tom allerdings hat ziemlich gute Gründe, sich nicht an seine vertraglichen Pflichten zu halten. Daher beschließt er mal eben, diese süße Lady mit Hilfe seines beträchtlichen Charmes von ihrem Vorhaben abzulenken. Doch selten hat sich ein Mann so gewaltig in Gracie Snow geirrt …

Lesen Sie mehr unter: **www.blanvalet.de**

Sehnsüchtig von ihren begeisterten Leserinnen erwartet – der neue Roman von Bestsellerautorin Susan Elizabeth Phillips!

432 Seiten. ISBN 978-3-442-38149-4

Nie wieder Liebe, nie wieder Ehe! Nach fünfzehn Jahren und drei Ehen hat Sugar Beth Carey ihre Lektion gelernt: Wenn sie sich verliebt, führt das letzten Endes immer nur zu Herzschmerz. Sugar Beth braucht keine Männer mehr fürs Leben, sondern Geld! Jetzt ist allerdings ausgerechnet der attraktive Schriftsteller Colin Byrne – den sie einst schmählichst hat sitzenlassen – in das Haus gezogen, in dem ihr einziges wertvolles Erbstück versteckt ist. Zwischen ihnen entbrennt die alte Leidenschaft, und sie beginnen eine heiße Affäre. Aber warum, um Himmels willen, will dieser Mann sie gleich heiraten?

Lesen Sie mehr unter: **www.blanvalet.de**

»**Susan Elizabeth Phillips erzählt Liebesgeschichten, die das Leserherz im Sturm erobern.**«
The Oakland Press

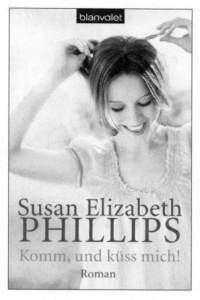

512 Seiten. ISBN 978-3-442-38263-7

Francesca Day ist eine wahre englische Lady. Sie trinkt mit Vorliebe Champagner, und die Männer liegen ihr zu Füßen. Als sie, bedingt durch äußerst ungünstige Umstände, mitten in Texas einem sehr ungehobelten Amerikaner, Dallie Beaudine, begegnet, fliegen die Fetzen. Und doch: Sie verlieben sich. Es wird eine heiße, stürmische – und kurze – Liebesbeziehung. Als sie einander Jahre später wiederbegegnen, haben beide ein paar Geheimnisse mehr im Gepäck, aber das Feuer brennt noch immer ...

Lesen Sie mehr unter: **www.blanvalet.de**

Romantisch, sexy, unwiderstehlich …

448 Seiten. ISBN 978-3-442-36913-3

Voller Vorfreude reist Meg zur Hochzeit ihrer besten Freundin, um endlich den legendären Bräutigam kennenzulernen. Und merkt sofort: Mr Perfect und ihre Freundin Lucy passen einfach nicht zusammen! Als Lucy schließlich kalte Füße bekommt und die Hochzeit platzt, hat Meg ein paar Feinde mehr. Allen voran den wütenden Bräutigam. Und der macht ihr das Leben zur Hölle. Bis Meg erkennt, dass Liebe eben einfach eine Himmelsmacht ist …

Lesen Sie mehr unter: **www.blanvalet.de**

»Einfach großartig.«
Für Sie

512 Seiten. ISBN 978-3-442-38105-0

Wo ist die Braut? Ausgerechnet an ihrem Hochzeitstag flüchtet Lucy in letzter Sekunde, lässt ihren eigentlich so unwiderstehlichen Bräutigam vor dem Altar stehen und ihn – und die komplette Kleinstadt – ratlos zurück.
Als sie auf einen bedrohlich aussehenden aber auch sehr reizvollen Fremden trifft, schwingt sie sich spontan hinter ihm auf sein Motorrad – mit unbekanntem Ziel.
Auf ihrem wilden Roadtrip versucht Lucy, mehr über diesen Mann zu erfahren, der so viel über sie zu wissen scheint, aber nichts über sich selbst preisgeben will …

Lesen Sie mehr unter: **www.blanvalet.de**

blanvalet
DAS IST MEIN VERLAG

... auch im Internet!

 twitter.com/BlanvaletVerlag

 facebook.com/blanvalet